隠れ家の女

ダン・フェスパーマン
東野さやか 訳

集英社文庫

目次

主な登場人物

【一九七九年】

ヘレン・アベル……………………ＣＩＡベルリン支局の職員
ケヴィン・ギリー…………………ＣＩＡベルリン支局の現場担当官
ラッド・ヘリントン………………ＣＩＡベルリン支局長
クラーク・ボーコム………………ベテランの工作員で、ヘレンの恋人
アンネリーゼ・クルツ……………情報提供者
アイリーン・ウォルターズ………主任記録担当官
オードラ・ヴォルマー……………情報作戦センター分析グループの記録室長
クレア・セイラー…………………ＣＩＡパリ支局の職員

マリーナ……………………………CIAパリ支局の情報提供者
オットー・シュナップ………………刑事
カート・ドラクロア…………………行方不明の目撃者

【二〇一四年】

ヘレン・ショート（旧姓アベル）……農場主の妻
アンナ・ショート……………………ヘレンの娘
ウィラード・ショート………………ヘレンの息子
ヘンリー・マティック………………ショート家の隣人
ミッチ…………………………………ヘンリーを雇っている男
マール…………………………………日雇い労働者

隠れ家の女

リズへ
いつものことながら
すべてにおいて

1

一九七九年　ベルリン

　年配の男は隠れ家の奥にあるキッチンテーブルにつき、もう一度、同じことを言った。淡々とした口調のせいか授業、あるいは呪文――聞いている相手にかける魔法の呪文――のように聞こえた。

「池で泳ぐなら湾を離れなくてはならない。湖に立ち寄るのはいいが、どっぷり浸かってはならず、必ず池に戻らなくてはならない」

　若いほうの男は腕を組み、うなずいた。

「動物園は？」

「干上がっている。少なくとも、われわれ全員にとっては。動物園の管理者にすれば、池もまた干上がっている」話が途切れ、ぜいぜいという息継ぎの音がした。「連中はみな、池の水はとっくの昔に抜かれたと思いこんでいるし、今後、水が見えることは絶対にない。もちろん、特別な眼鏡を装着しているわれわれはべつだ。きみに提供しようとしているのはそれだ。きみのほうにその気があればだが」

「眼鏡？」

「もののたとえだ。これまでとは異なるものの見方のことだ。それにアクセスと機会。きみには想像もつかんくらいのな」

年配の男はウィスキーを少し注いだ。それをあおるように飲むと、入ってもいいかとノックするときのような小気味よい音とともにグラスを置いた。

「さっぱり理解できんのではないか、え？」

「わからないものもあります。全部ではありませんが」

「きみを迎え入れようと考えているのだよ。だが、その前に、きみを水からあげる必要がある」

「いま泳いでいる湾から？」

「そう」

若いほうの男は顔をしかめ、そわそわと足を動かした。しかし、かしげた首と細めた目を見れば、興味が募っているのがはっきりわかる。彼は組んでいた腕をほどき、あらためて口をひらいた。

「その前に、もっとくわしい話を聞かせていただかなくては」

「いや。まずは、ここまでどのようなルートで来たかを話してもらおう」

「あなたに指示されたとおりに」

「ひとりだったのだろうな。最初から最後まで尾行はなかったのだろうな？」

「最後はあなたもその目でごらんになったでしょう。出発するときも誰もいませんでした」

「たしかだな？　電車(Sバーン)に乗っているあいだもか？」

「用心のうえにも用心しました。移動中、尾(つ)けてくる者はいませんでした。ご存じでしょうが、こういうことは以前にもやっています」

　長い間のあと、また喉を鳴らしてウィスキーを飲む音がし、グラスを置く二度めの音がつづいた。

「だったらこっちへ」またもぜいぜいという音。「すわりたまえ」

　若いほうの男は一歩踏み出したものの、なにか思いついたことがあるのか、すぐに足をとめた。

「話が不成立に終わったらどうなるんでしょう？　そちらの話を聞いたが最後、殺されるなんてことにはなりませんか？」

　年配の男は声をあげて笑った。古いアコーディオンのような途切れ途切れの声だった。

「いいから来なさい。一杯やろう」

「つまり、イエスなんですか？　ノーなんですか？」

「そもそもイエスかノーかで答えられる質問ではなかったと思うが。説明するからすわりたまえ。あっちではみんなが死にかけているんだ、ルイス。溺れかけている者がいるのに入り江には手を差しのべる人間がいないときている。だが、きみはその状況をひと晩で変えられる。きみのポーランド娘の言いぐさではないが、ぐずぐずしている暇はない」

「なぜ彼女のことをご存じなんです？」

「ルールその一を教えよう、ルイス。きみが思っている以上にわれわれが知っているというることを常に心せよ」

録音装置のある二階で、ヘレン・アベルはストッキングだけの足で前かがみになり、ヘッドホンから聞こえてくる声に耳を傾けていたが、〝ルイス〟という名前が気になった。暗号名にちがいないが、なんとなく聞き覚えがある。ベルリン支局――古株がいまも使う呼び方を借りるなら、ベルリン作戦拠点（オペレーション・ベース）、略してＢＯＢ――の所属ではないが、メモか電文のなかでその名を目にしたのかもしれない。

それから数秒間は、若いほうの男がキッチンの床を歩く足音――荷馬車を引くクライズデール種の馬のような重い音だった――と、テーブルについたときに椅子が床をこする音しか聞こえてこなかった。ヘレンは男がぴかぴかに磨きあげた黒い靴を、東ドイツ人が履くようながっちりした靴を履いていたのを思い出した。

ふたりの男がやってきたのは数分ほど前だ。錠前に挿しこんだ鍵をがちゃがちゃいわせる音が聞こえたのですぐに窓から外をうかがったところ、正面玄関にいるふたりが見えたのだった。予定外の来訪者で、どちらの顔にも見覚えはなかった。しかし、〝ルイス〟という名前がヒントになりそうだった。

テープレコーダーのリールが、自転するふたごの惑星のようにまわりつづけ、すべての言葉を取りこんでいる。ヘレンは床がきしんだら自分がいることに気づかれてしまう気がして、動くのをためらっていた。いることを知らせるにはもう遅すぎる。レコーダーのスイッチが入ったままなのはまずいだろうか？　こうして聞き耳を立てているのも？　たぶんそうだろう。たぶんどころか、ほぼ確実だ。どれも彼女の機密取り扱いレベルをはるかに超えている。けれども、こんな会話はいままで一度も聞いたことがない。

短い時間ながら観察したところでは、男たちはふたりとも有能でベテラン——特別な組織、ヘレンもその一員になりたいと切望している組織における実力者——と思われた。神々の会話を盗み聞きしているような感じとでも言おうか。それでも、自分はここにいてはいけないし、いいかげんやめなくてはいけない。録音を停止し、ヘッドホンをはずし、下のふたりが出ていくのをじっと待つべきだ。ヘレンはため息をひとつつき、スイッチに手をのばした。

そのときだ。若いほうの男の声に目盛りの針が小さく振れ、ヘレンの手がとまった。男が声を落としたので、ヘレンは思わず目を細くして男の話に集中した。

「エフィーは知っているのでしょうか？」

「なにも知らん。少なくとも七二年にジャックが死んで以降は」

「ジャック？　つまり……？」

「そういうことだ」

「彼とは親しかったのですか？」

「そうとも言える。わたしの敵の敵はなんとやら、というやつだ。ああいう男はもう二度と出ないだろう。さあ、飲みたまえ」

ウィスキーを注ぐ音が聞こえ、すぐに静かになった。

ヘレンの頭のなかは真っ白になった。この人たちはいったいなんの話をしているの？　エフィー。動物園。池に入り江に湖。そして今度はジャックという、かつての有力者の名前まで――おそらくこれも暗号名だ。ふたりの会話はなにからなにまで不可解きわまりないが、それは意味不明な符牒（ふちょう）のせいだけではなさそうだ。

そもそも、なぜ符牒を使って話しているのか。隠れ家のいいところは機密保護対策が万全で、わずらわしいあれやこれやをやらなくてすむことなのに。リラックスした気分で、平易な言葉で好きなだけ秘密を打ち明け合える。安心して、堂々と。そのためにヘレンもこれらの家を整備してきた。西ベルリン一帯に四軒ある隠れ家は、極秘の接触や秘密会議のためならいつでも使用可能だ。四軒とも清潔で目立たず、近隣住民の関心を惹（ひ）かないよう防音対策をほどこしてある。それもこの一年でヘレンが手をつくしたからこそだ。

この隠れ家――アルト＝モアビット通りの一ブロック南に位置する、崩れかけた煉瓦（れんが）造りのタウンハウス――の仕上がりにはとくに満足していた。〈カンパニー（CIA）〉の現場担当官と情報提供者、あるいはその友人の誰かが、この仕事につきものの危険から逃れる場所が一時的に必要になったときのために、最大限の安全を保証する場をつくりあげるべく、ヘレンが情熱を傾け、努力した結果だ。

なのにどうして、こんなにもわけのわからない符牒が飛び交っているのか。もっとも、符牒ではなく特別な言語――そう、そのふたつはべつのものだ――であって、ごく一部の工作員だけに通じる言葉であるなら話は変わってくる。より高レベルの機密にアクセスできる人たちにとっては、この会話は謎でもなんでもないのかもしれない。

また、このふたりがどのようにして鍵を手に入れたのかも気にかかる。ヘレンは、この家の鍵を持っている六人全員の名前を知っている。そのうちの誰かが無断で鍵を貸したのだ。それ自体、重大な機密保持違反にあたる。

さらに言えば、この会合は予定に入っていなかった。彼女の施設のひとつ――もとい、局の施設のひとつ――を使用する場合、最低六時間前に連絡を入れることと規則で決まっている。ほかの誰かと鉢合わせしないか確認を取り、いつでも使える状態になっているかたしかめるためだ。ヘレンが引き継ぐ前は、気まずい鉢合わせや重複が頻繁というほどではないにしろ、まったくなかったわけでもなく、支局長はその事態をこの仕事にありがちな危険と受けとめていた。ヘレンはそのような混乱を根絶するため、苦労を重ねた。その努力は多岐にわたった――借家人への対応、利用状況の管理、利用しやすく、清潔で機能的な施設にする工夫。この家の表向きの借り主については慎重に吟味した。局とつながりのあるパンナム航空のスチュワーデスであるその女性は、仕事の関係で在宅するのは水曜日と日曜日だけ、しかも在宅日であっても予告があればただちに家をあけることになっている。

もちろん、事前に知らされない会合があったり、いつもとはちがう工作員や情報提供者が利用するといった場合もある。スパイ活動における緊急事態は、ここベルリンではとりたてめずらしいことではない。しかし、いま下から聞こえてくる話からは、急を要する会合らしきところは微塵(みじん)も感じられなかった。

会話は緊迫したものではなく、ざっくばらんで、男ふたりは年齢差こそあるものの、立場はほぼ同等と思われる。となると、現場担当官と地元の情報提供者の会合ではないだろう。ふたりともなめらかな英語を話し、外国人らしいアクセントはまったくない。アメリカ人か、アメリカ人として振る舞うすべにひじょうにたけているかのどちらかだ。

もちろん、厳密に言うなら、ヘレンもまた、ここにいてはいけなかった。そこがやっかいな点で、彼女が気配を完全に消しているのはそのためだ。局には知らせず、週に一度、四つの隠れ家を抜き打ちで点検するようにしていた。ぞんざいな手入れやだらしのない使い方をあきらかにするには、もっとも有効な方法だ。訪問を記録に残さないのは、そうしないと効果がないからだ。これもまた、彼女が人一倍努力をしている点であり、その仕事ぶりは十四カ月前にベルリンに赴任して以来、支局内によく知られていた。

もっとも本人は、こういう仕事を切に希望していたわけではない。むしろ、希望とはほど遠い。ベルリン支局長で、ラッド・ヘリントンという名の好色なヒヒおやじが、ヘレンを辱めるため、身のほどをわきまえさせるためにこんな業務をわざわざ作ったのではないかと思うほどだ。

「まだ二十三歳だそうだな」初登庁の日、ヘリントンはヘレンのファイルをめくりながら、読書用眼鏡ごしに見つめた。その目はヘレンの顔からすばやく胸へと移動し、彼女が不快になるほど長いことそこにとどまった。

「アナリストのほうがうまくやっていけると思うが、どうだね？　少なくとも、長い目で見れば。昇進の可能性もずっと高い。結婚についても同様だが、あまり興味はないかもしれんな。だが、いっぽう……」

ヘリントンは一蹴するように手をひと振りした。ヘレンが新彗星（すいせい）を発見したり、レオニード・ブレジネフを二重スパイにリクルートしたりする可能性があるか検討しているのだと言わんばかりに。これは局の女性にあたえられるお決まりの業務だ。そうでなければ記録係、あるいは、裏方仕事に徹しているどこかの部の〝特別部門〟とやらに追いやられるかだ。いずれにせよ、現場に出られる可能性はなきにひとしい。

とにかく、わずか二年の経験を積んだだけで東西冷戦の象徴である街に配属されたヘレンはヘリントンのオフィスのドアを叩き、ヘリントンのほうは、それまで事務仕事が大半を占め、ヘレンよりも二等級は給与等級が下の職員にあてがわれていたポストに彼女を就けるという対応をした。いやがらせと思われないようにか、あるいは冗談なのを強調しようというのか、彼は新しい役職名までひねり出した。ベルリン支局、装備・資産・人事部長。

ヘレンは一週間ほどふてくされていたが、置かれた状況をフル活用しようと決めた。あたえられた業務をじっくり精査してみると、誰も思っていなかったほど広範囲にわたることがわかった。賃借人を吟味しなおし、各物件をあらためて調査した。いずれも満足のいくものではなく、通常よりも数カ月はやく契約を切り替えた。補助スタッフの雇用条件を厳しくし、最小限のコストで設備をグレードアップさせ、利用する者にもこれまで以上の義務を課した。かち合ったり、混乱したりという事態はなくなり、ネズミとトコジラミについても同様だった。現場工作員からの苦情はしだいに減っていった。ヘレンは人間関係を築き、得意分野を広げ、恋人を見つけ、冷笑的な視点を持つ、ベルリンという非情で冷酷な権威になじんでいったのだった。

そして灰色の十月、月曜日の昼下がり、ヘレンは抜き打ち点検のさなかに身動きが取れなくなり、二階に閉じこめられた状態になっていた。

この家に到着したのは午後二時を少し過ぎたころで、隣人のいらぬ詮索を最小限に抑えるため、メイドの恰好をし、モップとバケツを手にしていた。もっとも、隣人たちの勤務予定はしっかり頭に入っており、幼い子どもと主婦が何人かいるのをべつにすれば、この界隈が無人であると確信していた。

家に入り、いつもの手順をこなした。錠前と掛け金は？　問題なし。全体の清潔度は？　少なくとも前回よりはいい。流しの下にネズミの糞は落ちていない。この界隈でそれ以上を望むのは無理だ。冷蔵庫は？　中身は充分あるし、腐ったりかびが生えたりしているものはひとつもない。アルコールの備蓄は？　いつもの場所、おもてむきの借家人には立ち入ることが許されていない場所にたっぷりある。

チェック項目の最後は録音システムだった。ヘレンはいつも、リルケの大好きな詩を暗唱しながら一階の手前から奥まで移動して点検する。ドイツ語で暗唱することもある。きょうは英語にした。玄関ドアの近くにある応接間に立って最初の何行かをそらんじた。

　どのようにしてわたしは自分の魂があなたの魂に
　触れないようにすればよいのか。どのようにして
　わたしの魂を、あなたを越えて別の次元へと高めていけるのか。

　カーペットも家具もきれいなのを確認してから、家の奥に向かってゆっくり歩きはじめた。階段を通りすぎてダイニングルームに入ったところで、左の壁に汚れが見つかり、上を見ると天井にひびが一本入っていた。それでも詩をそらんじるのはやめなかった。

　ああ　なろうことなら、わたしの魂をどこか
　見捨てられた暗闇の奥に蔵(しま)っておきたい。
　あなたの心の奥が振動しても、それに反応しないような、
　いずことも知れぬひそかな場所に。

　キッチンに入った。リルケはこの詩に「愛の歌」というタイトルをつけたが、ヘレンにしてみると、これらの言葉をつぶやいたところで、過去現在を問わず、どの男も頭に浮かんで

こない。むしろ、自分がやっている奇妙な仕事をじっくり考えるきっかけになる。危険を承知のうえで、他人の魂に触れ、あるいはときとして、暗くしんとした場所——たとえば、この家——に彼らをかくまいもするこの仕事について。

残りの数節を口ずさみながら、裏の窓から外をのぞき、葉の落ちたプラムの木が一本生えているだけの小さな庭を見わたした。

だがしかし、あなたとわたしの心を動かすすべては、
二本の弦を同時に弾いて一つの音を出す弦奏のように
わたしたちを一つに結び合わせる。
どのような楽器の上にわたしたちは張られているのか。
どのような弾き手がわたしたちを手にしているのか。
おお　甘美な歌よ。

詩が頭のなかに響きわたるのを感じながら、階段をのぼった。このあと、いつもならテープを巻き戻して再生し、マイクが一言一句、きちんと拾っているか念入りに確認する。微調整も修理も必要なければ録音を消して引きあげる。

この日は、停止ボタンに手をのばすと同時に、玄関で鍵の音がした。心臓が激しく打つのを感じながら、ヘレンは窓に歩み寄った。年配の男、例の鍵を持った男の姿が見えた。

六十代後半だろうか。やや長めのごま塩の髪が風で乱れている。うっすらのびた不精ひげが不思議と似合っている。顔をしかめて鍵をがちゃがちゃやっているのは、合い鍵が新しいからで、つまりはこれもまた懸念材料のひとつと言える。ヘレンの知らないところで、いったいいくつの合い鍵が作られているのだろう。

やがて錠のデッドボルトがスライドする音がして、ドアがあいた。ポーチの男は敷居をまたいでドアのなかに消えた。最初のうち、ヘレンは窓のそばを離れず、ぴくりとも動かずに下の階でドアが閉まる音に耳をすましていた。一歩か二歩、足音が聞こえたあと、数秒ほど静かになり、やがて男が応接間のカウチに腰をおろしたのだろう、床板がきしんだ。男は長時間の移動をしてきたらしく、長いため息をついた。

ヘレンは自分がいることを伝えるべきか迷った。さっさと言ったほうがいい。そうすれば、あとで驚かさずにすむ。それに、男が何者かがわかるかもしれない。あとでいいから隠れ家の利用を書面に記録しておいてほしいとさりげなく催促したのち、悠然と出ていけばいい。

玄関をノックする音に先を越された。ヘレンはまた窓の外をのぞき見た。最初の男よりも若く、三十代前半らしい男が、ここに来てはいけないのをわかっているかのように、通りをきょろきょろうかがっていた。髪はくすんだブロンドだが、きちんと整えられている。血色のよい顔。さっきの男と同じで、彼もツイードのジャケットに、ウールのロングコートをボタンをとめずに着ていた。ふたりともデュ・モーリアの小説に描かれている荒れ地からまっすぐ来たような恰好だ。というより、世界のどこにでもある似非(えせ)アイリッシュパブには、異国の地にいながらもその風土に染まらない人間がよくいるが、まさにそんなふたり組だった。

またもドアを開閉する音、つづいてあいさつを交わす声が聞こえ、ふたりが応接間で世間話をする声が階段伝いにのぼってきた。ヘレンは思わず靴をそっと脱いだ。床を歩くというよりは滑るようにして――床板がきしむのを最小限にするためゆっくりと――進み、ヘッドホンに手が届く距離までテープレコーダーに近づいた。ヘッドホンを着け、数秒間、息をつめ、ふたりがキッチンに向かう足音をじっと聞いていた。背中を軽く叩く音。ヘリントンの性生活をネタにしたジョーク――ヘレンもすでに二度聞いている――につづき、さも愉快そうな笑い声があがった。

ヘレンはそこですぐさま、この機会を利用して録音システムについてもっと突っこんだ検査をしようとひとりごとをつぶやいたが、そんなのはただの言い訳にすぎない、抱くべきでない好奇心を正当化しているだけだとすぐに考え直した。情けなくなってヘッドホンをはずそうとしたとき、年配の男が一杯飲みたいと言うのが聞こえた。

見つけられるかしらね。アルコールの備蓄は大型ごみ容器のうしろ、低いほうのキッチン収納庫におさめられている。普通、探そうとは思わない場所だ。それに扉をあけるには掛け金をどうにかしないといけない。

男の足音には迷いがなく、場所を知らない様子は微塵も感じられなかった。やがて掛け金をはずす、かちりという金属音がして、好みの酒を求めて庫内を調べているのだろう、瓶がかちゃかちゃ鳴った。

なるほど。

無許可の鍵を持っていることも、手続きを踏まずに会合の場を持ったことも問題だ。けれども、この隠れ家の秘密を知っているのはべつの意味で問題だった。年配の男はこの家のことをそうとうよく知っているようだ。それから、湖、池、湾など、年配の男にしかわからない謎の水域の用語を使って話しはじめたのだった。

若いほうの男が腰をおろすとほどなく、ふたりともいっそう声をひそめたため、その後数分のあいだにはっきり聞き取れたのは、年配の男がセールストークに拍車をかけようとしてか、大きな声で言ったときだった。「思い切って飛びこむならいまをおいてないぞ、ルイス。われわれはふたたび活動範囲を広げる予定だ。水が土手を越えてあふれることになる」

「それは賢明なのでしょうか？　洪水になれば漏れも生じます」

「われわれの顧客、つまりヴィーの連中を始めとする顧客にかぎって、それはない。自分の身が大事だから、こぼしたりはせん。丘における次なる論争に勝とうと必死だ」

丘？　ヴィーの連中？　顧客とはいったい誰？

男たちはふたたび、よく聞き取れない、ぼそぼそという会話に戻った。ふたりがテーブルをはさんで向かい合い、おたがいの額がくっつくほど顔を近づけ、ひそひそ話をする様子を思い描いた。とりあえず、新しくてもっと感度のいいマイクを設置しなくては。経理担当者がうんと言えばだけれど。予算はずっと縮小をつづけている。連邦議会はおかんむりで、ベルリンは――そう、ベルリンでさえも――冷戦という時代遅れの場所に感じられてきている。

ヘレンはノワール映画とスパイ小説で植えつけられた期待を胸に、この街にやってきた。ベルリンはあらゆる暗がりに陰謀がひそみ、どの銃も消音器つきで、すべての隠れ家（セーフ・ハウス）が奇襲と乗っ取りの被害に遭うものと思っていた。だが実際は、彼女がまかされている隠れ家（セーフ・ハウス）は静穏そのものだった——安全な家（セーフ・ハウス）という名のとおり、安全だった。武装した者が現われることはなく、負傷者が出ることもない。

　監視塔と有刺鉄線をそなえたベルリンの壁ですら、観光スポットの様相を呈しはじめている。落書きでびっしり覆われたコンクリートの建造物は、いずれ子どもを連れ、カメラを手にそぞろ歩き、地元の人たちに見せる記念写真を撮る場所になるかもしれない。最後に許可なく壁を越えようとして死者が出たのは二年半以上も前だ——名前はディートマール・シュヴァイツァー、享年十八。実際、威圧的な存在感を放ってはいるものの、ベルリンの壁こそがヘレンの任務が完全な期待はずれになってしまったことの最大の理由だ。敵対勢力——カールスホルスト地区のKGB、ノルマンネン通りの秘密警察（シュタージ）——へのあらゆるアクセスが遮断されたため、外周九十マイルのこの都市から獲物を追いかける快感が失われてひさしい。ベルリン支局の仕事はいまや守るばかりで攻撃はいっさいない。ヘレンにしてみれば、楽しさ満載の遊園地まではるばるやってきたのに、いちばんスリルのあるジェットコースターが閉鎖されていたにひとしい。

　本部の関心は現在、イランに集中している。ＣＩＡが権力の座に据えた国王が先ごろ追放され、あらたに権力者となった強面（こわもて）で黒いターバン姿のアヤトラ・ホメイニはなにをしでかすかわからない。ベルリンのことは頭の片隅に追いやられていた。

一階の男たちふたりはまだぼそぼそ話している。口調がしだいに熱を帯びてきたが、それでもヘレンにはほとんど理解できなかった。ドイツ語の表現がひとつ、ふたつ交じっていたかもしれない。ロシア語らしき言葉も聞こえた気がする。

とうとう若いほうの男がけたたましいくらいの大声を出した。椅子を引く音がしたのは、彼が立ちあがろうとしたからだろう。年配の男も声を荒らげた。ついには、ふたたび一言一句が聞き取れるようになった。

「しかし、そういうことになったらどうするんです？」若いほうの男が言った。

「それはない。わたしが保証する」

「絶対大丈夫ということはありえません。不測の事態だって起こるでしょう。頼みますから、不測の事態などありえないなんてたわごとはよしてください」

「排除すればいい。単純明快ではないか」

「排除、ですか？」

「まさか、具体的に説明しろとは言わないだろうね」

その答えに若いほうの男は一瞬、言葉を失った。すでにヘレンの背中は汗でちくちくしはじめていた。

やがてべつの椅子を引く音が聞こえ、靴音がつづいた。年配の男がリカーキャビネットにボトルをしまって掛け金をかけたのだろう、ガラスが触れ合うかちゃんという音がした。シンクの水がいきおいよく流れ、グラスをすいで水切りラックに置く音がした。ぼそぼそとした別れのあいさつ、そして大笑い。

わだかまりが消えたのだろうか？　あるいは単に共犯者として手を組んだだけかもしれない。ふたりのあいだでどんな取引が交わされたにしろ、それはあきらかにされないようだ。くぐもった物音が聞こえ、ヘレンはふたりが握手しているところを想像した。ドアがあく音がした。玄関前の階段から声がするが、なにを言っているのかはわからない。やがてドアが閉まり、錠がまわってデッドボルトがスライドした。

ヘレンはまた気になった。誰の鍵？　このあと誰の手に渡るの？

ふたりのうちどちらかがまだ残っているかもしれないと思い、そろそろと窓に近づいた。心配はいらなかった。ふたりとも玄関ステップをおりて歩道に向かっていた。カーテンの隙間から見ていると、若いほうは南、すなわちティーアガルテン地区のほうに歩いていく。年配のほうは北、すなわちアルト＝モアビット通りのほうにゆっくりとした足取りで歩きはじめた。曲がらずにまっすぐ行けば、じきに〝壁〟に突き当たる。

もしかしたら、あの男は壁に向かっているのかもしれない。もっとも近い検問所はここから半マイルもない。あの大事な鍵をポケットに入れたまま東ベルリンに渡るのではと考えただけで、ヘレンは過呼吸の発作を起こしそうになった。

大きく息を吐いた。頭痛の予兆がこめかみにじわじわと忍びよる。ヘレンは部屋の奥に戻るとレコーダーのスイッチを切った。二十分間の会話はこのテープに記録されているだろう

——もちろん、本来やってはいけないことだ。さらにまずいことに、リルケの詩を暗唱する自分の声も録音されており、そのせいで彼女自身もこの無許可の録音と無関係ではなくなった。ふたりの男がなんの話をしていたにせよ、ヘレンとしてはそれが公正なルールにのっとったものと想定せざるをえない。少なくとも、誰かのルールにのっとったものであると。そして、彼女自身のルールに照らせば、このテープの中身はいますぐ消去するべきだ。

さらに数秒間、レコーダーを見つめた。巻き戻しボタンを押すと、リールがまわりはじめた。テープの端がはずれてテープガイドを叩くようになるまで、まわしっぱなしにした。スイッチを切った。あとはテープをリールに通しなおして、いまのおかしな会話を永久に消去しなくてはいけない。そんな会話など、もともとなかったことにするのだ。

しかし、そうはせず、リールをスピンドルからはずしてサイドテーブルまで持っていくと、最上段の抽斗(ひきだし)をあけ、なかにテープをそっとしまった。消去するのはあとにしよう。

そのとき、大胆にもべつの考えがひらめいた。音声増幅技術を使えば、男たちの会話のなかで聞き取れなかった部分もいくらかわかるかもしれない。ヘレンは煙草に火をつけ、大きく吸いこむと、どうすべきか検討した。首を振って灰皿に手をのばし、無謀な考えを揉(も)み消した。

さっきの抽斗をふたたびあけ、あらためてテープを見つめ、それから抽斗を閉じた。これ以上まともでないことを考えないよう、新しいリールの包装をはがしてスピンドルにはめた。切迫した焦燥感が胃の底で大きくなってきた。ここを離れ、外に出なくては。部屋が息苦しくてたまらない。大急ぎで靴を履き、階段を駆けおりた。モップとバケツを手にして玄関に向かった。あせってはいけないと自分に言い聞かせ、モップとバケツを玄関ドアのそばにいったん置いて、キッチンに向かった。

リカーキャビネットをあけ、手前のボトルを調べたところ、封があいていた。十八年ものマッカランで、シェリー樽で熟成させたシングルモルトのスコッチウィスキー。なぜそんなことを知っているかと言えば、ほんのひと月前、本部の人間、名前に聞き覚えはなかったが施設課の中間管理職からこの銘柄を購入しておくよう要請があったからだ。ばかばかしいくらいに高く、そんな指示をしてくるのは少し不自然だと当時思った。それでも、現場担当官と情報提供者とのあいだの微妙な関係においてときおり生ずる要求のひとつとして片づけた。田舎の出であるソヴィエトの陸軍士官が、《プログレッシブ・ファーマー》誌という農業雑誌を毎号取り寄せてほしいと、指令役に頼んできたことがある。そうすれば隠れ家を訪れるたび、アメリカの最先端の農業をたっぷり吸収できるからだ。現場担当官はストレスのたまる仕事だ。情報提供者となればなおさら。だから、特別な要望をされれば、それをかなえてやろうとつとめている。

マッカランを開栓した者はきょうまでいなかった。さっきの年配の男が誰にしろ、うしろだてとなる人物が本部に最低でもひとりはいるようだ。ヘレンはキャビネットの扉を閉じ、動きをとめた。おもての歩道をこの家に向かってくる足音が聞こえ、それが通りすぎるのを息をつめて待った。あの男が戻ってきたらどうしよう？　そう思ったとたん、玄関のドアに向かって駆けだした。あわてたせいで、モップとバケツを持つのをあやうく忘れるところだった。ポーチに出てデッドボルトをきちんと締めたところで、ようやく気持ちが落ち着いた。振り返り、前かがみの恰好で通りをうかがった。とりあえず北に行くのがよさそうだ。人が多くてにぎやかだし、店の人もいるし、車の往来もあって、人混みにまぎれやすいアルト＝モアビット通りの方向に。人が多いほうが安全だ。

安全は本当に必要なものだろうか？　わからなかった。そしてそのわからなさが気がかりだった。現時点で確実に言えるのは、一杯飲みたいということだ。いくばくかの助言と、男だけがあたえてくれる心の安らぎもほしかった。

幸いにも、そのすべてをあたえてくれる相手に心当たりがあった。

2

ろうそくの明かりのもとでは、クラーク・ボーコムの腹まわりにそこそこついた贅肉はほとんど気にならない。彼の年齢では、さすがにぷくぷくしていると表現するのはむずかしい。けれども、いまのような穏やかなひとときには、そういう短所すらもいとおしく思える。裸のクラークは無力に見えた。それにヘレンは太鼓腹も豊富な経験のあかし、検問所や監視所で何時間もすわりっぱなしの任務につきものの代償程度に考えている。この仕事は待つ時間がとにかく長い。もちろん、鉄のカーテンの向こうで長期間にわたって摂取した食事にも原因があるだろう。ブダペストから王党派を逃がすにしろ、ワルシャワの反体制派に重要なメッセージを伝えるにしろ、ボーコムはことあるごとに、じゃがいもにハンガリー風シチュー、ピエロギにシュペッツレ、ゆでキャベツに白ソーセージ——色の白いやわらかなこの食べ物は煙草の煙でスモークしたもので、チェコのビールで胃に流しこむ——という食事で生きながらえてきた。いつだったかここベルリンで、彼が脂身たっぷりのアイスバインを丸ごとひとつたいらげるのを見たことがある。切断した頭ほどの大きさの、塩漬けの豚すね肉をゆでた料理だ。

それでもやはり、生き生きとした茶色い目と古典派の絵を思わせる顔だちの彼は、さっそうとして見える。彼が俳優なら、まだ芝居をしているのかと思うところだ。

　ヘレンは体を丸くしてボーコムに寄り添い、その胸に口づけた。胸毛が唇をくすぐった。彼はほほえむと、ヘレンの体ごしに手をのばし、ナイトテーブルに置かれた煙草のパックを取った。パリで学生時代を送ったころからのお気に入りの銘柄、ジタン。アメリカ人のなかには成長の一段階として、あるいは一度に数年間ほど、国外に在住する者がいる。クラーク・ボーコムはそうやってキャリアを築いてきた。十四歳になって以降、一度に一年以上、母国で暮らしたことはない。

「吸うんだったら、わたしにも一本ちょうだい」ヘレンは言った。

　ボーコムは言われたとおりにし、ヘレンはゆっくりと吸いこんだ。フィルターなしの強い銘柄だが、多めのニコチンが効いて頭のなかを整理するのが楽になる。しばらくののち、言葉がおさまるべきところにおさまり、今夜ずっと待ち望んでいた会話を始める準備が整った。

「ルイスという暗号名の人物に心当たりはある？」

「われわれの仲間で？」

「だと思う」

　ボーコムは額にしわを寄せ、天井をにらんだ。

「ウィーンのやつかな？　いや、ブルガリアだ。しかし、なにかの集まりの場で会っただけだ。なぜそんなことを訊く？」

「きょう、ちょっと耳にしたことがあって。仕事で外に出たときに」

シャルロッテンブルクのカフェでボーコムと待ち合わせする前の三時間、ヘレンはきょう聞いた会話をどうしたらいいか迷いに迷っていた。ヘリントンに報告するのは論外だ。〝すみません、支局長。三番の隠れ家を無許可で訪問したところ、知らない男がふたり、わけのわからない話をしていたんです。それでどうなったと思います？　相手に悟られずに、会話を録音しました〟

だいいち、ヘリントンがすでに会合があることを承知していたとしたら、会合を台なしにしかけたことで——あるいは、会合の存在そのものを知ってしまったことで、ほかの誰がどんな規則違反をおかした場合よりも腹を立てるだろう。思うに、支局長が自分の鍵を貸したか、秘密裏に新しい合い鍵を作るのを許可したのではないか。いかにも彼がやりそうなことだ。だとすれば、けっきょくヘレンのほうが鼻をへし折られて終わるだけだ。

でも、まともでない事態が起こっているのだとしたら？　規則を大幅に逸脱した行為だから、ヘリントンですらつかんでいないのかもしれない。本来なら誰かに連絡があるはずなのに。

そういうわけで、ボーコムに会いたくなった。もちろん、セックスのためでもある——ふたりの関係は六月からつづいていた——けれど、それよりも行為のあとのひとときが目的だった。ボーコムはいつも饒舌(じょうぜつ)になって仕事に必要な知識、東ヨーロッパの情勢、ＣＩＡ内部の複雑な政治を切り抜ける戦術などを話してくれる。彼は恋人であると同時に、師でもある。彼との交際のなかでヘレンが前者よりも後者に重きを置いていると知っても気にしないほど、おおらかな人だ。

ふたりがいまいるのは、ツェーレンドルフの緑豊かな住宅街に建つ小さな家の奥の寝室だ。かつてアメリカの占領地域だった場所にある隠れ家で、二カ月前に使用をやめている。局の作業員はまだ、おそろしく時代遅れの録音装置を取りはずしておらず、賃貸借契約もあと二カ月残っている。隣人に誰も住んでいないと思われぬよう、たまには使わないといけないという理屈をヘレンはひねり出していたが、それについてはボーコムも同意見で、万が一、現場を押さえられた場合には、彼の同意が大きな意味を持つ。

ボーコムはヘレンが生まれる前から現場に出ていた。いま彼は五十五歳。母なら〝ゆりかごを奪う（ずっと歳下の相手と交際するという意味）〟と言うだろう。他人は好き勝手なことを噂するだろうが、実際のところ、この関係はそもそもヘレンの考えだった。長くつづける気はさらさらなく、ふたりともそれで納得していた。ボーコムは年配者なりに魅力的だし、心配りのできる経験豊富な恋人だ。なにより彼は、とびきり話し上手だった。ボーコムにひとつ、スパイとしての欠点があるとすれば、寝物語にあれこれ聞かせたがるところだろう。

おそらく、ヘレンがＣＩＡの人間でなければ、彼もそこまでなんでもしゃべったりはしなかったろう。それでも、彼が自分の過去について話しはじめるたび、ヘレンは少し軽率ではないかという気がしたが、異存があるわけではなかった。いつかは自分も送りたいと思う人生――ヘリントンたちを説得することができればの話だけれど――を、わがことのように堪能した。現場工作員として三十年の経験を持つボーコムの記憶は、荷下ろしを待つ貨物船さながら一列に並んでいて、ヘレンは美しい色彩と詳細をともなうその荷が陸揚げされるのを、いつもいまかいまかと待っていた。

「プラハにあった情報の受け渡し場所でディクソンと過ごした話はしたっけか？」彼はそんな感じで始めるのが常だった。そんなふうにして、ヘレンはいわば彼の伝説の継承者に、あるいはＣＩＡの形成期に中心となって働いてきた人々全員の伝説の継承者になったのだった。

「聞こえてきた会話というのはどういうものだったのかな？」彼の声は気怠く、少し眠たそうだった。

「そのルイスというのが誰かはわからないけど、とにかくその人と年配のベテランらしき人物が、わたしが点検しているときに隠れ家に入ってきたの」

「それはきみとしても決まりが悪かっただろうね」

「わたしは二階にいた。ふたりはほかに人がいたとは気づいていないと思う」

「では、ふたりが用件をすませるのを、きみは軽率にも黙って見ていたわけか」

「ええ」

ボーコムが声を忍ばせて笑うのに合わせてベッドが揺れた。最近ではそれにも、あまり罪の意識を感じなくなっている。

「で、この件を誰かに報告すべきか迷っているんだね」

「そんなところ」

「ほっておけ。報告などしたところで、やる気のない大勢の人間によけいな書類仕事をさせるだけだ。それに、ヘリントンに恰好の口実をあたえることになるぞ」

「わかってる。ただ、ちょっと……」

「ふたりが話していた内容か？　それに引っかかっているのか？」

「そう。ちがうとも言える。話の内容というよりも言い方のほうが気になるの。まるで独自の言葉で話してるみたいだった。とくに年配のほう。暗号ではないけど、それに近い感じ」

「どういうこと？」

「湖、池、それに湾など、意味不明の言葉をいろいろ使っていた。水域を表わす言葉をね。それとはべつに、エフィーというのもあった。エフィーのお偉いさんが、かつてはジャックという名の人物だとか」

　ボーコムはしばらく黙っていたが、やがて肘で頭をささえ、ヘレンのほうを向いた。しばらくヘレンを落ち着かない気持ちにさせたまま、彼はただ煙草を吸いながら彼女を見つめていた。

「その年配の男だが、姿は見た？」

「ポーチにいるところを見た。入ってきたときと、出ていったときと」

　ボーコムのまなざしは力強く、思いやりにあふれていた。すでにすっかり目が覚めている。ヘレンはそれが少し怖かった。

「人相風体を具体的に説明してくれないか」

　ヘレンは言われたとおりにした。ボーコムははずれくじを引いたみたいに、首を横に振った。そのとき、ヘレンはほかにも特徴があったことを思い出した。

「声がぜいぜいいっていた」

「ぜいぜい？」ボーコムは目を細くした。「たしかなんだね？」

「ええ。すわっているのに、息が切れているみたいな声だった。それにお酒を飲んでいた。それも、あおるように」

「なにを飲んでいた？　銘柄はわかるか？」

「十八年もののマッカラン。新品のボトルで、その男が封を切ったの。特別な場合のための在庫から出してきた。隠し場所もちゃんと知っていたわ」

ボーコムはベッドに仰向けになると、灰色の煙を深々と吐き出した。彼もヘレンも煙が天井に達し、這うように横に広がっていくのをじっと見ていた。ヘレンは彼がなにか言うのを待った。けれども彼はベッドを出ると裸のまま窓に近づき、ブラインドのルーバーをあけて、慎重に通りをうかがった。

「なにをしているの？」

「きみがここにいることは、本当に誰にも気づかれていないんだね？」

「どうして？　なにか見えるの？」

「質問に答えるんだ」

それまで聞いたこともないほどきつい口調だった。ヘレンは皮肉の色が浮かんでいないか、あるいは冗談を言っているのか見さだめようと彼の顔をうかがったが、表情はいたってまじめだった。肝をつぶしたヘレンは昼間聞いたことを一から思い返し、自分があの場にいたことを男たちに察知された可能性はないか、あらためて確認した。

「あの男たちが自分たちしかいないと思っていたのは、ほぼたしかよ」

「ほぼ？」

「訓練所で教わったでしょ。いかなることも百パーセント確実とは思うなと」

「たしかに。だが、そこそこ間違いないという自信はあるんだね？」

「そこそこ以上よ」

「いいだろう。あの連中が相手となると、そのくらい用心が必要だ」

「あの連中？　誰だか知っているの？」

「かつて誰だったかは知っている。だが、いまはどうなのかと訊かれてもな」ボーコムは顔をしかめ、かぶりを振った。「わたしの考えが正しいとしても、わたしの言うことにはなんの意味もない。だから、もう二度と訊かないでくれ。きみにはなんの関係もないことだ。いや、わたしにも関係ない」わずかな間ののち、彼はまた口をひらいた。「まさか、彼らの会話を録音するような、ばかなまねはしていないだろうね？」

ヘレンは顔をそむけた。彼は大げさにため息をついた。

「消去するつもりだったのよ」

「だが、まだしていない」

「ええ」

「わたしがきみなら、すみやかに消去するね。もっと言うなら破壊する。必要ならテープを焼却するべきだ」

「わかった」

「いますぐに」

「約束するわ。明日の朝いちばんにやる」

「だめだ。ただちにやりなさい」

「こんな時間なのに？」

「ただちにと言ったろう。なんなら、わたしがついていってもいい。きみの行動の痕跡を消し、暗がりに目を配っていてあげるよ」

「本当にそこまでやらなくてはだめ？」

　ボーコムは一瞬考えこんだ。

「いや、必要ないだろう。それにこの建物の外は異状なしだ。そうでなければ、とっくに気がついているからね。だが、もう十一時近いから、これ以上遅くならないうちに出かけたほうがいい。タクシーを使いなさい。運転手に言って、角を曲がったところで降ろしてもらうんだ。だが、待つように伝えなさい」

「アドバイスには感謝するけど、わたしだってこの仕事のやり方くらい心得ているわ」

「すみやかにことを運ぶように。日付が変わるまでに戻ってこなければ、当直の人間に電話する」

「ちょっとやめて。いまのは今夜あなたから聞いたなかで、最悪の言葉だわ。そんなことをしたら、ヘリントンに知られてしまう」

「組織というのはそういうものだ。悪いが、こういう状況ではそうせざるをえない」

「こういう状況というのは具体的にどういうものなの？」

「きみがいますぐ対処して、誰にも口外しないかぎり、どうということのないたぐいのものだ」

「そう、わかった」ヘレンはシーツをはねのけた。「行くわ。さっさとすませてくる」

「いい子だ」

「そういう言い方はやめて」ヘレンはぴしゃりと言うと、ボーコムがにたにた笑っているのを見て、歩み寄ってひっぱたいてやりたくなった。けれども、彼の表情は少なくとも、さっきほど深刻なものではなく、それを見ていくらか気分が楽になった。

　ヘレンが服を着ているあいだに、ボーコムは電話でタクシーを呼んだ。数分後、タクシーが家の正面につけた。彼はヘレンと一緒に下までおり、ポーチに見送りに出た。

「賢く立ちまわり、迅速に動け。持っている力を駆使するんだよ」

「まるでわたしが任務に赴くみたいな言い方」

「これもりっぱな任務だ。助けが必要になったら連絡しなさい。それと忘れないように」彼は腕時計を軽く叩いた。「日付が変わるまでに戻ってこなければ、支局に連絡する」

「どういうことか、きちんと説明してくれる気はないわけね？」

ボーコムは猛禽類（もうきんるい）のように頭をめぐらし、左右を確認した。

「誰も来ない。さあ」

ヘレンはタクシーの後部座席に乗りこむと、運転手にアルト＝モアビット通りの住所を伝えた。ベルリンのタクシー運転手は、角を曲がったところで客を降ろすことに慣れている。

走りだしたタクシーのリアウィンドウから外を見ると、ポーチにいるボーコムが吸う煙草が赤く灯っていた。彼はそのままタクシーが見えなくなるまで見送っていた。

3

まったく無駄足もいいところだ。そうだとしても、すべてはわたしに自制心が足りないせい。ヘレンは自分に悪態をつきながら、錠前に鍵を挿し入れた。幸いにも近所の住人は誰も起きていないらしく、少なくとも姿を見られる心配はなさそうだった。

知る必要性の法則（情報は知る必要のない者には伝えないという原則）。ヘレンがおかした鉄則と言えるルール。なにかおかしなことがおこなわれていても、彼女には知る必要はなく、ましてや報告する義務もない。ボーコムは即座にそれを見抜いたが、ヘレンもわかってしかるべきだった。少なくとも彼には、あの奇妙な会話が意味するところが正確にわかっているらしく、それでヘレンはいくらか気が楽になった。指揮系統にのっとって報告しなくてはいけない事態ならば、ボーコムがやってくれるだろう。

おかしなことだが、この業界では好奇心を持つと煙たがられることが多い。採用された当初は、好奇心は強みであり、ヘレンのすぐれた資質のひとつだと言われた。それがいまはどうだ。割り切れ。目をそらせ。いらぬことに首を突っこむな。もしかしたら、ヘリントンはそれらをヘレンにだけマントラのようにとなえていたのかもしれない。

電気のスイッチを入れる手間はかけなかった。目隠しされていても全室をめぐれるほど内部を熟知しているし、ブラインドをおろす前に通りがかりの人に見られる危険をおかす必要がどこにある？

　階段をのぼり、部屋の奥のサイドテーブルにまっしぐらに歩み寄って抽斗をあけた。マッチ箱、ペン、煙草のパック、小さなノートと手探りするうち、胸のなかに恐怖の波が押し寄せてきた。けれどもけっきょく、ちゃんと見つかった。引っかきまわしているうちに、奥に追いやられていたのだろう。ボーコムには廃棄しろと言われているし、ヘレンとしてもそうするつもりだった——いずれ、しかるべき場所で。しかし、例の会話を消去しないまま持ち出すわけにはいかない。

　部屋を突っ切り、リールをスピンドルに取りつけようとしたところで、すでにまっさらのテープがはまっているのを思い出した。巻き取りリールからテープをはずすため、巻き戻しボタンはどこかと手探りしたが、かちりという音はしたものの、テープがぱたぱたする音は聞こえず、再生か録音のボタンを押してしまったことに気がついた。やっぱり少し明るくしないとだめだ。つまり、ブラインドを閉めないといけない。窓に歩み寄ってコードを引こうと手をのばしたとき、昼間の出来事を再現するように、下の玄関の鍵ががちゃがちゃいうのが聞こえてきた。不意打ちの訪問者。またただ。

「もう！」ヘレンは小声で毒づいた。「勘弁してよ」

　落ち着いて。ボーコムかもしれない。やっぱり応援がいるだろうと思い直したのだ。ブラインドのコードから手を離し、レースのカーテンごしに外をのぞいた。中肉中背、濃い色の長い外套姿の男が見えたとたん、心臓が激しく連打した。どう見てもボーコムではない。まさか、きょうの年配の男がわたしが戻ってくるのを待っていたとか？　わたしがやったことはすべて見抜かれていたの？　だったらどうしよう？　戦う？　それとも逃げる？　そのとき、男が顔の向きを変え、街灯の明かりで顔がはっきり見えた。黒い髪に白いものは交じっていない。昼間の年配の男にしては若すぎる。それにルイスという名の若いほうでもない。いや、実を言えば、知っている男だった。

男は現場担当官で暗号名はロバート。本名はケヴィン・ギリーだが、それは本来、ヘレンが知っているはずのない情報だ。めずらしい銃器に目がなく、冗長な報告書を数多く出すことで知られている。女にもてるとうぬぼれているのか、そういう噂を聞いている。実際、この男についてヘレンが知っていることの大半は、局内のゴシップから得たものだ。ヘレン自身が身をもって体験したのは、彼女が管理する隠れ家を使用するにあたって、おそろしいほど几帳面で、なんの痕跡も残さないということくらいだ。局内では、スパイとしてのギリーの弱点は商務官に化けても敵をまったくだませないことであり、最近では南米支局か本部のデスクワークに異動になるのではないかと、まことしやかにささやかれている。見ているとギリーは家に入り、ドアが閉まる音がした。

彼が一階の電気のスイッチを入れ、戸口から階段にかけて光の輪が落ちた。キッチンに向かう足音がする。酒の隠し場所のご利用者さまがまたひとり。もっともギリーの場合、どこにあるか知っていて当然だ。

ヘレンはまたも、手際よく運営しているはずの施設で、無許可の会合がおこなわれるのを目の当たりにすることになった。このようなルール違反が慣例になりつつあるのだろうか？ヘリントンがお気に入りの工作員にだけこっそりメモをまわし、ヘレンが決めたルールなど無視していいと通知しているのかもしれない。メモの内容まで具体的に想像できる——事務的で陳腐な文言をイギリス人気取りのきざな表現で塗り固めたものに決まっている。〝なあ、みんな、例のお節介な小娘に悪気がないことはわかるが、新しい手続きが邪魔だと判断した場合は無視してくれてかまわない。今後は必要に応じて施設に出入りしてくれ。書類についてはわたしのほうで対応する〟

もっとも、ヘレン自身も事前申告なしにここにいるわけで、つまりは彼女もすぐさま行動を起こさなくてはならない。恥を忍んで自分がいることを告げ、バッグに穴があきそうなほど燃えている規則違反のテープを持って退散するのだ。

そのとき、玄関をノックする音がした。窓から外をのぞくと、ギリーが若い女性を迎え入れるところだった。ふたりの声がぼそぼそと階段をあがってくる。女性はドイツ語で話していたが、その気取ったベルリン風のアクセントは、ベルリンっ子だと思われたい地方出身者のものと思われる。おそらく、ギリーが使っている情報提供者だろう。となると、いまごろのこのこ出ていったら、ふたりの会合をぶち壊しにしてしまう。

ヘレンはため息をつくと、そろそろと靴を脱ぎ、ふたりが出ていくのを待つ態勢を整えた。正式な手順ではないが、こんな規則違反だらけの日にいまさらそんなことを言っても始まらない。現場工作員にしてもらえないのも当然だ。スパイの現場でこんなミスをしたら、死人が出る。同じミスを十二時間で二回もしたら、自分も死人の仲間入りだ。

下にいる若い女は早口でなにやらしゃべっていた。なにか有力な情報を持ってきたのだろう、ヘレンのいるところからでも、真剣で必死な様子がうかがえるが、言っている内容はひとことも聞き取れない。タクシーの運転手にはしばらくかかりそうだと予防線を張っておいたが、この会合はどのくらいかかるのだろう。へたをするとタクシー代が莫大(ばくだい)な額になってしまう。ボーコムにドイツマルクをいくらか無心することになるかもしれない。彼に刻限をさだめられていたのを思い出した。日付が変わるまでに戻らなければ、当直に電話すると言っていた。そんなことになったら事態はあっと言う間にややこしいものになる。下の階のふたりが帰ってから、まずボーコムに電話すれば間に合うかもしれない。けれども、それでは引きあげる前にテープを消去する時間がなくなってしまう。

ガラスが割れる音がして考えごとが断ち切られた。ギリーの整頓好きもこれまでだ。つづいて、椅子がひっくり返ったような、どさっという音が聞こえた。あの人たち、いったいなにをしているの？　ドアまで移動すると、レスリングの試合でよく聞くような、うめき声があがった。

「やめろ！」ギリーが叫んだ。

「いやよ(ナイン)！」女が言い返す。

「やめろと言ってるだろうが！」それからドイツ語でつづける。「信じられん(ウンフォアシュテルバー)！

いいかげんにしろ！」

　女が脅したのだろうか？　万全の安全対策をほどこしているこの隠れ家でギリーがまずいことになっているのなら、ただちに行動を起こさなければ。ヘレンは廊下に滑り出て踊り場まで行き、そこで身をかがめ、下の状況を確認しようとした。

　階段をそろそろと一段おり、もう一段おりた。布が裂ける音が聞こえ、小さなもの――ボタン？――がはじけ飛び、窓ガラスにみぞれが当たるような音とともに木の床ではねた。

「暴れるんじゃない！」ギリーが大声で命じた。「このくそ女！」

　それに対し、女はすすり泣くばかりだった。ギリーが形勢を逆転させたか、あるいはそもそも彼が最初に手を出したのだろうか。ヘレンがさらに階段をおりていくと、ごつんという大きな音がした。

「これでいい」ギリーが満足そうな声で言った。女がうめいた。

　状況を目の当たりにして、ヘレンは震えあがった。ギリーは斜めになったソファで女に馬乗りになっていた。むき出しの白い尻が汗に濡れて光り、靴もズボンも身につけていなかった。茶色の靴下だけの恰好だ。その下で仰向けに寝かされた女が顔だけを横に向け、目をきつく閉じている。黒いスカートが腰のあたりまでめくれ、ブラウスが破れてはだけていた。荒れくるう海を行くいかだのように、ソファが揺れた。女は顔をしかめ、唇をかんだ。

「やめて、やめて」

「よしなさい！」ヘレンは大声で怒鳴った。

階段を駆けおり、あやうく足を滑らせそうになりながら一階に到達した。

女がぎょっとしたように目をあけた。ギリーは首だけうしろに向けたものの、ソファから動こうとはしなかった。

「おまえか！」彼はいまにも笑いだしそうな顔で言った。「支局のお節介女！」

彼はうしろに体をずらし、馬を降りるカウボーイのように、両足を床におろした。そして、にやにや笑いながらヘレンを振り返った。勃起したペニスが赤くそそり立ち、濡れて光っている。ヘレンは顔をそむけたが、すぐに、それこそギリーの思うつぼだと考え直し、相手の目をまともに見返した。

「わたし……わたし、二階で仮眠していて……」その場しのぎの弁解を口にしたものの、なぜ自分のほうが言い訳しなくてはいけないのだろうと心のなかでつぶやいた。「その人になにをしているの？　あなたは……あなたは……」ちゃんと言わなくては。あなたはその人をレイプしていた、と。

「おまえが思っているようなことじゃない」ギリーは冗談めかして片手を横に振った。「フリーダは乱暴にされるのが好きでね。激しく揉み合うとよけいに燃えるんだよ。そうだろう、フリーダ？」

フリーダというのが本当に女の名前だとして、その彼女はいま上体を起こし、身を守るように両膝を胸に引き寄せていた。黒いスニーカーを履いたままだ。ブラウスの前をかき合わせていたが、ボタンは全部取れていた。やがて彼女は首を左右に振り、蚊の鳴くような声でぼそぼそと答えた。

「もっと大きな声で言ってやれ」

「はい。そうです」女はスカートをなでつけ、床をじっと見つめた。「その人の言うとおり」

「ほらな？」

「この目で見たものがなにかわかってます。この耳で聞いたものがなにかも」

「だったら、やるべきと思うことをやればいい。だが規則違反をしたやつがいるとすれば、おまえのほうじゃないのか。現場担当官と情報提供者の内々の会合を邪魔したんだから。仮眠していただと？　そんなわけないだろう。突っこむべきでないところに鼻を突っこんでいたくせに。身のほどもわきまえず。これは充分、解雇の理由になるし、少なくとも配置換えの理由にはなる」

「あなたについても同じことを聞いてます。その理由がようやくわかりました」

ギリーは大きくにやりと笑った。そうとう頭にきているようだ。水泳用プールのような青緑色の目が怒りでぎらぎらしている。

「おまえのようなレベルの人間から、そういう誤った話を聞かされるとはな。本当はなにも知らないんじゃないのか、え？」

ギリーはボクサーショーツを拾いあげて身に着け、それからズボンを穿いた。ホテルの客室にひとりでいるかのように平然と服を着た。その間ずっと、階段のあがり口に根が生えたように動かないヘレンを、にやにや笑いながら見ていた。

「この目で見たものがなにかわかってます。この耳で聞いたものがなにかも」ヘレンは同じ科白（せりふ）を繰り返したが、さっきほど毅然（きぜん）とした口調にはならなかった。

「それはこっちも同じだ。どっちの言い分が認められると思う？　フリーダがどっちの話を裏づけると思う？　それに、今夜の行動について、おれたちのどっちが規則に違反したと取られるだろうな？」

　ギリーはソファの上の女を振り返った。

「つづきは今度だ、フリーダ。変な邪魔が入らないときにしよう、いいな？」

　女はなにも言わず、ひたすら床を見つめている。ギリーはうらめしげにほほえむと、なにか忘れものはないか確認するように部屋をぐるりと見まわした。それから出ていき、ドアを乱暴に閉めた。ヘレンは頭を一発殴られたような感じがした。スパイの技術や秘密厳守のルール、仕事をきちんとやることなど、局から教わったすべてが床にぶちまけられ、もとの状態には戻せないほどばらばらになったとしか思えなかった。大きく息を吸い、片手を胸に置くと、ようやく心臓の鼓動が落ち着きはじめた。ヘレンはフリーダを見やった。

　なんてこと、少女も同然じゃないの。どう上に見積もってもせいぜい二十歳だけど、おそらくはもっと若い。ベルリンによくいる、顔色が悪くて栄養不良、黒しか着ない浮浪娘のひとりだ。髪は流行に逆らうように短く切っている。ギリーの協力者として、クロイツベルク地区の左翼グループ——東ドイツの工作員に感化されていることで悪名高い——の情報を提供しているのだろう。その彼女がいま、ヘレンの目の前でブラウスの前をかき合わせ、ボタンはどこかと床を探していた。

ヘレンはなにか言おうと口をひらきかけたが、フリーダが先んじた。

「注意されてた」フリーダは英語で言った。「前に」

「ロバートから？」暗号名を使うのは適切なやり方とはいえ、どこか裏切りのように感じた。

「彼に脅されていたの？」

フリーダは首を横に振った。

「キャスリンです。注意してくれたのは」彼女は手で口を覆った。「彼女の名前、口にしちゃいけなかったのに。どうか……」

「心配しないで。わたしには言っても大丈夫。キャスリンになんて言われたの？」

「あの人とふたりきりで家のなかに入ってはいけないと。接触しない交換（デッドドロップ）やすれ違い（ブラッシュパス）ざまの情報の受け渡しなら問題ない。仕事では用心深い人だから。万が一、作戦中にわたしの正体がばれても、あの人のミスが原因ではない。でも、女性とこういう場所でふたりきりになったら……」フリーダは肩をすくめた。「ほかに誰か同席していないときは、彼に近づいてはいけないとキャスリンに忠告されてたんです。なのにこうして、ふたりきりで来てしまった。その結果があれよ。あなたも見たでしょう？」

「じゃあ、さっきのあれは合意があったわけじゃないのね」

「ええ、なかった」フリーダは立ちあがると、その場でがたがた震えはじめた。ヘレンは慰めようと近づいたが、相手は片手をあげてうしろにさがった。

「じゃあ、あなたはいたんですね。最初から」

「ええ。そういうこと」フリーダが非難するような目を向けた。「あんな人だとは知らなかったし、わたしもここにいちゃいけない身だった。で、でも異変に気づいてすぐおりてきたし、いまはあなたの力になりたいと思ってる。まずはこの件を上に報告する」

　フリーダは激しく首を振った。

「だめ（ナイン）！　お願い、やめて！　そんなことをしたら、わたしの正体を暴露される。そうなったらわたしは死んだも同然。ここを出て、ブラウンシュヴァイクに戻らなくてはならない。さっきのことは誰にも言わないで」

「わたしたちは、あんなことをした男をみすみす逃がすわけにはいかないわ」

「わたしたち？」

　フリーダは涙の筋がついた顔でヘレンをにらみつけた。それから、どうせあなたにはわかりっこないというように首を左右に振った。けれども、ヘレンにもわかっていた。これを報告すれば、ヘレンは同僚の前で完膚なきまでに懲らしめられる。潜入スパイの場合は追放だけではすまず、東ドイツの秘密警察にたれこまれるだろう。秘密警察は嬉々としてフリーダを罰するにちがいない。それもおそらく、荒っぽい手を使って。

　それがこの仕事のやり方だ。冷戦のかなり初期段階から、ＣＩＡと、それに相当するソヴィエトの組織は危害をくわえることに関しては紳士協定のもとに行動してきた。うちの者に手出しをしなければ、こっちもおたくの者には危害をくわえない、というものだ。けれども、中間の連中——命令を実行している地元民——は気をつけないといけない。いま目の前にいるこの娘は、アウトバーンに置き去りにされた子鹿ほどに弱々しい。それというのも、現場担当官、つまりは彼らの側で働くと同意した瞬間からみずからの命を託した相手に不当な扱いを受けているからだ。

「裏ルートを使って手を打ってもいいのよ」ヘレンは言った。「ああいうことをさせないようにできるかもしれない」

「やめて。お願い」フリーダは手をのばしたが、距離がありすぎた。ヘレンは間合いを詰め、相手の手を取って強く握った。フリーダは握られた手を振りほどき、ドアに向かった。雨の音が聞こえた。

「あの男、いなくなった？」フリーダは震え声で訊いた。

「どこに行くの？　ここから数ブロックのところにタクシーを待たせてるけど」

「けっこうです」

「雨が降ってるわ。いま、傘を取ってくる。クローゼットに何本かあるの」

「いいんです。もう行かないと」

「せめて名前だけでも教えて。本当の名前を」

「いやです！」フリーダはドアをあけて雨の夜をながめた。どしゃ降り、闇に沈んだ無人の通り。

「コートを忘れないで。ほら」

　フリーダは振り返り、椅子から取ったコートを手渡されると、上の空でうなずいた。袖を通す。三サイズは大きく、おそらく中古衣料店で買ったと思われる。若くて無力な娘は、いましも帰ろうとしていた。

「ねえ、わたしのタクシーを使っていいのよ。運転手にはわたしが料金を払う」

「けっこうです！」けれども、玄関の手前まで来たところでフリーダは振り返り、また口をひらいた。

「わたしの味方でいてくれますね？　さっきのことを報告するんじゃなく、あいつがわたしの正体を明かさないよう、ちゃんと目を光らせていてほしい。やってもらえますか？」

「ええ、もちろん」空約束だが、いまヘレンにできるのはそれがせいいっぱいだ。

　フリーダは最後にもう一度、室内を見まわした。

「隠れ家(セーフ・ハウス)」と嫌悪感たっぷりに言う。かぶりを振り、雨と闇のなかへと歩きだした。

　去り際のそのひとことがヘレンの胸をぐさりとえぐり、ドアが閉まった。しばらくヘレンは動くことができずにいたが、ふと窓に駆け寄ってカーテンをあけたときには、もうフリーダの姿はなかった。放心状態で片づけを始めた。クッションを整え、ソファの位置をもとに戻し、割れたガラスのかけらを掃き集めた。ボーコムから刻限を言い渡されていたのを思い出し、腕時計で時間を確認した。いますぐ出てタクシーに乗ったとしても時間的にぎりぎりだ。それも、運転手がまだ待っていたとしての話。だから、電話で連絡することにした。もう帰るから、はやまったことはしないでほしいとボーコムに伝えるのだ。

使ったのはキッチンにある固定電話で、家の借り主の名義であるこの回線には、安全対策がされていない。ツェーレンドルフの家の番号をダイヤルした。

「もしもし?」

「わたし。すべて問題なしだけど、いくつか片づけなくてはいけないことがあって、局には通報しないでほしい」

「大丈夫なのか?」

「もちろん」

「あまり大丈夫そうには聞こえないが」

「いろいろあったけど、この電話では話せない」

「ああ、そうだな」

「一時間以内に戻る。待ってなくていいわ」

「わかった」

電話を切ったあと、あとでボーコムにどこまで話すか思案した。はやまった行動を取れば、ギリーはなんの罰も受けずに終わってしまう。彼はこれまでに今夜のようなことを何度やってきたのだろう。ヘレンは頭をすっきりさせようと、頭を左右に振った。なにか忘れてない?

そうだ、テープ。

胃のなかが空っぽの状態で二階に駆けあがり、レコーダーのある部屋の明かりをつけた。

リールがまわっていた。さっきどのボタンを押したのだったか。赤い録音ボタンが押しさげられていた。

つまり、ここで話されたことも、フリーダとギリーが争った音も、すべて録音されているということだ。そのあとでフリーダが話した内容も。元気がわいてくるのを感じながら停止ボタンを押し、安堵のため息を漏らした。テープを巻き戻してスピンドルからはずし、もうひとつのテープと一緒にバッグに入れた。二本のリールにおさめられたふたつの出来事。たった一日のうちに集まった、禁断の記録。

この件は一生忘れることがないだろう、とヘレンは思った。ひとつはっきりしているのは、これまで受けてきた訓練や経験では、このあとどう行動するべきか、かいもく見当がつかないということだ。

4

コーヒーを淹れるにおいがして、ヘレンはツェーレンドルフの家で目を覚ました。ボクサーショーツ姿のボーコムが窓辺に立ってブラインドをあげ、ベルリンの灰色の朝が現われた。ヘレンは何時間も悪夢を見たかのように消耗しきっていたが、すぐにその理由を思い出した。強い雨が窓ガラスを叩く音を聞きながら思う。おびえきったフリーダはなじみの場所に身を寄せることもできず、いまもこの大雨のなかをさまよっているのだろうか。

ボーコムがベッドに戻り、湯気の立つマグカップをヘレンに差し出した。彼女の好みに合わせ、フォームミルクがのっている。

「ありがとう」

「ゆうべの様子からして、これが飲みたいだろうと思ったんだよ」

「どういう意味？」

「帰ってきたときのきみは、かなり動揺していた」

「どうして知ってるの？　ぐっすり眠っていたくせに」

「そのあとだ。何度も寝返りを打っていたし、夢を見て叫んでいた」

「どんなことを？」

「よく聞き取れなかった。だが、顔色がね」ボーコムはかぶりを振った。「青ざめていたよ。おびえているように見えた。一度、揺すって起こそうとしたが、よけいにひどくなるだけだった。怖くて、もう一度やる気にはなれなかった」

「熟練のスパイ、クラーク・ボーコムともあろう人が、眠れる小娘を起こすのを怖がるなんて」

「予定どおりにことが運ばなかったみたいだね」

「そう考える根拠は？」ヘレンは自分が目にしたことを告げる気持ちにはなれなかった。いまはまだ。

「そうだな、まず第一に、きみのハンドバッグがけさはいつになくぱんぱんになっている」

「あのテープはあなたには関係ない！」

「たしか、きみがわたしを巻きこんだように記憶しているが。少なくともテープのうち一本に関しては。だが、口をはさまれたくないというのなら、それもけっこう」

「わかったわよ。わたしの持ち物をのぞくなら、せめて力になってほしいわね。ケヴィン・ギリーのことを教えて」

「あいつがいたのか？」

「昨夜の件だなんて言ってないわよ」

「ならば、どうしてそんなことを訊く？」

「ちょっと興味があるだけ」

ボーコムはだまされないぞとばかりに笑みを浮かべたが、けっきょく答えた。

「わたしからひとつ言えるとすれば、安全保障上の理由から、あの男のことはロバートと呼ばなくてはならない」

「あの人は鼻つまみ者になっているんじゃないの？　異動させられると聞いたけど」

「そいつはそもそも作り話だ。きみが噂として聞いたのなら、作戦がうまくいっているということだ」

「じゃあ、本当のところは？」

ボーコムは顔をしかめ、首を左右に振った。

「あの男が仕事をしているのはわたしとはべつの場所にある砂場だ。魔法と非合法な捜査。彼がなにを手がけているかは知りたくもないし、誰かが説明を始めたら耳をふさぐ」

「かなりの女好きなんでしょう？」

「現場工作員の半分はそうじゃないかな。いま、きみの目の前にいる男はべつとして」

「その評判は女性の情報提供者への対応にもあてはまる？」

ボーコムは顔をしかめ、首を振った。

「なんの話だ、いったい？　あいつがズボンをおろした現場でも押さえたのか？」

「そんなところ」

「わたしの知るかぎり、隠れ家でズボンをおろした者はただひとり、チェコの外務省のテレックスを届けに来た気取り屋のボヘミア人だけだ。そいつは手洗いに入ってテープで尻に貼

りつけるという方法で、オフィスから持ち出していた。必ずわたしにうしろを向かせてから
ズボンをおろしていた。ちゃんと〝失礼〟とひとこと断ってね。そのあと聞こえてくるのは、
ベルトのバックルがかちゃかちゃいう音、すばやくファスナーをおろす音、小さくうめいた
り悲鳴を漏らしたりしながらテープをはがす音だけだった」
「ケヴィン・ギリーの話をしていたんじゃなかったの？」
「そうとも。あいつについて知っていることはすべて話したし、これでもしゃべりすぎたく
らいだ」
　ボーコムが黙りこんだのを見て、ヘレンはもうこの話は終わったと思った。しかし、彼は
体を近づけ、自分の太ももと彼女の太ももをすり合わせ、片腕を枕のようにして彼女の頭の
下に滑りこませた。ヘレンは起きあがってコーヒーをひとくち飲み、ナイトテーブルにマグ
を置いてからふたたび体を横たえた。ボーコムの体が防波堤のように、防火壁のように感じ
られた。彼の次の言葉がささやきという形で耳にじかに入りこんだ。
「ときどき考えるんだよ。ロバートは本当のところ、誰の命令で動いているのかと」
　ヘレンは身じろぎひとつしないようにした。
「彼らだと思っているの？」
「いや、全然。ロバートが彼らの指示で動くはずがない。だが、やつは自分の意志で動いて
るんじゃないかと思うことはある」
「それはどうして？」

ボーコムが肩をすくめたのが感じでわかり、ヘレンはもう少し待った。彼はなにも言わず、しばらくののち、朝食はどこに行きたいかと訊いてきた。角を曲がったテルトアー・ダム通りに新しくできたベーカリーはどうだろう？　なんにでも粉砂糖をまぶして、この界隈でいちばん濃いコーヒーを淹れるあの店だ。ヘレンはいいわねと言い、それからもう一度例の件にそろそろと接近をこころみた。いつ向こうから手をのばしてきて、腕をつかまれてもおかしくない距離まで。

「ロバートは単に身勝手なだけという意見なの？　自分のことだけ考えている人だと？」

「なぜそんなことを訊く？」

ボーコムのあらたなお気に入りのその訊き方にヘレンはいらいらさせられたが、それと同時にこうも思った。人の弱みにつけこむギリーの性格はその筋では有名で、局の選ばれた一部の者のあいだでは冗談のネタにされているのかもしれない。自分のような機密取り扱いレベルの低い者のあいだでは話題になっていないだけかもしれない。

「そうね、仮に、あくまでたとえばの話だけど、ギリーが昨夜、あそこの隠れ家にいたとする。利用者としてだけれど、規則を無視した形で」

「いまのわたしたちと同じ、ということかな？　局の施設で親密な行為におよんでいたと？」

ヘレンは顔を赤らめ、ボーコムの目が天井を向いていてよかったと思った。

「彼の行為は誰が見ても親密とは言えないものだった。だいいち、この家はもう隠れ家としては使われていないし、わたしがここにいるのは問題にならない。人が住んでいるように見せ、機器を取りはずすなど店じまいをするための時間を稼ぐという役目があるから」

「たしかに」

「だったら、はやく答えて」

「答えろとは？」

「さっきの仮定の話。あなたはどう考える？」

「仮定の話をするつもりはない。それも、ケヴィン・ギリーのような人間については」

またもやはぐらかされ、その話題はふわふわとただよっていき、火をつけたばかりのジタンの煙と交じり合った。

「さて、そろそろ」彼はようやく口をひらいた。「朝めしに行くか？」

「あとちょっとだけ眠りたい」

「賢明な判断だ」

ボーコムはベッドを出て、服を着はじめた。

「でもね」とヘレンは言った。「眠れるかどうかわからない」

「それはすべてアプローチしだいだ」

「どういうこと？」

「睡眠にどのようにアプローチするか。睡眠に入るためにどのような準備をするか」

「まるで睡眠が目的地という場所のような言い方」

「きみはそうではないのか？」

「普通は疲れきっているから、すぐに眠れる」

「わたしは意志の力を総動員し、感謝しつつ眠りに入る。戦争中、あるいは戦後、うっかり窮地におちいったときなどは、そうしないと眠れないことがときどきあった。睡眠は寒い夜の暖かなシェルターのようなものだと思っている。テント、あるいは兵士でぎゅうぎゅう詰めの兵舎で、仲間のいびきを聞き、みんなが吐く息で空気が白く曇るなかで横になりながら、入ることを許されるためにはそれなりの準備が必要な世界、たとえて言うなら安らぎの世界のように睡眠を思い描いたものだ」

「安らぎの場所。いい表現ね」

「敵地にある隠れ家に到着して、なかに入ってドアを閉め、もう安心だと思った瞬間に襲ってくるのと同じ感覚だ。足をとめて、静けさに、その場所でいつもしている聞き慣れた小さな音に耳をそばだてる。冷蔵庫のぶうんという音、あるいは、外から聞こえるゆるんだマンホールの上を車が走っていく音。雨樋(あまどい)からしたたり落ちる水滴の音。以前からあった音だが、あらためて耳にすると気が休まり、ぴんと張りつめていたものがすべて体から抜けていく。車の油受けのねじをゆるめたとたん、汚れた油が流れ出るようなものだな」

「油受け。ロマンチックな表現だこと」

ヘレンはほほえもうとして、気の毒なフリーダのことを思い出した。あの娘もまた、ギリーには気をつけるよう忠告されていたのに、隠れ家のことは信用していた。隠れ家が本当の意味で安全でなければ、眠りもまた安全ではないだろう。それでも、ボーコムの考え方にはでた。

ヘレンはベッドで丸くなった。ボーコムが上掛けを上まで引きあげ、彼女の髪をそっとな
「目的地ね」彼女は言った。「悪くない」
惹かれるものがあった。

「昨夜、なにがあったかは知らないし、くわしいことを聞かせろと迫るつもりもない」彼は言った。「なにがあったにせよ、きみには少し静かな時間が必要なんだろう。好きなだけ眠りなさい。ヘリントンにはわたしからうまく言っておく」

「ありがとう」彼女はものうげに言った。すでに避けがたい眠りへの扉をくぐろうとしていた。頭にこびりついたフリーダの姿——顔が青ざめ、雨に濡れ、おびえていた——すら、解き放たれた魂のようにただよいながら、暗闇のなかに消えていった。

この日以降、ヘレンはどれだけ疲れ、動揺し、頭にくることがあっても、眠りは安全な目的地であり、心を温めてくれる避難場所だという考えを守りつづけた。三十五年後、自分の寝床で殺されるときまで。

5

二〇一四年八月

両親を殺害した晩、ウィラード・ショートは赤のスプレー塗料の缶を手に裸足で町はずれまで歩き、〝ポストンへようこそ　人口九二四人〟と書かれた看板の前に立った。からからと缶を振り、つま先立ちになってスプレーを噴射した。まず、数字を横線で消した。それから、母と父の分を引いた新しい合計を書いた――九二二。

ウィラードは算数が苦手だった。

しかし、警察がそれに気づくのにはしばらくかかり、おかげで二日にわたって、三体めを探して一家の農場を何カ所も掘り返すことになった。バックホーを動かし、におい探知犬を放って腐乱か腐敗を示唆するものをかたっぱしから探させた。農場なので、そういうものはいくらでもあった。堆肥の山を確認するだけでも午後いっぱい忙殺されたし、一エーカーの土地の大半を穴だらけにしてようやく、町民のほぼ全員と同じ結論、すなわち、ウィラードは単に計算を間違えただけという意見に落ち着いた。

ポストンに来て日が浅く、現場から一ブロックと離れていない小さな木造家屋に住んでいるヘンリー・マティックはまったく異なる意見だった。あの若者はたしかに知能が低いが――幼稚園児程度の頭脳しか持たない二十四歳の男には残酷な言い方かもしれない――単に自分も引いただけではないか。自分をこの世に生み出したふたりを亡き者にするのなら、みずからの存在を否定する以上にいい方法などありえない。

ヘンリーは最初にサイレンの音が聞こえた瞬間から、そういう結論に達していた。

メリーランド州イースタン・ショアにある農村地帯で隠居同然の生活をしているのだから、ほかにやることはたいしてない。いまは失業中で、つき合っている女性はおらず、遠い親戚が所有する質素な農場で暮らしている。一時的な住まいとして破格の家賃を提案されたのだ。というか、ごくまれに水を向けられると、近隣の連中にはそう説明していた。車に貼ったステッカーで彼がボルティモアから来たことは誰もが知っているが、それについて訊かれてもヘンリーはただうなずくだけだった。

話し相手と言えるのは、前の借り主が置いていった栄養不良のぶちの雑種犬だけ。世話をされないことに慣れすぎているのか、何日もいなくなったかと思うと、ひょっこり帰ってきて餌を食べ、頭を少しかいてもらい、ポーチの近くの芝生に糞をしたのち、またどこかへといなくなるのが常だった。ヘンリーはそれを根に持つことなく、スクーターという名前をつけ、いつ顔を出すかわからない犬のスケジュールに合わせて、餌入れがいつもいっぱいになるよう心がけた。

鋭い観察眼を持つヘンリーは、通りの先の家に警察が出入りするのに目を光らせていた。過熱するマスコミ報道を分刻みで追い、ケーブルテレビ局が興味を失いはじめるとインターネットに切り替えた。

昨今のいまわしい凶悪犯罪の基準からすれば、この件はごくありきたりなものだった。しかも、犠牲者はたったふたり。ウィラードが町はずれの看板まで往復するという奇怪な行動に出ていなければ、マスコミの関心はほとんど惹かなかっただろう。それをべつにすれば、事件のあらましはいたって単純だ。凶器は狩猟用ライフルで、ウィラードが十四歳の誕生日に父から贈られたボルトアクション方式三〇-〇六口径ルガーアメリカン。これまでは鹿を撃つのにしか使っていなかった。両親とも顔を撃たれていた――父親が先で、そのあとが母親。捜査員たちが殺された順番をそう結論づけた理由のひとつは、血と脳髄の飛散パターンだったが、もうひとつ、死体で見つかった母親はベッドから起きあがった状態だったことから、彼女はおそらく一発めの銃声で目を覚ましたと思われた。

息子も両親も事件前に酒は飲んでいなかった。薬物検査はまだ終わっていないが、三人ともドラッグを使用した過去はなく、逮捕されたときのウィラードは包括的に見ればまずまず正気だった。両親が即死だったのはほぼたしかだった。死亡推定時刻は朝の四時から四時半のあいだとされた。

血痕をたどった結果、ウィラードは寝室の床に銃を置き、すぐさま家を出たとわかった。彼が足をとめたのは、銃撃の前に玄関わきに置いたらしいトラクター用のスプレー塗料の缶を拾いあげたときだけだ。

動機については、一家の友人および隣人が頻繁にインタビューを受けたものの、町に殺到したレポーターの必死の努力にもかかわらず、納得のいく説をひねり出せた者はひとりもいなかった（ヘンリー自身は六人のレポーターをかわし、彼らは三日にわたって狂信者なみの情熱で一軒一軒、訪問してまわった）。

町民の話は口調も中身もほぼ同じ。事件にいたるこの何週間かのウィラードからは、あからさまな怒りも暴力的な傾向も精神疾患の兆候も見られなかった。彼はただ〝のろい〟だけだと誰もが言った。のろくてやさしくて感じやすく、フライドチキンと綿あめと花火、それにマーチングバンドがことのほか好きだった。毎年、鹿撃ちの季節になると父親と一緒にハンティングに出かけたが、彼が最後に獲物を仕留めたのがいつだったか――そもそも、弾を命中させたことがあるのか、誰も記憶していなかった。

いじめられていた過去が引き金になったのかもしれないと推理する人もわずかながらいたが、その問題は何年も前、同年代の連中が就職し、あるいは大学に進学したことで解消したと誰もが口々に言った。それに、そのころにはウィラードはすっかり体が大きくなっていたから、彼に喧嘩（けんか）をふっかけるのは大きな間違いだと思われるようになっていた。

両親による虐待を疑う声はまったく聞こえてこなかった。父のタラントは六十三歳、働き者で思いやりのある父親だったし、地元での評判も上々だった。母親のヘレンは五十九歳、少しばかり冷淡でお高くとまっているところはあったが、いつも息子を過剰とも言えるほど守っていた。彼女がウィラードに向かって声を荒らげるところなど、誰も見たことがなかった。というより、いまさらながら気づいたのか、もう何年も彼女が誰かになにか言っているのを耳にした人もいないらしい、というのがもっぱらの噂だ。ある意味、彼女は息子と同じく、理解しがたい人物になっていた。そう考える者たちの意見によると、ヘレンが引きこもるようになったのは、ショート夫妻の娘のアンナが大学進学で家を出た年からだった。たしか六、七年前だったかな、と言いかけてすぐに考え直し、もう十二年以上がたっていることに気づき、時のたつのははやいものだとばかりに首を振る。いまはボルティモアに住んでいるアンナの言葉は、どのメディアにも登場していない。マスコミの目を避けているらしく、葬儀の当日まで町に足を踏み入れることはなさそうだった。

納得のいく答えが得られないなかで、ボストンでもかなり信仰心の篤い人のなかには、ショート一家が教会に安らぎを見いださなかったことが今回の破滅につながったと結論づける者もいた。揺らぐことのない信仰心を持つ若者ならば、あんなことは起こさない。その意見は〈FOXニュース〉で大々的に紹介され、ヘンリーにちょっとした息抜きの時間をあたえてくれた。いかにもだな、と彼はひとりごちた。しかしそれもまた、ボストンの町に必要以上に滞在する気になれない理由のひとつだった。

とはいえ、彼もまた、この事件はそんな単純なものではないと思っていた。最近まで従事していた仕事で頭に叩きこまれたからというわけでもないが、どれほど頭が弱い者であろうと動機は複雑にからみ合った要因の奥底に埋もれているものだ。アマチュアの立場から答えを探っていると、この殺人事件のなかの一点が何度となくよみがえってくる。それは大勢の興味をかきたてたあの事実、ウィラードが町はずれまで半マイル歩いたという点だ。彼がひとり決然と歩いていく姿がどうしても頭を離れず、ヘンリーはある日の夜遅く――というか、むしろ早朝というべきだろう――その足取りをたどってみようと決意した。国政調査員のようなひたむきさで町の総人口の数字を書き換えに向かった若者が、第二の服のようにまとっていたはずの感覚的な合図を体感するためにも。

ヘンリーはショート家のドライブウェイを出たところ、なにも入っていない郵便受けの蓋が疲れきった犬の舌のようにだらりと垂れている場所からスタートした。近隣の家は真っ暗だった。誰も起きている様子はなかった。まだ夜明け前で、流れ星が空を横切っていくのがうっすらと見え、農業用のため池が朝靄(あさもや)で煙り、スカンクのつんと鼻をつくにおいがトウモロコシや大豆の畑にただよっていた。コオロギやアマガエルによる夜のコーラスが終わりに近づいていた。美しい鳴き声を持つ鳥たちも、もうじき目を覚ますだろう。ヘンリーはウィラードをまねて裸足だった。舗装路は前日の熱が残ってまだ温かかったが、表面がでこぼこしているせいで草ぼうぼうの路肩を歩かざるをえなかった。草は朝露でひんやりしていた。

終わりゆく夜のにおい――松やに、湿った地面、スカンクのかすかなにおい――を吸いこみ、すぐ前方にウィラードがいるものと想像して歩いた。服はよれよれで血にまみれ、スプレー塗料の缶を手にしている。デニムのオーバーオールの裾で濡れた草をさらさらいわせながら、静まり返った家々を通りすぎていく姿を想像した。

ウィロウ・ストリートのカーブを曲がってハイウェイ五三号線に入った。細い道が沈む直前の淡い月光を浴びてほのかに輝いている。はるかかなたで、ラジオ塔の赤い光が追跡用発信装置のように点滅していた。

ウィラードの体重、胴まわり、すわりっぱなしの生活スタイルを考えれば、このあたりで息が切れていたことだろう。そう思ったのは左手にバスナイト家が見えてきたときだった。煉瓦造りの平屋建ての家には車三台が入るガレージがあり、衛星放送のアンテナが巨大キノコのように芝生からにょっきり生えている。道の前方に見える黒い染みは、車にはねられた動物の死体だ。ぺたんこになったリスは、へらでひっくり返せるほどに乾燥していた。

次にヘンリーは公園の前を通りすぎた。この場所で、町のすべての子どもたちが、読むことも足し算もできず、なにを訊かれても首を振って「わかんない」としか答えないウィラードを見てばか笑いしたことだろう。ようやく住宅街を抜け、ルリタン・クラブ、シヴィタン・クラブ、ファースト・バプテスト教会、農業会、自警消防団（VFD）による歓迎の看板が建ち並ぶ場所にたどり着いた。どの支柱もさびが浮き、ノウゼンカズラが巻きついていた。

その少し先に、ウィラードが最後の仕事をやりとげるために足をとめたポストンの標識がある。

なぜそんなことを？

ヘンリーはあらためてその疑問を考察したが、答えは出てこなかった。あんなに意識が研ぎすまされていたのに、歩いているうちになんの信号も発しない放送休止のチャンネルに頭の周波数が合ってしまったらしい。

ウィラードはそのあと、来た道をまっすぐたどって自宅に戻った。二時間後、新聞配達の少年が、ショート家の玄関先のコンクリートデッキで丸くなり、いびきをかいているウィラードを見つけた。ドアが半開きで、大量の血が見えたことで不安になった少年は、すぐさま自転車をUターンさせて、町の警察にまっすぐ向かった。警官が銃を抜いて近づいたところ、ウィラードはまだ眠りこけており、家のなかはすでにハエがぶんぶん飛び交っていた。

メリーランド州のハイウェイを管理する職員が標識を交換するのに、わずか二日しか要しなかった。ふだんのお役所の仕事ぶりからすると、ある種の記録を打ち立てたにちがいない。しかし、そこから事態は異様な展開を見せ、運輸局の連中がウィラードが書き換えた総人口九二一人の標識を運び出した。古い標識が証拠として運ばれていくと、その数時間後には、ウィラードはなんと血で数字を書き換えたらしいという噂が駆けめぐっていた。

ヘンリーは疑問が解けるどころか、ますます自分がばかになったような思いを抱えて自宅に戻った。鳥の鳴き声がしはじめるころにベッドにもぐりこみ、眠りにつく直前に聞こえてきたのは新聞が玄関先に放り投げられる音だった――配達したのは同じ少年で、自転車も同じ。ようやく目が覚めて新聞を取りに出ると、悲しみに沈んだ葬儀の車列がハイウェイ五三号線を通っていくのが見えた。霊柩車二台、送迎用リムジン、友人と家族を乗せた車三台、テレビ局のバンが五台。

遅い朝食をとりながら読んだ新聞の一面に、葬儀は関係者のみでおこなうと書かれていた。

ウィラードの姉アンナの写真が添えられていたが、それではじめて彼女の顔を見ることができた。意外だった。ほかの家族にくらべ、彼女は都会的でそつがないタイプで、より広い世界を知っているように見えた。顎をぐっと引いているせいで、どこか一途な印象があるが、それと同時に慎み深い感じも若干受けた。ヘンリーの直近の上司なら陪審員に好感を持たれる顔だちと表現するだろう。善良でざっくばらん、正直を絵に描いたようなタイプだ。

年齢は三十で、子どもと困窮者のためのロビー活動をする人道支援団体の副代表をつとめている。それを知ってヘンリーは、彼女と弟との関係はどうだったのか気になった。その仕事を選んだのは弟の状況を思いやってのことなのか、それとも彼をここに残してしまった罪悪感からなのか。

気の重くなる選択だ。

ヘンリーはテイクアウトのフライドチキン――あとになって気づいたが、ウィラードの好物だった――で夕食をすませると、報道を追うのはもうやめることにした。ノートパソコンを終了させ、テレビをつけて野球の試合を観た。どうせ、もうじきポストンを出ていく身だ。四回の途中で、十月までもたせるつもりだったライウィスキーをあけた。九回に入るころには半分以上を飲んでいた。ふらふらとあがったフライがショートのグローブにおさまってスリーアウトになると同時にテレビを消した。それから目を閉じ、真夜中に歩くウィラードの姿を思い浮かべた。ひとりだがひとりではない。決然とした足取りで歩いていく。そんな彼のすぐうしろ、道路わきの暗がりに人影がぬっと現われる。油断なく見張るように。

6

次に気づいたときには、スクリーンドアを乱暴に叩く音が聞こえ、その一音一音がこめかみに響いた。ヘンリーはだるい体を引きずるようにして立ちあがった。指で髪をすきながら、ノックの音は気のせいだったのかもしれないと思う。ライウィスキーのボトルがキャップをあけたまま床に置いてあり、立ちのぼるにおいであやうく吐きそうになった。キャップを締めていると、ふたたびノックの音が聞こえた。

「いま行く！」

大声を出したせいで額に鈍痛が走った。犬の姿はどこにもなく、ボウルには餌がまだたっぷり入っている。ケーブルテレビのチューナーの上の時計が午前十時二十四分を表示していた。

ドアをあけると、目の前にアンナ・ショートの顔があった。きのう読んだ新聞から抜け出てきたのかと思った。新聞の写真に添えられていた無情な説明文がぱっと頭に浮かんだ――〝アンナ・ショートはコメントを拒否した〟

「ヘンリー・マティックさん？」

「そうだ」

「わたしはアンナ・ショート。例の——」

「きみが何者かは知っている」

「そうよね」彼女は自分が悪い意味で有名なのを悟ってうなずいた。ヘンリーは通りをうかがい、彼女がこの家の玄関口に立っているのを見ている者はいないか確認した。

「心配いらない」彼女は言った。「みんな引きあげたから」

「みんな?」

「レポーターとかカメラマンとか。事件以来、はじめてそっとしておいてもらえたわ。入ってもいい?」

「もちろん」

ヘンリーは気がきかなくて失礼だったと思いながら、どうぞと言うようにうしろにさがった。アンナがなかに入る様子を見て、彼女も昨夜の夢に出てきたのをぼんやりとながら思い出した。もっとも、はっきり覚えているのは彼女がいまと同じように、きびきびと軽やかに歩いていたことだけだ。

振り返って彼女のあとをついていくと、自分の住まいがいかにわびしいか、あらためて痛感した。すわる場所といったら、くたびれた灰色のソファに緑色のコーデュロイの安楽椅子だけ。古ぼけたコーヒーテーブルがひとつ、壁掛け式のテレビはうしろからコードがだらりと垂れている。未仕上げの松材で手作りした書棚は、少量の本を並べておける程度の大きさしかない。天井は引っ越してきたときから四隅にクモが巣を張っているし、薄汚れたオフホワイトのむき出しの壁がぺらぺらのベージュのカーペット——おろしたての新品ゆえ、まだ化学薬品のにおいがする——にぴったり合っている。できるだけ殺風景にすれば、誰も訪ねようとはしない。いままではとてもいい考えだと思っていた。スクーターがいれば少しは役に立ってくれたのに。そう、おれにもやさしくてソフトな面があるんだとアピールする道具として。

「ここは仮住まいでね」彼は言い訳したが、アンナは目に疲労の色だけを浮かべ、緑の椅子に腰をおろした。

「なにか飲みますか？　ヘンリーはソファにすわった。コーヒーでも？」

彼女は首を横に振った。

「人に聞いたけど、あなたは探偵みたいなことをしているんですってね」

「昔の話だ。それに正確にはちがう」

いったいどこでそんなことを聞きつけたのか？　おそらくはボルティモアから来たお節介な引退した弁護士、スチュー・ウィルガスだ。何週間か前、ジェネラル・ストア——そう、ボストンではいまも、スーパーマーケットをそう呼んでいる——のレジに並んでいたとき、うっかりあの男とおしゃべりしてしまったのだ。あのときも、いささかしゃべりすぎた気はしていた。

「以前はしていたのね。わかりました。でも、いまは仕事を探しているようだけど」

「たしかに仕事はしていないが、あえてそうしているだけだ」

「そう」

アンナはうなずくと、そろそろ帰ろうとするように両手を膝に置いた。それからため息をつき、椅子にぐったりともたれかかった。

「なぜそんなことを訊いたかというと、いま探しているところなの……」彼女は言葉を探すように口をつぐんだ。「この件を理解する力になってくれる人を。だって、最初のうちは彼との面会すら許可されなかったのよ。信じられる？」

「ウィラードのことだね。弟さんの」

アンナははっと顔をあげた。目が感謝の念できらきら光っていた。

「あの子のことをそう言ってくれてありがとう。そう、弟のこと。この一週間、誰もそう呼んでくれなかった。牧師さまですら。〝ウィラードについてなにを言うべきかね？〟ですって。警察も同じ。〝ウィラードの弁護士について希望はありますか？〟とか。一度だって〝弟さん〟なんて言ってくれなかった。わたしとあの子はもう血がつながってないとでも思ってるのかしら。そもそもわたしは、あの子がやったなんてまだ納得してないし」彼女は次々と浮かぶ思考の流れをとめようとするように片手を突き出した。「いまのは訂正する。もちろん、あの子がやったのよ。それは議論の余地がない。でも、自分の意志じゃない。そんなことができる子じゃないもの。だからこうしてあなたに会いに来たの。理由を突きとめてくれる人が必要で、料金はちゃんと払います」

「きみに必要なのは医者だと思う。弟さんを精神科医に診せたほうがいい」

「それが本当に答えだと思っているなら、とっくの昔にやっている。でも、そんな方法ではあの子のことは理解できない。いままでだって理解できていたかどうかもあやしいのに。そこへきて、あんなことがあった。もう完全に理解不能よ。いまのわたしはできるかぎりのことをするしかないし、事件の前の数日間、あの子がなにをしていたのか、なんとしてでも突きとめたい。あの子がどこにいて、誰と会ったのか。あの子の足跡をたどって、引き金になったものを、あの子を駆りたてたものを突きとめたい」

「警察は役に立ってくれなかった？」

「ばかなこと言わないで。だいいち、警察がなぜそこまでこだわらなきゃいけないの？　あの人たちの仕事は誰の犯行かを突きとめることだし、ウィラードがやったのは間違いないんだもの」

「私立探偵は？」

「友だちからボルティモアの探偵を教えてもらった。電話したけど、お金を無駄にするだけだと言われた。料金を聞いて、納得したわ。出張費だけでも全財産が消えちゃうんだもの。そういうわけで、ざっくばらんに言うけど、それがここを訪ねてきたもうひとつの理由。あなたなら安くやってもらえるんじゃないかと思ったの。少なくとも、わたしが払える程度の料金で。だって、あなたは出張しなくていいんだから。一日につき七十五ドルで交通費も払う。期間は最長で一カ月。安すぎるのはわかってるけど、いままったく稼いでいないのなら……」

「金は問題じゃない」

アンナは、そういう答えが返ってくると思っていたというようにうなずいた。それから大きく息を吐いた。言いたいことをすべてぶちまけたせいか、少し重荷がおりたような顔をしている。ヘンリーはそこでふと気づいた。ボストンに来てから彼女には話し相手がひとりもいなかったのだ。父も母もこの世を去り、友だちはみんなボルティモアにいる。近所の住民とは長年会っていないので、残るは警官、マスコミ、何年も顔を出していない教会の牧師、あの気味の悪い葬儀場の責任者、それにおそらくは不動産弁護士。つまり消去法の結果、ヘンリー・マティックが彼女の相談相手に選ばれた。

ヘンリーは誇らしささえ感じた。おかげでひどい二日酔いがおさまりはじめた。けれどもそれなりの理由で自分が適任でないことは承知していたから、それをやんわり伝える方法を模索した。

「おれはべつにその道のプロというわけじゃない」

「でも、ボルティモアにある連邦検事局でしょ？　以前、そこで働いてたんじゃないの？」

「スチュー・ウィルガスから聞いたらしいね」

「お葬式に来てくれたの。参列するだけの勇気を持った、数少ない人のひとり」

あるいは好奇心かもしれないぞ、とヘンリーは思ったものの、口には出さなかった。

「とにかく、ウィルガスにも言ったが、常勤の職員ですらなかった。仕事を請け負っていただけで、その後、お払い箱になった」

「その前は、連邦議会の委員会で働いていた、そうよね？」

「たしかに」そこまで知られていていい気はせず、その気持ちが顔に出てしまったようだ。

「ごめんなさい。ネットであなたを調べたの」

「そうとうじっくり調べたらしいね。言っておくが、司法省(DOJ)では、大勢の調査員がちゃんと働いているか目を光らせるのがおもな仕事だったが、おれ自身は調査の訓練は受けていない」百パーセント事実というわけではないので、彼は少し逃げを打った。「少なくともきちんとした訓練は。ほら、昔のコマーシャルにあっただろ。〝やあ、わたしは医者じゃないがテレビで演じたよ〟というやつさ」

「わかった。だったら一日あたり五十ドルにしましょう」

「あまり調子にのらないでくれよ」このひとことがアンナから一瞬の笑顔を引き出した。

「まじめな話、できるものなら手を貸したいが、きみひとりで見つけられなかったことをおれがなにかひとつでも見つけられるとは思えない。弟さんは単に頭がどうにかなったということだろう。思いとどまらせようとして言ってるわけじゃない、どこから手をつけていいかわからないんだよ」

「だったら、ハンティングの件から手をつけるとか」

「どういうこと？」

アンナは身を乗り出した。声に張りが戻っている。

「たしか一カ月ほど前だったと思うけど、最後に父と話したときのことよ。ウィラードがひとりでハンティングに出かけるようになったと聞いたの。父は少し不安に思ったらしいけど、弟にとっていいことかもしれない、自立心の表われだろうと考えたんですって。わたしはどこまで出かけているのか、移動手段はなにかと訊いた。父はかいもく見当がつかないと言ったけど、それでただごとじゃない気がしたの。いつもなんの獲物も持たずに帰ってくるけど、弾は必ず何発かなくなっているというんだもの。しかも、父は一度も銃声を聞いたことがない。つまり、弟がハンティングをしていたのはうちの土地ではなかったということ」

「ひょっとしたら、遠くまで歩いていったんじゃないのかな」

「父は車を持っている人と一緒なんじゃないかと考えていた」

「お父さんは本人に訊いたのか？」

「ええ。ウィラードはちがうと答えたけど、父の目を見ようとしなかったそうよ。あの子らしくもなく」

「弟さんの友だちにはどんな人がいるんだい？」

「ひとりもいない。友だちがいたことなんてないの。父が強く問いただささなかったのはそれもある。やっと友だちができたのなら、それに水を差す必要がどこにある、というわけ」

「遠くまで歩いたのでないかぎり」

「ウィラードは長く歩くのが好きじゃなかった。だいいち、うちの土地はわずか四十エーカーしかなくて、ハラム・ロードにぶつかったところで森がぷっつり途切れてる。十五分か二十分も歩けば、よその家の土地に入ってしまう」

ヘンリーの頭にひとつのイメージが浮かんだ。松林から砂利道に出たウィラードは苦しそうに息をし、ブーツには泥と湿った葉がこびりついている。そのあと思考は町はずれへと引き戻され、そこではまたも、スプレー缶を手にしたウィラードがつま先立ちになって新しい人口を記入している。目をあげるとアンナが答えを待つように彼を見つめていた。

「弟さんが誰かと出かけていたとしよう」ヘンリーは言った。「それでも、誰かがふたりでいるところを目撃したとか、連れの人物を知っているという人がいないかぎり、最終的には行き止まりにぶちあたるだけだ」

「だから、弟が誰かと一緒だったところを見た人が見つかるまで訊いてまわるのよ。そうすれば、あの子になにか吹きこんだか、頭を混乱させてあんなことをさせた犯人に一歩近づける」

「その友情とやらが実際に存在したとして、どうしてそう悪いほうに考える？　きみの話からすると、それこそ弟さんに必要なものだったとしか思えないが」

「だったら、その友だちに愛想をつかされて、それが引き金になったのかもしれない。あるいは、父か母に見つかって会うのをやめさせられ、それで頭に血がのぼってふたりを殺したとか。いずれにしろ、なんらかの説明の足がかりにはなるし、それこそわたしが求めているものなの」

「本人には訊いてみた？」

アンナはうなずき、ふたたび視線を床に戻した。

「きのう遅く、お葬式のあとで会わせてもらえたけど、弟はまともに話せる状態じゃなかった。わたしが入っていくと、ぱっと顔を輝かせて、にこにこしながら〝帰ってきたんだね!〟って言ったの。それからママとパパはどこにいるのと訊いてきた。そう訊かれてどう答えればいいの?」

「なんて答えたんだい?」

「ふたりとも死んだと言ったわ。もう少しやさしい言い方を、オブラートに包んだ言い方をすべきだったと思う。でも、あの子が父と母を殺したのよ。あの子は顔全体をくしゃくしゃにした。それからうしろを向いたきり、わたしのほうを見もしなければ、なにも言おうとしなくなった」

「弟さんは覚えていないのかな? それともすべてを記憶から消してしまったとか?」

「そうかもしれない。明日またあの子に会いに行くの。よかったらあなたも同行して」彼女はそこで口をつぐみ、ふたたび物思いにふけった。「ひどい身なりだった。お風呂に入ってないし、ひげも剃ってないし、髪をとかしてもいなかった。そしてわたしに、おもちゃを持ってきてと頼んできたの」

「おもちゃ?」ヘンリーは喉になにかこみあげるのを感じた。

「ついこのあいだ両親を殺したあの子が、今度はミレニアム・ファルコン号のフィギュアを持ってきてだなんて」

ヘンリーは数秒ほどその言葉をかみしめてから、ふたたび口をひらいた。

「弟さんは塗料で数字を書いたよね。ほら、標識に。あのことは訊いてみた？」

「ああ、あれには複雑な意味なんかないわ」アンナは一蹴するように手を振った。「ウィラードにはなんでも数える癖があってね。集計してところかまわず記録するの。紙でも木片でも、そのとき手に入るものならなんでもいい。ありとあらゆるものをリストにして合計する。自分が使った歯ブラシの数に石けんの数。鳥の餌やり台に飛来したショウジョウコウカンチョウの数。『セサミストリート』でエルモを見た回数」

「しかし、あの数字は、そのつまり……」

「三を引いたこと？」アンナはかぶりを振って、頰をゆるめかけた。「それについては、いつも弟をからかってた連中が正しいのかもしれない。あれはただ間違えただけ。あの子は足し算も引き算も得意じゃない。直近の合計を出すのがせいいっぱいなの。なにを数えているのか、こっちにはさっぱり見当がつかないこともよくあるわ。単語をちゃんとつづれないので、ときには、自分にしかわからない記号を使うこともある。精神科医は衝動強迫という言葉を使っていた」

「弟さんは精神科医にかかっていたのか？」

「言い方がまずかったわね。しばらくお医者さんに診てもらっていた時期があるの。カウンセラーとかセラピストと言ったほうがいいのかもしれない。とにかく、発達障害を専門にしている人よ。もう何年も前の話だけど。弟のためというよりわたしたち家族のためで、あの子の現状を理解して、あの子の機嫌をそこねないためにはどうしたらいいか、それを理解するのが目的だった」

「それできみはどう思った？」

「なんでもリストにする癖については納得できた。お医者さんによれば、よくあることで、集中力や目的意識が身につくんですって」

「その医者に会いに行ったことはある？」

「十七歳になったころ、弟は通院をやめてしまったの」

「残念だったね」

「ええ、わたしも何度かそう思った。でも、その先生のところに通っていたときでも、弟は完全には心をひらいていたわけじゃなかった。さっきも言ったように、あの子を理解するのはむずかしいの」一秒か二秒、彼女は遠くを見るような目になった。それからヘンリーに視線を戻した。「で、どう？」

　ヘンリーは首を振った。

「そういうのは専門じゃないんだ」

「一週間だけあなたの時間をもらえればいい。たったの一週間よ。どうせテレビの前にすわって、ライウィスキーを飲んでるだけなんでしょ」

　なるほど、少なくとも観察眼は鋭いようだ。

「ねえ」アンナはつづけた。「あなたがやってくれないなら、ここイースタン・ショアの職業別電話帳で適当な人を選ぶだけのこと。私立探偵(ガムシュー)のGの項を調べて、浮気調査で生計を立てる素人同然の輩を雇う。ええ、藁にもすがろうとしてるのは自分でもわかってる。でも、いまはあなただけが頼りなの」

彼女は自嘲するように笑い、首を振った。

「ばかみたいね、まったく。〝助けて、オビ＝ワン・ケノービ、あなただけが頼りです〟って。あの子がいちばん好きな映画の科白よ。さっきのおもちゃの件でわかったかもしれないけど。でも、この話を人前でしたら、〈ＣＮＮ〉がそれを利用して〝親殺しの青年はダース・ベイダーに取り憑かれていた〟なんてくだらない説を披露するにちがいないでしょうね」

彼女はため息をついた。

「ひょっとしたらわたし、頭がおかしくなってきているのかも。わずらわせてしまってごめんなさい」

「いや、いいんだ。それにきみが答えを求めたい気持ちもわかる。もっともだと思う」

「じゃあ、引き受けてもらえるの？」彼女の瞳に光が戻り、ヘンリーのなかの陪審団が揺らいで、〝イエス〟の票にじわじわと傾いていった。そのとき、反対派が声をあげた。おまえは彼女に好意を抱きはじめているだけだ。ここにいるのはそのためじゃないだろう。

「ひと晩、考えさせてほしい」

彼女のほうもひと晩考えたほうがいい、とヘンリーは思った。明日になれば、他人と話し合えたことで気分がよくなっているだろうし、それで充分かもしれないではないか。

「わかった」アンナは言うと、ライウィスキーに目を落とした。「でも、きのうの夜よりはすっきりした頭で考えられそうね」

「いつもこんなことをしてるわけじゃない」信じてもらおうと必死な自分に気づいて、ヘンリーは少し落ち着かなくなった。

「気にしてないわ。近所の人はあなたのことをいろいろ噂してるけど、飲んだくれだなんて思ってる人はいないみたいだから」

彼は玄関まで一緒に行き、それからカーテンをあけ、去っていくアンナを見送った。彼女はウィロウ・ストリートを殺人現場となった家に向かっていた。悪趣味だとは思うが、現場をのぞいてみたい気持ちはある。しかし、彼女の依頼を受けるつもりはまったくない。なぜウィラード・ショートは正気を失ったのか、その理由を知りたいのはやまやまなれど。

そのかわり、昔の知り合いをひとりかふたりアンナに紹介しよう。同程度の力量を持ち、彼女が提示した格安の料金でもいいと言ってくれる人間を。なんなら、経費削減に協力してくれた礼として、この家に滞在してもらってもいい。自分は、さっさと荷造りして引っ越すのがいちばんだ。しかし、まずは電話を一本かけなくてはならない。この家には固定電話がないので、携帯電話を手にしてワシントンの市外局番がついた番号を押した。最初の呼び出し音が鳴るか鳴らないかのうちに、相手が出た――ミッチだ。着信番号でかけてきた相手がわかったにちがいない。

「マティックか。いつかけてくるか、気になっていたところだ」

「そっちからかけてくる番だと思っていたので」

「では、どうしてだ？　支払いをストップされると心配になったのか？」

「まったく逆だ。おれの見た感じ、ここではもうやるべきことは残っていない」

「そうだろうとも。こんなことは予想できなかったからな、そうだろう？」

「本当に知りたいなら答えるが、この事件はまったく気味が悪い。要するに、悪いときに悪い場所に居合わせたというやつだ」

「たしかに。われわれもまいっている。楽で退屈な任務だと思っていたんだろうに」

「そのとおりだ。ひとつ、報告しておくことがある。彼女の娘がさっきまでここにいた」

「アンナが？」まるで彼女を知っているような口ぶりだ。

「ああ」

「どうしてまた？」

「おれを雇いたいと言っている」

「きみを雇う？」

「事件について調べてほしいそうだ。弟の頭になにやら吹きこんだ人間がいると思っているらしい。なんらかの形でマインドコントロールしていたと」

ミッチは口をつぐみ、その報告について考えた。

「彼女はどこできみのことを聞きつけたんだ？」

「どこでもなにも、この家がこの場所にあるせいだ」

「彼女の説をきみはどう思う？」

「警察と同意見だね。彼女は藁にもすがろうとしているにすぎない。気を楽にしてくれるものならなんでもいいんだろう」

「かもしれん。だが、願ったりかなったりではないか。そう思わんか？」

「なにが願ったりかなったりなんだ？」

「この先も給料がもらえるという意味だ。以前にはやりたくてもできなかった形の調査をやる口実が手に入ったんだよ」

「ミッチ、彼女はもう死んでるんだぞ」

「だが、きみを雇った理由はまだ生きている」

「その理由とは？」

「それについてはもう話はついているはずだ、マティック。知っておくべきことはすべて話した」

「つまり理由はないということか」

「いいから仕事をするんだ。われわれが金を払っている仕事と、彼女に払ってもらう仕事の両方を」

「この期におよんでなにを手に入れようというのか、さっぱりわからないな。そもそも、ろくな報告もできてないのに」

「それは歴然としているじゃないか。家に入れるようなら、彼女が残したものをひとつ残らず調べろ。電話代の請求書、家計の状況、手紙、スケジュール帳。新しいものも古いものも、とにかくすべてだ。関係があるかどうかはどうでもいい。重要かどうかはわれわれが判断する。可能ならばコピーを取って送れ」

「それはどうかな、ミッチ」

「依頼を断ったわけじゃあるまいな？」

「ああ、しかし……」

「けっこう。彼女を喜ばせてやれ。依頼を受けろ」

「利益の相反があったらどうすればいい？　彼女の要望とそっちの要望のあいだに」

「それはない。今回の件がきれいさっぱり片づいたら、彼女が望むものをなんでもくれてやろうじゃないか。今後、われわれがこの件から得るのはすべて余録だ。本当だぞ、マティック。こいつは一挙両得だ。一挙両得だよ」

　ああ、そうだろうとも。電話を切りながらヘンリーはそう心のなかでつぶやいた。前にもその手の安請け合いの言葉は聞いてきた。正面の窓から外をのぞいたが、通りはがらんとしていた。いまごろはもう、アンナ・ショートは育った家に戻っただろう。静寂に包まれ、孤独におびえていることだろう。恐ろしい事件が起こった場所には、いったいいつまで暴力の痕跡が残るものなのだろう。それはじきにわかるはずだ。

　土足で踏みこむようなまねをするのかと思うと気が滅入る。力になってやれる可能性がわずかながらあったとしても、途方に暮れた人をだますようなまねはしたくない。あわよくば、彼女がおたがいのためを思ってあきらめてくれるかもしれない。そうなれば、ヘンリーはもう一度ミッチに電話をかけ、悪いがあの話はなくなったと告げ、荷造りをすればいい。

ヘンリーは寝室に行き、ベッドの下からスーツケースを出した。整理簞笥のなかのTシャツとボクサーショーツをすべて出し、スーツケースのなかに積みあげた。それからベッドに腰をおろして考え直した。ミッチのような人間にノーと言ったところで、相手は肩をすくめてかわりの者を探すだけだ。それこそ問題だ。ヘンリーはほかの者にもこの仕事をやらせたくなかった。アンナがかかわってきた以上は。陪審員に好感を持たれる顔をした、悲しげでひとりぼっちのアンナ。彼女がかわいそうすぎる。

衣類を抽斗に戻し、スーツケースをベッドの下に滑りこませた。居間に戻ると、ライウィスキーの瓶をつかみ、キッチンでいちばん高い棚に置いた。テレビのスイッチを入れ、大きな声をした男が折りたたみ梯子のいろいろな用途をデモンストレートするのを、数秒ほどぼんやりながめた。すぐにテレビを消し、両の膝に手を置いて立ちあがった。やるべき仕事がある。どうせやるのなら、きちんとやらなくては。

7

翌朝七時半、アンナがふたたび玄関口に現われた。ヘンリーはすでにシャワーを浴び、ひげを剃り、ポット一杯分のコーヒーを淹れていた。スクーターも戻ってきていた。一時間前、入れてくれというようにスクリーンドアを引っかいたのだ。いま彼はキッチンのひんやりしたリノリウムの床に寝そべり、ヘンリーとアンナが廊下から入ってくるのをじっと見ている。コンロの上では鋳鉄のフライパンのなかで卵がふたつ焼かれ、てかてかしたベーコンの脂がぱちぱち音を立てていた。

「少しどう？」ヘンリーはフライ返しで卵を示した。

アンナは首を振ったが、犬に目がとまったとたん、すげない態度が変化した。

「まあ。ここにいたのね」

「スクーターを知ってるのかい？」

「近所の人から聞いたの。あなたが引き取ると申し出たと知って、みんなあなたに賛成票を投じたみたい」

「住民投票がおこなわれていたとは知らなかったな」

「井戸端会議の場での話。ポストンの町は昔からずっとそういうことをしてきたの」

「そんな感じはしていたよ」

彼女は自分でマグにコーヒーを注いだ。ヘンリーはすでにベーコン二枚がのった皿に卵料理をよそった。スクーターは耳をぴんと立てたが、それ以上の動きは見せなかった。

「いろいろ訊いてまわったようだね」

「ええ。収穫があったわ」

ヘンリーの胃が小さく宙返りをした。こっちが引き受けると言うより先に解雇するつもりなのか。

「ヨーロッパに一年いたんですってね」

「それはたいした秘密じゃない。もっとも、グーグル検索で見つけたとも思えないが」

「お友だちに聞いたの」

「友だち？」

「そんなにめずらしいことかしら？」

「いや、そうではないが」とはいうものの、具体的な名前はひとつも浮かばない。ごく最近の仕事では、いまの仕事と同様、そこそこの孤独を強いられた。「だが、人づき合いがいいほうじゃないのはたしかだ」

「その人も同じことを言ってた。正確には〝一匹狼（おおかみ）なところがある〟だったけど」

「その情報源を知りたいね」

「一匹狼でも仕事ができればかまわないし、その人はあなたの腕を褒めていた。ヨーロッパでの話もよかったわ。計画も仕事もなく向こうに渡って、一年も滞在できる人なら臨機応変に対応できるはずだもの」

「正確には十五カ月だ。それに、それほどつらかったわけじゃない」

しかし、当時から臨機応変の才にたけていたのは事実だ。それにおおむね楽しんでもいた。そのころ、ヘンリーはロースクールに在籍していたが、あと一学期で学位が取れるという段階まできていた。こんなことをしていても意味はないと判断した彼は退学し、格安フライトでロンドンに向かった。数週間ほど、自転車でイギリス国内をあてもなくまわり、田舎のパブで人と話したり、季節労働が必要な時期には何週間かつづけて農家に泊まりこんだりした。イギリス海峡を渡り、ゆっくり時間をかけて大陸を横断してドイツにたどり着くと、ベルリンで十一カ月間、その日暮らしの生活を送った。最後のほうでは友人――ドイツ人も移住者もいた――のゆるいネットワークができていたが、無一文だったので、アメリカに帰る航空券を買うために借金を申しこまなくてはならなかった。

ベルリンは気に入っていた。寒さ、垂れこめる雲、短い夏をべつにすれば、すべてが好みにぴったり合っていて、まるであつらえたかのような街だった。ベルリンの住民はよく歩いた。きれいに整備されたすばらしい公園がいくつもあり、車を利用する人は少なかった。年配女性ですら自転車で食料品店に行っていた。輪のなかにアメリカ人が交じっていても誰も気にせず、いったん受け入れれば手をつくして助けようとしてくれた。誰もが本や新聞を読み、パン屋でパンを買った。バーやカフェで一時間ほどぼんやり物思いにふけるのは怠惰ではなく美徳とされ、レストランでばか騒ぎをする輩はいなかった。誰も銃を持たず、宗教は過去のものになっていた。好みに合った暮らしが送れる場所だった。しかし、金が底をついた。

アメリカに戻ってきたとたん、自分が生まれ育った国についてそれまでなぜか気づいていなかったことが目についた。やたらと食べ、やたらとものを買い、ばかでかい車やトラックに乗って出かけ、さらにたくさんのものを買いこんでくる。大きいことは常にいいこととされ、少なくともより多くの賞賛を受ける。誰もかれもが上の空で、読むものといったら携帯電話のメールやケーブルニュースのテロップだけ。選挙では、自分が格別に軽蔑している人物あるいは集団に対して厳しい態度でのぞむと約束した候補に一票を投じる。強欲と銃がはびこっていた。いまのご時世では、誰か、あるいはなにかに忠義立てするのは危険を感じる。そういうわけで、自分だけが抱いているこの嫌悪感をなだめるのに最適の仕事、連邦議会の職員に落ち着いた。

「お友だちによれば、何年か前、例の上院議員を追いつめたのはあなただそうね」アンナは言った。「売春婦に給料を払っていたあの議員」

「敵対勢力に関する調査の一環でね。おれを雇っていた連中は、その上院議員を、ある小委員会からはずしたかった。わきの甘いやつで楽だったよ。運がよかっただけだ」

「有能な人ってたいてい、運がよかったと言うのよね」

「逆も真なりだ。少なくともワシントンでは」

「ワシントン時代のことで、わたしが知っておいたほうがいいことはほかにある？」

「関係ありそうなことはなにもないよ」

というか、あえて話すほどのことはなにもない。関係ありそうなことはたくさんあるからだ。連邦議会の仕事によって、他人の過去を内々に探り、紙の記録をたどり、風景に溶けこむようにして監視をおこなうすべの大半を学んだ。指導してくれたのは雇い主で、ロドニー・ベイルズという名のしわくちゃなじいさんだった。スタッフの連中は陰ではベイルズのことを敬意をこめて〝サー・ロドニー〟と呼んでいた。よく響く低い声をしていたし、イギリスの上流階級らしいアクセントがかすかに残っていたせいもある。

正式な雇用主は中西部選出の上院議員だったが、議員本人と顔を合わせたのは仕事を始めて三週間後のことだった。本当の意味での上司はベイルズだった。

サー・ロドニーの過去を探り出すのは、だじゃれや難解な言葉遊びだらけのクロスワードを解くのに似ている。ＭＩ６にいたのだと言う者がいる。そうではなくＣＩＡだと断言する者もいる。ベイルズはたまに、過去の任務や任地に関する手がかりをなにげなく漏らすことがある。たとえば、戦時下のベイルートのバーに人間の言葉をしゃべって笑わせるオウムがいたという話をおもしろおかしくしてくれたことがある。Ｋ・ストリートを一緒に歩いていたら、年配の特派員とばったり会ったときには、その特派員がげらげら笑いながら〝プリシユティナであんたの首をあやうくはねそうになった酔っ払いのセルビア人〟がどうのと言っていた。さらには、ベイルズがオフィスでチェコの雑誌をじっくり読んでいるのを見たこともあった。

　そのオフィスがまた、彼らしい。サー・ロドニーはほかのスタッフと同じラッセル・ビルディングには入らず、連邦議会ビルのなか、上院議員の隠れ場所の奥、窓のない小部屋を本拠地にしていた。

「きみの経歴書でもっとも気に入った点がなにかわかるかね？」ベイルズがそう訊いてきたことがあった。「メッテルニヒについて、彼自身ではなく取り巻きに焦点を当てて書いた卒論だよ」

「そんなものをどうやって見つけだしたんです？」

「それにくわえ、一年間の海外経験。きみは自分で道を切りひらき、創意工夫で乗り切った」

「どうにかこうにかですが」

「ほらな？　そういうところも気に入っているんだよ。あのドアから入ってくるほぼ全員が、腰をおろしもしないうちから、猛烈に自己アピールをしてくるというのに」

「本当にお聞きになりたいなら言いますが、この業界にいる人々をすごいと思ったことはありません。上院議員たちのことです。さらに言うなら、議会関係者も」

　そのときはじめて、ヘンリーはサー・ロドニーが笑うのを聞いた。大釜でぐつぐつ煮えているような、湿った皮肉めいた笑い声だった。それからベイルズは、仕事の初日を迎える前に、事務局内で夜の学校として知られる一カ月におよぶ研修に耐えなくてはならないとヘンリーに告げた。

「夜の何時から始まるんでしょう？」

「ああ、ちがう。婉曲（えんきょく）表現だ。出典はシェイクスピア。よからぬことをたくらむ策謀家や思索家の集団を指している。というか、そういう話だ。秘密訓練施設（ファーム）と呼ばれるＣＩＡの訓練キャンプがあるのは耳にしたことがあるだろう？」

「はい」

「まあ、そいつから体力訓練をのぞいた簡略版というところだ。それにくわえ、一、二時間ほどデータ・マイニングなどについて学んでもらう。やり方を教えるだけでなく、対峙する相手に関する知識をあたえるという目的もある。もはやこの街では秘密などというものはない。自分がなにをしているかわかっている人間にとってはな」

二〇一二年の選挙で上院議員が落選しなければ、いまもそこで働いていたかもしれない。ベイルズは案の定、委員会のスタッフとなって残り、おかげでヘンリーも、司法省の職にあきができる二〇一三年の夏まで非常勤として残ることができた。それもこれもサー・ロドニーの意見がものをいったおかげだ。

そしていま、彼は次の雇用主になる女性の目にさらされながら、ベーコンエッグを腹に詰めこんでいた。

「本当にきみの分も作らなくていいのかな？」彼は訊いた。

アンナはいらないというように首を振った。

「まだ、わたしの申し出にノーと言ってないみたいだけど」

「イエスとも言っていない」

「じゃあ、どうすればイエスと言ってもらえるかしら」

「雇用主となる人物について、もう少し知りたい」

「もっともだわ」彼女の携帯電話がバッグのなかで鳴りはじめた。「ああ、もう」

アンナはかかってきた番号を見て顔をしかめながらも電話に出た。

「もしもし?」

そこで言葉を切り、つづいて恐縮したような表情になった。顔をしかめ、額に手をやった。

「本当にごめんなさい。町を出る前にやるつもりだったのに、すっかり頭から抜け落ちてた。彼女の薬はキッチンのカウンターに置いてある。食事は食料庫のなか。あ、それと彼女の名前はプリンセスだけど、そう呼んでも必ず応えるわけじゃないわ」

アンナはまた言葉を切り、少しいらいらした様子でうなずいた。

「さあ、どうかしら。でも、土曜日にはシェリルが帰ってくるから、彼女に引き継いでくれればいいわ。シェリルにあなたの電話番号と住所をメールしておく……ええ、そう……ありがとう」

アンナはため息をついて、携帯電話をバッグに戻した。

「プリンセス?」

「猫よ。わたしのじゃないけど。留守にしてる友だちに頼まれて世話をしてるんだけど、ほかの人に預けないといけなくなって。これ以上預け先が変わったら、わたしのクライアントみたいになっちゃう」

「クライアント?」

「子どもたちのこと。家出してきた子、里子、犯罪をおかした未成年。わたしも以前は猫を飼っていたけど、三カ月で手放した」

「アレルギーで?」

「ううん。猫がいる生活になじめなかっただけ。母と同じね。実家では犬も飼ったことがないの」

「犬のいない農場なんてありえないけど」

「父もよくそう言っていた。狩りに連れていく猟犬がほしいだけだったけど、母が頑として折れなかった。ウィラードとわたしがすでに、手に負えない動物になってたからでしょうね」

　それを合図と思ったのか、スクーターが立ちあがって、のそのそと裏口に向かった。ヘンリーも行って出してやった。

「怒らせちゃったかも」アンナはすぐに真顔に戻った。「犬がいたら、今度のことは起こらなかったかもしれない。もうひと組の目がウィラードを見張っていたら。そうでなくても、犬はいい気晴らしになったかもしれないし、場合によっては友だちになったかもしれない」

　ヘンリーは話題を変えるいいタイミングだと判断した。

「きみが面倒を見ている子どもたちだけど、留守のあいだは誰が見ているの?」

「仕事仲間よ。ちゃんとやっていると思う。子どもたちも」彼女はそっけない答えを返したのを恥じるように、床に目を落とした。「ほかにどんなことが知りたいの？　わたしは三十歳で、ボルティモアのマウント・ヴァーノン地区にあるエレベーターなしのアパートメントの三階に住んでいて、ルームメイトはいないし、さっきも言ったけど、ペットは飼ってない。仕事は大事だけれど、情熱を傾けるほどのものでもない。野球は好きだけど、フットボールは嫌い。共和党に投票したことは一度もなく、フェイスブックとは徹底的に距離を置いている。最低でも週に五回は外食しているので、もっとましなアパートメントに住めないし、本物の私立探偵も雇えない。ほかに質問は？」

「いますぐでなくてもいいものばかりだ」

「あなたの仕事のやり方がわかってきた気がする。観察し、聞き耳を立て、相手がミスをおかすのをひたすら待つ。さっきのナンシーからの電話も、あなたが仕組んだものだったりして」

「本当にそうならどうする？」

「感心するでしょうね。でもいい意味でじゃない」

「参考になるよ」

「もう態度を決めたみたいな言い方ね」

「決めたよ。だが、料金を受け取るのは二週間後以降にする」

「それでいいわ。前金は必要？」

ヘンリーは首を横に振った。

「どうして気が変わったの？」

そう来たか。こんなにはやい段階でうそをつかなくてはならないとは。ヘンリーはアンナと目を合わせるのを避けようと卵をもうひとくち食べ、それから口をいっぱいにした状態で答えた。

「好奇心、かな」

「ボルティモアでやっていた、連邦検事のところの仕事だけど、どういういきさつでそこのアンテナに引っかかったの？」

まだ面接はつづいていたのか。もしかしたら彼女は気が変わりかけているのかもしれない。

「連邦議会にいる友人の紹介だ。少々型破りなやり方を求めているとかで、それにおれの技量がマッチしたそうだ」

「技量？」

「目をしっかりあけ、口を閉じつつ、わずかな変化や紙の手がかりを見つける能力だ。それに、ロースクールにいたこと。それも向こうのお気に召したらしい」

「司法省ではどういう仕事をまかされていたの？」

「そんなことを本当に知りたいのか？」

「雇われている立場で、そんな質問をする必要がある？」

「特別捜査の支援スタッフに選ばれてね。麻薬取締特捜班で市警と共同で捜査にあたっていた。要するに潜入だ。司法省は自分のところの職員が悪党どもに情報を漏らしていると確信していて、それが誰かを突きとめてほしいということだった」

「危なそうな任務ね」

「慎重に立ちまわれば危なくない。おれは小心者だから、充分に気をつけていた」

「うまくいったの？」

「裏切り者は捕まり、おれはボーナスを受け取った。前金が必要ないのはそういうわけだ」

最後の部分はまたもやうそだが、前半は本当だ。水も漏らさぬほどしっかり証拠固めをしたし、しかも隠密裏に無駄なくやったため、司法省は立件せずに処理することができ、おかげで世間の目にさらされずにすんで上の連中は大喜びした。ヘンリーにとっても都合がよかった。彼が果たした役割が宣誓証言や起訴状、さらには公開法廷の場であきらかにされずにすんだからだ。それにつづく省をあげての大改造では、あまりに多くの人間が解雇、あるいは異動させられたため、内通者の正体は誰にもわからずじまいだった。連邦検事は感謝の印として常勤の仕事を提供しようと言ってくれた。司法省の内部事情をいやというほど知ったヘンリーは、その申し出を断った。

「それ、おいしそう」アンナは言った。「やっぱり卵をいただこうかしら」

彼女はヘンリーをまわりこむようにしてコンロのところに行ってガスをつけ、フライパンのへりで一度叩いて卵を割り入れた。

「本当に引き受けてくれるなら、もうひとつ言っておくことがあるわ」

「ああ」

「できるだけわたしにもなにかやらせて。めそめそする時間を作らせないで。そして、ガラスの人形に触れるみたいな態度を取らないで」

「了解した」

「いつから始める？」

「いますぐでどう？」

「いいわ。九時半にウィラードに面会することになってるの。調査員が同伴するかもしれないと言ったら、かまわないとのことだった」

「だとすると、一時間以上余裕があるな。かまわなければ……」

「かまわなければ、なに？」

「うん、まあ、いい気分はしないと思うが、現場を見ておきたい。きみの実家を」

フライ返しを持つ彼女の手が、ぐつぐついっている卵の上でとまった。

「わかった」ほとんど聞き取れない声で言った。「そうね。当然だわ」

アンナは卵を半分だけ食べ、残りをごみ入れに捨てた。ヘンリーはノートを手にすると、アンナとふたり、ウィロウ・ストリートに足を踏み出した。

8

近所の連中の目にふたりの姿は奇異に映ったことだろう。どの住所に誰が住んでいるかすべて把握しているヘンリーは、朝食用スペースにいるラリモア夫妻がサルスベリの木の隙間からうかがっているのに気がついた。町の郵便配達人で午前の配達途中のサリスが、もったいぶった様子で会釈し、バンでのろのろと追い越していった。昼前には、彼とアンナがなにかをたくらんでいるか、少なくともコンビを組んだ——殺害された夫婦の放蕩(ほうとう)娘が世捨て人の新参者と組んだ——という噂が全町民に広まっているにちがいない。さらし者にされ、あれこれ詮索されるのはいい気分ではないが、好むと好まざるとにかかわらず、今後はずっと人目にさらされるのだ。

ショート一家が住んでいたのは平屋建てのランチハウスだった。白い縁飾りのついた赤煉瓦の家。ほぼ中央にドア、窓は左にふたつ、右に三つ。灰色のこけら板の屋根は修理が必要な状態で、ひさしからは昨夜の雷雨の名残がまだぽたぽた落ちている。芝生に植えた二本のハナミズキのうち一本は枯れ、アンナが生まれたころに植えたらしきピンオークの木が一本植わっていた。

アンナは玄関ステップの錬鉄の手すりに張られた犯行現場テープをむしり取ると、丸めて黒と黄色のボールにして地面に投げ捨て、鍵を取り出した。ヘンリーが丸めたテープを拾いあげるのと、アンナがドアの鍵をあけるのが同時だった。

「裏の土地は全部、きみの家のもの？」彼は訊いたが、すでに答えは知っていた。

「四十エーカーある。トウモロコシ畑、大豆畑、納屋が一棟、雑木林。それに、うんと奥に巨大な鶏舎が二棟ある。母がにおいをいやがっていたから」

「鶏の面倒は誰が見ているんだい？」

「餌やりと水やりは自動化されていて、なにか突発的なことが起こるか、電気がダウンするかしないかぎり大丈夫。そもそも鶏はうちが所有してるわけじゃない。ワシャム・ポートリーという会社が、充分成長しているからということで、正午ごろに引き取りに来る予定なの。だから、いまいるので最後。糞の始末という仕事は残っているけど。それはうちの所有なんですって。というか、わたしの所有ね。まったくもう、人を雇ってやらせるにしても誰に頼めばいいのかしら。秋にはトウモロコシと大豆を収穫しなきゃならないし。郵便物を取ってくれる？」

ヘンリーは郵便受けのなかに手を入れた。電気料金の請求書、広告のチラシが二枚、〈L・L・ビーン〉のカタログ。ミッチの興味を惹きそうなものはないが、これからも郵便は届く。死んだあとも爪と髪の毛がのびるのと同じで、郵便も増えつづける。

入ってすぐのところで、少し慣れる時間が必要だとばかりにふたりとも足をとめた。じっとりとよどんだ空気を消毒剤のつんとするにおいが覆い隠している。一段低くなっている右側が居間だった。ヘンリーの家と同じで壁にはほとんど飾りらしいものがない。片隅に置かれたアップライトピアノの上に家族写真が並んでいた。左の額で、いまより若いウィラードがほほえんでいる。居間のいちばん奥に階段が二段あり、それをのぼった先が小さなダイニングルームになっていた。ガラスの扉がついた戸棚から、上等な磁器がのぞいていた。

　ふたりは玄関からまっすぐのびている廊下を進んだ。左は寝室になっている。右に進んで煉瓦造りの暖炉と大画面テレビのある団欒の間に入り、カーペットを敷いた床を横切ってダイニングキッチンに向かった。アンナは夢遊病患者のような歩きでコンロ――かすかにベーコンの脂のにおいがした――に近づいたが、すぐに居間に逆戻りした。ヘンリーは丸めた犯行現場テープを流しの下のごみ入れに捨て、無言でアンナのあとをついていった。一条の光がカーテンの隙間から射しこみ、そのなかで無数の埃の粒子が舞っている。殺人があった夜も同じ埃が舞っていたのだろう。

　ふたりは廊下を進んで寝室があるほうに向かった。アンナの靴音が硬木の床に音高く響く。ドアは全部で三つあった。左のふたつはあいていて、右のドアは閉まっている。アンナはこれ以上ヘンリーを立ち入らせたくないかのように、足をとめた。

「ここで寝泊まりしていたのかい？」彼は訊いてから、その質問がいかに配慮を欠くものだったかに、遅まきながら気がついた。

「お葬式の前の晩だけ。到着したのが遅くてモーテルに泊まれなかったし、へとへとで考える余裕がなかったから。どっちにしたって向き合わなきゃいけなかったし。中途半端なことはしない。そういう性格なの」その口調には抑揚がなかった。「翌日、Ｂ＆Ｂにチェックインした。町の反対側にあるミセス・ホリスが経営している宿。それ以来、ここに戻ってきたのはこれがはじめて」

ヘンリーはうなずきながら、彼女にとってそれがどんなひと晩だったかを想像しようとした。

「信じてもらえないかもしれないけど、ぐっすり眠れたわ。そうとう疲れてたんでしょうね」

ヘンリーはウィラードの部屋のドアの前で足をとめた。

「見てもかまわないかな？」

「そのために来たんでしょ」

ベッドは整えられ、床は掃除され、ほぼすべてのものがあるべき場所にあった。一点だけ奇妙なのは、直線やスラッシュが書きこまれたメモ用紙が散らばっていたことだ。アンナが話してくれた、数を集計するのに使っている紙だろう。ナイトテーブルの上に三枚あった。一枚は〝本〟、べつの一枚は〝牛乳〟、最後の一枚には点と円が描かれていた。

そこかしこにウィラードが作った、あるいは作ろうとしたプラモデルの飛行機と自動車が飾ってあった。大半は未完成だった。完成した数少ない作品は天井から釣り糸でぶらさげてあり、そのなかにミレニアム・ファルコン号もあった。アンナが軽く叩くと、ミレニアム・ファルコン号は前後に揺れた。

「これは拘置所に持ちこませてもらえないでしょうね」

「おそらくだめだろう」

デジタル・ビデオ・レコーダーの上に、ウィラード専用の小さな薄型テレビがのっていた。上にルーク・スカイウォーカーのポスターがかかっている。整理箪笥の上にも記号を書きつけた紙切れが何枚かあった。そのうちの一枚を見ると、記録数は少なくとも百に達していた。

「それは、弟が『スター・ウォーズ』を観た回数を記したもの」アンナが言った。

ヘンリーは〝靴下〟と記された紙切れを手に取った。合計数は十六。ほかの二枚にはヘンリーには理解不能な絵が描かれていた。

「数を数えることに執着していたという意味がやっとわかったよ」

「母が取りあげようとした時期もあったんだけどね。でも、弟がものすごく怒るものだから、あきらめたの」

「まさかそれが……？」

「そのことが原因で母を殺したと言いたいの？　まさか。ふたりが一緒にいるところを一度でも見たことがあれば、あなただってわかる。母は弟にとって神であり守護者だったから、あの子は母にべったりだった」

「お父さんとはどうだった？」

「ええ、父との仲もよかったけど、母と同じというわけじゃなかった。一緒にハンティングに行ったし、散歩をしたし、雑用をこなしていたけど、ふたりのあいだに会話はほとんどなかった。でも、母とはそうじゃない。本当に仲むつまじかった。わたしなんかときどき、嫉妬したものよ。ばかげてると思うでしょうけど」

彼女は涙がこみあげてきそうなのか、顔をそむけた。ヘンリーは気づかないふりをしてクローゼットのドアをあけた。狩猟用のオーバーオールがフランネルのシャツ、数枚のボタンダウンシャツ、カーキのズボン三本と一緒にかかっていた。めかしこむときに着るスポーツコートのほか、クリップ式のネクタイが一本あったのを見て、ヘンリーの胸はひどく痛んだ。

ウィラードの数を数えることへの執着はクローゼットにも現われていた——ドア枠とドアの裏側に鉛筆でなにやら書き散らしてあった。おそらく母親だろう、こすり落とそうとしたものの、途中であきらめたようだ。そこに書かれた文字と記号から、ウィラードがこれまでに買ってもらったベルト、シャツ、ズボン、靴の数を数えていたのはあきらかだ。

ベッドの脚側に小型トランクが置いてあった。

「なにが入っているんだろう？」ヘンリーは訊いた。

「遠慮なくあけて」

ヘンリーは掛け金をはずして蓋を引きあげた。アンナは驚いて息をのんだ。なかは紙でいっぱいだった。黄色いリーガルパッドや螺旋綴じ(らせんと)ノートから破りとった紙ばかりで、きちんと折りたたんだものもあるが、くしゃくしゃと丸めてあるものも多い。そのすべてにウィラードの手による線とスラッシュが記されていた。おそらく百以上はあるだろうか。大半はわりと最近のもののようで、どれもインクは褪(あ)せていなかった。

「驚いた」アンナは怖気をふるったような声を出した。

「これは普通ではないと？」

「ここまでのものはね」

ヘンリーはたたんだ紙を何枚か出した。判読不能なおかしな記号が記されていた。さらにいくつかひらいてみたが、同じだった。なにを、なんの目的で記録していたのか、それを説明できるのはウィラード本人だけらしい。

アンナはため息をつき、両手で顔を覆った。

「症状が悪化してたんだわ。わたしがもっと頻繁に帰ってきていれば……」そう言ってがっくりとうなだれた。

「きみのせいじゃない」

「そうね。でも、わたしはここには来ないようにしていた。それを後悔してる。以前は何週間おきかに来ていた。最近では、すっかりご無沙汰だった。仕事や友人のことで手がいっぱいなんだものと自分に言い訳して。読書クラブにヘルス・スパ、食事会、とにかく週末忙しくしていられるものならなんでも参加した。ここでなにが起こっているか知っていたから、かかわろうとしなかったのかもね」

「あるいは、自分の人生を歩んでいただけなんじゃないかな。ほかのみんなと同じように」

ヘンリーはトランクを閉じて立ちあがり、アンナを連れて廊下に戻った。反対側の閉じたドアに顎をしゃくって訊いた。「悪いが、こっちの部屋も……？」

「どうぞ。差しつかえなければ、わたしは入らないでおきたい。すでに一度見ているから」

ドアをあけるなり、業務用洗剤で掃除した公衆トイレのようなにおいに襲われた。好ましからぬ精霊を家全体に解き放ってしまったような気がした。

犯行現場を示すテープはなかった。シーツとマットレスは持ち出され、ボックススプリングだけが残っていた。頭板のいたるところに乾いて茶色くなった血痕がついている。カーテンが閉めてあるせいで――裏庭からのぞき見しようとした野次馬がいたのだろう――ひどく薄暗く感じ、あけ放ってサッシ窓をあげ、新鮮な空気を入れたくなったが、その衝動を必死に抑えこまなくてはならなかった。

クローゼットのひとつのドアがあいていた。きちんとかけられた服から判断するに、アンナの母親のものだろう。あの年齢の女性にしては数が少ない。いちばん上の棚には紙の束と段ボール箱がふたつ積んであった。いかにも、ミッチが調べろと言いそうな代物だ。いずれ調べるとしよう。ナイトテーブルの上を見ると、電話の隣に小切手帳がひらいた状態で置いてあり、その下に未払いの請求書がはさまれていた。キャップを取ったペンがわきに転がっていた。

「言いにくいんだが」ヘンリーは肩ごしに声をかけた。「ここにあるものを少し見てもらわないといけない」

「わかってる」

振り返ると、彼女がドアのところに立っていたので驚いた。

「まだやる気になれないの。数が多すぎて。クローゼットにあるのと同じ箱がシューズクロークに四個もある。古い手紙、古い写真、そんなものしか入ってないけど。それとノートパソコンもある」

「お父さんのもの？」

「母のよ。しかも、置いてあるのが、よりによって納屋のなか。わたしが大学に進学したあと、そこにささやかな書斎を作ったの。コーヒーポットとか小型の暖房機とかいろいろそなえた自分だけのスペースを」

ヘンリーはうなずき、すでにその書斎に興味がわいてきていた。いずれ調べるとしよう。

電話が鳴った。ナイトテーブルの上でけたたましい音を立てると同時に、キッチンの電話も鳴りだし、ふたりは飛びあがるほど驚いた。

「出たほうがいい」ヘンリーは言った。「くだらない用事だろうが、そうじゃないかもしれない」

「接続を切ってもらわなくては。やるべきことリストにつけくわえる項目がひとつ増えたわ」

寝室の電話のほうが近かったが、アンナはキッチンの電話に向かって廊下を歩いていった。ヘンリーは少し距離をおいてついていき、ドアの手前で聞き耳を立てた。

「もしもし？」相手がしゃべっているのだろう、アンナは少し黙ってから受話器を置いた。

「自動音声電話だった」

ヘンリーは留守番電話のライトが点滅しているのに気づき、身振りで示した。

「同じような電話かもしれないが、万が一ということもある」

アンナは顔をしかめ、ボタンを押した。

メッセージは三つ入っていた。最初はスチュー・ウィルガスからでヘンリーも声ですぐにわかった。ウィルガスはお悔やみを言い、それからご両親は献花か故人を偲ぶ寄付をお望みだろうかと尋ねていた。本当に知りたいのは、犯罪現場に関するゴシップに決まっている。二番めのメッセージにはなにも録音されていなかった。三番めのメッセージにふたりの目の色が変わった。

「どうも、ダグラス・ハッチャーといいます。職員給付保障局で支払い請求の事務を担当しておりまして、タラント・ショート氏、または故ヘレン・アベル・ショートさまの最近親者の方か、ご健在の相続人あるいは被譲渡人の方とお話しいたしたくお電話しました。ヘレン・ショートさまの退職条件の最終合意に関することです。このメッセージをお聞きになりましたら、どなたでもけっこうですので、シルヴァー・スプリングにありますわたしのオフィスまで折り返しの電話をいただけると幸いです」

ハッチャーは電話番号を残した。

「変なの」アンナは言った。「いたずらかしら？」

「どうかな。お母さんはどこで働いていたんだい？」

「働いてなかった。何年も前、イーストンにある不動産専門の弁護士のもとでパラリーガルをしていたけど。そこで父と出会ったの。父がこの土地を購入したとき、合意書を作成したのが母だった」

「電話の男の役職はいかにも本物っぽく聞こえたが」

「実際にはインドのコールセンターからかけてきたのかも」

「確認する方法はひとつしかない」

アンナはキッチンカウンターに置いてあったかごから鉛筆とメモ帳を出すと、留守電のメッセージを再生し、番号を書きとめた。それから電話をかけ、ヘンリーにもっと近くに寄るよう合図し、彼が話を聞けるよう受話器の向きを変えた。ダグラス・ハッチャーは二度めの呼び出し音で出た。

「もしもし。お電話をいただいたアンナ・ショートです。ヘレン・アベル・ショートはわたしの母で、父あてにメッセージをいただきましたが、父も亡くなりました」

「そうですか。それはお気の毒に」

「あらためてうかがいますが、どちらの事務所とおっしゃいましたか？」

「合衆国労働省の職員給付保障局です。ヘレン・ショートさんの娘さんでしょうか？」

「はい。メッセージによると、退職条件に関する用件とのことですが」

書類の山を動かすのが聞こえたのち、科白を読むような口調でこう告げられた。

「はい。お母さまが受給されている連邦離職手当の条件にもとづき、該当する相続人、つまりあなたさまに小切手を振り出します」

「母が受給している連邦離職手当？　なにに対する手当ですか？」

「連邦職員であった期間に対するものです」

「そのヘレン・ショートというのは本当に母のことなんでしょうか？」

「お母さまの社会保障番号の末尾四桁の数字を教えていただければ確認できますが」

「ちょっと待ってくださいね」アンナはべつのカウンターからハンドバッグを取ると、なかに手を入れて折りたたんだ書類を出し、ぺらぺらとめくった。「ありました」

　彼女は番号を読みあげた。

「ええ、合っています。フルネームはヘレン・アベル・ショートですね？」

「そうです。それで、母は政府に雇われていたんですか？」

「二年間だけですが。それもかなり昔で一九七七年から一九七九年。期間が短すぎて年金支給の対象にはならないのですが、離職にあたっての合意があったらしく、その履行にあたっては、本人が死亡した場合には生存する最近親者に小切手を振り出すこととなっています」

「どこの部局ですか？」

「労働省の職員給付保障局です」

「そうじゃなくて、母のことを訊いたんです。どこで働いていたのですか？」

「失礼しました」また紙がかさかさいう音。「これには書いてありませんね。しかし、最後の勤務地は外国だったようです。ベルリンにあるアメリカ合衆国領事館です」

「ドイツのベルリン？」

「はい。つまり、お母さまは国務省に勤めていたと思われます」

「思われる？」

「さきほども申しましたように、手もとの書類にははっきりしたことは書いてありません。大事なことでしょうか？」

「そうね。できれば知りたいわ」

「このファイルのどこかに連絡先が書いてあったような。おそらく、この書類を送付してきた人物でしょう」

「見つけていただけますか？」

ため息。

「少々お待ちを」

受話器がデスクに置かれる音。ファイルが入っている抽斗を開け閉めしたのだろう、どたんばたんという音が聞こえ、さらに紙をめくる音がした。電話がしきりに鳴っている。やがてくぐもった音につづき――

「名前と電話番号がわかりました。読みあげてよろしいですか？」

「お願いします」

「ウォレス・バリンジャー」彼はラストネームのスペルを言い、それから七〇三の市外局番から始まる電話番号と四桁の内線番号を早口で伝えた。「人事部の人間だと思います。わたしの推測では、給付管理者でしょう」

「ありがとう」

「それで、小切手の件ですが、何枚か書類を郵送します。亡くなった方との関係を証明するため、記入していただくものです。それから、あなたが生存する最近親者であることを示す資料と、お母さまの死亡証明書、あなたご自身の市民権を証明するものなどのコピーも一部ずつ必要となります。すべて受理されれば、四ないし六週間ほどで小切手がお手もとに届きます」

「驚いたわ。それもこれも、母が政府に二年間勤めていたからなのね？」

「さきほども申しましたように、これは離職時の合意によるものです。よくあることではありませんが、まったくないわけでもありません」

「額をうかがっても？」

「ええ。ちょっとお待ちください。一九七九年に七万五千ドルの支払いがあり、利息付きの口座に預けられました。そこに年四パーセントの利息が複利で増えていき、現時点で二十九万五千九百五十六・六七ドルになります」

　アンナは驚きのあまり口をあんぐりさせた。あわててヘンリーに顔を向けた。彼はこれで核心に近づいたと感じていた。といっても、アンナが求めている情報ではなく、ミッチが求めているたぐいのものだ。

「すごい金額。わかりました。書類はこの住所に送ってください。頻繁に様子を見にきますので」

「メリーランド州ポストンのウィロウ・ストリートの住所ですね？」

「ええ」

「わかりました。きょう発送します。明日にでも受け取れるよう、スピード郵便で送ります」

「助かります。ありがとう」

アンナは電話を切った。

「お金持ちになっちゃった」彼女は言った。「少なくとも、わたしの基準では。こんなことで喜ぶなんて不謹慎かしら？」

「そんなことはない。それより、お母さんはベルリンで働いていたんだって？」

「そうみたい。それってすごくない？」

「お母さんはその話をしたことはないんだね？」

「一度もないわ。政府機関で働いてたことすら知らなかったのに、海外勤務だったなんて知るわけがない。母から聞いて知ってるのは、イーストンで働いていたことだけ。本人はすごくいやだったみたい。父も知ってたのかしら。いくらなんでも、父は知ってたはずよね、ちがう？」

ヘンリーは肩をすくめた。結婚生活の基本原則は彼にはわからない。

「どうしてベルリンにいたのかしら。当時母は、えっと、ちょっと待って……二十三、四歳だったことになるわ。いまのわたしよりも六、七歳も若い。ウィラードとほぼ同じ歳よ」

「ところで」ヘンリーは言った。「それだけの金があるなら、うんと優秀な私立探偵だって雇えるぞ。本物のプロを」

アンナは首を横に振った。

「いまさら遅すぎる。もうあなたに決めたんだから。しかも、もうメーターはまわっていて、すでに七十五ドル加算されているんだからぐずぐずしているわけにはいかないわ」

「教わった番号にかけてみたらどうだ？」

アンナは電話機に番号を打ちこみ、今度もまた、ヘンリーにも聞こえるよう受話器の向きを変えた。ヘンリーは顔を近づけ、呼び出し音が二回鳴ったのにつづき、受話器を持ちあげるかちりという音と女の声がした。

「ＣＩＡ、人事部です」

ふたりは目を丸くし、口をあんぐりさせて顔を見合わせた。アンナがあわてて応えた。

「すみません。間違えました」

アンナは受話器を架台に叩きつけると、片方の手を心臓に当て、もう片方で口を覆った。

「うそでしょ。ＣＩＡ？」彼女はバランスを取ろうとするように、一歩うしろにさがった。

「どうりで話してくれなかったわけだわ。まさか母がスパイだったなんてことは……」

しかしすでにヘンリーは、ミッチと誰だか知らないがワシントンの人間のことを考えていた。彼をここに送りこみ、報酬を払い、家を借り、彼が書いた退屈でなんの進展もない報告書を読んでいる人物のことを。もうこの世にいない気の毒な女性に関する情報をいまも追っている役人のことを。すべて報告せよ、とミッチは言っていた。最近のものだろうと古いものだろうと関係ない。そしていま、はじめてまともな糸口をつかんだと思ったら、それはヘレン・ショートの意外な過去につながっていた。少なくともヘンリーとアンナにとっては意外だった。だから、自分が雇われたのか。彼は自分がこの件に関し、なにも知らされていないことをあらためて痛感した。

「どうかした？」アンナが訊いた。

「なんでもない。ただ妙だなと思っただけだ。そろそろ出ないと、九時半の面会時間に間に合わない」

「わかった。でも、おかしな話だと思わない？　笑っちゃうくらいよね？」

ヘンリーはアンナのためを思って無理にほほえんだ。

「そうだな。ここにはまたあとで来よう。お母さんの書類を調べれば、もっとはっきりした答えが見つかるかもしれない」

「もちろんよ。あんな寝耳に水の話を聞かされたんだもの、母が残したものをすべて、徹底的に調べなくちゃ」

「では、本当にきみは知らなかったんだね？　お母さんからはなにも聞いてないんだね？　ヨーロッパにいたことがあるという程度のことも？」

「母はほのめかすような人じゃなかった。ちゃんと話すか、なにも話さないかのどっちかしかないの。それに、自分のことととなると、まともに話してくれたことなんかないわ」

「お父さんは知っていたと思う?」

　アンナは肩をすくめた。

「父が過去の話をすることはなかった。自分のであれ、ほかの誰かのであれ。天気やトウモロコシの価格、あるいはワシャム・ポートリーから来る最新の出荷要請を気にするので忙しすぎて。農業をやっていると、どうしてもそうなってしまうのよ」

　ふたりはドライブウェイにとめたアンナの車まで行き、郡の拘置所に向けて出発した。ウィロウ・ストリートからハイウェイ五三号線に入ると、ヘンリーはいろいろ不安はあるにしても彼女に雇われてよかったと思った。彼もまた、なにがどうなっているのか知りたかった。

　車が町の外に出たところで、ヘンリーは思わず振り返り、ボストンの町のまばらな家並みと店舗を見やった。のっぺりした窓がレンズと化し、ふたりの動きを追っていた。

9

一九七九年　ベルリン

ラッド・ヘリントンは老眼鏡を鼻の先までずらし、フレームごしにヘレンを見やった。それから回転椅子の背にふたたびもたれ、腕を組んだ。距離を置いて、見下すポーズだ。

まもなく正午という時間だったが、ヘレンは遅ればせながら飲んだきょう最初のコーヒーのカフェインが効いてくるのを待っていた。仕事に取りかかろうとしたとたん、支局長からオフィスに来るよう呼び出しを受けたのだった。

「さっきロバートがきみのことで来たんだがね」ヘリントンは話を始めた。

「ギリーのことですか？　ケヴィン・ギリー？」

ヘリントンは眼鏡を乱暴にはずすと身を乗り出し、吸い取り紙を敷いたデスクマットに両のてのひらをついた。まるで、デスクを飛び越えようと身がまえた、ずんぐりむっくりのカエルだ。

「彼のことは今後、ロバートと呼ぶように。きみにはその情報にアクセスする権限はない」

ヘレンは肩をすくめ、寝過ごしたせいでギリーに先を越されたことをはやくも後悔していた。しかし、彼がご注進におよんだことそのものが驚きだった。けれども、向こうがその気なら、それもけっこう。こっちには爆弾級の証拠があるのだから負けるはずがない。あのテープはいざというときに使う最終兵器だ。けれども、すべての最終兵器がそうであるように、ほぼ確実に共倒れになる。だから、まずは理性に訴えよう。むずかしいのは自分の感情をコントロールすることだ。

「彼の話によると、昨夜きみはひじょうに不適切な振る舞いをしたそうだね」ヘリントンは話をつづけた。「自分で決めたルールを破り、許可なく協力者に自分の名を名乗り、現場担当官と情報提供者との極秘の会合を邪魔したと聞いている」

「極秘の会合？　情報提供者をファックするのを、あの人はそう表現したんですか？　ファックと言ったのは文字どおりの意味です。比喩的な意味でのファックは、あの人がわたしにしようとしたことにのみあてはまります」

その反論でほんの一瞬、ヘリントンの攻撃姿勢にブレーキがかかった。彼は顔をしかめて体を少しうしろに倒し、眼鏡をデスクの端に押しやった。椅子が彼の重みできしんだ。

「いったいなんの話をしているのだね、ミス・アベル？」

「あちらはなんと言っているんでしょう？　この件で騒ぎたてることにしたのは彼なんですから。わたしが通告もせずに隠れ家にいたかどうかを知りたいんですか？　ええ、たしかにいました。彼だってそうです。ただしわたしの場合は、管理業務の一環として出向いたのだし、あの夜はどの現場担当官も使用を予定していませんでした。到着した彼と情報提供者はわたしが二階にいるのを知らなかったので、わたしはしかたなく音を立てずにやり過ごすことにしたんです。それもこれも、任務中のところを邪魔してはいけないと思ったからです。でも、そのうち下から大きな音がして、これは彼が若い女性情報提供者を暴行しているにちがいないと思いました。その時点で、ふたりの会合はロバートが性的満足を得るためのものでしかなく、局の情報源やメソッドにはまったく関係ないとわかったんです」

　ヘリントンが言い返そうと口をひらきかけたが、ヘレンはかまわずつづけた。

「ええ、たしかに、そこでわたしは下におりていって、あの人が言ったように、自分には接触する権限のない相手に名乗りましたが、あくまであの人の卑劣な行為をやめさせるためです。ロバートはわたしと少し言葉を交わしたのち、すぐに出ていきました。にやにや笑ったり、怒鳴りつけてきたりしましたが、とにかく出ていきました。しかも、情報提供者を置き去りにして。彼女が涙をぼろぼろ流していたというのに。そういうわけで、わたしがその気の毒な女性をなだめるしかなかったんです。むしろ、あの人が引き起こしたかもしれないダメージを抑えたと言ってほしいですね」

　ヘリントンはヘレンと同じくらい息があがったらしく、盛大に息を吐いた。目をそらし、文鎮がわりに使っている青銅製のレーニンの小さな胸像をぼんやりともてあそんだ。レーニンの禿頭（とくとう）の一点がやけに光っているのは、いまもやっているように、幸運あるいはひらめきを求めてそこを頻繁になでているせいだ。彼はヘレンに見られているのに気づくと胸像をわきに置き、よろい戸の閉まった窓に目を向けた。ケヴィン・ギリーについてこういう報告を受けるのは、これがはじめてではないのかもしれない。ボーコムはギリーをなんと表現していたんだったか。自分のために仕事をしているが、いわゆる局の汚れ仕事を一手に引き受けている人物。そういう役割ゆえ、女を食い物にするのを論外と断じるのはむずかしい。

「うん、まあ……きみがそのようなことを申し立てるかもしれないとロバートが言っていたのはたしかだ。きみの交友関係を考えれば、予想の範囲だが」

「わたしの交友関係？」

「おやおや、とぼけるのはやめたまえ。人の噂がひとことも入ってこないわけではあるまいに」

ヘレンとボーコムの関係をほのめかしているのだろう。そうに決まっている。

「この前たしかめたところでは、わたしが親密に交際する相手は承諾年齢に達した成人ですし、部下でも直属の上司でもありません。もしかして、わたしが身元のはっきりしない外国人と寝ているとおっしゃりたいのでしょうか。もっとも、この支局ではひじょうによくあることらしいですけど」

ヘリントンは口をぽかんとあけた。ショックのあまり、しばらく言い返すことができなかった。噂によれば、彼の新しい愛人はフランス領事館に勤めるタイピストということだ。

「支局長、彼はあの女性をレイプしていたんですよ。彼のような地位にある者ならそういう行為も許されるというのなら、せめて現実的にこの問題をお考えいただけませんか。もしも彼があの行為を最後までやりとげ、女性のほうがしかるべき筋に訴えた場合、とんでもないことになっていたのがおわかりにならないのですか？　しかも、わたしたちが管理している施設でおこなわれたんです」

ヘレンが話し終えるころには、ヘリントンも反撃する元気を取り戻していた。

「ロバートがやったことはプロにあるまじき行為だったか？　ああ、たしかにそうだ。もちろん、きみの話がすべて真実だと仮定してのことだがね。しかし、きみが使った〝レイプ〟という言葉はどうだろうな。いいかね、ヘレン、きみもいいおとなだろう。この仕事でまともな経験を積んでいれば、わかるはずだ。現場担当官と情報提供者の関係は複雑にからみ合っていてね。仕事のやり方をいちいち指図したりすれば、現場の連中はなにもできなくなってしまう」

「わたしははっきりこの目で見たんです、支局長。はっきりと聞いたんです。あれは同意のうえの行為ではありません」

「同意のうえの行為のようには聞こえなかっただけだろう。ふたりがどういういきさつでそういう関係になったのか、きみは知らないわけだから。自分では見間違いなどではないと思っているかもしれんが、実際はそうじゃない。だから、この件はこれ以上追及しないよう命じる」

「では、わたしが見たものはいったいなんだったんでしょう？」

「きみにそれを知る資格はないよ、ミス・アベル。それと、きみがどういうつてでロバートの本名を知ったのかは、ちゃんと把握しているからな」

「寝た相手から聞き出したわけではありません。この支局ではなにもかもだだ漏れだからです」

ヘリントンは顔を真っ赤にした。

「訊かれたから答えるが、ミス・アベル、異性とのつき合いに関しては安定した結婚をし、どう考えても仕事の妨げにはなりそうもない家庭生活を送るべきだと思うね」

ヘレンは反射的にこの場で辞めてやると思った。支局長の意見に対する反論を洗いざらいぶちまけてこの場を去り、二度と戻るものかと。けれども、それこそ相手の思うつぼだ。それこそ、このごたごたを解消するもっとも楽な方法ではないか。

つづいて、ラッド・ヘリントンのような愚かな古だぬきのもとで働くより、ソヴィエト政府で働くほうが気が楽だと言い返したい衝動にも駆られた。けれども単細胞な彼はそれを本気に取りかねず、防諜機関内の偏執的な連中も、この発言が人事ファイルにのったとたん、問題視してくるに決まっている。

「よくわかりました、支局長。でしたら、家庭生活に関して支局長のご期待に応えるとして、婚姻状態へのアプローチはどのような方法がお好みでしょうか？　配偶者ひと筋でいくか、それとも支局長のようにしたほうがよろしいですか？」ヘリントンが答えるより先にヘレンは立ちあがった。「ご心配なく、支局長。その問題はすでに解決していますから。少なくともいまのところは」

最後の科白が宙にただようなか、ヘレンは急ぎ足でドアの外に出た。ベルリンに来てから、こんなに腹が立ったのははじめてだ。ドアを乱暴に閉めても意味がないのはわかっていたが、それでも叩きつけるように閉めた。

オフィスにいる全員がその音を聞き、彼女が出ていくのを全員が見ていた。

10

「いまのきみに必要なのは」ボーコムは言った。「忘れるための一杯だ。さあ、飲みなさい」

ヘレンは首を横に振った。強い酒はうってつけの薬に思える。けれども、いまの彼女は他人の指示に従うなんて、なにがあってもごめんだった。

ボーコムはかまわず彼女のグラスにブランデーを注いだが、彼女は押し返さなかった。飲みたくなればそのうち手を出すだろう。

ふたりがいるのはサヴィニープラッツ公園から数ブロック離れた狭苦しくて薄暗いバーだった。こぎれいな界隈にあるくたびれた感じの店で、つまりは、混むことはめったになく、常連客はたいてい酔っ払っているから他人の話など聞いていない。酒を飲むうえでのプロの技とでも言おうか。そんなものがあったとしての話だが。ボーコムはヘレンから話を聞くなりここへ連れてくると、奥の小さな丸テーブルを選んだ。

すぐさま店主のレーマンがボーコムのすぐうしろに現われ、会釈をして腰をかがめ、ボーコムは呪文をとなえるように小声で注文を告げた。レーマンはうやうやしくうなずいてセラーに消え、しばらくしてひんやり湿った空気とともに出てくると、埃をかぶったボトルをカウンターまで持っていってタオルで拭いた。それをコルク抜きとブランデーグラス二個とともにふたりのテーブルに持ってきた。それもミシュランの星を獲得したパリのビストロを思わせる、さっそうとした動きで。男ふたりは目配せをし合った。ということは、長いつき合いなのだろう。ボーコムの分厚い伝説の書に記された、あらたな章。いまのベルリンはずいぶんと平穏になったが、こういうとき、この街の歴史を、東と西の接点としての重要性を感じる。なにが起ころうと、ここではいまもスパイにはそれなりの意味があるということだ。ヘレンはグラスに目をやると、降参してひとくち含んだ。至福の味だが、いくらするのかはあえて尋ねなかった。最初の一杯を半リットルの安物のピルス・ビールのように一気に飲みほした。

ボーコムがなみなみと注ぎ足した。

「消すことだ」彼は言った。「まずはきみの頭のなかを。それからテープを。それが安全への乗車券になる。謎の人物ルイスのことはもう考えるな。ロバートのことも考えるな」

「ケヴィン・ギリーよ。そう呼ぶのはわたしの勝手」

この夜はじめて、ボーコムは少しむっとした顔をした。不満そうに眉を吊りあげ、テーブルごしに身を乗り出した。

「なあ、ヘレン、たしかにわれわれがすわっているのは隅の暗い席だし、レーマンは信頼の置ける男だ。しかし、きみは気づいていないかもしれないが、ここにいるのはわれわれだけではないし、ベルリンではどこで誰が聞いているかわかったものじゃない。忘れたのか？」

「ごめんなさい。でも、あなたが言っているのは、本当にわたしの身の安全のことだけ？

それが脅かされているかもしれないというの？」

「きみのキャリアの安全だ」

「ふうん、わたしのキャリア、ね。自尊心と功績ばかりの巨大組織」ヘレンはもうひとくち飲んだ。「現時点では〝安全ではない〟という表現でも御の字よ。そう思わない？　だいたいにして、なんでここでルイスの名前を出すの？　ゆうべからその名前はちらりとも頭に浮かんでないのに。でも、ということは、あのテープの中身はそうとう興味深いものというう――」

「ほら、やっぱり」ボーコムはほほえんだが、にこやかという感じはなかった。「もう逆戻りしている。もっと飲みなさい」彼がグラスを目顔で示すと、ヘレンはそれを口もとに持っていった。なんと美味なる液体だろう。おそらく彼女が生まれる前の醸造で、ボーコムのような円熟味が感じられる。しかし、飲んでいるうちに、ふたたびルイス――本名は知らないが――と、上等なスコッチを手にして、喉をぜいぜいいわせていた白髪交じりで年配の連れの記憶がよみがえった。水域に関するわけのわからない言葉を使ってはいたが、彼の話し方にはどこか品の良さを感じさせるものがあった。

あの符牒はどういう意味だったのだろう？　〝湾〟とはなんのことで、ルイスはなぜその水から出なくてはいけないのだろう？　七二年に死んだというふたりの有力な友人であるジャックとは誰なのか？　そして、なぜ年配の男は最後に〝排除すればいい。単純明快だ〟という、翻訳の必要のない言葉を発したのか。

ヘレンはグラスをテーブルにおろし、唇をなめた。顔をあげると、ボーコムが食い入るように見つめていた。

「あのふたりがなんの話をしていたのか、あなたはちゃんとわかってるんじゃない？」彼女は言った。「水域にまつわる符牒を使った意味不明の会話のことよ。だからテープの存在を気にかけているんだわ。ギリー——ああ、そうそう、ロバートだったわね——のせいじゃなく、ルイスのせいなんでしょう？」

首を振るボーコムの表情が、いらだちから不安へと変化した。

「いまのような精神状態のきみをここに連れてくるべきではなかったな」

「わたしのいまの精神状態は、ほろ酔いから酩酊に心地よく変化しているところよ。あなたの計画どおりにね、クラーク。あら、ごめんなさい。チャールズだったわね。あなたがいまだに話してくれないくだらない理由のせいで、作戦行動中と同じようにしゃべらなきゃいけないのに、ついつい忘れちゃうのよ。まさか女の精神状態の話をしてるんじゃないでしょうね。黙らせなきゃいけないやかましい女とか、さげすまれた女の怒りとか」

「わたしはなにも言っていない」

「でも、否定もしてない。そのせいで、忘れろと言われるたびにあなたがヘリントンに似てくる気がする」

「ずいぶんとひどいことを言う。わたしは分別を持てと助言しているだけだ」

「仰せのとおり、分別を持つわよ。お給料の半分はそのためにもらっているんだから、当面は口を閉じている。でも、消去するのはどっちの意味でも問題外よ。あなたはやたらと興味を持つのはやめろと言うけど、お給料の残り半分はそのためにもらっているのよ。それとももう歳をとりすぎて、好奇心をなくしちゃったわけ？」

　そのひとことでボーコムはむっとなり、即座にそれを察したヘレンは赦（ゆる）しを求めて彼の手を握ろうとした。彼ははっとしただけで抵抗しなかったが、その目には苦痛よりも非難の色が浮かんでいた。彼はもうひとくちブランデーを飲むと、隠れ家で年配の男がやったようにグラスを乱暴に叩きつけた。その音で静かなバーにいた客が数人、振り向いた。ボーコムは首を振り、含み笑いを漏らした。

「きみは現場に出るべき人間だ」彼は言った。「いま現場にいる誰よりもタフなのに、オフィスでデスクに向かって、事務屋（デスク・ジョッキー）よろしく退屈な書類を書く（プッシング・ア・ペンシル）か、時間貸しホテルの夜勤のフロント係よろしく局所有の住宅の鍵を渡すかしているばかりだ」

「ありがとう。そう言われると、自分がこの仕事に不可欠な存在だと思えてくる」

「褒めているんだよ、ヘレン。ほかのやつらはきみがどれほどすぐれているかわかっていない。以前からずっと気になっていたが、この業界に足を踏み入れたいと最初に思ったのはいつなんだい？」

「知ってるくせに。あなたはわたしのこれまでをすべて知っているじゃない。キリスト教の熱心な伝道者である父と、従順な主婦の母」

「ノース・カロライナ州イースト・バムファックの愉快な一家」

「ノース・カロライナ州ウィクスヴィルよ。イースト・バムファックは隣の隣の町」一週間のなかで最悪なのが日曜日だったことは、忘れようにも忘れられない。父が単調な訓話を述べるあいだずっとすわっていなくてはならなかったし、そのあとは教区民の家でえんえんとつづく夕食会。家の主は父にいいところを見せようといつも十分もかけて食前の祈りをとなえたものだし、それをがまんした末にありつけるのは焼きすぎたローストの肉とライスプディングだけだった。

「禁酒郡（酒類の販売を禁止、あるいは制限している郡）にある町だったんだろうね」

「いい勘してる。五分の一ガロン入りのウィスキーを買おうと思ったら車で三十マイルは走らなきゃだめだし、〈ABCストア〉の外に車をとめているのを教区民の誰かに見つからないよう祈らなきゃいけなかった。そういう土地に生まれた人間が、海外に出てアメリカ政府のためにのぞき見仕事をしようなんて思うわけがない」

「しかし、きっかけとなる瞬間はあったはずだよ。きみは直感にすぐれた女性だ。それが顔にも、その美しい瞳にもはっきり表われている」

ヘレンは否定したかったが、ボーコムが指摘したとおりだ。もっとも、彼女自身がそれに気づくのに何年もかかった。思い返してみれば、スパイに、密偵に、秘密の番人になりたいという欲求は、ある夏の夜、実家のキッチンでカードテーブルを囲んでいるときにさかのぼる。遠雷が響きわたり、コオロギの鳴き声がする蒸し暑い夜だった。

ヘレンは十二歳になったばかりだった。父はその晩、信者の遺族の力になるため出かけていたから、家のなかは静かだった。一九六七年の七月は、誰もがびくびくしながらテレビのスイッチを入れたものだ。ニューアークやデトロイトのような北部の都市でまた暴動が起こったとか、ヴェトナムでまた戦死者が出たと知らされるのが怖かったからだが、その夜の番組でヘレンが覚えているのは、八時に『０011ナポレオン・ソロ』をつけたことだった。針金ハンガーを曲げて作ったＵＨＦアンテナをうまく調節できるかどうかで、小さな白黒テレビは映りがよくなったり悪くなったりした。そのころ、ヘレンはふたりの小粋なスパイ、とくに当時、少女向け雑誌で人気をひとり占めしていたイリヤという名のブロンドのロシア系美男子に首ったけだった。

ドラマを見ようと腰を落ち着ける間もなく、ドアをノックする音がした――母方のおじのレスターとおばのグレイスがトランプひと組とポーカーのチップが入った箱を携え、立ち寄ったのだ。ふだんはアルコールとギャンブルを禁じる家庭のルールに縛られているヘレンの母だったが、ためらうことなくコート用クローゼットからカードテーブルを出してきた。それでもレスターおじさんがヘレンも入れて四人でやろうと言いだしたときには、少しためらいを見せた。

決まり事という境界線にあらたな突破口をひらくチャンスだとばかりに、ヘレンはソファからいきおいよく立ちあがり、わたしも仲間に入れてと訴えた。

「ねえ、いいでしょ、お母さん」

「もう、しょうがないわね。でも、お父さんがドライブウェイに入ってきたら、すぐに自分の部屋に戻って、なんにもなかったふりをするのよ。わかった？」

「うん、わかった」

それがこの夜の雰囲気を決めた——禁断の喜びと油断のならない緊張状態から生まれる高揚感。それに追い討ちをかけるように、母がチップの山を少し分けてくれた。つまり、もしかしたら、いくばくかのお金が手に入るかもしれないということだ。

レスターおじさんがルールをくわしく教えてくれ、ストレートとフラッシュはどうちがうのか説明し、参加料(アンティ)をポットに入れることや賭け(ベット)の仕方を指南した。「それ以外は簡単なやり方にしたほうがいいな。もっと複雑なルールを理解できるようになるまでは、ファイブカード・ドロー（各プレイヤーに五枚ずつカードを配りプレイヤーは不要なカードを一回交換できる）でやるとしよう」

どの手がいちばん強いのか間違えないよう、ヘレンは母がスーパーマーケットの〈A&P〉で月に一冊ずつ買った百科事典のPとQの巻を出してきて、〝ポーカー〟の項をひらいた。いつでも参照できるよう、それを自分の足の近くの床に置いた。

けれども、いいカードが来ても、ほかの三人がカードを伏せてゲームを降り、ヘレンがチップをたくさん手に入れることはほとんどなく、なぜそうなるのかとんと見当がつかなかった。疑問が解けたのは何度かプレイしたのちのこと、ゲームを降りた彼女はテーブルをまわりこんでレスターおじさんの手もとのカードをのぞこうとした。

おじはヘレンに盗み見られる前にカードをさっと伏せた。

「おれのカードをのぞき見するな！」

「でも、もう降りたもん」

「それは関係ない」

「関係ある。わたしが勝つことはないんだから」

　レスターおじさんは聞き分けのない娘だと言わんばかりに首を振り、グレイスおばさんが説明役をまかされた。

「ゲームを降りたかどうかは関係ないんだよ、ハニー。おじさんの手をのぞいたら、プレイの特徴がわかっちゃうからね。はったり(ブラフ)をかけてるのか、いい手がきているのか、とかそういうことが」

「ふうん」

「ふうん、だと?」レスターおじさんがまた口をひらいた。「それがポーカーのキモじゃないか。他人の頭のなかを読むことが。おまえの手がなにか、おれたちがどうやって知ったと思ってる?　おまえが床に置いた本に目をやるたび、かなりいい手が来たんだなと見当をつけたんだよ」

　またしばらくして、はやめに降りたあと、ヘレンは冷蔵庫にチアワイン(チェリー味のソーダ)を取りに行った。大まわりしてテーブルに戻る途中、レスターおじさんがカードの交換(ドロー)をしたあとに扇型に広げたせいで手持ちのカードが見えてしまった。ジャック・ハイ。弱い手だ。そこで、ブラフをかけて強気なベットをする際のおじの身振り手振りをつぶさに観察した。

　おじが賭け金を倍にする前にいつも同じ動きをするのに気づいたヘレンは、つづく三ゲームでチップのほぼ全部を取り返した。おじはヘレンが勝った札、それも9のワンペアを見せると、やるせなさそうに首を振った。

「ほらな？」おじはヘレンのたくらみなどすべてお見通しだったと言わんばかりにこぼした。「ベティ、きみのところの娘はのみこみがはやいが、ずるがしこいぞ」

テーブルの反対側から母がウィンクしてくれたのが、いまもヘレンの大切な思い出のひとつだ。

このときから、ヘレンは秘密を探ることに貪欲なまでの興味を示すようになった。ゴシップというほどのものではなく、友人、両親、教師、教会の信者たちが内緒にしていることで、ほかの誰も知らないさまざまな秘密。じっくりと観察し、兆候を読み取れば、そのうち相手が誰だろうと手がかりが見つかる。いちばんの大当たりが出たのは夏の終わり、母がなぜ昼食のあとになると、夕食の仕度をするころまで眠そうなのか、その理由をようやく探りあてたときだった。

天気がいいとき、母が昼前後にする家事はいつも同じだった。ヘレンの昼食を用意したあとは、山ほどある濡れた洗濯物を裏の物干し綱に干すのだ。その仕事にはいつもひどく時間がかかるのだが、そのせいで必ずだるそうで反応が鈍くなり、午後の昼メロの時間を過ぎてもカウチで居眠りをし、おかげでヘレンは好き勝手に遊ぶことができた。洗濯物を干すのがそこまで骨の折れる仕事なのだろうか？　それとも前の晩遅くまで起きていたことによる、寝不足を解消しようとしているだけ？　ヘレンは答えを突きとめることにした。

そこで翌日、母がテーブルに昼食――ピーナツバターとバナナをのせた白パンとポテトチップス、それにキャンベルのトマトクリームスープ――を置くと、ヘレンは急いで何口か食べ、母が洗濯物を持って外に出ていくのを待った。出ていくなり、ヘレンはサンドイッチの残りを捨て、皿とスープ皿を水ですすぎ、玄関から外に出た。足を忍ばせて家のわきにまわりこみ、隅にあるヒイラギの大木の陰に身を隠した。

それまでのところ、とくにおかしなところは見受けられなかった。母はシャツやズボン、濡れたまま長く放置しておくとしわになりそうな大物を干していた。干し終えると、左右に目をやり、両隣の家をうかがった。つづいて自宅を振り返ったので、ヘレンは思わず息を殺した。しかし母はヘレンが隠れているのには気づかず、近所の人は誰も外に出ていなかった。母は庭の奥にある雑木林に向かって歩きはじめ、藪(やぶ)をかき分けるようにして木立のなかに姿を消した。

ヘレンはあとをついていきたかったが、隠れ場所から出たら見つかってしまう。ヒイラギの木の隙間からうかがうと、母は十フィートほど進んだところで腰をかがめ、なにかを探すように地面を調べはじめた。それから向きを変えて、腰をおろした――おそらく、切り株の上に。

影と茂みのせいでなにをやっているかはわからなかったが、母はほとんど動いていなかった。陽射しを受けてなにかがきらりと光ったが、それ以外はとくにこれといったものはなかった。ヘレンは大きなオークの木との位置関係から母がいる場所を記憶した。そのオークの木にはずいぶん昔、父がツリーハウスを作ってくれたものの、いまはすっかりぼろぼろになっている。母がその場所にたっぷり十五分すわっているあいだ、ヘレンはひたすら蚊を叩いていた。ようやく母は立ちあがると向きを変え、さらに数秒ほど身をかがめて草むらに手を入れていたが、やがて物干し綱に向かって藪をかき分けていった。残った靴下、Tシャツ、それに下着を洗濯ばさみでとめると、洗濯かごを拾いあげて家に入った。これまでの経験からヘレンはそのあとどうなるかわかっていた。テレビをつけると、まっすぐソファに向かい、その後数時間、完全に気配を消してしまうのだ。

ヘレンは数分待ってから調べにかかった。母が窓から外を見るかもしれないので、走って芝生を突っ切った。雑木林にたどり着いたところで足をとめ、ツタウルシがないか確認してからキノキリンソウ、ノウゼンカズラ、背の高くない松の木が鬱蒼(うっそう)と生えた茂みに足を踏み入れた。セミが巨大なぜんまい仕掛けのおもちゃのように一斉に鳴きだした。オークの木から左に十歩進むと、さびの浮いた牛乳の枠箱があった。スーパーマーケットで牛乳を買うようになる前、玄関先に置いてあった宅配ボックスだ。ヘレンは蓋をあけて、なかをのぞいた。予備の物干し綱が入っているだけだったが、母がこんなにたくさん予備を買うのを不自然に感じ、なかに手を入れたところ、綱はあげ底の上に積みあげられていた。

その下にあったのは、赤白のラベルのニコライ・ウォッカが一本と、コップがわりに使っているらしきジャムの空き瓶だった。ヘレンはウォッカのキャップを取って、アルコールを含みながらもなんのにおいもしない蒸気のにおいを嗅いだ。それが母がこの酒を選んだ理由だろう。息になんの痕跡も残らない。それに、飲んでいるときに誰かに見られても、ジャムの瓶のなかの液体は水のように透明に見える。

宝物のように隠されていたのは、日々を耐え抜くための母の秘密だった。隣の郡まで往復六十マイルかけて手に入れたのだろう。あるいは、信頼のおける仲介役に頼んだのかもしれない。スパイ用語で言うならカットアウト役。たしかにこの秘密は人に知られたくないだろうし、それも牧師の妻となればなおさらだ。そう思うと悲哀と悲壮感が伝わってくるが、と同時に大胆でスリリングな感じも受けた。自身の行動についても同じことが言える。こんなふうに嗅ぎまわるのは少し悲しいけれど、とてもスリリングで、これからもなにかを突きとめたくなったら、やはりスパイめいた行動を取るだろう。

ヘレンは瓶を傾け、ためしにちょっとなめてみた。あまりの刺激に思わず咳きこみ、Tシャツで口を拭いた。キャップを締め、ジャムの瓶と一緒に牛乳の枠箱に戻した。それから家の正面にまわりこんでなかに入り、忍び足で廊下を進んで自室に向かった。

レーマンが店主をつとめる隠れ家的なバーで、ボーコムにはその話の前半――ポーカーに興じた夜の話――しか話さなかった。後半はいままで誰にも話したことがなく、これからも話すことはないだろう。レスターおじさんのブラフに挑戦したくだりを話したときには、ボーコムは大笑いした。

「その夜以来」とヘレンは言った。「おじさんがわたしとポーカーをすることは二度となかった。それでわたしも学んだの。最良の情報を小出しに利用し、適確にねらいをさだめることを」

「それで、その教訓から、ヘリントンにはどう対処すべきと判断したのかな？」

ヘレンはその質問を頭のなかで転がしながら、上等なブランデーをまた口に運んだ。ニコライ・ウォッカとはくらべものにならないわ、と頬をゆるめた。なんと答えようかと考えをめぐらした——本当の答えではなく、ボーコムが聞きたいと思われる答えを。

「次の行動をする前に状況をしっかり読むべきね。次にするべきことを明確に把握するため、もっと情報を集める必要がある」

「すばらしい。まさに独学の天才だ。思うにその晩のポーカーは、ファームで学んだどんなことよりも価値がある」

「それはどうかしら。でも、うまく立ちまわることに関しては——」ヘレンはまだひとくちかふたくち分残っているグラスを押しやった。「今夜は絶対に飲みすぎてはいけない気がする」

ボーコムは納得できないという顔で肩をすくめた。

「こんなにうまいのに？」

「ええ、こんなにおいしくても」ヘレンはグラスを手に取り、琥珀(こはく)色の液体を名残おしそうにながめた。「母がこんな上等なお酒を飲んだことは一度としてなかった」

「お母さんは教区牧師の妻なのに、酒飲みなんだね？」

ヘレンはあいまいに肩をすくめた。それから、ひとり大声で笑いだした。何年もたってからたまたま読んだニコライ・ウォッカのレビューを思い出したのだ。雑誌のなかでそのウィスキー好きを気取った人物は、〝財布にはやさしいが、アルコールと軽い刺激以外、ほとんど風味がない〟と書いていた。

「だが、テープの中身は消去してくれるね？」

　ヘレンは探るように彼を見つめた。この件に関し、彼の真の忠誠心はどこにあるのか疑問に思い、いくつかある選択肢を考えると憂鬱になった。狡猾（こうかつ）な古参スパイは逸話や伝説の宝庫だが、個々の利益よりも局の利益を優先した方向に誘導するすべにたけてもいる。しかも、よくよく考えれば、ボーコムは骨の髄までＣＩＡの人間だ。〈カンパニー〉に忠誠心を捧（ささ）げた人間でなければ、こんなに長くここでやってこられるわけがない。

「もう帰る」ヘレンは少しきつい口調で言った。ボーコムも立ちあがって、手をつかもうとしてきたので、彼女は思わずあとずさった。「それと、今夜は自分のベッドで寝る。ひとりで。悪いけど」

　今度は落胆の色が見てとれたが、同情を買おうとして芝居をしていることも考えられる。頭のなかが混乱しているいま、それを見きわめようと長居するのは危険すぎる。彼女は間合いを詰め、彼の袖に触れた。

「明日でどう？　それから、ここの払いは……」彼女はバッグをあけた。「割り勘で」

　ボーコムは声をあげて笑った。

「きみの給料で払える額じゃない。レーマンとわたしでなんとかするよ」

店の反対側に目をやると、レーマンがタオルでカウンターを拭きながらこっちを見ていた。話の内容を理解しているのか、しきりにうなずいている。レーマンとボーコムが公私いずれにおいても協力関係にある姿がすぐに目に浮かんだ。もしかしたら、カウンター近くのゆるんだ煉瓦の裏側、あるいは額に入ったジョージ・グロスの一九二〇年代のリトグラフのうしろが手紙の受け渡し場所になっているのかもしれない。ふたりの関係はかなり昔にまでさかのぼると思われる。ならば気にすることはない。勘定は全部ボーコムに払ってもらおう。レーマンは昔のよしみでいくらかまけてくれるだろうし。

そう考えると気分がよくなり、地下鉄（Uバーン）に乗るためカント通りに向かって歩きだした。風が強い夜だった。北風が斬新なヘアスタイルに挑戦する美容師のごとく、髪をかきまわしてくる。ヘレンは風を顔に受け、石炭の煙を、遠いバルト海の潮のにおいを含むひんやりとした心地よさを味わった。ボーコムがバーの前でこっちを見ているのではないかと気になったが、意地でも振り返らなかった。まっすぐ前だけを見なさい、と自分に言い聞かせたとたん、ゆるんだ玉石に足を取られそうになった。飲む量をもう少しひかえるべきだった。

このくらいのことは乗り越えてみせる。真実はわたしの側にあるのだから、気持ちを強く持って毅然としていればいい。真実は人間を自由にしてくれるはずだもの、ちがう？　ラングレーにあるCIA本部のメインロビーの床に記された、ヨハネ福音書の一節にそうあるじゃない。父が説教のなかでその言葉を引用したことがあるが、そのときにはまさかそれが、娘の未来の雇用主のモットーになるとは思ってもいなかったろう。

ブランデーのせいで思考が千々に乱れた。母がこっそり隠していたウォッカ、父の中身のない説教、ボーコムが好んで語る昔の話、そしていまも何度となくまぶたに浮かぶのは、隠れ家で見てしまった生々しい光景だ。不安がこみあげる。あのテープが手もとにあっても、事実だけでこの身を守れるものだろうか？　狡猾さと同時にコネが必要だ。クラーク・ボーコムだけでなく、それ以外のコネが。

　けれどもいまは頭のなかがぐちゃぐちゃで、戦略を練るどころの騒ぎではない。だったら、ひんやりとした広大な夜に身をまかせていよう。左に見えるどこかのバーのドアから、三人の学生が歩道に転がるように出てくると、大声で笑いながら腕を組んで歩きはじめた。やがて三人はパンクロックの歌詞を英語で歌いだした。ほんの数日前、壁にスプレーで落書きされていたその歌詞をヘレンは目にしていた――〝鎮静剤を打ってくれ（アイ・ウォナ・ビー・セディテッド）！〟

　ベルリンの壁が彼女の職業にあたえる影響はさておき、西ベルリンの若者にとってのそれは防護壁という存在に形を変えており、東の厳しい専制政治の流入をふせぐだけでなく、西の意欲ある労働者の流出を押しとどめる役割をもになうようになっていた。いま若者たちがここにやってくるのは、家賃が安く、教育費は無料で、兵役が免除されているこの享楽の島での生活を堪能するためだ。だから、いくらでも双眼鏡やライフルのスコープでこっちをのぞいていればいい。夜が明けるまでこっちの電気はつきっぱなしだ。

　さっきの学生たちがまたどっと笑いながら、角を曲がって視界から消えた。ヘレンの顔がほころんだ。心配するようなことはなにもない。ＣＩＡはイランのことで頭がいっぱいだから、ベルリンの人事問題にはまともな対応をするかもしれない。時の権力者がレイプを黙認するとは思えない。ヘレンは重荷がおりるのを感じた。大声で笑いだすと、いきなり数歩ほどスキップを始め、ふたたび早足に戻った。

あとになって振り返っても、袖にシルバーの鋲（スタッズ）がついた黒い革ジャンの男が、一ブロック以上うしろから彼女をじっくり観察していることにはまったく気づいていなかった。その男の髪も風にあおられていたが、ヘレンとはちがって脂ぎってぼさぼさだった。屋外にいることが多いのか、若い顔が赤らんでいる。男はさらに距離をあけながら、ライフルについているようなスコープでヘレンをうかがった。

ヘレンがヴィルマースドルファー・シュトラーセ駅で南に向かうU－七線に乗ると、男はドアが閉まる直前に三両めに乗りこみ、彼女がフェーアベリンガー・プラッツ駅でU－3線に乗り換えたときにはなんなくあとを追った。彼女のあとからダーレムドルフ駅でUバーンを降りると、そこから五ブロックほどあとを追った。そのころになるとヘレンは疲れのせいかうつむいていて、自宅があるビルの近くまで来ても警戒するふりすら見せず、正面玄関の鍵をあけた。男は彼女が入っていくのを確認すると、スコープをポケットにしまい、小さなノートを取り出した。

11

ベルリン支局に足を踏み入れた瞬間から、ヘレンは自分が鼻つまみ者になったのを察した。廊下では目をそむけられる。事務員たちはタイプライターから顔をあげもせずに、ぼそぼそした声で朝のあいさつをする。コーヒーメーカーのところに行けば、いつも妙になれなれしい男ふたりが、近づくヘレンを見るなり非常ベルが鳴ったみたいに大急ぎで逃げていった。

実務に支障がなければ、それでもがまんできたかもしれない。それがわかったのは、記録室に出向いたときだった。ヘレンは〝ロバート〟、〝フリーダ〟、もしくはフリーダにギリーのことを忠告したという友人の〝キャスリン〟という語を含む通信のやりとりが最近なかったか、調べるつもりだった。申請用紙にそれらの単語を記入し、主任記録担当官のアイリーン・ウォルターズのデスクに置いた。

ウォルターズは幸いにも仕事をしやすい相手で、ボーコムなら〝信頼できるやつ(グッド・エッグ)〟と表現するだろう。既婚者で信頼できる彼女は、ヘリントンのお気に入りの部下でもあるが、ヘレンが彼女を気に入っているのは特定の誰かを特別扱いしない点だ。相手が若手局員だろうと、幹部局員だろうと、同じようにこつこつと仕事をするため、支局内の全員から厚い信頼をおかれている。ほんの二週間前、ヘレンは料理が得意でないながらも、何時間も奮闘してベイクドパスタをこしらえ、ツェーレンドルフにあるウォルターズの自宅で開催された日曜日の持ち寄りパーティに持っていった。

けれどもけさのウォルターズは、ヘレンの申請書をぞんざいに見ただけでこう言った。

「閲覧は許可できない」

「そんなはずないわ。高度な機密情報を請求しているわけじゃなく、通常のやりとりだもの。わたしが送信しているのと同程度のものばかりよ」

ウォルターズは目に同情の色を浮かべて顔をあげた。

「悪いけど、あなたには権限がなくなった。本日付けで」彼女は誰かに聞かれていないか確認するように、あたりを見まわしてからデスクの抽斗をあけ、一枚の紙を出した。「ほら、これ。でも、すぐに返して。あなたに見せることも本当はいけないんだから」

それはヘリントンの手によるメモで〝全員〟にあてられていたが、そこにヘレン・アベルが含まれていないのはあきらかだった。

謹告。追って通知があるまで、ヘレン・アベルのすべての権限は、彼女が管理する施設に関する日常業務に直接かかわる事項に限定する。

言い換えれば、ケヴィン・ギリーを追及するのに必要な手段をすべて遮断するということだ。通信記録、報告書、日常の会話、情報提供者との接触。すべてを禁じられた。

　ウォルターズがすでに手を差し出していた。ヘレンは一瞬、コピーを取ろうかと考えたが、コピー機を利用するためのアクセス番号は、処分の一環としてすでに利用できなくなっているはずだと思い直した。それに、ウォルターズを敵にまわす意味がどこにある？　とりあえずヘリントンのメモを見せてくれたのに。ヘレンはメモを返した。ウォルターズはあきらかにほっとしたように肩の力を抜いたが、そのささいな仕種はこの朝ヘレンが見たなかでもっとも心を乱されるものだった。

「なるほど」ヘレンはそっけなく言った。「そういうこと」

「支局長がなぜこんなお触れを出したのか、その理由はわかってる」ウォルターズは小声で言った。「ほかのみんなもそう。それに、これは信じてほしいんだけど、わたしたちの多くはあなたに同情してる。ひとりじゃないってことはわかってほしい」

　心が激しく乱れながらも、ヘレンはウォルターズのその言葉に不吉な響きを感じ取った。

「ひとりじゃないというのは、どういう意味？」ヘレンも声をひそめていた。「わたしは監視されている。そういうこと？」

「まあ、まさか！　少なくともわたしはそんなふうに思ってない。要するに、ほかの人からなにか聞いても驚かないでねってこと。もちろん、ひそかによ。すでに噂は広まっていて、しかも、ここベルリンだけの話じゃないわ」

「つまり、ギリーの件？」

　ウォルターズはまた目をそらした。

「ごめん。ロバートと言うつもりだったのに。というか、それも言っちゃいけないのよね」

「さっきも言ったように、すでに噂は広まっている。あせらないことよ」

「どんな人に広まっているの？　力になってくれる人に心当たりはないかしら？」

「そのくらいにして。これ以上、しゃべるわけにはいかないの」

ドアがあくのが聞こえ、つづいて足音がした。ウォルターズがさらに声をひそめたので、ヘレンは彼女のほうに顔をぐっと近づけなくてはならなかった。

「そもそも、あなたとはいっさい口をきいちゃいけないみたい。というのも……」

「というのも？」

「あなたが入ってくる数分前、ヘリントンから電話があった。あなたの鍵を没収しろと命じられた」

「記録室の鍵を？」

「そうみたい」彼女は手を差し出した。

「わたしがここに来なかったことにすればいいのでは？」

ウォルターズは部屋の反対側を頭で示した。マッキンタイアという名の現場担当官が抽斗をあけていた。要するに、ヘレンが来たことを証言する者がいるということだ。

怒りがこみあげるのを感じながら、ヘレンはキーリングから鍵をはずし、デスクに放った。金属的な音が響き、マッキンタイアが手をとめた。室内が水を打ったように静かになった。

「ああ」彼はヘレンに気づいて言った。

ヘレンは頬に赤みが差すのを感じながら背を向けて出ていき、自分のデスクに戻るころには朝、食べたものを吐きそうになっていた。平手打ちされたように頬がほてっていたが、怒りも悲しみもおもてには出すまいと心に決めていた。それこそ、みんなが待ち望んでいるものだ。オフィスのドアを静かに閉め、崩れるように椅子にすわりこむと、両手で頭を抱え、目をきつく閉じた。

目をあけると、ヘリントンからのメモがあらたにもう一枚、デスクにのっているのが見えた。記録室に行っているあいだに届いたにちがいない。全員にあてたものとはちがっていた。

ミス・アベル
本部から連絡があったが、隠れ家の定例使用状況報告書の送付が一週間以上遅れているとのことだ。きょうの就業時間内にこの業務を終わらせるように——LH

その下に手書きで追伸が添えられていたが、そっちが本来の用件だった。

今回の規律に関する問題が決着するまで、きみには制限された権限の範囲内で仕事をしてもらう。指示された仕事を滞りなく終わらせる一方、アクセス権限が復活するまでは、きみは進行役としても録音機器の操作役としても、局の極秘会合の場に同席してはならないことを、あらためて強調しておく。すでに、支局の事務員のなかから代役を任命し、追って通知のあるまで、その任にあたらせることとした。

　当分のあいだ、職務は書類仕事だけに限定される。昨夜、ボーコムがヘレンのことを事務屋（デスク・ジョッキー）よろしく退屈な書類を書く（プッシング・ア・ペンシル）——彼の年代の連中が考えた戦中の造語だ——ばかりだと言っていたが、それが悲しいくらいにいまの自分にぴったり合っている。権限を奪われたいま、ＣＩＡの信頼度評価で言えばヘレンはタイピストよりも下に位置している。まっさらな利用報告書の用紙を一枚出し、タイプライターにセットした。気持ちがすさんでいたせいか、最初の五分で六回も修正液を使った。

　じきにあなたの信念に共感した人が集まってくるというウォルターズの根拠のない言葉を信じ、ヘレンはこの日一日、援軍の到来を待った。オフィスのドアを叩く者はひとりもいなかった。電話は鳴らなかった。廊下に三回出たものの——一回は休憩室に行くため、二回は手洗いに行くため——誰も近づいてこなかったし、名前を呼ばれもしなかった。まっすぐ前を見ることにばかり気を取られていたから、誰か自分のほうに目をやる人がいたとしても気づかなかった。ボーコムの慈愛に満ちた声がしないかと聞き耳を立てていたが、空振りに終わった。彼もまた、距離を置くよう警告され、古参連中がよく集まっている奥の関係者以外立ち入り禁止の会議室にこもっているのかもしれない。

　午後四時をまわったころ、使用状況報告書を書きあげた。昼すぎに淹れたコーヒーの残りに口をつけながら、ギリーの悪事を調査するにはどんな方法が残されているか検討した。ほとんど残っていない。過去の使用状況報告書はいま自分がいるオフィスに保管されているから、少なくともそれは入手できる。もしかしたら、ロバート、フリーダ、あるいはキャスリンがかかわった過去の会合の記録があるかもしれない。

一年分をさかのぼって調べたが、見つかったのはロバートがシュテーグリッツ地区にあった隠れ家を一度訪れたという報告書があっただけで、相手の名前は書かれていなかった。ロバートが隠れ家をもっと頻繁に利用していたのなら、ほかの利用については報告していなかったことになる。しかし、フリーダとキャスリンが利用した記録が、それぞれ一通ずつ見つかった。どちらもリンデンと会っていた。本名をリック・フォードという現場担当官だ。

なにかありそうだ。フォードならふたりとの連絡の取り方を知っているだろうが、彼もいまごろはヘリントンのメモを受け取っているはず。ヘレンはもう傷物なのだ。

けれどもかわりにボーコムに尋ねてもらうことはできる。これは戦争なのだから、こっちもそれにふさわしい対応をしなくてはならない。ヘレンが思うに、ヘリントンはすでに最強の砲弾——無条件の停職処分の一歩手前という懲罰——を撃ってきたのだから、こっちも同じ威力のあるもの、あのテープを使うしかない。核爆弾を。けれどもその前に、最良の布陣を用意しなくてはいけない。テープを使う機会は一度しかないからだ。

そろそろ午後六時だ。ヘレンは疲れはて、心がふさいでいた。オフィスに鍵をかけ、出口に向かった。その途中、記録室の前を通りかかると、ドアが半開きになっているのが見えて驚いた。ウォルターズらしくもなく、戸締まりを忘れている。もしかして、自分のためにわざとあけっぱなしにしてくれたのだろうかという甘い考えが頭をよぎった。朝、彼女がほのめかしていた協力というのは、このことだったのかもしれない。

　ヘレンはドアをくぐった。デスクにいたウォルターズが目をあげ、すぐに渋い顔をした。やっぱり考えが甘かったか。気まずい気持ちで立ち去ろうとしたところ、奥にいた男性が声をかけてきた。

「こんばんは（グーテン・アーベント）、フラウ・アベル！」

　エリクソンだ。現場工作員だがドイツ語がへたくそなことで有名で、ロシア語のほうはそれに輪をかけてへたくそだ。「どうかしたのか？（ヴァス イスト ロス）」

「それはこっちの科白よ」ヘレンは声をかけられたのを立ち去らない言い訳にして答えた。「ドアを閉める時間も惜しむなんて、よっぽど大事な用事なんでしょうね」

　ウォルターズが怖い目でにらんできていた。

　エリクソンは苦笑した。まだヘリントンのメモを読んでないの？　もしかしたら、まったく気にしていないのかもしれない。噂によれば、まともなドイツ語を話せるようになるまでは、おもしろさのかけらもない任務をやらされているらしい。

「いや、そんな驚天動地の事態ってわけじゃない」彼は言った。「青果売り場の通路の大掃除をしなくてはならなくなってな。おれがモップがけに任命されたんだよ」

　ウォルターズが咳払いをした。エリクソンはそれに気づかず、ヘレンはあえて彼女のほうを見なかった。

「大掃除？」

「われわれの情報提供者のひとりが――まあ、そんな大物じゃないのが不幸中の幸いだが、とにかくうちで使ってることに変わりはない――床に叩きつけられたらしくてな」

「負傷したの？」

「死んだよ」

「なんてこと！」

「いや、作戦中に犠牲になったわけじゃない。それでも書類に残さなきゃならないから、手順を踏む必要がある」

ウォルターズがまた咳払いをした。ヘレンはまたも素知らぬ顔をした。

「ひどい話」

「まったくだ。そうとう飲んでいたらしい。若い連中ってのは一気飲みしたがるからな。まあ、この支局にいるあんたら女の子は、もっと節操があると信じてるが」

「女の子？　その情報提供者は若い女性なの？」ヘレンは声がうわずりそうになるのを必死でこらえた。

「アンネリーゼ・クルツ」彼はファイルを見ながら言った。「年齢は十九。きみが管理してる隠れ家で顔を合わせたことは？」

「その名前に記憶はないわ」

「そりゃそうだ」彼はばかなことを言ったというように苦笑いした。「暗号名でしか知らないもんな」

　ヘレンは息をとめた。ウォルターズでさえ身じろぎひとつしていない。

「ああ、ここに書いてある。フリーダ、だそうだ。いまのところ、警察(ポリツァイ)は痴話喧嘩と見ている。どうせ、乱暴者で酔っ払いの若い無政府主義者だろうよ。愉快なクロイツベルク地区あたりのな」

　ヘレンとしてはいいかげん黙ってほしかったが、エリクソンはまだあれこれしゃべりつづけている。ヘレンは話を聞きながらなんとかほほえもうとしたものの、心のなかの苦悶(くもん)と驚愕(きょうがく)はほとんど隠せていなかった。

「じゃあ、おれは行かないと。モップと身分証を携えて」彼は目をぐるりとまわした。「ところでさ、一杯飲まないか？　もちろん、いまじゃない。この仕事を終えてお役ごめんになったらだ。ヘレン？　おい、ヘレン！」

「え？　やだ、ごめんなさい。でも無理だわ。わたし、忙しいの」

「そっか。そう言えば聞いた気がするな。まったく運のいい男だよ」

　そのあてこすりがぐさりと響いた。エリクソンがいなくなったのにも気づかなかった。デスクにいたウォルターズが立ちあがって、急ぎ足で近づいた。

「出ていきなさい！」彼女は怒気をはらんだ顔で、かみつくように言った。「あなたはここには入れないことになっているのよ、ヘレン。いますぐ出ていきなさい」

12

二〇一四年八月

　最初に拘置所で面会したときは口をきかず、ほぼ無反応だったウィラード・ショートだが、今回はヘンリーがそばにひかえていたにもかかわらず、よくしゃべった。わずか数秒で姉は泣いてしまった。

　郡拘置所の面会室で、床にボルトどめした丸いスツールにすわり、強化ガラスの仕切りごしに相対する形で面会した。どちらの側にも銃を持った看守が位置についていた。面会室には一度に五組の訪問者が入れるが、拘置所側はウィラードのおかした罪と精神面を考慮し、時間外の面会を設定していた。

　姉弟は内線電話で会話した。案内してくれた保安官代理によれば、ウィラードは前の晩にシャワーを浴びたそうだが、薄汚れてだらしなく見えた。オレンジ色の囚人服は道化のようにぶかぶかで、彼は部屋に入ってきて椅子にすわるまで何度となく袖を押しあげていた。彼はアンナに気づくと、はにかんだようにほほえみながら受話器を取った。

「ハイ、アンナ」

「ハイ、ウィラード」アンナのその声はヘンリーには弱々しく聞こえ、つづく会話に彼女は打ちのめされた。

「姉さんがまだこっちにいるんなら、あれが起こってるってことだね」

「あれってなんなの、ウィラード?」

「もう起きた? ママとパパは? ふたりとも起きた?」

アンナは唇をかんでうなだれた。顔をあげたとき、その目は濡れて光っていた。

「起きたって?」

「ベッドから。まだ起きてないの?」

「起きてないわ、ウィラード」アンナの声が震えた。「ふたりとも起きてない」

彼女はあいているほうの手をガラスに押しつけた。弟も同じようにすると思ったのだろう。けれども、ウィラードはその映画を観たことがないか、意味がわからなかったらしい。そのかわり、まごついたように視線を自分の膝に落とした。

「どうして起きないのかな?」

「ふたりはもう土のなかなのよ、ウィラード。安らかに眠ってるけど、土のなかにいるの」

アンナはガラスに押しあてた手を引っこめ、目もとをぬぐった。ウィラードはスツールの上で体を前後に揺らしている。その顔を見れば、いまのが求めていた答えでないのはあきらかだ。

「ごめん、ウィラード。ちょっと待っててくれる？」

「いいけど」彼はおどおどと言った。

ヘンリーは同席しているのが気づまりに思えたが、目をそむけることはできなかった。新聞の写真ではわからなかったが、血のつながりがはっきりわかるほど姉弟はよく似ていた。とくに茶色い楕円形の目だ。ただし、アンナのほうが動きが生き生きとしている。顔の造作もそっくりだが、ウィラードの頬はややたるんでいた。

アンナがバッグのなかに手を入れるのを見て看守は警戒したが、ハンカチを出して洟をかむのを見てすぐに興味を失った。彼女はハンカチをたたんで目もとを押さえ、ふたたび受話器を手にした。

「お待たせ。あなたの話をしましょう、ウィラード。ここでどうしてるのか聞かせて」

彼は肩をすくめた。

「いっぱい食べてる。でもチキンがない。綿あめもない。それにここでは映画が観られない。あとは寝るだけ。いくらでも寝かせてくれる」そう言うと、ウィラードは顔を輝かせ、背筋をまっすぐにのばした。「姉さんと一緒に帰れる？」

「いいえ、ウィラード。あなたはまだここにいなきゃいけないの」

「いつになったら帰れるの？」

「わからないわ、ウィラード。でも、しばらく先になりそう」

「うんと先？」

「たぶん」

「数えてみて。数を数えてよ。何日あるのか数えて」

「誰にもわからないのよ。それを決めるのは……」アンナは言葉を切って、また唇をかんだ。ヘンリーが歩み寄って自分のハンカチを差し出すと、またも看守が警戒したが、アンナは手を振って断った。

「それを決めるのはなんなの？」

「ママとパパの身になにがあったか、裁判所がどう判断するかよ。話してもらえる？　どうしてあんなことになったか、わかってる？」

ウィラードは、どうして拘置所ではチキンが出ないのかというような、自分の能力を超えた質問をされたみたいに肩をすくめた。アンナは受話器を握る手をもぞもぞ動かし、とがった声を出した。

「どうしてあんなことになったのか話して、ウィラード。どうしてママとパパにあんなことをしたのかを。自分のライフルで。どうしてふたりを撃ったのか説明して」

ふたりはこわばった顔でにらみ合った。姉弟がこうしてにらみ合うのは、過去になにかあったからだろうかとヘンリーはいぶかった。これだけ考え方に違いがあっても、嫉妬したりライバル意識を抱いたり、喧嘩することもあっただろう。

ウィラードの顔がくしゃりとゆがみ、彼はすすり泣きのような声を漏らしながら苦しそうにあえいだ。

「あの数字!」これまでになく大きな声でウィラードは言った。彼がいる側の看守が顔をしかめ、少し背筋をのばした。

「なんの数字、ウィラード?」

「数字だってば! どうしてあれが起こらないの? どの数字のことを言ってるの?」

「起こらないってなんのこと、ウィラード? どの数字のことを言ってるの?」

ヘンリーはじっとしていられなくなって、ガラスに一歩近づき、送話口に向かって問いかけた。「標識の数字のことかな? ポストンの入り口にある標識かい? そのことを言っているのか?」

ウィラードは知らない声の響きにたじろいで、驚いたように顔をあげた。

「申し訳ない」ヘンリーは小声で謝った。

「標識のことを言ってるの?」アンナは弟の目を自分に引き戻そうとして訊いた。

ウィラードはゆっくりとうなずいた。

「あの数字にどんな意味があるの? なにが起こるはずだったの?」

ウィラードは顔をしかめて首を振った。真剣になにか考えているようだ。アンナは同じ質問を繰り返したが、それでも彼は返事をしなかった。アンナは受話器をわきにおろした。

「とんでもない間違いだった。あなたを雇ったこと、ここに来たこと、なにもかもが。どうしてこうなったのかなんてわかるわけない。本人にだってわかってないんだもの、ほかの誰にもわかるわけがない」

「いいんだよ」

「いやよ。いいわけないじゃない。あなたの時間を無駄にしてるだけだし、弟に大変なことをしてしまったわ。ここに入ってきたときは元気そうだった。それがいまはどう？」

ウィラードはスツールに力なくすわりこんでいた。顔をいらだちで真っ赤にし、じっと床を見つめている。

ヘンリーはアンナの肩に手を置いた。

「あきらめるな。決めつけるのはまだはやい」

雑音交じりのウィラードの声が受話器から聞こえてきた。

「だって彼が、彼がこう言ったんだ……あの数字がそれを終わりにするって」

その言葉にふたりは鞭(むち)で打たれたようになった。アンナは受話器を手にすると、ゆっくりと、慎重に尋ねた。「誰がそう言ったの、ウィラード？　誰があの数字がそれを終わりにすると言ったの？」

ウィラードはアンナからヘンリーへと視線を移し、また姉に戻した。目を大きく見ひらき、このときはじめて、疑うような、そして少しおびえたような表情になった。

「いやだ！」彼は転げるようにしてスツールから立ちあがり、あとずさりした。

「いいのよ、ウィラード。大丈夫。心配しないで」

アンナはまたも自由なほうの手をガラスに押しあてた。ウィラードのゆがんだ顔がやわらぎ、彼はゆっくりとスツールにすわり直した。

「気分はよくなった？　もう平気？」

彼はうなずいた。

「ひとつだけ、簡単な質問をさせてね、ウィラード。それでおしまいにするから。答えていいのよ。数字でそれを終わりにすると言った人は誰だったの？　ジョーイみたいな人？　あなたが言っているのはそういう人のこと？」

ウィラードは首を振った。視線はまたも床に戻っていた。

「ジョーイじゃない」彼は不服そうに口をとがらせた。

「それはわかってる」アンナは言った。「ジョーイはそんなこと言わないわよね。でも、ジョーイのような人だったの？　要するに、わたしの目には見えない人ってこと」

ウィラードはひたすら床を見つめている。

「誰だったの、ウィラード？　誰が言ったの？」

顔をあげたウィラードは、慈悲を請うような、あるいはわずかばかりの理解を求めるような目をしていた。

「言えないよ。約束したんだ、アンナ。絶対に言えない」

「その人と約束したの？」

ウィラードはうなずいた。

「なにを約束したの、ウィラード？」

「だめ。言えない。言えないよ、アンナ。でないと、あれが起こらなくなっちゃう！」

彼は受話器を放りだした。受話器は仕切りにぶつかり、彼はまたスツールから滑りおりた。さよならと手を振るように片手をあげたが、途中でやめた。そして背中を向け、看守がいる部屋の奥に向かって歩いていった。アンナは仕切りを叩いて叫んだ。

「ウィラード。ウィラード！」

彼は振り返ってさよならと言うこともなく歩きつづけた。

13

駐車場まで戻るあいだ、アンナはずっと口をきかなかった。ふたりは車に乗りこみ、ヘンリーが運転した。冷房の風が吹きつける音と、タイヤが路面を叩く音しかしなかった。ハイウェイ五三号線に入るころになると、ヘンリーはがまんできなくなった。

「ジョーイというのは誰なんだい？」

「空想の友だち。ウィラードが十二か十三のころの。その夏いっぱいつづいたわ」

「今度は現実の人間かもしれない」

「というか、わたしのほうに、そうであってほしいという気持ちがあるの。だから、あなたを雇ったんだもの。弟じゃなければ誰でもいい、責める相手を見つけるためよ。だけど、こうも考えてる。もしかして、それこそウィラードがやってることなんじゃないかって。ジョーイを利用してるだけなんじゃないかって」

「悪いほうの自分みたいなものかな？」

アンナはうなずいた。

「いけないとわかってることをやるといつも、ウィラードはジョーイを言い訳にしてたから、いまやってるのもそれと同じなのかもしれない」

「だったら、どうして弟さんはおびえた顔をしてたんだろう？」

「おびえていたように見えた？」

「うん。少なくとも、きみが名前を言うよう迫ったときは」

「わたしには愕然としているように見えた。自分自身に対して。わたしがママもパパも起きることはないのよと言ったとき、あの子がどんな反応をしたか見たでしょう？　自分のしたことが、いまごろになってぐさりときたんだと思う」

「まあ、きみのほうがおれより弟さんのことはよく知っているだろうから。それでも、あの目は……」

「なんなの？」

「ああいう目は前にも見たことがある。あれは恐怖でも自己嫌悪でもない。弟さんはなにかにおびえている。あるいは誰かに」

車はポストン方向に一マイル進み、燦々と降り注ぐ陽射しのなか、トウモロコシと大豆が実った緑色の畑が飛ぶように過ぎていく。アンナはダッシュボードを指で軽く叩いた。

「あなたの言うとおりかもね。気が動転しすぎて頭のなかが真っ白になってたんだわ」彼女は自嘲ぎみに笑った。「さてと、このあとはワシャム・ポートリーの人に会わないと。六万羽もいる鶏を施設で解体してもらってるの。ねえ、煙草を持ってない？」

「悪いね。やめたんだ」

彼女はラジオのスイッチを入れた。クラシックロックをかける局で、当然ながらたまただが、トーキング・ヘッズの「サイコ・キラー」が流れてきて、彼女を再び笑わせた。ヘンリーがスイッチを切ろうと手をのばしたが、アンナはそれを制した。

「いいのよ、いいの。このままで」

おまえはだらだらしゃべるばかりで、なんにも言っちゃいない。おれは話すことがなければ、口をつぐんでいるけどな。

　そこで彼女はスイッチを切り、首を振って目をぬぐった。

「笑えるでしょ？　きょうのくそな一日も、わたしのくそな人生も。ごめん、あなたに八つ当たりしちゃいけないわよね」

「一日につき七十五ドル払うんだから、その権利はあると思うよ」

「そうだわ。忘れるところだった。大事な大事な〝調査〟のことを！」彼女は宙に指で引用符を作って言った。それから深々と息をついた。「ああ、ウィラードったら、もう。いったいなにを考えていたのよ」

　彼女はダッシュボードを叩き、嗚咽（おえつ）を漏らしたが、それも一度きりだった。彼女が洟をかむあいだ、ヘンリーは目をそらしていた。車の速度は時速四十五マイルにまで落ちていて、追い越し車線にいるふたりの車を、大きなセミトレーラーがクラクションを盛大に鳴らし、砂をまき散らしながら追い抜いていった。

　アンナは運転席に手をのばし、クラクションを鳴らした。

「なによ、このばか野郎！」

ヘンリーは数拍おいてから、なだめるような口調を心がけて言った。「思うに、ウィラードはいろいろひどい目に遭ったんじゃないかな。子どものころに」

「ええ、そうよ」アンナはシートの背にもたれた。「そのほとんどは、あの子が五、六歳のころに始まった。学校に通う年齢ね。わたしは十二歳くらいだった。自分の居場所が気になりはじめる年ごろで、ウィラードみたいな弟がいるなんてティーンエイジャーにとっては最低最悪のことだった。だから、しばらくは頭から締め出していた」

「無理もない。ホルモンかなんかの影響だ」

「でも、ある土曜日のことよ。遅くまで寝ていたら、弟がぎゃんぎゃん泣く声が聞こえたの。窓の外を見たら、いじめっ子がうちの庭で弟を追いまわしてた。自分の家の庭でよ。わたしはかっとなってパジャマのまま裏口から飛び出した。それ以来、あの子を守ってきた。もちろん、あの子が十二になるときには、わたしは大学生だったから、うんと北にいたけれど。それに白状すると、そういうのから抜け出せてほっとしたところもあった。あとになって、弟がもっとも助けを必要としているときに、わたしはあの子を見捨てたんだっていう気持ちになったけど、あのときは自分の人生がほしかったんだと思う」

「その年ごろはみんなそうだ」

「それで、一年生が終わった夏、例のジョーイの件があったわけ。ウィラードはほかの誰かにお小言を受けとめてほしかっただけなのかもしれない。あるいはかわりに暴れてほしかったのかも」

車は時速六十マイルで走行していた。まったいらな地平線上にあるものといったら、遠くに並ぶ木立と、二棟の鶏舎だけ。アンナはエアコンのスイッチを切り、サイドウィンドウをおろした。手でさわれそうなほど強烈な鶏糞のにおいが、風に乗って入ってくる。

「うわあ、すごいにおい」アンナは言った。「どこもこれを肥料として使ってるの。これと、大量の化学物質を交ぜるのよ。農薬だとかいろんなものが入ってる。もしかしたら、それが弟に影響したのかもしれない」彼女は言葉を切った。「それで、その人物は実在してるとあなたは思うのね？」

「さっきも言ったが、弟さんはおびえているようにおれの目に映った。想像のなかの友だちは怖くないのが普通だ。とりあえず、きのうきみが言ったように、少し訊いてまわることにするよ。弟さんが誰かと一緒にいるところを見た人がいるかどうか。連れだって出かけたり、森で狩りをしたりしているところを」

「なんだか不吉な感じがしない？　ウィラードがひとり、ライフルを手に森のなかを歩いてるところを想像すると」

「あるいはひとりじゃなかったのかもしれない」

アンナはうなずき、まっすぐ前方に目をやった。

「そうね。それを調べなくては」

町が近くなったころ、アンナはハンドルを横取りせんばかりのいきおいで言った。

「あの店に入って！」

ヘンリーはブレーキを強く踏み、ハンドルを切ってコンビニエンスストアの駐車場に乗り入れた。アンナはドアのロックを解除した。

「本当にこの件を調べるなら、煙草がいる。昔の習慣に逆戻りだわ。あなたはなにかいる？」

「ビールだ。ライトな味じゃなければなんでもかまわないから、そいつを六缶」

「ライウィスキーだけじゃ前に進めないわけ？」

彼はほほえんだが、答えなかった。

「わたしたちって、たいしたコンビだわね」

ふたりは車を降りると、急ぎ足で必要なものを買いに向かった。

14

ショート家に着くころになるとアンナはまた無口になった。三十分ほどでワシャム・ポートリーの捕鶏作業員が来ることになっており、ヘンリーはひと休みできるようしばらくそっとしておくことにした。砂利敷きの通路を歩いて農場に向かい、大豆畑に立っているとトラックがやってきた。

フォークリフトを乗せた白いピックアップを先頭にトレーラートラックが四台、未舗装の長い通路を二棟の鶏舎に向かって進んでいく。鶏舎はどちらも奥行き五百フィート、波形鉄板でできた小屋には大きなファンがいくつも設置され、奥に給餌用サイロが据えつけられている。トレーラートラックの荷台には空のケージが山と積まれ、破れた枕みたいに羽毛がはらはらと落ちてきていた。

遠くから見ているとアンナが現場監督と握手をした。〈ワシャム〉の文字が入った黒い野球帽をかぶり、赤いフランネルのシャツを着た彼は、サインが必要な書類をはさんだクリップボードを彼女に手渡した。トレーラートラックから九人の男が、スペイン語で声をかけ合いながら次々に出てきた。

全員がみすぼらしいなりだった。男たちは戦いに挑むときのように一列に並んだ。何人かが分厚い作業用手袋をはめた。その他の者はくちばしや爪から身を守るためだろう、穴のあいたパンティストッキングを腕にはめ、呼吸器と防塵マスクを装着した。ゴーグルをかけた者もいる。

イースタン・ショアというところは不思議なところだ。連邦議会議事堂から車で二時間もかからず、オーシャン・シティやレホボスに向かう海水浴客が頻繁に立ち寄っている。それなのに、見た目も、雰囲気も、そして物事の運び方も南部の州に近い。この何十年かのあいだに、単調でつまらない仕事は何千人というラテン・アメリカからの新参者に引き継がれてきた。ヒスパニックの存在は、二カ国語で書かれた看板があちこちに立ち、メキシコ料理のレストランがちょっとしたブームになっていることからもあきらかだ。小さな町で起こっているこれらの変化はどれも、かつては瓶入りマヨネーズ並みにあたりまえだったのだ。

それでも、裕福で風光明媚なウォーターフロント一帯には、ボルティモアやワシントンなどの都市部から流入してきた洗練された上流階級、つまりスチュー・ウィルガスのような人間に代表される世襲財産と特権を手にした連中か、途方もなく大きくて新しい住宅を見ればわかるように、うなるほど金を持っている新興勢力が住んでいる。深く掘らなくとも連邦議会、ロビイスト街、さらにはCIA本部という権力の回廊――かつてのロドニー・ベイルズが調査対象としたような連中――の澱がたまっているのがわかる。それもヘンリーが気を抜かずにいる理由のひとつだ。

フォークリフトがケージを鶏舎の一端まで運んでいき、作業員たちもそれについていった。

鶏の鳴き声と突然の騒ぎで、作業が始まったのがわかった。あけ放った扉から土埃が漏れてくる。この作業のキモはそれぞれの手に一度に四羽ずつ、足のところをつかむことだとヘンリーはなにかで読んだことがある。彼がいるところからでも、木片のにおいや鶏舎の床を覆う堆肥のにおいとはべつの、アンモニアのにおいが嗅ぎわけられた。

数分たつと、フォークリフトが出てきたが、今度はケージのなかが薄汚れた白い鶏でいっぱいになっていた。ヘンリーはてっきりアンナは、この場面を見るのに耐えられず、できるだけはやいうちに逃げ出すものと思っていた。しかし、彼女は腕を組み、その場にくぎづけになっていた。そんな彼女をヘンリーはじっと見ていた。

一時間ほどすると、作業員は一棟めの鶏舎を出て、二棟めに移った。トレーラートラックのうち二台はすでに轟音（ごうおん）を立てて工場に向かって走り去った。運び出された鶏たちは、一時間以内に頭を落とされ、足から吊されることだろう。

捕鶏作業員のひとりが、血のにじんだひっかき傷の手当をしていた。いきおいを増してきた風が、西からオゾンと雨の強いにおいを運んでくる。うしろに目をやると、真っ黒な雲が近づいてきているのが見えた。風が吹き荒れ、大豆がズボンの裾を揺らし、靴下ごしに足首をくすぐってくる。下に目を向けると、緑色の葉に殺虫剤や栄養剤のあとが点々とついている。アンナの父親が、ほんの一週間ほど前に手入れをした証拠だ。

アンナと現場監督が雨宿りしようと近くの小屋に向かったのを見て、ヘンリーも仲間入りすることにした。大豆が植わった最後の列をまたいだとき、最初の大粒の雨が額に落ち、小屋に着いた瞬間に空の底が抜けた。

「探してたのよ」アンナはほっとした声を出した。ワシャム・ポートリーのキャップをかぶった現場監督が軽く会釈した。

「こちらはベン・ハロランさん」アンナは言った。「えっと……ごめんなさい、ベン、なんていう役職だったかしら？」

「家畜出荷運搬主任だ。週に数回、捕獲の現場に出向いてる。作業員たちがちゃんと仕事をしてるか確認するためにね。あんたはこの家の人？」

「友人だ。ヘンリー・マティック」

男ふたりは握手した。アンナはもう終わりにしたくてしょうがない顔をしていた。

「もうこれでお邪魔できなくなるのは残念でならないよ。ここでの仕事はいつも楽しくてね。応対してくれていたのは、たぶん、ご両親だよね？」

「ええ、そう」

「本当に……あのニュースのことは残念だ」

「ニュース」アンナは言った。「ええ、たしかにそうね。ニュースなのよね」

相手は重心を片方の足からもういっぽうの足に移し、挽回（ばんかい）しようとこころみた。

「ふたりともいい人だった。いつもおれたちに親切だったし。それにウィラードも」彼はさらに深みにはまってしまったが、やめるには遅すぎた。「マールの野郎がきょうのメンバーに入ってないのが意外だな。あの子とあんなに仲がよかったのに」

気まずい雰囲気がただようなか、その言葉の意味を理解するのに数秒かかった。アンナはヘンリーを見やり、ヘンリーは眉をあげた。

「その人はウィラードと仲がよかったの？」アンナは訊いた。

「そうなんだよ。彼の魂よ、安らかなれ」彼はウィラードもこの世を去ったかのように、キャップを脱いだ。

「どういう意味なのかしら、仲がよかったというのは？」

「うん、ふたりはいつも作業が終わったあとでしゃべっていた。昼の休憩時間に。お袋さんがよく、おれたち作業員にごちそうを用意してくれてね。アイスバケットで冷やしたコカ・コーラ、サンドイッチにチップス」

「やだ、ごめんなさい。知っていればわたしも――」

「いや、いいんだ。そういう意味で言ったんじゃない」

「でも、よくおしゃべりしていたのね。そのマールという男性と弟は」

「そうなんだ。マールはおたくに出向く仕事だったらメンバーに入れてくれと、いつもうるさいくらいに言ってたから、ふたりはいい友だちなんだろうと思ってた」

ヘンリーは耳をそばだてて聞いていた。

「マールの下の名前は？」アンナが訊いた。「なんていうの？」

「そんなの知るかよ――汚い言葉を使って悪いね。けど、おれがフルネームを把握してる作業員なんて半分もいやしない」彼はキャップをかぶった。「とくにそれが……」彼はにやりと笑うと、手をぱくぱくさせるジェスチャーをした。「スペイン語を話す連中となるとな。もちろん、給与小切手に不満があるときはべつだよ。そういうときはなぜか急に、みんなめちゃくちゃ英語がうまくなる」

「おたくで払っている賃金を考えれば、それもしかたないと思うけど。それでも、記録はつけているんでしょう?」

「常勤のやつについてはな。連中には給料小切手も税金の明細書もちゃんと渡してる。だが、マールはハッスルマンだ」

「ハッスルマン?」

「日雇いで、現金しか受け取らない。領収書もなければ記録もなにもない。人手が足りないときにやってもらう連中だ。常勤のやつらは会社を転々と変わるから、いつも人手が足りなくてね」

「じゃあ、そのマールという人は現場に直接やってくるの?」

「いや、そうじゃない。ヘンソン・ポイントにある寄せ場に登録してるんだ。ハッスルマンが必要なときは、最初にそこに行く。なのに、けさ、やつはいなかった。さっきも言ったが、それでちょっと驚いたわけだ。やつはここに出向く仕事には必ず参加したがってたからさ。しかもあんたのところの仕事はこれで最後だろ。やつもわかってたはずなのに」

「わかってた? どうして?」

「ああ、おもに生育スケジュールでね。やつはしっかりチェックしてた」

「そうなの？　できればその人を探したいんだけど」

「探したいって？」ハロランはようやくアンナの思いつめた様子に気づいたのだろう、少しとまどった表情になった。

「お礼を言いたいの。弟のいい友だちになってくれたこと。ああいうことになったわけだけど」

「わかるよ。けどなあ……おれが日雇いの連中を見つける手伝いなんかしたら、いい顔されないんじゃないかと思うんだ。おれ自身はべつに悪いことだとは思わないけどさ」

「わかるわ、ベン。だからその寄せ場がどこにあるか教えて。ヘンソン・ポイントだっけ？」

「うん。よくある、非公式な寄せ場のひとつだ。だいたい朝の六時ごろから〈ウォルマート〉の駐車場に集まってくる。日曜日をのぞいて毎朝、みんななにかやれる仕事はないかと探しに来るんだ」

「密入国者なのかな？」ヘンリーが口を出した。

「まあ、大半はそうだが、おれから聞いたなんて言わないでくれよ。なかには飲んだくれもいるし、ありきたりな路上生活者もいる。さっきも言ったが現金払いだ。そういう連中はそっちを好むんでな」

「マールというのはヒスパニック系の名前ではないようだけど」

「ああ、ちがう。やつはおれやあんたと同じで白人だ」

「だとすると、彼は飲んだくれかホームレスなのね？」

「たしかなところはわからん。本当だよ。だが、現われたときには、いつもよく働いてくれる。飲んだくれとヤクをやってるやつはたいていそうだ。しらふのときには信頼できる。だけど、うん……」

「だけど、なんなの？」

「やつはあの連中のなかで、どこか浮いてるんだよな。同じような恰好はしてる。けど、目は澄んでて、血走ってたことなんか一度もない。だから、うちの現場監督はやつをメンバーに入れたがる。その日一日、きちんと仕事が終えられるとわかるからさ。ちょっと失礼するよ。そろそろ作業が終わりそうだ」

彼はトラックに向かって雨のなかに出ていった。ヘンリーはアンナに目を向けた。

「どう思う？」彼は訊いた。「そいつが新しいジョーイかな」

「それよりましよ。生身の人間だもの」

数時間前のアンナは完全に意欲を失っているように見えた。いまは気力を取り戻し、決然としている。

やるべきことができた。細い糸だが、手がかりであることに間違いない。

15

一九七九年　ベルリン

ヘレンは夜中の三時までひとりで飲んだ――孤独な魂の闇夜の友として選んだのは安物のゲヴュルツトラミネール二本。自分のとった行動が不運で不幸なフリーダに死の宣告を下してしまったのではないかと自省し、どうすれば彼女を救えたのかと思いをめぐらした。けっきょく、ヘレンが下におりていかず、ケヴィン・ギリーが彼女をレイプするのを身もだえしながら聞いていたほうが、フリーダにとってはよかったのではないかという悲しい結論に達した。おぞましい想像ではあるが、フリーダ――というか、いまのヘレンにとってはアンネリーゼ――は死なずにすんだろう。

傷つきはしただろうが、いまも生きていられたはずだ。

一本めをあけるころ、ヘレンはもっとまともなべつの結論に落ち着いた。

「あいつを殺せばよかった」とつぶやく。雨のなかに駆けだしていったフリーダの恐怖の表情がよみがえる。ヘレンが別れ際に誓った〝力になる〟と〝秘密は守る〟という言葉だけを胸に。むなしい約束。
あの娘が殺されたのは悲惨な偶然かもしれないとも思う。こっちでレイプされそうになり、あっちで殺されたが、動機はまったくべつかもしれない。アンネリーゼのような流れ者の若い女性にとって、世間はいつも危険な場所だ。ヘレンはその線にすがりつつ、二本めをあけた。

そのうち、ギリーの活動分野——魔法と非合法な捜査——についてボーコムから聞いた話が頭に浮かび、ふたたび苦悶することになった。もちろん、ふたつは関係あるに決まっている。ヘレンはもう一杯ワインをあおった。

クラッカーを半箱と、古くなったパンの耳に瓶からこそげたヌテラを塗ったものを夕食がわりに食べた。その夜、電話が二度かかってきた。ボーコムだろうと思って出なかった。二度めの電話がかかってきたあと、ヘレンは線を抜いた。

午前四時ちょっと過ぎ、食べたものをすべて吐き、ジーンズ、ブラウス、それにベッド近くの床にぶちまけた。一時間前、そこでうたたねしてしまったのだ。もし仰向けに寝ていたら吐いたものを喉に詰まらせて死んでいたかもしれず、そうなっていたら西側の理念にとって大きな損失になっていただろう。彼女は床にすわり、部屋がぐるぐるまわるのを感じながら、そうひとりごちた。

服を着たままよろよろとシャワーに飛びこんで汚れを洗い流し、そのあと、滴を垂らしながら浴室のタイルの上で濡れた衣類をむしり取るように脱いだ。やわらかくて厚いローブをはおって、ベッドにもぐりこみ、そのまま眠ろうとしはじめた。このときは、ボーコムから聞いた助言を実行しても、安らぎは訪れなかった。いまの心持ちの彼女を受け入れてくれる眠りの王国など存在しなかった。

けれども目覚めたとき、ずきずき痛む頭のなかでひとつの計画がふくらみつつあった。ベルリン支局内でギリーを追う、または捜査することができないならば――ヘリントンに課された制限からすれば、それは火を見るよりあきらかだ――外から攻めればいい。ここから先は自分で自分の限界を決め、自分でリスクを負う。ギリーがなんの処分も受けず、やったこともあきらかにされない事態はどうしても看過できない。

すでに午前九時を過ぎていたので、まずはヘリントンに電話をかけた。

「気分がすぐれないんです。ウイルス性のなにかみたいで」

「ならば一日ゆっくり休みなさい」ヘリントンはほっとした声を出した。

「一日では治らないかもしれませんが、緊急事態があれば出勤しますし、書類は遅れずに提出します」

「必要なだけ休むといい。頼もしいヘレン・アベルが戻るのに必要なだけ」

「ありがとうございます、支局長」ろくでなしのくそおやじ。

「では失礼するよ、ヘレン」いつになくおつにすまし、太っ腹なところを見せようとしている。

勝ったと思っているのだろう。問題は解決した！　支局長としてまたひとつ、手柄が増えた！

ヘレンは目についた最初の清潔な服を身に着けた——黒いジーンズ、青いコットンのTシャツ、アイルランド製の茶色いフィッシャーマンセーター。しかしすぐに、目的の場所に照らして考え直し、もっとプロらしく見える服を出した。紺のビジネススーツに白い綿のブラウス。いかにもアメリカ人らしく見えるだけでなく、どことなくスパイらしくも見える。なぜなら、それをねらっているからだ。タイレノールを三錠のみこんでから、水をコップで二杯飲み、身分証とショルダーバッグを手に取った。家を出る直前、バッグの中身をあらため、例のテープが二本、入っているのを確認した。これからは、いつも持ち歩くようにしよう。オフィスに行かないことにしてよかった。そうでなければ、密輸入したプルトニウムを持っている気分になったろう。

近くのカフェにまっすぐ向かい、カフェ・オ・レ（ミルヒカフェー）とチョコクロワッサンを一個注文した。入り口わきに積まれたなかから《ターゲスシュピーゲル》紙を取り、カップの中身を半分飲んで景気をつけてから新聞をめくった。とたんに、最初に飲んだコーヒーが逆流するのを抑えきれず、思わず吐き出した。他人の振る舞いにいちいちけちをつける年配の主婦（ハウスフラウ）タイプの女性が不機嫌そうににらんできた。ヘレンは相手が目をそむけるまでにらみ返した。クロワッサンをひとくち食べ、コーヒーをまたごくりと飲んだ。喉を焼くような液体が胃におりていく。それから、記事を読みはじめた。

アンネリーゼ・クルツ殺害の記事はわずか四段落しかなく、くわしいことはほとんど書かれていなかった。首絞めと激しい殴打。エリクソンが言っていたように、痴話喧嘩と見られている。ひとりの容疑者も勾留されず、名前もあげられていないが、目撃者によると若い男が現場から逃走し、そのあと、ひらいたドアから死体が見えたという。だとすると、ギリーではないが、それも驚くにあたらない。

もっとも重要な情報は、捜査を担当する警察官の名前で、刑事警察またの名をクリポに所属するオットー・シュナップ刑事だった。クロイツベルク地区を管轄する分署（アプシュニット）の所属だ。カウンターの奥にあった電話帳を借り、フリーゼン通りの住所を調べた。おそらくシュナップ刑事はエリクソンが交渉した相手で、その役まわりは単純すぎるほど単純だ。事件を揉み消すか、少なくともCIAの名前が取り沙汰されないようにすること。エリクソンはまた、アンネリーゼ・クルツの私物の検分を要求したと思われ、いまごろは部下たちが彼女のアパートメントを捜索し、見られてはまずいものを除去したはずだ。

分署は十九世紀に造られた赤煉瓦の五階建てのいかめしいビルが集まってできていた。小塔とアーチ形窓をそなえたその姿は、皇帝がいた時代に建てられたような荘厳さを醸していた。Uバーンの駅から歩く途中、馬の蹄鉄（ていてつ）の形をしたテンペルホーフ空港の前を通りかかった。一九四八年にソヴィエトによってベルリンが封鎖された際、ここはベルリン大空輸の主要滑走路として使われ、街の西半分に食料や水が補給された。いまはコミューター機専用の小規模ハブ空港でしかないが、ヘレンはここを通るたび、ひょろひょろとしたドイツの少年が瓦礫（がれき）の山の上に立って、飛来するアメリカの輸送機をながめている戦後の写真をどうしても思い出してしまう――東西の冷戦が生死にかかわっていた時代の話だ。

　オットー・シュナップ刑事は三階の、ガラスのパーティションで囲まれたオフィスにいた。ドアがあいていたので、ヘレンはノックせずになかに入った。刑事はヘレンに背中を向けて立ち、警察支給のリブ編みの緑色のセーター姿で抽斗式ファイルキャビネットのなかを調べていた。

「シュナップ刑事？」

　ブロンドの髪をクルーカットに刈りこんだひょろっとした男性が無表情に振り返り、まじろぎもしない青い目でヘレンを値踏みするようにながめまわした。

「そうだが？」

　ヘレンはＣＩＡの身分証を渡し、ドイツ語で自己紹介した。

「ヘレン・アベルといいます。アンネリーゼ・クルツ殺害に関し、支局を代表してうかがいました」

　刑事は両の眉をあげて彼女の身分証を調べた。そして返した。

「またかい？」刑事は英語で言った。「おたくのミスター・スタトラーがきのう、その件でうちに来たが。わかっていることはすべて彼に話した。彼の部下たちがすでに現場、およびミス・クルツの住まいを訪れたと推察するが」

　スタトラー。エリクソンの暗号名だ。

「はい。ご協力に感謝します。しかし、あらたな疑問が出てきましたので、わたしが再確認でまいりました。それと、どうか、ドイツ語でお話しください」

シュナップ刑事は自分のデスクにつくと、椅子のほうを手で示した。彼は両手の指を尖塔のように組み合わせ、ヘレンが居心地の悪さを感じるまでじっくりと見つめてきた。

「このような……状況においては、わたしのほうが英語で話したほうがいいんだよ。あとになって、翻訳の過程でニュアンスが失われたと言われたくないのでね。もっとも、きみのドイツ語はミスター・スタトラーよりも格段にすばらしいが」

驚くには値しない。シュナップ刑事はたいしたものだ。彼がこっちの話を信じていないのはすでにわかっていたからよけいにそう思う。

「ちょっと失礼」彼は言った。

彼は受話器を取りあげ、なにも参照せずに番号をダイヤルした。短い沈黙と耳障りな応答の声につづき、彼は英語で言った。「ミス・ヘレン・アベルをお願いします」

ヘレンは抗議しようとしたが、思い直した。彼はうなずき、ふたたび口をひらいた。

「そうですか。またのちほど電話します。いえ、伝言はありません」

あざやかな手際だ。ヘレン本人かどうかをたくみに確認しつつ、彼女が来ていることをベルリン支局に暴露することは避けた。どうしてなのか、ヘレンは疑問に思った。

「説明してもらおうか」刑事はふたたび指を尖塔の形に組みながら訊いた。「きみにとって――いや、むしろきみの上司にとって――この事件がなぜそこまで重要なのかな？」

「すでに申しあげたように、わたしはただ再確認のためにうかがっただけです」

「たいした情報もないのに？　この事件のどの部分について、きみの言う再確認とやらが必要なんだろうか」

彼は前かがみになって、小さなノートをひらいた。彼女のはったりを見抜き、具体的なことを話させようというのだろう。

「たとえば、目撃者です。その方の証言に目をとおし、連絡先を知りたいのです」

「ということは、けさの新聞を読んだわけだ」

「記事は出ないと思っていました。それで、目撃者の証言ですが……」

シュナップ刑事はほほえんだ。

「ミスター・スタトラーのコピーを読ませてもらえばいいのではないかな？」

「ですから、わたしは確認のために来ています。われわれのところでは、そういうことはよくあるんです」

刑事は少し長めにヘレンを見つめた。それからゆっくりと首を振り、デスクの抽斗をあけ、数枚の書類にクリップどめされた光沢のある一枚の写真を出した。それをヘレンのほうに放った。

アンネリーゼ・クルツを写した犯行現場写真だった。ヘレンは思わず目をそむけたが、写っていたものはすでに記憶に深く刻みこまれていた。おぞましい角度にねじ曲がった、白くて長い首。あの白い肌。ギリーが乱暴に引き裂いた、ボタンのないブラウス。生気が失われたうつろな目。ヘレンはゆっくりと唾をのみこみ、あらためて写真に目を向けた。娘の口は大きくあいていた。こめかみがあざになっていた。

「なにか飲むものを持ってこようか？」シュナップ刑事が気遣いの感じられる声で訊いた。ヘレンの反応に困惑しているようだ。「ミネラルウォーターでも」

「いいえ、けっこうです」

ヘレンは覚悟を決めて写真のクリップを取り、報告書を読みはじめたものの、なかなか文章に集中できなかった。

「この写真のコピーをいただきます」自分の声なのに、どこかべつの部屋からのように聞こえた。

「きみの職場の人はもう、自分の分をなくしてしまったのか？」

「徹底してことにあたりたいだけです」

「そうだろうとも。そいつは持っていていい。ほかにもあるからね。写真は持ち出せないが」

ヘレンはひとことも言わずに写真を彼のほうに滑らせ、あらためて報告書に集中しようとした。咳払いをし、ふたたび口をひらいた。

「容疑者の素性がわかるか、所在を突きとめることはできたんでしょうか？」

「いや。目撃者の情報は、きみも知ってのとおり、さほどくわしいものではなかった」刑事は報告書をそらで読みあげた。「二十代前半の男性、中肉中背、ブロンドの長髪、ブルージーンズ、白いTシャツ——」

ヘレンは片手をあげて彼を制した。

「あの、わたしはドイツ語がとても得意なんです。目撃者の言葉をそのまま引用するときは、その方が言ったとおりに言っていただけますか」

「いまのは目撃者の言葉どおりに言ったんだよ、ミス・アベル。目撃者はアメリカ人だ」

「アメリカ人？」

「そう、報告書にも書いてある。カート・ドラクロア、十九歳。どうやら、ヒッピーかなにかみたいだ。もしかしたら、あのビルに住んでいるオートノミズムのアナーキスト連中の支持者というだけかもしれん」

「そうですか。報告書にはその方の連絡先もありますか？」

「いちおうな。ユースホステルと称する安宿だ。ベッドにはトコジラミ、階段には注射器。とにかく、そういう宿だ。五階にある六人部屋だ。だが、話を聞いたときに確認したが、彼はバッグひとつしか持っていないようだった。きみたちの国でダッフルバッグと呼んでいるやつだと思う。だから、いまはどこにいてもおかしくないだろうね」

「もうベルリンを離れたとお考えですか？」

「なんとも言えないな。容疑者を逮捕した場合のために、市内から出ないよう頼んだのだがね。ほら、面通しをするためだ。被害者には恋人がいたらしく、特徴が容疑者のそれと一致している。だが、誰も男の行き先を知らないようだ。ドラクロアはベルリンを出ないと約束したにもかかわらず、二度めに話を聴きに行ったところ、宿を引き払ったあとだった。現在の居場所はつかんでいない」

「報告書に目撃者の人相風体は書いてありますか？」

「目撃者の特徴を記録に残す習慣はわれわれにはないんだよ、ミス・アベル。それも、相手に直接会って話を聞いた場合はとくに。おたくのミスター・スタトラーもその情報にはさほど関心がないようだったから、きみの言うところの〝再確認〟しなくてはいけないことはなにもないように思う。だが、きみは知りたいわけだ」

ふたりはにらみ合った。ヘレンが公的な立場で来たかどうかは、シュナップ刑事にはどうでもいいことらしい。理由はさだかでないものの、彼はこのやりとりを楽しんでいる。たぶん、好奇心からだろう。

「はい、お願いします。目撃者の特徴を教えてください」

「かなりの長身で、百八十八センチはあっただろうな」シュナップ刑事はそこで言葉を切った。「ああ、そうか、そちらの国ではメートル法は使わないんだったな。すまん」彼はデスクの抽斗に手を入れて電卓を出し、いくつか数字を打ちこんだ。「だいたい六フィート二インチというところか。肩幅は広いが、引き締まった体つきだった。目は茶色、顔は血色がよく、ひげはきれいに剃ってあった。長くのばした黒い髪は脂っぽく、ぼさぼさだった。わたしが会ったときは黒い革のズボンを穿き、黒い革のジャケットの袖には銀色のものがついていた。あれはボタンというのかな？」

「スタッズではないでしょうか」

「それだ。銀色のスタッズ。白いTシャツ。アナーキストが倒れた警官の歯を蹴りつけるために履くような黒いブーツ。しゃべり方もそれらしかったよ。言葉の端々から侮蔑の念が伝わってきた。アナーキストとのつき合いを楽しんでいるようだが、連中の闘い方そのものについては違う考えを持っているようだ。つまり、オートノミズム主義者なのは見かけだけで、信念とはべつってことだ」

「捜査はどの程度進んでいるのでしょう?」

「からっきしだ。今後も飛躍的に進展するとは思えない。鑑識の連中がなにかすばらしい発見をするか、ミスター・ドラクロアがふらりと現われ、あらたな情報を提供してくれないかぎりはね。現場には血痕がひとつもなかった。彼女を殺した犯人は手際がいいうえ、犯行現場には遺留品がなにも残っていなかった」

「つまり、犯人は充分な経験を積んでいる者だと」

「あるいは運に恵まれたか。よくあることだ」

「犯人が手際がいいと考える根拠は?」

「室内には激しく争った跡がまったくないうえ、検死医の話では、被害者の爪からは皮膚片が発見されなかった。道路の土しかなかったそうだ」

簡潔きわまりない返事だったが、ヘレンはあやうく涙ぐみそうになった。

「でも、痴話喧嘩のたぐいなら、ひとりぐらい相手の名前を知っているはずではないかしら」

「ミス・クルツの友人――と言っても大勢いるわけではないが――はみな口をそろえて、恋人らしき人物に心当たりはないと言っている。新聞やきみの同僚のミスター・スタトラーが鵜呑みにしている痴話喧嘩説は、もっぱらミスター・ドラクロアの証言によるものなんだよ。彼が部屋から廊下に出る直前、容疑者が大声でこう言うのが聞こえたそうだ。〝このあばずれ女、誰とでも寝やがって〟と。ちなみにドイツ語だったということだ」

「ほかになにかわかったことはありますか？」

「なにも」

シュナップ刑事はどうでもいいとばかりに肩をすくめ、それを見てヘレンはむっとなった。

「では、この件が隙間から流れ落ちていくのを黙認するつもりなんですね」

「隙間だと、ミス・アベル？　まるで水が流れるがごとく殺人事件が起こっているような言いぐさだな。ここベルリンでは犯罪が湯水のようにわき出ているとでも言うのか。わたしはおたくの国のドラマのコジャック刑事ではない。ロリポップ・キャンディをくわえ、把握するのも困難なほどたくさんの死体を抱えたコジャック刑事ではない。そうだろう？」

「コジャック刑事の話なんかしていません」もっとも、そのドラマはヘレンも見たことがある――ボウリングのボールのような頭をしたニューヨークの刑事の話だ。ここベルリンでも何話か見た――もちろん吹替版で。〝フー・ラヴズ・ヤ、ベイビー？〟という最後の決め科白はドイツ語だと半分も受けなかった。

「わたしが言いたいのは、ミス・アベル、ここはニューヨークではないってことだ。それに、シカゴでもロサンゼルスでもない。今年のベルリンの殺人事件は多くても五十件というところだろう。つまり、一週間に一件以下であり、当然のことながら、そのすべてがこの分署管内で起こっているわけじゃない。だから、断言しよう。この事件に全身全霊で……」彼は言葉を切り、ぴったりの言葉を探した。

「打ちこむ？」

「そう、打ちこんでいると。だが、現時点では、多忙になるほど手がかりがそろっていないだけだ」

「近親者は？」

「被害女性の？」

「はい。なにか知っているかもしれません」

刑事はため息をつき、ノートをぱらぱらとめくった。

「いまのところ、前の住所、あるいは家族に関する手がかりはなにも見つかっていない。被害者がベルリンに住民登録したのは、わずか一年九カ月前。しかし仕事にはついておらず、学生でもない」

「わたしには、ブラウンシュヴァイクがどうのと言っていたけど」

刑事は眉をあげた。

「被害者を知っていたのか？」

「一度会っただけだし、それも数分のことです」

「それで？」刑事はつづきを待った。

「彼女はすぐにでも立ち去りたそうにしていたんです」

「それでもブラウンシュヴァイクから来たときみに告げる時間はあったわけだ。どこで会ったんだ？　いつ、何時ごろ？」

「それはお答えできません」

「なるほど。なのに、わたしのことは身を粉にして働いていないと非難するわけだ」

一瞬、ヘレンは刑事にすべてを話してしまいたい衝動に駆られた。レイプのこと、隠れ家でギリーと言い合ったこと、娘が誰にも言わないでと懇願し、その後、雨の夜に消えたこと。シュナップ刑事は先をうながすようにうなずいた。けれども決意はもろくも崩れ、ヘレンは沈黙を守った。よき職員として、これ以上、ＣＩＡに反旗をひるがえすまねはできない。

「そちらは今後どうするんですか？」彼女は尋ねたが、なんともお粗末な質問だった。

「できることはなにもない。こんな時間だからね。あの連中は遅くならないと起きてこないし、住んでいるのは警官が歓迎されない地域だ」

「クラブが多い地域ですか？」

相手はうなずいた。

「パンクス。最近ではそう呼ぶらしいな。やかましいだけの無意味な音楽をやっている連中だ。それにくわえ、無政府主義者、あるいはここで言うオートノミズム主義者だ。アメリカで言うところのチンピラだな。連中はものを破壊することしか頭にない。どいつもこいつも、殺されたその彼女や、アメリカ人の目撃者、ミスター・ドラクロアみたいな恰好をしている」

刑事は話は終わりだと言うように立ちあがった。

「もっと話してくれる気になったら、ミス・アベル、電話をくれ」

彼は名刺を差し出した。ヘレンはうなずきながら受け取り、下を向いた。

「はい」と素直に応じた。「そうします」

「訪問が満足のいくものであったと、きみのオフィスに伝えたほうがいいかな？」

「その必要はありません」

「そう思ったよ」

彼はほほえみ、ヘレンは彼の視線を背中に感じながら階段に向かった。

16

ヘレンは日付が変わるのを待ってドラクロアを探しに出かけた。週刊フリーペーパーを一部もらい、地元のパンクス連中が集まるナイトスポットの一覧を調べた。もっとも見込みがありそうなのは〈ジュンゲル〉と〈ＳＯ３６〉の二軒。どちらも最後の客が夜明け近くによろよろと出ていくまで営業している。

なにを着ていくかで悩んだ。二十四歳という年齢は場に溶けこむのに充分な若さだが、着るものとなると話はべつだ。黒革の服など一着もないし、ＵバーンやＳバーンで数え切れないほど見かけたアナクロパンクスみたいに血の気のない顔や幽霊のような顔にする化粧品も持っていない。

以前、安全ピンをイヤリングがわりにしている奇抜な人を見たことがあったので、十分かけて安全ピンを探したが、けっきょくそんなものを着けたところで誰もだませないとあきらめた。本物らしくよそおうにはハリウッド・レベルの技術が必要だし、ふだんと異なる振舞いについては言うまでもない。そこですっぱりあきらめ、黒いジーンズ、ブルーのコットンのＴシャツ、そして茶色のフィッシャーマンセーターを身に着けた——けさ、着るのをやめた服装だ。最悪でも野暮ったいおばさん、かまととと、あるいは観光客と思われる程度だ。

うまくすれば、見えない存在になれるかもしれない。これから行く場所の客の大半は、ぐでんぐでんに酔っ払っているか、ラリっているから、どうせ気にもしないだろう。

〈ジュンゲル〉の前まで来てすぐに、ヘレンは自分の間違いに気づいた。驚いたことに、この店には厳格なドアポリシーがあり、入店を希望する客の長い列ができていた。この排他的な姿勢は、クーダム通り沿いの高級ショッピング街からわずか数ブロックという立地に関係しているのかもしれない。でっぷり太ったひげ面の巨漢が、入店するのにふさわしい客を選ぶ役目をになっているようだった。彼はドアのそばの折りたたみ椅子にすわり、ひたすら列を進ませていた。ほとんどの場合はうんざりしたようなむっつりした声で「だめ（ナイン）」と告げるが、いきおいよく立ちあがって相手をハグし、背中を叩きながら大声で名前を呼ぶこともある。「ヨルク！　入ってくれ（コム・ライン）！」「ウルリケ！　ようこそ（ウイルコメン）！」

ヘレンはできるだけ不機嫌そうに口を突き出していたものの、評価は一瞬にして下され、〝だめ（ナイン）〟の判定をくらった。彼女はしばらくその場にとどまり、自分のうしろに並ぶ客をながめまわした。ドラクロアの人相風体に合致する者はいなかった。

〈SO36〉はもっと貧相でルーズな感じで、ベルリンの壁から数ブロック南、クロイツベルク地区のオラーニエン通りという周囲の様子にぴったり合っていた。ヘレンは入場料を払い、煙と騒音が渦巻くなかに足を踏み入れた。店内は人でぎっしり埋まっていた。カタパルトというバンドが「不安（アングスト）」という曲を大音量で演奏していた。客の半分が飛んだり跳ねたりしている。残りの半分は思い思いに体を動かすか、ヘレンと同じでその様子をただながめていた。客席の照明は、ディスコによくある天井に吊したミラーボールに向けられたストロボライトのみ。玉のような光がめまぐるしく動き、店内に熱狂の渦をもたらしている。

　若い男性のざっくり半数がくしゃっとした髪を長くのばし、黒革に身を包んでいるのを見てヘレンは困惑した。シュナップ刑事から教えられた特徴をもとにここでドラクロアを見つけるのは、腹に縞模様のあるオスを求めて蜂の巣を探すのにひとしい。

　耳で情報を集めたほうがいいだろうと判断し、バンドが引っこんで休憩に入ったところでそのチャンスがめぐってきた。人混みをかき分けながら、英語でしゃべっている者はいないかと注意深く聞き耳を立てた。男でも女でもいいし、なんならアメリカ風のアクセントが強いドイツ語でもかまわない。そのどれかが聞こえるとすぐに、近づいていってなんの前置きもなしに尋ねた。「ドラクロアを見かけなかった？」

　ひとりめは中西部のアクセントで話し、前髪を紫色に染めた背の低い若い女だったが、怪訝な顔を向けられただけで終わった。ふたりめは、ぼろぼろの革のジャケットを着ていなければサーファーに見える男で、彼は首をすばやく左右に振って、〝知らないね。とっとと失せな〟とぶっきらぼうに答えた。三人めはまた女で、やはり〝失せな〟という言葉が返ってきた。四人めに声をかけようとしたところで、肩を軽く叩かれると同時に大声で名前を呼ばれた。「ミス・アベル！」

　振り返ると、オットー・シュナップ刑事の姿があった。ジーンズにグレーのトレーナーという恰好だが、ヘレンよりはるかにこの場になじんでいる。クルーカットのせいかもしれないし、揺るぎのない目のせいかもしれない。

「ここで探してもあいつは見つからないよ」シュナップ刑事は言った。

「あいつって？」

「ドラクロアだ。わたしが確認した。やつはいない」

「なぜあなたが彼を探してるんです？」

シュナップ刑事は左右に目をやってから、ドアを顎で示した。彼のあとについて路地に出ると、突然、ありがたいくらいに静かになった。耳のなかががんがんいい、煙草と汗とマリファナのにおいがしていたが、外の空気はひんやりしていてすがすがしかった。

「あのあと、きみのミスター・スタトラーから電話があった。きみが帰ってほどなく」

「そうですか」

ここまでだ。明日の朝いちばんに退職願を出すことになりそうだ。

「きみが公的な立場で事件を調べているのではないことがはっきりした」

「スタトラーがそう言ったんですか？」

「言わなくてもわかったよ。用件はべつのことで、ミスター・ドラクロアに関してだった。彼の話と行動から推察するに、ミス・クルツや例のいわゆる容疑者よりもミスター・ドラクロアに関心があるらしい」

「いわゆる？」

「ミスター・ドラクロアとのこれ以上の接触はひかえるようにと、強く要請された。刑事になって九年になるが、おたくのトップがこれ以上誰かと接触するなと言ってきたのは、過去に二度だけだ。なぜそんな要求をしてきたか、理由はわかるかい？」

ヘレンは首を振った。

「その誰かというのがＣＩＡの人間だからさ」

「それならわかります」

「そうだろうとも。ただし今回、きみのミスター・スタトラーはその手の話をいっさいしてくれなかった。わたしのほうから尋ねてもみたのだが」

「わたしのミスター・スタトラーと呼ぶのはやめてもらえませんか」

「わかった。しかし、彼のその態度のせいで、こっちはミスター・ドラクロアをあらためて探す気になったというわけだ。念のためにね。それもあって、きみ……ミスター・スタトラーとの電話では、きみがオフィスに訪ねてきたことを話さなかった」

ヘレンは安堵のあまり肩の力が抜けた。退職する必要はなさそうだ。少なくともいまのところは。

「ありがとうございます」

「礼はけっこうだ、ミス・アベル。本当なら、きみがこれ以上かかわらないようにすべきなんだろう。ミス・クルツがどうなったか、きみも見ただろう」

「だからこそやるしかないんです。それに、あなたもご自分の忠告に従っていませんよね。この街ではスパイをスパイする警官は出世しないんじゃないですか」

「わたしは生粋のベルリンっ子なんだよ、ミス・アベル。われわれにとって、ある種の言動は第二の天性として染みついている」

「あなたの地元民ならではの知識には脱帽するし、自分の思いあがりを謝罪します」

「ならば、きみは稀有なアメリカ人というわけだ」彼はかすかにほほえみ、もう少し情報を出そうか思案するようにヘレンをいくらか長く見つめていた。「ミスター・ドラクロアに関する情報はほかにもある。補足の報告書に書くつもりだったが、ミスター・スタトラーに必要ないと言われてしまった情報だ。しかし、きみはＣＩＡの一員だから、きみに話すのは問題ないと思うがどうだろう？」

「そうですね」

「彼はマサチューセッツ州にあるタフツ大学の学生だ。両親はジルとウォルターのドラクロア夫妻。ふたりはメリーランド州ベセスダに住んでいる」

ヘレンはバッグからペンとノートを出して書きとめた。

「ほかには？」

「ない。だからこそ、彼を見つけたい。わたしにとっての重要参考人になるかもしれないからだ。クルツの事件の、ではない。あれはもうわたしにとっては終わっている。だが、今後必要になるかもしれないじゃないか」

「わかります」

「けっこう。では、きみの秘密は守るから、わたしの秘密も守ってくれるね？」

「もちろんです、シュナップ刑事」

ヘレンは自宅アパートメントの電話番号を書いて渡した。

「彼が見つかったら教えてもらえますか？」

「それはあまり期待できないと、おたがい、わかっているのではないかな。ミスター・ドラクロアはいまごろ、おたくの国のコジャック刑事なら、〝風のなかにいる〟と言うところだろう」

「ええ」

ふたりはしばらく顔を見合わせた。やがて刑事はうなずいた。

「身辺に気をつけるように、ミス・アベル」

彼は夜の闇に消えた。

三十分後、ヘレンはボーコムの自宅アパートメントのブザーを押していた。彼は一分以上かかってようやくインターフォンで応じた。

「わたしよ。いまからあがっていく」できるかぎり強気な声を出したが、それでもなかに入れてくれるまで長い間があった。

ボーコムの自宅はシャルロッテンブルクにある。西ベルリンのなかでも、瓦礫の女たち（トリユンマー・フラウエン）が一九四五年に瓦礫を片づけて以来、旧世界的な魅力の大半を維持している数少ない地域だ。彼は大理石の玄関と高い天井のある、豪華な古めかしい建物の三階に住んでいた。アパートメントはゆったりとした広さがあり、居間の中央には時代物の敷物と磁器の火鉢が置かれ、どの壁にも書棚があった。正面側の窓はすべて、床から天井までの高さがあった。ヘレンは自分でも無理を言っているとわかっていた。ボーコムは突然の来客を好まないから、今夜ひと晩泊まっていくと言ったらいい顔はしないだろう。前に一度、一杯飲むために寄ったことがあるが、そんな短時間の滞在ですら彼は気が気でない様子だった。ナプキンを取ってきたり、製氷皿を空にしたり、コースターを敷いたりと、ひっきりなしに行き来していた。座右の銘は年配のスパイの大半と同じ。女連れのときは必ずよそで寝ろ。ねぐらは自分だけのもの。

それをわかっていながら、ヘレンは相談と慰めを求めてここに来た。スネアドラムのへりを叩くような足音を響かせながら、洞窟のような階段をあがった。少なくともタクシーでは来なかった。そんなことをしたらボーコムは烈火のごとく怒るだろう。同じ職場の人間が自分の住所を告げ、しかも家の真ん前に車をとめさせたりするなんて、誰かにつけられていたらどうするつもりだと。

玄関に出てきたボーコムはバスローブ姿で、手に煙草を持っていた。不機嫌な私立探偵を演じるロバート・ミッチャムのようだった。

「さんざんな夜だったの?」

「最悪だったよ」彼の腕に抱かれると、ほろほろに崩れた煙草の灰が肩に落ちた。

「わたしにも一本つけて」

「一本じゃ足りないだろうよ。日が暮れるころには、オフィスの上層部のあいだではきみの話で持ちきりだった。噂によると、命令にそむいてあれこれ調べまわっているそうだな。しかも、病欠とうそまでついて」

「フリーダのことを言ってるの？　殺された情報提供者の？」

「そうだ」

「ああ、もう！」

シュナップ刑事はヘレンにうそをついたにちがいない。そうでなければ、なぜばれた？

「幸いなことに、影響は限定的だ。ヘリントンはその事実を知る人間のなかに入っていない。とりあえず、いまのところは。だが、真っ先にわたしのもとに来るべきだったな。娘の件でだぞ。ロバートのことじゃない」

「そうしたつもりだけど」

「ひどく漠然とした言い方だった」

「だって、やめておけと言うんだもの。ご親切にも。だいたいにして、お得意の〝知る必要性の法則〟はどうしちゃったの？　わたしが好き勝手に調べるのを黙って見ていればすむ話でしょう？」

「そうしたいのなら、なぜ夜中の二時にわたしを訪ねてきた？　ところで、わたしは明日、午前七時の便でウィーンに飛ばなくてはならない。話はこれで終わりだ」

「わかった。じゃあ帰る」

ボーコムはため息をつき、ヘレンの腕をつかんだ。

「カウチにすわっていろ。気つけに一杯やろうじゃないか」

ヘレンはすわるなら安楽椅子にしようと思ったが、それは無作法だと思い直し、しわの寄った革のソファの片側で丸くなり、膝に毛布をかけた。ボーコムのスーツケースはすでに荷造りを終えて、ドアのそばに置いてあり、持ち手から折りたたみ傘がぶらさがっている。つき合わせていることに罪悪感をおぼえたが、シュナップ刑事に裏切られたいま、ボーコムはこのベルリンで最後に残った頼みの綱だ。あの刑事に対する判断を誤ったのだろうか？　それとも、上の誰かがあとをつけてきているのだろうか。

立ちあがって窓のところに行き、どっしりしたカーテンを下の歩道が見える程度に薄くあけた。木はどれも葉が落ちて、人が隠れる余裕はない。戸口にも、通りの反対側にあるシャッターのおりたカメラ店の店先にも身をひそめている者はいなかった。街灯の影が見えるのと、縁石沿いに落ち葉が舞う音がするだけだ。

「そこを離れなさい」

ヘレンはソファにボーコムと隣り合ってすわった。彼はブランデーグラス二個と埃をかぶったボトルを持ってきていた。ボトルの中身は、ひとくち飲んだだけで、レーマンがセラーから出してきたブランデーに劣らぬほど上等で、強壮効果があるとわかった。

「ありがとう」

「これが必要に思えたから」

ヘレンはもうひとくち飲み、数秒してからさっきの話をつづけた。

「そういうわけで、わたしは、イギリス人の表現を借りるなら、〝首を切られる(フォー・ザ・チョップ)〟んじゃないかと思ってる」

「それはどうかな」

「そうじゃないの？」

「きみには自分で思っている以上に味方がいる」ウォルターズと同じことを言われ、誰のことだろうかとヘレンは気になった。彼は彼女の肩のにおいを嗅いで、鼻にしわを寄せた。

「ひどいにおいをさせているな。どこにいたんだ？」

「べつの世界に行って帰ってきた。とても騒々しい世界だった。なんの成果もなかったけど」

「しょうがないやつだ。わたしから言えるのはただひとつ、明日の朝いちばんに、おしゃべりへリントンにすべて正直に、できるかぎり明確な言葉で打ち明けることだ」

「わたしにはまだ切り札があるのよ」

「形勢は絶望的なまでにきみに不利だ」

「あのテープの中身を知ったら、あなただってそんなことは言えないわ。ギリーが広い人脈を持ってることは知ってるけど、それでも――」

「ヘレン！」

　ボーコムは彼女の手からグラスを取りあげ、サイドテーブルに置いた。それから顔をぐっと近づけて手を握り、声をひそめた。

「わたしの話を聞くんだ。それもちゃんと。ケヴィン・ギリーに関してわたしからなにか言うのはこれが最後だ」ボーコムの口調は居丈高で、体の奥底からとどろく雷鳴を思わせた。遠回しな言い方も、ショックをやわらげるための〝ねえ、きみ（マイ・ディア）〟という呼びかけもない。いまの彼は天からの福音を告げる者であり、説教壇に立つ者となっていた――ヘレンの実の父親と同じく。

「わかった」信徒席のきしみや教区民の咳を思い出すような不規則な雑音を立てるのがいやで、動くのをためらった。ボーコムは重々しくうなずいて彼女の手を強く握ったが、まだ言うべきことを頭のなかで整理しているのか、しばらくのあいだうなっていた。

「あの男に手出しできないのは、彼にコネがあるせいではない。まだわからないのか？　あの男がやっている仕事、局のためにおこなっている任務の内容のためだ」

「魔法のことね。前にあなたが言ってた」

「そのとおりだ。人を忽然（こつぜん）と消す任務。さっきまでいた人間が、次の瞬間にはいなくなっている。しかも、傍目（はため）にはごく自然だったり、事故に見えたりするんだよ。われらが慎重なるイリュージョニスト、ミスター・ギリーは、何週間、場合によっては何カ月もかけて準備をし、そういう運命だったのだと誰もが思うように演出する。しかも彼は足跡をいっさい残さない。なんの痕跡も残さないときている」

「つまりそれは――」

「いいから聞きなさい！　わたしが言わんとしているのは、きみがいかなる措置を講じても無駄だということだ。それは、ギリーのそのような……任務、および連中とのつながりによるものであり、ギリー自身がどうこうじゃない。だから、なにかしようとしても無意味だし、場合によっては危険ですらある。わかるね？」

「そうは言うけど、もしも――」

「ヘレン！　わかるかと訊いているんだ」

「ええ」

ボーコムは彼女の手を放したが、目はそらさなかった。ヘレンはまだ訊きたいことがあったが、どうせあの身の毛もよだつような口調でさらにお説教されるだけだ。だから、なにも言わずにいた。

人を忽然と消す。つまり、世間には知られない形で殺害するということだ。あわただしく、ずさんとすら言えるやり方をせざるをえない場合をべつにすれば。アンネリーゼに関しては、何週間、あるいは何カ月もかけて慎重に計画を練るわけにはいかなかった。ヘレンの脳裏にあの写真がよみがえった。大きくあいた口。首を乱暴にねじられてゆがんだ顔。それらすべてをもたらした男に対し、ヘレンは触れることも痛い目にあわせることもできないのだ。

ボーコムがグラスを返した。彼は彼女とともに静かなひとときを楽しみながらグラスを口に運び、状況がおさまるのを待った。それからオットマンに両足をのせ、カウチのうしろに手をのばして彼女を抱き寄せ、昔話を始めた。戦時中、国務省の命令でモスクワに送られたときの、飛行機、列車、自転車、それに牛車を利用しての波瀾（はらん）万丈の物語だった。

前にも聞いたことがあるが、ボーコムはそれをわかったうえで話していた。彼がすばらしき思い出と琥珀色のブランデーで目を生き生きさせながら話をつむぐのを聞いていると、心が慰められる思いがした。

「それから、一年ほどたったあと、戦後の荒廃したブダペストを放浪していたんだが、はじめてこの商売に足を踏み入れた」

その話はこれまで一度もしてくれたことがなく、いまこうして話しているのはなにか理由があってのことなのだろう。

「戦略諜報局（OSS）のこと？」彼女は訊いた。

「そこで働いたと言ったことはないぞ」

「そうね。でも、当時、ほかの組織なんかあった？　陸軍の参謀第二部とか？」

「わたしがそれらの名前を口にしたことがあったかな？」

「わかった。それじゃ、陸軍のＣＩＣ、防諜部隊ね」

彼は、ふたりで二十の質問をしていてヘレンが大きくはずしたみたいに、苦笑いして首を横に振った。

「でも、それ以外にないじゃない」意味ありげな間。「でしょう？」

ボーコムは顔をそむけ、ジタンに手をのばした。その横柄な態度にヘレンが腹を立てはじめたころ、彼はふたたび口をひらいた。もわもわとした紫煙のなかから、彼らしくもなく重々しい口調で言葉を発した。

「ひとつ教えてくれないか、きみ。隠れ家で聞いたという会話のことだ。最初のほうのだよ。水のいろいろな形態を比喩にしていたというあれだ。なんの話をしているか見当はついたのかな？」

「ううん」

「そうか。では話してやろう。きみの質問への答えだ」

　腹立たしいほどわかりにくい言い方ではあったが、ルイスと喘鳴(ぜんめい)の男が話していた内容は彼自身の過去となんらかのかかわりがあり、ヘレンが聞いたことのないスパイのネットワークがからんでいるのだと話してくれた。

「そうだったの」ヘレンは物思いにふけりながらブランデーをひとくち含み、ゆっくりと言った。彼の煙草をもう一本取り、なにを言うべきか考えた。「あなたの話はわかった気がするけど、なぜいま話してくれたの？」

「優先すべきことを明確にするのに役立つかと思ってね。そのあと、優秀なるミスター・ギリーが訪れた際、きみがなにを目撃し、あるいはなにを耳にしたのかはわからない。わたしにわかっているのは、その前の会話は——慎重に、賢く立ちまわればという条件がつくが——強みを握れる大きなチャンスになるということだ。しかし、その場合でも、握っている情報をうまく使わなくてはいけない。それがきみの救済につながる道だ。相手への攻撃をひかえるくらいの節度があればなおのことといい。そうすれば、しかるべき期間ののち、その問題をふたたび取りあげても身の安全が保証されるくらいの地位につけるかもしれない」

「しかるべき期間？　若い女性がひとり死んでいるのよ。しかるべき期間なんてありえない」

ボーコムは首を横に振った。

「この件について、わたしから言うべきことはすべて言った。わたしはもう気持ちを切り替えたのだから、きみも同じようにするべきだ。きみにとって、前に進む道は一本しかなく、たったいまその地図を描いてやったじゃないか」

ヘレンはそれでもまだしばらく思い悩んでいた。腹立たしいが、ボーコムの提案に従えば、少なくとも足もとを固め直すことはできる。

「その助言を受け入れたら、あなたは手を貸してくれるの？」

「表立ってか？　それは論外だ。しかし、きみが途中で投げ出さないかぎり、ある程度のことはしてやれると思う。もっとはっきり言えば、ほかの者の協力も得られる」

「たとえば？　それにほかの者とは誰なの？」

ボーコムは顔をしかめ、首を左右に振った。その意味はあきらかだ――ヘレンの知ったことではない。知る必要性の原則。それにくわえ、この仕事をしている者にはもっともながら、それゆえよけいに腹が立つその他もろもろの業務上の規定。

「ひと晩寝て考えさせて」ヘレンは言った。「それもできればこの部屋、このソファがいい」

「ベッドを使いなさい。この時間では、どうせわたしは寝直すわけにはいかない。五時にはテーゲル空港に向かうのだから」

彼はヘレンの額にキスをしたが、父から娘へのキスに感じられた。彼女は彼を抱き寄せ、唇に口づけた。

「ありがとう」彼女は言った。「そう言っていいのよね」

ボーコムは悲しそうにほほえんで、自分の寝室を示した。彼女は廊下を歩いていき、彼はあとをついていかなかった。

17

ヘレンは人けのないアパートメントで朝早く目を覚ました。ナイトテーブルにボーコムの手書きのメモがあった。海外暮らしが長い彼は、文字も数字もドイツ人のように書くが、それを見てヘレンは思わず頬をゆるめた。

ヘレン
こんなふうに出かけてしまうことを許してほしい。あらゆる点から見て、こうする必要があった――CB

行ってくるよとも言わずに出かけることを彼なりに謝っているのだろうとヘレンは思ったが、そもそも、そんなとんでもない時間に起こされたくはなかった。羽毛の掛け布団にくるまったまま大きくのびをした。客間に入ると、大きな磁器のボイラーがやかんのように蒸気を発生させている音が聞こえたので、素足で部屋を突っ切って浴室に入った。たっぷり時間をかけてシャワーを浴びたところで、昨夜と同じ服を着なくてはいけないことに遅まきながら気がついた。

ボーコムがコーヒーメーカーに挽きたてのコーヒーと水をたっぷり入れておいてくれた。ヘレンはスイッチを入れ、パン入れにあったブラウンブレッドを厚めにスライスした。カウンターにはヨーグルト一パックとその隣にバナナが一本があったので、両方ともたいらげた。きょうも病欠の連絡をしようか。そんなことをしたら電話で解雇を告げられてしまうだろうか。ボーコムの考えでは、ヘリントンはヘレンがなにをしようとしていたのかわかっていないらしいから、運——それにいくばくかの助け——に恵まれれば、この先もずっとばれずにすむかもしれない。けれどもシュナップ刑事が誰かにばらしたのはたしかだ。思わず小声で彼に悪態をついた。

けれども、ドラクロアに関してそれなりの手がかりがない以上、ボーコムの助言に従って、当分、ギリーの件に関してはおとなしくしているべきかもしれない。そのかわり、ルイスと暗号を使った奇妙な会話について探りを入れてみよう。ヘレンが盗み聴きしたふたりの男のやっていることは逸脱行為で、ボーコムは手綱を締める必要があると考えたのかもしれない。まずは高級スコッチの購入希望について少し突っこんで調べてみよう。誰が、なぜ希望を出したのか。局内にいる自分の味方と言われる人物が誰なのかも気になるところだ。それらの疑問への答えは、ベルリン支局に戻らなくては得られない。

ちょっと遠まわりして自宅に着替えに寄ることに決め、荷物をまとめて出ようとした。まもなく八時になるところだった。

反射的に二本のテープを確認しようとショルダーバッグのなかを手探りした。最後に確認したのはボーコムのアパートメントに来る途中、Ｕバーンに乗っているときだったが、それがなくなっていた。バッグをソファに置いて、もう一度、中身をあらためた。見つからない。ヘレンはあわてふためき、なかに入っているものをコーヒーテーブルの上に派手な音とともにぶちまけ、すばやく調べた。

テープはなくなっていた。二本とも。

ボーコムが出してどこか目につくところに置きっぱなしにしたのではと思い、無我夢中で部屋を見まわした。ない。

怒りがこみあげるのを感じながら、キッチンから始めて寝室まで、ひと部屋ひと部屋探してまわり、クローゼットも棚も抽斗もすべて調べた。予想していたことだが、成果はなかった。

「ひどい！　なんてことをするのよ、クラーク？」

それからナイトテーブルにあったボーコムからのメモを読み直し、それが持つ意味をようやく理解した――告白だったのだ。許してほしい、局のためにきみを裏切ったことを。テープは彼によって盗まれ、おそらくいまごろはヘリントンの手に渡っていることだろう。そしてボーコムは、償いとしてヨーグルトとバナナ一本を残し、いずこへともなく消えた。

「二枚舌の裏切り者！」彼女は叫んだが、その言葉が口から出ると同時に、いまのはスパイである彼にとっては大変な褒め言葉だと気づき、思わずベッドの端を蹴った。そのせいでナイトテーブルに積んであった本の山がぐらつき、床に転がり落ちた。

「自分で片づけなさいよ、ばか。信じられない！」

バッグの中身をもとに戻し、鍵をかけもせず、いきり立ちながら部屋をあとにした。一階までおりると、玄関の扉をわざとあけっぱなしにしたが、どっちにしろ、彼女がステップを駆けおりて通りに出るあいだに自然と閉まるようになっている。

「くそったれ！」ヘレンは毒づいた。行き交う買い物客が非難の目を向けてくる。「どいつもこいつもくそったれ！」

一瞬、どこに行くべきか、なにをすべきかわからなくなって、歩道で足をとめた。清潔な着替えが待っているとはいえ、自宅に寄るのは気が滅入る。こんな頭に血がのぼった状態で出勤すれば、ヘリントンとまたやり合うことになるだろうが、いまはとてもそんな気にはなれない。

そのとき、オットー・シュナップ刑事を思い出した。あとのことを気にせずにわめける唯一の相手。あの人にこれ以上できることなんかある？　もう一度、わたしのことを通報するだけのことじゃない。角を曲がり、最寄りの電話ボックスに入り、もらった名刺を出して番号をまわした。

「シュナップだ」彼が出た。

ヘレンは英語で、しかも名乗りもせずにいきなりまくしたてた。

「まず教えてください、ヘル・コジャック、なぜわたしにうそをついたのかを」

「ミス・アベル？」

「そう、ミス・アベルです。いいから答えて」

「わたしがきみにどんなうそをついたって？」刑事は傷ついたような声を出した。そうとうそがうまいか、本当になにも知らないかのどっちかだ。

「わたしのオフィスに電話したでしょうに」

「したが、一度だけだ。きみがわたしのところにいたときに。なにかあったのか？」

「向こうからはかかってきませんでしたか？　あるいは、べつの誰かが訪ねてきたことは？」

「ない。たとえ、あったにしても、のちのち役に立つかもしれない人物をつぶすまねをするわけがないだろう。もっとも、またきみから連絡があるとはまったく思っていなかったがね。ああ、いや、もちろん、悪く取らないでくれよ。きみの仕事はそういうものだとわかっている」

「とにかく、こうして連絡したわけですから、せっかくなのでいくらかそちらのお役に立てる情報を差しあげます」

ヘレンは隠れ家でギリーとアンネリーゼ・クルツのあいだで起こった出来事の大半を説明したが、ギリーのことは〝うちの上級現場担当官のひとり〟と言うにとどめ、隠れ家の住所も明かさなかった。

「それできみは、ミスター・ドラクロアがその現場担当官のもとで仕事をしていると信じているわけか」

「はい」

「それでもこの件について、わたしが――なんと言うんだったかな――指一本動かせないことはわかっているんだろうね」

「ええ。でも、あなたには知る権利があると思ったんです」

「それについては礼を言うよ」

「それで、思うんですけど、つまり、彼を見つけるのに手を貸すくらいはしていただけないかと。彼というのはドラクロアのことですが」

「手を貸すにしても、身柄を確保するのは無理だ。そいつがよっぽどのことをしないかぎり」

「そんなことを頼むつもりはありません。わたしはただ、居場所を、住所を知りたいだけです。個人的に」

「そいつは賢明なことかな」

「おそらくそうではないでしょう」

　長い間があいた。ヘレンは刑事が顔をしかめるか、クルーカットの頭をかきむしるかして検討する様子を思い浮かべた。

「できるかぎりのことはしよう、ミス・アベル」

「ありがとう」

　気分は上向いたが、ドラクロアはいまごろベルリンを離れたあとだろう。少なくともやるだけのことはやった。悪い部下かもしれないが、善良な世界市民だということでいまは満足するしかない。ひとりぼっち、それがいまのわたし――私生活でも仕事でも。そして、テープがなくなったいま、武器になるものもない。この数日にやったことの目に見える結果といえば、アンネリーゼ・クルツが死んだことだけ。死んだのに、誰からも悲しまれていない。ヘレンと頼りないベルリンの警察官ひとりをべつにすれば。

さて、これからどこに行こう？　カフェ？　バーで飲んで気をまぎらわす？　それは安易にすぎるし、ありがちだ。同じことは、きょうも病欠するという案にもあてはまる。職場に行こう。まずは自宅に寄って、ビール酒場みたいなにおいのしない、もっとプロらしい服に着替え、さっそうと職場に入ってデスクにつき、書類仕事をしよう。うまくいけば、隠れ家で聞いた第一の会話について、喘鳴の男とルイスという名の相手の会話について、もっと情報を得る方法が見つかるかもしれない。ボーコムはわたしを裏切ったかもしれないが、あの助言は真摯なものだ。

堂々と前に進もう。にらまれたら、にらみ返すまでのこと。ボーコムがベルリンに戻ってきたら、両膝から下を切り落としてやる。ヘリントンにお払い箱にされるなら、それもかまわない。自分のせいで若い女性を死なせてしまったのだから、そのくらいは当然のことだ。

18

二〇一四年八月

　翌朝七時、ふたりはヘンソン・ポイントに向けて出発した。運転席と助手席のあいだのコンソールには発泡プラスチックのカップに入ったコーヒーとドーナツの袋が置いてある。

　左手に広がる露のおりた大豆畑から蒸気が立ちのぼっている。右の、郡の埋め立て地に目をやれば、上空でカモメが輪を描いている。橋のエキスパンションジョイントをタイヤが乗り越えるごとんごとんという音をさせながら、車はチョップタンク川を渡った。喫水が浅い白いボートが川の浅瀬を巡回していた。野球帽にオーバーオールという恰好の漁師たちはすでに仕事に精を出し、カニ獲りかごとはえ縄を引きあげている。

「彼を見つけたらどうすればいいと思う？」アンナは訊いた。「マールのことよ」

「見つけることはないとおれは見ている。というか、願っているというほうが適切だな」

「どうして？」

「うん、もしそいつが今回の件にかかわっているなら、とっくに行方をくらましているはずじゃないか？」

「弟以上に情緒が不安定になっていなければ」

「その場合は、慎重に事を運び、やつを動揺させせないようにしなくてはいけない」

「でも、あなたの考えでは、彼はもう遠くに行ってしまったんでしょう？」

「事件に関与しているなら、そうだろう。しかし、先入観を抱くのはまずい」

「一日七十五ドルの料金を取るんだから、視野狭窄になってはいけないわよね」

「プラス経費だ。それで思い出した。ドーナツをもう一個渡してくれないか」

「レシートを取っておいてよ。でないとあとで精算できないから。グレーズがかかってるほうがいい、それとも砂糖をまぶしたほう？」

「グレーズのほう。昔からずっとそうだ。頭が冴えるんだよ」

〈ウォルマート〉の駐車場に入っていくと、奥のほうに二十人ほどの男が集まっているのが見えた。すでにせっせと商売に精を出している〈ホーム・デポ〉の駐車場と接しているあたりだ。ヘンリーは車をとめたがエンジンは切らず、遠くから男たちをうかがった。

「それらしいやつはいるかな？」彼は訊いた。

大半は黒髪でジーンズかキャンバス地のズボンを穿き、尻ポケットに作業用手袋を突っこんでいた。野球帽にペンキの染み。不精ひげに覆われた顔。コーヒーカップを手にしている者もいれば、ミネラルウォーターのボトルを持っている者もいた。ほとんどはメキシコか中央アメリカから来た者のようで、アフリカ系アメリカ人も若干見られた。隅っこでだらしなく立っているふたりは白い肌の作業員風で、マールのタイプに近いが、ふたりとも若くて背が低く、ワシャム・ポートリーの現場監督から聞いた五十代で身長は六フィート以上という特徴に合致せず、どちらもごま塩のひげを生やしていなかった。それに現場監督は、澄んだ茶色の目をしていると言っていた。血走ってはいなかったと。

「マールはいないみたい」アンナは言った。「でも、それって見込みがあるってことよね？　彼が関与しているってことだから」

ヘンリーはうなずいてギアをドライブに入れ、そろそろと労働者たちのほうに移動した。近づいていくと男たちは興味津々の様子で顔をあげ、ブレーキをかけてとまった車に群がった。ウィンドウをおろしていたので、スペイン語の低いざわめきが耳に入り、男たちが朝のシャワーで使った石けんのにおいがただよってきた。きびきびとしたえらそうな態度の男がひとり、人だかりを押しのけるようにして運転席側のウィンドウに歩み寄った。陽に焼けた肌、三十代後半、はっきりわかる訛りはほとんどない。

「何人必要だ？」男は訊いた。

「人を探している」ヘンリーは答えた。

「ひとりだけか？　仕事の内容は？」

「仕事じゃない。マールを探している。いつもここにいると聞いた」

男は横を向き、ほかの者たちにスペイン語で何事か言った。全員が肩をがっくり落としてその場を離れはじめた。

道をあけた。

「帰れ！　ここにいる連中は仕事を求めてるんだ」男が盛大に口笛を吹くと、求職者たちは

「五十代なかばの白人だ。身長は六フィート、ひげを生やしている。あんた、知らないか？」

「帰ってくれ」男は交通整理の警官のように腕を振ってふたりを行かせようとした。

ヘンリーは車を前進させた。

「なんであの人が仕切ってるのかしら」アンナは言った。

「誰かがやらなきゃ、統率が取れない。あの男は仕事を割り振ることで分け前をもらってるんだろう」

ヘンリーは三十ヤードほど離れた場所に車をとめ、白いパネルバンが求職者たちに近づいていくのを見ていた。今度も彼らは、ハリウッド映画の初日のパパラッチみたいに群がった。さっきの男がウィンドウから車内に顔を突っこみ、出てきたときには指を三本立てていた。「カルロス！」と大声で呼んだ。「パキート！　ホセ！」歩きながら指を差す。選ばれた三人はパネルバンのうしろにまわった。ドアがいきおいよくあき、三人が乗りこむ。バンは走り去った。

「一カ所で買い物をすませたわけね」アンナは言った。「いまのバンはさっきまで〈ホーム・デポ〉にとまってた。必要なものを購入して、そのあとこっちに移動して作業員を拾った」

「しかもすべて非課税だ。おれたちが車を降りて何人かと話をしようとしたら、仕切り役の

男はどういう行動に出るだろうな。スペイン語はどのくらいできる?」

「メキシコ料理は得意よ。それだけ」

「おれも似たようなもんだ」ヘンリーは自分の側のドアをあけた。「ふたりだけいる白人に声をかけてみよう。運転をかわってくれ。エンジンはかけっぱなしにしておくように」

隅に立っている男たちはふたりとも白いTシャツにジーンズ姿で、ふたりとも煙草を吸っていた。ヘンリーが近づいていくと、がっしりしたほうは吸っていた煙草をアスファルトに落とし、安全靴で力まかせに踏みつぶし、ヘンリーに背を向けた。もうひとりのほうも歓迎している様子ではなかったものの、少なくともヘンリーと目を合わせた。

「マールって名前の男を探してる。ここにいつも来てると言われたんだが」

「悪いが力にはなれないな」男は地面を蹴って、そっぽを向いた。

「だが、やつのことは知ってるんだろう? ひげを生やした年配の男だ」

体の大きなほうの男が振り返り、ヘンリーの足もとに唾を吐いた。

「消えやがれ。おれたちは仕事を探しに来てんだ」

仕切り役の男が指を左右に振りながらやってきた。

「やめろ、やめろ。何度言わせるんだ。帰れ!」

「そっちこそ何度言わせる。おれたちは人を探しているだけだ」

「仕事を持ってきてくれるんなら、話をしてもいい」

「二十ドルある。とりあえずこれでどうだ?」ヘンリーが二十ドル紙幣をかかげると、一秒もしないうちに相手はひったくるように取りあげた。

「マールと言ったな？　ひげを生やした白人だろ？」

「そいつだ」

「鶏を捕まえる仕事をすることがほとんどだ。建築現場はいやだってさ。けど、少なくとも
ここ一週間ほどは顔を見せてない。以上」

「自宅の場所はわかるか？」

「さてね。ほかの連中も知らないと思うよ」

「訊いてみてもかまわないか？」

「あいつらには言葉が通じないぜ」

「そこのふたりはどうだ？」ヘンリーは白人を頭で示した。

「そいつらは物事をわきまえてる」

「あんたに逆らうようなまねはしないってことか？　いったいどのくらい上前をはねてるん
だ？」

　男はヘンリーの前腕をつかみ、車のほうに連れ戻した。

「ここから出てけ！　いますぐ！」

　すでに白いピックアップトラックが作業員が群がっているところにとまっていた。仕切り
役の男はヘンリーの腕から手を放すと、トラックに向かって小走りしていった。ヘンリーは
手帳を出し、自分の名前、住所、携帯電話の番号を走り書きして、ページを破いた。白人ふ

たりのほうに駆けていき、喧嘩腰でないほうに近づき、手のなかの紙切れを丸めて突き出した。

「マールを見つけるのに手を貸してくれたら、誰でも五十ドルやる。これがおれの連絡先だ」

ヘンリーは紙を差し出した。背の低いほうの男はそれを受け取り、投げ捨てようかしばらく迷っていた。けっきょくジーンズのポケットに突っこんだ。

「ほかの連中にも伝えてくれ」ヘンリーは言った。「仕切り役がやってるみたいに、上前をはねればいい」

うしろから怒鳴り声がした。

「まだいたのか、こんちくしょうめ」仕切り役が小走りで戻ってくるところだった。「さっさといなくなりやがれ！」

「いま引きあげるところだ」ヘンリーは言った。アンナが車を横づけした。助手席のドアはすでにあけてある。ヘンリーが乗りこむと同時に、人だかりから石が一個、飛んできた。石はボンネットを飛び越え、アスファルトに落ちた。

「俗に言う、船首前方に向けての威嚇射撃ってやつね」アンナは言い、スピードをあげた。

「サイモン・レグリー（小説『アンクル・トムの小屋』に登場する奴隷商人）よりたちが悪いわ。日雇いの人になにを渡したの？」

「おれの名前と電話番号だ。なにかわかったら、五十ドルやると言って」

「妥当な額ね。仕切り役(エル・ヘフエ)が上前をはねなければ」

ショート家に戻ると、郵便配達人が来たばかりだった。不要なダイレクトメールや請求書の山の上に職員給付保障局からの速達がのっていた。記入すべき用紙のほか、小切手を受け取るのに必要な書類のリストが入っていた。

「リストの書類を集めるのを手伝ってもらえる?」アンナは訊いた。「母の古いがらくたを引っかきまわすいい口実になるわよ」

ミッチが聞いたらさぞ喜ぶだろう。

「どの程度まで調べたんだい?」

「ほとんどは、ここにあるのと同じような請求書。それと農場関係ね。近所の人の話だと、大豆は一週間以内に噴霧しなきゃいけないらしいの。でも、なにを噴霧すればいいのかさっぱりだわ」

「ここはどうするつもり?」

「売るわ。ウィラードがいるなら、家だけは残して、世話をしてくれる人を探すところだけど。でも、この先ずっと、あの子の住むところは州が提供してくれるんだろうし」そう言うと、アンナは顔をそむけ、扉の陰に隠れるかのように冷蔵庫をあけた。ヘンリーは彼女が瓶やプラスチック容器を引っかきまわす音を聞いていた。やがてアンナはいらだたしそうにため息をつき、しなびた腐りかけのレタスを一個手にして顔を出した。

「なかのものはどれも五つの色調の緑に変色してる」彼女はあいかわらず顔をそむけたまま、流しの下のごみ入れに目を向けた。「冷蔵庫のなかも片づけなきゃいけないわ。でも、それはあとでもいい。母が残したものを調べるほうが断然おもしろそうだし」

「お母さんの書斎があるという話だったが」

「納屋のなかよ。母の隠れ家。鍵はここにあるはず」

アンナは電話のそばにある枝編みのバスケットのなかを探し、銀色の鍵がついた電動シャッターのリモコンを出した。ヘンリーは彼女のあとから遅い朝の陽が射す裏庭に出た。堆肥と殺虫剤のにおいが、そよ風に乗ってただよってくる。納屋は数百ヤード先にあった。

「お母さんはあの納屋を隠れ家と呼んでいたのかい？」

「ううん。一学期の終わりに帰省したら、できてたの。忙しかったり、騒がしかったりするといつもここに来ていた。一度、クリスマスで帰省したときに大雪が降ったんだけど、あのとき母は一日の大半をここで過ごしてた。家から出られないストレスを母なりに発散してたんでしょうね。本を読んだり、煙草を吸ったりする程度のことだったと思うけど」

「お母さんは煙草を吸っていたんだね」

「それがおかしな話なの。何年も前、わたしがおなかにいるときにやめたはずなのよ。でも、そこの納屋から出てくる母は、いつも服が煙草くさかった。父も気づいていたと思う。息に煙草のにおいがしないよう、ガムをかんでいたけど。ハイスクールの生徒みたい」

「お父さんはそれについてなにか言ってなかった？」

「父はそういう人じゃないから。話したいことがあるなら、母のほうから話すだろうと思ってたみたい」納屋の前まで来ると、アンナは間をおいた。「母はいつもそういう人だった。自分のなかにためこんで、ひとりでこっそり吐き出していた」

「CIAにいたのがきっかけで秘密主義になったのかもしれないな」

「あるいは、秘密主義だからCIAに入ったのかも」

アンナはリモコンのボタンを押した。シャッターが揺れながらあき、かたかたと音をさせながらあがっていった。まるで大きなアルミのカーテンのように。

19

ヘンリーの目には納屋は家畜ではなく機械をおさめるための、特大ガレージに映った。床はコンクリート張り。ロフトはなし。中央に巨大な〈ジョンディア〉のトラクターが鎮座し、まわりにありとあらゆる部品や道具類が置かれている。アンナが言うところの隠れ家は奥の隅にあって、ちゃんとドアもついていた。アンナは銀色の鍵でそれをあけた。

九フィート四方と狭いが、入ってすぐくつろいだ気分になれた。壁は心を静めてくれる緑色に塗られ、奥には抽斗のついたオーダーメイドの机のほか、キャビネットや棚が並び、どれも同じ、ブロンドウッドで作られていた。マックブックが一台、閉じた状態でデスクに置かれている。隅には安楽椅子があり、上から照らせるよう読書灯がついていた。窓はないが、照明が家庭的なぬくもりを醸していた。全体としては、〈イケア〉のカタログにあるような部屋という印象。電気暖房機と外壁の窓を取っ払ったところにはめこんだエアコンだけが場違いだった。

ヘンリーの目がいちばん高い棚に吸い寄せられた。琥珀色の液体が半分ほど入っている古い瓶とその隣に空のワイングラスが置かれている。

「母が隠れて飲んでたのかしら？」アンナは言った。

「習慣化していたとは思えないな。椅子を持ってこないとおろせない場所に置いてあるから」

「経験者は語る?」

ヘンリーは間近で見ようとオフィスチェアに乗った。瓶には埃が積もり、ラベルの文字はフランス語だった。

「ブランデーだ」彼は言った。「聞いたことのない銘柄だが、価格がおれに買える範囲じゃないからだろう。だが、けっこうな年代物なのはたしかだ」

「グラスがひとつしかない。なんだかわびしいわね」

「お母さんがたまにひとりで一杯やりたくなった気持ちがわかる気がする」

「と、ひとりで一杯やる男は言いました」

椅子からおりようとしたとき、もうひとつ、棚の奥のほうになにか押しやられている――だから下からでは見えなかった――のに気がついた。みやげもの屋で売っているような、大きなスノードームで、なかには青い文字で〝パリ〟と書かれた漆喰の土台に金色のエッフェル塔が乗っている。

「これはまたずいぶん、趣味が悪いものを」

「なにが趣味が悪いの?」

「見せてやろう」ヘンリーはつま先立ちになって腕をのばした。スノードームは埃にまみれていた。

「おっと、えらく重たいな。ほら、これだ」

　アンナは思わず噴きだした。

「うわあ、最悪」

「しかも壊れている。底が欠けてるよ」

「なんでこんなものを取っておいたのかしら？」

「ご両親は新婚旅行でパリに行った？」

　アンナは鼻で笑った。「冗談よね？　そんなわけないでしょ。オーシャン・シティのビーチに一週間滞在しただけ。それがせいいっぱいだったと思う。父なんか、国から一歩も出たことがないし。たぶん、母がベルリンにいたころに訪れたんでしょう」

　ヘンリーはスノードームを棚に戻して椅子をおり、埃をズボンでぬぐった。

「ここにある家具はすべてお父さんが作ったのかい？」

　アンナは首を横に振った。

「母は父をここに近寄らせようともしなかった。イーストンの家具職人を雇ったのよ。以前から思ってたけど、ヨーロッパにありそうな部屋に見えるでしょ」

「たしかに。ドイツっぽい感じがする」その言葉がしばらくあたりをただよった。

「あなたならわかって当然ね。わたしは行ったことがないの。いまでも、母がベルリンにいたなんて想像もできない。しかも、冷戦のさなかに」

「そのために、おれたちはここにいるんじゃないか。ヘレン・ショートの本当の姿を知るために。マックを起動させようか。それとも、手がかかりそうだからあとまわしにするか？」

「なぜマックは手がかかると思うの？」

「パスワードで保護してあるからさ。そうは思わない？」

アンナはほほえんだ。

「以前本人に聞いたけど、母はなんでもかんでも同じパスワードを使ってた。電話、ＡＴＭ、図書館カード。そうしないと、わからなくなっちゃうからって。ミサゴ（オスプレー）。母の好きな鳥の名前。そういうところは抜けてる人だった」

ヘンリーは半信半疑ながらも入力した。

「驚いたな。きみの言うとおりだ。腕利きのスパイだったとは思えない」アンナも自分と同様、期待を裏切られたと感じているだろうか。ミッチならそう感じるだろう。だが、ミッチが求めているのはまったくくちがうものという気がする。

スクリーンの下部にブラウザ、メール、検索エンジン、写真、ワープロ、その他いくつかのソフトのアイコンが表示された。ブラウザをクリックすると、さらなるアイコンが現われた——グーグル、ネットフリックス、アキュウェザー、そして地元銀行。ブラウザの閲覧履歴を調べたところ、まっさらだった。グーグルの検索履歴についても結果は同様。写真のアーカイブは空で、メールの受信箱には、ヘレンが殺害された夜以降に届いた未開封のメールが五、六通入っているだけだ。そのすべてがジャンクメールだった。

「お母さんがパスワードに凝らなかった理由がわかってきたよ。パソコンを使うのがまれだったとも考えられるが、それはありそうにない。あるいは足跡を隠すのがうまかったか」彼はさらにいくつかクリックした。「見てくれ。検索履歴がまっさらで、足跡をたどるのは無理だ。それに、電子メールは読んだはしから削除していたようだ」

「文書ファイルはどう？」

ヘンリーはさらにいくつかクリックした。

なにもない。

アンナもためし、しばらくふたりであちこちクリックしてみたが、なにもないキッチンで食べ物をあさるのにひとしかった。

「お母さんはこういうところで間が抜けていると言ってたね。おれにはむしろ、お母さんは専門家から助言を得ていたように思える」実際、ロドニー・ベイルズに教わったもろもろを考え合わせると、専門家の手を借りていたのはたしかだろう。ヘンリーはいらだちのあまりため息をつき、パソコンを終了させた。

デスクの隣に、抽斗がふたつついたファイリングキャビネットがあった。鍵がかかっている。

「ここになにかありそうだ」

アンナは鍵はないかと机のいちばん上の抽斗を探ったが、あったのは鉛筆、画鋲、それにペーパークリップだけだった。

「かなてこでこじあけようか」ヘンリーが提案した。

「できないことはないわ。でも、手作りの家具だから疵をつけたくない。ちょっと家のなかを探してくる。母がしまっていそうな場所に心当たりがあるの」

ヘンリーは遠ざかっていくアンナの足音が完全に聞こえなくなるまで待った。それから尻ポケットに手を入れ、ブックマッチの二倍ほどの黒くて細長い入れ物を出した。なかにはステンレスの小さな工具、両端がいろいろな形をしている針のような工具がいくつも入っている。夜の学校の〝卒業記念〟にと、ロドニー・ベイルズがくれたものだ。その際、他人が出したごみをあさるのに使う使い捨ての外科用手袋も渡された。

彼はすばやく工具を選んで、鍵穴に挿し入れた。ものの数秒で鍵はあいたが、錠はすでにゆるめられていたし、よくよく見ると、鍵穴のまわりにかすかな引っかき疵がいくつかついている。ヘンリーは工具入れをしまい、机の抽斗に手を入れてペーパークリップを出し、アンナが戻ってくるのを静かに待った。

「見つからなかった」アンナは入ってくるなり言った。「でもこんなのがあった。母のクローゼットのいちばん上の棚に」

帽子用の箱だった。ブロンドのかつら、それもそうとう時代遅れのレイヤーカットのかつらが入っていた。

「どういうことかしら？　変装の名人だったとか？」

「お母さんがそれを着けてるのは見たことがないんだね？」

「ないに決まってるじゃない。父も含め、このへんの人たちみんなの笑い者になってたわよ」

　そのとき、アンナはキャビネットの抽斗があいているのに気がついた。

「鍵があったの？」

「ピッキングであけた」彼はペーパークリップを高くかかげた。本当のあけ方を教えたところで意味はないし、教えたら彼女はうれしくない質問をあれこれしてくるかもしれない。

「だが、錠はすでにゆるめられていた。思うに、五十パーセントの確率で何者かに先を越されたようだ」

「そのあと、錠をかけ直したわけ？」

「証拠を消すためだろう。自分の仕事を心得ている人間にとっては、さほどむずかしいことじゃない」

「適切な道具を持っていればとくに」アンナはヘンリーをまじまじと見ながら言った。「たとえば、ペーパークリップとか」

　ヘンリーは肩をすくめ、本心からの笑みらしきものを浮かべた。それからアンナのわきに立って、彼女が抽斗のなかを調べるのを見守った。抽斗はふたつとも手前から奥までぎっしり詰まっていたが、一見してほとんどは一般的な書類――納税申告書、車のローン、修理費用明細、通院費の請求書（アンナとウィラードを出産したときと、アンナの扁桃腺摘出手術）――だとわかった。もっとも厚いフォルダーにはショート家がこれまでに所有した家電製品すべての保証書と取扱説明書が入っていた。また、保険証書、銀行口座の収支報告書、それに小口の投資口座の報告書もあった。下の抽斗はワシャム・ポートリー関係の記録と農産物業者や種苗会社、その他農場関連業者からの送り状でほぼ占められていた。学校の通信簿や全国共通テストの成績、アンナがかつて願書を送ろうか検討した十以上の大学のカタログもおさめられていた。

「全部取ってあったなんて信じられない」アンナは言った。

上の抽斗の奥からアンナの両親の遺言書が見つかり、ふたりはしばらく黙りこんだ。アンナは定型的な文言が並ぶページをとばし、受取人が記されたページをひらいた。

「ごくごく普通の内容みたい。両親とも死んだ場合、すべてをわたしに遺すとかいろいろ書いてある。それとウィラードの後見役も託すって。あとは、分配先を指定した一部の身のまわりの品が数ページにわたたって列挙されてる」

「たとえば？」

「ええと、ちょっと待ってね」アンナはさらにページをめくった。

「うわあ。両親がこんなに細かい性格だとは知らなかった。だって聞いて。〝マーティン・ウィスター師が存命の場合には、餌をついばむサギの小さなブロンズ像を〟ですって。たぶん、日曜日のディナーに招いたとき、ウィスター師がポットローストを褒めてくれて、サギが好きだというようなことを言ったからだわ。ウィラードが幼稚園のときにとてもなついていた先生には古い本を何冊か遺すとも書いてある。そういうのにあと二ページも割いてるの。家のなかにあるがらくたやら記念の品がえんえんと列挙されている。遺言書を作成した弁護士が執行者も兼ねてるから、会う約束を取りつけないといけないわ」

　アンナはため息をついてフォルダーを閉じた。

「ここで見つかるのはこのくらいかもしれないな」ヘンリーは言った。

「そうね」アンナは下の抽斗をふたたびあさった。「あら。奥にまだあった。〝プライベート〟とラベルに書いてある」

　彼女はフォルダーを机に置いた。出生証明書、社会保障カード、ワクチン接種記録、それに失効した運転免許証が出てきた。

「こいつはなんだ？」ヘンリーがラミネート加工された身分証を手に取った。「お母さんは国立公文書館の利用者カードを作っている」

「写真がごく最近のものだわ」

「こういうのは有効期限が一年で、このカードは来年の六月まで有効とあるから、入手したのは数カ月前だ。家系図の調査でもしていたのかな？」

「そうだとしても、そんなこと一度も口にしたことがないわ。自分の記録を調べていたんじゃない？　ＣＩＡ関係の」

「それはどうだろう。局のファイルは少なくとも五十年は機密とされているし、公開されている資料はネットで閲覧可能だ」

「なぜそんなことを知ってるの？」

「連邦議会で働いていたから」これもまたサー・ロドニーがからんでいる。「他人の秘密を暴くよう雇われた場合、最終的には記録の隠し場所にかたっぱしからもぐるしかないんだ」

彼はＩＤカードを高くかかげた。

「どうだろう？　こいつは調べる価値があるかな？」

「そうね」彼女はさらになかを探った。「見て、写真がある！」

アンナは写真の薄い束を出した。

「家族写真はアルバムにまとめているんじゃないのか？」

「山のようにあるわよ。家にはそのための棚があるもの。こっちのは特別なものなのかも」

そのうちの数枚はアンナの母を写したもので、パスポートやビザに使うような顔写真だった。彼女の人生のさまざまな時期に撮影したとおぼしき何組かの写真もあった。残りは思い入れの強いものらしく、クリスマスの家族写真に、イースターバスケットを手にした子どもふたりをべつべつに撮った写真。アンナが十歳くらいのときのものだろう、ウィラードとアンナが一緒に写っているものもあった。ふたりとも裸足で、夏の芝生に広げたピクニックテーブルのそばに立っている。アンナは弟のうしろに立って、守るような恰好で両手を彼の肩に置き、少しけわしい表情をしていた。ウィラードは間の抜けた顔でへらへらと笑っている。ピンク色の綿あめが少し、口の右側についていた。

アンナは黙りこんだまま次の一枚を手に取った。いまの写真から数年後、チェサピーク湾に出かけたときのもので、家族みんなでヨットの風上側にすわっていた。アンナは弟が船から落ちるんじゃないかと心配するような目でウィラードを見つめている。そのすぐうしろには、たくましい筋肉と農民らしく日焼けしたハンサムな中年男性がすわっていた。

「きみのお父さん？」

「ええ」

アンナは母と同じ目をしているが、頬骨と卵形の顔は父親ゆずりだ。それに髪の色も。テレビに流れた写真では、少しやつれた感じで、髪はほとんどなかった。この写真の彼は赤みがかった茶色の巻き毛を風になびかせ、生き生きとした魅力にあふれている。

「どんな人だった？」

「強くて物静かなタイプ。苦労人ね」

「この農地は先祖代々受け継いできたものではない？」

「ううん、全然。こつこつお金をためて小さな土地を買って、そこからちょっとずつ広げていったの。鶏舎の経営だって自力で軌道にのせたのよ。参入した人は多かったけど、だいたいは首がまわらなくなっていったのに。というのも、〈ワシャム〉はよその鶏との比較で代金を払う方式だから。でも、父が育てた鶏はいつもほぼ最高ランクをつけられてた。父はほとんどなにもない状態から始めたの。父親は電気技師で、仕事を転々としてたらしいわ。工事した配線が原因で、誰かの家が火事になって焼失してしまったとかで」

「なんとまあ」

「父はよく、それを笑い話にしてた。口数の少ない人だったけど、お話をしてくれるときは本当にツボを心得てた」

「言は簡を尊ぶと言うものな」

「無駄に言葉を費やすことはなかった。憎らしいくらいに頭がよくて、堅実だった。はじめて会ったとき、そういうところが母の目にとまったんだと思う。父は母より四歳上だった。当時の母にはそういう人が必要だったのかもしれない」

「人里離れた町にたどり着き、不動産専門の弁護士のもとで事務員となったＣＩＡの女性。お母さんのほうの家族はどういう人たちだったんだろう？」

「ノース・カロライナ州の農村地帯に住む、熱心なペンテコステ派の信者よ。父親は牧師だった。アッセンブリーズ・オブ・ゴッド教団の。わたしに洗礼をほどこそうとしたらしいけど、母が拒否したんですって。父の話では、その後母は考えが変わったけど、そのころにはもう祖父は重い心臓発作で入院していて、けっきょく回復しなかった。父がその話をしてくれたのは、わたしに同じ間違いをしてほしくない、手遅れになって、大事なことを伝えられなくなるようなことはしてほしくないからだと思ってる」

　アンナは顔をそむけた。ヘンリーは少し時間を置いてからふたたび口をひらいた。

「お母さんのご両親のことは記憶にある？」

「牧師のほうは全然。おばあちゃんのほうはなんとなく覚えてるけど、神経質な感じがした。孫を溺愛するタイプではなかったわね。いつもわたしたち、とくにウィラードとは距離を置いていた。祖父が亡くなった数年後に亡くなったけど、そのころにはそうとうの大酒飲みになっていたみたい」

アンナと弟の写真がさらに何枚かあり、彼女はそれを無言で見ていった。束の下のほうに、昔のインスタマチックカメラで撮影した、色褪せた写真が一枚見つかった。へりが丸まったその写真には、五十代とおぼしき男性が写っていた。男前と言っていいだろうが、アンナの父親とはちがうタイプだ。カフェにすわって粋にほほえんでいるが、写真は困るというように、片手を前に突き出している。

「この男は何者だろう？」ヘンリーは訊いた。

「さあ」

ヘンリーはじっくりと観察した。カフェの奥の壁に矢印と〝男性(エッレン)〟と書かれた表示が見えた。

「ドイツ時代のものらしい。奥の表示が男性トイレを示している。興味深いな」

「とても特徴のある顔ね」

ヘンリーは裏返してみたが、なにも書かれていなかった。

「これを見て」アンナが束のいちばん下の写真を出した。

「左端にいるのはきみ？」

「うんと小さかったころだわ」

幼いアンナはワシントンにあるナショナル・モールで、母と、ビジネススーツ姿で母よりも二十歳ほど上と思われるべつの女性と並んで立っていた。そのうしろに連邦議会の丸屋根が見える。

「この女性はきみのおばあさん？」

「ううん。誰だかさっぱりわからない。そこを訪れたのはぼんやりと覚えてる。と言っても、記憶にあるのは長い行列にあっちでもこっちでも並ばされたとか、ずっと歩きづめだったとか、そんなことばかりだけど。でも、いま思い返してみると、その女性がわたしたちをランチに連れていってくれた気がする」

「じゃあ、ふたりは友だちだったのかな？」

「たぶん。でも、ふたりの笑顔を見ても、ほんわかした雰囲気はあまり伝わってこないわよね」

「裏になにか書いてないかな？」

アンナは裏返した。まっさらだった。

ファイルにあった最後の品は、縦六インチ、横九インチのクリーム色をした封筒で、金属の留め金がついていた。なかから三冊のパスポートが出てきた。二冊は青で、一冊は黒だ。

「誰のものだろう？」ヘンリーが言った。

「母と父が持っていたなんて知らなかったし、ましてやウィラードなんて。でも、母は一冊持っていてもおかしくないのよね。もしも、つまり……」

「ベルリンで働いていたのなら。たしかに」

ヘンリーは青いパスポートのうち一冊をひらいた。見たところ、真新しい。アンナの母親のもので、いまも有効だ。わずか三年前に取得したものだった。

「ご両親は海外に旅行に出かけたのかな？」

「わたしの知る範囲では、そんなことはないはず。そもそも、父にはその気がまったくなかったもの。それにウィラードに手を焼かされることになるだろうし」

パスポートのビザや出入国のスタンプを押すうしろのほうのページをぱらぱらめくったが、どのページもまっさらだった。

「使われた形跡がないな」

「せつないわね。そもそも、なぜ母はパスポートなんか取ったのかしら？」

アンナは次のパスポートを手にした。今度のは色は黒で、表紙に〝外交パスポート〟の文字が躍っている。穴があいているのは、期限が切れたからだろう。ヘレン・マリー・アベルはこのパスポートを一九七七年、ＣＩＡに入局した年に取得している。その写真には胸を衝かれた。生気にあふれ、お茶目な感じをただよわせた若い女性。とくに目のあたりがアンナによく似ているとヘンリーが思っていると、アンナが言った。「ねえ、見て。とても美人だったのね」

「きみと同じ目をしている」

「そう思う？」

「思わないのかい？」

アンナは肩をすくめた。「母に似ていると言われるのが昔から好きじゃなかった。母みたいになって、人生をあきらめるのが怖かったんでしょうね」

「お母さんは人生をあきらめたと？」

「だって、母が送った人生を見てよ。大豆畑と鶏舎を抱える農場主の妻。日に三度の食事作り。面倒を見なきゃいけない成人した息子。いわば、隅へ隅へと追いやられ、身動きが取れない状態だったのよ」

「追いやられた先が、このささやかな部屋というわけか」

パスポートのうしろのページにはドイツへの入国スタンプにくわえ、東西のベルリンを行き来したからだろう、東ドイツを通ったことを示すスタンプが押されていた。それ以外の入国スタンプはイギリスのものだけだった。

「つまり、母はパリには行ってないのね」アンナは言った。「ドイツで二年まるまる過ごしたのなら、世界を股にかけた謎の女というわけじゃなさそう」

「そうなめた見方をしないほうがいい。当時のベルリンには興味深いことがたくさんあった」

「秘書だったのよ、きっと」

「秘書に離職手当など出すとは思えない」

「上司が母を手込めにしようとしたのでなければね」

「当時はそうやって男の上司はえらくなっていったんだ」

アンナはほほえんだ。

「最後の一冊を見せて」

それも濃紺だったが、表紙の文字は意外なものだった。

「カナダのパスポート？」アンナは言った。「どういうこと？」

ひらいてみる。ここでも若い顔のアンナの母がふたりを見つめ返してきた。外交パスポートのものと同じ写真だが、一点だけ大きな違いがあった。

「ブロンドだわ！　あのかつらかしら？」

ヘンリーは箱からかつらを出した。

「ちがうな。こっちのはそうとう新しい。しかし、パスポートに記された名前をよく見てくれ」

カナダのパスポートはエリザベス・ウェアリング・ハートの名前で発行されていた。

「なにこれ。偽名？」

「あるいは暗号名とも言う」

「じゃあ、母は秘密工作員だったということ？」

「使用されているか確認しよう」

ページをぱらぱらめくっていくと、フランスとドイツの入国スタンプが見つかった。

「パリとのつながりが見つかったわね」アンナは言った。「日付を見て。七九年の十月になってる」

「離職した時期と同じじゃないかな？」

アンナは政府から送られてきた資料を調べた。

「計算が合わない。母が離職したのはこのふたつの日付より前よ」

「内々に雇いつづけていたのかもしれない。最後にもうひと働きしてもらうために」

「おもてに出せない任務ということ？」

「ＣＩＡの仕事はどれもおもてに出せないようなものばかりだよ」

ヘンリーはもう一度パスポートをめくった。黄色く変色した新聞の切り抜きが、蛾のようにひらひら落ちた。アンナが床に落ちる前にキャッチした。たった四行だけのニュース記事だった。上に〝ターゲスシュピーゲル〟の文字と一九七九年十月の日付が手書きしてある。

「これも離職前の日付だわ」アンナは言った。「訳せる？」

ヘンリーに渡すと、彼はすばやく、しかし慎重に読んだ。

「殺人事件に関するニュースだ。若い女性が殴られたのち首を絞められた。場所はクロイツベルク地区のアパートメント、要するに薄汚い部屋で、痴話喧嘩だろうと見られている。被害者は十九歳の若さだった」

「アメリカ人？」

「ドイツ人だ。名前はアンネリーゼ・クルッ」

アンナが息をのむ音に、ヘンリーは顔をあげた。

「知っている人？」

「ちがう。でも、その人の名前が……」

「名前がどうかしたのか？」

「わたしと同じなの。アンネリーゼ。しかも、スペルまで一緒で、真ん中に〝e〟が入ってる。わたしのファーストネームなの。昔から嫌いだったけど」

「名前の由来を尋ねたことは？」

「母からは、昔から好きだった名前としか聞いてない。自分の名前は全部嫌いだけど、とくにアンネリーゼがいやだった」

「全部というと？」

「アンネリーゼ・オードラ・クレア・ショート。ミドルネームがふたつもあるのよ、まったく。運転免許証にこの名前を書いてみなさいよ。わたしはクレアで通したかったけど、母は許してくれなかった。アンネリーゼは気高くて名誉ある名前だと言って」

「気高さと名誉のために、お母さんは仕事を辞めた？」

「そのあと、偽名でヨーロッパを旅してまわった。いったいなんのために？」

アンナは黙りこみ、頭のなかであれこれ考えはじめた。やがて目を大きく見ひらいた。

「どうした？　なにかわかったのか？」

「ちょっと思い出したことがある。大学に入学する前の夏、母と出かけたときのことよ。たしか八月だった。二〇〇二年の」

アンナは目を輝かせ、宙をにらんだ。

「母とショッピングをしていたの。〈ヘクツ〉でわたしの着るものを山ほど買いこんだ。わざわざベイ・ブリッジを渡って出かけたのよ。母に着てみなさいと言われた趣味の悪い服を着て試着室を出たら、わたしのうしろにぎょっとするものが見えたみたい。買い物袋を落として呆然と見つめていたの。それでわたしも振り返ったら、店の反対側から、スーツ姿の男の人が腕を組んでわたしたちをじっと見ていたの。それから男の人は、近づいてあいさつをするつもりみたいにうなずいた。

誰なのと母に訊いたけど、聞こえてなかったみたい。だって、しばらくすると母はものすごく小さな声でこう言ったから。〝あそこに男の人がいるのが見える、ハニー？〟って。

わたしもとても小さな声で〝うん〟と答えた。そのときにはすごく深刻なことだとわかったから。もう一度振り返ると、男の人はにやにや笑っていて、母はこう言った。〝あの男の顔をよく覚えておきなさい。学校でも家でもどこでも、また見かけることがあったら、すぐにお母さんに知らせてちょうだい。わかった？〟って」

「その男が誰なのか、お母さんに訊いた？」

アンナはうなずいた。

「母の答えはとても漠然としてた。〝昔、お母さんが知ってた人〟としか言わなかった。一語一句覚えているのは、そのときの母が十歳児に言い聞かせるような口調だったから。それからこう言ったの。〝あなたにその名前をつけたのは、あの男が理由よ〟って」

「アンネリーゼという名前のことだね」

「わたしもそう思った。だって、いちばん文句を言ったのはその名前だったもの。二年生になってやっと、アンナと短くしていいと許してもらえた」

「それで、その男だが、そいつはそのあとどうした？」

「なにも。次に振り返ったら、いなくなっていた。その後二度と見かけなかったし、母も二度と話題にしなかった」

「興味深いな。その男にまた会うことがあればわかるかな？」

「どうかしら。だってもう、ええと、十二年も前のことよ。母よりも歳がいってたから、もう亡くなっているかもしれないし」

「この男とはちがうんだね？」ヘンリーはドイツのカフェの男の写真を出した。

「ちがう。というか、ちがうと思う。もっとも根拠は、その写真の男の人は人がよさそうに見えるからというだけだけど。いま話した人はものすごくいやらしい笑い方をしてた」

「これは取っておこう」ヘンリーは言い、パスポートについていた切り抜きと数枚の写真をわきにどけた。ふたりはさらに三十分ほど探しまわったが、目を引くものはなにも出てこなかった。アンナはますますむっつり黙りこみ、離職手当の手続きに必要なものを集めるあいだ、ふたりはろくに口をきかなかった。

「さっき、錠前がすでにゆるめられていたと言ったわよね」アンナは抽斗を閉める前に訊いた。

「ああ」

「なにを盗られたのか気になるわ」

「たぶん、なにも盗られていないだろう」

「だといいけど」

アンナがそろそろ戸締まりをしようとしたので、ヘンリーは最後にもう一度、ざっと見まわした。それから天井を見あげたところで、視線が一点に吸い寄せられた。

「どうかした？」アンナは訊いた。

「あれだ」

彼はルーバーつきの金属の通気口がある一フィート四方のエアダクトを指さした。「暖房機があって、壁にはエアコンがついているのに、なんであんなものがあるんだろう？」

「外から新鮮な空気を取り入れるため？」

「かもしれない。だが、そういうものは壁につけるものじゃないのかな？」

ヘンリーはオフィスチェアを引き寄せた。

「動かないように押さえていてくれ」彼は言うと、椅子の上に乗った。ポケットに手を入れて工具を出そうとしたが考え直し、かわりに十セント硬貨を出して、通気口カバーのボルトをゆるめた。ねじをシャツのポケットに落とし、カバーをアンナに預けた。

「なにかある？」

「見える範囲にはなにも」

彼はなかに手を入れて探った。天井裏のダクトは入り口と同じ寸法だったが、一方だけ一フィート以上奥にのび、その先は小さな棚になっていた。めいっぱい手をのばすと、小さな封筒のへりに触れた。

「あった」

彼は封筒のへりをつかんで引いた。それから椅子をおりた、封筒は縦二インチ、横三インチ半と小さなもので、留め金がついていた。裏返すと、黒インクの筆記体で〝シスターフッド〟と書いてあった。

「隠れ家のなかの隠れ家ね」アンナは言った。

「どう思う？」ヘンリーはそれをアンナの手にのせた。

「母の文字なのは間違いない。でも、婦人団体（シスターフッド）？　母の趣味じゃないわ」

アンナは留め金をはずし、封筒を逆さまにした。小さな鍵が出てきた。ほかにはなにもなかった。アンナは鍵をファイルの抽斗に挿してみたが、うまく入らなかった。

「番号が書いてある」彼女は言い、目に近づけた。「郵便局の私書箱みたいな感じ」

「あるいは貸金庫か」

「それも母らしくない。そういうのって請求書があるはずよね」

ふたりは念のために銀行取引の記録を再確認したが、ごくありきたりの内容で、不審な手数料が請求されてはいなかった。

「べつの銀行のものかもしれないな。それならお父さんに秘密にしておける」

「あるいはスイスの銀行か」アンナは自分で言っておいて、忍び笑いを漏らした。「郵便局のほうが可能性が高そう」

「ところで、〈シスターフッド〉とはなんだろう」

「わたしの知るかぎり、この近辺のものじゃないわ」

「しかし、きみがここを出てからずいぶんになる。最近できたものかもしれないじゃないか。それがなんにせよ、お母さんはけっこうな手間をかけて隠していた」

アンナは鍵を裏返した。

「まずは郵便局に当たってみましょう。ガラスの靴がフィットするかたしかめるの」

「仰せのとおりに、シンデレラ姫」

ふたりは書斎に鍵をかけ、町の中心に向けて出発した。

20

その晩、直近の郵便局に実りのない訪問をし、アルバムと古いがらくたの箱をさらに念入りにあさったのち、ヘンリーが自宅に戻ってちょうど缶ビールをあけたとき、携帯電話が鳴った。

ミッチからだった。

「そろそろそっちから連絡があると思ったんだがね、マティック」

「まだ報告できることはほとんどない」

「それはきみが決めることではない。とにかく報告しろ」

ヘンリーはウィラードに面会したことと日雇いの寄せ場まで出向いたことを要約して話したが、納屋で見つけたものの話になるとミッチはがぜん興味を示した。

「彼女はそこを隠れ家と呼んでいたのだな？」

「いわゆる書斎だな。農場関係と財務の記録が大半だった。おれの見たところ、ノートパソコンにはこれといったものはなかった」

「だが、常時施錠していたのだろう？」

「まあ、納屋のなかにあるので、それも当然かと」

「なにか興味深いものはあったのか？」

ヘンリーは見つけたものをひとつひとつあげていった。ベルリンで死んだ若い娘を報じた古い新聞の切り抜きの話をしたときは、ヘレン・ショートがＣＩＡを離れた時期とほぼ同時期だったこともあってミッチは大喜びするものとばかり思っていた。それに、別名で発給されたカナダのパスポートの話も。しかし、ミッチはひと声小さくうなり、何度か〝そうか〟と言っただけだったので、ヘンリーは先をつづけた。

国立公文書館の利用カードの話には興味を持ったようだった。

「最近のことなんだな？」

「数カ月前だ」

「なにを調べていたんだろうな」

「わからない。家族の歴史ではないかと」

「突きとめろ」

「リストにくわえる。アンナはあまり興味がないようだったが」

「この件で舵(かじ)を取っているのは、きみか彼女か、どっちなんだ？」

「強引に舵を切れば、あやしまれる」

「わかった。だが、常に舵取りを怠らないように。なにか方法を考えろ」

ミッチはまた、写真についてさらなる情報を求めた。

「誰が写っていた？」

「ほとんどは家族だ。休暇旅行やバカンスの写真だった。そのなかに一枚、ドイツで撮影したカフェにいるらしき年配男性のものがあった。彼女がＣＩＡにいたころのものと思われる」

「男の名前は？」

「不明だ。しかし、生きているとしても、いまごろはそうとうな高齢だろう」

「ほかには？」

「ワシントンに日帰りで出かけたときの写真に、アンナと彼女の母親、それと彼女の友人が写っていた」

「アンナの友人か？」

「いえ、母親の」

「特徴を説明せよ」

　ヘンリーがひじょうにおおざっぱな説明をすると、ミッチの関心をさらにそそる結果となった。

「それは何年のことだ？」

　ヘンリーは計算をした。アンナによれば、当時五、六歳だったとのことだ。

「八九年か九〇年ではないかと」

「コピーを送れ。携帯で撮影したものをメールでわたしに送るように」

「了解。機会がありしだいすぐにやる」

「必ず頼むぞ。ほかにはなにか？」

ヘンリーは本日のメインディッシュ、天井の通気口で見つけた〝シスターフッド〟と書かれた封筒から見つかったものを差し出しかけた。けれどもミッチの態度に神経を逆なでされ、気持ちがざわついていた。これくらいは伏せておいてもいいだろう。少なくとも当分のあいだは。夜の学校ではハンドラーをかわす、または妨害する方法などまったく教わっていないし、ましてや、二分された忠誠心のあいだでどうバランスを取るかなど問題外だ。いま彼は即興で対処していた。

アンナの母がここにいれば、直接、その質問を投げかけられるのに。ついでに、ベルリンの話を二、三できたかもしれない。乏しすぎるほどの材料しか見つかっていないが、それでも彼はアンナの母に親近感をおぼえはじめていた。

「もしもし、聞こえているかね、マティック？」

「ああ。報告できることがほかにあったか、思い出そうとしていた。しかし、だいたい以上だ」

「だいたい？　言っただろう、ヘンリー。わたしは全部聞きたいのだ」

「手に入れしだい、必ず報告する」

「けっこう。それと写真は早急に頼む」

「了解した」

ヘンリーは電話を切った。それから、これまでになく葛藤した思いで、自分の携帯電話をじっと見つめた。

ミッチには肩書きも住所もオフィスの電話番号も、さらには指揮命令系統もない。彼の上には未知という闇が広がっているだけであり、ヘンリーがアンナのために調査をすればするほど、既知の事実に困惑させられるばかりだ。

携帯電話の電源を切った。これからは、いつ話すかはおれが決める。

21

一九七九年　ベルリン

ヘレンは腕時計に目をやった。デスクについてまる一時間たったが、誰もやってこない。もっとはっきり言うなら、いまだヘリントンから呼び出しがない。つまり、まだ首はつながっている。少なくともいまのところは。しかもさらに不可思議なことに、デスクに記録室の鍵がはっきりわかるように置かれていた。

アイリーン・ウォルターズに追い払われるのが怖くて、使う勇気はまだ出ない。けれども、几帳面な置き方をしていることから――デスクの四辺すべてに対して直角になっている――何事にもきちんとしているウォルターズが返してくれたのだろうと見ている。テープの消失によって、ヘレンの裏切り行為もなかったことにされたようだ。職場に到着した瞬間から、同僚たちは笑顔でうなずき、言葉を選んであいさつをしてくれた。まるで救済への道を示すかのように。

これだけのことをお膳立てできるのはボーコムしかいない。いくら早朝のフライトで発つといっても、ヘレンがもはや危険な存在ではないとヘリントンに伝えるくらいの時間はあったはず。ヘレンの武器を取りあげたのはボーコムなのだから、わかっていて当然だ。そう考えるとあらたに怒りがわきあがった。ケヴィン・ギリーに関するすべてのファイルと通信を請求し、中断したところから調査を再開したい気持ちに駆られた。

けれども、そんなことをしてどうなる？　職を失えば、もうアンネリーゼのためになにかしてやることはできなくなる。それでも、あらたなこの状況には息がつまった。そこで、デスクから動かず、うつうつとした気持ちで書類仕事に専念した。

正午になるころには、前に進む道がひらめいた。それはなんと、ボーコムに助言されたのと同じ方法だった。想像力の欠如かもしれないし、勇気の欠如であることは間違いないが、とにかくなにもしないよりはましだ。

昼食後すぐ、アイリーン・ウォルターズに提出するため、まっさらの申請用紙数枚に記入した。ひとつは〝ルイス〟という暗号名を含む最近の通信のすべてを求めるもの。もうひとつは、アルト＝モアビット通りの隠れ家にマッカランのスコッチを所望した人物について、くわしい情報を求めるもの。

記録室に向かい、ドアを解錠した。デスクにいたウォルターズが顔をあげ、ヘレンから申請用紙を差し出されるとにっこりほほえんだ。部屋の奥にいたデュアンという名の下級調査員が仕事の手を休め、あけたままのファイルキャビネットの抽斗ごしにヘレンをうかがった。

「二枚ともＣＩＡ本部あてなの」ヘレンは言った。「問題ないかしら？」

ウォルターズはちらりと目をやった。

「書式は整っているようね」彼女はあきらかにほっとした様子で言った。「すぐに送るわ」

部屋の奥からファイルキャビネットの抽斗が閉まる音が聞こえた。デュアンはもうヘレンへの興味を失ったようだ。彼女がなんのおもしろみもない、修理して動くようになった機械の部品に逆戻りしたからだ。そのあっけなさに彼女は、一瞬、突拍子もないことをやらかしてやりたくなった。でも、だめ。次に戦うときにそなえて生きのびなくては。

「ありがとう」ヘレンは言った。

「どういたしまして」ウォルターズは応じた。「連絡があったときはうれしかった」

ヘレンは出ていこうときびすを返したが、すぐにまた向き直った。

「具体的にはどんな連絡があったの？　朝からずっと気になってるんです。誰もなにも言ってくれないから」

奥にいたデュアンがまた静かになった。ウォルターズはヘレンの肩ごしに顔をのぞかせ、いくらかきつい口調で言った。「もう終わりにしてくれないかしら、デュアン？」

「ええ。わかりました」

彼は咳ばらいすると、フォルダーの束をかき集めて出ていった。ウォルターズはドアが閉まるまで待った。

「実を言うと、たいしたことはなにも聞かされてない。ただ、朝いちばんにヘリントンから電話があって、あなたの機密情報へのアクセス権が復元され、即刻有効になったと言われただけ。確認のために文書がほしいと言ったら、それは出さないって。本人は納得してないんでしょう。鍵はわたしの判断で返却した」

だとしたらすごいことだ、とヘレンは思った。ヘリントンが顔を見せないのも無理はない。

「話してくれてありがとう」

「前にも言ったけど、この件に関してはあなたはひとりじゃないのよ」

ヘレンはまたも、その言葉にはどんな意味がこめられているのだろうかと気になった。自分を支援している人はいったい誰で、どの範囲にまでおよんでいるのだろう。ボーコムもかかわっているのかもしれない。ヘレンが軽はずみな行動を取る唯一にして最大の要因を取りのぞくことで、本人はいいことをしたと思っているのだろう。だからといって、彼がやったことを許すつもりはまったくない。

その後の勤務時間は何事もなく過ぎた。ヘリントンの姿は廊下を通る姿をちらりと見かけただけだった。てっきり顔をそむけられるものと思いながら、彼にじっと目をこらした。ところが、彼は彼女と目を合わせてうなずいた。

「ミス・アベル」彼は氷のように冷ややかな声をかけた。

「支局長」心のなかでせせら笑っていると思われたくなくて、笑みを浮かべるのはがまんしたが、そのせいでご機嫌取りをしている気分になった。

これで、オットー・シュナップ刑事がヘレンの来訪を黙っていたのは本当だったとはっきりした。警察に探りを入れたことがばれていたら、ヘリントンがあんな寛容な態度を取るはずがない。けれども、だとすれば、なぜボーコムはヘレンの行動を知っていたのだろう？いずれにせよ、とりあえずいまのところは、おとがめなしですむようだ。

もう一度記録室に向かうと、エリクソン――シュナップ刑事の言うミスター・スタトラー――と鉢合わせした。彼もまた、アンネリーゼ・クルッのことも警察のことも口にしなかった。一緒に飲みに行かないかと、性懲りもなく誘ってきただけだ。その誘いを検討するのにさして時間はかからなかった。エリクソンと寝る、あるいはどんな形であれ、彼と一緒に過ごすのは、ボーコムにされた仕打ちよりもはるかにひどい。

「悪いけど、無理。今夜は忙しくて」

「なぜ忙しい？」

「わかってるくせに。いつもの転覆行為と背任行為よ」

それを聞いてエリクソンはぎこちなく笑い、それ以上なにも言わずに立ち去った。

その夜、自宅のアパートメントでくつろいでいると、いつの間にか自分がしおらしくなっているのに気がついた。冷凍のラザーニャを電子レンジで温め、ワインをつましく一杯だけ飲み、アメリカの刑事ドラマの再放送――偶然にも『刑事コジャック』を放映していた――を観た。パジャマとスリッパ、ぶかっとしたテリークロスのローブに着替えてから、ジンジャー・レモン・ティーを淹れて一冊の本と一緒にベッドまで持っていった。大学時代の友人に勧められた母娘関係をテーマにした自己啓発本だ。

三十分もたたぬうちに、この本は自分の人生には関係ないと、眠い目をこすりながら判断した。それからしばらく母のことを思い、森のなかで人目を避けるようにすわって、ジャムの空き瓶に注いだ安物のウォッカをちびちび飲んでいた姿を思い出していた。そうやって母なりに、キリスト教篤信地帯（バイブル・ベルト）にある小さな町での疲弊した生活と折り合いをつけていたのだろう。

「少なくとも、わたしはあんなふうにはなりたくない」誰もいない寝室に向かってそう宣言すると、明かりを消した。ヘリントンのブラックリストにのるよりも悲惨なことがあると心のなかでつぶやいたとたん、またもアンネリーゼが――ぞっとするほど蒼白な顔、恐ろしいくらいにねじれた首がまぶたに浮かんだ。

　ヘレンは明かりをふたたびつけ、なにか読むものはないかと探した。そのあと数時間かかってようやく眠りについた。

22

つづく月曜日の早朝、ヘレンはデスクにつく間もなく、禁じられた探索という領域にどっぷり浸かることになった。すべての始まりは、アイリーン・ウォルターズからのそっけない内線電話だった。

「いいものをあげる。ちょっと来て」

ヘレンが応答する間もなく電話は切れた。

数分後、ヘレンは彼女のデスクにおもむいた。ウォルターズはほかに誰もいないのを確認するようにあたりを見まわした。それから、顔をぐっと近づけ、声を落とした。

「ほかに誰か廊下を歩いてくる人はいた?」

「いいえ」

「そう。できるだけ迅速に片づけるわよ。誰か入ってきたら話を中断して、いなくなったらつづける。わかるわね?」

「はい」

ウォルターズはデスクに手を入れ、未開封の封筒を出した。

「これがけさ、外交郵袋で領事館に届いた。わたしあてだけど、なかに入っていたその未開封の封筒はあなたあてよ」

「外交郵袋で？」

「暗号化だのなんだのが面倒だから、通常の電信を避けたんでしょう。外交伝書使（クーリエ）が持ってきてくれた。ヘリントンはなにも知らない」

ヘレンの顔が期待感で紅潮した。

「仲間がいると言ったでしょ。送ってきたのはそのうちのひとり。わたしは単なる仲介役」

「どこの誰なの？」

「本部の記録室にいる人。会ったことは一度もないけど頻繁に連絡を取り合っている。確実に言えるのは、彼女はいろんなことをとてもよく知ってるってこと。だから、かなりの古参なんじゃないかと前々から思ってる。教えてあげられるのはこのくらいだから、あれこれ質問しないでちょうだい。それと、わたしを介して返事をすることはできない。それもはっきり言っておく」

「わかった」封筒を受け取ったとき、両のてのひらにぴりりと緊張が走った。「ありがとう」

「そろそろ出たほうがいい。話しているところを誰かに見られる前に」

「ええ」

ヘレンは息をはずませながらデスクを離れ、記録室の外に出た。廊下にはあいかわらず誰もいなかった。封筒を持って自分のオフィスに戻るとドアを閉め、自然に開封するのを待つかのようにデスクに置いた。数秒ほどかけて息を落ち着かせ、ドアに鍵をかけなくてはと心のなかでつぶやいた。それから、デスクにあったレターオープナーで封をあけ、たたんだCIAの便箋一枚を取り出した。タイプ打ちされた文字が三段落にわたって並んでいた。

送り主はオードラ・ヴォルマーという人だった。一度も聞いたことのない名だ。便箋上部のレターヘッドによれば、情報作戦センター分析グループの記録室長とある。CIAの記録すべてが集まる心臓部に所属する文書係だ。ウォルターズと同じ仕事だけれど、持っている力はその十乗にもなる。ヘレンが求めているような情報を欲する者にとって、オードラ・ヴォルマーは最高レベルのつてと言っていい。

ヴォルマーが名前も肩書きも隠していないのも、局の正式な文具を使っていることも少し意外だった。このやりとりを極秘にしようとしているわりには、自分の正体だけでなく、どのような権限を行使できるのかまでヘレンに知らせようとしているとしか思えない。

メッセージは簡潔で、読み始めてすぐにわかったが、興味深い内容だった。

あなたがロバートに対して抱いているのと同様の懸念はほかからも聞いています。関連があると思われる情報を提供します。そのため、ほどなく協力者から連絡があるでしょう。

施設の維持管理についてですが、隠れ家の使用状況および関係する記録を検討したところ、そちらのサクセンヴァルト通りにある隠れ家はメンテナンスの時期を過ぎているようです。推奨されたルールを守るため、掃除用具の補充を一九時〇〇分ごろに配達するよう手配しました。

今後の連絡のための指示書をのちほど送付します。それを受け取るまでは返信しないこと。このメッセージと封筒は、受け取りしだい破棄すること――ＡＶ

ヴォルマーがこういう形で接触してきたのも当然だ。どうやらヘレンが仕掛けたケヴィン・ギリー、暗号名ロバートに対する秘密の戦争にくわわると決めたらしい。なんらかの方法で――おそらく、ウォルターズを通じてだろう――ベルリンでの一件が彼女の耳にも届いたのだ。これからわかるのは、ボーコムはあんなふうに警告したけれど、ギリーには以前から敵がいて、その人たちも協力したいと思っているということだ。

幸先がいい。ううん、そうじゃない。夢のようだ。

ヘレンはゆっくりとメッセージを読み直した。第三の人物――ヴォルマーの言うところの〝協力者〟がかかわる予定で、今夜七時にサクセンヴァルト通りの隠れ家に配達という形を取るらしい。メッセージは〝掃除用具〟という漠然とした表現を使っているが、いったい隠れ家に誰が、またはなにがやってくるのか、ヘレンは気になってしかたなかった。ヴォルマーは過去にどんな経験をしてきた人なのだろう。

サクセンヴァルト通りの隠れ家はシュテーグリッツ地区の緑多い通りにあり、ヘレンが管理する四軒のなかでもっとも小さい。無個性の化粧漆喰からなるアパートメントハウスの三階の部屋で、近くには情報提供者と現場担当官が顔を合わせずにメッセージをやりとりするためのふたつの方法、接触しない情報の交換(デッドドロップ)とすれ違いざまの情報の受け渡し(ブラッシュパス)に使われることもある――あくまでたまにだが――子ども公園がある。

　国家機密にかかわる会合をする場としては、四カ所のなかで末端という位置づけになる。しかし、所有者は出かけていることが多く、歩行者の往来が多いという環境から、緊急の会合やその他の急を要する案件の場合に都合がいい。そういう意味で言うと、ヴォルマーの選択は完璧だ。下調べが充分にされている。小さな文字でびっしり書かれたヘレンの報告書と賃貸契約をしっかり読みこんだにちがいない。いずれも本部のファイルにあるものだ。

　ヘレンがまずやったのは、ヴォルマーが末尾に書いた指示に従って、メッセージを破棄することだった。次に、今夜六時から九時まで、サクセンヴァルト通りの隠れ家のメンテナンスをおこなうと文書で通知した。ヘリントンの目に触れたとしても、彼女が局の退屈な雑事という慣れた仕事に戻ったと思い、きっと喜ぶことだろう。

　この日はずっと、できるだけ人を避けて過ごした。六時ちょっと前、十月下旬のベルリンの太陽が沈んでから充分に時間がたったころ、シュテーグリッツ地区に向けて出発した。最初はバス、それからタクシーに乗り、最後はUバーンを使って遠まわりしたせいで四十分もかかったが、ベルリン駅から誰もつけていないのが確認できて満足だった。

　隠れ家に入って正面側の窓の見張りに適した位置につき、建物の一階に近づく者がいたらすぐわかる程度にブラインドのルーバーをあけた。近くの公園は暗くひっそりしている。駆けこみで買い物をしてきた人たちが、ぱんぱんに膨らんだトートバッグをかついで家路を急いでいる。自転車が何台も近づいては遠ざかっていった。

七時二分前、〈ドイツポスト〉の制服を着た郵便配達人が手押し車を押しながら近づいた。配達人は郵袋に手を入れ、封書の束を手にステップをあがって建物に入った。本当の郵便配達人が配達をするには、いささか遅い時間だ。

ヘレンは階段に通じるドアを解錠して扉を薄くあけ、配達人が通路に並ぶ郵便受けをあける音が下から聞こえてくるのに耳をすました。少しして郵便受けががしゃんと閉まり、配達人が出ていくのが音でわかった。家主の郵便受けの鍵を手に階段をおりた。あったのは電話の請求書、広告チラシ、私信とおぼしき白い封筒。どれも家主のゲルテ・シュナイダーあてだ。しかし、私信の封筒には切手が貼られておらず、料金別納にもなっていなかったうえ、差出人の住所の上にヴォルマーという名前が走り書きされていた。ヘレンはそれを持って上にあがった。キッチンで封をあけた。

折りたたまれて入っていたのは一枚の便箋で、二行のメッセージが書かれていた。タイプで打ってあったが、外交郵袋で届いたメッセージとはべつのフォントだった。

最初の一行にはこうあった。**二〇時〇〇分に電話せよ。公衆電話と硬貨を使うこと。**

二行めには電話番号とフランスの国番号が記されていた。署名はなかった。便箋と封筒をじっくり観察したが、どちらも地元で購入したのはあきらかだった。オードラ・ヴォルマーが誰にせよ、意のままに使える人材を多数抱えているようだ。ヘレンは番号を記憶し、メッセージは便器の上で燃やして、灰を流した。

ここを隠れ家に選んだのはヘレン自身だったから、ほんの二ブロック先に公衆電話があるのは知っていた。けれども時間に余裕があったので、もう少し離れたところまで行こうと決めた。安全のためもあるが、不安で高ぶった気持ちを歩いて落ち着かせたいという考えもあった。少し行ったところのバーに立ち寄り、紙幣を何枚かドイツマルク硬貨に両替した。景気づけにウィスキーを一杯もらおうとも思ったが、考え直してやめた。そのかわり、《ターゲスシュピーゲル》紙を買った。

二十分間、何度も角を曲がったのち、ビスマルク通りでも比較的にぎやかな場所にある公衆電話を選んだ。指定された時刻に誰かに飛びこまれた場合には、角を曲がってすぐのところにあるべつの電話ボックスを使えばいい。ヘレンは腕時計に目をやった。あと六分。近くのベンチに腰をおろし、新聞を広げ、何度もしつこく時間をたしかめながら待ち、八時一分前になったところで電話ボックスに入った。

扉を閉めると頭上の明かりが点灯した。ひと握りの硬貨を入れ、番号を押した。三番めの呼び出し音で女性が応答した。

「もしもし。そちらはベルリンですか?」アメリカ人らしいアクセントで、歳はヘレンと同じくらいか。

「はい、そうです」なんと言おうか、あれこれ考えた――もちろん、自分の名前は明かせない――が、しっくりくる最初のひとことはけっきょく浮かばず、可もなく不可もないものに落ち着いた。「あの、ロバートの件で電話しました」

「けっこう。これから言う指示に従ってください」とても冷静で、てきぱきしている。それに、意外なほど人好きのする声だったから、ヘレンは気が楽になった。

「どうぞ。お願いします」

「最初に、一瞬だけ作戦上の役柄を脱ぎ捨てるけど、この件にようやく味方が現われてほっとしてる。危ない橋を渡ってくれてありがとう」

べつの状況だったら、この女性のアプローチにうさんくさいものを感じたかもしれない。しかし自分と同じ安堵と解放感を彼女からも感じたため、次の言葉がすんなりと出た。

「こちらこそありがとう。あなたの言うとおり、味方がいるのはすばらしいことです」

「全部終わったら、一緒に一杯やりたいわね」

ふたりはおかしそうに笑った。緊張がやわらいだ。

「わたしと同じ機関で働いている方とお見受けしますが」

「ええ。わたしたち両方に連絡を取った本部の先輩女性と同じ」

「その方には会ったことがないんです。あなたは？」

「ない。会いたい気持ちもないわね。書いたものからでも、手強い人という感じを受けるから。さてと、用件に戻るわ。あなた専用のささやかな郵便局を開設した。子ども公園のなかだけど、場所はわかるわね？」

「はい。でも、あそこは危ないのではないですか。支局の人間にも使っている者がいますし」

「わたしたちが設置したのは奥の壁際、水飲み場のそばにあるコーナー用煉瓦の下。同じ場所？」

「いえ。通常、作戦行動で使っているのはブランコのあたりです」

「ね？　同じ郵便局のなかだけど私書箱が異なってるの。ルールを教えるわ。すべてタイプで打つこと。名前のかわりにそれぞれに三文字の空港コードを使用する。つまりあなたはベルリン・テーゲル空港でＴＸＬ。わたしはパリ・シャルル・ド・ゴール空港でＣＤＧ。それから、母艦はワシントン・ダレス空港でＩＡＤ。わかった？」

「わかりました。いまふと思ったのですが、名前も知らないのに、もうあなたのことを信用しています」

「こっちも同様」

おたがいの正体を突きとめるのはさほどむずかしくないだろう、とヘレンは心のなかでつぶやいた。ベルリンとパリ、どちらの支局も女性職員があふれんばかりにいるわけではなく、このあらたな味方もそれは充分、承知しているはずだ。

「でも、ふたりとも彼女の名前は知っている」ヘレンは言った。「少なくとも、あなたはご存じだと見ていますが、ちがいますか？」

「ええ、知ってる。彼女のほうからこの話を持ってきたときにはちょっと驚いた。おそらく、上の人に交渉したんでしょう」

「それは、わたしたちが勝手にそう思っているだけかもしれませんけどね。力のある人が味方についていると思えば心強いですから」

「希望的観測なのは間違いないわね。この件で暗礁に乗りあげたら、救命ボートに向かって泳ぐことになる。大事なのは暗礁に乗りあげないこと。現場で学んだことを駆使しなさい。わたしも同じようにする」

ヘレンには現場での経験がないと告げる勇気はなかった。オードラ・ヴォルマーにも現場工作員の経験がないとしたら、ふたりの内勤職員に頼ることになる。となると、パリにいるあらたな友人に方向を決めてもらうのがいい。

「どこから手をつけたらいいでしょう？」

「あなたが目撃した件についてはＩＡＤから説明を受けている。わたしも同じような出来事を目撃している。正式な報告はあげなかったけど、週次報告には書いておいた。もちろん、それでどうにかなったわけじゃないけどね。彼女がどうやってそれを知ったかは、わたしの権限では知りようがない」

「こっちも同様です。まだなにも書類に残していないし、現時点ではそれが許可されるかどうかも疑問です」

「そこまでひどい状態になってるの？」

「ええ」

「卑劣な男」

「はい。しかもそのせいで……」ヘレンの声はしだいに小さくなった。そしてうまく言葉が出てこなかった。「問題の女性は――いえ、いいんです。できるだけはやいうちに説明します」

「待ってる」

「秘密の連絡場所ですけど、そちらでも同じ場所を使っているんですね？」

「彼女が場所を指定してきた。わたしの知るかぎり、うちでは通常使ってないわね。うちはわたしの好みに合わせて変更したから」

「誰が手配しているんでしょう？」

「それも彼女の担当。マダムXと心のなかでは呼んでるんだけど。とてもしっかりした女性よ。というか、そうでないと困る。一時間前は、あなたもわたしも彼女を信用するなんてばかだと思ってパニックになりかけた。それがいまは、彼女のほうこそ、わたしたちを信用するなんてばかかもしれないと思い直した。ま、いいわ。本題はここからよ。可能ならば、今夜なにか送ってちょうだい。マダムXによれば、回収は迅速におこなわれるし、配達もすみやかにおこなわれるそうよ。それと、マダムXのところに有用な情報が集まっているので、なにか知りたいことがあるなら、即座に送ってほしいと言っていた。でも、送る相手は彼女だけ、そして利用するルートも彼女が指定したものだけにすること」

「完璧ですね」

「わたしもそう思った。でもしばらくして気になりだしたの。そのルートが使えなくなったらどうなるんだろうって」

「本部へのルートが、ですか？」

「そう。事態がまずいことになった場合、彼女の身はいま以上に危険になる。だから、不測の事態にそなえるべきだと思う。わたしとあなただけの、べつのルートを用意するの。あなたさえその気ならだけど」

ヘレンはその提案に乗り気になった。しかしすぐに考え直した。電話の相手は気さくだが、それも策略の一部で、必要以上に正体をさらさせようとしているのかもしれない。

「少し考えさせてもらってもいいでしょうか」

「ごめん。怖がらせちゃったみたいね」

即座に提案を引っこめた姿勢に、ヘレンはまた信頼する気になった。それに、相手の指摘は的を射ている。ＣＩＡ本部にいるたったひとりの味方が運営するたったひとつのネットワークにすべてのもくろみと後方支援を依存してしまうと、そのルートが断たれた場合、ほかの選択肢がほぼなくなってしまう。

「いえ、あなたの言うとおりです。どんな方法を考えていますか？」

「いたって平凡よ。この電話番号を記憶しておいて。なにか困ったことになって、通常のルートが使えない場合は、きょうと同じ時間に電話して。二〇時〇〇分に。あなたからもういいと言われるまで、この時間にこの電話ボックスに必ず立ち寄るようにする。それでどう？」

「いいと思います」

「よかった。じゃあ、これで話は終わった？」

「はい」

「じゃあ、また今度。さよなら」

電話を切ると同時に、孤独で心細い気持ちに襲われた。唯一聞こえるのは、頭上の明かりのぶうんという音だけだ。ドアをあけて閉め、雑踏に戻る前にしばらく、暗闇のなかでひとりたたずんだ。ささやかな達成感がわくのを感じ、ひとりほくそえむ。それから周囲をざっとうかがった。ほんの一瞬、張り込み用のバンか通りの向かいの生け垣から監視人が現われるものと覚悟した。

しかし、電話ボックスから出ても、誰も近づいてこなかった。足をとめてじっと見つめてくる人も、彼女の写真を撮る人もいない。ヘレンはきびきびした足取りで隠れ家に引き返しはじめ、到着するなりさっそく仕事にかかった。ＩＡＤあてにメッセージをタイプして封筒に入れ、隠れ家を出て鍵をかけた。公園まで行き、左右を確認し、秘密の連絡場所にメッセージを置いた。煉瓦は簡単にはずれたし、もとに戻すときっちりおさまった。

帰りも監視をまくため遠まわりをし、自宅アパートメントに着くころには、あらたな味方と力を合わせれば、本当にやりとげられるかもしれないという気持ちになっていた。一歩一歩確実に、そして慎重のうえにも慎重にいけば、きっと目的を果たせる。

23

対応は迅速だった。翌日の夜には、あらたなメッセージが公園の煉瓦の奥でヘレンを待っていた。煉瓦をはずしたのは、暗くなってからのことで、誰かに目撃されるにしても、年配の酔っ払い——過去の訪問で何度となく見かけており、念のため身辺調査もしてある——くらいしかいない時間だった。

自宅に戻るまで封はあけなかった。半分の大きさの紙にタイプされ、ふたつ折りにされたそのメッセージは、昨夜、キャスリン——アンネリーゼ・クルッにギリーには気をつけるよう忠告した情報提供者の暗号名だ——についてもっと情報がほしいとオードラ・ヴォルマーに要望したが、その返事だった。

マグダ・エリザベト・ヘンケル（キャスリン）、一九五九年七月八日生、活動開始日：一九七八年五月十二日。左翼の学生グループに関する報告を担当。現場担当官：リック・フォード（リンデン）

リック・フォードはベルリン支局にいる工作員の序列のなかでかなり下位にいる。つまり、キャスリンは優先度の低い情報提供者なのだろう。だとすれば、そんな彼女がなぜ、局の暗黒界における高僧とまで言われるギリーと仕事をしたのか。ボーコムの説明からすると、ギリーはひじょうに厳しい基準を要求するプロで、局が用意するなかでももっとも経験豊富で有能な人材を選べるはずだ。なのに、ヘレンが目撃したところでは、彼は最近、経験がほとんどない情報提供者をふたりも使っている。

キャスリンの名前の下には複写機のフォトスタットで複製された顔の縮小写真——細面、大きな目、つんつんに立たせた黒い髪——が添付され、隣にはクロイツベルク地区の電話番号と住所が記されていた。ヘレンは今度も公衆電話から電話することにした。このときは自宅から四ブロック離れた電話ボックスを選んだ。

電話に出た若い女性は少しおどおどしながらも、ドイツ人らしい声で名字を名乗った。

「ヘンケルです」

「リンデン氏の友人です。彼からあなたと会うよう言われました」

「こんな形で連絡を取るのはまずいと思いますけど」

「そうなんですが、少々急を要することなので。そちらのですね……規約（プロトコル）を調整する必要があるのです」

「あたしのなにを？」

「プロトコルです」

もちろん、とんでもないでたらめだったが、ベルリン支局で過ごすうち、ドイツ人の義務の観念に訴える確実な方法がひとつあるとしたら、キャスリンのように既成概念に反発するグループに所属する人物が相手であっても、制度的に必要という文言を召喚することだと学んでいた。

若い女性はため息をついた。

「だったらしょうがないです。場所と時間は？」

そもそもの事件の現場で会うのがいちばんだろうと前もって決めてあった。すでに、万一にそなえ、所定の用紙に記入して、一定時間を確保してある。

「アルト＝モアビット通りの家だけど場所はわかりますか？」

「はい」

「では、明日の夜の七時に」

「わかりました」

ヘレンは暗い部屋のひんやりした窓ガラスに指先をつけ、夜の闇に目をこらした。外では、十月末の空から雪がひらひら舞い落ち、街灯が落とす一条の光のなかを灰のようにただよっている。

キャスリンが角を曲がってくるのが見えた。いかにもあやしげな動き方をしている――しきりにうしろを振り返ったり、早足になったりと、まるで張り切りすぎの大根役者だ。ランデブー地点に向かう情報提供者の取るべき行動とは正反対のことばかりしている。リック・

フォードに割り当てられたのも当然だし、そのフォードですら三流と思っていたにちがいない。ヘレンは窓のそばを離れ、下に向かった。

きょう一日は拷問かと思うほど時間がたつのが遅かった。漏れ聞こえてきた話ではボーコムがベルリンに戻ってきているらしいが、まだ彼からの連絡はない。窃盗行為をおかしたことで気まずい思いをしているのだろう。それなら好都合だ。いま彼に会ったりしたら、なにかたくらんでいるのを一瞬にして見抜かれてしまう。

それに彼は、ルイスと喘鳴の男に関する調査がどのくらい進んだか訊いてくるだろうが、ヘレンから報告できることはなにもなかった。〝ルイス〟の文字を含む通信が最近あったかという問い合わせに対しては、その情報へのアクセス権がヘレンにはない旨を告げるそっけない無署名の通知が一通返ってきただけだった。マッカランの購入希望についてはなんの記録も残っておらず、こちらも袋小路に入りこむ結果となった。

ミスを減らすため予定よりはやく隠れ家に到着していた。余った時間であわただしく片づけをした。靴を脱いでストッキングだけになった何者かが待ち伏せていたり、テープレコーダーがまわったりしているのではないかと、なかば思いこんで全室を調べてまわった。

リカーキャビネットを調べたところ、マッカランが先日よりも確実に一、二インチ減っていたが、記録によれば、ヘレン自身が前回訪れて以来、正規の利用は一度もないはずだ。

自分も少しスコッチをもらおうかと思ったが、ウォッカを選んだ。それで母を思い出した。冷蔵庫にカートン入りのオレンジジュースがあったので、それをウォッカの上から注いだ。

二階にあがってキャスリンの様子をうかがうころには、グラスは空になり、すすいで水切り台で乾かしてあった。キャスリンは玄関のドアのわきに立ち、おそるおそる最初のノックをした。

「キャスリンね」おびえた蒼白の顔は、たしかに写真の彼女だった。ホームレスのシェルターのチャリティテーブルから選んだような服を着た姿は、アンネリーゼとよく似ている。

「はい」

「わたしはベティ」ヘレンは母の名前を暗号名に選んでいた。というのも、ヘリントンが彼女には暗号名をつける必要はないという考えだったからだ。ヘレンは情報提供者を使った経験がなく、どう切りだせばいいかわからなかったが、少なくもドイツ語は達者だった。

「なにか飲む？」

「いいえ、けっこうです」

キャスリンは煙草に火をつけ、カウチに腰をおろした。数日前の夜に、ギリーがアンネリーゼを襲ったカウチだ。そう思っただけで、ヘレンは腰をおろす気にはなれなかった。そこで、室内をゆっくりと行き来した。キャスリンが先に口をひらいた。

「あたしのプロトコルがどうとかという話ですけど」

「ええ」ヘレンは足をとめ、相手の目を見つめた。「あれは作り話。本当はロバートのことで話を聞きたいの」

キャスリンは激しく首を左右に振った。

た。

　ヘレンは隣に腰をおろした。キャスリンが顔をそむけたので、ヘレンは相手の前腕に触れ
「あなたと話をするわけにはいきません！」

「キャスリン、大丈夫よ」

「その話をするわけにはいきません」

「まず言っておくけど、わたしはロバートの友人じゃない。それともうひとつ、あなたの現場担当官であるミスター・リンデンはこの会合のことは知らないし、あなたから報告する必要もない。でも、わたしはミスター・リンデンが所属する機関を代表して、トップの指示で動いていて、あなたの安全を守るためにできるかぎりのことをする」

　大うそもいいところだが、ヘレンとしてはどうしてもキャスリンの話を聞く必要があった。

キャスリンは顔をそむけ、大きく息を吸うと、遠くの壁に向かって話しはじめた。

「ロバートのことを話すなら、逃走キットを用意してもらう必要があります」

「なにを用意しろですって？」

「あらたな身分でこの街を離れるのに必要なキット。リンデンは自分も持っていると言ってました。緊急事態の際に使うんだそうです。べつの国のべつの名義のパスポート。そういうものを作ってくれる人を抱えているそうですね。リンデンは偽造者(コブラー)と呼んでました」

　あきれた話だ。おそらく箔(はく)をつけようとしたのだろう、下位レベルの情報提供者相手に自分がどれほどえらい人物かを吹聴し、その際に、胸にしまっておくべきことまで漏らしてし

まったにちがいない。ほかにどんなことを言ったのか、ヘレンは気になった。

「そうしてあげるにしても、キャスリン、何日も、おそらくは何週間もかかる」

「だったらしゃべるわけにはいかない。絶対にしゃべりません」

「あなたを守る方法はほかにもある」

本当にあるの？　そうとは言えない。ケヴィン・ギリーほどの力を持つ相手と対峙するとなればなおさらだ。唯一、安全な道はふたりが会ったことを人にしゃべらないことであり、ヘレンはそれを確実にするためならどんなことでもするつもりでいた。

「わたし個人の興味で訊いているわけじゃないのよ、キャスリン。アンネリーゼのためなの。フリーダのことよ。彼女のためにも頼みを聞いてほしい」

「フリーダのためってどういうことですか？」キャスリンは眉根を寄せた。「彼女がどうかしたんですか？」

「聞いてないの？」若い女は首を振った。「新聞に出てたじゃない、ついこのあいだ」

新聞という言葉を聞いてキャスリンの目が大きく見ひらかれた。ヘレンは彼女の手をそっと取った。

「こんなことを伝えるのは本当に残念だけど、彼女は殺されたわ」

キャスリンはヘレンを押しのけた。床に目をやり、海に深くもぐったあとで水面に顔を出したみたいにあえいだ。

「あの男の仕業？」彼女はぱっと顔をあげて訊いた。「ロバートがやったの？」

「目撃者の証言はべつの人を示唆している」事実ではあるけれど、誤解を招く言い方だし、だますようなことを言ったせいで自己嫌悪におちいった。

「でも、それはつまりロバートの部下が……？　あの、言いたいことはわかりますよね」

「わかる。だからこそ、あなたに話してもらわなきゃいけないの。二度とこんなことが起こらないように。最後にフリーダと会ったとき、あなたから忠告されたと言っていた。ロバートのことで」

キャスリンはうなだれ、ゆっくりとうなずいた。

「あなたは、ロバートとふたりきりになってはいけないと彼女に言ったそうね。彼になにかされたことがあるの？　性的な意味でよ」

キャスリンはあいかわらずうなだれたまま、今度もうなずいた。それから、聞き取りにくい声で言った。

「友だちのアパートメントでのことです。あの人がそこで会うよう手配したんです。用事があると、話し合う必要があるということで、それはうそではなかった。でも、仕事が終わったあと……」キャスリンは言葉を濁した。

「いいのよ。あの人がどういう人間かはよくわかってる」

「着てるものを脱がせようとしたんです。あたしは立ちあがりました。はねのけようとしました。でも、そうは言っても、あの人はすごく腕っぷしが強かった。それにあたしのことを報告すると、ほかの人たちに話すと言ったんです」

「ほかの人たち？」

「あの人の上司。あたしたちの上司。それに、あたしが調査してる学生グループ。そういう人たちみんなに話すと言われて、そうなったら……」彼女は肩をすくめた。「あたしになにができました？」

「わかるわ」

「そのあと……」キャスリンは顔をそむけた。

「そのあと、なにがあったの、キャスリン？　彼はなにをしたの？」

「本当にそこまで言わなきゃいけないんですか？　ひとつひとつ、事細かに説明する必要なんかあるんですか？　五分か、それよりもっと長かったかもしれません。とにかくあの人はあたしにまたがって激しく動き、あたしの顔に息を吹きかけてきました。しかも、にやにや笑ってるんです。それもずっと。すべてあたしのためだと言わんばかりに」

話し終えると、キャスリンは気が抜けたのか、ソファの端に倒れこんだ。膝を体に引き寄せ、両腕で抱えこむ。ヘレンはその背中に手をかけたが、キャスリンはそれを振り払った。

「どういういきさつで彼と会うことになったの、キャスリン？　リンデンが手配したの？」

「そうじゃありません。ロバートから電話があったんです。工作活動をやってもらいたいが、リンデンには内密にしておかなくてはいけないと。あなたが今夜言ったのと同じ科白です。あたしはその手配を手伝うという話でした」

「彼はどんなことを頼んできたの？」

「たいしたことじゃありません。ふたつの鍵を手に入れろと言われました。ガレージの鍵と、ガレージのなかの車の鍵。ある男性のコートのポケットから盗めと指示されました。その男性とはバーで会うことになってました。蠟で型を取るあいだ借りるだけでいいということでした。ガレージの鍵の色は赤だと聞きました。車の鍵はＢＭＷのものだと」

「男の人と会う約束はロバートが取りつけたの？」

「いえ。ターゲットは毎週火曜日にそのバーに通ってたんです。あたしたちはそこに行きさえすればよかった。ロバートによれば、あたしたちはふたりとも〝その男のタイプ〟だそうなので、あたしたちが近づいていけば、絶対に話しかけてくると」

「あたしたちというのは？」

「フリーダとあたし」

「あなたたちは組んで仕事していたの？」

「はい。でも、その一回だけ。彼女とはそのときにはじめて会いました。面識がなかったんです。彼女の本名はアンネリーゼ、でしたっけ？」

「そうよ。アンネリーゼ・クルツ」

キャスリンはうなずいたが、表情は変わらなかった。

「じゃあ、火曜日の夜に、あなたたちふたりはバーに向かったのね？」

「はい」

「ふたり一緒に？　それとも向こうで落ち合った？」

「ふたり一緒です。それぞれべつべつの街角で、バンに乗せられました」

「運転してたのはロバート？」

「いえ。べつの人です」

「なんていう人？」

「名前は言いませんでした。ロバートと仕事をしている者だとだけ」

「なぜ、ふたりだったの？」

「ターゲットの気をそらすためです。男のコートに近いほうが鍵を盗んで、複製するために型を取り、もうひとりはそのあいだ、男の関心を惹きつけておくんです」

「前にもそういうことをしたの？」

キャスリンは肩をすくめてうなだれた。

「大丈夫よ、キャスリン。話して」

「若いときに」

「万引き？」

「はい」

「しかも、捕まったんでしょう。それでロバートと知り合った」

「はい。捕まったのは一度です。ザクセン゠アンハルト州にある生まれ育った町で。十七のときに。それでベルリンに逃げてきたんです」

しがらみと退屈から逃れてきた家出少女がまたひとり。アンネリーゼと同じく、孤独で、しかも隙だらけの少女。

「計画はうまくいったの？　男の人の鍵は盗めた？」

「フリーダが盗みました。ちょろいもんでした。こっそり盗む必要さえなかったから。ターゲットはトイレに行くときにスツールにコートを置きっぱなしにしていったんです。鍵を二個とも蠟に押しつけて、それで終わり。ターゲットが戻ってくるずっと前に、フリーダがキーリングをコートのポケットに戻しました」

「ロバートが鍵の型を必要とした理由は知ってる？」

彼女は首を横に振った。

「誰がターゲットかはどうやってわかったの？」

「ロバートに写真を見せられました」

「ターゲットの名前は聞いた？」

「いいえ。でも、本人から聞きました。ヴェルナー。ヴェルナーなんとか。たしか〝G〟で始まるラストネームだったと思います。ゲルンハルトだったかゲルンホルツだったか、ちゃんと覚えてないけど。でも、お金持ちでした。というか、いかにもお金持ちっぽい恰好をしてました。それに、そうそう、ＢＭＷに乗っていた。少なくとも、ふたつの鍵のうちひとつはＢＭＷの鍵だから。自分の仕事のことを自慢げに話してた」

「どんな仕事？」

「政治関係みたいです。ＳＰＤの」

「ドイツ社会民主党？」

「そう。政治の仕事だと言ってました。すごい大物のように思わせてたけど、フリーダもあたしもテレビで見たことがない人です」

「お店を出るときもその人と一緒だったの？」

「いいえ。それは計画にありませんでした。あたしたちの任務は鍵の型を取って、それをバンに届けることだけ」

「そしてその晩、あなたはフリーダにロバートのことで忠告したのね？」

「バーを出るときに。近いうちに会うことになっていると聞いたから」

「なんのため？」

「フリーダも知りませんでした。でも、場所は隠れ家のひとつだと言ってた。ここのことです」

「バンを運転していたロバートの部下だけど、どんな人？」

「かなり若くて、あたしたちに近い感じでした」

「あたしたちというのは、あなたとフリーダのことね」

「そう。長めの髪に革ジャンという、クラブによくいるタイプ」

「ドイツ人？」

「いいえ。アメリカ人。というか、アクセントがアメリカ人みたいでした」

ヘレンは胃の底が冷えるのを感じた。

「長髪に革ジャンと言った？」

「ええ」

「黒い革の？　袖に銀色のスタッズがついている？」

「どうして知ってるんですか？」

「髪の毛だけど、色は黒？　くしゃくしゃっとした感じ？」

「そうです。知ってる人なんですか？」

「かもしれない」

またもドラクロア。これではっきりした。エリクソンがシュナップ刑事に手を引けと言ったのもうなずける。

「そのあと、彼のことは見かけた？」

「いいえ」

「でも、また見かけたらわかる？」

「はい」

「もし、彼を見かけることがあったら、キャスリン、その場でわたしに連絡して。あとでじゃなく、すぐその場でよ。わかった？」

「はい」

「でも、接近してはだめ。あとをつけたりもしないで」

キャスリンの体がしだいに硬直していった。

「あの人がフリーダを殺したんですか？」

「わからない。可能性はある」

彼女は手で口を覆った。

「キャスリン、よく聞いて。あなたがここを安全に出られるよう手助けする。いいわね？」

彼女はゆっくりとうなずいた。

「この家には裏口があるの。リンデンから、裏口から出る方法は教わっている？」

キャスリンは首を横に振った。

「じゃあ、これから教えるわ。一緒に来て。ほら行くわよ。あなたが安全かつ確実にここを離れられるよう、ちゃんと見張っていてあげる。いい？」

ふたりは立ちあがったが、キャスリンのほうは少し足がおぼつかなかった。ヘレンはその肩にそっと手を置き、キッチンを抜けて裏口へと導き、カーテンをあけた。外の雪はもうやんでいた。薄くなった雲が、半月に照らされた空を流れていく。プラムの木のひょろりとした枝が冷たい風にそよいでいた。

「庭の奥に路地に出る鉄の門がある。施錠してあるので、キーコードを入力しないといけないの。わかる？」

「わかります」キャスリンは身をこわばらせながらも、じっと聞き入っていた。

ヘレンは入力する番号を伝え、キャスリンに復唱させた。

「完璧よ。その前になにか飲んでいく？」

「いえ。とにかくここから出してください」

キャスリンはみすぼらしいコートを脱ぐ手間すらかけていなかったが、前があいていた。ヘレンは初登校するわが子を未知の世界へと送りだす母の心境で、ボタンをかけてやった。若い娘の肩を抱きしめ、その顔をのぞきこんだ。

「路地に出たら右に曲がって」

キャスリンはうなずいた。

「そうすれば、アルト＝モアビット通りに出る。そこなら人が大勢いるわ。そこで左折して。ぐずぐずしてはいけないし、うしろを振り返るのもだめ。どこに行くかちゃんとわかっているように、心配事などひとつもないみたいに振る舞うこと。どうしようもなくなったらわたしに連絡をして。電話番号はわかるわね？」

「はい」かろうじて聞き取れる程度の声だった。しかも体ががたがた震えている。

「心配しなくて大丈夫よ、キャスリン。それにありがとう。あなたのおかげで、ロバートを阻止できそうよ。さあ、そろそろ引きあげましょう」

ヘレンはキッチンの明かりを消して、裏口をあけた。キャスリンはおそるおそる庭に出た。彼女が真夜中に墓地を突っ切ろうとするようなぎくしゃくした足取りで狭い芝生を歩いていくのを、ヘレンはカーテンの隙間から見守った。幸先のいいスタートとは言えないが、しょうがない。キーパッドの前まで行くと、キャスリンはゲートをあけるのに二回入力しなくてはならなかった。路地に出ると右に向かい、暗がりに姿を消した。

ヘレンはドアに錠をかけ直した。もう一杯ウォッカを注いだが、今度はオレンジジュースをくわえる手間はかけなかった。三十分後、気分が落ち着くと、正しいことをしたのだと自分に言い聞かせ、自宅に向かった。Uバーンの駅に向かう途中、何度もうしろを確認したが、これといったものは目に入らなかった。袖にスタッズがついた黒革のジャケットも。コシのない長髪の若い男も。

しかし、自宅アパートメントに入った直後、下のドアのブザーが鳴った。何者かがこの近くで待っていたか、家までずっとつけてきたかだ。危ないところだった。おそるおそるスピーカーボタンを押した。

「どなた?」

「オットー・シュナップだ」

ヘレンは安堵のため息をつき、ロックを解除して彼を入れた。陸軍兵士のように力強くはっきりとしたリズムの足音が、階段に響きわたった。もっとも、そう感じたのは、彼がクルーカットのドイツ人警官だからかもしれない。

刑事は怖い顔で入ってくると、ドアから数フィートのところで足をとめた。

「なにか差しあげましょうか。コーヒーでも?」

「いや(ナイン)。けっこう。ひとつお知らせしたら、すぐに失礼しないといけない」

ヘレンは少し息を切らせながらうなずいた。やっと助けが来た。

「カート・ドラクロアを見つけた」

ヘレンは思わずハンドバッグに手をのばし、メモとペンを出した。

「それで？」

「住所はわからない」

「でも――」

「わかっているのは、いま現在の居場所だけだ」シュナップ刑事は、下の通りが見える窓を指さした。「やつは一ブロック離れたところにいる。というか、わたしが最後に見たときにはそこにいた。ダーレムドルフ駅からまっすぐきみをつけてきたようだ」

ヘレンの手からペンが落ち、なにも敷いていない木の床を転がった。

「例の男だというのは間違いないんですか？」

シュナップ刑事はうなずいた。

「今夜はべつの恰好をしていた。襟の破れた緑色のアーミーコート。髪を束ねて馬の尻尾（ホーステール）のように――」

「ポニーテールのことですか？」

「そうそう、ポニーテールにして、そいつをウールのキャップの下に押しこんでいた。だが、たしかにあの男だ。間違いなくドラクロアだった。それだけは自信を持って言える」

「相手は刑事さんに気づいたようでした？」

シュナップ刑事は首を横に振った。

「うしろをうかがいもしなかった。きみを見張るのに一生懸命だったのだろう」

「そうですか」

　ヘレンは床に落ちたペンに目をやった。ここでなんと言えばいいのかさっぱりわからない。

「申し訳ない。だが、きみに知らせるべきだと思ったので」

「ええ、いいんです。ありがとう。すわってもいいですか?」

　三十分前は用心しつつも楽観的な気持ちになっていたが、それはあっさり消え去った。キャスリンの心配にかまけるあまり、自分の身を案じることを怠っていた。へまをしてしまった。深刻きわまりないへまをしてしまった。

24

二〇一四年八月

ヘンリーとアンナは、三軒めに訪ねた郵便局をあとにした。シンデレラのガラスの靴と同じで、〈シスターフッド〉の鍵は合うものを見つけるのがむずかしそうだった。

「私書箱の鍵じゃないような気がしてきた」アンナは言った。

「だが、銀行の貸金庫のものでないのはわかっている。それなら、お母さんの記録になにかあったはずだ。あるいは、この鍵はもう使われていないものかもしれないな。自分でも存在を忘れていたか、新しいのと取り替えなかったか」

「あなただったら天井裏に秘密の鍵を隠しておいて、それがなんの鍵か忘れたりする？」

「まったくだ。もう疲れてきたようだ」

「あるいは、ドーナツの効きめが切れてきたのかもよ」

「言っておくが、きみと会う前のおれは、朝食にヨーグルトと果物を食べてたんだ」

「わたしが雇った日のあなたは、卵とベーコンを焼いていたはずだけど？」

「毎日、ヨーグルトを食べていたとは言ってない」

アンナの携帯電話がハンドバッグのなかで電子音を響かせた。彼女は表示された番号に目をやった。

「ごめん、これは出ないと」

ヘンリーは手をのばしてラジオの音量をさげてやったが、おかげで会話が一言一句聞き取れるという歓迎すべきプラスの効果がもたらされた。電話は仕事がらみだとすぐにわかり、その後数分間、アンナは何人もの子どもについて話した。タイウォンはじきにもっと薬が必要になりそうね。ホリーをおじさんに近づけては絶対にだめ。たしかにダレンは手がかかるけど、おだてることと適切な治療は両立しないわけじゃない。彼女はそれらを愛情のにじんだ声で言った。

会話の最後は、またも放浪中の猫プリンセスの話題だった。通話を終えると彼女はラジオに手をのばし、音楽のボリュームをあげた。

「プリンセスの最新情報？」

「これまで自分の子どもをほしいと思わなかった理由がようやくわかった。最初の三カ月が過ぎたところで、返したくなったらどうするの？　いまだってそういう親は大勢いるわ、そうでしょ？」

「きみがそんなふうになるとは思えないな。このあいだそう言っていたじゃないか。お母さんはきみのことも、ウィラードのことも投げだしたりはしなかった」

「たしかに。母にとっては楽ではなかったでしょうね。でも、どんな子どもが生まれてくるかは、誰にもわからないんだから」

ヘンリーがうまい返しを考えていると、アンナの電話がまた鳴った。

「まったくもう」彼女は番号を見るなり言った。「これも出ないとだめだわ」

このときのアンナは、助手席側のウィンドウに相対するよう座席のなかで向きを変えた。ヘンリーはまたカーラジオの音量を絞ろうと手をのばしたが、彼女は首を左右に振った。話を聞かれたくないということだろう。ヘンリーはまったく関心がないふりをしたが、実際にはけんめいに耳をそばだてていた。アンナの声は不機嫌で、体全体から不快感がにじみ出ていた。いっとき声が大きくなり、数秒ほど話が全部聞こえた。

「あのね、その話はもう終わってるの。それと、それを蒸し返すには最悪のタイミングだってわからないなら……」間があき、アンナがひっきりなしにうなずく。「わかってるけど、がまんしてくれないと……わかった、じゃあ……いいわ。じゃあね」そのあと〝なんなのよ、もう！〟と小声で悪態をつきながら、電話をバッグに突っこんだ。

「変な話を聞かせちゃってごめんなさい」彼女は言った。

ヘンリーはその言葉をしばらく宙にただよわせてから尋ねた。

「恋人？」

「それがわたしたちの調査になにか関係ある？」

「ない」

「だったら、あなたの知ったことじゃない」

「すまない」

「謝らなくたっていい。質問をするのがあなたの仕事なんだから。でも、わたしがそれに全部答えるとは思わないで」気づまりな沈黙が十秒ほどつづいたが、六十秒にも感じた。「でも、ええ、つき合ってる人がいるわ。いまは、彼のことも彼の欲求も棚あげしている状態というところ。この件にけりがつくまでは。あるいは、わたしが現実を直視できるようになるまでかもしれないけど。あなたは？」

「おれ？」

「恋人はいるの、いないの？」

「いない」

アンナはその答えが返ってくると思っていたというようにうなずいた。

「おれみたいな仕事をしていると、愛情をはぐくむ余裕がなくてね」

「あるいはもうすでにいい人がいるのに、仕事を恰好の言い訳にして独身を貫いているんじゃないの？」

あまりに本質を衝いた指摘に、ヘンリーは気まずさを感じた。

「そこのお店に寄って煙草休憩にしましょう」アンナが言った。「もうこれで煙草を買うのは最後にしようと何度も言い聞かせるんだけど、切らしたとたん、もうひと箱ほしくなっちゃう」

ヘンリーは話題を変える絶好の機会を喜び、ウィンカーを出した。

彼女と一緒にコンビニエンスストアに入ると、なかはよくあるジャンクフードがぎっしり並んでいた。アンナはまっすぐレジに向かい、太鼓腹に格子柄のフランネルシャツという陽気な風貌の男がじろじろ見つめてくるのも気にせず、奥の壁に並んだ煙草に目を走らせた。ヘンリーはチーズ味のスナック菓子とポテトチップスを見てまわった。

「ニューポートをひとつ」アンナは言った。

さっきの電話のせいでまだ機嫌が悪く、怖い顔をしていたのだろう、熱心な店員がそれに気づいた。

「笑って!」店員は元気いっぱいに明るく言った。

アンナは相手をぎろりとにらんだ。

「七ドル七十五セントになります」店員はおどおどと言った。

そんな言葉をかけたら彼女を怒らせるだけだと即座にわかったヘンリーは、まったくなんにもわかってないやつだと心のなかでつぶやいた。前職では、不本意ながらもソーシャルメディアに時間を注ぎこみ、調査対象となる職員の行動からなにが読み取れるかを調べていた。大半は食べ物、あるいは子どもやペットのスナップ写真というくだらないものばかりだった。唯一、まともと言える情報が得られたのは、いろいろな女性および彼女たちと似た考えを持つ友人の投稿を、男という種族に対する怒りの溶岩が底流にある皮肉のきいた意見を読んだときだった。怒りはヘンリー個人あるいは、特定の誰かに向けられたものではないが、彼が属する性が一般的に無知で暴力的であることに対する怒りだった。

最初のうちは面食らい、いくらか癪にさわりもした。女たちはいつもこんなふうに感じているのだろうか？　やがて、より分析的な、最後にはより思いやりに満ちた目で見るようになると、毛沢東主義の再教育収容所も同然のフェイスブックという場で、他人の秘密をのぞき見している気持ちになってきた。そんな斜にかまえた目で見ていても、影響を受けないわけにはいかなかった。

ヘンリーはそんなことを考えながら、アンナが煙草をひったくるようにして受け取り、ドアに向かうのを見ていた。〝おい、きみ、女っていうのは笑えと言われるのが嫌いなんだよな〟と助言するかわりに、煮詰まったコーヒーを買い、チップとして一ドル置いた。その後の道中、ふたりはほとんど話をしなかった。

ショート家に戻ると、アンナは母のクローゼットの最後のふた箱の中身を調べるつもりだったが、留守電ボタンが点滅していた。アンナがボタンを押すと、スチュー・ウィルガスの声がキッチンに響きわたった。

「アンナ？　邪魔して悪いが、ちょっと聞いてもらいたい話があってね。けさ、雑貨屋でシラ・マイリーと行き会ったんだよ。お母さんの古い友だちの。それで、彼女が数日前、ウィラードを見たと言うんだ。例の……例のいやな事件の前に。ライフルを手に、マイリー家の畑の奥のほうを歩いていたそうだが、男が一緒だったらしい。シラの見た感じ、男は銃を持っていなくて、きみのお父さんでないのはたしからしい。ひげを生やしていたそうだ。狩りをしていたのかもしれないし、そうじゃないのかもしれないが、シラが驚いたのは、ウィラードが自分たちの土地まで来ていたからだ。なにしろ、あの夫妻の土地はきみのところから十分か十五分は離れてるからね。まあ、そういうわけで、彼女に連絡を取ってみたらどうだろう。ショウォルター・ロードをちょっと行ったところの、シラとスタンのマイリー夫妻だ。元気でな。それと体に気をつけて」

メッセージはそこで終わった。アンナは留守電をストップさせ、ヘンリーのほうを向いた。

「ひげを生やしてたって」と言った。「わたしたちが探してるマールと同じ」

「そのシラ・マイリーとは知り合いなのかい？」

「古いつき合いよ。母と慈善活動をいくつかしてたし、ときどき夕食に招かれたこともあったけど、もう何年も前の話だわ。ああ、もう」

「どうした？」

彼女は携帯電話を見つめていた。

「携帯にも電話がかかってきてた。郡の警察からだわ。メッセージが入ってる」

彼女はヘンリーにも聞こえるよう、スピーカーモードにした。ソーンダーズ警部からだった。かけてきたのはほんの三十分前で、おそらくふたりがコンビニエンスストアにいたあいだのことだろう。

「ちょっとお知らせしておきたいことがありましてね。鑑識の報告書と州監察医による検死結果の最終版が届きました。いつ手に入るか知りたいとおっしゃっていたので、よければ、マスコミに公開する前に来署してごらんになりませんか」

「そうね」メッセージの再生が終わるとアンナは言った。「行きましょう」

警察もさすがに気を使ってくれたのか親切で、アンナが素人探偵を同行させても気にする様子を見せなかった。ソーンダーズ警部は髪を角刈りにし、屋外で長時間過ごす人間らしく日焼けした年配男性だった。彼の案内で取調室に入ると、すでにテーブルには報告書が山と積まれ、その隣にはペットボトル入りの水が置いてあった。

「ご希望ならコピーを取ります」

「ありがとう」アンナは言った。

「コーヒーはいりますか」

「いえ、けっこうです」

警部は取調室のドアの前で立ちどまった。

「その昔、お父さんとは知り合いでね。ハイスクールを出てすぐのころだったかな。いい人だった。本当にひどい事件です」

「ええ、本当に。この報告書ですけど、警部さんは目をとおしたの？」

「ええ、とおしましたとも。一時間ほど前に」

「なにか気になることはありました？」

「そうだな、家の奥のマッドルームに足跡がついていて――それにも書いてあります――気になるのはそれくらいでしたかね。だが、気になって眠れなくなるほどじゃない。おそらく、初期対応に出動した人間がつけたんでしょう」

「見せてください」

警部はよけいなことを言わなければよかったと思ったのか、少し渋い顔をした。それでも、言われるまま報告書を手に取り、三ページめをひらいた。

「下のほうです」警部は指で示した。「写真もあります。だが、写真は全部見ないほうがいいんじゃないですかね。なにしろ、まあ、あれだ……」

「わかります。足跡はビブラムの靴底でついたものと書いてありますね」

「かかとの部分だけだが、そうです」

「というと、ハイキングシューズみたいなものでしょうか」

「あるいは作業用ブーツか。いずれにせよ、そのあたりでしょう」

「救急隊員が普通履いているのもそれですか？」

ソーンダーズ警部は肩をすくめた。

「時間が時間だったので、みんな手近にあるものを適当に履いてきたんじゃないですかね。通報があったのが、たしか、午前六時ごろだったから。コピーを取ってあげましょう。そう、いま見てもらっているのは広報室用のものなんです。いちおう断っておきますが、きょうの午後七時ごろに公表の予定です。今夜は受話器をはずしておいたほうがいいですよ」

「ありがとう」

「写真も見せてもらえますか？」ヘンリーが尋ねた。「せめて、靴の跡が写っているものだけでも」

「写真はデジタル化してありましてね。わたしのデスクトップパソコンにあるのを呼び出しましょう」警部は床に目を落とし、そわそわと足を動かした。「そちらがよければ、靴跡の一枚だけにしておいたほうがいいかと。というのも、あまりいろいろお見せするのはちょっと……」

「そうしてください」アンナは即座に言った。「ありがとう」

「ごらんになるときにはお知らせください。デスクまでお連れします」

　警部はものすごいスピードで出ていった。

　ヘンリーの予想どおり、犯行現場の報告書は凄惨な内容に終始していた。ベッド、天井、壁に飛び散った血痕のパターンの説明。ポーチにいるところを発見されたウィラードの顔に無数の赤い斑点と、どす黒くて不気味なものが付着していたという生々しい描写。アンナは十秒ほどそれらの言葉をじっと見つめていたが、唐突にページをわきにのけた。

　次のページでは、銃撃後にウィラードがたどった道を描写していた。血のついた足跡および、ズボンや素足に付着した朝露、泥、血から割り出したものだ。アンナはかぶりを振って、そのページもわきに置いたが、ヘンリーが手に取った。

　説明文だけでなく、ハイウェイの標識まで行って戻ってくるまでのウィラードの全足跡が図にされていた。それを見たとたん、ヘンリーは夜明け前の静けさのなか訪れた露に濡れた路肩を思い出し、いったいどんな考えあるいは動機でウィラードはもくもくとあそこまで歩いたのだろうかと、あらためて気になった。

さらに興味深いのは、帰宅したウィラードが、ただポーチに丸くなって寝ていたわけではないという捜査員の結論だった。足跡をたどったところ、彼は父と母の様子を見るかのように両親の部屋をふたたび訪れていたことがわかった。ベッドのそばで足をとめて向きを変え、自室を迂回して玄関ポーチに出たのち、ドアをあけっぱなしにして眠りこんだのだ。

すべて読み終えると、アンナはページをめくって、部分的な靴跡について言及している箇所に戻った。靴跡は母の血でついていた。つまり、誰がつけたにせよ、その人物は寝室に入ったか、ウィラードが通った跡を踏んだかしたことになる。

「救急隊員のものなら、どうしてほかにもついてないのかしら?」アンナは言った。「これだと、足跡がつかないよう細心の注意を払っていたのに、家を出る直前にうっかり踏んでしまったとしか思えない」

「靴跡はドアのほうを向いている?」

アンナはうなずいた。

「しかも、ひとつしかない」彼女は言った。「かかとの部分。跡がつかないようつま先立ちで歩いていてバランスを崩した感じ」

「救急隊員も現場を汚染しないよう、同じようにすると思うが」

「そうね。でも、そこまで注意深いなら、ビニールの靴カバーをつけるものじゃない?」

「どうだろう。この郡のやり方を知っているわけではないからな。本物のプロに訊いたほうがいい」

「そうしたほうがよさそうね」

　彼女がヘンリーに失望したようなことを言ったのはこれがはじめてで、それにショックを受けたことが彼は自分でも意外だった。

「質問はおれにさせてくれ。報酬の分は仕事をしないといけない」

「いいわ。写真を見せてもらいましょう。監察医の報告書はそのあと読めばいい」

　ソーンダーズ警部のところに行くと、彼は咳払いをしてキーボードに向き直った。

「目的のものが見つかるまで、そっちで待っていたほうがいいでしょう」

　アンナは表情ひとつ変えずにうなずいた。

　警部は口を真一文字に結んで、しばらくあちこちクリックした。画像をスクロールしていく彼の瞳にモニターの光が反射する。

「あった。いま、場所をあけますね。写しが必要なら印刷ボタンをクリックしてください。終わったら、右上の×印をクリックすれば閉じます」

　警部はコーヒーメーカーのところまでさがり、あいた椅子にアンナが腰をおろした。ヘンリーは彼女の肩ごしにのぞきこんだ。

　写真が画面のほとんどを占めていた。あらかじめ言われていたように、かかとの足跡で、ビブラムソールと聞いて普通思い浮かべる格子模様がついていた。写真が撮られたときには血はすでに茶色く変色していた。アンナが印刷ボタンをクリックすると、プリンターが息を吹きかえす音が部屋全体に響きわたった。

アンナはキーを間違って押してしまい、ヘンリーが制止する間もなく画面に次の画像、ベッドに力なく横たわる両親の生々しい画像が表示された。ギャング映画のようにずたずたに撃たれ、シーツやベッドの頭板に血が飛び散っている。父親の頭は爆発したも同然の状態で、母親の目は両方とも眼窩（がんか）から半分飛び出していた。アンナは身をこわばらせた。口が半開きになり、押し殺した悲鳴が喉の奥にからみつく。ヘンリーは身を乗り出すと、マウスを手にしてクリックした。画像が消えた。あとには、釣り船の後部でソーンダーズ警部が二フィートもあるメバルを得意そうにかかげている壁紙と、その上に散らばるアイコンだけが残された。

アンナは大きく息を吐いた。ヘンリーは彼女の右肩に手を置いた。

「プリントアウトを取ってくる」

アンナは気持ちを落ち着けようと水を少し飲み、監察医の報告書を読みたいと告げた。

「いまでなくてもいいんじゃないかな。コピーを取ってくれていることだし」

「ううん。さっさとすませたい」

アンナはぱらぱらと流し読みし、ヘンリーはうしろからのぞきこむようにして読んだ。死因に関しては疑いの余地はなさそうだったが、少なくとも写真は一枚もついていなかった。毒物、麻薬、薬剤の試験結果の項のところで、アンナは読むスピードを落とした。

「どういうこと？　ウィラードは抗鬱剤を飲んでいたと書いてある」

「なんという薬？」

「ゾレクサ」

「知らなかったのかい？」

「知らなかった。母はなんにも言ってなかったもの。弟にそういう症状があったなんて知らなかった。少なくとも最近は」

「以前はあったということ？」

「思春期のころ。誰もがホルモンバランスの乱れを経験するけど、弟の場合は人よりもそれがひどかったの。前に話したお医者さまから一時的に薬を処方されていたけど、母も弟も納得していなかったみたい。そのうち、飲むのをやめてしまったわ」

「しかもその医師のところに通うのはやめたという話だったと思うが」

「そうよ。うんと昔にね。このあいだ、ようやく先生の名前を思い出した。イーストンのサンドラ・パテル先生よ」

「ふたたび通院するようになったのかもしれないな。車で三十分の距離だ。いまから行けば、三時には着ける」

「これをすべて忘れさせてくれることならなんでもいいわ」

　ふたりはコピーを受け取ると、ソーンダーズ警部に礼を言い、警察署をあとにした。

25

サンドラ・パテル医師のオフィスは、大胆な原色がふんだんに使われ、大きな窓から陽光がさんさんと射し、まるで乳幼児向け玩具ブランドの〈フィッシャープライス〉が装飾を担当したのかと思うほど、明るくなごやかな雰囲気にあふれていた。隅のプレイエリアにはブロックのおもちゃで遊ぶためのテーブルがあり、五、六歳の男の子がひとりなにか作っていた。ヘンリーが息をつめて見守っていると、男の子は数分間かけてブロックを組み立てたかと思うと、創造と破壊というふたつの相反する衝動に引き裂かれたかのように、嬉々としてそれをばらばらに崩した。

ここに来る途中、アンナとヘンリーはショート家に立ち寄って、ウィラードの名前が記された薬瓶や、ここ最近出された処方薬がないかと探した。なにも出てこなかった。インターネットでゾレクサについて調べると、鬱状態の治療に効果があると謳うありきたりの宣伝がいくつも見つかったが、副作用を訴えるものもあった。効果がある場合もあれば、ない場合もあり、ときには悲惨な事態を招くこともある。

ウィラードの名を告げると、若い受付係は喉の奥で妙な音を出しかけたが、すぐにこらえた。それからパテル医師に内線をかけ、ひそひそ声でなにやら相談したのち、アンナとヘンリーにおかけくださいと告げた。ヘンリーは受付の女性が警察を呼ぶのではないかと、なかば本気で考えた。ふたりがブロックのおもちゃで遊んでいる男の子を誘拐すると思ったのか、彼女は警戒するような目を向けてきた。

それでも、男の子の母親は気にとめる様子をまったく見せず、《ハイライツ》誌を読みふけっていたせいで、自分の息子よりも先にヘンリーたちが診察室に呼ばれたことにも気づいていなかった。受付係は葬儀監督者のようなまじめくさった態度でふたりを案内した。

パテル医師がデスクの奥で立ちあがって出迎えた。五十代後半のやせぎすの女性で、猫背ぎみ、物思いに沈んだような茶色い目からは落ち着きと不安の色が読み取れた。黒い髪をうしろでひとまとめにし、お団子に結っていた。

「いきなりお訪ねしたのにお会いいただき恐縮です」アンナは言った。「こちらはヘンリー・マティックさん。調べるのを手伝ってもらっています。もちろん、ウィラードの件で」

「彼が事件を起こしたと聞いたときは本当にショックで。それにもちろん、ご両親のことも。事件についてはつぶさに情報を追っています。連絡を取ろうかと考えましたが、そっとしておいてほしいだろうと思って。でも、あの子らしくないわ。少なくともわたしが知っているウィラードとは思えません。暴力をふるうような子ではありませんでしたから。全然」

「お話からすると、弟とはしばらく会っていなかったようですが」

「そうね、もう何年にもなるわね。でも、カルテは保存してありました。もちろん、先月、新しいドクターに引き継ぐまでは。そのときも、お母さまともお父さまとも、ましてやウィラード本人とも直接話はしていませんが」

「新しいドクターといいますと？」

「会っていないの？　新しい先生は関与していないのかしらね。ほら、あれがあったあとの鑑定には」

「新しいドクターがいることも知りませんでした。その方が警察に接触していたとしても、警察からはなにも聞いてませんし」

「あら、そう。それは知らなかった」医師は少しあわてたような顔をした。

「その先生の名前はわかりますか？」

「ケンブリッジのウォレス・リッジリー医師。連絡先などをお教えしますね。そうと知っていたら、わざわざご足労をかけずにすんだのに」

医師は受話器を取った。

「アンドレア、ウィラード・ショートの記録を移管したときの書類を持ってきてもらえる？お願いね」

すでに必要なものを出してあったのだろう、受付の女性は数秒とたたずに薄いマニラフォルダーを手に入ってきた。パテル医師はそれをデスクに広げた。

「これがリッジリー医師のレターヘッド。住所と電話番号も書いてあります。それとこっちがご両親から届いたファックスで、カルテをリッジリー医師に送ってほしいと書いてある」

アンナはファックスをつぶさに調べた。

「署名はご両親のもの？」ヘンリーが小声で尋ねた。

「そう見える」

「わたしからリッジリー先生に電話しましょうか？　喜んで紹介役を引き受けるわ。知らされていなかったなんて、申し訳ない気がして」

「お願いします」

パテル医師は番号を押した。

「イーストンのドクター・サンドラ・パテルといいます。アンナ・ショートさんの代理でお電話しています。リッジリー先生の患者さん、ウィラード・ショートのお姉さんです。先生とお話しできますか？」

相手の話を聞いている医師の顔がくもった。それから彼女はウィラードの姓名のスペルをゆっくりと告げ、さらに何秒か待った。

「本当ですか？　該当者なし？　なにかの間違いです。リッジリー先生ご本人とお話しできますか？　イーストンのサンドラ・パテル医師です……はい、待ちます」

医師はふたたび顔をしかめ、受話器を顔から遠ざけた。

「おかしいわね。向こうの人は、弟さんが通院している記録はないと言っている。でも、こっちは要請があってカルテを移管したんですから、なにかあるはずでしょう。診察はしていないにしても」

「さっきのお話では、一カ月ほど前ということでしたね？」

「自分の目でたしかめてみて」医師は七月上旬の日付が入った同意書を示した。「そのあと主治医をまた変更したのかもしれないけれど、ご両親がそんなはやまったことをするとも思えない」

電話口からふたたび声が聞こえ、医師は背筋をのばした。

「はい、リッジリー先生。電話に出ていただきありがとうございます」医師はボタンを押し、電話をスピーカーモードにした。「ウィラード・ショートの件でお電話しました」

リッジリーの声が雑音とともに診察室に響いた。

「ショート？　両親を殺害した青年のことかな？　ボストンで恐ろしい事件があったろう？」

パテル医師は顔をゆがめ、決まり悪そうにかぶりを振った。

「そうです。あの、いまウィラードのお姉さんがいらしてまして、弟さんの最近の病状についてお知りになりたいそうです」

「うちには彼の医療記録はないとドナが言ったはずだが。彼がうちの患者だったことはない。本当だ。それなら忘れるはずがない」

「でも、彼のカルテは受け取っていらっしゃるのでしょう？　七月にそちらから連絡があって、使いの人に預けました」

「はっきり言っておくが、ドクター・パテル、彼の名前が書かれた紙切れひとつ、うちにはない。カルテを請求したこともない」

「でも、先生からの手紙が、いまわたしの目の前にあるんです。七月の日付も入っています」

「わたしのサインもあるのかね？」

「はい、レターヘッドの下に」

「それをファックスで送ってもらいたい」

「わかりました」

　ヘンリーとアンナは顔を見合わせた。

「カルテはわたしのオフィスに届けたと言ったね？」

「ええ、使いの人が来て。たしか、先生が手配したはずです。料金は前払いされていましたから」

「フェデックスか？」

「ユナイデッド・パーセル・サービスだったと思います。あ、そうです。いま、送り状が出てきました」医師はファイルフォルダーから出してかかげた。「それに、わたし自身、はっきり覚えているんです。というのも、こういうことはうちのクリニックではめったにないことなので」

「うちで使っているのはフェデックスだから、誰がそんな依頼をしたのかわかりかねるが、うちのオフィスの人間でないことだけは絶対の自信を持って言える」

「たしかでしょうか？」

「間違いない。だが、依頼の手紙をファックスしてほしい。わたしとしても真相を知りたい」

「わたしもです、リッジリー先生。すぐに送ります」

「助かる。真相がはっきりするよう祈っている」

電話を切ったパテル医師の顔は蒼白だった。

「宅配業者が来たときのことは、よく覚えているとおっしゃいましたね」ヘンリーは言った。

「ええ、はっきりと。さっきも言いましたけど、そうしょっちゅうあることではないんです。それに、ウィラードを診察していたのは何年も前のことですが、あの子のことは記憶に強く残っているんです。どんな青年になったのか、いまでもよく考えるんですよ」

「七月だったんですね？」

「ええ。これがそのときの受け取り」

「配達の男ですが、白人でしたか？　それとも黒人かヒスパニックでしたか？」

医師は目を細くして、一心に考えこんだ。

「年配の白人でしたね。ごく普通の制服姿の」医師は指を一本立てた。「それからひげ。ひげを生やしていました」

「ひげの色は？」

「覚えてないわ。黒っぽかったことくらいしか」

「ごま塩ではありませんでしたか？」アンナは訊いた。

パテル医師は肩をすくめた。

「かもしれないけど、断言はできないわね」

「弟のカルテですが、中身はどんなものだったんでしょう？」

「すべてよ。弟さんの治療に関する全記録。弟さんが十七歳になるまで、六年間診ていましたから」

「処方薬の記録も含まれますか？」

「もちろん」

「ゾレクサの処方も？」

医師は顔をくもらせた。

「その時期のことはほとんど忘れていたわ。ほんの短期間だったから。でも、ええ、たしかに一時期、弟さんはゾレクサを服用していました。でも、すぐにやめたんです。ちょっとした……騒ぎがあって」

「騒ぎ？」

「あいにく、極端だったのよ。薬の効きめが。当時、弟さんはいくらか鬱状態にありました。それでためしてみたの。ゾレクサで弟さんの精神は安定しましたが、その一方、従順になりすぎて、人に依存しやすくなってしまったんです。それがけっきょく、悪い結果を招いてしまった。学校の友だちのなかに、そういうのにつけこむタイプの子たちがいてね。本来のウィラードなら絶対にやらないようなことを、かたっぱしからやらせたんです。たとえばジャングルジムのてっぺんから飛び降りるとか。ウィラードはもともと無鉄砲なことはしない子なんですけど」

「ええ、たしかに」

「なかでも最悪なのは、友だちにそそのかされて、自転車に乗っていた女の子を突き飛ばしたこと。女の子は腕のレントゲンを撮るため病院に連れていかれましたけど、幸いなことに骨折はしていませんでした。くわしいことはよく覚えていませんが、カルテにはそういったことがすべて記録されています」

「行方のわからなくなったカルテにですね」ヘンリーのひとことで診察室に気まずい沈黙がおり、しばらくしてアンナが口をひらいた。

「成人したいまでも、ゾレクサは同じ効果をもたらすでしょうか？」

「もちろん、断定的なことは言えません。ホルモンバランスが変わっているでしょうから。でも、過去の反応を考えれば、どんなタイミングであっても、弟さんにあの薬を処方することは勧められません。ほかにたくさんの選択肢がありますから。どうして、そんなことを？　弟さんがゾレクサを服用したかもしれないと考えているんですか？」

「監察医がおこなった分析によると、父と母を殺害した夜の弟の血液から、その成分が検出されたそうです」

パテル医師の口が、おびえたように小さく〝O〟の字になった。顔を両手で覆い、ため息をついた。

「その話はショックだわ。あの子にそんなことをする人間がいるなんて」

「ええ」アンナは言った。「わたしたちもそう思います」

彼女は悲壮な決意のこもった目をヘンリーに向けると、ドアのほうをそれとなく示した。

26

ふたりは決意もあらたにヘンリーの車に乗りこんだものの、マールなる男の行方についてはなんの手がかりもないことに変わりなかった。

「警察に話したほうがいい？」アンナは訊いた。

「話すってなにを？　名前をマールというらしい日雇い労働者が弟さんに薬を飲ませ、あれをやるよう仕向けたと？　一笑に付されて、追い払われるのがおちだ。もちろん、やんわりとだろうが。向こうはきみに好意を持っているようだから」

「そうは言うけど、ほんの数分前までのわたしは、匙（さじ）を投げる一歩手前だったのよ。弟が誰かと森でハンティングをしてるのを母の友人が見かけたからって、それがなんだっていうの？　一緒にいたのがマールだとしても、ハンティング仲間が両親を射殺した、それも愛用の鹿撃ちライフルが凶器だったなんて話を聞いたら、どうすると思う？　わたしがマールの立場ならとっとと逃げるわよ。でも、医療記録とゾレクサの件は話がべつ」

「サインをまねたり、レターヘッドを偽造したり、UPSの配達員をよそおったりと、かなり手の込んだことをしているものな」

「母のファイリングキャビネットの鍵がこじあけられた可能性があると言ってたでしょ。犯人はそこをとっかかりにしたのかも」

「それらすべてが本当なら、おれたちが相手にしているのはプロってことだ」

「だとすれば、母に関係あるとしか思えない。あるいは、母の過去、つまり、偽のパスポートを持つスパイだった母に」

「しかも、お母さんは口封じのために、そうとうな額の離職手当を受け取っている」

「そうよね。警察に言えば自分たちにまかせろと言うでしょう。でも、わたしとしては、もうあとには引けないという気持ちなの。ＵＰＳに問い合わせたほうがいいと思う？」

「なんのために？　名前すらわかっていないんだよ。制服の偽物など簡単に作れるし、送り状はＵＰＳのどの営業所でももらえる」

ヘンリーはハンドルを平手で叩いた。

「そうか！　ＵＰＳだ！」

「どうしたの？」

「お母さんの鍵だよ。ＵＰＳは私書箱のサービスをやっている。ここからいちばん近い営業所はどこだ？」

アンナは自分の携帯電話で検索した。五分後、二マイルしか離れていないＵＰＳの営業所の駐車場に車を入れた。左側の壁に私書箱がずらりと並び、ふたりは鍵と同じ数字がついた私書箱に直行した。

鍵は入らなかった。

「次に近いのはどこだ？」ヘンリーは訊いた。

「スティーヴンズヴィルね。ケント・ナロウズ橋を渡ってすぐの、五〇号線からちょっと入ったところ」

「道が混んでいなければ六時半には着く。何時まで営業している？」

「七時」

「電話してみてくれ。お母さんの名前を使って、アカウントが最新かどうか確認したいと言うんだ」

「それじゃ詐欺だわ」

「国の郵政公社ではないから、連邦法違反にはならないさ」

アンナはその番号に電話し、ヘレン・ショートと名乗り、ヘンリーに見られながら、あらかじめ用意した質問をした。

「そうですか」彼女は顔をしかめた。「ありがとう」

ため息をつきながら電話を切った。

「これでツーストライク。もう、だめ。この鍵がどこのものなのか突きとめるのは無理な気がしてきた」

「まだ手はある……電話を貸して」

礼儀として数拍おき、それからさっきの番号を押した。

「こんにちは、ヘンリー・マティックといいます。亡くなったエリザベス・ウェアリング・

ハートさんの遺産の執行人です。手もとにある記録に、ハートさんがそちらの営業所の私書箱のアカウントを持っているとありましてお電話したしだいです。間違いはないでしょうか？」そこで言葉を切り、数秒後にふたたび口をひらいた。「ありがとうございます。ですが、それにはおよびません。鍵が手もとにありますので。わかりました。ではのちほど」

彼はほほえんだ。

「大当たりだ。カナダ発給のパスポートの名前で、十一月分まで払ってあるそうだ。理由はわからないが、お母さんはふたたび暗号名を使う必要を感じたらしい」

27

一九七九年　ベルリン

ヘレンはゆるんだ煉瓦の裏に手をのばし、封筒のへりを探りあてた。何日かぶりの新しいメッセージだ。

ドラクロアに自宅まで尾行されていたことをシュナップ刑事から知らされて以来、対監視行動を強化していた。ほんのちょっとの距離でも移動するときは、複雑なルートを取るようにしている。心身ともに疲れるが、安全を確保するにはそうするしかない。自宅にいても、恐怖心がつのってくる。窓のブラインドは絶対あけないことにしていた。

同じ理由で、毎晩、文書の受け渡し場所に立ち寄るときも不安をおぼえた。べつの場所を用意する必要がある。それも早急に。ましてや、直近の仲間——ヘレンはすでに〈シスターフッド〉を三人だけのグループと見なしていた——以外の誰かが、爆薬にもひとしい封筒を持って行き来していると思うと、いてもたってもいられなかった。

キャスリンと会って以降、ヘレンは一日のほとんどを、どうすれば彼女の身をもっともよく守れるかとばかり考えていた。傍観する以外の答えはまだ出ていない。キャスリンのいまの状況を把握するだけでも、双方にとっていらぬ関心を惹きかねない。しかもヘレンのほうはいまや、ドラクロアに尾行されている状態なのだ。

いっぽう、ケヴィン・ギリーの指示でキャスリンとアンネリーゼが複製した鍵の持ち主である社会民主党員については、いろいろとわかった。名前はヴェルナー・ゲルンソルツ――キャスリンが覚えていた名前とはわずか一字違いだ。東西を問わず、ドイツではそこそこ有力な政治家であるため、ベルリン支局には彼に関するファイルがある。アイリーン・ウォルターズは即座に、ヘレンが閲覧できるよう手配してくれた。しかし、ファイルはかなり薄く、中身の大半は新聞の切り抜きだった。

ゲルンソルツが党の高い地位にいるのはおもてに出ない工作員としてであり、党の顔としてではない。党内でももっとも左よりの派閥に属しており、ヨーロッパに最新鋭の核兵器を配備するというアメリカの野望を鋭く批判する政策文書をものしている。そのため国務省の怒りを買い、短い期間ではあるが、ＣＩＡによる精査の対象となっていた。少なくとも本部の上級アナリストが、ゲルンソルツがのちにシュタージの二重スパイと判明する官僚とつながりがあったことを引き合いに出し、その忠誠心を疑っていたことは事実だ。

そのファイルを閲覧してほどなく、ヘレンは《デア・シュピーゲル》誌の記事にゲルンソルツの名前を見つけ、いまも無事でいるのを確認した。それに、不祥事があったという話もまったくなかった。ギリーが闇で力をふるっているという報告書は誇張だったのだろう。

ヘレンはまた、カート・ドラクロアについてさらなる情報を得ようとしたが、結果はかんばしくなかった。エリクソンはシュナップ刑事の捜査に干渉するだけでなく、ベルリン支局が持っているドラクロアのファイルをすべて持ち去ってしまい、さすがのウォルターズにも取り戻すだけの力はなかった。それでも彼女はオードラ・ヴォルマーにラングレーになにか記録がないか探してほしいと要求を伝えた。しかしながら、ラングレーにはドラクロアの個人記録はひとつもなく、彼をソースとする情報もまったくなかった。ギリーのもとで仕事をしているのだとすれば、記録に残されていないか、あるいはこちらのほうがより可能性が高いが、ギリーの書類を取り扱えるのはヴォルマーよりも高いアクセス権限を持つ者にかぎられているのだろう。

どちらの理由にせよ、ドラクロアが暗号名を必要としていないことの説明になる。考えれば考えるほど、ドラクロアをそのような形で使っているギリーのぬかりのなさに感心した。見つかったら地元の当局からいらぬ注目を浴びてしまう偽の身分書類も必要ない。ギリーは人目につきにくいルートを使うことで、好き勝手に動くことを許されているのだろう。

そんなことを考えていたせいだろうか、いつもと同じことをしていたのに受け渡し場所を離れたら息をきらしていることに気づいた。バッグの口から封筒をのぞかせながら公園を出たところで左に折れた。受け取ったメッセージを読むのに、どこか人目につかない場所はないかと探したが、そのことに気を取られすぎて、男がすぐうしろを早足でついてくるのに最初は気づかなかった。男はヘレンがふたつの街灯のあいだの薄暗い中間点に達すると足をとめ、彼女の前腕をつかんだ。ヘレンは驚きのあまり、息をのんだ。

「やることが雑だ、ヘレン。雑すぎる！」

ボーコムだった。古くさいフェドーラ帽にベルトで締めたトレンチコートという、配役会社のセントラル・キャスティング社が考える、いかにもスパイという恰好だったが、腕ずくで彼女を前へと押しやる様子には、ひょうきんなところもわざとらしいところもまったくなかった。ヘレンは振りほどこうとしたが、彼の手はがっちりつかんで離さなかった。

「離して！」

「いいだろう」ボーコムは彼女の腕から手を離した。「だが、きみはとんだ愚か者だ」

そのひとことで、封筒を回収するところを見られていたのだとわかり、ヘレンはアドレナリンが全身を駆けめぐっているにもかかわらず、正気を取り戻しはじめた。

「どうやって尾行したの？」

「尾行？　毎晩ここに来ているのに、あとをつける必要がどこにある？　さっきも言ったように、雑すぎる。もっとも、わたしの見たところ、この場所の存在を知っているのはわたしだけだ。むろん、あの私書箱を運営している人間はべつだ」

それを聞いてどれほど安堵したか、ヘレンはあえて伝えなかった。ドラクロアが近くにいるなら、ボーコムほどのベテランスパイが気づかないはずはない。そうよね？

「新しいお仲間はいつもいつも、きみに危ない橋を渡らせているのか？」

「どの程度まで知っているの？」

「充分すぎるほど」

「あなたのせいでこうなったのよ、ちがう？　こそ泥みたいなまねをして。テープは二本とも破壊したの？　それともヘリントンに渡した？」

「ヘリントンはこの件にかかわっていない。それにやつはテープのことなどなにも知らない」

「あなたがここにいるのは彼も承知しているの？」

ボーコムはまたもヘレンの腕をつかみ、無理に足をとめさせた。彼女はむっとして、乱暴にその手を振り払ったが、もう歩きだそうとはしなかった。ふたりは喧嘩する恋人同士のように見つめ合った。実際、いまもそうなのかもしれない。

「なんなの、その恰好」ヘレンはあきれたような声を出した。「おかしな帽子なんかかぶっちゃって」

ボーコムはそれには答えず、手を高くあげて指を鳴らした。タクシーがどこからともなく現われ、歩道ぎわにとまった。ボーコムは後部ドアをあけた。

ヘレンはためらった。すでに一度だまされている。まただまそうとしているのかもしれない。

「どこに連れていくつもり？」

「決まっているだろう。レーマンの店だ。彼の作る自白薬のほうがわたしのよりも味がいい。もっとも、わたしの自宅はすでに見張られているだろうがね。それも考慮しないといけない」

「なぜあなたの家が見張られているの？」

「女を見る目に問題があるからとか？　とにかく乗りなさい。メーターがまわっている」

ボーコムはヘレンのあとから乗りこみ、サヴィニープラッツにあるレーマンの酒場の住所を告げた。つまり、少なくとも行き先についてうそを言っているわけではないようだ。ヘレンも心を静めてくれるものを飲みたかったし、ふたりのささやかな隠れ家であるレーマンの店で飲むのは悪くなかった。

移動の車中ではふたりともずっと黙っていた。ヘレンはウィンドウの外をずっと見つめていたし、バーに着くと、ボーコムが引いてくれたのとはべつの椅子にわざとらしく腰かけた。レーマンがそれに気づいたと見ると、ぎすぎすした態度をやわらげようと彼にほほえんで見せた。ふたりのボディランゲージを正確に読み取った酒場の主人は、真っ白な布巾を肩にかけ、セラーに向かった。ブランデーはこの前飲んだときと同じ量だけ残っていた。

ボーコムは最初のひとくちを飲んでから、ようやく口をひらいた。

「例のものはわたしにも読ませてもらえるのか？」

「だめに決まっているでしょ」

彼は思ったとおりの答えが返ってきたというようにうなずいた。

「けっこう。そこが出発点だ。とにかく郵便箱の場所を変えなさい。それもまた、出発点だ」

ヘレンはグラスのなかでブランデーをまわした。ばかにしたような口調には腹が立つが、言っていることはもっともだ。

「じゃあ、今夜はこれでおしまい？　レーマンの上等なブランデーというおまけつきの、わかりきったことに関する無料講義は？」

　ボーコムは顔をぐっと近づけ、秘密めかした声で告げた。

「エドワード・ストーン、暗号名はビートル。つづりは昆虫と同じだ。バンドのほうじゃなく」

　ヘレンはつづきを待った。彼はじっと見つめてくるだけだった。

「あとは自分で推測しろと？」

「ぜいぜいという声だったと言うし、まっしぐらに上等な酒、マッカランを選んだそうなのでね」

「でもどうしてあなたが――？」

　彼は片手をあげた。

「わたしに言えるのは以上だ。それとひとつ助言しておく。いまの話の扱いは、この芳醇（ほうじゅん）なる霊薬を飲むように慎重にしなさい。ひじょうに貴重であり価値のあるものだからだ。と同時に、人をだめにもする。相手が誰であろうと、絶対に教えてはいけない」

「なのに、わたしには使わせようとしている。そうでなければ、なぜ話してくれたの？」

　ボーコムはなにも言わなかった。

「わたしに話してくれたのは愛情からでも忠誠心からでもないんでしょう？　わたしを利用しようとしているだけ。ブダペストの如才のないベテラン、クラーク・ボーコムの影のスパイに昇進ってわけ」

「ああ、そうとも。わたしはきみを利用しようと思っている。きみの新しいお仲間もそれは同じだ。だから、いつまでもへそを曲げるのはやめてほしい。われわれの業界では、ほぼ全員が友人や知り合いを利用しようとしているんだよ。まさか気がついていなかったなんて言わないでくれよ。グループ、派閥、相反する意図。それらが〈カンパニー〉という大きくてすばらしいテントの下におさまっている。誰もがどこかの時点で自分なりの出し物をやっているし、それも友だちを利用したうちに入るなら、たしかにきみの言うとおりだと認めよう。だが、わたしはきみを売るようなまねはしていないし、いままでもしてこなかった。残念ながら、きみのほうはそう思っていないようだが」

「テープを盗まれたのに、そう思うなと言うほうが無理でしょう？」

「テープをどうしたかによると思うが」

「というと？」

「現時点ではきみの知ったことではないし、知らないほうがいい。〝知る必要性の原則〟は好奇心を阻害しようとするものではない。きみたちの身の安全を守るためのものだ。いや、きみたちの身をより安全にたもつと言うべきかもしれん。とくに、安全とはまったく正反対のことをかたっぱしからやっているとしか思えない場合には。そこで、もうひとつきみに渡すものがある」

ボーコムは上着に手を入れて封筒を出し、それをテーブルの上で滑らせた。おもてにはなにも書いていなかった。ヘレンは突っ返そうかと一瞬思った。しかし、けっきょく手に取った。

「なかを見てもかまわない？　いまここで？」

彼は肩をすくめただけでだめとは言わず、ヘレンは封筒をあけた。なかをのぞくと、カナダのパスポートにくわえ、使用を開始した日から一カ月間有効のユーレイルパスが入っていた。購入したのはきのうだ。

「誰のためのもの？」

「誰のものだと思う？」

ユーレイルパスを少しずつ出していくと、片側に名前が印刷されているのに気がついた。

「エリザベス・ウェアリング・ハート」と声に出して読んだ。「わたしが知っているはずの名前？」

「よく知っていると言えるね。もっとも、このところ、彼女は自分を失っているようだから、なんとも答えようがない」

パスポートをひらくと、ヘレンの写真が貼ってあった——ただし、髪はブロンドだ。

「クラーク、これはどういうこと？」

「正式なものではないが、かなりよくできている。そいつをこしらえたやつは古い友だちで、わたしに借りがあるんだよ。写真を気に入ってくれるといいんだが。なかなかの出来映えだろう？　使うつもりなら、もちろん、かつらをかぶるか髪を染めないといけないが。だが、いずれにしても必要になるだろう。脱出キットの一部として」

「脱出キット？」

「そんなに大声を出さないでもらえるかな。それと、これだけでは足りない。サングラスと現金の用意も必要だ。ドイツマルクだけでなく、最初に目指す国の現金もだ。フラン、ペセタ、とにかく腰を落ち着ける国の通貨を」

「あら、ルーブルはなし？」

「コントをやっているわけじゃない。わたしは大まじめで言っているんだ」

「わかってる。なにもわたしが速記係かなにかみたいに振る舞わなくたっていいじゃない」

「わたしが心配しているのは、きみがせっかくの情報にもとづいて行動しようとせず、手遅れになることだ」彼は顔をぐっと近づけた。「だから、いますぐやれと言っている」

「もう、怖いことを言うんだから。怖がらせる才能があるみたいね」

「いいことだ。怖がってもらわないとな」彼はブランデーを少し飲んだ。このときはじめて、彼も彼女と同じくらい、その一杯を欲しているような顔をした。

「この件について、まだわたしに言ってないことがあるんじゃない？」

「おかしな質問をするね」

「友だち同士でしょ」

「おかしな理屈だ」

「もう、いいかげんにして、クラーク！　通常のルールをすべて逸脱して動いている人間の話をしているのに、おかしいとかおかしくないとか言っている場合じゃないわ」

「わたしが心配しているのがロバートのことだけだと、どうして思う？」

「ギリーよ。それともうひとつ名前を教えてあげる。ドラクロア。ギリーの指示で動いている人。彼のことも聞いてる？」

　ボーコムはこの夜はじめて言葉に窮し、ヘレンはそれが気に入らなかった。ドラクロアという男は重要人物ではなく、容易に対処できると言ってくれると思っていたのだ。

「聞いたことがあるとは言えない」ボーコムはもごもごと言った。「だが、きみの答えはピントがずれている」

「だって、ギリーは実際、恐ろしい人だもの」

「では、〝排除すればいい。単純明快だ〟という言葉を恐ろしいと思わないのはどういうわけだ？」

　例の喉をぜいぜいさせていた男――いまはエドワード・ストーン、暗号名ビートルとわかっている男が隠れ家での会合の最後のほうで発した言葉だ。

「じゃあ、テープを聴いたのね」

「もちろん、聴いた」

「それで？」

「そういう質問は――」彼はいらついたように首を振った。「――言っただろう。もうたくさんだと」

「つまり、これ以上説明はしてくれないということ？　名前と忠告、それに脱出キット。あたえてくれるのはそれだけ？」

「さっき言ったとおりだ。グループと派閥、それぞれが独自に動いている」

「ビートルという人だけど、あなたは好意を持っていないようね」

ボーコムは肩をすくめ、グラスを手にした。

「あなたの都合が悪くなると黙る癖にはうんざりだわ、クラーク。ばかげた謎かけも、わたしが大事な質問をするたびにあなたが張りめぐらす〝知る必要性の原則〟という壁も、どっちもどっちで最低」

「さっきも言ったように、きみを守るためだ。みんなを守るためだ。わたしとしては、きみのためにできることはすべてやったとしか言えない」

「ヘリントンは本当に知らないの？　このことをなにひとつ？」

「いまのところはまだ。彼が知らなければ、本部の中央ヨーロッパ部も知らないということだ。だから、きみの友だちが誰であれ、その人物は、きみがきょうまでに示した以上の慎重さを持ち合わせていると言える」

「彼女たちのこともすべて知っていると思ってた」

「心当たりはある。だが、わたしにも制約や盲点はある」

「グループや派閥なんかのせいね」

「そのとおり」

ヘレンは首を振った。それから、頭をすっきりさせるつもりで、景気づけに一杯あおった。しかし意に反し、陶然とした酩酊状態に移行しはじめたようだ。ほうっておけば、このままベッドに直行ということになる。ボーコムが手を握って、ふたたび顔を近づけてきた瞬間、その思いが彼女のなかで深く根をおろした。けれども、やさしく愛撫してくることはなく、それとなく誘うような科白を言うわけでもなく、彼は彼女の手をぎゅっと握りしめてこう言った。「慎重に行動するんだよ。なにをやっているにせよ、さっさとけりをつけろ。いつまでも悪い連中に気づかれずにすむと思ったら大間違いだ。それから、万が一きみが捕まったとしても、わたしは絶対に関与していない。それだけは言っておく」

「わかった」

「もうひとつだけ注意しておく」

「なあに？」

「秘密の相手とメッセージをやりとりする際は、隠れ家で聞いて興味を持った例の符牒については、いっさい話題にしないほうがいい。湖と池。それに湾。水域に関する符牒のことだ」

「どうして？」

「言ったとおりにしなさい」

「つまりこういうことかしら。エドワード・ストーンという人物について、あなたは自分のかわりにわたしにちょっと探らせたい。それも、彼の名前も発言内容もいっさい口に出さずに。それはさぞかし簡単でしょうよ」

「いったいいつからわれわれの仕事が簡単になったんだ？　だからちゃんとささやかなプレゼントを持ってきたんじゃないか。しばらく身を隠す必要が生じるほどの事態になった場合にそなえて。だが、きみにしてやれるのはそれがせいいっぱいなんだよ。話は以上だ」

ボーコムは唐突にヘレンの手を離して立ちあがった。財布を出し、テーブルに札束を置いた。それから、じゃあと言うようにうなずいた。

「ブランデーはどうするの」ヘレンは彼を引き戻そうとして言った。まだグラスの半分が残っていた。

「飲んでくれていい。きみはもっと飲んだほうがよさそうだ」ボーコムは背を向けると、レーマンに目配せしたのち、ドアに向かってゆっくり歩きだした。引退する映画スターのように、あるいは偉大だったスポーツ選手が引退するように去っていった。気品と静粛に包まれた退場に、ヘレンの胸はせつない気持ちでいっぱいになった。彼の姿を目にするのはそれが最後ではないかと思ったほどだ。

数分後、自分のブランデーを飲み終えた彼女は、ボーコムのグラスには手をつけぬまま立ちあがった。腕に布巾をかけたレーマンが歩み寄った。

「タクシーをお呼びしましょうか？」

「ありがとう、レーマン」彼女はいったん言葉を切ってから、思い切って尋ねた。「ひとつ教えて。あなたたちふたりは知り合ってどのくらいになるの？」

「まあ、ずいぶんになりますね。最悪だった初期のころからのおつき合いです。四六年の冬からでしょうか」

「一緒に仕事をするようになってからは長いの？」

「仕事ですか？」困惑の表情。とても真に迫っている。この人はそうとう有能だ。「わたしたちは友人ですよ、お嬢さん（フロイライン）。古い友人ですが、それだけです」

「そうよね」ヘレンは言った。「グループと派閥、それぞれが独自に動いている」

レーマンはあいまいにほほえんだが、ヘレンは、これで少なくとも彼になにかを考えさせることに成功した、という気持ちになれた。

28

ベルリンに来て以来、ヘレンはホームシックにはほとんどかかっていない。ウィクスヴィルという土地には、なつかしく思うようなものがろくにないからだ。牧師の娘だった彼女は、成績や人と群れたがらない性格をよく思わない同級生から、なにかにつけていじめを受けていた。周辺の田園風景もみじめさに拍車をかけるだけだった。真ったいらな土地は殺風景で、低木のオークとツタウルシがぎっしりとからみ合っている。森のほとんどは林業用の土地で、松の木がボウリングのピンのようにどこまでもつづいている。人の手の入っていない森はほぼ決まって茨がはびこり、ジーンズが破けたり、腕が血だらけになったりする。街まで車で出かけたところで、あるのは小型のショッピングモール、大型の広告板、駐車場、トレーラーパーク、それにフットボール場よりも広い駐車場をそなえたディスカウントショップ程度で、気晴らしになるようなものはろくにない。暑い夏の日など、アスファルトを横断するのは溶岩流をつま先立ちで歩くにひとしい。

それでもアメリカをなつかしく思うことはときどきある。平地の喧噪（けんそう）を逃れ、助手席に友だちを乗せ、カセットデッキでごきげんな音楽を流しながら緑豊かな山岳地帯をドライブするときに感じる、あの無上の喜び以外、特筆すべきものはなにもないけれど。ベルリンに来てから出会ったドイツ人にはアメリカの西部に魅力を感じている人がかなり多いが、その理由はカウボーイ神話ではなく総天然色の映画や夢で見た広々とした風景にあった。彼女はそれをいつも、おかしなものだと思っていた。

けれどもいま、Sバーンに揺られながら、口数少なくにこりともしない通勤客——その大半は黒い服に身を包み、じめっとした冷たいにおいを放っている——に囲まれていると、憂鬱なヨーロッパの冬がじわじわと染みてくる。世間知らずのアメリカ人であるヘレンは、無口で殺伐とした人たちに囲まれていると、いる場所を間違えたような、どこか落ち着かない気分になるのだ。窓の外に目をやると、長くなってきた影が冬の訪れを告げ、いつものように三層の雲が西から接近していた。この時期になると、石炭の煙がベルリンのすべての通りを覆うようになる。

深呼吸ひとつでわたしをアメリカに連れ戻して、と心のなかでつぶやく。わずか数百年の歴史しかなく、むずかしい時期も底抜けの楽天主義とリンカーンやマーティン・ルーサー・キングの英雄的行動で、あるいは夏の野球と秋のフットボールで切り抜けられる土地。是非はともかく、どれほど複雑な問題であっても、常にバンパー・ステッカー一枚にまとめてしまう国。牧師の娘でありながら、ほとんど信仰心を持ち合わせていないヘレンだが、それでも心のなかで祈りを捧げた。わたしをこの顔色の悪いまじめ一点張りの他人の群れから連れ出してください。このなかに最悪の敵がひそんでいるかもしれないのです。それが無理なら、神様、せめてもっと考える時間ができるまで、わたしを平和で安全な状態に置いてください。

ボーコムの意図がヘレンを元気づける、あるいは充分に警戒させることにあったのだとしたら、残念ながら失敗だ。むしろどんよりとした気分になっただけだった――課された問題の重さに、そしてこの街の残酷な歴史に。仕事の手段という以外、自分にとって冷戦とは本当のところなんなのか？　どう見ても、仕事のほうははかばかしくいっていない。混み合うSバーンの車内にいる顔をあらためて見まわした。電車がカーブをまわるのに合わせ、全員の体が揺れたりはずんだりしている。そうするうちに、ヘレンの目が本を読んでいる十代とおぼしき少女をとらえた。漆黒の髪、タルカムパウダーのように白い肌。フリーダの子ども時代を見るようだ。丸石の路地に無造作に置かれたフリーダの顔がまぶたに浮かんだ。アンネリーゼよ、とヘレンは自分に言い聞かせる。フリーダじゃない。この業界に数年もいると、人の本名など思い出せなくなる。フリーダ、ロバート、ビートル。ひとりひとりが仮面をかぶっているようなものだ。そしていま、バッグのなかにはヘレンの仮面がおさまっている。エリザベス・ウェアリング・ハートの名で発行されたカナダのパスポート。ボーコムはなぜこの名前にしたのだろう。昔の恋人の名前？　彼はヘレンの身の安全のためだと言いながらも、へたをすればヘレンの首が飛ぶか、それより悪い事態を招きかねない問題を追いかけろと、やんわりとだがそそのかしもした。

それによってこの仕事の重大な秘密を知ることになるのだとしたら、わたしはなぜこんなにも長いあいだ、ここの一員になりたいと願ってきたのだろう。いまだに招かれざる客のような、いるべきではない場所に不法侵入したところを捕まったような立場であることに変わりはない。

列車はがたんがたんと進んでいき、乗客は全員、レールが立てる音に耐えながら黙っている。やがて甲高い音をさせながらヘレンが降りる駅でとまった。扉が割れるような音とともにあき、彼女はがくがくする足で立ちあがった。

それから、重い腰をどうにかこうにかあげながら、やるべきことをやってしまおうとみずからを鼓舞した。かつらを買う――パスポートの写真の髪と同じ、ブロンドのものを。それに、現金を数カ国の通貨で集める。もっと安全なメッセージの受け渡し場所をあらたに決め、仲間に変更したことを連絡する。エドワード・ストーン、暗号名ビートルに関してそれとなく問い合わせる。それらすべてを手配したら、おいしい食事とお酒を味わうことにしよう。

29

翌朝、少し冷静になったヘレンは、ボーコムの要請を突っぱねようかと考えた。なぜ自分が身を危険にさらしてまで〝ビートル〟なる人物について探り出さなくてはならないのか。けれども一杯めのコーヒーを半分ほど飲んだところで考え直した。

ボーコムは物事をいいかげんにやるような人ではない。この件を自分で追いかけられるなら、そうしていたはずだ。追いかけるほどの価値はないと判断したなら、自分に話を持ちかけたりはしなかったろう。ヘレンのほうも、喫緊の問題はいまも、レイプ魔でありおそらくは人殺しでもあるケヴィン・ギリーに変わりないものの、エドワード・ストーン、暗号名ビートルとルイスという若い男とのあいだで交わされた奇妙な会話にも興味を惹かれていることは否定しようがなかった。

なにかの陰謀？　だとしたらその目的とするところは？　そして責任者は？　ソヴィエトを利するのが目的？　それともこの国のため？　彼らの計画の一環で排除されるのはいったい誰？　少なくとも周辺をいくらか嗅ぎまわってみるべきだろう。

アイリーン・ウォルターズが味方だというだけの理由ではあるけれど、まずは記録室から調べるのがいちばんいいという結論に落ち着いた。暗号名だ。ベルリン支局の工作員および情報源が現在使用している全暗号名をまとめたファイルがあるはずだ。

オフィスに着いてほどなく、ヘレンは記録室に入り、居並ぶファイリングキャビネットの奥に向かってぶらぶら歩いていった。ウォルターズはハラーという名の現場工作員とシュテーグリッツ地区に新しくできたレストランの話をしていた。ハラーが出ていくころには、話の切りだし方を決めていた。

「どうしたの、ヘレン？」ウォルターズがデスクで顔をあげた。「なにか探しもの？」

「あ、そうじゃないんだけど。いまちょっと頭のなかがこんがらかっちゃって」

「どんなことで？」

「利用申し込みの書類に、不審な暗号名が目についたの。〝ビートル〟っていうんだけど、昆虫のほうのビートル」

口から出たとたん、その単語は不自然な響きをともない、ヘレンは顔を赤らめたが、ウォルターズはそんな彼女の気まずい気持ちには気づかないらしく、ほがらかに言った。「ああ、エディー・ストーンのことを言っているのね」

「おそらく」

「間違いないわ」

「この支局の人？」

「いいえ、まさか。ウィーン支局よ。もうずいぶんになるわ。あなたが名前を耳にしたことがないのも当然ね。あなたが来るずいぶん前だから。それにドイツに来るにしても、たいていはボンだったし」

「じゃあ、その人のことを知っているのね？」

「昔のことよ。当時、わたしはウィーン支局に配属されていたの。七三年に彼が引退したときに開催した送別会のことはいまも覚えてる」

「退職したの？」

「そうよ。すごい送別会だった。会場できちんと服を着ている女性は、支局長の秘書をべつにすれば、わたしひとりでね。まるで『キャバレー』という映画みたいだった。とんでもなくいかがわしい感じで」ウォルターズは笑い声をあげ、口を手で覆った。「わたしは三十分もがまんできなかったけど、もちろん、そのころには参加者のほとんどがべろんべろんに酔っていた。男のリビドーがどういうものかは、あなたも知っているでしょ」

「ええ、いやというほど。それでその人は退職したあとどうなったの？」

「とてもいい質問ね。たしか、どこかの多国籍企業にすんなり決まったと記憶してる。当時は国際的なセキュリティコンサルタントを雇うのが実業界では大ブームだった。紅衛兵が会社の幹部を誘拐するなど、いろいろ事件があったから」

「なるほど。では、アメリカに戻ったんですね？」

「ううん。たしかこっちに残ったんじゃないかしら。ロンドンだったかな？　電気機器メーカーのフィリップスよ。うん、ちがう、タイヤメーカーのユニロイヤルだったかも。でも、どうして？　昔の連絡相手が彼を探しているの？」

「そんなところよ」

「本部に訊けば現在の連絡先はわかると思う。彼のその後を調べてあげましょうか？　あなたのかわりに申請書を送れば、明日には答えが返ってくると思うけど」

「ええ。ありがとう。本当にありがとう、アイリーン」

ふう、簡単だった。ヘレンは浮かれた足取りでオフィスに戻った。

その後は午前中いっぱいデスクで静かに仕事をこなし、昼すぎには管理業務の書類を仕上げた。その晩は、ふたりの仲間、パリのCDGとワシントンのIADあてに試験的にメッセージを送り、前の晩に選んだあらたな受け渡し場所を使えるようにした。

その晩はぐっすりと眠った。もしかしたら、あながち不可能ではないのかもしれない。

30

翌朝、ヘレンはエドワード・ストーンの居場所に関する問い合わせへの回答があるかもしれないと思いながらベルリン支局に出勤した。しかし、ヘリントンが彼女のオフィス前の廊下をうろうろしているのに行き当たった。彼らしくもなくはやい時間で、しかも昨晩一睡もしていないのか、げっそりとやつれて見えた。ネクタイがゆるんで、ひげがのびていた。

「わたしのオフィスへ」と彼は言った。

ヘレンはバッグを置き、コートを脱ぎはじめた。脱ぎ終わらないうちにヘリントンがつかつかと歩み寄って腕をつかんだ。

「ただちにだ」彼は言った。「いますぐ来い」

すべて順調にことが進むのも、もはやこれまでだ。ギリーについて調べていることを、誰かがばらしたのだろうか？　新しいメッセージの受け渡し場所が誰かに見つかってしまったとか？

ヘリントンのオフィスの外は、見るからに緊急事態の様相を呈していた。見覚えのない若い男が、袖をまくりあげて腕を組み、いつでも行動できるといわんばかりの体勢で立っていた。ヘレンが近づいていくと男は顔をあげたが、目を合わせようとはしなかった。ヘリントンは男とは言葉を交わすことなく前を通りすぎ、自分のデスクに向かった。

ヘレンが入るとヘリントンはドアを閉めた。彼が身振りで示した椅子にヘレンは遠慮がちに腰をおろした。このときばかりはヘリントンも願掛けにレーニン像の頭をなでたりはせず、ヘレンの胸をちらりと盗み見ることもしなかった。彼はデスクマットの上で祈るときのように指を組み合わせ、ヘレンをまっすぐに見つめて爆弾を落とした。

「きみを解雇する」

「え？」

「聞こえたはずだ」

「いつですか？」

「いまだ。外にいた男に案内させる」

「せめて机のなかのものを片づけさせてください」

「オフィスからなにひとつ持ち出してはいかん」

「自分のバッグもですか？」

「それは外の男が回収する。身分証と一緒に」

「ですが――」

「話し合うことはなにもない。この支局、本部、その他どこの者だろうといっさいの接触は禁止だ。この命令に従ってもらえない場合は裁判に持ちこむことになるが、こちらとしては金に糸目をつけないからそのつもりでいるように。わかったね？」

「なんの罪ですか？　わたしがなにをしたというんです？」

「心当たりがないとは言わせない」

「でも——」

「言ったはずだ。話し合うことはなにもない」そう言うとヘリントンは声のボリュームをあげ、外にいる男に大声で言った。「アレン？」

すぐさまドアがあいた。袖をまくりあげた男が入ってきた。

「彼女をまかせる」ヘリントンは立ちあがった。「そこにいるアレンが自宅まで付き添うので、荷物をまとめなさい。持ち出していいのは、スーツケースひとつ分の荷物だけだ。おさまりきらないものは、後日送る。それと言っておくが、持ち出したものはすべて、到着した時点で徹底的に調べられる」

「どこに到着したときですか？」

「アレンが車でテンペルホーフ空港まで送る。そこから軍用機に乗ってアメリカに帰るんだ。飛行機からなにか連絡はあったか、アレン？」

「燃料を積み終え、滑走路で待機しているそうです」

「けっこう」ヘリントンはヘレンに向き直った。「九時間後には着陸する。向こうでは本部の人間が待っていて、そこから先は彼らが対応する」

ヘレンはなにか言おうと口をひらきかけたが、頭に唯一浮かんだのは、もう終わりだということだった——あらゆることが、そしてあらゆる面で。捜査だけではなく、キャリアも人生も希望もヨーロッパでの大冒険も――すべてが灰燼に帰し、むなしさだけが残った。ヘレンは吐き気をもよおした。

アレンが彼女の腕をつかんだ。最初は少し乱暴に、それから、相手が呆然としていることに気づいたのだろう、軽くそっと押した。

「あの?」

ヘレンはアレンのほうに顔を向けた。歳は同じくらいで、スポーツ選手だったと思われるが、その目には知性と、さらには憐れみすらうかがえる。

「飛行機が待っている。さあ、行こう」

まるでデートに連れ出すような言い方で、ヘレンは反射的に笑いそうになった。それから、勝ち誇ったようなヘリントンの表情――得意然とした口もと、目の輝き――に気づき、ヘレンはあしざまにののしってやりたくなった。しかし、怒りを爆発させたら、おそらく相手の思うつぼだ。いつか幹部同士で飲んだときに、話題にするに決まっている。だからヘレンは彼に背を向け、腕をつかんでいるアレンの手を払いのけ、持てる精神力をすべてかき集めてオフィスを出た。

領事部の車が外の歩道わきにとまっていた。礼装姿の海兵隊保安警備隊の隊員が運転席にすわっているのを見て、ヘレンは自分が政府の要人か、ベルリンの壁にバラの花束を置きに来た有名人のような気分になった。ごくりと唾をのみこむと、まだ胸がむかむかするのを感じながら車に乗りこみ、アレンがすぐあとにつづいた。車という狭苦しい空間に押しこめられると、アレンがつけているコロンのにおい、それも大嫌いなブランドのにおいが鼻を衝いたので、肘掛けのボタンを押して自分の側のウィンドウをあけた。ほんの数インチの隙間から、ベルリンの朝のじっとりと湿った空気——いつもなら骨身に染みるような冷たい空気が入りこんでくる。

「あけないでもらえるとありがたい」アレンが言った。

「イングリッシュ・レザーのコロンを浴びるほどつけないでほしかったわ。この隙間から外に出られるわけじゃないし。これ以上さげないわよ」

そのあとはふたりとも口をきかず、ヘレンは震えないよう身をこわばらせなくてはならなくなっても、ウィンドウをあけたままにしておいた。

31

国外追放の旅、人生からの離脱の旅に出るにはどんな仕度をすればいいのか。もっとはっきり言うなら、到着とほぼ同時に、手袋をした検査員に中身をすべてテーブルに並べられ厳重に検査されるとわかっている場合、どんな服と身のまわりのものを鞄(かばん)に詰めればいいのか。

ヘレンは腰に手をあて、二枚貝の貝殻のようにひらいた状態でベッドに置かれたスーツケースを見おろした。ベージュのサムソナイトのスーツケースは大学に入学して家を出たときに母が餞別(せんべつ)がわりにくれたものだ。いまのいままで、これは自由の象徴だった。これからは、見るたびに辱めを受けたことを思い出すだろう。ヘレンはひとつため息をつき、次の瞬間、自分に猛烈に腹が立った。

「くよくよするんじゃないわよ、アベル！」と自分を叱咤(しった)した。

「いまのはなんだ？　誰かと話しているのか？」

居間で待っているアレンの声だ。この階まであがってくる途中、ふたりはまったく口をきいていなかった。アレンはつけている香水のことでヘレンに皮肉を言われ、まだ気分を害しているようだ。その彼が寝室の入り口のところに顔をのぞかせ、侵入者なり共産党の陰謀の痕跡がないか探るように、首を左右にめぐらせた。

「荷造りをしながらひとりごとを言っただけ」

彼はなにも言わずにいなくなった。テレビをつける音が聞こえ、大声とあらかじめ録音された笑い声がわき起こる。これもまた、アメリカの番組で、ドイツ人がうまく吹き替えをあてていた。それもよりによって、『OK捕虜収容所』だ。でぶっちょの陽気なシュルツ軍曹がへたくそなシュヴァーベン語でアクセントもなにも無視して息巻いている。国防軍の将校やゲシュタポ隊員が無能な野暮天として描かれているのを見るのは、ベルリン市民にとってさぞかし痛快だろう。それもまた、アメリカ人のおかげだ。

ヘレンは窓に歩み寄り、ブラインドをあけた。灰色がいく重にも連なり、石炭の煙がいく筋もたなびいている。それでもこの景色が見られなくなるのは残念だ。鳩と煙突と旧世界の陰鬱をたたえた屋根屋根が見られなくなるのは残念でたまらない。

右に目をやったとき、浴室の窓の外に、いままでたいした意味もないと思っていたものがあることに気がついた。それでふと思いついた。愚にもつかないとはいえ、ひとつの案であることにかわりはない。心臓の鼓動が少しはやくなるのを感じながらヘレンはクローゼットに歩み寄り、一泊用のバッグを出して、下着や服を詰めはじめた。さらに、簞笥の抽斗のいちばん奥、この前の夜にしまった場所からボーコムにもらった脱出キットを出した。運よく、ボーコムの助言に従い、通貨はすでにストックしてあった——一週間はもつだけのドイツマルクとフランスフラン。

べつの抽斗からブロンドのかつらとサングラスを出し、ベッドに置いた。それから向きを変えてドアのところまで行くと顔をのぞかせた。クリンク大佐が言った科白にアレンが大笑いしていた。

「飛行機に九時間も乗らなくてはいけないなら、出かける前にシャワーを浴びておきたいわ」感情のこもらない落ち着きはらった声になるよう心がけた。「時間はどのくらいあるかしら？」

アレンはわざとらしい仕種で腕時計を確認した。

「三十分あれば足りるか？　われわれは乗客だから、そう急ぐこともない。だが、向こうを午前中いっぱい待たせるようなまねはしたくない」

「わかった。三十分ね」

ヘレンは寝室のドアを閉め、かつらと衣類を一泊用の鞄に詰め、それを持って浴室に入り、ドアに鍵をかけた。鏡に映った自分を見つめて大きく息を吸い、次の動きにそなえて勇気をふるい起こした。こうなってみると、ボーコムがテープを盗んでくれてよかったのかもしれない。彼が破壊しないかぎり、当分はわたしが持っているよりもずっと安全な場所に保管されるわけだから。

浴槽の水栓をひねり、レバーを引いてシャワーにした。水がいつものいきおいで流れ出て、ヘレンはビニールのシャワーカーテンを閉めた。鞄からかつらを出してかぶり、鏡を見ながら具合をチェックした。それから、窓に向き直って乱暴にあけた。ほんの一瞬も躊躇せず、一泊用の鞄を持ってよじのぼり、ベルリンの朝の冷たく湿った空気のなか、非常口のデッキに出た。ガラスに体を強く押しつけ、窓をほぼ完全に閉めることに成功した。

いまいるのは三階だ。真下には路地。安易にすぎる。上を見あげた。あと二階分、階段がつづき、そこから屋根にあがる鉄の梯子がのびている。こっちのほうがいい。ヘレンは一泊用のバッグが落ちないようストラップを頭からかけ、弾薬帯のように胸に斜めがけした。それからのぼった。まずは階段、つづいて梯子。石炭の煙を含んだ風がかつらに吹きつけ、他人の髪の毛が目や口に入ってくる。屋根まであがったところで、ようやく顔から髪を払った。

市街地を見わたした。東に目を向けると、巨大な尖塔と銀色の玉からなる電波塔がアレクサンダー広場をティーにのったゴルフボールのように見おろし、ブレジネフ書記長によってバルト海に打ちこまれるのを待っている。そっちに向かうのは論外だ。

たいらな屋根を突っ切ると、へりのところで一瞬ためらってから数歩うしろにさがり、助走をつけて隣のアパートメントとのあいだの四フィートの距離を飛んだ。反対側の屋根に足がついたときには心臓がどきどきしたが、さらにその隣に飛び移るのは簡単になり、三度めとなると愉快ですらあった。ウィクスヴィル周辺の森で茨の茂みを飛び越えるよりも、はるかに楽だ。しかも、予期せぬおまけとでもいおうか、ブロックの最後の建物から角を曲がったところにある建物へは簡単に飛び移れた。さらにそこから次々と飛び移っていき、わき道の終点にたどり着いた。

そこまでわずか数分しかかからず、べつの場所の梯子と非常階段を使って地表におりたときには、出発点から角を曲がった先まで来ていた。アレンが不審に思うまで、あと少なくとも五分はあるし、シュルツ軍曹が笑わせてくれていれば十分もつかもしれない。

早足で三ブロック歩き、交通量の多い四車線の道路、クレイアレーに出た。信号が変わる寸前に道路を渡り、反対側にたどり着くのとほぼ同時に運よくタクシーをとめられた。運転手はべつにして、ヘレンが乗りこむのを目撃した唯一の人間は、彼女を追ってわき道を走ってきた若い男だけだった。走るのに合わせ、うしろでポニーテールにした長い髪が揺れる。軍の放出品のジャケットを着ていた。男がクレイアレーに出てきたところでヘレンは彼に気がついた。

「どちらへ?」運転手が尋ねた。

実際、どこに行けばいいのだろう。それに、ドラクロアをどうすれば?

「ベルリン動物園駅」ヘレンは最寄りの電車の駅に向かわせた。ドラクロアは信号を無視して四車線道路を渡り、走ってくる車を次々にかわしながら近づいてくるタクシーに両腕を大きく振った。クラクションが鳴り響いたが、タクシーは彼の合図に気づいて歩道に車を寄せた。

「まずい!」ヘレンは言った。

「どうかしました?」運転手が訊いた。

「電話しなくちゃならなくなったの。最初の公衆電話の前でとまって」

「数ブロック行ったところにありますよ」

「よかった」

　ヘレンはオットー・シュナップ刑事の名刺を出し、タクシーがとまったらすぐに飛び出せるよう準備した。電話ボックスに飛びこみ、硬貨を投入し、できるだけはやいスピードでダイヤルした。二台めのタクシーが一ブロックうしろでとまっているのが見えたときには、シュナップ刑事が電話に出て、ヘレンは伝えるべき情報を伝え終えていた。これでうまくいくだろうか？　すべてはシュナップ刑事にかかっている。

「出してちょうだい」ヘレンはタクシーに乗りこみながら言った。

　後部ウィンドウから確認すると、追っ手のタクシーが追跡を再開したのが見え、ヘレンは自分の行動に疑問を持ちはじめた。わたしったら、どういうつもりでこんなことをしているの？　それに、ここから先、誰がわたしを守ってくれるの？　答えはすぐには出ず、ヘレンは前に身を乗り出し、運転手にふたたび声をかけた。

「ちょっと考え直したんだけど……」

「なんでしょう？」運転手は首をめぐらせた。

　Uターンして自宅のアパートメントに向かってほしいと言いそうになった。ドラクロアに追われていることはべつにしても、こんなのはばかげているし、正気の沙汰ではない。見せしめに追い払われるのはしかたがない。しかし、逃亡して、いちばん恐れていたとおりになったなと、したり顔で言われるのはごめんだ。えらい人たちは取り乱し、逆上するだろう。場合によっては、敵に寝返ったと決めつけられかねない。

　しかし、ヘリントンが右往左往し、ヘレンの失踪を上司にしどろもどろで説明する様子が目に浮かんだ。桁外れの大失態だ。キャリアが終わりかねないほどの。ヘレンはまた、アレンとテンペルホーフ空港まで葬式のような気分で車に揺られるところを想像した。そのあとは故国への長い旅とみじめな到着が待っている。いやだ。どれも受け入れられないし、ヘリントンのような人間に屈するわけにもいかない。あんな扱いを受けたのだから。

「どうします？」運転手がまた声をかけた。

「さっき言ったとおりでいいわ。ベルリン動物園駅に、なるべく急いでやってちょうだい」

二十分後、タクシーはベルリン動物園駅に到着した。その時点で、二台めのタクシーは一ブロック後方で信号につかまっていた。ヘレンは急ぎ足で階段をあがって駅舎に入り、出発時刻案内板をざっと見まわし、十一分後に発車するハンブルク行きの列車に目をとめた。

プラットホームにおりる階段に向かったが、ドラクロアがすぐに追ってくるのは見なくてもわかった。上でただ待っているには時間がありすぎると判断し、書店に飛びこんで、一泊用のバッグからセーターとスカーフを出して身に着け、髪を隠した。読書用眼鏡を買ってかけた。発車時刻までまだ八分あるが、あと一、二分で列車には乗れるはずだ。

書店からおそるおそる出てみると、駅舎の反対側にある混雑したカフェの外で、ドラクロアがヘレンらしき人物がいないかテーブルをうかがっていた。ヘレンは取り乱しそうになるのを必死でこらえ、駅舎のいちばん奥にある時刻表のほうに顔を向けながら、ゆったりした足取りで階段に向かった。

階段の下まで来るとのぼりはじめた。もしかしたら、うまくまけたかもしれない。

プラットホームまであと少しというとき、派手な足音がうしろから近づいてくるのが聞こえた。列車は左にとまっていた――すでに乗車が始まっていたので、ヘレンは歩をはやめ、いちばん近いドアから乗りこみ、一両めの通路をきびきびした歩調で進み、二両めの窓側の席に腰をおろした。

プラットホームを見やると、二十ヤード向こうにドラクロアの姿を認めた。両手を腰にあて、列車の窓に目をこらしている。万事休す。そのうち列車に乗りこんでくるに決まっているし、列車が駅を離れたらもう逃げ場はない。鞄をつかんで、ふたたび逃げようとしたとき、オットー・シュナップ刑事のクルーカットと警官の制服である緑色のセーターが見えた。刑事は階段をのぼりきり、列車のドアまであと少しのところまで来ているドラクロア目がけて一散に走っている。

乗りこもうとしたドラクロアの肩をシュナップ刑事がうしろからつかんだ。ドラクロアはとっさに反転し、武道の手引書にあるようなかまえを取ったが、シュナップ刑事だとわかると両腕をおろし、体の力を抜いた。刑事がなにか言い、彼はぼんやりした顔でうなずいた。それからパスポートを出して渡した。

ドラクロアはまず腕時計を、それから列車を指さした。シュナップ刑事はゆっくりと首を横に振った。パスポートをポケットに入れ、階段のほうに行くよう身振りで示した。ドラクロアは列車に向かって駆けだそうとするように、いきなり身をひるがえしたが、シュナップ刑事に腕をつかまれてねじりあげられ、プラットホームにうつぶせにされた。

列車の扉がするすると閉まった。ゆるゆるとハンブルクに向けて出発したそのとき、シュナップ刑事がドラクロアに手を貸して立ちあがらせた。

ヘレンはやったとばかりに窓から視線を戻した。読書用眼鏡をはずし、座席に身を沈めた。思わず満足の笑みが漏れた。一分ほどたつと、その笑みは消え、高揚した気分も消えた。彼女は飛び立った。しかしこのあとは降下しなくてはならない。それもそうとう長い距離を。大事なのはどう着地するかだ。

ヘレンは大きく息を吸い、このあとどう行動すべきか考えた。

32

二〇一四年八月

UPSの営業所は五〇号線沿いに建つ小さなショッピングセンターのタイヤショップと寿司店にはさまれていた。ヘンリーとアンナは左の奥まった場所にある私書箱に一直線に向かった。私書箱は全部でおよそ三百あり、その多くは小さなものだったが、目当ての二一八番は八つある大きなもののひとつで、幅五インチ、高さ十インチの扉がついていた。

「あけるのはきみだ」ヘンリーは言った。

アンナが鍵をあけて扉をひらくと、ヘンリーは腰をかがめ、一緒になかをのぞきこんだ。数十通もの封筒の束が入っていた。

「まあ、すごい」彼女は言った。「これが全部、この一週間で届いたのかしら？」

「ここに保管していたんじゃないかな」

「そうね。いちばん上のを見て」

真っ白な封筒には差出人の住所はなく、ヴァージニア州マクリーンの消印が押され、二〇

○二年八月下旬の日付が入っていた。十二年も昔のものだ。その封筒の下にはさらに白い封筒が束ねられ、ところどころにパウダーブルーの航空便用封筒がはさまっている。

UPSの職員がぐるっとまわって出てくると、ふたりは現場を押さえられた二人組の泥棒のように顔をあげた。

「さきほどお電話をくださった方ですか？　ミズ・ハートの執行人の？」

ヘンリーは少し体を起こした。

「ええ、はい。こちらはミズ・ハートの娘さんのアンナさんです」

「どうも。お母さまのことは残念でしたね。当店のお得意さまでした」

「お悔やみありがとう」アンナは言った。「こちらの対応がとてもいいと母はよく言っていました」

「契約の更新はされませんよね。三カ月分の利用料の返金をご希望でしょうか」

ヘンリーが答えた。「しばらくこのままにしておいてかまいませんか。まだなにか届くかもしれませんので」

「けっこうですよ」職員はアンナに向き直った。「お客さまのお顔に見覚えがあるのですが。以前にもこちらにおいでになったことは？」

「いいえ。きょうがはじめてだけど」

おそらく、新聞で彼女の顔を見たのだろうとヘンリーは推測した。あるいは葬儀の模様を流したテレビか。それならなおさら、さっさとここを出たほうがいいと思ったが、職員の態度からすると、殺人事件との関連を疑っているふしがある。偽名で感づいたのだろうと思い、ヘンリーはもっと情報を引き出すことにした。

「郵便物のなかには、何年も前からここにあったようなものもありますね」彼は言った。

「ミズ・ハートが持ち帰ったものはありますか?」

「最後に来店されたときに大きな封筒をお持ち帰りになっただけですね。そこにあるなかで、いちばん古いものだと思います」

「大きな封筒、ですか」アンナは言った。

「緩衝材入りの九インチ×十三インチの封筒です。私書箱を借りた最初の日に入れられました。いささか場所ふさぎではありましたが、全部おさまっているならわたしがどうこう言う筋合いじゃありません。しかし、二週間ほど前にその封筒を出されたんです。ちょうど……つまり……お亡くなりになる直前だったかと」

「そうですか」

「ミズ・ハートをよくご存じだったようですね」ヘンリーが言った。

「あいさつを交わして、天気の話をするくらいでしたが。でも、初期のころからのお客さまで――わたしはここの責任者なんです――いつもいらしても、とても気持ちのいい方でした。本当に粋な方でした、お母さまは」

「粋、ですか?」アンナは怪訝そうに訊き返した。

「お歳のわりにはですが。かつてはかなりの金髪美女だったのでしょうなあ。もちろん、悪い意味で言っているのではないですよ」

「金髪？」

「ええ」

かつらをかぶっていたのだ。そうにちがいない。

「そうね。たしかに母は恰好よかった。最近までそう思ったことはなかったけど」

相手がまた質問してこないうちにふたりはそそくさと営業所を出た。アンナは淡々とした表情で車に向かった。

「声に出して読みましょうか？」彼女は訊いた。「あるいは、車をとめてもいいけど。途中にある〈スターバックス〉に寄る？」

「これを持ってかい？　人がいるなかに？」

「そうね。わかった」

「おれの家に持っていこう。だが、消印がどうなっているか教えてくれ」

アンナは貴重なお宝を扱うような手つきで、慎重に封筒の束を調べた。

「いちばん上にあったのはあなたも見たわよね。場所はヴァージニア州マクリーンで日付は二〇〇二年の八月。でも、差出人の住所も名前もおもてには書いてない」

「ラングレー、つまりＣＩＡ本部の近くだな。それがいちばん古いのはたしか？」

「ええ」アンナは封筒の束を全部調べた。「あら」彼女の声が軽い調子から沈んだものに変わった。「いちばん新しいのはわずか一週間前の日付がついている。開封すらしていない」

「どこから来たもの？」

「差出人の住所は書いてないけど、ペンシルヴェニア州ヨークの消印が押してある。クリーム色の封筒でしゃれているわ。それと手書きしてある」アンナは封筒を束ね直し、今度はもっとゆっくり調べはじめた。「古い航空便の封筒の文字と同じだわ。こっちもいちばん古いのは二〇〇二年のものね。うわぁ！」彼女の声に突然、はずんだような響きが戻った。「しかも、全部、パリの消印が押してある。わたしが見たところ、女性の文字ね」

「では、全部同じ人からではないのか」

「見たところ、ふたりいるわね。半分はタイプで打ってあるか、もしかしたらプリンターで出力したのかもしれない。そっちはどれもマクリーンからのもので……ちょっと待って。タイプ打ちされた最後の封筒の消印はノース・カロライナ州のどこかだわ。カリタック？」

「海沿いだな。二〇〇二年にパリから出した最初のやつは、日付は何月になっている？」

「八月下旬。マクリーンから届いた最初のと同じ」

「きみとお母さんがモールで気味の悪い男を見かけたのと同時期だな。きみが大学に入って家を出たころだ」

「それが始まりだと思う？」

「考えていることが声に出ただけだ」

「興味深いタイミングよね」

「家のなかを見てまわったとき、かなり古い郵便物は見つかった？」

「クリスマスカードが詰まった箱がひとつあっただけ。取っておいたのは、次の年、誰に出すか決めるためだと思う」

「UPSの職員が言っていた大型封筒はどうだ？　九インチ×十三インチだと言っていただろ。それは見かけなかった？」

「見てない。それに、母の書斎にもなかったのはあなたも自分の目で確認したでしょ」

「お母さんはどこかに隠したのかもしれないな」

「でなければ送ったか」

「あるいは、中身だけ出して、封筒は処分したかだ」

「死ぬ直前に」

そのひとことでふたりはしばらく黙りこんだ。そのころには、古い紙や褪せたインクという、古い文書につきもののかびくさいにおいが車内いっぱいに広がっていた。


ふたりを乗せた車がヘンリーの家のドライブウェイに入っていくと、スクーターが正面のポーチで待っていた。なにかあったのを察し、待っていたのだろう。ヘンリーが餌用ボウルに新しく餌を入れてやると、スクーターはさっそく食べはじめ、いっぽうアンナは居間のコーヒーテーブルに持ってきた手紙を広げて日付順に並べた。

まもなく日が暮れようという時間だったから、ヘンリーは最後の陽の光を入れようとカーテンをあけた。大きなはめ殺し窓から見た風景にアンナが驚いた顔をしたが、ヘンリーはその理由を即座に悟った。まず目に入るのが、ウィロウ・ストリート沿いに建つ彼女の両親の家だからだ。

「なにからなにまで最前列で見られる位置にいたなんて、全然気づかなかった」

「ああ、たしかに」ヘンリーはこれ以上なにか言うのは危険すぎる気がして、彼女から目をそらした。

調べを始めようとした矢先、玄関から低いうなり声がした。見るとスクーターが網戸ごしに外をのぞいていた。背中の毛が逆立ち、歯をむき出している。

「あの子はいつもあんななの？」

「とんでもない。至近距離にリスでもいないかぎり、地球上でもっともぐうたらな番犬だ。どうした、相棒？」

スクーターがまたうなり、今度はヘンリーにもその理由がわかった。

ジーンズとフランネルのシャツを着た薄汚い男が歩道からこの家に向かってくるのが見えたのだ。

「知っている人？」アンナは訊いた。

「見たこともない」

男がドアをノックしかけたちょうどそのとき、ふたりはドアの前に立った。ヘンリーがドアをあけかけると、スクーターが吠(ほ)えながら隙間から飛び出した。男はボクサーがパンチをかわすように、目を大きく見ひらきながら一歩うしろにさがって少し身をかがめた。しかし、すぐに飛びかかられるわけではないと気づいたらしく、緊張を解いた。

「ヘンリー・マティックってやつを探してる」

「おれだ」ヘンリーはまだスクリーンドアをあけようとしなかった。「あんたは誰だ?」

男はにやりと笑って、ポーチのわきにかみ煙草の茶色い汁を吐き出し、袖で口をぬぐった。

「寄せ場のロンから、あんたがマールを探してると聞いてね。協力したら誰にでも五十ドル払うそうじゃないか」男はズボンのポケットに手を入れ、たたんだ紙切れを出した。「それで住所を教わった。おれは電話を持ってないが、ちょうどモリソンのところの捕鶏仕事が終わったんで、ちょっと寄ってみようと思ったんだよ」

「モリソンさんのところは町の反対側よ」アンナがひそめた声で言った。「車なんか持ってなさそうだし」

「そうなんだよ、奥さん。取り立て屋に持ってかれちまったもんでね。トランザムも。支払いが滞ったといっても、たったの四カ月なのによ、まったく」男はまた口をぬぐった。「それで、五十ドルもらいに来たってわけだ」

「マールについてどんなことを知っている?」ヘンリーは訊いた。

「かれこれ一週間ほど、姿を見てない」

「それはもう知っている」

「なかに入れてくれないか。そのほうがちゃんと話ができるだろ?」

コーヒーテーブルの上に広げっぱなしの手紙が気になり、ヘンリーは首を横に振った。

「犬がいい子にしていられるかわからないんだ。ポーチで話をするってことでどうだ？」

「かまわないよ」

男は目を輝かせ、薄笑いを浮かべた。酒を飲んでいるか、クスリでハイになっているかのどちらかだろうとヘンリーは踏んだ。朝から晩まで鶏を捕獲しなくてはならないのなら、それも悪いとは言えない。アンナがスクーターの首輪をつかみ、ヘンリーはポーチに出た。犬はもううなってはいなかったが、あいかわらず背骨に沿って毛が逆立っている。ヘンリーは腕を組み、訪問者から数フィート離れたところに立った。ふたりはコンクリートのポーチの両端から向き合った。

「まだ名前を聞いてないな」

「あんたはおれが持ってきた話を聞きたいのか、質問をしたいのかどっちなんだ？」

「そっちがどれだけ五十ドルを必要としているかによる」

「やつはモーテルに住んでる。マールがだぜ。五〇号線沿いのな」

「なぜそれを知ってる？」

「そんなことがなんで関係あるんだよ？」

「五十ドルやるんだから関係ある」

「おれもそこに住んでるからだ。やつと同じ部屋じゃないぜ。そっちの趣味はないからな。けど、場所は同じで、やつもそこにいた。ある朝、部屋から出てくるところを見たんだよ」

「そのモーテルの名前は？」

「五十ドルはどこにある？」

「おれの財布のなかだ。手に入れたければ、もっと話せ」

男はまた薄笑いを浮かべ、それからうなずいた。

「ナンティコーク橋のこっち側にある〈ブリーズウェイ〉ってモーテルだ。ちょっとばかし、木立のなかに引っこんで建ってる」

「どのくらいいた？」

男は肩をすくめた。

「三週間だったかな。払う気はあるのかよ。なんなら、出直してきて、べつの形で払わせたっていいんだぜ」男はスクリーンドアごしにじっと見ているアンナを顎でしゃくった。

ヘンリーは頬に色が差すのを感じながら、一歩前に踏み出し、男の胸に指を突き立て、ポーチのへりへと押しやった。男の背中は育ちすぎたヒイラギのとげだらけの葉に押しつけられた。至近距離だと男が汗と鶏の糞のにおいをぷんぷんさせ、歯がかみ煙草の汁と同じ色をしているのがよくわかる。

「この先もそんな口をきいてみろ、十セント硬貨一枚だって手に入らないぞ」

「ちょっとからかってみただけだ。あんたのことは信頼してるよ」

「本当だな？」

ヘンリーは一歩さがり、財布を出した。二十ドル札二枚と五ドル札二枚を出すころには、男はよだれを垂らさんばかりになっていた。

「けっきょく、名前を言わなかったな」

「ああ、言わなかった」またも薄笑いを浮かべ、札に目をやる。

「いまの話がでたらめだとわかったら、おれはいのいちばんに寄せ場の監督のところに行き、おれたちのささやかな取引について話す。やつは分け前をよこせと言うだろうよ」

「あの口うるさいメキシコ野郎か？　あいつならどうとでもなる」男はまた唾を吐き、また も茶色い液体がメヒシバに筋をつけた。ヘンリーは札を渡した。男は計算が少々こみいって いるかのように、二度数えた。それからポケットに突っこむと、アンナに向かって帽子を傾 ける仕種をした。

「どうも、奥さん。あんたらふたりと取引できてよかった」

ふたりは男が歩き去り、角のところでハイウェイのほうに曲がるまで見送った。そこでよ うやくヘンリーはスクーターを離した。犬は茶色い筋のひとつに鼻を近づけ、すぐに反対方 向に歩き去った。

「どうする？」ヘンリーは訊いた。「手紙と格闘するか、いま仕入れたネタを追うか」

「あんな気味の悪い人が訪ねてきたあとなのよ。ネタの真偽を確認しましょう。手紙はどこ にも行かないけれど、マールはそうじゃない」

ヘンリーは慎重な手つきで手紙をきちんと束ね、キッチンの抽斗のなか、パンのうしろに 隠した。ふたりは戸締まりをし、ハイウェイに向かった。

33

〈ブリーズウェイ・モーター・コート〉はここしばらくツキに見放されているような状態だった。全部で十五部屋ある細長い低層の建物。赤煉瓦に、塗装がはがれかけた白い窓枠。茶色いドア、泥で汚れたはめ殺しの窓にはカーテンが引かれていた。秘密のモーテルといったところか。そんなものがあるとしたらの話だが。

砂利敷きの駐車場があり、密告屋が言ったとおり、ハイウェイから奥まった松林のなかに建っていて、そのせいで陰気くささが増していた。着いたときはあたりはもう薄暗く、オフィスの壁、からみ合ったノウゼンカズラで隠れているルーバー窓の隣で〝空室あり〟のオレンジ色のネオンサインがぶうんと音を立てていた。入り口のところに、週単位の料金は九十ドルと合板に手書きしてあった。

「ずいぶんと太っ腹な料金だ」ヘンリーは言った。

「追加料金なしでトコジラミをサービスってね」

事務所のスクリーンドアは鍵がかかっていなかったので、ふたりはなかに入った。受付係が読んでいた《モーター・トレンド》誌から顔をあげた。天井ファンの風でページの上端がめくれている。受付係は二十代前半、ポルノスターみたいな口ひげを生やしているが、それ以外はきれいに剃っていた。そして、この場所には似つかわしくないほどきちんとした恰好をしていた。彼は立ちあがり、気持ちのいい笑顔でふたりを迎えた。

「ひと部屋ですか？　それともふた部屋？」

「実は人を探している」ヘンリーは言った。「マールという名前の男だ。五十代の白人の男で、顎ひげをのばしてる。一週間ほど前までここに滞在していたらしいんだが」

「ええ、そうです。マール・ワトキンズさんですね。一カ月以上前にやってきて、前払いしています。このあたりじゃ、そういうのは印象に残るんですよ」

ヘンリーがアンナを見やると、彼女はうなずいた。名字と、最後の居所がつかめた。ようやく、手がかりが少しだけ見えてきた。

「ひょっとして、まだこのあたりにいたりしないかな」

「ないでしょうね。一週間ほど前に出ていきました。前払いした料金があと三日分残っていたのに。そういうのはしょっちゅうあることじゃないのでね。お客さんにお金を借りてるかなにかしてるんですか？」

「いや、そういうわけじゃない。ちょっと話がしたいだけだ。彼の宿泊者カードがそのへんにあったりしないかな。ところでおれはヘンリー。こちらはアンナだ」

受付係は雑誌をわきに置き、少し背筋をのばして立った。

「デリックです。はじめまして。ぼくの一存で決められるなら喜んでお見せするんですが、ちょっと……」

「規則があるのかな？」

「上司がプライバシーにすごくうるさい人で。お客さんの多くはそのために金を払ってるんだからってことで」

「プライバシーがそんなに安く買えるとは知らなかったな。彼はきみに時間あたりいくら払っているんだ？」

「彼というのは？」

「経営者さ。いや、本当に訊きたいのはこういうことだ。きみが宿泊者カードをちらっと見せるだけで二十ドルよけいにもらったとしても、経営者はうるさいことは言わないんじゃないかな」

デリックは困ったようにほほえむと、その申し出を検討するように天井ファンを見あげた。

「だったら、こうしませんか。二十ドルもらえるなら、マールが使っていた部屋の鍵を渡してもいい。八号室です。彼がチェックアウトしたあとは、誰も使ってません。それだとお客さんはなかをざっと見て、また戻ってくるだけです。でも——ここからが肝心なんですが——ぼくが先に行って確認してこなきゃなりません。ぼくがそれで持ち場を離れるあいだ、誰かがいるかもしれませんからね。ほら、誰かが金も払わずに入りこんで、誰かがそこのカードファイルをのぞきにこないよう、おふたりで見張っていてくれると助かります。だって、そうしないとまずいことになりますから」

「そこにある灰色の箱のことかい？」

「そうです」

「ふたりでしっかり見張っているよ」

デリックは鍵を手に取ると、スクリーンドアを乱暴に閉めて出ていった。ヘンリーはカウンターの端にあった箱を引き寄せ、カードをぱらぱらめくりはじめた。うらぶれた宿だからか幸いにも数は少なく、すぐに探していたものが見つかった。

「あったのね」アンナがよく見ようと身を乗り出した。ヘンリーの耳に彼女の息がかかる。

「マール・ワトキンズ。六月二十七日チェックイン。この住所を携帯電話で調べてみて」

「読みあげてくれ」

「ニューヨーク州レイサム市ノース・メイン・ストリート四十四番地。あら、残念」

「なにが？」

「車のナンバーもわかるかと思ったのに、なにも書いてない」

「しかも住所はでたらめだ。レイサム市にはノース・メイン・ストリート四十四番地はない。ニューヨーク州コホーズ市にならある。あるいはニューヨーク州ハリマン市なら。だが、レイサム市にはない」ヘンリーはさらにタップを繰り返し、アンナはそばで待っていた。「レイサム市にはマール・ワトキンズは住民登録されていない。どの通りにもだ」

「でたらめの名前。それに合わせて住所もでたらめ」

「ほかになにかわかった？」

「カードで払ってなければお手上げだわ。カード払いなら、あと二十ドル出せば、デリックからレシートを見張る役をおおせつかるかも」

しかし、数分後、デリックの言うことには、マールは現金で払っていた。

「車は持っていたかな？」ヘンリーは訊いた。

「ええ。持ってましたよ」

「ナンバーはひかえてある？」

「いいえ。でも、ヴァージニア州のプレートでした。なんで覚えてるかっていうと、ものすごくいい車に乗ってたからです。二〇一〇年製のカマロSS。やっと復活した年なんですよ」

「復活したというのは？」

「カマロがです。シェヴィーがこれまで製造したなかで最高の車。四百馬力のV8エンジンをのせてるんです。本当にいい車です」

「色は覚えてるかい？」

「もちろん。シルバーでした。すごくかっこよかったな。そうそう、部屋のなかを調べるなら鍵をどうぞ」

受付係はヘンリーに鍵を放った。プラスチックでできた緑色の楕円形のプレートがついていて、そこに白で部屋番号が記されていた。

「でも、急いでくださいよ。夜のこの時間はオーナーがひょっこり立ち寄ることがあるんです。ぼくがどんちゃん騒ぎをやってないかたしかめるためなんでしょう。だから、その……」

「あっと思う間もなく立ち去るよ」

そのころには外はほぼ暗くなっていたうえ、松林が濃い影を落としていた。八号室は半分ほど行ったところにあった。ヘンリーの車以外、駐車場にとまっているのはわずか三台。それを見れば、マールのチェックアウト後、誰も部屋を使っていないのもうなずける。ヘンリーはドアの鍵をあけ、電気をつけた。部屋のなかは松やにと消毒剤、それに煙草のにおいがした。

「ここでやつは一カ月以上暮らしていたわけか」ヘンリーは言った。

「すてきなお部屋だこと。オレンジ色のカーテンがいい味を出してる」

「だが、ケーブルテレビが見られるぞ」

「そして、一度に鶏を五羽捕まえ、医師のサインを偽造し、UPSの配達人をよそおい、わたしの弟とハンティングに出かける日々を過ごしていた。いったいなんのために？」

「本物のプロか、この話全体がどうしようもなくいかれているかだ」

「この数日間で知ったことはほとんどすべて、どうしようもなくいかれているわ」

アンナは腰をかがめ、ごみ箱のなかを確認した。

「ごみ箱にはなんにも残ってない」

「なにか見つかることはないだろう。この男は不注意なタイプとは思えないから」

アンナは浴室に行って蛍光灯のスイッチを入れ、蛍光灯は何度かまたたき、ぶうんという音をさせはじめた。かたやヘンリーはベッドの下をのぞいた。ピーナッツの殻がいくつかと、つぶれた煙草が一本あるだけで、興味を惹くようなものはなにもなかった。奥の壁の上方にある暖房用ダクトの真下に椅子を引っ張っていき、椅子にのぼってつぶさに観察しているところへ、アンナが浴室から出てきた。

「なにか見つかった？」彼は訊いた。

「死んだゴキブリがいただけ。そっちはなにをしているの？」

「ダクトを調べてる。ここのねじの塗料がえぐれているし、少しゆるんでいるみたいだ」

「マールも母も隠し場所の趣味が同じだって言いたいの？」

「十セント硬貨はある？」

「それより、あなたの魔法のペーパークリップは使わなくていいの？」

「笑えるね」

「はい、これ」

アンナは硬貨を渡した。

「そこのフロアランプを近づけてくれないか。手もとが見えるように」アンナがスイッチを入れると、彼は最後のねじをはずしているところだった。

「なにかありそう？」

ヘンリーはつま先立ちになり、なかをのぞいた。

「空っぽだが、埃のなかに筋が一本ついている。ダクトのなかをなにか引きずった感じだ」

「そこに現金を隠していたのかもしれないわね」

「あるいは、それ以外の人に知られたくないものを」

　ヘンリーは格子をもとどおりはめるとねじを締め、下におりた。ふと見ると、アンナが落ち着かないような、よくわからない表情であたりを見まわしている。

「なにを考えているんだい？」

「ヨーロッパ時代の母がこういう部屋にこもって、なんだか知らないけど当時やっていたことをしている姿を想像してた。ロシア人から身を隠すとか。内通者と会うとか」

「これよりもずっとましなところに住んでいたと思うよ」

「ふうん、そう？　たとえば？」アンナは彼の腕に手を置いた。

「パリの小さいながらも居心地のいい下宿屋とか。天井は傾斜がついていて、うっとりするような景色が見えるんだ」

「つづけて」アンナは彼の腕をつかみ、ぎゅっと握った。

「そうでなければ、アルプスの麓にある、暖炉のある山小屋だったかもしれない」

「裏には温水浴槽もあったりして？」

「話がずいぶんと艶っぽくなってきたね」

「秘密の場所で人と会うなんて、考えただけでも艶っぽいもの。そうは思わない？」

「言われてみれば、たしかに」

　ヘンリーは彼女の目を見つめ、それから触れられた部分に意識を集中した。しばらくのあいだ、愛情と熱情とが微妙なバランスでせめぎ合う状態がつづき、ヘンリーは心臓の鼓動をいやというほど意識していた。彼が彼女を抱き寄せ、ふたりはキスをした。

　たちどころにアンナの手が彼のシャツの下にもぐりこみ、彼の手は彼女のブラウスをまくりあげていた。彼女が彼をマットレスのほうに押しやり、ふたりはそのままベッドカバーの上に倒れこんだ。アンナは彼のズボンのファスナーに手をのばした。彼はボタンをひとつはずし、つづいてもうひとつはずした。ベッドのスプリングがきしみ、ふたりの息がはずむ。

　ドアをけたたましくノックする音がし、つづいてデリックの大声が聞こえた。

「そろそろいいかな？」

　ふたりは動きをとめた。静止画のように凍りつき、胸だけが波うっている。ヘンリーは彼女の目をのぞきこみ、彼女のほうは紅潮した顔に苦笑を浮かべた。

「ＫＧＢが来た！」彼は小声で言った。彼女はふふふと笑いながらも、彼にしっかりしがみついた。

「あの、すみません」またデリックの声だが、今度はうろたえたような響きを帯びていた。

「あとちょっとで終わるわ！」アンナが大声で返事すると、ふたりは体を密着させたまま大笑いし、ヘンリーはほてった彼女の体に興奮をおぼえた。それでも魔法は解け、アンナはスプリングをぎしぎしいわせながらベッドをおりてすばやく立ちあがった。

「残念ね」彼女は小声で言うとブラウスのボタンをとめ、ヘンリーはジーンズのファスナーをあげた。「〝起こさないでください〟の札をかけておけばよかった」

　ふたりしてベッドカバーのしわをのばした。それから椅子とフロアランプをもとの位置に戻さないまま、部屋を出た。デリックはヘンリーから鍵を投げられると、ほっとしたように肩の力を抜いた。

「世話になった」ヘンリーは言った。「だが、次はウェルカム・シャンパンを用意してもらいたいな」

「はい？」

アンナは大声で笑いながら彼の手を握ると、ふたり並んで車に向かい、助手席側にまわる寸前、握った手に少し力をこめた。どちらもハイウェイに乗るまで口をきかなかった。

「さっきはどうしてあんなことになったのかしら？」アンナは言った。

「おたがいの気持ちじゃないかな」

「たしかに、わたしを暇にさせるなとは言ったものね」アンナは手をのばし、彼の膝をぎゅっとつかんだ。

途中、中華料理店に寄って夕食をとったが、五〇号線沿いにある小さな店で、客はふたりだけだった。さっきモーテルの客室で燃えあがった気持ちは、食事をするあいだも残っていたし、むしろスパイスのきいた料理とボトルで頼んだワインがそれをより増幅させていた。家に着いたとき、ヘンリーが寄っていくかと誘うまでもなかった。

「どっちがいいかな」彼は電気をつけながら言った。「例の手紙をやっつけるか、明日まで待つか」

アンナの答えは電気を消し、一瞬にして暗くなったなかで彼を探し求めることだった。彼は彼女を引き寄せた。彼女が彼の耳に口を近づけてささやく。

「もっといい質問があるわ。ソファにする？　それともベッド？」

34

一九七九年　ベルリン郊外

ヘレンは窓の外に目を向け、東ドイツの寒々しい風景を見つめた。シュパンダウでハンブルク行きの列車を降り、トイレの個室で着替えてかつらをかぶり直し、それからヴォルフスブルク行きの列車に乗った。シュパンダウの先で列車は何事もなく壁を越え、西ベルリンを出た。東ドイツ国境の役人はヘレンのカナダ発給のパスポートをろくに見もしなかった。バッグをあけはしたが、中身にはまったく手を触れなかった。調べもしなければ、押収もしなかった。尋問のために列車から降ろされることもなかった。当面の最大の問題は、かつらのせいで頭がかゆいことだった。

乗車券はあと三十日間使えるが、そのころにわたしは……いったいどこにいるのだろうか。そしてどんな状況に置かれているのだろう？　まだ逃亡中？　監房に閉じこめられている？　尋問官と対峙している？　あるいは、ほかに行くあてもなく、ウィクスヴィルにすごすごと舞い戻り、森のそばの退屈な煉瓦造りのランチハウスにふたたび追いやられている可能性もある。十歳のときから出ていこうとした場所に父母と暮らしているかもしれない。もしそうなったら、せめて母にもっとましなウォッカを持って帰ってやろう。正真正銘、本物のロシア人が作ったウォッカを。母とふたりで飲むのもいい。ふたりだけの秘密ということで。

すでに、監視の目を確認するのに疲れてきていた。それでも、手を抜こうと考えるたび、ギリーの存在を思い出しては気を引き締めている。排除は彼が得意とするところだし、計画を実行するための人員も大勢抱えているだろう。

それでも、一時間以上も寝入ってしまい、びくりとして目を覚ましたときには、西ドイツに入る次の国境が近づいていた。あたりを見まわすと平穏そのものだった。よかった。でも、なんてわびしい場所なんだろう。見えるものといったら、立錐(りっすい)の余地もなく建ち並ぶ家々に殺風景な工場の建物ばかり――一九五〇年代のスターリン主義的なやっつけ仕事で造られた灰色の建物は、国をあげての無個性を象徴するコンクリートの記念碑のようだ。

列車はがたごとと進み、いまはどこかの村をぐるりとまわっている。菩提樹(ぼだいじゅ)から葉が降り注いでいる。パン屋の外に女たちが列をなしている。全員が黒っぽいコートに身を包み、空の買い物かごをさげている。穴ぼこだらけの道路をちょこまか走っていくのは東欧の不細工な車、石膏(せっこう)のような色のずんぐりしたトラバントだ。

眠りに落ちる前、列車はどこかのうらさびしい工業都市で停車したが、名前はすでに記憶になく、駅は鉄筋がむき出しになったコンクリートのプラットホームに毛が生えた程度でしかなかった。駅にいたのはほぼフォーポー、すなわち人民警察の警官ばかりで、ヘリントンが東ドイツについて好んで使っていた〝労働者の楽園〟から脱出するべく列車に飛び乗ろうとする者がいたら、かたっぱしからその身を確保しようと立っていた。ヴォルフスブルクまで行くということは、ヘレンはこの禁断の土地を完全に通過するまで、列車を降りられないということだ。国境を再度渡って自由な大地に戻るまで、個室を出ることはかなわない。まるで、一九一七年にスイスがレーニンをロシアに送り返した際、ウイルスかなにかのように慎重に扱っていたのと同じだ。

けれども、ヘレン自身はべつとして、いったい誰の立場をあやうくできるというのだろう。彼女のキャリアと評判がすでに末期症状を呈しているとなれば、そんなことを考えたところで意味がない。唯一、血祭りにあげられそうな人物が頭に浮かんだ――ケヴィン・ギリー。彼についてはこれからでもなんとかできるかもしれない。不利な証拠を充分に集め、世の中にあまたいるヘリントンのような連中につぶされる前に、その証拠を真っ当な人々に届けることができれば。けれども、それができる可能性はどのくらいだろう？　うまくいくか否かはパリにいる連絡相手、ＣＤＧという暗号名でしか知らない女性しだいだ。

そのとき、はじめて電話で話したときにＣＤＧから言われた言葉を思い出した。〝なにか困ったことになって、通常のルートが使えない場合は、きょうと同じ時間に電話して。二〇時〇〇分に〟

パリの電話番号はすぐには頭に浮かばなかった。ヘレンはあわてて、必死に思い出そうとした。肩の力を抜かなくては、記憶は永遠によみがえらない。大きく息を吸い、窓の外を見やり、はらはらと落ちていく木の葉にふたたび目をこらし、それから目を閉じて頭をすっきりさせようとした。電話番号が記されたタイプ打ちのメッセージをはじめてひらいた瞬間を頭に描くと、一瞬にしてそれが見えた。メッセージが膝の上にのっているかのようにはっきりと。

ふうっと息を吐きながら、その番号を頭に叩きこみ、確認のために三回、胸のなかで繰返した。大事な命綱はまだ失われていない。ヴォルフスブルクでべつの列車に乗り換えようと決めた。あと一度乗り換えるだけでパリに行ける路線に。

これまでの不測の事態を思い返すうち、少女のころ、息をのんで見守っていたNASAの宇宙飛行ミッションに心が飛んだ。ウォルター・クロンカイトの実況のひとことひとことは、どこかおじいさんのような安心感があり、いざというときにはいつも勇気づけてくれた。心配いりません、と彼なら言うだろう。NASAにはバックアップのバックアップがあるのです、と。

けれども、ヘレンがパリにたどり着いても、CDGが怖じ気づいたらどうするのか？　電話をかけても切られたりしたら？　場合によっては、わたしを当局に突き出すかもしれない。わたしはNASAではない。バックアップのバックアップなどない。CDGだけが頼みの綱なのだ。

少なくとも、とうとう光の都パリをこの目で見ることはできる。計画が実行にいたらなければ、出頭する前に残念賞としていくつか名所を見物しよう。ルーヴル美術館、カフェ、エッフェル塔。そのあと、パリ支局に保護を求め、それで終わりにすればいい。ワゴン販売からコーヒーを買い求めた。苦くてぬるかった。緊張感をあらたにしたことで、ふたたび慎重で用心深くなった。これまで訓練で学んできたもろもろがすっかり染みついているせいで、どれだけ用心しても安心できなくなっていた。

バックパックを背負い、絞り染めのTシャツとジーンズというヒッピーみたいな恰好をした巻き毛の若い男が彼女のコンパートメントの前を通りかかり、なかをちらりとのぞいていった。この十五分間でその男の存在に気づいたのはこれで三度めだ。迷子になったか酔っ払っているように見えるが、そういうふりをしているだけかもしれない。それに誰かが雇った内偵者かもしれない——ギリーかヘリントンかエドワード・ストーンか。ヘレンは男の特徴を記憶した。

向かいにすわっている女性もヘレンの神経にさわりはじめていた。列車に乗ってからずっと、異常とも言えるほど警戒しっぱなしで、目をしじゅう四方八方にやっている。気分転換に読むための本も新聞も持っていない。ぼんやりと窓外の景色をながめることもしない。魚を捕まえようとねらうサギのように、ひたすら周囲に目を配っている。

コンクリートでできた灰色のモノリスが左の窓を通りすぎ、監視塔、さらには長々とつづく鉄条網がそれにつづいた。列車が速度をゆるめはじめ、ブレーキが甲高い音を発した。外のプラットホームに警察のホイッスルが鳴り響く。ヘレンはどうしても目を向けられなかったが、どうにか向けてみると、騒動らしきものはなにも起こっていなかった。すっかり見慣れたフォーポーの連中がたむろし、煙草を吸い、いかにも融通がきかなそうに立っている。西ドイツとの国境に着いたのだ。ヴォルフスブルクは次の駅で、そこからあと九時間でパリに着く。カナダのパスポートを出し、かつらをなでつけ、役人に向ける笑顔を準備した。

ヴォルフスブルクを出て三つめの駅で、薄い灰色のスーツを着たすらりとした若い男が乗りこみ、ヘレンの向かいのコンパートメントに席を取った。こざっぱりとした顔でにこにことほほえみ、いかにも典型的なアメリカ人という感じだ。

「やあ！」彼が陽気に声をかけてきた。「きみはアメリカ人？」

「カナダ人よ」彼女はあやうく、〝そうよ〟と言いそうになりながらも答えた。あと少しで引っかかるところだった。それがこの人の仕事？　ヘレンの探知機が警告音を発しはじめた。

「どこに行くんだい？」なぜそんなことを知りたがるの？

「とくに決めてない。行きあたりばったりよ」

「そういうふうに自由に動けるのは楽しいだろうね。ぼくなんかこのあと二週間、予定がびっしりだ。それと食事のせいで、心臓発作を起こしそうだよ。カナダのどこに住んでるの？」

「モントリオール」

「へえ、いいな。それじゃあフランス語は完璧なんだね」

まずい。行ったことのあるトロントと答えるつもりだったのに。彼女が知っているフランス語はハイスクールで習った名残の数十語だけで、その大半は食事に関係している。男はへレンにも同じようにさせたいのか、またもほほえんだ。この人はわたしの正体を見抜こうとしているの？　それともナンパしたいだけ？

「ところで、ぼくはハル。ハル・ダグラスだ」彼は握手を求めた。

「はじめまして」ヘレンは手も差し出さず、名前も言わなかった。あてつけがましく顔を窓のほうに向けたが、窓に映る彼の姿から目を離さずにいた。ハルはさらになにか言おうと口をひらきかけたが、考え直したのだろう、ヘレンが自分のほうを向いてやり直しのチャンスをあたえてくれるときをしばらく待っていた。

べつのコンパートメントに移るべき？　そんなことをしたら、よけいにあやしまれるだけ？　この人はおそらく、中西部から来た害のない中小企業の社員で、独自に開発した製品か事務用品を売りこむ合間に、簡単に誘いに乗る女、あるいは単にじっくり話を聞いてくれる相手を求める孤独な営業マンなのだろう。これが秘密の世界でひとり生きるということなのだ。

ハルは床に置いたアタッシェケースを持ちあげ、膝に乗せた。留め金をはずして蓋をあけ、なにか出そうと手を入れた。ヘレンの視界は蓋でさえぎられていたが、いつでも行動を起こせるよう身がまえた。銃を出してきたら、むこうずねを蹴って、銃身をはたいてねらいをそらしてやる。そう考えながらずっと、顔をそむけたまま、窓に映る男の姿を見つめていた。

アタッシェケースを閉めると、男の手には《フィナンシャル・タイムズ》紙があり、彼はそれを広げて読みはじめた。ヘレンの頭のなかで〝警報解除〟の信号が鳴り響き、心臓の鼓動がレールの上を走る列車のがたんごとんという音と同じテンポになった。じっとり湿ったてのひらをスラックスでぬぐい、ある晴れた夏の夜、ビアガーデンでボーコムから教わった、敵地での身の安全の守り方に関する教えが思い出された。

しばらくするとだんだん簡単になってくる。すべてに気を配らなくてはならないという考えに慣れすぎてしまうんだ。しかし、もちろん、そうなるとしだいに安心するようになる。自分は万全の準備をしたと思いこむからだ。そして、そういうときがもっともあやうい。誤りをおかし、誰かが犠牲になるのはそういうときだ。

その誰かとは、たとえばきみだ。

男が新聞をめくり、その唐突な動きにヘレンは思わず身をすくめた。腕時計を見る。午後八時まであと七時間もあるというのに、すでにすっかりまいっている。ヘレンは壁にもたれた。けれども目はあけたまま、ガラス窓に映った男の姿を見張りつづけた。

35

二〇時〇〇分の十分前、ヘレンはパリの東に広がる住宅地で公衆電話近くの石壁に腰かけ、連絡をする時間になるのを待っていた。安全対策としてひと駅手前で列車を降りた。そのあと三十分間、パリ郊外に向けて住宅街をそぞろ歩いた。カナダ――モントリオールではなくトロント――から来た能天気な観光客で、ひとり旅を好み、たまに通りすがりの人に英語で質問していやがられるという役割を演じていた。そしていよいよ、いまもパリに仲間がいるのかたしかめる時が来た。

時刻の五分前、十代の女の子が電話ボックスに飛びこんだが、通話を終えたときはあと二分残っていた。ヘレンは場所を確保しようと、大急ぎで駆け寄った。二〇時〇〇分ちょうど、硬貨を何枚か投入し、ダイヤルをまわした。ＣＤＧは最初の呼び出し音で電話に出た。今度はノイズは聞こえなかった。

「今夜、あなたから連絡があるような気がしていたわ。それと、あなたのファーストネームはヘレンでしょう？」

「緊急連絡が行ったんですね」

「それも、全支局に向けて厳重な警戒態勢を取れという指示よ。うちの支局長の言い方を借りれば、緊急を要する事態だそうよ。どうやら上の人たちはあなたが連中の仲間じゃないかと案じているみたい。でも、そうじゃないようね。だってこうして電話してきているわけだから。そういう意味でも、あなたから連絡があってほっとしている」

「わたしと話すわけにはいかないと遠回しに言っているんですか？」

「たしかに危険よ。それは否定しない」

ヘレンはこれを最後に連絡できなくなるような気がした。ＣＤＧはじめて電話で話したときもそうだったが、あまり友好的でも協力に積極的でもなかった。この仕事の性格を考えれば、それは理解できる。それに、警戒心が高じて局の人間にこの通話を盗聴させているとしたら、ヘレンは一巻の終わりだ。

「すみません。電話に出てくれるとは思っていなかったものだから」

「訊きたいことがありすぎて、出ないという選択肢はなかったの」

「ですよね。なんでも訊いてください」

「連中の仲間でないなら、いったいあなたは何者？」

「それについては一貫して変わってません。完全にお手上げ状態の、ひとりの女性です。けさ、わたしはあなたもご存じの人物について関心を抱いたとの理由で局をくびになりました。アメリカ行きの便に乗せるから、自宅に帰って荷造りしろと命じられました。だから、監視の男がテレビを観ているすきに非常口からこっそり抜け出したんです。かくして、お飾りの職員は孤独な闘いを決意したというわけです。これがはじめての工作活動で、それと同時に、最後の大仕事になるでしょう。ターゲットはただひとり。だから、こうしてお電話しました。協力と助言がほしくて。ええ、わかってます。たしかに無分別ですよね。でも正直言って、いまのわたしにはあなたしかいないんです。そうそう、ついでながら、いまフランスにいます」

　驚愕、あるいは恐怖という反応が返ってくるものと思った。それどころか、救済者となるはずの人が考え直し、言葉たくみにヘレンを罠に誘いこもうとするかもしれない。保身に走る善良なる職員として。しかし、聞こえてきたのは笑い声だった。

「これまでいろいろ経験してきたけれど、そういう答えが返ってくるとは意外だった。本当に監視の目を盗んで非常口から逃げたの？」

「シャワーを浴びていると思いこませて」

「すごい！」

「ええ。でも、いまはあなたにすがるしかないんです。わたしのことを通報するつもりなら、せめていまこの場で教えてください。見苦しいことをしないですむように」

「そうしようかと思ったのは事実。でも、いまも例の人物を仕留めるつもりがあるなら、協力を断るのはむずかしいわ。それがいちばんの目標であることに変わりはないのね？」

「ええ。ただ、わたしにそれだけの力があるかどうか」

「いいこと、あなたはわたしと同じ訓練を受けてきたのだし、すでにフランスにいることで協力もしやすくなった。まずなにより、この通話がスクリーニングされる可能性もぐっと低くなる。それでも、あなたのにしろ、男のにしろ、ラストネームは口にしてはだめ。だって、この通話がどのようなフィルターを通っているかわかったものじゃないもの。フランスの諜報機関が協力を決めたのならなおさら」

「そんなこと、考えもしませんでした」

「この業界でも、運よくことがまわることはときどきあるし、話を聞いているとあなたはそうとう運に恵まれてきたようね。でも、ここから先はもう少し自分たちの力でなんとかしていくべき。そう思わない？」

「思います」

「次にどうしたらいいか、少し考えさせて。しばらくこのまま動きまわって、二時間後にまた電話することはできる？」

「はい。この番号にですか？」

「とんでもない。べつの番号を伝える」

「べつの公衆電話のですか？」

「あたりまえじゃない。まさか、オフィスにかけさせるなんて思ってないでしょうね」

「いいえ。すみません」

「いいのよ。あなたの立場なら、わたしだって同じことを思ったもの。この状態で信用するなんて、あきれたわ」

「あなたがわたしを信用していることのほうがもっと不思議です」

「あなたを信用しているなんて言ってない。あなたは頭がどうかしてるか、職場の不満分子かのどっちかだと思ってる」

「ええ、間違いなく後者です」

「こっちも同様。でも、あなたの熱意は理解できる。あれを目撃してからというもの、わたしだってあいつの頭の皮をはいで鞍（くら）にぶらさげてやりたくてしょうがないんだもの。だから、せいいっぱい楽しみましょう。番号を言うけどいい？」

「はい」

　ヘレンは暗記すべきなのはわかっていたが、番号を書きとめた。

「そうそう、わたしの名はクレア。クレア・セイラー。のちにあなたがうそ発見器にかけられたら、いのいちばんにそれが頭に浮かぶでしょうね。でも、手抜かりなく振る舞えば、そんなことにはならない。これから必要な情報を頭に叩きこんであげるし、さらなる情報が得られるよう方法を指南する。そうやって、一両日中にわたしたちはあいつとそのお仲間をやっつける。これでどう？」

「願ったりかなったりです」

「けっこう。では、二時間後に」

　ヘレンは電話を切り、あたりを見まわした。監視されている様子はない。ゆっくりした足取りで数ブロック歩いた。すでに気持ちはずいぶん落ち着いていた。それからべつのバスに乗って、パリにまた少し近づいた。地平線上の空が街明かりで輝いていた。

二度めの電話をかけるときは、さほどあせることなく電話ボックスが見つかった。警戒を怠ることなく、気を楽に持つ。硬貨を投入し、番号を押した。

「あら、こんにちは」クレアが電話に出た。「明日、一緒にランチをして、ちょっとショッピングでもしない？」

「ショッピング、ですか？」もちろん、目くらましだが、すぐにそうと察してしかるべきだった。「いいですね。どこで待ち合わせましょうか」

「セーヴル通りの左岸側にある〈ル・ボン・マルシェ〉。古くからあるりっぱなデパートだから、あなたの目的にぴったりだと思うの」

ヘレンは相手の言わんとしたことを正確に理解した。ボルティモアとワシントンの通りで監視をまく訓練を受けていたとき、デパートでターゲットと接触をはかるのはいつもひじょうにむずかしかった。鏡の数が多すぎる。服のかかったラック、物陰、出入り口も多すぎる。ただ、試着室はあるし、簡単に服が手に入るから、必要とあればすぐに変装できる。

「店の名前は〝お買い得〟という意味なの。お値段はお安いわけじゃないけど、それでも行くだけの価値は絶対にある。化粧品売り場だけでも展示会場みたいなんだから。三十分もしないうちに、フランス人だったらよかったのにと思うはずよ。充分見てまわったら、お隣にある〈ラ・グランド・エピスリー〉に移動して。わたしは大きなカフェの二階にいるわ。正午でいいかしら？」

「大丈夫です。目印になるようなものはありますか？」

「必要ない。わたしのほうでわかるから。フロア全体を見まわしてくれれば、手を振るわ」

「では正午に」

「それまで、幸運を」

そうねとヘレンは心のなかでつぶやいた。たしかにボン・シャンスが必要だ。

36

午後十一時、ヘレンはリヨン駅の近くにあるカフェにいて、テーブルにミシュランの地図を広げ、膝にフォーダーズのガイドブックをのせていた。バッグのなかにはドラッグストアで買い求めた染毛剤が入っている。はやくかつらを処分したくてたまらなかった。

若い男が近づいてきて気を惹こうとしたが、ヘレンは自分はカナダ人だと言って追い払った。そう言えば、魅力のない女と思ってもらえるとばかりに。地図のなかの通りを人差し指でなぞりながら、少女のころから耳にしてきた名前にいちいち驚いた。古い絵本の一節が頭にぱっと浮かんだ。**ツタのからまるパリの古いお屋敷に暮らす十二人の女の子たちは何をするにも二列にならんで過ごしていました。**ひょっとしたらひょっこりマドレーヌに出くわすかもしれない。

ウェイターが無愛想にカップと受け皿を片づけ、店じまいしたそうに咳払いをしたので、ヘレンは地図とにらめっこを始めた。最初にクレアと落ち合う予定のデパートの場所を確認した。それから、いまいる場所からセーヌ川をはさんで反対側の一帯を調べ、身を隠せそうな場所はないかと探した。カルチェ・ラタンに決めたのは、名前に覚えがあったからというのもあるが、自由奔放な土地柄だから、不始末をしでかしたスパイではなく、作家か芸術家の気分になれる気がしたからだ。それに地図に記された通りの形も気に入った――くねくねした道路がひしめく様子はさながら迷路のようで、ここならほかより見つかりにくいと思ったのだ。ガイドブックに〝最低価格の宿〟に分類され、〝脚も気力も若い人向け（エレベーターなし）のこぢんまりした部屋〟と説明のあった小さなホテルの場所をメモした。それから地図をたたみ、ウェイターに勘定を払い――相手は軽蔑するようにタオルをひと振りしたが、レーマンとは大違いだ――店を出た。

地下鉄（メトロ）に乗ったとたん船を漕（こ）ぎはじめ、降りる駅を乗り過ごし、はっとして目を覚まして引き返した。最初、持ち物を盗まれたと思ったが、電車の動きで手元から離れてしまっただけだとわかった。バッグは隣のシートに鎮座していて、盗んでくださいと言わんばかりの状態だった。そこらのスリにしてやられたら、笑えないどころの騒ぎではない。

愛想のない宿の主人は英語をひとこともしゃべろうとしなかったが、こちらの言ったことはすべて理解しているようだった。ヘレンは海の底まで引きずりこまれそうなほど重い鍵を受け取り、四階にあがった。薄暗かった。のび切った皮膚みたいな色のブラインドをすかすと、街明かりが射しこんでくる。ベッドは灰皿のようなにおいがした。

生ぬるい湯でシャワーを浴び、その後一時間かけて小さい洗面台で髪をブロンドに染めた。それからビニールのシャワーキャップをかぶり、たわんだマットレスの真ん中にできた谷間に倒れこみ、そのまま夢のない眠りに落ちた。

夜半、ヘレンはなぜか唐突に目覚め、ベッドの上で体を起こした。下の通りを若者ふたりが元気よく、大声でしゃべりながら歩いていく。部屋は蒸していた。窓をあけようかとも思ったが、シルエットを見られたら一発で仕留められるような気がして、ブラインドをあげる気にはなれなかった。隣室からこもった声がする――男女が外出から戻ってきたらしい。笑い声がした。女のほうはよく響く声で、男のほうはワルぶったハスキーな声だ。片方がベッドに倒れこんだのだろう、頭板が薄い壁にぶつかって音を立て、もうひとりも同じことをして、ふたたび頭板がぶつかった。隣の男女はそのあと数分ほどしゃべっていたが、とても打ち解け合っているのがよく伝わってくる。幸いにも隣はすぐ静かになった。ヘレンはふたりの声が聞こえなくなったことをさびしく思いながら、ふたりとも単に寝ているのであって、死んではいませんようにと願った。ばかばかしいことを考えると思うが、しょうがない。

やはりあきらめるべきかもしれない。出頭ではなく、飛行機に乗って逃げるという形で。大西洋を戻る。カナダ人になる。トロント郊外で平穏に暮らす。モルソン・ビールを好み、アイスホッケーのシーズンにはトロント・メープルリーフスを応援する、温和な勤め人と結婚するのだ。

次の瞬間、クレアのことが頭に浮かんだ。〈ラ・グランド・エピスリー〉でひとりテーブルにつき、腕時計に何度も目をやりながらヘレンの身を案ずる姿が。だめだ、放りだすわけにはいかない。ふたりの目的のためにクレアが多くの危険をおかしているのに、すっぽかすなんてできない。それにこれはアンネリーゼのためでもあるのだ。そう考えたことでようやく元気がわき、ベッドを出てブラインドをあげ、サッシの窓をあけた。

ひんやりした空気が入りこみ、遠くから音楽が聞こえた。酔っ払いふたりはまだ大声でなにやら話しているが、さきほどよりも一ブロック近く遠ざかっていた。一瞬、自由になった気がした。しかしその直後、通りをはさんだ反対側の戸口で煙草の火が光るのが見えた。おそらくなんでもないだろう。そうでなければいまごろ、階段をけたたましくあがってきてもいいはずだ。男の姿は陰になっていたが、おとなの男くらいの背丈があり、それらしい態度をしていた。彼女に目を光らせている人物が、そんな簡単に見つかるまねをするものだろうか。

また煙草の火がぼうっと明るくなった。ヘレンがブラインドをおろしてベッドに戻ったとたん、隣の部屋の頭板がまたも壁に激突し、楽しそうな声とどすんという音が連続して聞こえ、それはまもなく大風ではためくスクリーンドアのような切迫したリズムを刻むようになった。

これが夜のパリだ。騒々しい恋人たちと物陰に立つ静かな男たちが時が来るのをじっと待っている。

そのうち、ヘレンはふたたび眠りに落ちた。そのころには隣は静かになり、煙草の男は戸口を離れ、通りを渡って見えなくなっていた。

晴れ晴れとした朝、クロワッサンとコーヒー、すっかり元気を取り戻し、パリの歩道を行くヘレン。サン・ミシェル通りをそぞろ歩くウィクスヴィル出の小娘。ベルリンからつい最近訪れた人でも、この街には圧倒される。まっすぐ前方の交差点で、つまようじ並みにやせ細った北アフリカ人ふたりがプラスチックでできたぜんまい式の鳥のおもちゃを売っていて、観光客の目を惹こうとおもちゃを風に乗せて飛ばしていた。機械仕掛けの翼がぱたぱた動くさまは、鳩の翼に負けず劣らずうっとうしい。パンが焼けるにおい、モペッドの排ガス、水まきされた玉石舗装が放つ雨上がりのようなさわやかなにおいが鼻をかすめていく。

それに女性たち。着ているものよりも、着こなしに感心する。ヘレンがまったく同じものをかき集めたところで、まねしてみましたという感じで悪目立ちしてしまうだろう。ポイントはパリの女性たちの身のこなし、それに〝ええ、たしかにわたしはすてきだけど、それがどうかした？〟と言っているような気怠そうな表情かもしれない。

髪を染めるのは驚くほどうまくいき、ヘレンはかつらをサンジェルマン通りにあったごみ箱に投げ捨てた。見ていたのは自転車に乗った半ズボン姿の少年だけで、彼はけらけらと笑った。

ふいに煙草の煙が鼻孔をかすめ――ボーコムのと同じジタンだ――彼がそばにいてくれたらという思いが頭をかすめた。安心感を得たいというよりも、助言をもらいたかった。大きく息を吸うと、胸骨の内側が高揚感で満たされた。大丈夫、できる、と自分に言い聞かせる。いちかばちか、この数日間でやるだけだ。

頭上でぱんとはじけるような音がして見あげたところ、女の人が高いところの窓でシーツを振りさばいていた。あまりにびっくりしたせいで自信が揺らぎ、自分を探している連中がいることをあらためて思い出した。歩道の亀裂にあやうくつまずきそうになり、パニックのような感覚が喉もとまで迫りあがった。身を隠せる場所を求めて小さな食料品店に駆けこみ、窓から外をのぞき、リンゴとオレンジの山の上から歩道を行き交う人々に目を走らせた。すぐに気を取り直し、店の外に出たが、それでも一ブロック行ったところで足をとめ、バッグからコンパクトを出し、化粧直しをするふりをしてうしろを確認した。

そんなことをしていると、ファーム時代、監視者を見つける授業をトップの成績で終えたときのことを思い出した。男の級友はこのテクニックに不満を言ったものだった――なあ、おれたちなんか、立ちどまって化粧直しはできないんだぜ！　けれども彼女のスキルはその一枚も二枚も上を行っていた。教官の言葉を借りれば、〝彼女はきみたち男どもが見落とすような、どんなささいなことにも目を配っている〟のだ。靴下や靴など、男の工作員ならほとんど注意を払わないものにまで。

それにくわえ、一種の第六感のようなものが発達していたのか、人混みやちょっとした仕種のなかに尋常ではないものを見つけられるようになっていた。しかし、それはあくまで訓練のなかのことで、当時の彼女は追われる役を楽しんでいたし、追う側の多くは同じ訓練生仲間で技量に乏しかった。しかも、いまは勘が鈍っている。かつてのような切れをふたたび見せられるだろうか。

ヘレンはショーウィンドウに映る風景をちらりと見てから、約束の場所に向かって歩きつづけた。

37

〈ル・ボン・マルシェ〉は、クレアの言っていたとおりりっぱで、柱廊アーケードと錬鉄の手すりをそなえた、三階建ての逸品の殿堂だった。エスカレーターがX字形に交差しながら、見事な天窓へとのぼっている。いたるところに鏡が配置され、うしろがパノラマのように見える。けれども正午が迫っているため、ヘレンは心配でほとんど気づいていなかったし、隣の広い食品館の二階にあがったときには、てのひらが汗ばんでいた。

カフェが見えてくると鉢植えのうしろで足をとめ、すべての顔のなかからクレアを見つけだそうと、店内を観察した。店内は満席で、客はほぼ全員が女性だった。ひとりですわっているのは三人だけ。どの人も、歩道で見かけてすてきだなと思った女性たちのように、さりげないながらもおしゃれによそおっていた。おしゃべりの声と、フォークやスプーンが磁器に触れる音で、店内はざわざわしていた。

ヘレンは隠れていた場所から出ようとしたが、訓練といまだ残るわずかな疑念に引きとめられた。うしろにさがり、すばやくあたりをうかがった。男性の姿はほとんど見あたらず、しんどそうな顔でバッグを手に妻のあとをついていく年配男性がいるくらいだが、その連中が無害とは言い切れない。厨房(ちゅうぼう)に通じるスイングドアの四角い窓の向こうに目をこらした。

ドアからは片手に皿を持った給仕係が数秒おきに出てきている。ドアがさっとあくたびに、湯気の向こうに白い帽子をかぶったシェフたちの姿がちらりと見え、金属同士がこすれたりぶつかり合ったりする音やフライパンがじゅうじゅういう音が漏れてくる。とりたてて目を光らせている人も、すばやく行動を起こしそうな人もいないことに満足し、ヘレンは身を隠していた場所を出た。

三人いるひとり客のうちのひとりが店の奥からヘレンにほほえみかけた。アメリカ人が好んでつける色よりやや濃いめの口紅を塗ったブルネットの女性だった。髪をお団子にまとめ、首に青いスカーフを巻いている。用心深そうな茶色の目。彼女が手を振ったので、ヘレンも振り返し、テーブルのあいだを縫うように進みはじめた。

クレアが立ちあがって出迎えた。背の高さはヘレンと同じくらい、陽射しのような黄色いリネンのワンピースを着ていた。足もとに買い物袋をふたつ置いていた。誰が見ても遊びに来たとしか思えないだろう。誰が見てもフランス人にしか見えない。

ふたりは古い友人同士のように抱擁した。ごまかすためにやったのだ、とわかった。というのも、相手が安堵の気持ちを必死に抑えていたからだ。ふたりは席についたが、事態はまだどの方向に転がってもおかしくなかった。

「あなたじゃないかと思ってた」クレアは言った。

「見ていたんですか？」

「なかの様子を確認していたところ？　ええ。さすがだわ」

あんなに気をつけていたのに容易に見つけられ、ヘレンは少し拍子抜けし、と同時に不安がまた一段階高まった。クレアの目をじっと見つめ、単刀直入に言った。

「ちゃんと話してくれますね？」

「話すって？」

「これが罠なら。そこのスイングドアから大勢飛び出してきて、わたしを捕まえることになっているのなら」

最初、クレアは気を悪くしたようだった。すぐに悲しそうにほほえんだ。

「いまの質問を聞いて、あらためてほっとするべきだったわね。たしかに、あなたが簡単にわたしを信用したときは少し不安だった」

「すみません。失礼なことを言って」

「いいのよ。あれは正しい質問だった。いちおう答えるけど、こんな形であなたを落胆させるようなまねは絶対にしない。これが罠だったら、あなたは店に入ったとたんに捕まったはず。それに、全員がこれを持ち歩いている」

クレアはハンドバッグに手を入れ、コピーを一枚、テーブルの上に滑らせた。ヘレンの写真だった。ＣＩＡの身分証の写真が使われていた。深夜便でベルリンに到着した朝、撮影したものだ。

「昨夜、届いた」

ヘレンは写真を滑らせて返すと、ごくりと唾をのみこみ、テーブルをじっと見つめながら、写真がヨーロッパじゅうのＣＩＡの出先機関に配られるところを想像した。

「じゃあ、今度はわたしが少しいじわるなことをするわ。だから、よかったらもう一度わたしの目を見てちょうだい。この予防措置ごっこは諸刃の剣だから。あなたがこの旅で使っている身分を確認させて。テーブルの下から渡して」

ヘレンはバッグからカナダのパスポートを出してクレアにこっそり渡すと、彼女が膝の上でぱらぱらめくって、まずい点がないかと記載事項と出国スタンプを確認するのを見ていた。

「まったく問題ないわ」クレアは言った。

「そのようですね。それでここまで来られたんですから」

「誰が用意したの？」

「友だちです。でも、その人はあなたの存在を知りません」

「かなり親しいお友だちらしいわね」

ヘレンは顔を赤らめたが、あえてなにも言わなかった。クレアはパスポートを返し、血の宣誓の準備でもするように、テーブルごしに手をのばし、ヘレンの手を取った。

「ありがとう。他人の手に運命をゆだねるのがむずかしいのはよくわかるから、わたしもそれに報いる。いまからわたしたちは運命共同体という同じスープのなかにいる関係よ。スープを飲みほすか、どっちかが床にこぼすかするまでずっと。いい？」

「はい」

クレアは手は離したものの、視線はそらさなかった。ヘレンの肩から力が抜けはじめた。

信頼を得られたのなら半分勝ったも同然で、ようやく腕のたしかな人に身をゆだねることができたと感じていた。

「髪もきれいに染まってる」クレアの声が明るくなった。「すごいじゃないの」

「すごいと言えば、どうすればそんなふうにできるんでしょう？」

「そんなふうって？」

「まわりに完全に溶けこむことです」ヘレンは店内全体を示すような仕種をした。「そこまでできれば偽の身分なんて必要ないですよね」

クレアはほほえむと、謙遜するように頭をちょっとさげた。彼女のほうも警戒をゆるめつつあった。

「けっきょく、いつの間にか身についていた感じね。まる一年間ひたすら努力したけど、まったく成果があがらなかった。それでとうとう匙を投げたの。でも、ある朝、目が覚めたら、とにかくわかったの」

「なにがわかったんですか？」

「なにを着ればいいか、どう着ればいいか。どう歩き、どう話し、どのタイミングで相手の目を見るか。軽蔑の気持ちの正しい表わし方。コーヒーやワインの飲み方。気を惹くような態度を取るタイミングに、無視するタイミング。最初は気のせいだとばかり思ってた。でも、一週間のうちに三度も地方から来たべつべつのフランス人女性に通りで呼びとめられ、道を訊かれたの」

「すごい」

「あなたはノース・カロライナの出なんですってね」

「はい。ウィクスヴィルです」

「訛りはないようだけど」

「意識して直しました。メイソン・ディクスン線より北の出身の人は誰も本気に取ってくれませんけど」

「だったらわたしたちは姉と妹みたいなものね。わたしの生まれはジョージア北部。人口はいまこの店にいる人を足したよりも少ない。でもふたりとも、いまはこうして十一時のニュースの総合司会席にすわってるニュースキャスターみたいにしゃべっている」

「いつ訛りを消したんですか？」

「大学時代よ。ジョージア工科大学。ルームメイトのおかげもあるわ。マサチューセッツ州から来たマリオンは冷静沈着を絵に描いたような子だった。名門の出らしいきちんとした言葉使いをしていたし。いっぽう、わたしときたら新入生勧誘期間も前期の授業もずっと母音を引きのばし、南部訛り丸出しのしゃべり方だった。そんなある晩、深夜のトーク番組を観ていたら、レスター・マドックスが出ていたの。斧の柄を振りかざして自分のフライドチキンの店から黒人を追い出したことで知られる、ジョージア州のごりっぱな元知事。彼はマンハッタンのスタジオでわたしを含めた四分の三の新入生とまったく同じしゃべり方をして、全国民の前で恥をさらしていた。そう、あなたの言うとおり、わたしは訛りを消したの」

ヘレンがそれに対しなにか言おうとしたとき、クレアは秘密を打ち明けるように顔を近づけた。まだほほえんではいたものの、目は真剣な輝きを帯び、声を落としてこう言った。

「振り返ってはだめ。あなたの左肩の向こうの隅、レジの近くに、しゃれたスーツ姿の男性がひとこともしゃべらず、毅然とした様子で立っている。コンパクトを出して、知っている人かどうか教えて」

ヘレンは言われたとおりにした。

「いいえ。見たことのない人です」

「店の関係者でしょうから、問題ないと思うけど。いちおう確認しておきたかったの。じゃあ、本題に入りましょうか。これを」

クレアはハンドバッグに手を入れ、《パリス・マッチ》誌を渡した。オフィスから持ってきた写真のコピーは、ヘレンの気づかぬ間にクレアのバッグに戻されていた。

「例の報告書を持ってきた。あの、やたらと手のはやい人について書いてある」

雑誌の真ん中に数枚の紙が目立たぬようにきちんとはさんであった。

「ありがとう。読むのが楽しみだわ」

「取り扱いは慎重に。残り二部のうちの一部で、もう一部はわたしの手の届かないところにあるから」

「わかりました」ヘレンはうやうやしくハンドバッグにしまった。

「その気になれば、記憶を頼りにあらたに書くこともできるけど、重みまで同じにはならないわ。こういう微妙な問題となるととくに」

　ヘレンはもう一度コンパクトをのぞいた。スーツの男の姿はなくなっていた。

「もう安全みたいね」クレアは言った。「なにか一杯飲んで、リラックスしたいわ。どう？」

「いいですね。たしかにここは一杯飲みたいところです。ちゃんと息ができるようになったら、ランチもいただきたいわ」

「わたしがふたり分、注文する。メニューを訳してあげてもいいけど」

「おまかせします。わたしは飲み物が先にくればなんでもかまいません」

　クレアはワインリストを手に取った。

「さてと。アペリティフをいただくにはちょっと時間がはやいけど、こういうときにはこれにかぎるわね」

　彼女が右手をあげると、こざっぱりした若いウェイターが瞬時にやってきた。クレアはよどみのないフランス語で矢継ぎ早になにか言った。ウェイターはうなずいて立ち去った。数秒後、ウェイターはワイングラス二個と汗をかいたボトルを手に戻ってくると、慣れた手つきでコルクを抜き、グラスを満たしたのち、シルバーのアイスペールに入れた。

「成功を願って」クレアはグラスをあげて言った。「そして、エリザベス・ウェアリング・ハートの今後の無事を祈って」

　ヘレンはクレアとグラスを合わせたが、少し力を入れすぎた。それから笑顔になってひとくち飲んだ。ワインだとばかり思っていたが、それだけでなくもっと強くておもしろい味が混じっていたし、オレンジピールの風味もあった。

「これはなんというお酒？」

「リレよ。ボルドーワインにリキュールと、ほんの少しキニーネが入っていて、いい具合に冷やしてあるの。慣れが必要な味かもね」

「ひとくちで慣れたわ。とてもおいしいです」

ヘレンはもうひとくち飲んで椅子の背にもたれると、また口をひらいた。

「正直、これまで受けた訓練がとても役に立ちました。監視を振り切ることだけじゃありません。学生時代、体育の授業ではいつも人一倍のろまでした。でも、ファームでは、それまで男の人しかやらないとされてきたこと——銃を扱う、M‐16サブマシンガンを背負ってヘリコプターのスキッドから懸垂下降する、空手チョップや体落としなどの護身術——をやらされました」

「こっちも同じ。なにもかもが新鮮だったのを思い出すわ。ものめずらしかった。男どもは本来の姿に戻るだけでよかった。ひげを剃るのをやめ、懸垂競争をして、だいたいはティーンエイジャーみたいに振る舞っていればよかった。でもわたしはと言えば、毎朝五時前には起きて、髪を洗ってブローする時間を作るために駆けずりまわらなきゃならなかった」

ヘレンはおかしそうに笑い、リレをまた口に運んだ。

「歯を食いしばってがんばったわ」クレアは言った。「大事なのはそれ」

「わたしもです。忘れたことがありません」

「ご褒美に、もう少し注いであげる」

彼女はヘレンのグラスにおかわりを注いだ。ここにもひとり、極上の一杯でヘレンの決意をあと押しするＣＩＡの職員がいた。ボーコムはなぜ手を貸してくれるのか、自分と寝ているから、それと義理があるからという以外、積極的には語ってくれなかったが、クレアの真意は問えば答えてもらえるかもしれない。

「ひとつ教えてください」ヘレンは言った。「なぜわたしに協力してくれるんですか？」

「それはもう話がついていると思ってたけど。ギリーをとめるためよ」

「それは、わたしが正気を失う前、逃亡者になる前の話でしょう。メッセージのやりとりしかしていなかったときの話でしょう。でも、いまは？　こんなことをしていたら、ご自分のキャリアを棒に振ることになります。もしかしたら、それだけじゃすまないかもしれません」

「わたしのキャリア？　いまのわたしのキャリアとやらがどういう状態か教えてあげる。この二週間というもの、フランスの閣僚のひとりと肉体関係を持っているかもしれない——もう一度言うわよ、肉体関係を持っているかもしれない高級娼婦の行動を見張らされている。そんなことを気にするフランス人なんてひとりもいやしないのに。もちろん、閣僚はまったく現われていない。この状態があと一週間つづくようなら、退屈しのぎにその娼婦を誘って一杯やるつもり。あら、ありがとう（メルシー）！」

ウェイターが注文のランチを持って現われた。ヘレンのはサラダを添えたマッシュルームのオムレツだった。ありきたりなメニューねと心のなかで思ったが、香りを嗅いだとたん、自分がいかに空腹だったかを思い出した。彼女は食べはじめた。

「パリはなにを食べてもこんなにおいしいんですか？」

「あら、カリーヴルストが恋しくないの？」

ヘレンはほほえんだ。

「とにかく、わたしのキャリアはいま話したとおり。もっといい任務をあたえてほしいと頼みこんだこともあったけど、そういうのは全部、若造にまわされちゃう」

「若造？」

「こっちのＭＩ６の支局にいるイギリス人の友人が同僚の男たちをそう呼んでるの。若造って。連中ときたら、やることは十五歳並みで、わたしの仕事になんかほんの少しも興味を示さない。ただし、もちろん、わたしが一度に一時間以上、なんの理由も言わずに留守にしたときはべつ」クレアはすばやく腕時計を確認し、店内をざっと見まわした。「そうでなければ、六時までここにいすわってリレを飲んでいたいところ」

「戻らないといけないんですか？」

「この午後の外出については適当にごまかしておくから、それは心配しなくて大丈夫。それに、わたしたちふたりの目的について、わたしがどれだけ深く心を動かされたか、わかっていないみたいね」クレアはヘレンのバッグから突き出ている雑誌を頭で示した。「でも、きっとわかるはずよ。それに全部書いてある」

「そんなにひどいことが？」

「単なるレイプじゃない。あれは拷問よ。それも何時間も何時間も。うちで使っている情報提供者のひとり、ジャスティンは、わたしが見つけたとき血を流していた。それがわかったのは、あの男が隠れ家に長居しすぎたというだけのこと。わたしが連絡員と会いに訪れたら、ふたりがいた。十分遅かったら、鉢合わせしなかったと思う。彼は服を着ているところで、彼女のほうはベッドに横になっていた。ジャスティンのほうはひとこともしゃべろうとしなかった。わたしは関係ないと彼に言われた。どうしたのか訊いたら、個人的な問題で、わたしに渡したんだけど、二日後、ようやく勇気をふるい起こしたみたい。それで、ふたりで会ったら、なにもかも話してくれたというわけ」

「それで、あなたはどうしたんですか？」

「最初に、身の安全のため、ジャスティンのあらたな身分を用意した」

ヘレンもそれを思いつくべきだった。そうすればアンネリーゼは命を落とさずにすんだかもしれない。食欲が失せ、オムレツが刺さったフォークをおろした。

「それから、それを報告書にまとめて週次報告の添付資料としてファイルした」

「支局長に提出したんですか？」

「そう。最近、心のなかではわたしのPOSなCOSと呼んでる。POSはこんちくしょう（ピース・オブ・シット）の略よ」

「まあ。うちも似たようなものです。それで、支局長はどうしたんです？」

「なにも」

「じゃあ、なんと言ったんですか？」

「証拠のない単なる噂。はねつけられた女のたわごと。ジャスティンは過去にも同じことをしていると言ったわ。何度も何度も言われたものだから、わたしもその話にも一理あると思いはじめたくらい。だってわたしは最初からその場にいたわけじゃないから。ジャスティンのほうが話を大げさにしていたのかもしれないじゃない。その後、マリーナの件を耳にした。あなたに彼女を会わせたいけど、いまはまだはっきりしたことは言えないわ。彼女の偽の身分はかなり綿密に作られていて、居場所をここで口にするのも危険なくらい。でも、あなたにならきっと話してくれるはず」

「いつですか？」

「オードラとわたしとで手配ができしだい」

「オードラさんはわたしたちがどんなことをしているか知っているんでしょうか？」

「上のほうの助けを得るには話すしかないじゃない」

「そうですね。ただ……」

「ええ、わかる。あなたが追われる身となったいまは、知る人が少なければ少ないほうがいい。でもどうしたって助けは必要よ。だって、ギリーとその仲間のほうが数ではこっちを上まわっているし、あなたがいまも調査をつづけていると知ったら、真っ先にここを探すもの」

「どうしてですか？」

「あの男はわたしのこともマリーナのことも知っているから。それに、報告書はふたつともパリが出所だということも。だとしたら、なんとしてでもすべてのピースを集めようとしているあなたが、ここ以外どこに向かうというの？　だからこそ、対監視技術を総動員し、たっぷり一時間かけてここに来たのよ。ついでに言うと、さっきのスーツの男がまた現われた。でも見ちゃだめよ。オムレツを最後まで食べないほうがいい」

「誰だかわかりますか？」

「うちの優秀なる人間ではないわ。それはたしか。たぶん、熱心すぎる売り場主任でしょう。でも、後悔するよりは身の安全をはかったほうがいい。わたしの左肩の奥に通路があるのが見える？　厨房の扉の近くに」

「はい」

「その奥に女性用の化粧室がある。その先が非常口になっている。扉をあけて三秒以内に閉めれば、非常ベルは鳴らない。あの男があなたをつけていくようなら、わたしが途中でとめる」

「とめてどうするんですか？」

「渾身（こんしん）の演技で気を惹くの。当然でしょう？」クレアはほほえんだ。「今夜、また会いましょう。そのときまでにもう少し手配を進めておく。じゃあ、八時に」

「場所は？」

「ビュルク通りにある隠れ家。五番。モンマルトル地区の川をはさんで反対側、メトロのアベス広場駅近く」

「局で使っている隠れ家ですか？」

クレアは首を振った。

「オードラがわたしたちのために用意してくれた場所」

「では八時に。それと、ありがとう」

「お礼は連中の鼻をあかしてからにして」

ヘレンはハンドバッグを手にすると、立ちあがって歩きだした。うしろをちらりとも見ずにテーブルのあいだを縫うように進んで奥に行くと、廊下を通って非常口のドアをあけ、急いで外に出て閉め、足音を響かせながら階段を駆けおりた。

一階にたどり着いたときには、ランチをもどさないようこらえるのがせいいっぱいだった。またひとりきりで七時間以上もつぶさなくてはならない。

38

モンマルトル地区の絵のように美しい急な坂道の途中に、その隠れ家は建っていた。ヘレンがベルリンで調達したどの場所よりも格段にしゃれたアパートメントの三階だった。なにしろ、絵はがきのようにきれいで、パティスリーや書店にほど近く、美しいバルコニーからは下を通る狭い玉石敷きの通路が見おろせる。それでも、ヘレンは足を踏み入れた瞬間から、なにかがおかしいという感じがしてしかたなく、それが顔にも表われていたらしい。

「どうかした?」先に着いていたクレアが声をかけた。彼女は脚を組んですわり、右腕をソファのうしろにのばし、煙草をくゆらせていたが、小粋で堂々としたその姿は、かの有名な写真家カルティエ゠ブレッソンのためにポーズを取っているかのようだった。ヘレンのほうはと言えば朝から同じ恰好で、着ている本人と同じくすっかりよれよれになっている。ここに来たのは休息と避難場所を求めてのことだ。しかし、内なるレーダーが用心するよう小さく警告音を発しつづけていた。

「なんと言っていいか」ヘレンは依然として玄関から室内の様子をうかがっている。

引っかかるのはここの家賃がばか高そうなせいだろう。あるいは、経理担当の顔が真っ青になるほど贅沢な調度品がそろっているからかもしれない。それに、入り口わきの傘立ての隣に、歓迎委員会よろしく鎮座しているリカーワゴンにも意表を衝かれていた。

「入ってすぐのところにあんなお楽しみを配置するなんて斬新なアイデアは、わたしじゃとても思いつかない。こちらの隠れ家ではみんなこうしているんですか？」

「わたしもいままで見た記憶はないわ。さっきも言ったように、ここを調達したのはオードラなの。わたしも来るのははじめて」

「装置が作動しているか調べましたか？」

「ううん。あなたに言われて気づくなんてばかみたいね。まったくそのとおりだわ」

ヘレンはクレアについて廊下を進んだ。毛足の長い廊下用カーペットにエンボス加工の壁紙、キングサイズのベッド。なにもかも清潔で、豪勢で、手入れも行き届いている。ただし、装置はべつだ。玄関のクローゼットにあるのがあっさり見つかった。ヘレンはこのときも顔をしかめた。

「なにかまずいことでも？」クレアが訊いた。

「少し機種が古いなと思って」

「わたしが知っている録音機というと、秘密工作用にあたえられたコンパクトなモデルだけよ。ナグラSN。たしかスイス製だったと思う。CIAよりも東ドイツのほうが好んで使っているはず」

「実は、ここにあるのはオランダ製なんです。フィリップス社のもの」

「それじゃだめなの？」

「いいえ、おそらく問題ないと思います。でも、局の購入リストにこのメーカーの名前はなかったような。わたしが担当するようになる前のことなんでしょう。それでも、この場所にそうとうお金をかけているはずなのに、新しいものに替えていないのはちょっと変です。この家はふだん利用しているリストには入っていないということでしたよね」

「ここは一度も当たったことがないし、場所がわたしの好みよりもやや観光地化されている。カメラをぶらさげて歩きまわる外国人が多すぎるもの。でも、こういう場所を管理するのはわたしの仕事じゃない。うちとはべつの現場担当官が専用に使っているのかもしれない」

「たしかにそれもひとつの方法ですね」

「ベルリンではそういうやり方はしていないの？」

「そんなふうにやっている支局があるなんて知りませんでした。でも、ベルリンではわたし独自のルールを導入しているので、パリ支局の担当者もそれと同じことをしたのかもしれません」

「オードラに訊けばわかるかも」

「べつに彼女をわずらわせるほどのことじゃありませんから。隠れ家の管理をめぐることばかりくわしくなっちゃって。自分がそんな存在になり果ててしまったってことですね。わたしがまともに知っているのは、この仕事のほんの一部だけなんだわ」

「とても貴重な情報なんだから、そんなに自分を卑下しないの。なにか飲む？」

「いいですね。でも、強いお酒を飲んだら、ソファに丸くなって寝ちゃいそう」

「ワインにしようと思ったの。キッチンを見にいきましょう」

ふたりは奥に向かった。冷蔵庫は中身がいっぱいだった。専門店の総菜、肉用包装紙にくるまれたヒレ肉。ワインは上等な年代物だった。ここの借り主はどんな人なんだろう。寝室にあった服やその他の品から判断するに、そうとう羽振りのいい男性だろう。ヘレン自身はもっとつましい収入で質素に暮らし、本人も住まいもあまり注目されないような借り主を好む。

「乾杯」それぞれのグラスにワインを注ぎ、クレアが言った。ボルドーの白。いまの気分にぴったりだ。最初のひとくちが胃に届き、ひんやりとした感触が広がっていく。ヘレンは大きく息を吐いて、カウンターにもたれかかった。

「今度のことで、ひとつわかりました」と言った。

「どんなこと？」

「わたしはこの仕事に向いてなかった。これまでずっと、現場に出るだけの力があると思ってたけど、こんなこと、一カ月も持つかどうか。ましてや一年以上なんてとても無理」

「当然よ。あなたは密告され、いまは逃亡の身。だから、なにをどうすればいいのかわからないのは当然よ。作戦行動の大半は、それとはまったくちがう。わたしの任務に関して言えば、最大の敵は退屈ね。あなたみたいに隠密行動をしたことなんかないもの。正確に言うなら、十二歳のときが最後」

「十二歳？」

クレアはほほえんだ。

「地元の教会で牧師を探していて、父がその選定委員会のメンバーだったの。その夏はずっと、日曜日になるたびに父はわたしたち家族をステーションワゴンに乗せて、候補者を求めてジョージアじゅうをまわったわ。オーガスタ。ウェイクロス。ティフトン。十一時のミサに合わせて到着するようにしていたものよ。退屈な説教を聞いたあとは、教会の芝生の上で、持ち寄った料理のランチ」

「聞いているだけでげんなりしてきます」

「おもしろかったのは父から言われた約束事。なぜ来たのかと訊かれたら、よその町からたまたま訪ねてきてるんですと答えることになっていたの。アトランタから来たマーティン一家と、偽名まで使っていた。よそいきを着てうそをついてもいいとお墨つきをもらったわたしたちは、詮索好きな信者の女性たち相手に罪のないうそをつきながら、彼女たちが作ったフライドチキンやゼリーサラダを食べたものよ。本当に楽しかった。それもあってＣＩＡに興味を持ったんだと思う。それと、大学に来た採用担当者がロバート・レッドフォードに似ていたというのもあるかな」

「わたしがかかったのも同じ罠です」

クレアはグラスに残った最後のワインを飲みほし、流しに置いた。

「じゃあ、始めましょうか」

ふたりは居間に場所を移した。クレアはソファに、ヘレンは安楽椅子にすわった。ふと見ると、クレアが中身がぱんぱんに詰まった大きなトートバッグを持っていた。

「さっき、マリーナという名前が出ましたよね。わたしが次に接触する相手が彼女なんでしょうか?」

「そうよ」

ヘレンが次に口をひらこうとした直前、部屋の反対側から、かちりという小さいながらはっきりした音が聞こえた。クレアも同じ音を耳にしたらしく、顔をしかめて音がした方向に目を向けた。

「なにかしら?」

また音がした。テレビの下の収納棚から聞こえたようだ。ふたりが確認のために近づいて、棚の扉をあけたところ、テープレコーダーがおさまっていた。

「マイクの試験中」ヘレンが言うと、リールが動きはじめた。数秒後、かちりという音とともに停止した。

「音声作動式だわ」ヘレンの結論を裏づけるように、リールがふたたびゆっくりまわりはじめた。彼女は手をのばし、スイッチを切った。

「普通、こういうものをここには置かないわよね。ちがう?」クレアが訊いた。

「ええ。少なくとも、管財および人事部門が全支局に通知したガイドラインには沿っていません。それにこういう機器は扱いにくいんです。これだとちゃんと聞こえないでしょうし、上にあったものよりも古いですね。同じフィリップスの製品ですけど」

「なんだか気味が悪くなってきた。ここでは安心して必要なことを話せない」

「じゃあ、どうしましょう？」

「あまり遠くないところに小さなカフェがあるの。静かだし、混んでいないことがほとんどよ」

　クレアはドアのほうを示した。

「その前にやることがあります」

「テープの始末？」

「マリーナという名前を口にしましたから」

　ヘレンは巻き取りリールをはずして歯でテープをかみ切り、録音された部分をリールからはずした。ひらひらした束をトイレに持っていき、便器に流した。ふたりはそれが渦を巻きながらパリの下水に消えていくのを黙って見守った。

39

ウェイターがエスプレッソのデミタスカップをふたりの前にそれぞれ置いた。奥の、人目につかないスペースにいる客は、ヘレンとクレアのふたりだけだ。大きなトートバッグはテーブルの下に置いてある。あけ放した裏口から小さな庭に出られるようになっていて、かごのなかでインコが甲高い声でしゃべっていた。

「マリーナはうちの支局で使っている情報提供者だった」クレアはそこで言葉を切り、あけ放したドアのほうに目をやった。とたんにインコが静かになった。「以前はここととマルセイユを行ったり来たりしていた。いまは国境の反対側で活動している」

「ドイツで？」

「スペイン。パリ支局の記録によれば、現在は活動していないことになっている」

「いつからですか？」

「五カ月前から。ギリーに対し苦情を申し立てた時期と一致する。わたしとあなたが目撃したのと同じようなことがあったの。というか、わたしはそう聞いている。そこが問題なのよ。この目で見たわけじゃないから、なかったことにされてしまった。消去されたの」

「支局長によって？」

「そう。その後、マリーナは深く潜行し、行方がわからなくなった。昔の現場担当官の手を借りたと考えられてる。彼女の居場所が突きとめられたのは、オードラを介したからよ。彼女はサン・セバスティアンにいる」

「スペインにいるんですか？」

「バスク地方。マドリッド支局の手配で、バスク祖国と自由、つまり独立派のテロリスト・グループに目を光らせている。ETAに見つかったら、彼女などあっと言う間に殺されてしまうはず。そう考えると、マリーナはそうとうケヴィン・ギリーを恐れていることになるわね。幸いなことに、彼女はその任務にうってつけなの。パリの生まれだけど、母はバスク人で、父親はアルキだから」

「アルキ？」

「アルジェリア人でありながら、アルジェリア戦争でフランス側について戦った人たち。その人たちの一族は諸手をあげて受け入れられたというわけではなく、だからこそマリーナはとても優秀な情報提供者なの。誰を信頼していいかわからない環境で育ったから。きょうの午後、オードラがパリに来るよう、連絡したの。あなたに会わせるために」

「でも、オードラさんに見つけられるなら、ギリーだって見つけられるはずでは？」

「そうでしょうね。でも、数年前、彼の部下のうちふたりがETAの爆弾製造者を殺害し、ETAはそれを恨みに思っている。そのギリーの部下ふたりを、マリーナはスペイン側に売り渡した。いまや彼女とギリーは不倶戴天の敵と言える。どちらか選べるなら、彼はあなたより先にマリーナを殺すでしょうね。でも、彼だってスペインまで彼女を追いかけるほど愚かじゃない。だから、あくまで相対的な話だけど、彼女は安全でいられるの」

「だったら、わたしのほうから会いに行きましょうか」

「いまは、国境を越える回数は少ないほうがいい。カナダ人という身分がどこまで通用するか確信が持てないから。それに、ＥＴＡはあなたに対しても容赦しないはずだし、いったん向こうに行ってしまったら、わたしには助けるすべがない。ひとりになればなるほど、見つかる確率は高くなる」

「たしかに。味方にもギリーにも」

「そのふたつは同じじゃないの？」

「ギリーはルールを完全に無視して部下を集めているらしいんです」ヘレンは言った。

クレアが両の眉をあげた。ヘレンはドラクロアの件とギリーのベルリンでのやり方についてわかっていることを説明した。

クレアは動揺したようにカップを騒々しくソーサーにおろした。

「だとすると、これからやろうとしていることはいっそうむずかしくなる。それにこのことをマリーナも知っているなら、なかなか来たがらないのもよくわかる」

「こちらに来るのを拒んでいるんですか？」

「拒んでいるというわけじゃなく、後方支援を要請してきている。それが、オードラのほうで準備できる以上のものなのよ。わたしの能力も超えているけど、なんとかしようとがんばってるところ」

「あらためて供述書なりテープなりを作成して、外交郵袋経由で送ってもらうというのはどうでしょう？」

「ああいう目に遭ったせいで、彼女は通常のルートを信頼しなくなってしまったの。少なくともこの件では。じかに会うのでなければなにも話さない。本人はそう言っている」

「危険をおかしてここまで移動しなくてはならないのに？」

「ばかげた恐怖と不信感のなせるわざよ。一種の職業病なんでしょう。とにかく、あなたは一日か二日、じっと待っているしかないということ」

「ここならぼんやり待つのも苦になりません」ヘレンはほほえんだが、クレアは冷静な態度を崩さなかった。

「彼女が来た場合も、会うとしたら彼女が出した条件をのんだうえ、彼女の段取りに従うことになる。それでも、必ず会えるという保証はない。ギリーがなんらかのトラップを仕掛けてマリーナの帰国を知った場合、あなたの身も危険にさらされる。わたしにできるのは、マリーナが確実にあなたと会えるよう手配することだけ。遠方にいるオードラの力を借りながら」

「またもオードラの登場ですね。われらがデルフィの神託巫女」

「ええ。あの人の職名に入っている〝記録〟という文字は、わたしたちでは閲覧を許されないすべてのものにおよんでいるみたい」

「ベルリンの記録担当者も感心していました。オードラさんはなんでもよく知っていると言って」

「そう考えると、ギリーの不道徳な振る舞いについて聞きおよんでいても不思議じゃないわ。うちの支局長が焼却する前にわたしの報告書も目にしたんでしょう。でも、マリーナの件はいかなる形にしろ、本部にはあげていない。だから、本人から直接、証言を聞くしかない。今度は紙に書きとめる程度ではだめ」

クレアはトートバッグに手を入れ、小さいけれど不恰好なカセットレコーダーを出してテーブルに置いた。安っぽい日本製品で、どこの家電店でも買えるような代物だ。

「音声で作動するけれど、隠れ家にあったような扱いにくくて、音が大きなものとはちがう」

「でも、小型で高性能のスイス製ともちがいますね」

「これも一種の偽装よ。ナグラのレコーダーなんか持っているところを捕まったら、すぐに正体がばれてしまう。たとえここでもね。このレコーダーならば、どこの捜査当局に調べられても、鳥の鳴き声を録音するのが趣味のバードウォッチャーでとおる。あなたは田園地帯での散策を中断して、いまはパリを訪れている。バッグのなかには、身のまわりのものと一緒に鳥の鳴き声を録音したカセットがふたつと、ヨーロッパの鳥の図鑑が入っている」

「野外を散策するのにふさわしい服なんか一枚も持ってきていないわ」

「わたしがちゃんと用意した」

クレアは大きなトートバッグから青いキャンバス地の一泊用バッグを出し、ファスナーをあけた。中身がいっぱいに詰まっていた。

「旅行用の衣類も少し入れてある。それにスカーフを何枚かと薄手のカーディガンを一枚、予備のサングラス、べつのかつらもね。尾行者をまくときにすばやく外見を変えるための道具だから、常に持ち歩くこと。短時間で用意しなくてはならなかったから、四の五の言わないでね」

ヘレンはなかの一枚のラベルを確認した。

「なぜ、わたしのサイズがわかったんですか？」

「見当をつけたのよ。わたしはそういうのがけっこう得意なの。鳥類図鑑は一カ所だけページが折ってある。ページの数字がフランドル小路にある小さなホテルの番地になっている。今夜遅い到着ということであなたの偽名で部屋を予約してあるから、いまのホテルにあまり荷物を置いてきていないといいんだけど」

「歯ブラシと着替えが数着だけです。ホテルには戻らないほうがいいんですね？」

「戻らないのがいちばんね。それと、カルチェ・ラタンには絶対に近づかないこと。ギリーが学生を雇っているとしたら、そこがいちばんまぎれこませやすい場所だから。今夜泊まってもらうホテルがあるのは十九区といって、周辺は静かでずっと庶民的で、カメラをぶらさげた観光客が少ないの。それでも、明日までにマリーナと会う準備が整わなければ、またべつのホテルに移ってもらうことになる。できれば、もう少し北東に」

「なぜ北東なんでしょう？」

「マリーナはいずれそこに現われると踏んでいるから。彼女はそこのバンリューのひとつ、ボンディで育ったの」

「バンリューというのは？」

「郊外という意味だけど、パリの人間にとってはほぼ百パーセント、スラムのこと。コンクリートでできた高層ビルと、この国に本当の意味でなじんでいないアルジェリア人たちの街。壁にはギャングの落書き、トレーラーハウスのモスク。いまもモーリス・シュヴァリエを気取ったベレー帽姿のおやじ連中を山ほど見るわ。マリーナにとってはホームグラウンドだから、ギリーよりも土地勘があって安心できるはず。この件で有利なのは、マリーナの話がパズルの最後のピースだという点ね。それさえ手に入れば攻撃材料としては充分で、あなたは孤立状態から脱することができる。そしたら、ベルリンに戻る最初の列車に乗せてあげられる」

「そのあとは？」

「上の人たちがまともな頭をしていれば、自分たちのすぐ鼻先であなたがやってのけたことに、少なくとも感心するはずよ。もちろんソヴィエト側に寝返らなかったことで大きく胸をなでおろすことは言うまでもないけど。それを切り札として、本国への帰国を命じられる前に取引すればいい。少なくとも、以前よりは強力な切り札になると思う」

「その時点で指名手配されていなければの話ですね」

「そのとおり。でも、ほかに方法はある？」

「いえ、思いつきません」

ふたりはしばらく無言で、ヘレンがコーヒーを口に運んだ。

「規律違反と言えば」ヘレンが口をひらいた。「いただいた報告書を提出したら、出所を突きとめられてしまうんじゃありませんか？」

「痕跡はしっかり消してある。少なくとも六人の手に渡るようにしたから、その人たちにもわたしと同様の嫌疑がかかる。わたしも取り調べを受けることになるか？　ええ、もちろん。それは大丈夫」

「うそ発見器にかけられるかもしれませんよ」

クレアはおかしそうに笑った。

「受けて立つわよ。ソヴィエトの尋問手法にそなえる訓練を受けた際、わたしは四回のうち三回もポリグラフに引っかからなかったんだから」

「強靭(きょうじん)な神経の持ち主なんですね」

「さもなければ、世界最高のうそつきか。結婚することがあったら、きっと役に立つでしょうね」

ヘレンはおかしそうに笑った。一緒にいてこんなにも元気になれる人とはめったに出会えない。置かれている環境もあるのだろうが、どんな状況で出会っても、この人とはきっと仲良くなれた気がする。

「もっと親しくなれないのが本当に残念です」

「まったくだわ。でも、残念ながら、わたしたちふたりのため、あなたにはここから先、ほぼひとりで行動してもらう。わたしも勤務時間外ならいくらか手を貸せるけど、疑念を抱かれることなく席を長時間離れるのはもう無理。きょうのランチが長かったこと、支局長は気づいたみたいで、あちこち訊いてまわってたらしいの。つまり、わたしたちはもう二度と顔を合わせないほうがいい。だから、毎日連絡をする時間を決めましょう。なにか進展があったらオードラに連絡できるよう、就業中のなるべく遅い時間がいい」

「一六時〇〇分では？」

「ちょうどいいわ。明日はわたしからあなたのホテルに電話する。計画を変更する必要があれば、臨機応変にやりましょう」

「わかりました。最後にひとつ、明日一日どう過ごせばいいかアドバイスをもらえませんか？　朝から晩までホテルの部屋に閉じこもっているのもどうかと思って」

「外に出て役割を演じてちょうだい。インスタントカメラをかまえた人混みに入ることになるけど。あなたは倹約家のカナダ人なのを忘れないで。頭のなかは鳥の鳴き声のことでいっぱい、シーズンオフに休暇を取ったのは旅行費を浮かせるためで、光の都パリに感動しているカナダ人。お店の人にいいカモにされるのもいいでしょうから、ぜひとも少しショッピングを楽しみなさい。派手でけばけばしいものを買うといいわ」

「わかりました。そうします」

「それと、段取りをつける時が来たら連絡するから、途中何度か部屋に確認を入れること。それ以外はできるだけのんびり過ごすように。もちろん、常に見つかる危険はあるわけだけど。局の人間かギリーに」

ヘレンは唾をのみこんだ。

「とても楽しそう」

「できるだけ、そういうふりをして。これまでもしっかり警戒してきたと思うけど、明日、あさってはその二倍は警戒するように。それと同時に、頭が空っぽな、いかにも観光客らしい笑みを浮かべるのも忘れないように」

ヘレンは首を振った。

「わたしなんか、あなたの半分もうまくできないわ。どうやったらいいのかさっぱりわかりません」

「いいえ、わかっているはずよ。ただ実践が足りないだけ」

「実践したことなど一度もありません」

「ここまでなんとかたどり着いたのだし、目標の半分まで来ているじゃない。あなたは機転がきくし、頭も切れる。それにいまのあなたはもう、連中が知っているあなたとはちがう。だから、自信を持ちなさい。いいわね」

「わかりました」クレアがヘレンの手を強く握りしめた。「そうします。では、いつか刑務所から出られる時が来たら――」

「冗談でしょ？　刑務所ですって？　あなた、自分が刑務所送りになると思ってるの？」

「ええ、そうじゃないんですか？」

「いったん証拠を渡してしまえば、向こうとしてはあなたを口止めするくらいしかできないわ。イギリスが放蕩息子（一九五〇年代、ソヴィエトの課報機関にスカウトされスパイとして活動したケンブリッジ大学出身の五人のこと）全員に対してやったのと同じことよ。向こうとしてはあなたが最終的に司法の場に出ていくのは望まないはず。そしたらあなたに全部ばらされてしまう。しかも宣誓したうえでね。アメリカの大衆に向かって、この国の公僕がどんなことをしてきたか、ばらされてしまうのよ。そんなことを望むわけがない。ベルリンに戻れば、向こうはあなたと条件について話し合うしかない。むずかしいのは、その途中よ」

「最悪の場合、どんなことをしてくるでしょう？　ギリーの場合」

「残念だけど、あなたを殺すでしょうね。状況が許す範囲ですみやかに、かつ手際よく」

「だったら、もう行かないといけませんね」

　クレアはうなずいて、あたりを見まわした。奥のドアに目をやり、つづいて首だけ動かして正面の入り口を見やった。ヘレンの見るかぎり、この女性のレーダーのスイッチは二十四時間切れることがないようだ。

「一緒に出ないほうがいい」クレアは言った。

「わかっています」

　ヘレンは立ちあがり、膝の力が抜けていくのを感じながら、どうにか笑顔をこしらえた。

「では、さようなら。そしてありがとう」

「これからもできるかぎり支援していく。少なくとも後方支援の面で。わたしは信仰心などまったく持ち合わせていないけど、これだけは言わせて。成功を祈ってる」

ヘレンはきびきびした足取りで歩いていき、一度も振り返らなかった。

40

二〇一四年八月

朝の四時、ヘンリーは目が覚めた。月の姿はなく、アンナの姿もなかった。起きあがって耳をすます。夜の虫の声はもう聞こえず、息苦しいほどの静寂が広がり、家全体がもの寂しく、いくらか不気味にすら感じられる。アンナは歩いて帰ったのだろうか。ヘンリーは立ちあがって部屋のなかを移動したが、アンナが床に放った自分の服の山につまずきかけた。昨夜の激情はすでに過去のものとなり、べつの人生のこととしか思えない。おればばかだ。口にしてしまった言葉はもう取り戻せない。ヘンリーはボクサーショーツを探りあて、ズボンを穿き、シャツのボタンを締めた。立ちどまり、もう一度耳をすますと、紙がかさかさいう音や、コップをテーブルに置くときの鈍い音が聞こえた。

廊下に出ると、居間の明かりがついているのが目に入り、突きあたりを曲がってみるとアンナの姿が見えた。服をきちんと着て、ランプが放つ琥珀色の光のもと、カウチにすわっている。コーヒーのにおいが鼻腔（びこう）をくすぐり、アンナの前のテーブルに置かれたマグから湯気が立っているのが見えた。彼女は母親の手紙を読んでいた。

ヘンリーは驚かせたくなくて咳払いをしたが、近づいていっても彼女は顔をあげなかった。体に触れないよう注意しながらそばを通りすぎたが、どっちみち彼女はむっとしたようによけた。

「コーヒーを淹れたんだね」

「キッチンにある」

ヘンリーはマグを手に戻ると、適当とおぼしい距離を置いて腰をおろした。

「はかどっている？」

「さっき始めたばかりだから」アンナはまだ顔をあげず、声には抑揚がなかった。「どの手紙も差出人はふたりだけみたい」

しばらく見ていると、彼女はべつの封筒から折りたたんだ便箋を出し、テーブルの上にしわをのばして置いた。そこでようやくヘンリーと目を合わせた。

「まだいくつか訊きたいことがあるの。ゆうべの話のことで」

昨夜、月明かりに照らされた寝室でふたり並んで横たわり、ことが終わったあとの気怠い余韻にひたっているときだった。ヘンリーはこの件における自分の秘めた役割を白状してしまいたいという、無謀な衝動に駆られた。洗いざらいすべてを。晴れ晴れとした気持ちで前に進むにはそうするしかない。決断したきっかけは、おもにアンナの瞳だ。底の知れない情熱的なまなざしが彼の心に自白薬のように働いた。彼女をだましているという罪悪感があぶくとなって浮きあがり、すくい取られるのを待っている。告白する条件はこれ以上ないほど整っている。風がカーテンを揺らし、スイカズラの甘い香りがただよってくる。アンナが手をのばしてきて、彼の頬をなでた。

「すてきだった」アンナがささやく。「今夜のこと」

「うん。なにもかもがすばらしかった」

「まずいことをしただなんて思ってないわよね？」

「全然」

「ただ、あなたがそんな目をしてるから。迷いがあるように見える」

つまり彼女は気がついていたし、彼の心を完璧に読んでいたわけだ。そこから導いた結論は誤っていたにしても。

「後悔なんかしてないよ。これに関しては」

「じゃあ、なにを後悔してるの？」彼女のあの目が、最後の決定的なひと押しとなった。

「話しておかなければいけないことがある。おれの仕事のことだ」

「まさか、CIAだって言うんじゃないわよね？」これから打ち明ける話がどれほどのものか、まだわかっていないアンナはほほえんだ。やめるならいまが最後のチャンスだ。しかしヘンリーは突き進んだ。

「ちがう。だが、ボストンに来たのは仕事を辞めてのんびりするためじゃない。新しい仕事の一環だ」

「連邦検事のところの仕事?」

「同じつてで得た仕事だが、雇い主は異なる。推測するに、国家安全保障関連の組織にいる人物だろう。もっとも、それについてはこれまでもずっと、やや漠然としていた」

「そう」アンナは、このあとの話を聞くのが怖いのか、ぴくりとも動かなくなった。

「おれがここに差し向けられたのは、きみの家を見張るためだ。いや、正確に言うなら、きみのお母さんを」

「母を?」アンナはかろうじて聞き取れる程度の声で言った。「母を監視していたの?」

「監視じゃない。観察だ。いちばんの関心事は家を訪ねてくる人間だった。出入りする人間全員が対象だ」

「ふうん、観察。たしかに大違いだわ。じゃあ、母が出かけるときは、尾行したの?」

「していない。尾行はいっさいしていない。ここにいた」

「そう、だったらまだましね。それで、そうやって集めた……情報をどうしたの?」

「ワシントンにいる人間に電話で報告した」

「誰?」

そう訊かれた瞬間、ヘンリーは本当のことを洗いざらいしゃべるわけにはいかないと気がついた。すべてが台なしになってしまう。それにアンナと自分の身を危険にさらすことになりかねない。半分まで打ち明けただけでも充分なダメージをあたえてしまった。けれども、とりあえず、手に負えるのは半分までだ。

「おれも知らない。名前を知らされていないんだ」はじめてのうそだが、そもそもミッチが本当の名前だとは思っていない。だから、たいしたうそじゃない。「知っているのは電話番号だけだ」

「だったらその番号に電話して訊けばいい」

「もうつながらないよ。あの事件で、連中もおれと同様、パニックになってね。それでいっさいの連絡を絶った」うそがさらにふたつ。どんどん深みにはまっていく。「きみが訪ねてきたときはここを離れる直前だったんだ」

「そのときにいまの話をしてくれてもよかったじゃない」

「うん。たしかにそうすべきだった。だからこうしていま話している」

「ひどいわ、ヘンリー！　ことによったら、あなたの上司がマールの上司かもしれないのよ！」

「それはない！」うそをつく必要のない話題になったことに安堵し、彼は首を横に振った。「連中が黒幕ならば、人の出入りを把握させるために人を雇うと思うかい？　しかも、そうしておいて、おれをこんなところに置いてけぼりにしていくわけがない」

「だったら、どうして居残ってるの？」

「それは言ったじゃないか。きみのためだ。いまはきみの仕事をしているからだ」

「だったら、そのいまいましい能力を使って、誰なのかを突きとめなさいよ！」

「そうするよ。少なくとも努力はする。だが、まずは手紙を調べるほうが先だと思わないか?」

　彼女はしばらくヘンリーの顔をまじまじと見つめた。それから力いっぱい、彼の顎をひっぱたいた。彼はほとんど顔色を変えず、顔をそらしもしなかった。アンナは肩をがっくり落とすと、体を震わせながら押し殺した声ですすり泣いた。ヘンリーはにじり寄って、その体を抱きしめた。意外にも、彼女は抵抗しなかったが、それもほんのいっときだった。やがて彼の腕を逃れ、派手にため息をついてベッドから出た。

「ひと晩考えさせて。B&Bまで歩いて戻る元気がないから、ソファで寝る。今度わたしに手を触れたら、訴えるから」

「おれは本当にきみの味方（オン・ユア・サイド）だ」

「だったら、わたしの味方らしく、わたしの横に（オン・マイ・サイド）いることね。わたしの上に乗るんじゃなく。わたしと同じベッドで眠るんじゃなく。朝になったらこのあとどうするか決める。それまではひとりにさせて」

　そしていま、ふたりはこうしている——あれから数時間がたち、ふたたび面と向かい合っているものの、まだどこか気づまりで、居心地の悪いものを感じていた。

「どのくらいやっていたの?」アンナは訊いた。「母の監視のことだけど」

「六週間と一日」

「まさか!　六週間も?　なのに一度も考えつかなかったの?　あなたの雇い主が探してるものが、わたしたちが探してるものとなんらかの形で関連してるんじゃないかとは?」

「当然、考えたさ。お母さんが元ＣＩＡだとわかり、マールという男についておかしな話が次々と出てくるにおよんでからはとくに。それもあって、きみに打ち明けなくてはいけないと考えたんだ。もっとも、この六週間でおれが目にしたものはなんの変哲もないことばかりで、そのうちのどれかひとつがおれたちがいま探しているものとわずかなりとも関係があったら、そのほうが驚きだね」

「不審なものはなにも見なかったの？」

「全然。マールも、変装しているマールらしき人物も一度も目にしなかった。弟さんがひとりで畑のほうに向かっていくのは何度か見かけた。だが、いつも銃は持っていなかった。もしかしたら、おれのいるところからじゃ見えない納屋か裏口から持って出たのかもしれないが。お母さんと店に出かける姿も何度か見た。というか、いつも食料品を抱えて帰ってくるから店に行ったんだろうと思っただけだ。一度か二度、お父さんとピックアップトラックで出かけるのも見かけた。だが、おかしいと思ったり、不審に思うようなものはなにもなかった。さっきも言ったように、おれの雇い主がおもに興味を持っていたのは、家を訪ねてくる人間のほうだったんだ」

「どうして？」

「それは言わなかった。それに、訊いても教えてくれないだろう」

「それで、どんな人たちが訪ねてきたの？」

「それが、実質的にはひとりもいない。少なくともお母さんに会いに来た人はいなかった」

「全然いなかったの？」

「近くのミセス・ファーを数に入れなければね。あとは郵便配達員と、ふたり組のエホバの証人くらいだな。本当にこれといった出来事がなくて、なぜおれが雇われたのか不思議に思いはじめたくらいだ。ワシャム・ポートリーの人間が何人か訪ねてきていたが、応対はいつもお父さんがしていた。お父さんのところにはほかに男が三人訪ねてきたが、あれはおそらくポーカーかなにかをしに来たんだろう。それと、一度だけ、年配の男性が朝、お父さんを車で迎えに来たな。釣りに行くとかで」

「エヴェレット・アンソンかしら？」

「ああ、そいつだ」

「そんなことまで報告したの？」

「そういう仕事だったんだよ。出入りする者全員について報告した。業務日誌を見てもらってもいい」

「見なくていい」しかしすぐに考えを変えた。「そうね。まだあるなら見せて」

彼はうなずき、箪笥の抽斗から出した。アンナはぱらぱらめくり、名前と認識番号、時刻、余白に記された簡単なメモが記された日誌に目をとおした。かぶりを振って日誌を下に置き、ソファの上でぐったりとなった。

「一時間前はくびにするつもりだった。警察に突き出すことも考えた。容疑はなにになるかわからないけど。のぞき？　大がかりな詐欺？　でも、こう考え直した。わたしが思ってた以上にあなたがこの道のプロなら、それはそれでいいことなんじゃないかって。もちろん、あなたの能力を疑ってたわけじゃない。でも、真相を突きとめるのにあなたが手を貸してくれると言うなら、そのほうがいい。でも、もう、手放しの信頼を得られるとは思わないで。いまこの瞬間から、わたしたちは雇用主と被雇用者以上の関係ではないし、それだって盤石とは言えない」

「それでいい」

アンナは手紙を手振りで示した。

「それじゃ、仕事に戻りましょう。あくまで、先に上司に報告しないことが条件だけど」

「さっきも言ったように、それはもう終わっている」その言葉が喉につまりそうになる。さきほど電話を確認したところ、なぜなにも言ってこないのかと問いただす、ミッチからの怒りのメールが三本も入っていた。いまはとても、電話の電源を入れる気にはなれない。

「ならけっこう」アンナは疲れきった表情だったが、先に進む覚悟を決めていた。カウチから立ちあがり、部屋のなかを歩く。「まずは、あなたのこの薄暗い部屋をもっと明るくしないとね」

彼女はカーテンを大きくあけ、薄く淡い曙光(しょこう)を入れた。ヘンリーの目がそこにくぎづけになった。

目の前に、またあれが――ショート家の建物がドライブインシアターの薄暗いスクリーンに映し出されたように広がり、有罪を宣告された気分になった。打ち明けるのではなかったと、いまさらながら思う。中途半端な真実を伝えたことで、欺瞞（ぎまん）がいっそう深刻になっただけだ。

アンナの言うことにも一理ある。仕事をする以外、前に進む手だてはないのだ。

41

「読んだのは最初の二通だけだけど、名前と消印は全部確認した」アンナはメモをちらちら見ながら言った。「全部で二十九通。そのうち十三通はＩＡＤと名乗る人からで、十六通はＣＤＧという人から。ふたりとも母をＴＸＬと呼んでいる。ＩＡＤからの手紙はほとんどマクリーンの消印が押されてる。ＣＤＧのはパリから送られていて、最後の四通はペンシルヴェニア州ヨークの消印になってる。その四通のうち三通は四月からの四カ月のあいだに届いてる」

「そのなかの一通については、お母さんは開封していない」

「そう。わたしも開封しなかった。いまのところは。なにがわかるか怖いんだと思う」

「最近になってやりとりが多くなったんだな」

「わたしもそれは思った。ＩＡＤからの最後の手紙が来たのは四月だけど、そのあとは一通も来ていない」

「彼女の身になにかあったんだろうか」

「ちょっと、縁起でもないことを言わないで！」

「それでも、その可能性は考えに入れておくべきだろう。で、彼女からの手紙がマクリーンから来ているんだったね？　ラングレーの近くの」
「そう。でもそれは二〇〇六年までで、そのあと消印はカリタックに変わってる。ノース・カロライナ州にある町よ。最初の手紙を書いたのは二〇〇二年の八月ね。ほら。読んで感想を聞かせて」
　ヘンリーは便箋をひらいた。

ＴＸＬへ
　あなたの不安な気持ちはよくわかるし、わたしも同じ気持ちです。そこで、それに対し、さらなる不安を取りのぞくのに必要な期間、安全なシスターフッド通信を再開することとします。そのため、同じメッセージをＣＤＧにも送ります。問い合わせの件ですが、〝ロバート〟は現在、公式には活動していませんが、彼の協力者のうち数人はいまも現役です。彼の最近の任務（確認不能）は以下のとおり。

　ムハンマド・アル・ファルーク　アンマン　二〇〇〇年十一月
　ドラガン・ジョヴォヴィッチ　ノヴィ・サド　一九九八年七月

　彼がいまごろになってふたたび現われた理由としてひとつだけ考えられるのは、民間人という立場になる準備として、あなたがいまも過去の合意を守っているか確認する必要に駆られたのではということです。

用があればいつでもどうぞ――ＩＡＤ

ヘンリーは便箋をわきに置き、アンナは彼の反応を待った。

「どうやら、きみがショッピングモールで見かけたという、不気味な男の話をしているようだな。お母さんのほうから手紙を送ったのはあきらかだ」

「ロバートと呼んでるわね。でも、引用符をつけているのは、本当の名前じゃないんでしょう」

「そのようだ。本人たちも本名を使っていないことだし。お母さんがＴＸＬという名前を使った理由に心当たりは？」

「全然。でも、三人のイニシャルにどこか見覚えがあるのよね」

アンナの言うとおりだが、ヘンリーもなぜなのか、はっきりとはわからなかった。カフェインをもう一杯とればなにかひらめくかもしれない。二日酔いと動揺のせいか、飛行機で大西洋を横断したあとのような感覚におちいっていた。それでひらめいた。

「空港だ」

「なにが？」

「三人の暗号名は空港コードだ。ほら、荷札に書いてあるだろ。ＴＸＬはベルリンのテーゲル空港だ。何度かあそこに出入りしたんだから、わかってもよさそうなものだったな。ＣＤＧはパリのシャルル・ド・ゴール空港。ＩＡＤはダレス空港だからワシントンＤＣのことだ。あるいはラングレーの意味かもしれない」

「そこがそれぞれの本拠地だったということ？」

「消印から判断するに、お母さん以外のふたりにとっては、ずっとそうだったんだろう。ということはおそらく、ふたりもＣＩＡに勤務していたんだな。それ以外に暗号名を使う理由がない」

「じゃあ、ロバートというのは何者かしら？」

「お母さんを解雇した人物かな？　手紙の文面からすると、離職手当の原因となった人物かもしれない。正確にはなんと書いてあったんだっけ」彼は声に出して読んだ。「〝あなたがいまも過去の合意を守っているか確認する必要に駆られた〟」

「でも、ベルリン支局にいた人なら、なぜほかのふたりが知っていたのかしら」

「あちこちの支局に顔を出していたんじゃないかと思う。一緒に仕事をしたときに不愉快なことをされた経験があるんだろう」

「アンネリーゼ・クルツのように。それ以外に古い新聞の記事を取っておくはずがないもの」

「時期は合うが、手紙には彼女の名前は出てこない。それと、ほかの名前、ロバートの最近の任務とされたふたりの名前はどういうことだろう。グーグルで検索してみたほうがよさそうだ」

「もしかしたら、ほかの手紙に出てくるかもしれない。もう少し読んでみましょう」

二通めはＣＤＧからの最初の手紙で、ＩＡＤの消印のわずか二日後にパリで投函されていた。定期的に連絡を取り合おうというＩＡＤの提案に賛成する内容だった。ヘンリーはすばやく読んで、わきに置いた。

「次のをくれ」

「一緒に読んだほうがいいわ」

アンナはカウチの上でにじり寄り、ヘンリーはＩＡＤからの白い封筒を手に取った。消印は二〇〇三年の八月。最初の二通からおよそ一年がたっている。ふたりのあいだに流れていた気まずい空気を好奇心がしのいでいた。

つづく数通の内容はほぼ形式的なものに終始していた。二〇〇三年、二〇〇四年、二〇〇五年の八月にＩＡＤとＣＤＧがＴＸＬに送った手紙は、簡潔だがあらたな情報のないものだった。みんな元気そうだった。ＩＡＤが二〇〇四年の手紙で〝ロバートはわたしが把握できる範囲では、あいかわらずおとなしくしているようです。少なくとも存在感を示すようなことはしていません〟と書いていた。翌年、ＩＡＤはまもなく退職すると告げ、ＣＤＧが〝このグループで唯一の現役メンバー〟になると書いていた。

二〇〇六年の五月、手紙の調子と時期が唐突に変わり、年に一度の定期的なやりとりより三カ月はやくＣＤＧから手紙が届いた。そこにはこう書かれていた。「火曜日の《ニューヨーク・タイムズ》紙の6A面に〝ロバート〟が出ていたようです。もちろん名前は明かされていません（そもそも、あの男の名前が出たことなんてある？）が、いつものように背景に溶けこんでいました。場所は連邦議会議事堂。このことから、以前IADが言っていたように、彼は〝より人前に出る〟任務についているようです。もっとも、うさんくさい感じはあいかわらずです」

新聞の写真の切り抜きが同封されていた。被写体は下院の外交委員会のテロ対策小委員会で証言する証人だった。そのうしろに四人の顔が見え、CDGは左端の人物を赤で囲っていた。

「この人よ！」アンナが叫んだ。「モールで見たのはこの人だわ」

「たしかなんだね？」

彼女はうなずいた。

「この、取り澄ましたような威圧するような薄笑いはあのときと同じ。ええ、この人に間違いない」

「あとは本名がわかりさえすれば」

「でも、ひとつだけわかってることがある」アンナは顔をしかめた。「この人はマールじゃない」

「ひげなら誰だって生やせるだろうに」

彼女は首を振った。

「年齢が合わない。この写真は八年前のもので、その時点ですら、みんなが言っているマールの年齢よりも十歳から十五歳は上に見える」

次の手紙はその翌月にＩＡＤから届いたものだった。彼女は何人かにさりげなく問い合わせたところ、ロバートは〝一部の共和党議員の顧問のような仕事をしていて、そのなかには主要ポストへの就任をねらう数人が含まれているようです。わたしはもう、かつてのように好きなように全記録にアクセスできるわけではないけれど、この件にしろなんにしろ、あなたたちのどちらかが、局の文書にアクセスする必要が生じたら、そっちの方面にはいまも強力なコネがあることを忘れないで〟

「じゃあ、この人は記録関係の部署で働いてたのね」アンナは言った。

「あるいは、そういう人物と近しかったか。はっきりわかってるのは、かなり高レベルの機密情報アクセス権限を有しているということだけだ」

「あとは、母がどんな仕事をしていたかがわかればいいのね。あるいは、パリの仲間、ＣＤＧでもいい」

「たしかに仲間という感じだな。手紙を読んだだけでもわかる」

「ＩＡＤはちょっと堅苦しい人という印象を受けた。ＣＤＧはあまり細かいことを気にしないタイプみたい」

二〇〇七年とその後二〇一二年までの手紙は年に一度の情報交換に終始していた。ロバートの名は一度として出てこなかった。けれども、これといった出来事のない期間でも、ＣＤ

Gの手紙は精彩に富んでいた。言葉の端々から人柄が感じられ、IADの柔軟性に欠ける味気ない語調とは正反対だった。
一年前に届いた二〇一三年八月の消印が押された手紙にも、ロバートに関する報告はなかった。けれどもCDGからの手紙には追伸があり、個人的な内容であることから、アンナの母の手紙にだけ添えたらしい。

追伸――通常の年齢よりも数年はやいけど、あと数カ月で退職するわ。まだ元気があって人生と旅を存分に楽しめるうちに楽しんでおきたいというのが理由のひとつ。それに、若かりしころのわたしたちを挫折させた組織に抵抗しつづけることにうんざりしてきたのかもしれない。新しく入ってきた若い女性たちは、チャンスは無限大に広がっていますよねと言ってくるけど。だって、聞いて。一九八九年にはラングレーのなかに託児所ができたのよ。彼女たちにはあと押しがあるけど、わたしたちは残念でしたという感じ。引退してひとついいことがあるとすれば、次のクリスマスシーズンには、田舎で過ごす休暇のスナップ写真を送ってあげられることね。フェイスブックに登録するのもいいかも。上層部はいい顔をしないでしょうけど。それはともかく、あなたとの大冒険のことは昔のも最近のも、これからもなつかしく思い出すことでしょう。
じゃあまた――CDG

「最近の冒険？」アンナはつぶやいた。「手紙のやりとり程度で、そう表現するかしら？」

「おれはしないが、おれはＣＤＧではないから」

アンナは最後の何通かに取りかかった。次はほんの四カ月前にＣＤＧから届いたもので、ヨークの消印が押された最初の手紙だった。そしてようやく、ロバートの名前が再登場した。

「わたしたちの友人、ロバートの名がようやく公の場に浮上した」とＣＤＧは書いていた。

「というか、《ニューズウィーク》誌の最新号を見てもらえばわかるけど、少なくとも喫水線のすぐ下のあたりがはっきり見えている状態。まさしく〝気味悪い（スプーキー）〟だわ。でも、記事は彼が実際におこなっていた任務についてはまったく触れていないし、わたしたちが目撃した不愉快な行為については言うまでもない。彼という星がこれだけ高いところまであがったのだから、ふたりの考えを聞かせて。いまこそ行動を起こすべき？」

「記事を確認して」アンナが言った。ヘンリーはノートパソコンをあけ、すぐさま《ニューズウィーク》誌のオンライン・アーカイブを見つけ、二〇一四年のタブをクリックした。その年の表紙の一覧が表示された。

「消印の日付は？」

「四月十九日」

該当する号の特集記事のタイトルは〈農場の死〉だった。

「ひどい」アンナは言った。「皮肉もいいところ。記事のなかの農民は寝ているところを殺されてはいないでしょうけど」

残りの記事をクリックしていった——ロシアのエネルギー政策の脆弱性に関するモスクワからの報告、連邦税の脱税指南、メンソール煙草の吸いやすさにひそむ危険について論じた記事。フリーメーソンの一員としてフィデル・カストロ政権を転覆する陰謀にかかわった国務省関連の謎の業者に関する記事をしばらく読んでいたのは、いかにも元ＣＩＡの人間が関与しそうな話に思えたからだった。けれども、それらしい人物は出てこなかった。

「あった」アンナが指さしたのは〝六人のスパイ〟というタイトルの記事だった。

「二〇一六年の選挙で誰が大統領に選ばれるにせよ」と記事は始まっていた。「これら六人のうちひとりが、諜報活動および国家安全保障の問題における当選者の見解に対し、いろいろと注文をつけてくることになるだろう」

記事の大半は、前述の〝六人のスパイ〟こと、安全保障および諜報の分野出身の大統領選アドバイザーひとりひとりの簡単な経歴——ひとりにつき六段落——で占められていた。六人はもっとも高い評価を受けると同時に、珍重されながらも人目につくことはほとんどなく、カメラ嫌いでもあった。カメラ嫌いであることを裏づけるように、どの経歴にも写真はついていなかった。六人全員が諜報の分野において幅広い経験を持つとされている。どの人物もロバートという名前ではなかった。ヘンリーとアンナは、国家安全保障局と国防情報局出身のふたりは除外した。残りの四人は全員がＣＩＡ職員だが、どれがロバートかわかる情報はなかった。

ヘンリーは四人の名前をアルファベット順に書き出した。

アレックス・ベリーヒル、ウィンズロウ・エディンソン、ケヴィン・ギリー、ジョン・ソロウェイ。

「ずいぶんと近づいたが、それでもまだかなり遠い」

「グーグルで検索してみましょう。なにかわかるわ、きっと」

けっきょくほとんどわからなかった。《ニューズウィーク》誌の記事をべつにすれば、マスコミによる報道はひとつもなかった。ほかに参考になりそうなのは、フェイスブック、住所と電話番号、若干の不動産の記録、裁判所への出頭回数――そのどれもが刑事訴追がらみではなかった――と諜報活動や政府の職員であることとはなんの関係もないビジネスの一覧くらいなものだろう。画像検索をすると数枚の写真が得られたが、CDGが二〇〇六年の《ニューヨーク・タイムズ》紙の切り抜きに印をつけた、名前のない男と合致する者はいなかった。

「だめか」

そのあともしばらくあちこちクリックしたが、最後には負けを認めた。ロバートの本名を手に入れたのは間違いないが、四つの名前のうちどれかまではわからなかった。

「手紙に戻らないか？」ヘンリーは言った。

「あと三通だものね」

ＩＡＤからの最後の手紙もやはり四カ月前に投函されていたが、《ニューズウィーク》誌の記事に対する返信だった。興味深いのは、ＴＸＬ、すなわちアンナの母が記事について述べた意見にも反応していた点だ。

「もういいかげん、白日のもとにさらしてもいいんじゃないかというＴＸＬの意見には賛成だけど、まずは利用可能な手段を整理して、世間的な注目を浴びる絶好のタイミングが来るのを待つべきだと思う。最大限のダメージを負わせるために」

「〝最大限のダメージ〟ですって」アンナは言った。「あなたがこのロバートという人だとして、彼女たちの計画を聞きつけたとしたら、どういう行動に出るかは想像に難くないわね」

ＴＸＬとＣＤＧがＩＡＤの提案をどう受けとめたかを示す書状はなかったが、残った三通のうち、つづく二通――どちらも差出人はヨークにいるＣＤＧだ――はロバートに関する手紙と同様、それなりに興味深いものだった。

最初の一通は、わずか二カ月前、六月下旬の消印が押されていた。くだけた文体から、アンナの母だけにあてたメッセージだとわかる。《ワシントン・ポスト》紙に掲載されたクラーク・アディソン・ボーコムの訃報記事がホチキスでとめてあった。九十歳で亡くなった元諜報員だ。

「ベルリン時代にあなたのいい人だった方の訃報は残念でならないわ」と手紙には書いてあった。「でも、あなたが昔質問した、水域に関する疑問の答えと思われるものが見つかったのは興味深いと思わない？」

「〝水域〟？」ヘンリーは言ったが、アンナの関心はべつのところにあった。

「母の昔のいい人が九十歳？　うそでしょ、三十歳も上じゃない」

「お母さんがベルリンを出た時点でも五十五歳だから、そうとうのベテランだったと言える。それにしても、彼女が書いている大きな秘密とはなんだろう」

　実際に読んでみた訃報は、冒険譚のようなおもしろさに満ちていた。第二次世界大戦の最後の年、ボーコムはイェール大学を卒業してすぐに国務省の命令でモスクワに赴任した。飛行機、列車、自転車、最後には荒廃した街を牛車で移動という四日間にわたる過酷な旅をへてソヴィエト連邦の首都にたどり着いた。かの地でスパイとして働きはじめ、その後はヨーロッパじゅうで精力的に任務をこなし、一九九一年、プラハ勤務を最後にＣＩＡを辞した。鉄のカーテンが崩壊した二年後のことだった。

　よく見ると、戦後の彼の仕事を説明している段落の隣に、ＣＤＧがつけたとおぼしき小さな印がついていた。


　一九四六年、ボーコムは在ハンガリー米国大使館の政治部のトップに就任した。ブダペストで彼は、アメリカの秘密のスパイ組織、通称〈池(ザ・ポンド)〉が運営する諜報網の監督役を命じられた。当時はまだ活動中だった〈ザ・ポンド〉だが、一九五五年に解体された。

　ボーコムは一九四八年にその組織を去り、新設されたＣＩＡに入局している。〈ザ・ポンド〉で彼がおこなった任務が明るみに出たのは、所在不明だった組織の記録がヴァージニア州カルペパーの納屋で発見されたことがきっかけだった。それらの記録はメリー

ランド州カレッジ・パークにある国立公文書館に移され、つい先ごろ、CIAによって機密指定が解除された。


「〈ザ・ポンド〉か」ヘンリーは言った。

「聞いたことがあるの？」

「なんとなくだが。二カ月ほど前、この訃報が出たのと前後していくつか噂があった。さほど関心は集めなかったが、お母さんはそれを目にしたのかもしれないな」

　アンナは首を横に振った。

「母はイーストンの地元紙のもの以外、記事なんて読んでいないはず。まるで、なにかわかるのを恐れているのかと思うほど、意識して情報を遮断していたわ」

「そうかもしれないが、この手紙に関心を持ったのは間違いない。同じ週、お母さんは国立公文書館の利用者カードを交付されている」

「昔の恋人に関する書類を調べるため？」

「それ以上のなにかがあったんだろう。そうは思わないかい？　ＣＤＧからの手紙をよく読んでごらん。水域。昔した質問の答え。それから……」ヘンリーは口ごもった。

「それから、なに？」

「うそだろ。この手紙が届いたのは、おれがこの仕事の依頼を、きみのお母さんとすべての訪問者に目を光らせるようにという電話を受けた一週間前だ」

「関係があるかしら？」

「どうかな。お母さんはなにかを見つけ、誰かがそれに気づいた。それを突きとめるには、おれたちの目で確認するしかない」

「公文書館まで行くの？　マールが野放しになってるのに？」

「マールに関する手がかりはないにひとしい。こいつは少なくとも調べる価値がある」

「わかった。手紙を全部読み終えたらね」

次の手紙――アンナの母が開封した最後の一通――はわずか二週間前の消印が押されていた。これはアンナの母が最後に目をとおした私信である可能性が高い。

親愛なるＴＸＬへ

小包、それとあなたが最近見つけた書類のコピーをたしかに受け取ったわ。後者に関しては、決定的な証拠というわけではないと忠告しておく。それでも、もちろん、しかるべき時が来たら確実に使えるよう、預かった品は命を賭けて守る。何年にもわたってあなたがそうしてきたように。その時が来るまでは、あなたから問い合わせがあった件の続報を待つわ。

それでは――ＣＤＧ

「小包ですって」アンナは言った。「母がUPSに預けていた大きな封筒のことかしら?」

「そう祈ろう。それなら安全なところにあるわけだから」

「でも、公文書館の件はあなたの言うとおりのようね。母はなにか見つけたんだわ」

「しかも、もっと多くのものを見つけようとしていた」

ヘンリーは最後に残った未開封の封筒を手に取った。アンナに渡すと、彼女は体を硬直させ、ヘンリーにも読めるようおもてを上にした。

「消印の日付を見て」彼女は言った。

「これは——?」

「そう。ウィラードが両親を殺害した日に投函されている」

アンナはひとつ深呼吸して気持ちを落ち着けた。彼女が爪で上端を切り裂くときの、紙が破れる音しか聞こえなくなった。たたんだ便箋が一枚入っていた。アンナはひらくと、一緒に読めるようテーブルに置いた。手書きの文字が三行並んでいるだけだった。


小包と先日の手紙を拝見したのち、何カ所かに電話をしてさりげなく訊いてみた。最悪の予想が当たって、糸が撚(よ)り合わされてしまった。充分に警戒し、最大限の注意を払ってちょうだい。スノードームを手の届くところに置いておくこと。

アンナは胸に手を当てた。

「なにが起こるかわかっていたみたいな書き方」
「古い書類を調べに行こう」

42

ヘンリーは以前にも国立公文書館に出向いたことがあったから、風格ある広大な閲覧室にも、森を見おろす床から天井まである湾曲した一面の窓にも心の準備はできていた。ここが所蔵している文書は知られざる秘密と埋もれたお宝の山で、興味を持ってその山を掘り返そうとする決意を固めた者が自由に手に取れるようになっている。アンナはさすがに驚いていた。

「誰だってここで働きたくなるわよね。まずどこに行けばいいの？」

「あそこだ」ヘンリーは先に立って狭いガラス張りの部屋に向かった。調べものをする人や文書の担当者が数人テーブルに向かい、上の階にも下の階にも保管されている書類の回廊から次なる〝一部〟を出してもらうため、請求用紙に記入している。「職員のなかに常駐の専門家がいるはずだ。というか、いてほしい。でないと、そうとう苦労することになる」

ポストンを出発する前に、ふたりはアンナの母親の書斎をふたたび訪れ、パリから持ち帰った古びたスノードームをもう一度じっくり観察した。CDGの最後のメッセージから、それになにか重要な意味があるように思えたのだ。埃を払ったのち、ひっくり返してみたり、底を叩いて空洞になっていないか確認したり、さらにはちゃちなエッフェル塔や水中に浮かんでいるプラスチックの雪片からなにか手がかりは得られないかとドームをのぞきこんだりもした。なにもわからなかった。

その後、カレッジ・パークまで車で移動する二時間のあいだに、インターネットで〈ザ・ボンド〉の資料を確認したふたりは、待ちかまえている資料の数に圧倒された。文書群二六三に保管されているＣＩＡ所有の文書は、全部で八十三箱あった。職員は〈ザ・ボンド〉の文書を調べるためのレファレンスガイドを教えてくれたが、助けがないとあまりはかどらないだろうと告げた。

「おふたりに必要なのはラリー・ヒリアードですね」彼女は言い、部屋の奥にいるカーキ色のズボンとポロシャツ姿で、腹がやや出ている大男を指さした。「でも、うまくいくといいですが。彼はいま、すごく忙しいんです」

ヒリアードは長テーブルについて、分厚い革装の書物を真剣な表情でめくっていた。ヘンリーが咳払いをしても、ヒリアードはページをめくる手をとめなかった。

「すみません。ラリー・ヒリアードさんですか？」

相手はため息をついて顔をあげた。ミルクチョコレート色の肌、こめかみのあたりに白いものが交じりはじめた髪、金色のワイヤーリムの眼鏡。目はやや眠たげながら、好奇心とわずかな苛立ちがこもっていた。ふだんはおとなしいが、いまは冬眠から覚めたばかりで、ひどく腹をすかせ、食料を調達しようとしているところを邪魔された熊という印象だ。

「そちらは？」

「ヘンリー・マティック。〈ザ・ポンド〉の資料に興味がありまして」

「グロンバック文書のことだね」

「グロンバック？」

「ジョン・〝フレンチー〟・グロンバック大佐。〈ザ・ポンド〉の創始者で、最後まで運営していた人物だ」

「五五年まで？」

「なるほど、さすがにそれは知っているわけか」

「それ以上のことはまったく」

「悪いが、自分たちでやってもらうことになるよ。少なくとも数日は。締めきりが迫っていてね。だが、文書の請求は喜んで許可する。請求書に必要事項を記入したら持ってきて。きみと、そこのアシスタントとで」

「わたしはアシスタントじゃありません。この人の雇い主です」

「それはどうでもいいがね、ミズ……？」

「ショートです。アンナ・ショート」

ヒリアードはアンナをじっと見つめた。接触して以来はじめて、彼はふたりにしっかりと目を向け、次に口をひらいたときには、声にはうやうやしいとさえ言える響きがこもっていた。

「ヘレン・ショートとなにか関係が？」

アンナはジーンズのポケットに手を入れ、母の利用者カードを出してヒリアードに渡した。

「娘です」

彼は分厚い書物を閉じ、アンナをしげしげと見つめた。

「ああ、たしかに似ている。わたしのオフィスに行きましょう」

ヒリアードは部屋の反対側にある小部屋にふたりを案内した。三人は乱雑なデスクごしに向かい合うようにして腰をおろした。

「コーヒーでも勧めるところだが、ここの規則なものでね」彼はあきれたように首を振った。

「きみのお母さんはすごい女性だった。あれほどの情熱を持つ人と仕事をするのはいつだって大歓迎だよ。お母さんはあの資料に個人的につながりがあったのではないかと考えていた。事件を知ったときは……」ヒリアードは言葉を濁した。

「大丈夫です」アンナは言った。「お話しください」

「いや、ただ、とても胸を痛めたと言いたかっただけだ。大きな衝撃を受けたと」

「わたしたちも大きな衝撃を受けました」

ヒリアードは小さく頭をさげた。

「それで、ご用件はなんだろう？　お母さんがやりかけた調査を引き継ぐのかな？」

「実を言うと、数日前まで母がこちらに来ていたことも知らなくて」

「まずは」ヘンリーが言った。「この文書が明るみに出た背景を少しうかがいたい。われわれが読んだ記事によれば、どこかの納屋にしまいこまれていたとか？」

「ええ。グロンバックが部外者の目に触れさせたくなかったというのがおもな理由だが、長年にわたって、あちこち転々としていたらしい。八二年に彼がこの世を去ると、文書の存在はほぼ完全に忘れ去られた。〈ザ・ポンド〉そのものも」

「たしかに、おれも一度も聞いたことがない」ヘンリーは言った。

「それこそグロンバックの願いだった。グロンバック、通称フレンチーは変わった人間でね。ニューオーリンズ生まれで、父はフランス人。ウェスト・ポイント陸軍士官学校の二三年度生だったが、放校になった。ボクシングがうまかった。フェンシング、フットボール、ポロもたしなんだ。少尉として陸軍に入隊を許されたが、おかしなことに、気がついてみればニューヨーク市警およびＦＢＩと仕事をするようになっていた。オリンピック競技で監督をつとめたこともある。とにかく器用になんでもこなせる男で、がちがちの反共主義だった。

やがて戦争が始まった。四二年のことだ、陸軍諜報部のおえらいさんが、設立されたばかりのＯＳＳ――その後ＣＩＡとなったスパイ組織のことだ――が気に入らなくてね、独自の諜報ネットワークを、それも陸軍参謀第二部とも別個の組織を設立しようと思いたった。グロンバックがその運営をまかされた。すべて独力でやるのではなく、多くの巨大多国籍企業が金、オフィスの場所、さらには情報提供者や工作員の隠れ蓑を提供するという形で協力していた。たとえば、ＵＳラバー、アメリカン・エキスプレス、フィリップス、レミントンランド、チェース銀行。〈ザ・ポンド〉は官民一体となった組織で、グロンバックはそれに満足していた」

「優秀な組織だったんですか？」

「訊く相手によるだろうね。グロンバックなら自分たちはどこにも負けないと答えただろうし、実際、終戦後も彼は組織の継続を望んだ。もちろん、同様に継続を望んだＯＳＳが、数年後、勢力争いに勝利し、ヒトラーとの戦いからスターリンとの戦いに方針転換した。だが、それについて言えば、グロンバックたちのほうがはやくから冷戦に突入していた。彼はヒトラーが死ぬずっと前から共産主義の浸透に抵抗していた。そして戦後まもなく、ジョセフ・マッカーシー上院議員および議会の強硬なアカ狩り論者数人と個人的なパイプを持ったんだよ」

「最終的に組織が消滅したのはなにが原因なんでしょう？」

「ＣＩＡだよ。戦後、ＣＩＡは〈ザ・ポンド〉を請負業者とする契約を交わした。だが、フレンチーとＣＩＡは完全に水と油で、五五年にアレン・ダレスが関係を断った。グロンバックも黙って引きさがりはせず、組織の継続をめぐって堂々めぐりの議論がつづいた。いまのが、ここにある資料のごくごく一部だが、わざわざこの話をしたのは、お母さんがもっとも興味を抱いていたのがこの部分だったからだ。それと、グロンバックが執着していた暗号だな」

「暗号？」ヘンリーは訊いた。

「それはもうすごい熱の入れようでね。情報提供者や工作員の名前だけでなく、都市名、国名、著名人物にもつけていた。あらゆるものに、暗号名をつけ、すべての通信文で使用していたから、なんの話をしているのかわからない人間は読むだけで頭がどうにかなりそうなくらいだった。そうだ、そう言えば……」

ヒリアードは指を一本立て、椅子を回転させてファイリングキャビネットのほうを向いた。抽斗をあけ、あれこれ引っかきまわしたあげく、ホチキスでとめた紙束を出して、デスクに放った。大文字でタイトルが書いてある――グロンバックの虎の巻。グロンバックがふだん利用していた暗号名と造語をまとめたものだった。

「著作を研究していた歴史家が見つけて、親切にもわたしにも一部くれたんだ。一行あきでタイプされ、なんと十九ページもある。これを見たときのきみのお母さんときたら、目をぱっと輝かせてね。なんなら……」

ヒリアードは言葉を切り、床に目を落とした。それから咳払いをした。

「それで？」アンナは先をうながした。

「これは持って帰ってもらっていいと言おうとしただけだ。というのも、もともと彼女のものなんだから。きみのお母さんのものなんだよ。来館するたびにセキュリティチェックを受けなくてもいいよう、わたしが預かっていた。それに、ざっくばらんに言うが、どういう理由かはわからないが、お母さんはコピーを持ち帰りたくなさそうに見えたんだ。本人も理由は言わなかったし、わたしも訊かなかった。それでけっこうな数の資料を預かる形になっている。とにかく……」

彼はアンナに差し出した。

「見てわかるとおり、お母さんはとくに興味を惹かれた単語を丸で囲っている。自分でもお気に入りのリストをべつに作っていて、一ページめの上に書いてあるのがそうだ」

「ええ」アンナは声に出して読みはじめた。「湾、湖、動物園、エフィー、ジャック、こぶ、ヴィーの連中」

「それだ。それを目にしたとき、お母さんは思わず笑いだしそうになったよ。湾はＣＩＡ、湖は陸軍省、いまの国防総省(ペンタゴン)だ。動物園は国務省、エフィーはＦＢＩ、そしてジャックはなつかしきＪ・エドガー・フーヴァーその人だ。彼もまた、フレンチー・グロンバックの親友のひとりでね。というのも、両者ともＯＳＳとＣＩＡが大嫌いだったからだ。こぶは連邦議会議事堂。ヴィーの連中はフィリップス社を指している。さっきも触れたが、グロンバックの後援企業だった会社だ。オランダのメーカーで、たしか正式名はコーニンクレッカ・フィリップス・Ｎ・Ｖだと思う」

「なぜとくにこれに興味を持ったんだろう？」ヘンリーが訊いた。

「本人はなにも言っていなかったが、長年、気になっていたことなんじゃないかという気がしたね」

「ひとつお教えすると」アンナは言った。「母はＣＩＡで働いていたことがあるんです。一九七九年のことですけど」

ヒリアードは口をぽかんとさせた。それから大声で笑いだし、あきれたように首を振った。

「驚いたな」

「ご存じなかったんですか？」

「これっぽちもね。家族の誰かがグロンバックとかかわりがあったんだろうと思っていた。しかし、彼女が同じ業界にいたとはね。たしかに、着ているものがまったくちがってはいたが、それにしても……」彼はまた首を振った。「うまく隠したものだな」

「気休めになるかわかりませんが、わたしはあなた以上に驚きました。母の死の一週間後、二年間の勤務に対する離職手当のことで電話があるまで、まったく知らなかったんですから」

「だが、一九七九年と言ったね？〈ザ・ポンド〉が店じまいして何十年かたっている。なぜ興味を持ったのだろうな」

「いまさっき、ほかにも母のコピーが手もとにあるとおっしゃいましたよね」

ヒリアードは照れたようにほほえんだ。

「調べものをしに来る全員にこのようなサービスを提供しているわけではない。だが、さっきも言ったように、彼女は資料を持ち帰りたくなさそうだったのでね。それでコピーを取ると必ず、わたしのほうで預かったというわけだ」

「見せてもらえますか？」

「喜んで。それにしても、きょう来たのはなにかの縁としか思えない。ちょうどそのコピーのことを考えていて、処分しようか迷っていたところだった。だから、よければ全部持って帰ってくれてかまわない。たいした量ではないから、わたしのほうで全部説明してあげてもいい。なに、一、二時間程度ですむ」

「そうしてもらえると助かります」アンナは言った。「ありがとう」

ヒリアードは腕時計に目をやった。

「そろそろ一時になる。ふたりとも、腹は減ってないかい？」

「そう言われてみればたしかに」ヘンリーは言った。きょう腹に入れたものといえば、朝早く飲んだコーヒー一杯だけで、すでにエネルギーが切れかけていた。

「ここのカフェテリアはなかなかのものでね。食べるものを買って、コピーも持ってパティオに出よう。お母さんはよくそこで休憩していたし、とても快適な場所なんだよ」

43

「彼女が関心を持っていたのはおもにふたつだけだった」ヒリアードは話を始めた。

彼はナプキンで口をぬぐい、ランチがいくらか残った皿をわきに押しやった。それから、青い紙にコピーした五十枚ほどの資料でぱんぱんになったファイルフォルダーをテーブルに置いた。

アンナはあまり食欲がなさそうな様子で、まだサラダをちびちび食べている。ヘンリーはダブルチーズバーガーをたいらげ、山盛りのフライドポテトに手をのばしていた。

ショウジョウコウカンチョウが一羽、近くの森で明るくさえずり、三人がいるテーブルはパラソルで陽射しがさえぎられていた。ほかの人はほとんど屋内で食事をしていたから、パティオは貸し切り状態だった。

ヒリアードがフォルダーをひらいた。

「まずは何人かの名前だ。数は多くない。これがリストだ」

彼は罫線（けいせん）入りの白いノート用紙をたたんだ紙を一枚、滑らせてよこした。フォルダーのなかで唯一コピーしたものではない資料だ。アンナの母親は活字体で三つの名前を記していた。

クラーク・ボーコム（暗号名は？）

エドワード・ストーン（別名〝ビートル〟）

暗号名〝ルイス〟


「リストの最初の人物、クラーク・ボーコムだが、彼についてはわかっていることが多いが、それも当然だ。この組織の関係者で、より大きく、よりまともな組織に移った数少ない人物だからだ」

「《ワシントン・ポスト》紙に出た訃報を読んだ」ヘンリーが言った。

「母がコピーを持っていたんです。その訃報記事をきっかけに、この文書の存在を知ったとわたしたちは考えています」

「〈ザ・ポンド〉での暗号名は〝ジョイ〟で、ブダペストに駐在していた。彼が〈ザ・ポンド〉にくわわったのは戦後すぐ、ソヴィエトがハンガリーを占領しようとしていたころだ。四七年に彼がやりとげた大仕事は、戦車が大挙して押し寄せる前にハンガリーの貴族社会の連中を国外に逃がすことだった。だが、ボーコムはあまり長くグロンバックのもとにはとどまらなかった。四八年にＣＩＡの人間となったが、フレンチーと完全に手を切るにはそれが最善の方法だった。なにしろやつは、〝湾〟を死ぬほど嫌っていたのでね」

「このストーンという人――ビートルという暗号名の人は何者ですか？」

「そいつの名前はさっきの虎の巻に書いてある。かなり後期、五〇年代初頭に引き入れられた工作員で、民間会社の社員をよそおい、ウィーンを本拠地としていた。だが、この男については二、三の記述しか見つかっていない。きみのお母さんはそれを知って少し落胆したようだった。ひとつめはグロンバックの人事メモに書かれていたもので、五二年にあらたに雇った数人について論じている部分だ」

ヒリアードは該当するページをめくってふたりに見せながら説明した。

「つづいて、いま見てもらっているのがそうだが、ビートルによる現地報告が二本ある。ひとつは西ドイツのエッセンからのもので、もうひとつはオーストリアのザルツブルクからだが、どちらもこれといった内容ではない。それでもいちおう、フォルダーに入れてあるので、あとで読みたければどうぞ」

彼はさらに数ページめくった。

「あった、これだ。お母さんはこの資料にいちばん興味をかきたてられていたように思う。余命いくばくもない〈ザ・ポンド〉を生きながらえさせようとするグロンバックの尽力がわかるすべての書状だ。公式には五五年にその役目を終えている、だが、こっそりと前に進める方法を探ろうとしていたのだろう、あちこちに不満の言葉が書き連ねてある。実業界、あるいは連邦議会の友人から支援を得ようとしていたようだ。力になってくれそうな陸軍大将と外交関係者についても言及している。ひとつ例をあげよう。五四年の七月、ＣＩＡが〈ザ・ポンド〉との契約を更新しないとあきらかにした直後、グロンバックは大勢に手紙を書き送っている。読んでごらん。金に関する段落から最後の部分だ」

これはまさしく安全保障の危機であり、それが現実のものとなりつつあると諸君にお伝えしたい。この状態がどのくらいつづくかはわからないが、〝湾〟との協力関係が終わることだけはたしかだ。われわれとしては、これまでとは異なるあらたな庇護(ひご)のもと、一九五五年のはやい段階に再始動するつもりである。公にすることなく、民間資金の支援のみでやることになるとしても、また、これまで以上に地下にもぐることになったとしても実現してみせる。

「すごいな」ヘンリーは言った。「ファイルにはこういうのがたくさんあるのかな」

「いろいろなものがちょっとずつだね。だが、資料の大半はグロンバックが〝宝石ファイル〟と呼んでいたささやかなコレクションで占められている」

「宝石ファイル?」

「通信文で使用されているすべての暗号が理由のひとつだろう。〝ティファニー〟はアメリカ陸軍省。〝ヴァン・クリーフ&アーペル〟はヴァン・クリーフがハンガリー人だからだろうな。アーペルが何者かはわからなかったようだ。ほかに、まだ特定できていない名前も出てくる——ミスター・S、ミスター・N、鮫(ザ・シャーク)。グロンバックが〝司教(ビショップ)〟と呼ぶ人物もいて、これは退役した海軍大将ではないかと思われる。また、〝ダレル〟という名前も出てくるが、これは陸軍大将らしい。〝宝石ビジネスにとどまる〟とは、諜報の世界にとどまることを意味するグロンバック流の言いまわしだ。だが資料のなかには、暗号名がわかっていても複雑怪奇で、なにを言っているのかわからないものが多い。お母さんは楽しんでいたようだがね。陰謀や解決されていない行為のにおいがぷんぷんしているせいだろう。もうひとつ、いかにもというくだりを紹介しよう。五五年六月のものだ」

ヒリアードは青い用紙をめくってべつのページをひらき、三段落めを指でとんとんと叩いた。

新案としてわたしが唯一提案するものの、聖職者の名前を持つ友人はミスター・ヴァン・クリーフに相談しなくてはならないと思うが、ダレルに対し、ビショップが率先してあらたな異なるアプローチをすることだ。ミスター・ビショップがダレルに接近し、アーペルの希望とそう希望する理由も、組織の存在を知ろうとするアーペルの努力も把握していると告げてはどうかと考える。

「あとはとばしてこの段落を読んでごらん」ヒリアードはかなり下のほうの一文を示した。

こちらではジョーンズの部下たちが指揮権を握っている以上、復活はここから遠く離れた場所で、かつ隠密裏におこなわねばチャンスはないと考えるものであり、それもダレルを説得できればの話だ。

「グロンバックの言う〝ジョーンズの部下たち〟は誰のことかあてられるかな？」ヒリアードは訊いた。

「ダレス兄弟では？」ヘンリーが答えた。

「当たりだ。アレン・ダレスはＣＩＡの長官で、ジョン・フォスター・ダレスは国務長官をつとめていた。フレンチーはどちらも軽蔑していたが、それは兄弟のほうも同じだった」

ヒリアードはうっすらと笑った。

「このあとどうなったんですか？」アンナは訊いた。

「おそらく、なんともなっていないはずだ。〈ザ・ボンド〉は予定どおり店じまいとなった。ＣＩＡは継続中のいくつかの案件については結論が出るまでつづけさせたが、それも一年以内にけりがついている。グロンバック自身はその後、企業向けのセキュリティサービス業界に進出した。これらの書類を隠したのはそのころと思われる」

「では、宝石ビジネスにとどまるという話はどうなったんでしょう？」

「立ち消えになったんだろう。このあいだまで口にしていながら、ある日突然、なにも言わなくなった。最初から存在しなかったみたいにね」

三人はしばらく考えこんでいたが、やがてアンナが口をひらいた。

「でも、すべてを隠密裏におこなうことで目的を果たしたのなら、そうするものでしょう？つまり、だんまりを決めこむものではないですか？」

ヒリアードはほほえんだ。

「お嬢さんもお母さんと同じ考え方をするんだね」

彼はフォルダーを閉じ、それをふたりのほうにすっと滑らせた。それから椅子の背にもたれた。

「少し突っこんだことを訊いてもかまわないかな。お母さんがこの資料にここまで好奇心をそそられた理由はなんだと思う？」

アンナは口をひらきかけたがすぐにやめ、ヘンリーがあとを引き取った。

「ひとつには、ボーコムがかつての恋人だったからだと思う」

アンナが顔を赤らめたのを見て、ヘンリーはもっと配慮のある言葉を使えばよかったと後悔した。

「なるほど。つまり、個人的なつながりからというわけか」

「たしかに、それも理由のひとつです」アンナは言った。

「ほかにもあると？」

「ええ、ほかのふたつの名前、ルイスとビートル、すなわちエドワード・ストーンという人物に興味があったのではないかと」

「たしかに。もっとも、その名前が出たときには、とくに親しみとか愛情といったものは感じられなかったが。〝宝石ファイル〟の資料に興味を示したことには少し驚いたね。というのも、あれは五四年だか五五年の話だ。彼女は生まれてもいなかったんじゃないかと思うが」

「母は五四年生まれです」アンナは言った。

「それなのに、〈ザ・ポンド〉がいまも存続していると信じている感じを受けた。というか、存続していることを知っているんじゃないかと思ったくらいだ。そういう意識で取り組んでいるように見えた」

「なぜそこまで確信しているのか訊いてみたことは？」ヘンリーは言った。

ヒリアードは首を横に振った。

「どうして？」

「しばらく間をおいて、ほかの手がかりを追うが、また調べに戻ってくると言っていたからだ。いずれ訊けばいいと思っていたんだよ」

ヒリアードは大きくため息をついた。風がフォルダーのなかの紙をそよがせ、森のほうからふたたび、ショウジョウコウカンチョウの声が聞こえた。

44

「さっきからやけに静かだね」ヘンリーが言った。ボストンに戻る途中のことで、アンナはそれまでほとんど窓の外ばかり見ていた。

「いろいろ理解するのに大変だったのよ。昨夜、あなたが投下したささやかな爆弾やら、いましがた教わったことやらで、とにかく大変な一日だった」

「言えてる」

「いまいちばん頭を悩ませているのは、もっとも懸念すべきは誰かということ。みずからの有終の美を飾るため、障害を取りのぞこうと躍起になっている、盛りを過ぎたワシントンの黒幕、ロバートか。それとも、存在しているか消滅しているかもわからず、わたしもわずか数時間前までは話を聞いたこともないスパイ組織の生き残りか」

「〈ザ・ポンド〉はもう完全に消滅したとは考えないのかい？」

「母はそう考えていなかった。母だけが理解できるなにかが、あの資料のなかにあるんだと思う」

「かもしれない。それに、民間の諜報組織が完全にすたれたわけじゃない。数年前、ペンタゴンはアフガニスタンでその手の組織と組んでいた。だが、五五年に活動していた連中は、さすがにもう死んでいるか、足を洗ったかしているはずだ」

「だけど……CDGの最後の手紙の一節がどうしても気になるの。全体から受ける、危険が差し迫っているという感じのことじゃなくて」

「〝最悪の予想が当たって、糸が撚り合わされてしまった〟というところ？」

「そう。彼女が書いた二本の糸というのが、ロバートと〈ザ・ポンド〉のことだとは思わない？」

「小包の中身、あるいはCDGが誰かがわからないとなんとも言いようがないな。名前も差出人の住所も書いてない以上、後者がわかるとは思えないし。少なくとも当面は、マールが鍵であることに変わりはない。彼が見つかれば、コントローラーあるいは現場担当官――どう呼んでもらってもかまわないが――にたどり着ける。それがロバートか、あるいは〈ザ・ポンド〉の底から這い出てきたスパイのゾンビかはわからないが」

「現時点でできるのは、最初の手紙、ロバートの最後のオペレーションとしてあげられたふたつの名前を調べることくらいしかなさそう」

「やってみてくれ」

アンナはメモを確認し、携帯電話を出した。

「最初の名前は〝ムハンマド・アル・ファルーク　アンマン　二〇〇〇年十一月〟」

「アラブ系はスペルがいろいろあるから、うまく見つかるといいが」

彼女はしばらく入力していたが、小声でぶつくさ言いはじめた。

「あなたの言うとおりだわ。ムハンマドの〝u〟が〝o〟になってたり、ファルークの〝q〟が〝k〟だったり。待って……見つかったみたい。場所はアンマンだし、月も合ってる」

「出所は？」

「《ヨルダン・タイムズ》紙」

「ちゃんとした新聞で、英字の日刊紙だ」

「この人がわたしたちが探してるムハンマド・アル・ファルークならば、パレスチナの序列のなかでもかなりの重要人物だわ。ハマスともいくらかつながりがあるけど、それよりも中道分子とのつながりが多い。あきらかに、アメリカの利益になる人物ではない。というか、この記事にはそう書いてあるけど……」

「どうした？」

「死んだと書いてある」

「いつごろ？」

「二〇〇〇年の十一月。ロバートの任務と同じ月だわ」

「暗殺されたのか？」

「ううん。不慮の事故。砂漠の遺跡を訪問中に転落したって」

「なるほど。ロバートがその街に滞在していたのと同じ時期に、たまたま崖から落ちたってわけか」

「わたしは記事を読みあげているだけ。複数の目撃者がいるとも書いてある」

「そりゃ、いるだろうさ」

「やめてよ、もう！」

「もうひとつの名前も検索してみてくれ」

「もう始めてる。〝ドラガン・ジョヴォヴィッチ　ノヴィ・サド　一九九八年七月〟」

「セルビア人？」

「しかも、一目も二目も置かれている存在。ボスニア紛争中の戦争犯罪に関与しながら、起訴されなかった。九七年ごろに台頭した国粋主義政党にくわわっている。反EUで、反西欧」

「つまり、反米でもある」

「イギリスの新聞の記事によればだけど、そう言える」

「九八年の七月になにか事件は？」

「その月の記事が見つかった。当ててみて」

「死んだのか？」

「急な病で。感染症だって。元気でぴんぴんしてたのに、突然ぽっくりいったみたい。そのため、反西欧主義の政党は指導者が不在となり、彼の死後、ほどなく崩壊したそう」

「それでもまだ、アンマンのムハンマドはうっかり落ちたと思うかい？」

「わたしが考えているのは、〈ザ・ポンド〉のヘドロから這い出てくる幽霊なんか、もうそんなに心配しないってこと。やっぱり、ロバートとのつながりのほうに賭ける」

帰ってきたときには夕食の時間を過ぎていて、ふたりとも今夜はべつべつに過ごすのがいいだろうということで意見が一致した。ヘンリーはアンナを宿の前で降ろした。ウィロウ・ストリートを走るときには、闇に沈むショート家にちらりと目をやらずにはいられず、その光景を目に焼きつけたまま借りている家の砂利敷きのドライブウェイに車を入れた。

玄関にあがる踏み段のところでスクーターが待ちかまえているものとばかり思っていたが、どこにも姿はなかった。あの老いぼれ犬もいくらか距離を置きたいのだろう。うしろからのぞいてくる人間も動物もいないので、ヘンリーは電話の電源を入れた。ミッチからメールが二本入っていて、これまでになく怒っているのがわかる文面だった。ふたつめのメールはこうだ。〝最後の警告だ。電話の電源を入れろ！〟

折り返しの電話をかけようかとも思った。しかし、けさの罪悪感が生々しくよみがえり、せめてあと一日は様子を見ることにした。気がかりに思いながらもキッチンの椅子に乗り、追放したはずのライウィスキーとジュース用タンブラーを出した。二杯、立てつづけに飲みほし、日が暮れていくなか、カウチで居眠りを始めたが、数秒後、玄関ポーチになにかが強く叩きつけられる音がして目が覚めた。

日曜日の分厚い新聞が届けられたときの音に似ていたが、時間がちがう。それに、新聞配達の少年が漕ぐ自転車のキーキーいう音はせず、車のエンジンがうなりをあげながら、ウィロウ・ストリートの突きあたりからハイウェイに乗る音が聞こえた。

ヘンリーはカウチから立ちあがり、スクリーンドアごしに外を見た。スクーターが寝そべっているのが見え、心が浮き立つのを感じたが、それも犬が不自然なほど動かず、しかも頭部は被毛がぺったりとして、おまけに形がゆがんでいるのに気づくまでのことだった。ヘンリーはドアをあけ、おそるおそる犬のまわりを一周すると、心臓が痛いほど激しく打つのを感じながら、もっとよく見ようとしゃがんだ。

スクーターは頭をつぶされ、血まみれの状態で死んでいた。車にひかれたのだろうか？ それはないと思った。傷を見た感じでは、タイヤレバーか野球のバットで殴られたようだ。ヘンリーは走り去る車の音に耳をすましてみたが、すでに音の届かないところまで行ってしまっていた。

「ひどい。なんてかわいそうなことを」

家のなかに戻って浴室からタオルを取ってくると、それでスクーターの亡骸(なきがら)をくるんでやった。それから暗いなか、露に濡れた芝生を突っ切り、家のわきにまわりこんだ。犬の体はひどくやせこけ、痛ましかった。家の裏まで行くと小さな松の木の隣にタオルにくるんだ犬を横たえた。芝刈り機をしまってある小屋からシャベルを持ってきて、墓を掘り、スクーターを埋めた。その間ずっと、コオロギやキリギリスの鳴き声を聴きながら、むき出しの地面に松葉を散らした。その間ずっと、このあとどうすべきか考えていた。これ以上強情を張ったところで、虚栄心が満たされるだけでなんの得にもならないし、自分のつまらないプライドのために誰かを傷つけるようなことはしないと誓ったではないか。

ものうげな音をさせる蛍光灯のもと、キッチンの流しで手を洗った。それから電話の電源を入れ、ミッチの番号を押した。電話の声はいつもと同じ、感情のない事務的なものだった。

「わたしからの最後のメッセージを受け取ったようだな」

「直接届けにきたやつか？」

「そうだ。で、報告することは？」勝ち誇ったようなことも言わず、なんの感情もこもっていない。ある意味、逆にそれが恐ろしい。「報告することは、と言ったのだが」

「待ってくれ。手帳を取ってくる」

ヘンリーは隠されていた手紙を見つけたこと、ロバートとマールについてわかったことを報告した。《ニューズウィーク》誌の記事に出ていた四つの名前を告げたときは、ミッチがそのうちのひとりを名指しして〝そいつが探しているやつだ〟と教えてくれることをなかば期待していた。それならば、電話した甲斐があったというものだ。しかしミッチは、アンナが大学に入学する週にロバートが姿を現わしたという話を終えるまで、なにも言わずに聞き入っていた。意地ゆえか、それとも慎重さゆえか、糸が撚り合わされたと警告する最後の手紙については言わずにおいた。

「よくやった。それでこそきみを雇った意味があるというものだ。な？　どうってことはないだろう。きみは自分の仕事をやればいい。ほかには？」

ヘンリーは〈ザ・ポンド〉について調べるため、国立公文書館まで出かけた話を一本調子で語った。わかったことをまとめていると、途中でミッチにさえぎられた。

「大昔の話ではないか。そんなものに時間をかける価値などあるのか？」

「あらゆる点から見て、亡くなる前のヘレン・ショートはその調査に熱心に取り組んでいたと考えられる」

「袋小路に入りこむだけだ。即刻中止したまえ」

「言っている以上のことを知っているような気がするな。でないとそこまで断言はできないと思うが」

「きみ、あるいはわたしの時間を無駄にするなと言っているにすぎん」

「明確な理由を言ってもらえればそうする」

「よく聞け、マティック、きみは言われたことだけをやっていればいい」

「そのつもりだ。しかし、あんたの指示によれば、おれは両方のクライアントを満足させなくてはならず、クライアントの片方がこの件を掘りさげたいと言っているんだ。話を合わせるしかないじゃないか」

不気味な間があく。

「ならば、彼女からあたえられた任務の範囲内でなんとかべつの方向に誘導しろ」

「彼女からあたえられた任務の範囲？　ミッチ、ワシントンに長くいすぎたようだな」

「話は以上だ、マティック。いまのところは。もちろん、これから先、メッセージを直接届けられたくないなら、どうすればいいかわかるな？」

「それはもうはっきりと」

電話を切った。

ヘンリーは、思いもよらないところで重要な情報を得たような気分で、数秒ほど待った。それからワシントンの市内局番のべつの番号を押した。応答があるかわりにビーッという音がし、ヘンリーはアクセス番号を入力した。最初の呼び出し音で男性の声が電話に出た。

「話せ」

「全部聞いていましたか？」

「うむ。このままつづけろ。両方とも」

「そうします」

「それと、ヘンリー」

「なんでしょう？」

「用心するように」

「いまさら遅いですよ」

電話は切れた。ヘンリーはまたライウィスキーを手に取った。二杯飲んで、眠りに落ちた。

45

一九七九年　パリ

ヘレンは寝つけず、ベッドわきの明かりをつけた。ナイトキャップが、神経を鎮めるような、長くめまぐるしくなる明日にそなえて気持ちよく眠らせてくれるようなものが必要だ。まだ夜中にはなっていなかったので、シーツを払いのけ、服を着た。

クレアが取ってくれたのは、一方通行の道沿いに建つささやかな五階建てのホテルの三階にある広々とした部屋だった。フランス窓をあけると小さなテラスに出られるようになっていて、ゼラニウムの鉢植えと錬鉄の手すりがあり、下の通りが見おろせる。しかしいまは、木のよろい戸は閉めてあった。

チェックインしてすぐに、周辺をざっと確認しておいた。百ヤードある区画の一端はウルク運河に突きあたり、それに沿って並木道が走り、対岸に渡る歩行者用の橋がかかっている。もう一方の端はフランドル通りに突きあたり、混雑する歩道を行くのは、クレアが言っていたとおり、大半がパリっ子だ。

出かける直前、クレアの報告書をホチキスで綴じた《パリス・マッチ》誌の存在を思い出した。コンソールテーブルに置かれた数冊の観光客向けの雑誌にまぎれこませてみたものの、そのまま置いていくのはためらわれた。雑誌よりも報告書のほうが隠しやすいと思い、針をゆるめて報告書をはずした。それからベッドの上にかかっている額入りのシャガールのレプリカをおろして裏板をはずし、たたんだ報告書を絵と厚紙のあいだに滑りこませ、額をもとどおり壁にかけた。

下におりてみると、人けのない通りは少し気味が悪いほどだったが、おかげで通りすがりのふりをして自分を見張っている人間がいないか確認する手間がはぶけた。音がするほうに行こうと決め、にぎやかなフランドル通りがあるほうに向かったところ、数ブロックも行かないうちに、メトロの入り口近くの角にブラスリーが見つかった。十月の身を切るような寒さのなか、数人の強者が歩道に出したテーブルを囲んでいたが、ヘレンは紫煙が立ちこめるぬくぬくした店内を選んだ。ちょうど年配男性がひとり、ドアのそばのテーブルを立ったところで、ヘレンはそこにすわった。

ブラスリーに客はほとんどいなかったが、そのほうがヘレンにとってはありがたかった。ふたつ先のテーブルに若いドイツ人のバックパッカーのふたり連れ——この界隈にいる観光客はみな、若いドイツ人のバックパッカーと決まっているようだ——が分厚いミシュランの地図をのぞきこんでいる。凱旋門（がいせんもん）に攻撃を仕掛けるつもりか、人差し指でつついたり、鉛筆で印をつけたりしている。パリに来てまだ二日だというのに、ヘレンはすでにドイツ人のことをここパリの人間と同じような辛辣な目で見るようになっていた。もしかしたら、単に疲れて気が立っているだけかもしれない。

じきにふたりも店を出ていき、そこへちょうど、染みのついたエプロンをした退屈そうなウェイターがウィスキーの入ったカットグラスのタンブラーをトレイに乗せて持ってきた。さっきのドイツ人たちは地図はたたんだものの、新聞は持っていかなかった。それを見てヘレンは、この二十四時間、ニュースらしきものをまったく目にしておらず、読んでもいないことを思い出した。夕方、《インターナショナル・ヘラルド・トリビューン》紙を買おうかとも思ったが、カナダ人らしい行動か確信が持てなかったのだ。いまなら気にしなくてもいいだろう。

あいたテーブルに近づき、ウェイターに片づけられる前に新聞を手に取った。きょうの《フランクフルター・アルゲマイネ・ツァイトゥング》紙だ。ヘレンの好みよりやや保守寄りだけれど、理解できる言語で書かれている。ウィスキーをちびちび飲みながら、腰を落ち着けて読んだ。

ここ何週間かと同じく、イランの出来事が大きく報じられていた。亡命した皇帝がアメリカに到着したことで、抗議の学生と新指導者のアヤトラ・ホメイニ師があらたに怒りを爆発させていた。そのため、ベルリン支局の出来事はろくに注目を集めていなかったが、ヘレンのささやかな逃亡劇はいまごろ、CIA本部の何人かの目を惹いていることだろう。

新聞を一枚めくった。また海外のニュース。国内政治についても少々。CIA職員が無断で職務離脱したことにはまったく触れていない。もともと、記事になっているとは思っていなかった。この手の内部の規律違反が表沙汰にならぬよう、CIAは最大限の努力を払っているはずだ。もう一枚めくる。バイエルンでお調子者が、Uバーンの車内でナチス式の敬礼をして逮捕されていた。

隅の記事に目がとまった。〝自動車事故で社会民主党の政策立案者死亡〟とある。亡くなったのはヴェルナー・ゲルンソルツ、四十五歳で、〝社会民主党界隈でも卓越した頭脳の持ち主で、アメリカとの関係、とりわけ原子力政策に関して歯に衣着せない物言いをすることでよく知られている〟とある。

キャスリンとアンネリーゼがケヴィン・ギリーとその若きアメリカ人助手のカート・ドラクロアの指示で複製したのは、この人物の鍵だったはずだ。そのときの話を思い起こした――赤い鍵はガレージのもので、もうひとつはBMWの鍵。記事によれば、ゲルンソルツが運転するBMWは山道を走行中にガードレールを突きやぶったらしい。同乗者はおらず、どうやら居眠りをしたようだ。一酸化炭素中毒の兆候があるため、排気系統の故障で意識を失ったのではないかと当局は見ている。

ヘレンは新聞を落とし、深々と息をすると、残りのウィスキーを一気に飲んだ。窓の向こうに見えるパリの歩道に目をやった。もはや、寝ている余裕などない。無言で勘定を払い、店を出た。

翌朝、ゲルンソルツの死に動揺するのではなく、かえって決意を強くした自分にヘレンは驚いていた。ゆうゆうとした足取りで、まわりに溶けこみながら歩道を歩いた。クレアに定時連絡を入れる午後四時までつぶす時間はたっぷりある。最悪の事態にそなえたほうがいいと考え、つづく数時間は宿泊先近辺の脱出および回避ルートをしらみつぶしに調べた。

調査は買い物客のふりをしておこない、裏口、階段、通用口、その他、のちのち利用できそうな通路のある店を探してまわった。また、クレアが集めてトートバッグに詰めてくれたかつら、スカーフ、サングラス、その他のものを活用して、何種類の変装ができるかも検討した。

うまくやれる自信がついたところで、気晴らしとして、バードウォッチングをしに来たカナダ人女性が国に持ち帰りそうな、野暮ったい旅の思い出の品を探すことにした。その手の品がフランドル通りで見つかる可能性はかなり低く、考えうるすべての大きさや形のエッフェル塔のレプリカを何百と置いている小さな店に入ったときに、ようやく大当たりが出た。金色のもの、磁器のもの、プラスチックのものなどいろいろで、また、キーホルダーやペーパーウェイト、冷蔵庫用のマグネット、置き時計、クリスマスツリーの飾りなど形も豊富だった。さらにはスノードームもあった。小さなパリの街がおさめられたもの。赤、青、黄色、金色、大きさも小さいものから大きなものまでいろいろだ。

ようやく、直径が六インチ近くもあり、なかに金色に塗ったエッフェル塔が入った、比較的大きなスノードームに落ち着いた。どっしりと重たいプラスチックの台には、ごつごつした青い文字で〝パリ〟と刻まれていて、その店の売り物のなかでもっとも味も素っ気もなく見えたのだ。それを嬉々としてレジに持っていくと、店主は値札はどこかと探したがけっきょく見つからず、ヘレンの購買意欲を察知したのか、三十フラン、アメリカドルにして六ドルという法外な数字を提示した。

「買った！」ヘレンは英語で言ったが、店を出たとたん、きょう一日、これを持って歩くよりはいったん部屋に戻って置いてきたほうがいいことに気がついた。まったく重いったらない。少なくとも二ポンドはある。思わず笑みがこぼれ、クレアにこれを見せる機会があればいいのにと思いながら腕時計に目をやった。まだ午後一時を過ぎたばかりだ。マリーナが会ってくれるかどうかはっきりするまで、三時間近くある。

46

クレアは窓のないオフィスにすわり、ヘレンはどうしているだろうかと、追われてきっとおびえているだろうと考えていた。すでに午後二時をまわり、定時連絡の時刻まで二時間足らずと迫っていた。事態が急激に変化しないかぎり電話をしなくてはならない。それまでにマリーナからなんの連絡もなければ――〈シスターフッド〉の郵便箱を確認しに行く時間を捻出できないのだから、そもそも無理な相談だ――明日のホテルをあらたに見つけなくてはならない。

真新しい紙をタイプライターにセットし、じっと見つめた。すぐに用紙を抜き取り、この部屋に象徴されるみずからのお粗末なキャリアを振り返る。彼女にあてがわれているのは、大半の職員がシャンゼリゼ通りの庭園、コンコルド広場、そして美しいオテル・ドゥ・クリヨンをながめられるこの建物のなかで、もっとも狭く、もっとも殺風景なオフィスだ。クレアのデスクから見えるものといったら、画鋲の跡以外なにもない壁だけ。画鋲の跡は、前にここを使っていたビューリーという落ち着きのない男が、ピガール地区の低俗なフロアショーを撮影したヌード写真と一緒に家族の写真を壁に貼ったときにつけたものだ。彼は成績がすこぶる悪く、いまはロック・バンドのコンサートの観客整理を専門にするオスロの警備会社で働いている。ヘレンの件で下手を打てば、クレアも次はそこに行くことになるかもしれない。クレアはトロンハイムでエアロスミスが乗るリムジンを調達する自分を想像しながら、あくびをかみ殺した。

思いはふたたびヘレンに、敵地に潜入したスパイのような生活を強いられているヘレンに戻り、そのせいで、二年前、任地が決まる直前に本部で交わした会話を思い出した。防諜部門所属のペギー・マレンという気立てのいい大先輩がCIAのカフェテリアで励ましの言葉をかけてくれたときのことだ。まもなく六十になるマレンは、戦時中はOSSの一員としてロンドンに駐在し、ウィズナーやアングルトンという重鎮たちとロンドン大空襲(ザ・ブリッツ)を耐え抜いた。ナチス占領中のフランスにパラシュート降下する工作員たちが準備を整えるのを手伝った経験があり、何十年もたったそのときも、当時のことを身振り手振りを交えて話し、なにひとつ見落とすわけにはいかないプレッシャーについて語ってくれた。

「ほんのちょっとしたことでも間違えば——シャツに縫いつけるボタンひとつ、あるいは場合によってはポケットのなかの糸くずさえ——工作員は帰ってこられなくなるかもしれない。常に戦時体制でいなくてはいけなかったの」

クレアがいま感じているのはまさにそれだ——戦時体制のつもりで、細部にまで気を使っている。記録にはいっさい残せないけれど、ここまで緊迫した事態を手がけるのはひさしぶりだ。上の空でさっきの用紙をあらためてタイプライターにセットしようとしたとき、ドアをノックする音がした。

「はい？」

支局長のマグワイアがわざとらしいほど愛嬌(あいきょう)を振りまきながら入ってくると、〝やあ〟とひとこと快活に言った。気の重い用件があるとしか思えない。くだらない仕事で手が離せなくなり、ひょっとしたら四時に公衆電話まで行ってヘレンに連絡する時間すら取れないかもしれない。いくらなんでも、オフィスから電話をするのは無理だ。

マグワイアはもう過去の人間だが、フランスがNATOから脱退し、ソヴィエト連邦にすり寄ったド・ゴール政権後期などは、それなりに輝かしい時代を迎えもした。理不尽なことを言う人ではないし、意味もなく体をさわってくる人でもないが、昔かたぎのせいでクレアの考えにはついてこられないところがある。心のなかでPOSなCOSと呼んではいるものの、ときどき気の毒になることもある。若い男性職員に陰で笑われているときにはとくに。

彼はクレアの赴任には最初から反対の立場だった。支局に女の工作員が配置されると知らされたマグワイアは、〝契約妻〟、つまりCIAの男性職員と結婚している女性職員をあてがうよう希望した。しかし、実際に赴任してきたのが独身のクレアだったので、次に彼は彼女を事務職に追いやろうとした。パリに来て二日めの晩、マグワイアはクレアをバーに連れていき、理由を説明した。

「わたしは女の工作員というのを信用していなくてね」彼はきざったらしくほほえみながら言った。

時と場合によっては取り入る姿勢を見せることもいとわないクレアは、表情ひとつ変えずに言った。「支局長は立場上、なんでもよくご存じでしょうから。でも、なぜそうお考えになるんですか？」

「うん、だって、ほら、女は子どもを産むじゃないか。いずれはね。きみがいまのところ独身なのは知っているが、それでもいつ妊娠するかわからない。なにしろここは恋の街、パリだ。そうなったら、当然、大きな作戦のさなかだろうが、しばらく仕事を離れなくてはならない。そういうわけだ」

「ええ、そうですね。支局長のおっしゃるとおりです」なにがハードルとなっているのかを見きわめたのち、クレアは一気にそれを飛び越えにかかった。「でも、わたしに関してはなんの問題もありません。不妊処置をしましたから」彼女はマグワイアが啞然とするのを見ながら、勝ち誇ったようにほほえんだ。

「不妊処置？」

「ええ。ほら、犬とか猫にするのと同じです」

もちろん、うそだ。完全なるでっちあげだ。マグワイアに確認するすべがないだけで。

「そうか」

彼の笑みが落ち着きのないものに変わり、自分の言葉で窮地に追いこまれた男に特有の不快感があらわになった。

「なるほど、そういうことなら、信用してもよさそうだ」

話はそれで終わりだった。

前日、ランチを食べながら、新しい共謀者のことを知るにつれ、クレアはこう見抜いていた。ヘレンにひとつ仕事をするうえでのスキルが欠けているとしたら、それは如才のなさ、あるいは必要とあらば相手の愚かさを容認する態度だろう。マグワイアなら彼女のようなタイプを嫌うだろうし、本人も反撃するうちにつぶれてしまう。それでも、CIAにはヘレンのような姿勢の女性が必要だ。相手に調子を合わせるすべを持っている人間と同じくらい。

「さて、わがお気に入りの閣僚はどうしている？」マグワイアは訊いた。「あいかわらず、愛人との愛の巣に入り浸りか？」

「いいえ。でも、ついきのう、気づいたことがあります。彼に関心を抱いているのはわたしだけではないようです」

マグワイアは顔をしかめ、腰をおろした。

「くわしく聞かせてくれ」

「《ル・フィガロ》紙のやる気に燃える若い記者が、彼女の住まいの向かいにあるバーで張っていました。わたしがそこを訪れたここ三回のうち二回も見かけました」

「向こうはきみに気づいたのか？」

「いいえ、まさか。でもこっちは彼が一杯やりに来たんじゃないと見抜きました。バッグのなかにはカメラが入っていましたし、窓の外に目をやりながらメモを取っていましたから。ちっともこそこそしていなかったんです」

「どう思う？」

「この情報を買ったのは、わたしたちだけではないのでしょう。もっとも、フランス人がセックススキャンダルにまったく動じない理由は、あいかわらず謎ですけど。しかし、動じるようならば、そのジャーナリストはわたしたちがやろうとしていた以上に徹底的に、しかも長期にわたって追いかけるでしょう」

「で、われわれの役に少しは立ちそうなのか？」

「それについてはまだなんとも言えません。けれども、当分はつづけるべきかと」

ここでいつものような返事が、むっつりした顔で、ああ、しばらくつづけたまえという返事が返ってくるものと思っていた。しかし、マグワイアは明るい顔になって言った。「実は、願ってもないタイミングでこんな知らせが飛びこんできてね。より重要性の高い任務をきみにやってもらいたい」

「ぜひうかがわせてください」クレアは不満の声が出そうになるのをこらえた。

「先だっての晩、ベルリン支局から事務員が逃亡したとかで、警戒を呼びかけていたろう？」

事務員ですって。ヘレンには気の毒だけど、誰もがそんなふうに甘く見ているなら、変装に有利とも言える。

「きれいな目をしたブルネットの女性ですか？」マグワイアは同じような言葉使いをされると反応がよくなる。

「きれいな目をしているよな？　スタイルもなかなかのものだと聞いている」

「その情報も役に立ちますね」

「とにかく、その女がまだ見つかっておらん。それで、どうだろう、よかったら……」

「捜索にくわわってはどうか、ですか？」これもまたいい知らせだ。クレアにまかせるということは、ヘレンの件は優先度が低いと見なしている証拠だ。あいにく、ギリーのほうはまったくべつの見方をしているようだが。

「そうなんだよ。捜索には女性の直感が必要なんじゃないかと思ってね」

「ええ。考えることは一緒ですね」

「まったくだ。きみなら言いたいことをわかってくれると思っていた」マグワイアはクレアが顔をしかめもせず、豚呼ばわりもしなかったことに安堵した様子だった。

「彼女がフランスにいると考える根拠はあるんでしょうか？」

「いや、まったくない。だが、いまのところどこにも現われていないし、まあ、なんだ、彼女が行きそうな場所がいったいいくつあると思う？」

「何十カ所とか？」

「まあ、それはそうだが……」

「でも彼女は単なる事務員で、そう知恵もまわらない。それにフランスはすぐ隣の国だから、そう考えると……」

「そのとおり」

「彼女の気持ちがいくらかわかる気がします。ただちに取りかかってもよろしいでしょうか」

「さすがだ、クレア。きみならわたしがどうしたいかわかってくれると思っていた。彼女の情報アクセス権限はひじょうに低いレベルなので、なにを漏らそうが、さほど心配はしていない。だが、それでもベルリンにかわって彼女を探し出せば、当支局の手柄になる」

マグワイアの手柄、という意味だ。けれどもこれでクレアは、状況がヘレンにとってよくなるよう自由に動くことができる。マグワイアがとりとめもなく話すのを聞きながら、オフィス内のあちこちに目をさまよわせた。コートはドアのそばにかけてある。ハンドバッグは書棚の上にあるものと思っていたが、書棚のわきにあるのが見えた。腕時計に目をやる。通常の対監視テクニックを講じても、いま出れば、余裕で郵便箱に寄れるし、四時の定時連絡の時間までにヘレンのホテルに行ける。クレアは椅子から立ちあがった。

「どこへ行く？」

「情報源に確認します。彼女のような人が助けを求める場合、真っ先に知るのは彼らですから」

マグワイアも立ちあがり、またもほほえんだ。

「たしかに！　さっそく取りかかってくれてうれしいね。捜索がうまくいくことを祈っているよ、クレア」

「ありがとうございます、支局長」

マグワイアが優雅に道をあけ、クレアはさっそうとオフィスを出ていった。

47

通りに出たとたん、クレアは見張られている気配を感じた。ベンチにすわって《ル・モンド》紙を読んでいる男性がいるが、ランチタイムにサンドイッチを買いに大急ぎで出かけたときにもあそこにいなかった？　反対側の縁石にとまっているテレビ修理業者のバンが、クレアと同じ方向にゆっくりと走りだした。そもそも、なぜあんな車がここにいるの？　大使館もオテル・ドゥ・クリヨンもその手の仕事は自前でやっている。気分が高ぶっているせいかもしれないし、気が急いているせいかもしれないけれど、バンだけでなく、ベンチにすわっている男性——ちょうどいま立ちあがって、新聞をたたんだところだ——もまいたほうがいいと本能的に思った。

クレアはコースを逆に向かった。二ブロック歩いたところでタクシーを呼びとめ、運転手にUターンするよう告げ、一マイル進んだところで車を降り、一方通行の道路を来たのと反対方向に引き返した。尾行をまこうとしているのを悟られてもかまわない。そのほうが仕事が楽になる。クレアは果物屋に正面から入っていき、裏口から外に出た。バスに乗って、べつのタクシーをつかまえた。三十分後、ようやく尾行されていないと確信しながら、十九区にあるヴィレット墓地のメインゲートをくぐった。〈シスターフッド〉で使っている郵便箱はジェラール家の石造りの家族墓のそば、石のプランターの下だ。

　この場所にしたのは、ヘレンの宿泊先を選んだのと同じ理屈で、マリーナが現われるはずのボンディの森から近い北東部にあるからだ。石壁に囲まれた小さな墓地に誰もいないのをたしかめた。木が生い茂っているため――いまは秋の紅葉のまっさかりだ――周辺の家から墓地のなかはのぞけない。

　落葉するカエデの木の下、玉石敷きの通路をジェラール家の地下納骨堂目指して進み、プランターの下に手を入れて封筒を取り出した。いつもはもっと安全な場所に移動してから開封するが、いまは急いでいる。封をあけ、入っていた紙をひらき、タイプで一行だけ打たれたメッセージを読む――一八時〇〇分、見晴台、ベルヴィル公園、ベンチ。

　よかった。マリーナ本人か仲介役かはわからないが、とにかく会う約束は取りつけた。これをヘレンに伝えるにはあと一時間以上あるし、尾行はついていないのだから、直接手渡してもいい。ヘレンはホテルの部屋で四時の電話を受けるつもりでいるわけだから、そこに行けば会えるということだ。

　フランドル小路のホテルに着いたときには、まだ二十分以上の余裕があった。フロントには誰もおらず、クレアはまっすぐ上に向かった。ノックしても応答がなかったが、ハンドバッグに入れたビニールの包みから小さな工具を出し、それでなんなく解錠した。ベッドの端にすとんと腰をおろして待った。

　これはこれは、ずいぶん埃っぽい部屋だこと。そのせいで鼻がむずむずした。くしゃみが出た。また出そうになったので、朝入れたポケットティッシュを出そうとバッグに手を入れた。

手が触れたのはやわらかいティッシュではなく、ティッシュにくるまれた固くて重たいものだった。よく見ようと出してみる。鉛のようにずっしりしている。ティッシュを取り去ると、小ぶりの黒い箱が現われた。先端についた赤い小さなライトが一秒間隔で点滅している。

電波を使った追跡用発信器。

クレアは自分の愚かさに悪態をついた。愚かさというよりは迂闊さというべきかもしれない。この手の発信器は、気づかれずにくくりつけるのが無理なので、個人を追跡するのには不向きだ。ただし、もちろん、対象者のブリーフケースなりハンドバッグにこっそり忍ばせることはできる。クレアは最悪の事態を懸念し、窓に歩み寄ってよろい戸の隙間から外をのぞいた。

不審なものは見あたらなかった。ゆっくりと息を吐き、窓から離れようとしたそのとき、テレビ修理業者のバンが前の通りに入ってきて、反対側の歩道に寄せてとまった。

「やられた！」

クレアは窓から離れた。とっさに発信器を叩き壊してやろうとしたが、そんなことをしたら敵もばれたことを悟って、それ相応に計画を練り直してくるだろう。それに、もうあとの祭りだ。ここはこの道沿いにある唯一のホテル——この界隈にある唯一のホテルだ。ヘレンがここに泊まっているのは間違いなくばれただろうし、彼女が現われればたちまち捕まってしまう。

　発信器を仕込んだのは誰なのか？　パリ支局の人間、それもおそらくはギリーの仲間だろう。そう言えば、最近赴任してきたハンセンが正午ごろに電話してきて、報告書を見てほしいと言ってきた。こんな時間に変だなとは思ったが、尋常ではないレベルのことでもなかったので、オフィスのドアをあけっぱなしで出向いた。ということは、ふたり以上の人間が関与しているわけだ。ギリーのような仕事をしていると、いたるところに味方が、よけいな質問をせずにちょっとした頼みを聞いてくれる味方がいるのだろう。

　クレアは腕時計に目をやった。四時まであと十八分。落ち着いて、しっかり考えないと。メトロに乗ってくればよかった。地下を移動すれば信号は途絶える。しかし、いまさらもう遅い。仕切り直して前に進むしかない。

「いいから考えなさい！」

　ヘレンの一泊用旅行バッグをあけ、きのう買いあたえたぶかぶかのブラウスを出した。着ていたジャケットとプルオーバーを脱ぎ、せかせかとブラウスのボタンをはめた。対になったヘアピンを出し、お団子にした髪をそれでとめ、自分のバッグからオレンジ色のスカーフと読書用眼鏡を出した。待ち合わせの詳細を記したオードラからのメッセージをひらき、追加のメッセージを走り書きした。

　バンにクリアな信号が行くよう、発信器をコンソールテーブルに出した。そのとき、前日ヘレンに渡した《パリス・マッチ》誌があるのに気がついた。ヘレンがこの部屋に戻れなくなったら回収不能だと思い、クレアは自分のハンドバッグにそれを突っこんだ。ほかには？なにも思いつかなかったので、部屋を出て、裏の階段を使い、非常口から裏の路地に出た。幸い、警報のたぐいは鳴らなかった。

運河の近くでフランドル小路に出る中庭を進んだ。ヘレンは通りのこちら側か反対側か、どちらかから来る。可能性は半々。判断を誤れば致命的だし、そもそもすでに遅きに失しているかもしれない。自分がヘレンならばできるだけ人がいないルートを取ると判断し、それで運河に向かった。

運河沿いの通りに出た。ヘレンの姿はどこにもない。道路の反対側にはコンクリートの階段があり、その先は運河を渡る歩道橋になっている。クレアは途中の踊り場まで階段をあがった。人目があるところに出たので、急ぎ足にならないよう注意する。見晴らしのいい手すりにもたれて立った。

四時まであと十四分。バンはあいかわらずエンジンをかけたまま歩道わきにとまっている。大使館の外で見かけた男が、フランドル通りの角近くに立って、クレアと同じように運河沿いの道に目を光らせている。クレアに気づいた様子はない。そのままでいてくれればと思いながら《パリス・マッチ》誌を出して読んでいるふりをした。雑誌をひらいてすぐに、ヘレンが報告書をはずしたことに気がついた。おそらく客室のどこかに隠したのだろう。ああ、もう！　なにひとつうまくいかない。

見張りの男が突然、通りの反対側に注意をそらした。角をまわりこみ、バンの先、フランドル通りから入ってきた若い女性をうかがった。二百ヤードも離れているため、遠すぎてヘレンかどうかは確認できない。クレアの読みがはずれていれば、友人は一巻の終わりだ。

もう一度両側を確認する。右から自転車に乗った男性が近づいてくる。左には短パン姿の少年がふたり、鬼ごっこをして遊んでいる。うしろから聞こえるハウスボートのポッポッポッという エンジン音が、心臓の鼓動と同期する。もう一度右に目をやると——来た！　四十ヤードほどのところだろうか、ヘレンが運河沿いの通路に並ぶプラタナスの木の下を前へ前へと歩いてくる。クレアは走りだしたくなるのを必死でこらえて階段をおりた。ヘレンに気づかれて名前を呼ばれたりしないよう、目を歩道に向けた。

見張りの男の目はまだ反対側に向けられていたから、クレアは足をはやめながら、どう動くか計画を立てた。ヘレンがバッグを左側に持っていたので、クレアはそちら側にそれとなく移動し、交差点の二十五ヤード手前でヘレンに手をのばした。木の根につまずいたふりをして前に倒れこみつつ、ヘレンの左肩をつかみ、オードラからのメッセージをトートバッグに入れた。

「引き返しなさい！」とかすれた声で指示した。「ホテルは見張られている。はやく行って！」

ヘレンはたじろいだが、それもほんの一瞬のことだった。ひとことも言わずにくるりと向きを変え、危険から遠ざかるように、運河沿いを引き返しはじめた。周囲の人たちの目には、ふたりは霧箱のなかの原子のように、ただぶつかっただけに見えたことだろう。

見張りの男が気づいて、ヘレンを追いかけはじめたが、クレアには目も向けなかった。大間違いだ、クレアはハンドバッグに手を入れ、さっき錠をあけるのに使った先の尖った工具を出し、男の進路をふさぐ位置に移動した。男が顔をあげたときにはクレアはほぼ目の前にいて、そのときにはもう間に合わなくなっていた。クレアは持っていた細い金属を男の左外耳道に挿し入れた。ぽんと音がすると同時に男は絶叫し、歩道に倒れこんだ。この男以外、バンがとまっている角をまわりこんで出てくる者はいない。近くにいるのは驚いて顔をあげた少年ふたりと、二十ヤード離れたところにいる買い物袋をさげた年配男性だけだ。

「助けてあげて！」クレアはフランス語でまくしたてた。「この人、けがをしてる。わたしはお医者さんを呼んできます！」

年配男性が買い物袋をおろして近づいた。見張りの男は両手で頭を押さえ、左耳から血をぽたぽた流しながら、痛みに身もだえしている。クレアはヘレンとは反対方向に歩きだした。友人が無事に逃げられたので、今度は自分が姿を消す番だ。そのあと、万が一、助けが必要な場合にそなえ、ヘレンとマリーナの待ち合わせ場所までこっそり行ってみよう。

数ブロック歩いたところで両側を確認した。ギリーの手の者はいなくなっていた。ヘレンも無事に逃げられたのならいいけれど。

48

ヘレンは激しい耳鳴りに襲われていた。頭のなかで警報が鳴っているような、金属的な響きがしている。しかし、泊まっていたホテルの角から一ブロック北でフランドル通りに戻ると、耳鳴りは小さくなっていった。なにがあったのか、まだよくわからない。確実なのは、また逃亡の身に戻ったことと、クレアがバッグのなかにメッセージを入れてくれたことだけだ。

きっとギリーの仲間だろうけれど、どうやって見つけたのだろう。なにかまずいことをしてしまったのだろうか。油断していた？　いずれにせよ、クレアのおかげで助かった。ヘレンは歩く速度を落とした。まわりよりもはやく歩くと人目を引いてしまう。深呼吸して。頭を使って。うしろを振り返ってはだめ。店のショーウィンドウに目をやったが、バス、子どもたち、その母親が織りなす色の模様がゆらゆら揺れているだけだった。右のほうから甲高い笑い声があがって肝を冷やしたが、なんでもなかった。

おりよく、いまいるのはけさ――といっても大昔のことのように思えるが――逃走および逃亡ルートを検討したそのブロックだ。アイデアを実行に移すことにして、すでに目をつけておいた角の洋品店に入った。奥には試着室がふたつあるが、服のかかったラックがあって手前からでは見えづらい。ヘレンは試着室に入ると、さっそくジーンズを脱ぎ、トートバッグから出したベージュ色のスカートを穿いた。ハンドバッグを出した。それからサングラスをかけ、ジーンズを捨て、トートバッグをたたんでこわきにはさみ、通用口から外に出て、わき道を進んだ。

次の角を曲がると、普通の速度をたもちつつ、そのブロックの終点にあるべつの店に入った。今度は服のラックのうしろを移動しながら髪を上でまとめると、緑色のスカーフをかぶって顎の下で結び、早変わりをやってのけた。バッグから赤いカーディガンを引っ張り出してはおり、裏口から外に出た。

二ブロック歩くと、並木のあるクリメ通りに出たが、ここも店が建ち並び、人通りが多かった。一方通行の流れに逆らいながら歩いていくと、少し先にバスがとまろうとしているのが見えた。ヘレンは買ってあった交通パスで乗りこんだ。同じ場所から乗ったのはふたりだけで、どちらもすでに停留所で待っていた女性だ。窓側を避けて通路側の席にすわると、スカーフとサングラスをはずし、頭を低くして鳶色の髪のかつらをつけた。それから赤いカーディガンを脱いだ。バスが宿泊先の近くを流れる運河を渡るまでバスに乗っていた。そこでようやく安心し、バッグのなかのメッセージを読む気持ちになれた。

トートバッグをひらいて、紙切れを出す。一行めには〝一八時〇〇分、見晴台、ベルヴィル公園、ベンチ〟とタイプで打たれていた。

その下に、クレアの自筆とおぼしき文字でこう書かれていた。ホテルには絶対に戻らないこと！　明日の四時に最初の番号に電話して。

なるほど。マリーナから連絡があり、いまから一時間後に会えるよう、すでに段取りがされている。ヘレンは旅行客用の地図を出し、目指す公園がいまいるところ、二十区の南端から数マイルほど南にあるのを確認した。けれども〝見晴台〟という名称のものは見あたらない。ヘレンはフォーダーズのガイドブックを出してベルヴィル公園を調べ、〝ピア通りの終点からの眺望がすばらしい〟と書いてあるくだりを読んだ。

待ち合わせの場所までバスとメトロを乗り継いで移動した。目的地が近づいてきたところで、もう一度、外見を変えた。残り七分というところで公園の北東側に到着し、一方通行の細いピア通りを進み、木が生い茂るでこぼこの坂をのぼりきったところで公園に入った。眼下にはパリのすばらしい景色が広がり、南西の地平線からエッフェル塔が突き出している。日が暮れてまだ数分ほどしかたっていないため、すべてが琥珀色と赤褐色に染まり、そのあまりの美しさに、公園の奥に進んでいくヘレンも気持ちがほぐれていくのを感じていた。

いちばん近いベンチはどこかと探したが、見える範囲にはひとつもなかった。観光客の一団が夕陽を撮影しようと集まってきているが、全員が立っている。ヘレンは左の遊歩道を進んだ。前方に垣根仕立てにしたブドウの木が見えるが、ベンチはない。右に目をやると下におりる階段がつづいていて、十五フィートほど下ったあたりだろうか、ベンチがひとつ見えた。

ヘレンは腰をおろした。まわりにいるのは、カメラを手にした観光客だけだ。ぼんやり見ていると、左から人が近づいてくるのを感じた。灰色のオーバーコートを着た年配女性が足を引きずるようにして歩いてくる。買い物袋をさげたその女性は、ベンチの反対の端にどすんと腰をおろし、疲れたというようにため息をついた。コートは防虫剤のにおいがした。

ヘレンはまっすぐ前を見つめた。張りつめたような静寂のなか、じっと待っていると、やがて女性は訛りの強い英語でつぶやいた。

「うしろのピア通りにとまってるタクシーに乗りなさい。運転手には四番と伝えること。あと少ししたらあたしがそこまで歩いてくから、あんたはあとをついてくるように」

ヘレンはうなずいた。

女性はさらに数秒ほど息を整えていたが、やがて立ちあがった。通路に集まってきていた何羽かの鳩が一斉に散らばった。ヘレンは数ヤードうしろをついていった。ふたりは観光客がいるほうに向かって歩道をのぼった。ヘレンが通りに出ると、ぴったりのタイミングでタクシーが一台、縁石にとまった。後部座席のドアがあいた。乗りこむと、反対側の後部座席に男がひとり、外から見えないようにかがんでいた。男は乗れとうながすようにうなずいた。

「四番」ヘレンが運転手に告げると、車は発進した。

突然、うしろが騒がしくなり、リアウィンドウからのぞくと、さっきの年配女性が狭い通りに倒れていた。最初、ヘレンはぎくりとしたものの、すぐにどういうことかを悟った。二台めのタクシーが視界に入ってきていたが、数人の観光客が倒れた女性を助けようと駆け寄ったため、ただでさえ狭い通路をふさいでいたのだ。

そのタクシーのうしろのドアがあいた。出てきたのはクレア？　そうだとしたら、ヘレンは案内役を、支援役を、安全弁役を失ったことになる。

「これを」左側の男が言った。いまは体を起こしていて、黒い布切れを差し出している。ヘレンはそれをどうすればいいのかわからずに受け取った。男は頭からかぶる仕種をした。つまり、行き先を知られないためのフードだ。ヘレンがためらっていると、男はため息をついてフードを奪い、ヘレンの頭に乱暴にかぶせた。汗と煙草のにおいがした。

「下に！」男は命じた。

「もう下までおろしてある」彼女は言った。

「ちがう、あんただ。あんたがかがむんだ！」

ヘレンは外から見えないよう身をかがめた。

「よし、それでいい」男は言ったが、もう男の姿は見えなかった。もうなにも見えない。街も通りも、それにもちろん、クレアも。

49

　クレアがタクシーからいきおいよく飛び出すと、運転手がいきり立った。彼女はフラン札をたんまりとシートに投げたが、それでも相手は黙らなかった。パリのタクシードライバーとはそういうものだからだ。そこでクレアは運転席側のウィンドウに顔を近づけ、彼の家系の半分を網羅する侮蔑的な言葉で黙らせると、歩道側にどいた。

　通りに目を向けたが、ヘレンを乗せたタクシーはもう見えない。お手上げだ。

「クレアさんだね」うしろから男性の声がした。

　彼女はぱっと振り向いた。

　近くの人はみな、まだ倒れた女性のまわりに集まっているのに、このアメリカ人男性だけはクレアのそばにやってきた。年配だが健康そうで、さっそうとしていると言ってもいい。そして時代遅れの恰好――トレンチコートにフェドーラ帽という、一九六〇年代のスパイが着ていたような恰好だ。

「どなたでしょう？」

「ロバートの側の人間じゃないから、それについては安心してくれていい。連中は彼女をどこに連れていったのかな？」

「数時間前に彼女がいた場所よりは安全なところ」

「ならけっこう」

「お名前を聞かせてもらえますか？」

「ここではまずい」

男はあたりを見まわした。道に倒れていた老女は奇跡的な回復を見せ、助けの手を大声で断りながら、人混みから遠ざかろうとしている。

「あれはアカデミー賞級の名演技だな」男は言った。

「あなたは誰のもとで動いているんですか？」

「いま言ったように、ここではまずい。だが、情報交換する必要がある。一杯どうだね？」

彼の物腰には不思議と人を安心させるものがあったが、それでもなんらかの脅威になりそうな気もした。不心得者を取り押さえて、この逃亡劇に幕をおろすため呼び出されたＣＩＡの工作員かもしれない。これで彼女のキャリアも、この作戦すべてもおしまいだ。

しかし、そんな雰囲気は伝わってこなかった。いずれにせよ、ヘレンが無事に目的地に向かったのなら、じたばたしたところで得るものなどほとんどないのだからと、クレアはうなずいた。「案内して」

ふたりはアンヴィエルジュ通りにあるカフェに入った。入り口をくぐる際、クレアはここではあなたはよそ者よと言いたくてフランス語で話しかけてみたが、完璧なパリジャンのアクセントで返されてしまった。さらに傷口に塩を塗るかのように、彼はジタンのパックを出してクレアに一本勧め、メニューを見ずに注文した。ウェイターは感心したようにうなずくとセラーに消えた。ほどなくクレアは、目の前のこの男性がブランデーにくわしいことを思い知らされた。

「ベルリン支局の方ですね」

「ええ。しかし、ここに来たのはCIAの人間としてではなく、きみたちのどちらにも危害をくわえるつもりはない。可能ならば、手を貸そうと思っているくらいだ。わたしの名前はクラーク・ボーコム」

彼は握手しようと手を差し出したが、クレアは唖然とするあまり、その手を握ることさえできなかった。

「あなたのことは聞いています」

「ヘレンからではないだろうね？」

「いえ、ちがう。局の古株連中から。いろいろと昔話をしてくれるので。あなたがいまも現役だなんて思ってませんでした」

ボーコムは悲しそうにほほえんだ。

「いや、賛辞と思ってありがたく受け取っておこう。うちの支局長もしばしばそう感じているようだ」

「あの、ひょっとしてヘレンの……？」クレアは最後まで言わずに語尾を濁した。

「いまはちがう。少なくともその点に関しては、彼女も正気を取り戻したようだ。まあ、それも当然だろう」

クレアはかぶりを振った。男を選ぶヘレンの目にあきれたのではなく、こういうときに頼りになる人物を直感的に選んだことに感服したからだ。

「パスポートを用意したのはあなたなんですね？　偽の身分も」

照れたような笑顔を見たとたん、知りたいことはすべてわかった。

「それにしても、どうやって彼女を見つけたんですか？」

「きみを見つけることで」

「わたしたちのつながりをつかんでいるのはギリーの手の者だとばかり」不審の念があらたにわき起こった。まさか敵の術中にまんまとはまってしまったの？

「なぜ知っているかと言えば、ずるをしたからだ。彼女が設置した郵便箱からきみのメッセージのひとつを盗んだ。彼女のやることはばればれもいいところだ。それを言うならきみもだな。わたしのように長年にわたって頻繁に飛行機を利用してきた人間がＣＤＧなどという暗号名でだまされると、本気で思っていたのかね？」

「稚拙なのは認めますけど、わたしの案じゃありません」

「しかも、パリ支局の顔ぶれを見れば、協力者としてもっとも可能性の高い人物を選ぶのにそう苦労はしなかった。女性、現場の人間、ヘレンと同じくらいの年齢で、似たような訓練を受けている者。それでひとりに絞りこめた。あの墓地できみが例の隠し場所を確認しているのを見て、やっぱりと……」

「そこに行くまでにまけなかったなんて、信じられない」

「ほかの尾行者は容易にまけたがね。連中はどうやってホテルを突きとめたんだ？」

クレアは発信器があったことを説明した。彼は顔をしかめた。

「女ってやつは、どこに行くにもバッグを持ち歩くからな」

クレアは思わず笑ってしまった。

「では、ホテルの外での騒動も全部見ていたんですね」

「おかげで彼女をまた見失ってしまったがね。そこで、残りの金をすべて、まだ走っているべつの馬に賭けることにした」

「当局がヘレンの居場所をつかんでいないのはたしかなんですか？」

「けさについて言えば、たしかにそうだったたし、そのあと事態が変わったとも思えない。連中はスロープレイに徹して、彼女がアルコール依存症の施設にでも入ってくれないかとひそかに願っている。それに、本部の連中がみんなテヘランのことで頭がいっぱいなのも、いいほうに作用している」

「それは朗報ですね」

「そうだ。だが、ロバートにとっても朗報だ。好き勝手に追跡できるのだから。しかも、あのホテルの外での件を見た感じでは、彼のもとにはかなりの援軍が集まっていると思われる」

「じゃあ、これからどうするんですか？」

「彼女の行き先の心当たりと、それが意味するところに左右される」

クレアはマリーナの存在と、ヘレンがなにをやりとげようとしているのかを説明した。

ボーコムは感服したようにうなずいたが、すぐにテーブルごしに身を乗り出し、声をひそめた。

「どれだけ弾薬を集めようと、やつを仕留めるのは無理だ」

「ずいぶん簡単に決めつけるんですね。なぜそこまではっきり言い切れるんですか？」

「彼がやっている仕事だよ。組織は躍起になってそれを守ろうとするだろう。あるいは、過去にやつの上司だった全員を守ろうとする」

「だったら、なぜあなたはここにいるんですか？　なぜわたしたちを助けようとするんですか？」

「われらが友人、ヘレンを救うためだ。きみたちの調査結果が使えるとしたら、その目的以外にない。人でなし連中に火あぶりにされるのを防ぐための道具でしかないんだ」

「そんなんじゃ物足りません。わたしも、ヘレンも」

「気持ちはわかるが、現時点で最優先すべきは、ヘレンを無事に帰すことだ」

「そうですけど」

「のちの連絡用になにか取り決めはしてあるのかな？」

クレアは明日の午後四時に電話をかけてくる約束をしたと説明した。

「それだと、なんの手も打てない時間が長すぎる」

「ええ。もっとはやい時間にすればよかったけど、あわてていたので」

「ふたりとも経験と勘だけで行動していたことを考えれば、これまでのところ、いい仕事ぶりだと言える」

「気になるのは、彼女が時間がありすぎて待っていられなくなることです。今夜、話がいい具合に進んだら、急いでベルリンに戻ってしまうかもしれません」

「今夜？」

クレアはうなずいた。ボーコムは顔をしかめた。

「それはとんでもないへまだ。命取りになるかもしれん」

「そうですね。ギリーはヘレンを動揺させたと思っています。全駅に人を配置することでしょう」

「なにか考えはないか？」

自分でも意外だったが、考えはあった。

「ひとつだけ。でも、うまくいくかもしれない。ヘレンとわたしは、会って間もないけど、わたしの理解が正しければ……」

「案内してくれ」

50

タクシーのなかでヘレンは身を低くかがめていた。フードのせいで鼻がむずむずするのをがまんしながら、玉石敷きの通路の音と感覚でどこを走っているのか見当をつけようとした。最初の何分かは玉石敷きの路地を揺れながら進んでは乱暴に向きを変え、そのたびに運転手が小声で毒づくのが聞こえた。やがて突然、でこぼこしていないところをのぼっていく感じがしたかと思うと、車はたいらなアスファルトを高速で走りはじめ、それと同時に全方向から車の音が聞こえてきた。大型トラックのギアがぎしぎしいう音に、疾走するバイクの爆音。パリの街を環状に走る高速道路ペリフェリックか、マリーナの地元ボンディに向かう高速道路A－3号線のどちらかだろう。

少しでも楽な姿勢になろうとしたが、背筋をのばそうとするたび、お目付役に押さえつけられるので、簡単にはいかなかった。車はときおりスピードを落としながら――クラクションの音と運転手の毒づく声から察するに渋滞のせいだろう――さらに十五分ほどなめらかな道を走りつづけた。やがて穴ぼこだらけの小さな通りに降りた。ひそひそと相談する声がし、サイドウィンドウのひとつがあいた。歩道を人が歩く音、大音量で流れる快活なアラブの音楽。ひんやりとした空気が車内に流れこむ。車は街灯が落とす光を次々と通り抜けた。

しばらくすると、ヘレンは乱暴に体を起こされた。フードをはずされると、髪の毛も一緒に引っ張られ涙が出そうになったが、弱みを握られたくなくてまばたきをしてこらえた。車が狭い路地でとまった。コンクリート造りのがっしりした高層ビルが正面と左側にそびえていた。

「あそこに行け」お目付役が左の歩道の先にぼんやり見えるぼろぼろのスチール製のドアを指さした。「階段を三つあがれ」ヘレンはうなずいた。三階分のぼれと言っているのだろう。

「そしたら、八番だ。いいな?」

「ええ」

「終わったら、ここに戻ってくる。戻ってこなかったら——」男はかぶりを振り、指で首をかき切るまねをした。「いいな?」

「そっちがそう言うんなら」

その答えが気に入らなかったのか、もしかしたら理解できなかったのかもしれない。男はヘレンの肩をつかんで、もう一度言った。「いいな?」

「ええ、わかった」

男がヘレンの肩から手を離し、彼女は車を降りた。スチールのドアは施錠されていなかったが、ぴったり閉まっていて、全身の力をこめて引かないと動かなかった。階段室は暗く、尿のにおいがしたが、上にあがるにつれ、いくらか明るくなり、二階段分をのぼったときには、声が聞こえ、料理するにおいがしてきた——胡椒(こしょう)、キャラウェイシード、クミンなどアルジェリアの香辛料だ。けれども、最後の階段をのぼりきると、音は聞こえなくなり、建物の解体中か、それとも改修の準備中なのか、廊下はがらんとしていた。のぞき穴がついた木のドアに8と書かれているのを見つけ、ノックした。

「入って（アントレ）」女の声が応じた。

ヘレンはすりきれたリノリウムの床とむき出しの壁からなる大きな部屋に入った。ほの暗い天井灯が唯一の明かりだった。ひとつだけある窓は分厚いカーテンがぴったり閉められていた。椅子がふたつあった。ひとつは、ドアのそばにある青い肘掛け椅子で誰もすわっていない。それと向かい合うように二十フィート先に置かれた木の折りたたみ椅子には、小柄な若い女性がすわっていた。オリーブ色の肌にやつれた顔、黒い髪を無造作なボブカットにしている。ゆったりした白いペザントブラウスにキャンバス地のペインターパンツ、サンダルという恰好だ。煙草を吸っていた。彼女の横に小さなテーブルがあり、水の入った薄汚れたコップが置いてあった。そのたたずまいからは、許可なく近づくなという意志がはっきり伝わってくる。ヘレンが先に口をひらいた。

「マリーナね？」

「そっちはエリザベス・ハート？」

「ええ」

「そこにすわって」

ヘレンはバッグから日本製のカセットレコーダーを出し、マリーナに見せた。

「こっちに持ってきて。あたしが操作する」

ヘレンはバレエのオーディションを受けているみたいな足取りで、慎重に奥に進んだ。マリーナはなにも言わずにレコーダーを受け取ると、スイッチを入れ、テーブルに置いた。

「どこから話を始める？」ヘレンは肘掛け椅子まで戻ると訊いた。

「ロバートのことから」マリーナは抑揚のない声で答えた。「質問はなし。話すべきことは心得てるし、記憶違いはいっさいないから」

彼女はマルセイユでの出来事を語りはじめた、一年前、担当の現場担当官が彼女のもとを訪れ、特殊な作戦にくわわってもらうことになったと告げた。責任者はロバートというべつの工作員で、じきに会わせるからと。最初の二回の打ち合わせは淡々としたものだった。マリーナは組織に忠義立てして、作戦の目的を明かさなかった。

三度めに指定された隠れ家でロバートに会ったとき、飲み物を勧められ、キッチンの隅に追いこまれたあげく、力ずくでレイプされた。そのいきさつはヘレンとクレアが目撃したものと酷似していた。大きな違いはマリーナがほかのふたりの被害者よりも激しく抵抗したことだったが、けっきょくロバートは彼女の頭を数度殴って、おとなしくさせた。

三日後、マリーナは自分の現場担当官に書面で苦情を申し立て、現場担当官はそれをパリ支局長にまわした。三週間後、彼女はマルセイユのグリニャン通り近くでトラムの前に押しやられたが、倒れたときの角度が幸いして、トラムに押しのけられただけですんだ。肋骨を二本折り、腰を強く打ったが、あまりに巧妙に実行されたため、目撃した人たちはのちに、彼女は自分で転んだように見えたと証言した。

　現場担当官が無許可で働きかけてくれたおかげで、彼女はひそかにあらたな身分を獲得し、スペイン北東部のサン・セバスティアンに秘密裏に移ったが、今後いっさいロバートに対する苦情を申し立てないという条件がついていた。サン・セバスティアンに赴任したのち、ETAの工作員とのあいだに二度もいざこざがあったが、それでもフランスに戻るよりは向こうにいるほうが安全だと信じている。ここに来るにはかなり危ない橋を渡ったのだと彼女は言った。

「あなたもかなり危ない橋を渡っているわけだけど」マリーナは言った。「こっちからも訊きたい。なぜあたしの話を聞くためにわざわざやってきたの？」

「先にそれをとめて」ヘレンは言った。マリーナはうなずいてスイッチを切った。

「わたしのほかにも、ロバートの悪行を公表したいと思っている仲間がいるの。全部で三人。いま三人で動いている。いま話せるのはそこまでだけど」

「じゃあ、これは正式なものなの？　あなたたちが起こしたこの行動は」

　ヘレンはうそをつこうかとも思ったが、そんなことをしても得るものはなにもないと思い直した。

「いいえ。残念ながら。正式なものじゃない」

　マリーナはうなずいた。

「そうだと思った」彼女はテーブルで煙草の火を揉み消し、吸い殻をわきに放り投げた。立ちあがってレコーダーをヘレンのところまで持ってきた。「あいつに見つかったときは、どうやってここに来たか、ひとことも話さないで」

「見つからないわよ」

マリーナは悲しげにほほえみ、首を振った。

「ならいいけど。でも、これだけは覚えておいて。今回の段取りについてはなにひとつ話さないでほしい」

「話すことなんかなにもないわ。フードをかぶせられていたから、なにも見ていない。ここがどこかも知らないのよ」

「でも、小さなことをいろいろ覚えているはず。あの男はそういう小さなことを積み重ねてより大きなものにするすべにたけている。だから、一日はなにも言わないでほしい。少なくとも、一日はしゃべらずに、わたしが戻る時間を稼いでほしい」

「一日？」

「あの男、またはあの男の部下にどんなことをされようとも」

ヘレンは唾をのみこみ、安全圏に戻るための命綱だとばかりにレコーダーを強く握りしめた。

「下で彼らが待っている」マリーナは言った。「もう行ったほうがいい」

「彼ら？」最初から裏切られていたの？ これは罠？

「あなたを連れてきたタクシーよ。ふたりが待ってる」

「ええ、そうね」ヘレンは恐怖につぶされかけていた。このくらいのことはちゃんとやれるとマリーナに思われたくて、ゆっくりと息を吐いた。ヘレンが立ちあがるとマリーナはあらたに煙草に火をつけた。ふたりとももう口をひらかなかった。

三十分後、ヘレンはパリ近郊まで戻され、ペリフェリックの内側数ブロックのところにある環状交差点の真ん中で降ろされた。車が飛ぶように走っていくなか、道路標識を確認して地図をひらいたところ、いまいるのは二十区の東端、ベルグラン通りとモルティエ通りの交差点だとわかった。環状交差点という難所をどうにか突っ切ると、ベルグラン通り沿いの静かな区画まで移動し、バーに入った。裕福な界隈で、店にいるのはそれに見合った客ばかりで、ヘレンは何時間かぶりで緊張を解くことができた。

ウィスキーを注文し、腕時計に目をやる。まもなく午後九時。ということは、次にクレアに連絡する約束の時間まで十九時間もすることがない。あまりに長くて待つ気が失せる。ここからタクシーとバスを乗り継いでもっと郊外へ行けば、ギリーの手下が配置されていなそうな駅でドイツ行きの列車に乗れるかもしれない。それより、ひと晩泊まれる宿を見つけて、安全な部屋でじっくり考えるほうがいいかもしれない。

部屋。それでクレアから渡された報告書の存在を思い出した。最後の一部であり、容易に手に入れやすい唯一の資料。いまもホテルの部屋に、もう入ることができない場所に隠したままだ。ヘレンはウィスキーを口に含み、自分に悪態をついた。これだけの危険をおかしたのに、ギリーを告発するため三人で苦労して集めた証拠の三分の一を置きっぱなしにしてしまうとは、愚かにもほどがある。クレアのメッセージはこれ以上ないほど明確だった——ホテルには絶対に戻らないこと！　けれども、ギリーの悪行をやめさせるつもりなら、集めた弾はすべて使いたい。それに、ベルリンでも監視の目を逃れて屋根伝いに逃げられたのだから、パリで屋根伝いに侵入するくらいできてもいいはずだ。

　勘定を払い、あいている店を見つけて服を数点と小さなバックパック、その他いくつか必要なものを買い、その後一時間、うろうろ歩きまわってこぢんまりとした店に寄って軽い夕食をとり、景気づけにワインを一杯飲んだ。まもなく十一時というころ、メトロに飛び乗って、〝太陽がのぼるまであいている〟とガイドブックに書いてあったディスコに向かい、そこで午前三時までパリのカップルが踊るのを見ながらコーヒーとクラブソーダを飲んで起きていた。ふたりの男から踊らないかと誘われたけれど、ていねいに断った。

　店を出る直前、化粧室で着替え、黒いジーンズに黒いプルオーバーという恰好で外に出た。残りの持ち物はレコーダー以外、テープを含めてすべてバックパックに詰めこみ、きちんと背負った。ペンライトをジーンズのポケットに突っこんだ。三十分後、フランドル小路の終点近くに建つビルの裏の非常階段に飛び乗ると——道行く人には気づかれなかったと思う——五階分の階段をのぼって屋上にあがり、移動を開始した。

　屋根伝いの移動はベルリンよりもむずかしかった。ふたつの建物の屋根は傾斜がついていて、足もとが不安定だった。一度、雨樋（あまどい）まで滑り落ちてしまい、派手な音を立てた。さらにまずいことに、へりに沿って埋込式の窓があったため、それを迂回するようにしてのぼらなくてはならなかった。心臓をばくばくいわせながら、あえて下は見ないようにしてのぼった。音が下の部屋にも響いたのではないかと心配していると、窓ががたがたとあく音が聞こえ、つづいて震える声で〝誰か上にいるの？〟と問われたときには、全身が凍りつく思いだった。

窓が閉まるまで動かずに待ち、それから這うようにして隣の屋根に移動した。

目的のホテルは幸いなことに屋根がたいらで、非常階段におりる梯子も簡単に見つかった。ギリーの仲間が下で見張っている場合を考え、できるだけ音を立てないようにした。五階の廊下の終点にある窓のそばの踊り場におり立った。鍵がかかっている。だめだ。四階の窓も同じように鍵がかかっていた。

階段がきしむ音におびえながら、そろそろと三階におりた。暗闇に目をこらし、下の道路でなにか動きがないか確認する。静かすぎるほど静かだ。踊り場に立つと、窓が少しあいているのを見て、このうえなく安堵した。窓をスライドしてあけ、黒ずくめのこそ泥よろしく、すばやくなかに入った。彼女の部屋は正面側にあるため、廊下を端から端まで歩かねばならなかった。その間ずっと、ドアをあけた客が驚いて声をあげるのではないかと不安だった。誰も出てこなかった。

鍵を出し、耳をそばだてる。階段室からはなんの音も聞こえない。ドアを乱暴に閉める音も、階段を駆けあがってくる足音も。うまくいった。

なかに入り、窓や鏡に光を向けないよう気をつけながら懐中電灯のスイッチを入れた。バックパックをおろして床にそっと置く。ベッドに向かって浴室のドアの前をそろそろと過ぎ、額入りのポスターが飾ってある壁に懐中電灯を向けたが、そこにポスターはなかった。ふと見ると、コンソールテーブルの上、旅行者用雑誌のそばに報告書がきちんとたたんで置いてある。そんなはずは――

そのとき、うしろでなにか動く気配があり、浴室から人影が飛び出した。ヘレンがすばやく振り向くと同時に、腕っぷしの強い俊敏な人物が手のなかの懐中電灯を叩き落とした。第二の人物がうしろから彼女の腕をつかみ、一瞬のうちに結束バンドで縛り合わせ、叫ぼうとするヘレンの口を片手でしっかりふさいだ。ヘレンは蹴とばそうとしたが、両脚を引っ張られ、べつの結束バンドで足首も縛られた。それから床に横向きに倒され、呼吸ができなくなりかけた。何者かが口にさるぐつわをかませ、しっかりと固定したため、苦痛の叫びをあげても、もごもごとした声にしかならなくなった。

何者かがヘレンをいともたやすく立ちあがらせた。それから軽々と持ちあげ、洗濯物の山のようにベッドに放り投げた。ヘレンの体は一度バウンドし、転がって片側から転げ落ちそうになったところをべつの男につかまれ、マットレスの中央まで押し戻された。

天井の明かりがつき、まぶしい光が目に入った。

襲撃者の姿が見えた。ベッドのそばにいる背の低いでっぷりした男が、足側にいる背の高い筋肉質の男に早口のフランス語でなにか言っている。背の高いほうは首を左右に振ってそっけなく答えた。そのとき、窓のそばから三人めの男が姿を現わした。ずっとそこに立っていたのだろう。その男と背の低い男は了解というようにうなずくと、ふたりとも部屋を出ていき、ドアがかちりという音とともに閉まった。ひと組の足音が廊下を遠ざかっていくのがヘレンの耳に届いたが、つまり、もうひとりはドアのすぐ外に残っているということだ。

　背の高い男は勝ち誇ったような表情でヘレンを見おろした。歳は四十くらいだろうと思いながら、彼女は男の顔を記憶しようとつとめた。やせてはいるが、よく鍛えていて、黒い短髪が汗かポマードで黒光りしている。黒いリブ編みのタートルネックセーターと、黒いランニングシューズ、黒いジーンズという恰好だ。やがて男は英語でヘレンに話しかけた。

「よく来てくれた、ミス・アベル。まさかと思ったがうれしいよ」

　男がかがんで手をのばすと、ヘレンは縛られた脚を蹴り出したが、男は簡単にそれをよけ、おもしろくないジョークだと言うように軽く笑った。

「おたがい、静かにしようじゃないか、ヘレン」完璧な英語で、いくらかイギリスのアクセントが感じられる。「ああ、そうか、さるぐつわをしているからちゃんと答えられないんだな」男はうしろのベルトのあたりに手をやって細身の長いナイフを出し、それでなにをされるのか考えさせるように一、二秒ひけらかした。

「こうしようじゃないか。話ができるよう、そのさるぐつわを切ってやる。だが、悲鳴をあげたり大声で助けを呼んだりするそぶりを見せたら、あんたの舌も切り落とす。そうなったらどんな大声を出そうが関係なくなる。おれはそこの報告書と、興味深いものが入ってそうなあんたのバックパックを持って、ドアから出ていくだけだ。そうなれば、さんざん苦労したあげくに、あんたは警察になにがあったかしゃべることもできなくなる。だが、おとなしくしているなら、舌はそのままにしておいてやろう。いまのところはな。それでどうだ?」

ヘレンはうなずいたが、両手と両の足首を縛られ、横向きに寝かされている身にとって容易なことではなかった。

「けっこう」

男は顔を近づけると、並外れた器用さでさるぐつわを切ってはずした。ヘレンは咳こみ、せめて上半身を起こしたくて頭板のほうに移動しようとした。

「それはだめだ」男はまたナイフの刃をちらつかせた。「そういうことはするな。あんたはただしゃべればいい。絶対に動くな」

ヘレンは言われたとおりにした。

「いいだろう。では、昼間のことをすべて話してもらおうか。おれたちを出し抜いたくだりはいらないが、あのあと誰とどこで会ったかを話せ」

「誰にも会っていない」

「そうか?」

「ええ」

男が飛びかかり、両手をさっと動かして彼女の上半身をベッドに押しつけ、両膝で胸を押さえつけた。それからナイフの切っ先を彼女の首、頸動脈のそばにあてがい、痛みが走るほどの深さまで突き刺した。生温かい血液が上掛けにぽたぽた落ちていくのを感じた。

「いいか、こいつはおれのうそ発見器だ」男は体重を移動させ、膝をさらに強く横隔膜にめりこませてきた。息をするのも苦しい。「ほら、取り乱すと機械の針が振れるやつがあるだろ？　ただしおれのは、あんたがうそをつくか、言うことを聞かないかするたびに深くめりこんでいく仕組みだ。わかったか？」

「ええ」ヘレンは小声で答えた。

「もっと大きな声で答えろ。そんなかすれた声じゃ充分とは言えない」

「ええ」

「ええ、だけか？」

「ええ、わかった」

「血を出すだけじゃ物足りないなら、指をもらう。最初は手の指で、そのあとは足の指を一本ずつ。おれたちとしては本意ではないが、そこらじゅうがびしょ濡れになるだろうよ。だから、そういうことにはせず、さっさと話したほうがいい。そうだろ？」

「ええ」ヘレンはか細い声で言い、一瞬、気を失いそうな気がした。

　そのときマリーナのことを、あの若い女性がいまだ精神的ショックを引きずっている様子を思い出した。その理由がようやくわかった。また、マリーナの最後の言葉も記憶によみがえった――一日はしゃべらずに、わたしが戻る時間を稼いで。

　二十四時間？　ヘレンは一時間耐える自信もなかった。

51

二〇一四年八月

ライウィスキーのおかげでいくらか精神は安定したが、それでもヘンリーは夜明け前に目を覚ました。薄明かりのなか、夢の断片がちらりと目に浮かぶ――裸足で血まみれの姿で、ハイウェイ五三号線の草ぼうぼうの路肩をずんずん歩いていくウィラード・ショート。

ヘンリーは立ちあがり、鑑識の報告書にあった血でついた足跡の地図を思い出しながらズボンを穿いた。急いでTシャツを着て、靴ひもを結ぶ。もう一回やってみよう。最後にもう一度、見ておこう。

夢遊病者のように体を引きずりながら、ヘンリーはドアに向かった。唯一、歩をゆるめたのは餌が半分残ったスクーターの皿が目に入ったときだった。裏庭の、松葉で覆っただけのわびしい墓を思い出しながら、不審な車はいないか通りをうかがった。いつもと変わった様子はないと確信するとウィロウ・ストリートをたどり、それからほどなくハイウェイ五三号線の路肩を歩いていた。

草のなかで虫がはねる。露を帯びた葉は足首の上に届くほどになっている。あと何日かすれば、州の草刈り隊がやってきて、残っているわずかな証拠をかたっぱしからずたずたにしてしまうだろう。

ヘンリーは歩きながら、ごみやがらくたを丹念に見ていった。見える範囲に車は一台もないが、遠くのほうからはやくもトラクターが動いている音がする。養鶏場をやっている農家だろう。それがとまったとたん、静寂が落ちた。この前もそうだったが、ラジオ塔の赤い光を目印に、町はずれの標識に向かった。丸めた紙くずを拾いあげたが、いらなくなった買い物リストだった。耳鳴りがするほどの静寂のなか、さらに速度をゆるめて先に進んだ。虫の声もしないし、車も通らない。ヘンリーが集中できるよう、世界がすべての動きをとめてしまったとしか思えない。バドワイザーのつぶれた空き缶、スタイロフォームのホットドッグ用容器、ケチャップがついたファストフード店の包み紙、コンビニエンスストアのレシート、アルミ箔の切れ端が立てつづけに見つかった。標識まであと十五ヤードしかなく、希望を捨てかけたそのとき、左前方になにか見えた。道路から六フィートほどのところ、密生しているクローバーからのぞいているものがある――オレンジ色の小さな筒だ。

ヘンリーは腰をかがめ、空になったプラスチックの薬瓶を拾いあげた。蓋はなくなっていた。

いちばん上に〝ウィラード・ショート〟とあり、ウィロウ・ストリートの住所も記されていた。片側にはリッジリー医師の名前。そのすぐ下、赤い縁どりのついた白い四角にはこう書かれていた。〝ゾレクサ　100㎎錠剤　朝および就寝前に一錠ずつ経口服用すること〟

暗いなか、ここに立ち、最後の一錠を振り出して口に入れ、水なしでのみくだし、筒を投げ捨てるウィラードの姿を思い浮かべる。それは行きのことなのか、帰りのことなのか。そもそもそんなことに意味があるのか。ヘンリーは身震いしながら先を読んだ。

筒は六十錠入りだった。処方箋が出されたのは一カ月前の七月で、ウィラードの新しい主治医となった人物がパテル医師のオフィスに過去のカルテを要求したのと時期が重なっている。処方したのはケンブリッジにある〈ウォルグリーンズ〉。十二桁の処方番号が記されていた。

ヘンリーは筒状の瓶をポケットに入れ、あたりを見まわした。両方向とも車は走っていない。早足で家に引き返しはじめたが、五十ヤードを過ぎてからはペースをあげて駆け足になった。三十分後、シャワーを浴びた彼はいても立ってもいられず、アンナが泊まっているB&Bの玄関をノックしていた。

宿の主のゲイル・ホリスはもう起きていて、厨房のオーブンでパンを焼いたりコーヒーを淹れたりとあわただしく過ごしていた。あたたかく迎えてくれるようなにおいがただよってくる。ヘンリーとはすっかり顔なじみだったから、ほとんど手を休めることなく二階を示した。おととい の晩、アンナが帰らなかったのをゲイルはどう思っただろうかとふと気になりながら、ヘンリーはドアをノックした。

「はい？」彼女が眠そうな声を出した。

「おれだ」息がはずんでいた。ヘンリーは落ち着こうとした。「すごいものを見つけた。下で待っている」

アンナが不満の声を漏らしたが、足を床につける音が聞こえたのでヘンリーは下に向かった。

「なにか召しあがる？」ホリスが訊いた。「そろそろマフィンが焼きあがるころよ」

「ありがたい。ぜひいだたくよ」

「コーヒーはご自由にどうぞ。ちょうどいまポットにたっぷり入れたばかり」

ヘンリーはマグにコーヒーを注ぎ、ひとり用にセッティングされたテーブルまで折りたたみ椅子を持っていった。アンナはいつもそこで食べていると思ったからだ。ほかの泊まり客は誰も起きてきていないが、まだ七時にもなっていないのだから当然と言えば当然だ。ヘンリーは神経が高ぶってじっとすわっていられず、うろうろ歩きまわりながらコーヒーを口に運んだ。十分後、階段をおりてくる足音が耳に届き、アンナが角をまわって現われた。彼の姿を認めるなり、足をとめた。

「大丈夫なの？」

「ああ。すわってくれ」

アンナは椅子を引いた。ヘンリーはポケットに手を入れて薬瓶を出し、テーブルに置いた。

「どこにあったの？」彼女はひそめた声で訊いた。

「標識があるあたりの道路わきだ」どの標識かを言う必要はなかった。

「いつそこに行ったの？」

「ついさっき。まだ一時間もたっていない。目が覚めたら、なんとなくそんな気になってね。例の地図のことを考えていたんだ。鑑識の連中が描いたやつで……」あそこまで歩いたのは二度めだと話す気にはなれなかった。

「〈ウォルグリーンズ〉を訪ねたほうがよさそう」アンナは言った。

「店があくのは八時だ。距離はここから十五マイル」

「だったら、朝ごはんを食べる時間はあるわね」アンナは弱々しくほほえんだ。ヘンリーは薬瓶をポケットに戻し、コーヒーがあるほうを向いた。

「きみの分を取ってこよう」

テーブルに戻ると、アンナは電話に向かって顔をしかめていた。

「なにか連絡でも？」

「留守番電話が入ってる。ゆうべ、ぐっすり眠ったあとにかかってきたんだわ」

彼女は電話を耳にあてて聞き入った。ヘンリーは終わるまで待った。

「誰からだった？」

「シラ・マイリー。スチュー・ウィルガスが前に彼女のことで電話してきたでしょ」

「弟さんが知らない男とハンティングをしているのを見かけたという人だね？」

「そう。このあいだ電話してみたけど、そのときに留守電に番号を入れておいたの」

アンナは番号を押しはじめた。

「こんな時間にかけるのかい？」

「シラの家は農家だもの、もう起きてる。それにひどくショックを受けているような声だったし」

アンナは聞かれないよう顔をそむけ、何度かうなずき、ほとんどなにも言わなかった。ふたたびヘンリーのほうを向いたときは、額に不安のしわが刻まれていた。

「ウィラードが友だちと一緒のところを見かけたあたりで、なにか見つかったんですって」

「なにかというのは？」

「言おうとしないの。自分で見なきゃだめだって。でも、彼女がショックを受けているのはしっかり伝わってきた。昨夜は一睡もできなかったそうよ」

「農場の場所は？」

「ケンブリッジのほう。途中で寄れるわ」

宿の主がかごいっぱいのマフィンと、卵とベーコンをのせた皿を持ってきてくれたが、ふたりはほとんど手をつけず、ろくに口もきかなかった。アンナは思いつめたような顔をしていたし、ヘンリーのほうはまだ、路肩に立って最後の一錠をのみこむウィラードの姿が頭を離れなかった。

マイリー農場があるのは右に大豆畑、左にトウモロコシ畑が広がる長い砂利敷きのドライブウェイの先だった。カーブを曲がると、左に小さな緑の芝地が見え、それをゆるやかに下っていくと、絵のように美しいながめと専用の船着き場のある新しそうなコテージがタイダルクリーク沿いに見えてきた。

「あれがマイリー夫妻の家？」

「以前はそうだった。生活費のために売ったの。クリーク沿いの二エーカーの土地は、全部で五十エーカーある大豆畑とトウモロコシ畑よりも高かったみたい」

「シラというのはちょっと変わった名前だね」

「プリシラの略よ。あ、来たわ」

白髪交じりの髪をお団子に結ったやせぎすの女性が、二階建ての木造家屋の玄関ポーチを突っ切り、芝生におりてきた。ジーンズにフランネルのシャツという恰好だ。家は緑色のよろい戸がついた白い羽目板張りで、両側に大きなオークの木が植わっていた。シラはただならぬ様子で近づいてくると、アンナが車を降りたとたん、ハグで出迎えた。アンナはヘンリーを友人だと紹介したが、シラはそれにうなずくこともしなかった。

「お葬式に行けなくてごめんなさいね。とてもじゃないけどわたし……」

「いいのよ、なにも言わなくて。見世物みたいな状態だったもの」

「本当に大変だったわね。お母さまもお父さまも本当にお気の毒。弟さんのこともよ。だってあんなものを見てしまったんだもの」シラはそれを記憶から消し去ろうとするようにかぶりを振った。

「スチューの話だと弟が友だちとハンティングをしているのを見たんですってね。おたくの土地のはずれのほうで」

「たいした友だちだわ」シラはまたかぶりを振った。「とにかく見て。そこの森のなか」彼女はふたりの肩の向こうに広がる大豆畑を指さすと、畑を突っ切りはじめた。大豆を踏んでいることにも気づいていないようだった。

「ふたりのうち銃を持っていたのはウィラードだけだった。だから、こんなにも大きなショックを受けたのよ。だって、あれをやったのはあの子だってことになるんだもの」

森の手前まで来ると、シラは足をとめて指さした。

「木立の合間を抜けていく通路が見える？」

「はい」

「そこをたどっていけば、見つかるから。わたしはもう行きたくない。絶対に」シラは体を温めようとするように体の前で腕を組んだ。もっとも、よく晴れていて寒くはなかったが。「わたしは一緒に行けないから、ここでお別れするわ」それからヘンリーに向き直った。「彼女のことをよろしくね」

シラは向きを変えて歩きだした。今度はずらりと並んだ大豆を踏まないよう、慎重にゆっくりと進んでいった。

「ふう」アンナはため息をついた。

道は茨とウルシが生い茂る木々の合間を抜けているので、ふたりは一列になって、足もとに用心しながら進んだ。頭上を覆うオークもカエデもシーダーも下のほうは草がぼうぼうに生えていたが、道そのものは、いかにも最近使われたように見えた。ふたりが近づいていくとミソサザイが仲間に危険を知らせるように鳴き、ひらけたほうに大急ぎで飛び去った。ふたりは二十ヤード、三十ヤードと進んだ。

森から出ると、先頭を歩いていたアンナはあやうくうしろのヘンリーに倒れかかるところだった。足をふらつかせながらもしっかりと踏みとどまったが、それ以上先には進めなかった。そのとき、ヘンリーにもアンナをうろたえさせたものの正体が見えた。彼は彼女の隣に立ち、ふたりはしばらく黙って見つめていた。

前方のひらけた場所、十五か二十フィート先だろうか、大きなベニヤ板が一枚、オークの木に立てかけてあった。板には黒インキ、おそらくはフェルトペンで人間の上半身のシルエットがふたつ、ちょうど夫婦がベッドに起きあがった状態と同じ高さに描かれていた。板は弾痕だらけでずたずただった。標的の手前十フィートのところのぬかるんだ地面が、ブーツで踏み固められ、靴跡が無数についていた。

アンナは片膝をつき、両手で顔を覆った。彼女が苦悩、あるいは怒りの叫び声をあげると、ヘンリーも隣に膝をついて、肩を抱いてやった。

「射撃訓練をしてたんだわ」アンナの声は震えていた。「この、人でなしを捕まえてやる。なんとしてでも」

「ああ、捕まえよう」ヘンリーは言った。「絶対に」

〈ウォルグリーンズ〉は周囲をアスファルトに囲まれた煉瓦造りの建物で、正面の入り口の上には緑色の金属のひさしがついていて、上のほうに赤い筆記体風の文字で店名がでかでかと書かれていた。右側にはドライブスルー用の窓がついている。ヘンリーはアンナに目をやった。

「大丈夫？」

「ええ。怒りを継続させようと決めたの。前に進むにはそれしかない。で、どういう計画でいく？」

「ここの記録から処方薬が出された時刻がわかるか尋ねる。というのも、取りに来たのはマールにちがいないからだ。時間を特定できたら、防犯カメラ映像を見せてもらえるか頼む。薬局はどこも防犯カメラがレジをとらえているものだ。そこは強盗にとって、もっともリスクの高い場所のひとつだ」

「そんなもの、見せてくれるかしら？」

「おれなりに考えがある。少しうそをつかなくてはならないが、それでも……」

「いいわ。あなた、そういうの得意みたいだし」

ヘンリーは顔をゆがめた。ふたりはさらに数秒、黙ってすわっていたが、アンナが自分の側のドアのロックを解除した。

「落ち着いて」ヘンリーは言った。「マールのようなやつならどうやるだろうかと考えていたんだ」

「それで？」

「うん、すでにマールは処方箋を偽造し、偽の身分証を提示するという危険をおかしているわけだから、レジのカメラの前に立つようなことは避けたいはずだ」

「つまり、ドライブスルーを利用したと言いたいの？」

「うん。そのほうがやつにとって都合がよかったわけだが、おれたちにとっても都合がいいかもしれない。外のカメラでは顔は映らないかもしれないが、車のナンバーをとらえているのはほぼ確実だ。つまり、ヴァージニア州のプレートをつけた二〇一〇年製のシルバーのカマロを探せばいい」

白衣姿の眠そうな薬剤師は、ヘンリーが要望を伝えると顔をしかめた。

「店長に言ってください」

二十五歳にもなっていなそうな店長が呼び出され、カウンターにせかせかとやってきた。彼はヘンリーが最後まで言わないうちから首を振った。

「しかたない」ヘンリーは言った。「ならば令状を取ってくるまでだ。しかし、国の機関との関係を良好にたもっておきたいなら、そんな手間はかけさせずにビデオを見せたほうがいい。そのかわりと言ってはなんだが、コピーを求めないし、証言しないですむようにしてもいい」

「証言ですって？　ちょっと待ってくださいよ。いったいなんの話です？」

「司法省だ」ヘンリーはボルティモアで勤めていたときの身分証をちらりと見せた。「だが、立場上、捜査の具体的な内容については話せない」

店長は顔をしかめ、両手を腰にあてがった。

「だったら、令状とやらを取ってもらうしかなさそうです」

「けっこうだ」ヘンリーは手帳を出した。「宣誓供述をしてもらうことになるが、都合のいい日は？　水曜日でかまわないかな？」

「宣誓供述？」

「場所はワシントンだ。長くても数時間程度ですむ。だが、おたくの薬剤師にも宣誓のうえ供述してもらわないといけない。証拠の継続性を確実にする必要があるのでね」

「ま、待ってください。さっき、コピーは必要ないとおっしゃいましたよね？」

「いまここで見せてもらえるならだ。しかし、判事のもとに持っていくとなると、いま言ったように……」

「少々、お待ちを」

負けたというようにため息をつくと、店長は奥に向かい、薬局のそばの事務所に消えた。

「その身分証はそもそも使えるの？」アンナが小声で訊いた。

「まさか。だが、ボルティモアに電話しなければ確認できない」

彼女は苦笑してかぶりを振った。しばらくして店長がドアから顔を出した。

「きょうのやりとりは公式な記録に残すのでしょうか？」

「いや、全然」

「でしたら奥へどうぞ。先に処方箋のラベルをイレーネにスキャンさせます。時刻を割り出したいので」

国の捜査の手伝いができると知ってテンションがあがったらしく、薬剤師は喜んで指示に従った。パソコンの画面を見つめていると、スキャナーが鳴った。

「十九時四十分に、ドライブスルーを利用しています」

「ご苦労だった、イレーネ」

店長はふたりを事務所に案内した。そこには八台のモニターが並び、店と周囲の映像が映っていた。彼はキーボードに入力を始めた。

「その五番のモニターがドライブスルーに向けられています」彼は言った。「運がよかったですね。以前は一カ月で処分していたんですが、麻薬取締局（DEA）からの要請で容量を増やしましてね。いまはすべて一年間保存してます」

「見つけるのにどのくらいかかる？」

「すぐです。調剤時刻の十分前までさかのぼり、そこから動かしていきます」

最初に映ったのはピックアップトラックがドライブスルーを出ていくところだった。そこから早送りし、数秒後、一台の車が画面にすっと入ってきた。

「これよ」アンナが言った。カマロだった。

「いい車だ」店長はモーテルのデリックと同じことを言った。

いちばんよく見えそうなところで映像をとめてズームした。ヴァージニア州のナンバープレート。文字三つと数字四つ。ヘンリーはそれを書きとめた。

「このナンバーを連絡する必要がある」ヘンリーは言った。

事務所を出て、近くに人がいないか確認するため、風邪薬が並ぶ無人の通路を歩いていった。頻繁にかけていやがられないよう、たまにしか使わない番号を押した。

おなじみのハスキーな声が応答した。

「ベイルズだ」

「マティックです」

「まだ、例の仕事をやっているのか？」

「まあ、いちおう。車のナンバーの照合をお願いしたいんです」

「きみの雇い主でもできるだろうに」

「こちらにお願いするほうがすんなりいくと思いまして」

「おやおや、それはいったいどういう意味だ？」

「やってもらえるんですか、それともだめですか？」

「番号を言いたまえ」

ヘンリーは二度番号を告げ、ノートパソコンのキーがかたかた鳴る音に聞き入った。ロドニー・ベイルズが名前、生年月日、住所を読みあげる。ヘンリーは礼を言って切ろうとしたが、この機会にもうひとつ頼んでみようと思いついた。

「少し助言をいただきたいのですが、お時間はありますか？」

「なににについてだ？」

「現在の雇用主について」

「そこまでだ。それが誰かは知らないし、知りたくもない」

「おれの名前を先方に告げたのはあなたなんでしょう？」

「告げた相手は第三者で、カットアウト、すなわち仲介役でしかない。その人物から言われたのは、先方が求める能力についてであり、あのときはきみが条件にぴったり合ったにすぎん。だが、これだけは言っておこう。いまきみがどんな活動をしているか知らんが、興味深い影響が出ているようで、ここ、はぐれスパイの島にまで届いている。今週になって、もう長いこと言葉も交わしていない遠い知り合いから連絡があり、きみについて訊かれたよ。ただし、いい意味ではなさそうだった」

「その人物の名前は？」

「きみに言うべき話ではなかったな。その人物の関心は個人的なものだったとだけ言っておこう」

「民間という意味ですか？」

「政府ではないという意味だ。助言がほしいということだったな。ではひとつ授ける。いまなにをしているか知らないが、けりをつけろ。それも近いうちに。そして二度とわたしには連絡してこないように」

電話を切って振り返ると、アンナが事務所の窓から不審そうな顔で見ていた。さまになっていますようにと思いながら笑みを浮かべ、親指を立てた。しかし、通路を戻りながら、気を引き締めなくてはならなかった。いったい誰が、なんの目的で？　それと同じくらい重要なのが、その連中が彼に探り出してほしくないことというのはなんなのかという点だ。

ヘンリーは毅然とした顔をつくろい、事務所に戻った。

「感謝する」彼は支配人に言った。「必要としていたものが手に入った」

「それで、あの、本当にわたしは証言しなくていいんでしょうね？」

「もちろんだとも。おたくの名前はいっさい記録に残さない」

「〈ウォルグリーンズ〉の名前は？　会社から訊かれるかもしれませんから」

「司法長官に提出する報告書に、協力者の助力があったことを付記しておくだけだ」

ふたりは握手をして引きあげた。

52

「さっき誰にかけてたの？」アンナは訊いた。ふたりとも車に戻ってドアを閉めたところだった。

「連邦議会にいる古い友人だ。車のナンバーを照合してもらった」

「昔の仕事が役に立っているわけね」あからさまに疑う口ぶりだった。

「名前を知りたいのか、知りたくないのか、どっちなんだ？」

「知りたいに決まってるじゃない。ただ……もういい。はやく教えて」

「カート・ドラクロア、五十四歳。住所はヴァージニア州スタッフォードのワインディング・ブルック・ウェイ」

「スペルをお願い」アンナは言いながら、携帯電話の検索エンジンを起動させた。

彼は言われたとおりにした。

「いま調べてる」

ヘンリーが車の流れに乗ると、最初の検索結果が表示された。ヘレンはスクロールしていった。

「物件の検索結果がいくつか。オーストラリアのサーファー男が持つフェイスブックのアカウント。フランス語のブログ」彼女はげらげら笑いだした。「聞いて、おかしくて笑っちゃう。ユーチューブにすごく安っぽい動画があがってる。ドイツのロックバンドで、カート・ドラクロア・シンガーズと名乗ってるの。やだ、ここのリードボーカリストったら、ジョン・ウォーターズによく似てる。ほら、女装趣味の人」

アンナは数秒ほど無言で、ほかの検索結果に目をとおした。

「見つけた。《ザ・ヒル》紙のウェブサイトの記事にカート・ドラクロアの発言が引用されてる」

「連邦議会の動きを網羅しているサイトだ」

「さっきの手帳はどこ？」

ヘンリーは手帳を渡した。アンナはページをめくり、自分の携帯電話で確認した。

「この人に間違いない。同じ外交政策の小委員会のヒヤリングで証言してるもの。《ニューヨーク・タイムズ》紙が撮った写真で、ロバートがうしろに写っていた、あの小委員会」

「二〇〇六年の五月？」

「そう」

「つまり、その男はロバートとつながっているわけか。人を消す仕事をしているＣＩＡのやつと」

「ふたりがたまたま同じヒヤリングの場に居合わせたのかもしれないけど、それはありそうにないわ。記事はドラクロアをこう評している。〝不安定な国におけるイスラム過激派に対する政策の専門家〃だって」

「彼はどんな証言をしているんだい？」

「書いてあるとおりに読むわよ。〝このような状況で軍事介入をおこなうのは、虫垂炎の手術にチェーンソーを用いるようなものです。炎症を起こした組織を切除すればいいだけなのに、患者を殺してしまうことになります。つまり、なにより重要なのは精度であると言えます〃」

「たとえば、標的殺害において」

「それについて証言しているのかしら」

「それしかないだろう？　ロバートのもとで働いているとなればなおさらだ。彼の雇い主についても書いてあるかな？　役職名とか」

「書いてない。〝その道のプロ〃とだけ」

「フェデラル・ニュース・サービスのウェブサイトを出してみてくれ。連邦議会でおこなわれたすべての聴聞会が記録されている」

　車内に沈黙が垂れこめるなか、アンナは目的のサイトを見つけ、二〇〇六年五月におこなわれた小委員会の聴聞会を検索した。会費が必要だったが、七日間の無料おためしサービスに申しこんで支払いを回避した。

「サイトに入った」アンナは金庫破りのようなことを言った。

「《ニューズウィーク》誌の記事に出ていた四つの名前があるか注意して見てくれ。おれの手帳に書いてある」

「これね。アレックス・ベリーヒル、ウィンズロウ・エディンソン、ケヴィン・ギリー、ジョン・ソロウェイ。ああ、だめだわ。議事録が長すぎる。携帯電話じゃ時間がかかってしょうがない」

「あと少しでボストンに着く。おれのパソコンで呼び出そう」

　ふたりは家に文字どおり駆けこんだ。さきほどのサイトにログインし、六十四ページにわたる速記録を見つけると、〝ドラクロア〟を探した。見つけた。十九ページでみずからの経歴と能力に関する証言をしていた。〝ベルリン、プラハ、エルサレム、ベイルート、その他いくつかの都市で〟ＣＩＡの仕事をしてきたと、小委員会に説明している。以下のようなやりとりも見つかった。

　ハートネット下院議員「現在はどんな仕事をしていますか、ミスター・ドラクロア？」
　ドラクロア氏「ワシントンのコンサルタントのもとでフィールドアドバイザーをしています。当委員会のメンバーのうち何人かの方はすでにご存じの人物です」
　ハートネット下院議員「あなたのおっしゃるとおりだと思いますが、ミスター・ドラクロア、あなたの上司が表舞台に出たがらない方なのは存じておりますが、記録に残すため、その人物の名前をおっしゃっていただけますか。そうしたら、先に進みます」
　ドラクロア氏「はい、上院議員。ケヴィン・ギリー氏です」

ヘンリーとアンナは顔を見合わせた。ようやく、謎の人物ロバートが登場し、ふたりが追っているマールがその部下だとわかった。

「ロバートの写真はどこにある？」ヘンリーは言った。

アンナはパンを入れる抽斗から手紙の束を取り出し、クリップでとめた新聞の写真を出した。証人のうしろの左端にいるギリーの顔が丸で囲ってある。ヘンリーはギリーのすぐ右にすわっている人物を指で叩いた。がっしりした体格で、歳は四十代後半、二〇〇六年の時点でもひげに白いものが交じっている。

「ここにカート・ドラクロアがいる。マールだ。鶏の捕獲作業員もやれば、書類の偽造もやる。弟さんの処方箋を受け取ったUPSの男でもある」

「しかもこの、人でなしは、弟をハンティングに誘った。この人間のくずたちがすべてを仕組んだんだわ」

アンナの顔が怒りと興奮でぎらつき、そのふたつはヘンリーにも伝染した。そのとき、べつの考えが頭に浮かび、ヘンリーは正気に戻った。

「〈シスターフッド〉」彼は言った。「CDGとIADはどうしてるんだろう？　この連中がきみのお母さんのことを知っているなら、ほかのふたりのことも知っているんじゃないのか？　彼女たちに警告する必要があるとは思わないか？　この男がとてつもなく有能で、とてつもなく冷酷なのだとしたら」

「小包」アンナは言った。「母が送った小包。受け取ったときCDGはなんて言ってたんだっけ？」

「命を賭けて守る」

「遅きに失したとは思わない？　ふたりとも母の死を耳にしてるはずでしょう？」

「ギリーとドラクロアが三人を同時に始末していなければね。でも、どうやって見つけたらいいんだ？　手がかりは消印だけしかない」

ふたりは途方にくれて黙りこんだ。アンナは手紙の束に手をのばし、一枚一枚ゆっくりと調べはじめた。

「これでわかるかも」彼女は言いながら、ほぼ一年前の八月のヨークの消印が押された手紙を抜き出した。

「あったわ。聞いて。〝次のクリスマスシーズンには、田舎で過ごす休暇のスナップ写真を送ってあげられる〟と書いている。母は去年のクリスマスカードを保管してた。クローゼットのなかの箱に入ってたわ」

ふたりは急ぎ足でショート家に向かった。両親の寝室はあいかわらず消毒薬のにおいが強烈に鼻を衝いた。アンナはベッドの頭板や血のついた壁は見ないようにしながら、まっすぐクローゼットまで行き、一列に並んだわずかばかりの服の上に手をのばし、天井の棚にあった箱をおろした。それを持ってヘンリーの前を通りすぎながら言った。「キッチンで調べましょう」彼も寝室を出て、そっとドアを閉めた。

数十通あるなかから二通のクリスマスカードをなんなく見つけた。ノース・カロライナ州カリタックの消印があるほうは飾り気のない白い封筒で、中身のカードは地味な落ち着いたものだった。雪をかぶり、ドアにリースのかかった教会の絵がついていた。〝心をこめて、オードラ〟と署名が入っていたものの、差出人の住所はなかった。ペンシルヴェニア州ヨークの消印が押されたほうは赤い封筒に入っていて、カードには宗教色はいっさいなく、ばらばらに壊れたそりと頭から湯気をあげているサンタが描かれていた。CDGは約束どおり、写真を同封していた――サンタ帽をかぶった元気いっぱいの女性が、どこかの家のキッチンでパーティの真っ最中なのだろう、マティーニを手に立っている。署名には〝愛をこめて、クレア〟とある。これもやはり差出人の住所はなかった。

アンナは驚いて口をあんぐりさせている。ヘンリーはほほえんだ。

「このふたつの名前に聞き覚えはあるかな、ミス・アンネリーゼ・オードラ・クレア・ショート？」

「なんでもっとはやく気づかなかったんだろう」

それから二通の手紙を手に取り、もう一度、見えないインクの跡でも探すようにじっくりとながめた。

「どうして母は話してくれなかったのかしら？」

「危険すぎるからではないかな」

「ずいぶんと慈悲深い理由だわ」

「でもまだ手詰まり状態から抜け出せない。ラストネームがなければ調べようがない」

「そうじゃないかも」

アンナは箱の奥深くを探った。名前と住所が四十件ほど記された手書きのリストが出てきた。なかには横線で消されたものもあり、新しく書き直されたものもある。リストは二列にわかれ、一方は〝友人〟、もう一方は〝家族〟と分類してあった。

「そうよね」アンナはふたつの名前を即座に見つけて言った。「ふたりとも家族のカテゴリーに入ってる」

「〈シスターフッド〉だものな」ヘンリーは言った。

クレア・セイラーはヨークのスモールブルック・レーンに住んでいる。オードラ・ヴォルマーの送り先はもう少し漠然としたもので、カリタックの郵便局内の私書箱だったが、少なくともこれでフルネームがわかった。

ヘンリーの家まで歩いて戻り、調査を再開した。オードラ・ヴォルマーはあいかわらず腹立たしいほどつかみどころがなかった。名前で検索しても電話番号も、番地も、資産の記録も見つからなかった。それに対し、クレア・セイラーは無防備すぎた。つまりギリーとドラクロアから見てもねらいやすいということで、ふたりは暗澹（あんたん）たる気持ちに襲われた。電話番号は一瞬にして手に入った。

「わたしがかけましょうか？」アンナは訊いた。

「スピーカーモードにしてくれ。彼女が無事だといいが」

三度めの呼び出し音で男の声が応答した。

「もしもし？」おずおずとした不安そうな声だった。

「クレアさんとお話しできますか？」

「どちらさまでしょう？」

アンナはほんの一瞬間を置いてから答えた。「友人です」

「少々お待ちを」

くぐもった声で話し合うのを聞きながらふたりはしばらく待った。送話口を手で覆っているようだ。しばらくして女性が電話に出た。

「もしもし、お電話かわりました」

「クレアさん？」

「どちらさまでしょう？」アンナは怪訝な表情でヘンリーのほうを向いた。声が若い。どちらかというと自分たちに近い年代だ。

「アンナといいます。アンナ・ショートです。母はヘレン・ショートですが、もしかしたらヘレン・アベルという名前でご存じかもしれません。クレアさんでしょうか？」

「悪いけど、存じあげないわ。ご用件を聞かせていただけますか」

ヘンリーは肩をすくめ、このあとどう話を進めるべきかさっぱりわからないというようにかぶりを振った。

「こうしてお電話したのは、わたしも彼も、あなたに身の危険が迫っていると思っているからです」

「わたしも彼も？」

「彼というのは友人のヘンリーです。あなたはクレアさんでしょうか？」

「ちょっと待っていてください」またくぐもった音だけの間があいた。いったい何事？

「直接会ってお話しするほうがよさそうです」女性は言った。「どのくらいで来られますか？」

すでに距離を調べておいたヘンリーが口だけ動かして伝え、アンナはそれを繰り返した。

「道が混んでいなければ、二時間くらい」

「どちらからいらっしゃるの？」

「それには答えるな」ヘンリーが小声で言った。「電話を切って」

「では、二時間後に」アンナは言った。

顔をしかめ、少しためらってから電話を切った。その直前、相手の「もしもし？　もしもし？」という声が聞こえた。

「なんだか悪い予感がする」アンナは言った。「あきらかにほかに人がいる様子だったし、電話に出た女性もクレアだとは思えない。すごく警戒している感じがした」

「それはきみも同じだったよ。おそらく向こうもわれわれと同じく用心深いだけかもしれない」

「あるいはクレアもあの場にいて、身をひそめていただけかも」

「そうだな」

「たしかめる方法はひとつしかない」

ふたりは戸締まりをして、ヨークに向けて出発した。

53

ヨークに向かうあいだ、アンナは携帯電話で調べものをつづけ、得られた結果がさらに謎を生んだ。

オードラ・ヴォルマーについては電話番号も番地もわからないため、地元警察に電話して協力をあおぐことにした。

「カリタック群保安官事務所に問い合わせるのがいちばんよさそう」アンナはウェブサイトをスクロールしながら言った。「女性の保安官だわ。とてもまじめという感じ」

アンナがメイプルの町にある本部に電話をかけてクロズリー巡査部長と話すあいだ、ヘンリーはじっと聞き耳を立てていた。アンナは名を名乗り、そちらに住むオードラ・ヴォルマーという年配の住民の安否が気になるので、連絡を取りたいのだと説明した。

「ああ、ミス・ヴォルマーなら誰もが知っていますよ。こちらに長く住んでいますから。人づき合いをあまりしない人ですね」

「ええ、だから動揺させたくはないんです。でもさっきも言ったように、ちょっと気になることがあって、そちらでなにか連絡方法をご存じならば……。電話番号とか」

「オードラのことなら心配いりません。あの人の島にはセキュリティ対策の装置がごまんと設置してありますから」

「彼女の島、ですか？」

「そうなんです。カリタック・サウンドという湾にありましてね。名前があるかどうかは不明なもんで、われわれはオードラの島と呼んでます。実を言うとですね、カローラにあるうちのビーチパトロール隊のボートが島の前を一日に二度、通ってまして、よければ、次に通るときに様子を確認しがてら、そちらの名前と電話番号を伝えておきますよ」

「助かります」アンナは連絡先などを伝え、クロズリー巡査部長はそれを書きとめた。「そうそう、わたしはヘレン・ショートの娘だということも伝えてください」

「そうします」

電話が切れた。

「セキュリティ対策の装置って？」アンナは言った。

「上等な警報装置を指す警官特有の言いまわしだろう」

「ドラクロアとギリーが十秒で突破できない装置なんかないと思うけど」

そのあとは車のなかに沈黙が落ちた。ふたりとももう手遅れではないかと不安で、クレア・セイラーの自宅を目にしても気分は上向かなかった。黒いよろい戸とスレート屋根の石造りのしゃれた二階建てで、木の茂った敷地にはアザレアとツゲの木が植わっていた。左右どちらにも隣人が住んでいるが、緑が多いせいで孤立した感じはいなめず、いまのこの状況ではいいこととは思えなかった。ドライブウェイに車はなく、ガレージの扉は閉まっていたし、カーテンはすべておろされていた。

「死んでるみたいにひっそりしている」ヘンリーはドライブウェイに車をそろそろと進めながら言った。

「縁起の悪いことを言わないで」

ふたりはポーチに近づき、なかから生命を感じさせる音がしないかと耳をすました。アンナはノックした。

「どちらさまですか？」さっき電話で話した若い女性の声だった。ヘンリーがのぞき穴をのぞくと、なかでなにか動いているのが見えた。

「アンナ・ショートです。友人とふたりでうかがいました」

「少々お待ちを」

さっきと同じ、またくぐもった声でなにか相談している。それから少し間があいたのち、ようやく錠前ががちゃがちゃいった。ドアが大きくあくと同時に、ふたりの目の前に二挺のリボルバーが現われた――左に一挺、右に一挺。かまえているのはふたりの警官だ。

「そのまま動くな」右側の警官が大声を出した。「両手を見えるところに出したまま、ゆっくりなかに入れ」アンナとヘンリーはなかに入った。もうひとりの警官が銃をホルスターにおさめ、前に進み出てふたりの身体検査をした。

「なんなのよ、これは？」アンナは言ったが、ヘンリーは表情で注意した。

「言われたとおりにしたほうがいい」彼は言った。

「利口な男だ」ふたりめの警官が言った。「ふたりとも武器は持っていない」

「身分証を確認しろ」

警官はヘンリーの財布を尻ポケットから、アンナのをハンドバッグから出した。

「確認した。電話で言っていたのと同じ名前だ」

そこでようやく、最初の警官も銃をおろし、うしろに声をかけた。

「おふたりさん、もう出てきて大丈夫ですよ」

スイングドアがいきおいよくあき、若い男女がキッチンから現われ、目を大きくひらき、おそるおそるといった足取りで居間に向かってきた。ふたりは警官に見張られながらカウチに腰をおろした。

「かけてください」若い男がダイニングルームから持ってきたとおぼしき二脚の椅子を示した。事前の準備が充分なことから、ふたりの到着にそなえていたのがわかる。

「さっきはすまなかった」最初の警官が言った。「しかし、けさあんなことがあったもんだから、われわれとしても少し警戒しないといけなくてね。それに状況が把握できるまでは……」

「けさなにがあったんですか？」アンナは訊いた。

若い女性が答えた。

「彼女の車が見つかったの。〈ヨーク・ギャレリア〉というショッピングモールで」

「クレアの？」

女性はうなずいた。

「ドアがあけっぱなしだったんですって」彼女はそこで言葉を切り、つかの間、目をきつく閉じた。「前の座席に血がついていた。でもクレアの姿はなかった」

アンナは両手で口を覆ってうなだれた。手遅れだった。おそらくはオードラのほうも。〈シスターフッド〉のメンバー全員がこの世を去ってしまった。

「警察は、いつごろのことと見ているんでしょうか？」ヘンリーが訊いた。「ちなみにわたしは、ヘンリー・マティックです。こちらはアンナ・ショート」

「ぼくはスキップ・ターナー、こっちは妻のスーザンです」カウチにすわった男性が言った。

四人は握手を交わし、それぞれの席に戻った。

「クレアさんのお嬢さんですか？」アンナは訊いた。

「いえ、ちがいます。わたしたちは隣に住んでいるの。それに友人でもあるわ。クレアが家族の話をしたことは一度もないと思う。で、今回のことですけど、きのう、わたしがうちの菜園でトマトを収穫してたら、クレアがおしゃべりしに出てきたの。夕食に誘ってくれて、そのあと、スキップとふたりで何日か自宅の留守を頼まれてくれないかと言われたわ。これから〈シアーズ〉まで行って、六時ごろ戻ると言ってた。

それで、わたしはいいわよ、喜んでと答えた。それで、六時になってスキップと玄関をノックしたけど、誰も出てこなくて。裏にまわってみたけど、そこにも彼女はいなかったし、家はしっかり戸締まりされていた。しばらく待つことにして、ワインをあけて、うちの玄関ポーチのところでちびちびやってたの。そのうち、テイクアウトの料理を大量に抱えたクレアが、大あわてで帰ってくると思って」

「彼女はディナーパーティのときはいつもそうするんですよ」スキップが笑顔で補足した。

「そうなの。でも、一時間ほどたったころ、彼女はディナーのことなどすっかり忘れちゃったか、あるいは、ほかのことで手いっぱいなのかもしれないと思うことにしたの。寝る前に一度、家のなかから彼女の家をうかがったけど、そのときも明かりはひとつもついていなくて、それでちょっと心配になったわ。でも、わたしたちの知らないうちに帰宅して、まっすぐベッドに入ったんだろうと考えたの。

とにかく、朝起きてすぐ、訪ねてみたけど、やっぱり鍵はかかっていたし、ガレージをのぞいたら車はないし、それで警察に通報したというわけ。そしたら、〈シアーズ〉の駐車場で彼女の車がちょうど見つかったところだと言われて。ドアはあけっぱなしで、室内灯はついていて、まあ、あとのことはさっき聞いたわよね。血がついていたこととかは」

最後のほうになると女性の声はすっかりうわずっていた。スキップが肩に腕をまわして抱き寄せると、スーザンは首を振った。

「ぼくが警察をなかに入れたんです」スキップは言った。「クレアから合い鍵を預かっていたので。彼女の携帯電話にかけてみたけど、呼び出し音は鳴らないし、車のなかにもなかったそうです」

「どんな人なの？」アンナは訊いた。「クレアさんという人は」

「すばらしい人よ。あんな人、ふたりといない」スーザンは言ってスキップのほうを向き、彼もそうだというようにうなずいた。

「だって、この家のなかを見てくださいよ」スキップは言った。「絵。敷物。版画に、どこのものかわからない工芸品。彼女はなんにも話してくれないけど、これを見るだけで、彼女があちこち行ったことくらいわかるってもんです」

「わたしの推測だけど、しばらくパリに住んだことがあるんじゃないかしら」スーザンは目をまんまるに見ひらきながら言った。

「実際、住んでいたんだ」ヘンリーは言った。「少なくとも三十四年間住んでいたのは間違いない」

ターナー夫妻がまったく同時に口をあんぐりさせたが、その様子はまるで、二体のマリオネットのようだった。ヘンリーは笑いをかみ殺さなくてはならなかった。

「そんなに長いあいだ？」妻のほうが言った。

「うん。それに、ＣＩＡの件もある」

「ＣＩＡ？」夫妻の口はあいかわらずぽかんとあいたままだ。

「彼女はパリでＣＩＡの仕事をしていた」

その発言の意味を理解するのに数秒を要した。

「まさかそれが関係あるなんてことは……？」

「あると思っている」ヘンリーは言った。

「ロシア人なんかが関係しているのかな？」スキップが言った。

「じゃなかったら、どこかのテロリストとか？」スーザンが言った。

「いや、ちがう。われわれが考えているのは、なんと言うか……」

「そういう国際的な話じゃないの」アンナは言った。「内輪の問題というか。とにかく、おふたりや近所の方が不安に思う必要は全然ないから」

「あなたたちはどういういきさつでかかわるようになったの？」スーザンが訊いた。

「母がクレアさんと仕事をしていたの。うんと昔、ヨーロッパで。でも、わたしがそのことを知ったのはつい最近、母と父が数週間前に……殺されたあとだった。それでクレアさんを探しに来たの」

「ご両親が殺されたですって？」スーザンがやっと聞き取れるくらいの声で訊いた。

「話せば長くなるわ」アンナは言った。「でも、そのことと関係あるような気がしてる」

「驚いたな」スキップが言った。「でも、おふたりは？ 身の危険があるんじゃないですか？」

アンナとヘンリーは顔を見合わせた。

「一週間くらいして連絡をくれれば、わかるわ」

四人がぎこちなく笑ったところへ、警官ふたりがキッチンから戻ってきた。

そこでスキップが尋ねた。「警察はＣＩＡの件を知ってるんですか？」

最初の警官の足がとまった。

「CIA?」

「それも話せば長いの」アンナは言った。「どこから話せばいいでしょう?」

「最初からで」

彼は手帳を出して安楽椅子に腰を落ち着け、もうひとりの警官はそのうしろに立った。

アンナは一部始終をおおざっぱに説明し、弟と両親の一件よりも、〈シスターフッド〉のあいだでやりとりされた手紙および、ギリーとドラクロアについて最近知った事実に重きを置いた。その間ずっと、ターナー夫妻は映画でも観ているように目をみはり、ひとことも聞き漏らすまいと耳を傾けていた。アンナの話が終わると、手帳を持った警官がひゅうと口笛を鳴らした。「こうなると、FBIにもくわわってもらう必要がありそうだ」

「くそ」相棒が言った。「汚い言葉を使ってすまんね。おまえの言うとおりかもしれん。だが、それはおれたちが決めることじゃない」

「とりあえず、上に報告しよう。よかったら、あんたたちふたりの携帯電話の番号をひかえておきたいんだが。当分、こっちにいるつもりかい?」

「そのつもりだ」ヘンリーは言った。「でも、おれたちとは簡単に連絡がつくよ」

警察官ふたりはあいさつをして出ていった。ディナーパーティが終わって、招待客が三々五々、帰路につく様子を思わせた。しかしすべてを理解するのに時間がかかっていたスーザンが、いまになって好奇心をむき出しにした。

「なぜヨークだったのかしら」彼女は言った。

「どういう意味？」アンナは訊き返した。

「だってね、いままでにも何度か、どうしてだろうと思ったことはあるけど、いまはこれまで以上に気になってきちゃって。三十四年間もパリでＣＩＡの仕事をし、世界のあちこちを旅してきた女性が、そもそもどうしてこの地にたどり着いたのかしらね」

「ここにご家族がいたとか？」

「そんなこと、一度も言ってなかった」

「結婚はしていたの？」

「していたとしたら、よっぽどうまく隠してたことになるわね。たしかにここはいいところだけど、わたしたちだって、スキップの仕事がなければ、ここには住んでいないと思うし」

「見当もつかないな」ヘンリーが言った。

アンナは肩をすくめた。

あらたな謎、あらたな不可解現象。

「わたしたちも引きあげるわ」スーザンが言った。「ここはもうそっとしておくということで」

アンナを見やったヘンリーは、ふたりとも同じことを考えていると気がついた。

「あの」とアンナは切りだした。「その前にざっとなかを見てまわってもいいかしら？」

スーザンとスキップは急に疑心暗鬼になったのか、顔を見合わせた。そこでアンナは、ごく最近、三人の女性が送り合った手紙があることを、そのなかでクレアがアンナの母親から

〝小包〟を受け取ったと伝え、命を賭けて守ると誓っていたことを説明した。スーザンとスキップは承諾しただけでなく、大張り切りで探索にくわわった。ヨークの郊外に住んでいたら、元スパイの自宅を調べる機会などそうそうあるものではない。

四人はすばやく、しかし、ごちゃごちゃにしないようていねいに見てまわった。なんとも趣味のいい家だった。主寝室のクローゼットがすべてを語っていた。どんなTPOにも対応できるだけの膨大かつスタイリッシュなワードローブ。ワンピースにロングドレス、バラエティに富んだ靴のコレクション、すべてがそろっていた。ヘレン・ショートのような農場主の妻とは大違いだ。この家の主は広い世界とのつながりをいまも保っている女性だ。

「ちょっと訊きたいんだが」ヘンリーはアンナに言った。「〈シアーズ〉で買い物をする女性のクローゼットに見えるかい？」

「もっとはっきり言うけど、〈シアーズ〉で買い物をすると隣人に言う女性のクローゼットに見える？」

ふたりは苦笑して先に進んだ。

しかし、謎の記録も、手紙も、不可解な文書もまったく見つからなかった。そもそも、書類のたぐいといったら、請求書、保証書、それに領収書という、どこの家にもあるようなものしかなかった。

ひとつだけ異質だったのは、オープンリール式の真新しいテープレコーダーだ。買ったときの箱に入っていたが、梱包材は出してあったので、少なくとも一度は使ったと思われる。

見つかったのは、キッチンから地下に行く階段の途中で、踊り場にちょこんと置いてあった。つい最近、取っておこうとわきにのけたかのようだった。

「ああ、それ」スーザンがけらけら笑って言った。「何週間か前に、そういうのを貸してくれないかとうちに訊きに来たことがあるの。当然、うちにはなくてね。こんなの、いまどき誰も持ってないわよね。それで、ネットで調べたら、すぐに買える店でいちばんここから近かったのが、五十マイル離れたボルティモアの、マニア向けのオーディオショップだった。彼女はそこまで買いに行ったわ。なぜ必要なのか、わけは話さなかったけど」

しかし、ヘンリーとアンナはもうスーザンの話を聞いていなかった。クレアが突然、オープンリール式のテープレコーダーを必要としたという事実で頭がいっぱいだったのだ。

「例の小包じゃない？」アンナは言った。「きっと中身はテープよ」

「しかも時期もぴったり合う」

「探しましょう」

箱のなかのレコーダーを調べた。しかし、スピンドルにテープははまっていなかった。それにテープのたぐい――あるいは緩衝材入りの九インチ×十三インチの封筒は地下室にも、屋根裏にも、どこにもなかった。ヘレン・ショート同様、クレア・セイラーも〈シスターフッド〉とやりとりしたものを、より安全でより見つかりにくい場所に隠しているようだ。

あきらめかけたころ、ヘンリーがスーザン・ターナーに言った。「クレアから合い鍵を預かっていると言ったね。彼女のほうもきみたちの家の鍵を預かっていたのかな？」

「ええ、そうよ」

「どこにしまってあるか知ってる？」

「もちろん。教えてくれたもの」

スーザンを先頭に一行はキッチンに入った。彼女は鍵やら細々(こまごま)したものがいろいろ入っている枝編み細工のバスケットをひっくり返し、赤いリボンがついた鍵をさっと出した。

「これよ」

ヘンリーはカウンターの上を滑らせるようにバスケットを引き寄せ、なかを調べた。数秒後、番号のついた小さな鍵を取り出したが、ヘレン・ショートのＵＰＳの私書箱の鍵とそっくり同じ形をしていた。

「どこかで見たことがあるんじゃないかな？」彼は言った。

アンナはほほえんだ。

「これからヘンリーと用事をすませに行ってくる。でも、少ししたら戻ってきて、さっきの新品のテープレコーダーを使いたいの。この家の合い鍵を借りてもかまわない？」

スキップは気乗りがしない顔をしたが、スーザンがほほえみかけて気持ちを変えさせた。

「終わったらうちの郵便受けに入れておいて。そのかわり、あとでわかったことをちゃんと話してね」

「そうする」

もっとも近いＵＰＳの営業所を調べると、ここからほんの数マイルだとわかった。私書箱はヘレンのと同じサイズだった。鍵は合った。なかに入っていたのは、二週間前にメリーランド州スティーヴンズヴィルから出した、緩衝材入りの九インチ×十三インチの封筒ひとつだけだった。探していた小包。クレアは〈シスターフッド〉の手紙をどこかべつの場所に隠したか、あるいは一緒に持って出たようだ。後者の場合、もう入手することはかなわないかもしれない。

封筒には二通の文書が入っていた。ひとつはたたんで古いカセットテープと一緒に輪ゴムでとめてある。それらにくわえ、ひとまわり小さな緩衝材入りの封筒が二通入っていて、どちらにも〝アルト゠モアビット通りの隠れ家〟のラベルがついており、両方とも一九七九年十月と同じ日付が入っている。片方は〝午後〟、もう片方には〝夜〟と書いてあった。

「母の字だわ」アンナは言った。両方の封筒をあけた。どちらにもオープンリール式のオーディオテープが入っていた。ふたりは急いで車に戻った。

「文書にはなにが書いてある？」クレアの家に向かって車を走らせながら、ヘンリーが訊いた。

「カセットテープと一緒に輪ゴムでとめてあるほうは、事情聴取かなにかを書き起こしたものみたい。たぶん、このカセットの内容でしょうね。日付が七九年の十月で、ほかのふたつより十日あとになってる。うわ、なにこれ！」

「どうした？」

「この書き起こしには、事情聴取はパリで録音されたと書いてある。聞き手は母で、相手はマリーナという名前の人。ラストネームは書いてない」

「おそらく暗号名だろう。わかる人には彼女の正体がわかるんだろう。話の内容は？」

「ロバートのことのようね。ケヴィン・ギリー。聞き取りをした年以前の出来事に関係してるみたい」

「暗殺？」

「ううん」アンナの声が尻すぼみになった。すでに二ページめをひらき、必死になって文字を追っている。「マリーナ個人の身に起こったことらしいわ」

「ギリーがなにかしたのか？」

「ええ、彼女は……なんてひどい」

「どうした？」

「彼女をレイプしたの。マルセイユの隠れ家で。彼女がそう証言してる。うわ、なんてこと。とても生々しい内容。ひどいわ、レイプするなんて。しかも相手は自分が使ってる情報提供者だし、場所はＣＩＡの隠れ家なのよ」

「それできみのお母さんを探していたわけか。ＣＩＡの許可のもとに人を殺した場合、組織は死ぬまでその事実を隠蔽してくれる。だがお楽しみのために情報提供者をレイプした場合は？」ヘンリーは首を振った。「これが彼女たち――クレア、オードラ、きみのお母さんが話していた弾薬にちがいない。三人はそれを使う適切なタイミングを待っていたんだ」

　アンナは目を大きくひらき、うしろを振り返って車のリアウィンドウごしにうかがった。

「うしろになにか動きでも？」ヘンリーは訊いた。

「ううん。でも、なにか動きがあったとしてもわたしじゃわからない。この証拠にとって安全な場所を見つけなくては」

「おれたちにとって安全な場所を見つけなくてはいけない。ちがうか？　それにターナー夫妻はどうする？　それに、あの警官たちは？　あの連中があちこちでしゃべりまくってみろ、おれたちがしようとしていることを知られてしまう」

「そうなったら、わたしたちはおしまいね」

　ふたりは数秒ほど黙りこんだ。

「ねえ」アンナが口をひらいた。「ターナー夫妻とクレアの家にいたときには、すべてが壮大な宝探し、というか犯人探し、仕返しをする絶好のチャンスだという気がしていたの。母もクレアもきっとそういう気持ちだったんだと思う。わたしたちなんかよりずっと慎重に行動していたはずなのに、それでもあんな結果になってしまった。おそらくは、オードラも」

　しばらくふたりとも押し黙った。

「もうひとつの文書の中身はなんだい？」ヘンリーが訊いた。

アンナは集中しなおそうとして、ぱらぱらと文書を繰った。

「クレアの報告書だわ。日付は七九年の三月。レイプの現場に出くわしたみたい。ギリーと、べつの情報提供者と。場所はさっきとはべつの隠れ家で、今度のはパリ」

「つまり常習犯なんだな」

「しかも、これを読むかぎり、それに対して誰もなにもしていないみたい」

クレアの家の前に着いたときには、車内に重苦しい雰囲気が流れていた。ヘンリーは警官たちがやっていたように、角をぐるっとまわって人目につかないところに車をとめた。ふたりは歩いて引き返し、ターナー家の裏庭を突っ切った。

「ブラインドもカーテンもいっさいあけないように」ヘンリーは言った。「テープを再生するのは地下室にしよう」

洗濯機の上にレコーダーを設置した。地下室は薄気味悪かった。影が濃く、クモの巣がいくつか張り、おまけに湿った土臭いにおいがただよっている。鎖のスイッチひもがついた頭上の六十ワットの電球が唯一の明かりだった。

時系列に沿って再生することにした。アンナは〝午後〟と書かれたリールを出し、スピンドルにセットした。テープを溝に通して空のリールに取りつけるのだが、緊張のせいで手がうまく動かず、何度となく毒づいた。苦労の末、再生の準備が整った。

アンナは大きく息を吸った。

「始めるわよ」

そう言って再生ボタンを押した。

54

一九七九年　パリ

黒ずくめの男はヘレンの胸骨に膝をめりこませ、もう一度ナイフの刃を見せた。

「今度はもっとましな答えを言ってもらおうか。昼間、われわれを振り切ったのち、どこに行ったのか教えろ」

「ベルヴィル公園」

男は彼女の頬までナイフをおろし、先端を小鼻のわきにあてがった。

「あの公園はでかい。何エーカーもある。もっとまともな答えをするんだ」

「ベンチ」ナイフの先端がさらに強く押しつけられた。

「大きな声を出せ！　小声ではだめだと言ったろうが！」

「ベンチって言ったの。見晴らし台の近く。通りをのぼりきったところ。ええと、ピ……」

通りの名前が出てこない。なんて名前だったのよ、もう！

「ピア通りか？」

「そう」ヘレンはほっとして大きく息を吐き出したが、すぐにそんな自分を情けないと思った。この分では、十分ともたない。

「やればできるじゃないか、ヘレン。それで、接触者の名前は?」

「仲介役だった。名前は知らない。年寄りの女性だった」

「人相風体をくわしく」

「年寄りだったと思う。がっしりした感じ。なるべく面と向かって見ないようにしていたし、その人が用件を話しはじめたあとは気にもかけなかった」

「もっとくわしく!」男はまた膝に力をこめ、ナイフの刃を彼女の目から数インチのところにまで近づけた。「観察したものを話せ。さもないと、もう二度と、なにも観察できないようにしてやるぞ」

「髪は白髪交じり。しわだらけ。さっきも言ったけど、年寄りで太っていた。コートは防虫剤みたいなにおいがしていた」

「けっこう。防虫剤みたいなにおいだな」

　男は膝の位置をわずかに変えて胸の圧迫をゆるめ、それからふたたび上体をそらした。そこで顔をしかめ、なにか気になることがあるのか、左に目をやった。

　そのとき、フランス窓の木のよろい戸が大きな音とともにあき、木片が雨あられと降り注いだ。驚いた男が目を向けると、何者かがテラスからベッドに飛び移ってきた。男は反応しようとしたが、不自然な体勢のため一時的に無防備になり、殴られたいきおいでヘレンの上から床に転落した。

クレアだ。

「その人、ナイフを持ってる！」ヘレンは大声で教えた。

男はすばやく立ちあがろうとしたが、そのときにはもうクレアに飛びかかられ、つづけざまに股間を膝蹴りされ、すねを蹴られ、右腕をつかまれていた。彼女は一瞬にして男の手からナイフを叩き落とし、床に押し倒した。

だが、男のほうも簡単には負けなかった。

男は急いで立ちあがると、たくみな動きでクレアに蹴りを入れ、彼女は思わずバランスを崩した。二度めの蹴りで彼女は床に倒され、ヘレンはベッドに寝かされたまま、なすすべもなく見守るしかなかった。形勢が変わってどすんという音とうめき声が何度も聞こえ、それから男はクレアに飛びかかると、ヘレンにしたのと同じ体勢を取り、膝で胸を押さえつけた。

ふたりがいるのはベッドのすぐそばだが、ヘレンからはクレアの姿は見えず、さらに男も揉み合ううちに身を乗り出す恰好になり、ほんの一瞬、その姿も視界から消えた。そのあとは、うなり声とあえぎ声しか聞こえず、それからなぜか、ビニール袋がかさかさいうような、この場には似合わない音が聞こえ、ごん、という鈍い音がつづいた。棍棒(こんぼう)が骨に当たったような、あるいはハンマーで頭を殴ったような音だった。男の上半身が、立木が倒れるように、ゆっくりとうしろによろけはじめた。眼球があがって白目をむいた直後、男はうしろに倒れこんだ。

クレアがぶつくさ言いながら、男の体の下から這い出てきてよろよろと立ちあがった。右手には趣味の悪いスノードームを持っていて、台座のへりが少し欠けていた。

「おあつらえむきのおみやげね」彼女は言った。

それから男の手首を背中にまわし、どこからともなく出したプラスチックの手錠をはめた。つづいて足首を縛り合わせた。いったんドアのところまで行って男のナイフを手に戻ってくると、ヘレンの両手と両足首のいましめを切断した。

「少なくともあとひとりいる」ヘレンは注意した。「あなたが窓を破って入るのを見ていたなら、いまごろ階段をのぼってくる途中かもしれない」

「それは心配しなくて大丈夫。そっちはべつの人が面倒を見てくれているし、すでにひとり、バンに拘束してある。あなたがマリーナに会いに行ってるあいだに、仲間が見つかったから」

「誰？」

「すぐにわかるわ。さあ、深呼吸して。もう大丈夫」

ヘレンは立ちあがろうとしたがよろけてしまい、そこではじめて、自分が震えていることに気がついた。

「うそみたい」ヘレンは言った。「会えて本当にうれしい！」

クレアにきつく抱きしめられたとたん、ヘレンの目に涙がじわっとこみあげたが、まばたきしてそれを押さえこんだ。クレアはヘレンの首についた、かたまりかけの血の跡に触れ、ほかにけがをしたところはないかとくわしく調べてくれた。

「七時に出るベルリン行きの列車に乗りなさい」

「でも、ギリーの仲間がほかにも――」

「もう気にしなくていい。このふたりのお仲間にメッセージを届けさせるから。それに電話もかける。事態が収拾するまで、何時間かはあちこち移動することになるけど」

床からうめき声が聞こえた。

「ああ、よかった」クレアは言った。「そろそろ意識が戻ってほしいと思ってたところ」

ヘレンは様子を見ようと起きあがった。男が体を起こそうとすると、クレアはその胸に右足をのせ、蝶の標本のようにしっかり押さえつけた。低くかがみ、男の耳に話しかける。

「おもてにいたお友だちはいなくなった。ロバートにメッセージを届けに行ったから。あなたにも同じことをしてもらう。ちゃんと聞いてる？」

彼はゆっくりうなずいた。

「よろしい。これから言うことを全部暗記してもらわなきゃならないんだから。二度とわたしたちに手出しをするなと、ロバートに伝えて。わたしたちの誰にもよ。これから先も地球上を自由に歩きまわりたいならね。作戦行動のためだろうがなんだろうが。ちゃんと覚えた？」

「ああ」かすれた声は聞き取りにくかった。

「もっと大きな声で！」クレアはかかとで胸を強く押した。

「ああ」

「ああ、だけじゃわからない」

「彼に伝える。あんたらに手出しをするなと伝える」

「わたしたちの誰にもよ。言っておくけど、こっちは三人いるから。それが誰か、ロバートはよく知っているはず。そうそう、マリーナもいるから四人ね」

「あんたたち三人、それにマリーナ。わかった」

クレアは足をどけた。

「さあ」彼女はヘレンに向かって言った。「テーブルの上の報告書を持って。その傷口は洗って、ガーゼを当てましょう。わたしはこの男にさるぐつわをして、ドアに〝起こさないでください〟のサインを出しておく。こいつのことはメイドにまかせましょう」

ヘレンは大笑いした。体の奥から出たその笑い声は、ほんの一瞬しかつづかなかった。

「さあて」クレアは始めるわよというようにうなずいた。「さっさとこれを終わらせましょう」

55

パリ東駅でヘレンはマンハイム経由のベルリン行きの切符を一枚買った。出発時刻まであと三十分ある。ふたりは駅のカフェでウィスキーのダブルをそれぞれ注文した。ほかの客はみな、コーヒーを口に運んでいた。ウェイターはまったく動じなかった。

ヘレンは切れる寸前の輪ゴムみたいに神経がぴんと張りつめていたが、ウィスキーの最初のひとくちで楽になった。ふたくちめでさらに楽になった。

「マリーナはどうなるかしら」彼女は訊いた。「べらべらしゃべるほどの時間がなくてよかったけど。でも、きっとしゃべってた。というか、しゃべりかけてた。ナイフを突きつけられたせいで」

「やめなさい。自分を責めてはだめ」

「あなたはどこにいたの？　どうやって突きとめたの？」

「突きとめたわけじゃない。勘よ」

クレアは昼間あの部屋を訪れたこと、そのときに発信器を見つけたことを説明した。

「それで、《パリス・マッチ》誌を手に取ってあなたに警告しようと外に出たの。でもそのあと、報告書がなくなってるのに気づき、あなたが部屋のどこかに隠したにちがいないと思ったわけ。それから、ベルリンで追っ手をまいた話を思い出して、ここではそれと逆のことをやるんじゃないかと推理したわけ」

「驚いた。わたしたちって考え方までそっくり同じなのね」

「じゃあ、そのことに乾杯」ふたりはグラスを合わせた。

「それで年寄りの清掃員みたいな恰好をして、隣の空き部屋に侵入してじっと待った。お楽しみが始まったあとは、外のバンの始末がすむまで待った。それからフェンスを乗り越えてあの部屋のテラスに立ち、よろい戸に体当たりしたというわけ。けちな造りのフランスの建物に乾杯」

　ふたりはまたグラスを合わせた。経験にもとづいた推測と、大胆きわまる行動。そのどちらが欠けても、ヘレンは死んでいた。

「マリーナだけど、彼女には新しい書類ひとそろいと、どこか安全な場所への切符を用意する。彼女はそうとう疲れているらしいし」

「わたしの目にもそう見えた。首に懸賞金がかかっているも同然の逃亡者だもの」ヘレンは言葉を切り、ウィスキーに口をつけた。「あなたはどうなの？　なにがあったかあきらかになったら、あなたにとって悪い結果になるんじゃない？」

　クレアはほほえんだ。

「一時間前に電話をかけたでしょう？　相手はうちの支局長で、ベルリンから逃亡した事務員を捕まえたと伝えたの。そりゃもう、うれしさを爆発させてたわ。むしろ、わたしの給料をあげてくれるはずだし、あなたが局の管理下に戻ったという情報が出れば、ギリーだって引きさがるしかない。それでも、ベルリン駅には予告なしに戻るのがいちばんいい」

「ナイフをちらつかせたあの男だけど、本当にロバートにメッセージを伝えると思う？」

「もちろんよ」

「でも、メッセージを伝える必要なんてあったの？　だって、わたしがあのお宝を持ってベルリンに戻れば、ロバートはすぐにでもお払い箱になるんだもの。そうでしょ？」

「それがね、ヘレン」クレアは心苦しさのあまり顔をしかめた。

「どうかした？」

「この件ではあまり多くを期待しないほうがいいと思う」

「どうして？　あの男の罪を完膚なきまでに暴きたてるだけの証拠を集めたのよ」

「そうね、たしかにいい仕事をしたと思う。わたしたち三人がこれからも誇りに思えるくらいの仕事だわ。でも、報告書、テープ、目撃者の証言、たしかに……」

「たしかに、なんなの？」

「ここへきて、現実というものについてじっくり考えたの。ギリーのような男がかかわっていること、彼がなにをしてお金を得ているか」

「どういうこと？　いったいなんの話をしているの？」

「聞いて。もちろん、あいつを引きずりおろすつもりでいる。もしかしたら成功するかもしれない。でもそうするためには、まずあなたが取引をするしかない。そのときに、その資料が役に立つ。それが自由への切符。だからそういう使い方をしなさい」

「ええ、わかってる。でも、上の人がこれを見れば……」

「まだわかってないようね。その証拠があるから連中はあなたの言い分を認めるの。すべて提出して口を閉ざすという約束のうえでね。おそらく弁護士があいだに立つと思う。あいつのとあなたのと。ええ、あなたには弁護士が必要よ。というか、真っ先に要求しなきゃだめ。たぶん、そうとう不本意な書類に署名させられることになるでしょう。でもなんの見返りもなしに投げ出してはだめ。なんらかの形で、彼らに代償を払わせるの」

「彼らに払ってほしいわけじゃない。あいつに払わせたいの」クレアの表情が、その可能性がいかほどかはっきり伝えてきた。「ねえ、クレア。わたしがみんなの期待を裏切ったのね？マリーナの期待も、アンネリーゼの期待も。わたしがあんなふうに逃げ出さなければ……」

「ちがう。そんなことない。わたしたちが初志貫徹したからこそ、いま以上の人が知ることになるのよ。この件は、いろいろな形でいたるところに広がっていく。たしかに、それであいつが失脚することはない。これまで局のためにしてきたことを考えれば、あいつはなにがあっても失脚しないかもしれない。でも、これまでよりも監視の目が厳重になる。締めつけがきつくなる」

「どうしてそう言い切れるの？」

「根拠があるわけじゃない。でも、戦略的にはそれがもっとも妥当な判断なの。あの男が行動をあらためなければ、いろいろな面で危険が増す。上層部にも彼にもそれはわかっているはず」

ヘレンはそのことにいくらかでも慰めを見いだそうとしたが、そんなものはほとんどなかった。しかたなく、ウィスキーを飲みほした。

「ところで」クレアが言った。「安心して列車に乗ってもらいたいから、仲間がひとり、ずっと付き添うことを教えておくわ。実はもう来ているの」

クレアはヘレンの右肩の後方を顎で示した。ヘレンが振り返ると、数テーブル後方にクラーク・ボーコムの姿があった。彼は乾杯というようにコーヒーカップをかかげ、テストでカンニングしているところを見つかった少年のようにほほえんだ。

「どうして彼が……？　それにどうしてあなたが……？」

「それは彼が話してくれるでしょう。ふたりはかなり親密な仲だとお見受けしたから」ヘレンが頬を赤らめた。「心配しないで。あなたの秘密はちゃんと守る。このことだけじゃなく、すべての秘密を」

「ベルリン支局の人はみんな、彼とのことは知ってるけど。でも、いまの約束の最後の部分はお言葉に甘えるわ」

「よかった。それがおたがいにできるせめてものことだもの。わたしたち三人のあいだの信頼と共有。それができなくなったら、〈シスターフッド〉じゃなくなる」

ヘレンがほほえんだそのとき、彼女が乗る列車の搭乗案内が放送された。ふたりは立ちあがり、最後にもう一度抱き合った。ボーコムはすでにプラットホームに向かって歩きはじめていたが、その目は一瞬たりともヘレンから離れることはなかった。

「わたしはここでお別れするわね」クレアは言った。「ここから先は、あなたの有能なる護衛役が連れていってくれるようだから」

最後にもう一度ほほえみ、ヘレンは向きを変えた。

九時間後、彼女はベルリンに戻った。

56

ヘレン・アベルは身分証を提示しながらさっそうと警備を通過した。どうやら誰も、彼女が好ましからざる人物であると海兵隊所属の警備員に伝えていなかったようだ。ボーコムに渡された鍵を使ってベルリン支局に入ると、いくつものオフィスの前を通りすぎ、いくつもの廊下を歩いた末にやっと、誰かがタイプライターやデスクから顔をあげ、ひとり傲然たる態度で、ファイルフォルダーを武器のように持った彼女が立っているのに気がついた。

角を曲がって記録室に戻ろうとしたアイリーン・ウォルターズが、驚いて足をとめた。タイプ課のほうからまぎれもない息をのむ音が聞こえ、つづいてどこからともなく〝うそだろ！〟という声が立てつづけにあがった。

「ねえ、ちょっと」彼女は大げさなくらい芝居がかった声で呼びかけた。「誰かわたしが来たと支局長に伝えに行ってくれないかしら？　それともわたしが直接訪ねていって、心臓発作を起こさせたほうがいい？」

この科白でどこからか、かみ殺した笑いが漏れた。それとはべつに、すでに誰かがこっそり奥に行ったらしい。ほどなくヘリントンが愕然とした顔で、息を切らせながら出てきたからだ。

ヘレンはフォルダーを抱えた恰好で、六メートル手前から彼と向かい合った。支局長に口火を切る権利をあたえたものの、相手がそれを放棄したので、かわりに彼女が自分のオフィスの鍵を高くかかげて言った。「これがほしいのではないかと思いまして」

つづいてフォルダーをかかげた。

「お渡しする前に、ケヴィン・ギリー、通称ロバートについてわたしが現場で収集した事実をお読みください。ええ、わたしはずっと仕事をしていたんです。ですから、それに対する代価を求めます」

ヘリントンは青ざめ、小さいながらも落ち着いた声で応対したが、ほかの者は仕事に戻って、このばつの悪い会話に聞き耳を立てるのをやめろと言いたいのか、どこかおもねるような響きを含んでいた。

「よかったら、その話はふたりだけでしようではないか、ミス・アベル」

「弁護士が同席しないならお断りします。それとテープレコーダーをまわしてください」

「いいだろう。だが、このような人の多い場で、慎重な扱いを要する件を話題にするのはひかえてもらいたい」

その瞬間、話を聞いていた全員がヘレン・アベルが――とりあえずいまのところは――勝利をおさめたことを悟った。横暴な上司のご多分に漏れず、ラッド・ヘリントンも最初の一撃を決められてしまうと、さして怖い相手ではなくなる。優位に立ったヘレンはうなずき、こう返した。「むやみにしゃべらないという提案にはわたしも全面的に賛成です。場所は支局長のオフィスでよろしいですか？　それともわたしのでしょうか。弁護士が来るのであれば、わたしはどちらでもかまいません」

もちろん後日、最初の勝利の感激からだいぶたつと、その弁護士は降伏を先のばしにするだらだら戦術をとることでヘレンの非難をやわらげ、彼女の弁護だけに力を注ぐようになった。要するに、ほぼクレア・セイラーが予言したとおりに進んだ。

かくしておよそ二十時間後、ヘレンは中立的な場所ということでアメリカ領事館のオフィスにある会議室で、きれいに印刷された最終合意文書に目をとおし、左側では友人に紹介された安いアメリカ人弁護士も同じことをしていた。会議室内は静かで、重苦しいがまだ人間らしい雰囲気がただよっていた。ヘレンの気力はほとんど残っていなかった。

そのときドアがあき、ヘリントンがおずおずと咳払いをしなければ、ヘレンは顔をあげなかったかもしれない。ちらりと見ただけでケヴィン・ギリーだとわかった。ダークスーツに赤い勝負ネクタイというこざっぱりと役人らしく決めており、遊説先から戻ってきたばかりの候補者のように見えた。彼がヘリントンに会釈すると、相手はこわばった笑みを浮かべ、のどぼとけが上下するほど大きく唾をのみこんだ。

ギリーはテーブルにはつかず、ドアの近くの椅子に腰をおろした。腕を組み、ヘレンをまっすぐに見つめた。彼女は書類を下に置いてにらみ返した。彼の瞳は、あの晩、隠れ家で見たときと同じ青緑色だった。けれども、あのときは軽蔑の念と性的欲望で燃えたち、ぎらぎらしていて、少なくとも生き物の目という印象があった。いまはつやのないコーティングをされたようで、咳止めドロップにしか見えない。

　そのまなざしはぴくりとも動かず、まさに静謐という言葉がぴったりで、ヘレンがどのような脅威になるのか、いまも推し量っているように見えた。ヘレンは背筋を冷たいものが這いあがるのを感じた。体が震えそうになるのを必死でこらえた。

「書き換えた部分はすべて問題ないようですね」ヘレンの弁護士が言った。いま入ってきた人物が誰か、まったく知らないらしい。「なにか問題でも？」

「ねらいすました一発の銃弾で解決できるものばかり」彼女は小声でつぶやいた。

「いまなんと？」弁護士は警戒するような声で訊き返した。

「なんでもない。問題はないわ」

　ヘレンは最後にもう一度書類に——離職手当に関する同意書に目をやって署名をし、全員が同意した日付を手書きで入れた。この日付はずっと、わたしのなかで汚点として残る、とヘレンは心のなかでつぶやいた。それから、これ以上弁護士が報酬を請求する時間を増やさないよう、その書類をデスクの上で滑らせ、ヘリントンに渡した。

「では、これで」ヘリントンは書類の束をデスクの上で軽くとんとんやってそろえながら言い、それからネクタイを直した。あいかわらずギリーの存在について触れる者がいないことに業を煮やしたヘレンは、自分で言うことにした。

「この書類によって、わたしの身の安全が彼のような人物から守られるという保証が支局長から得られたと考えてよろしいのでしょうか？　それに関して、局からは全面的な保証が得られているのですか?」

「身の安全?」ヘリントンは、その考え自体が滑稽だといわんばかりに言った。

「はい、身の安全です。なにか根拠を示せとおっしゃるなら、アンネリーゼ・クルツ、通称フリーダの現在の状況をお調べください。あるいは、わたしの報告書を読んでいただくのでもけっこうです。まだ廃棄していないのなら、ですが」

ギリーはまだ腕を組んだままでいたが、顔がほころびそうになるのをこらえるように、口角がほんの少しだけゆるんだ。ヘレンはテーブルを乗り越えて、その顔を力いっぱい平手打ちしてやりたくなった。けれどもテーブルの下で両手をからめ、彼の顔の骨を押しつぶすつもりできつく握り合わせるだけにした。

『では、これで」ヘリントンがさっきと同じ科白を繰り返した。「これで終了だ。関係者全員にとって望みうる最良の結果になったことと思う」

彼が立ちあがると副局長、つづいて秘書も立ちあがり、三人は一列になって会議室から出ていった。ヘレンは弁護士のほうを向いた。

「あなたもこれでお役ごめんよ」

もしも彼がここで請求額のことでなにか言ったら、ヘレンはなにをしでかすか自分でもわからなかったが、品格のあるものでも礼儀正しいものでもないことだけはたしかだった。弁護士はひとつ咳払いするとブリーフケースを手にし、途中ギリーに無意識に会釈して出ていった。ギリーはほほえんで会釈を返した。ヘレンは立ちあがり、彼の前を素通りして出ていいくべきだとわかっていながらにらみつけた。

　テーブルをまわりこみドアに向かったが、途中で足をとめた。

「それで？」彼女は言った。

「なにがそれでなんだ、きみ？」〝きみ〟の言い方がボーコムそっくりで、それがヘレンの怒りに油を注いだ。「この件からさらなる問題が発生することはないと考えていいんでしょうね」

「そっちからおれにこれ以上問題をふっかけてこないかぎりはな。そうだ、パリのジョゼフ経由であんたともうひとりの女からすてきなメッセージを受け取った。自分がおれにとってまだ興味の対象になるとうぬぼれているようだな」

　のちのヘレンならば、言い返す言葉を少なくとも六つは思いついただろうし、そのすべてがウィットに富んでいて辛辣で抑制のきいたものになったろう。しかし、このときはこの男の前から、永遠にいなくなりたいだけだった。それに、ギリーの最後のひとことににじむ、まぎれもない屈服の響きが頭に刻みこまれていた。クレアとヘレンを取るに足りない存在と断じることで、ひねくれた言い方ながら、和解案に従うと表明したのだ。

　だからヘレンはそれに答えることなく、あけ放したドアから出た。ギリーがついてこようと立ちあがる音が聞こえたのでドアを閉めた。ドアのあく音が聞こえたのは、角を曲がって彼の目の届かないところまで来てからだった。

数時間後、ヘレンはテーゲル空港のメインコンコースで乗る便の案内を待っていた。ジョン・F・ケネディ国際空港への直行便、エコノミークラス。搭乗時刻までまだ二時間以上ある。今回は監視役が同行する必要はないが、ヘリントンが同行させたほうがいいかとこっそり問い合わせているのを聞いてしまった。冷静な考えが最終的に勝ったようだ。「好きなように泳がせておけ」という理屈なのだろう。「いまや彼女は鳥のように自由だが、少なくとも翼は切ってある」

午後いっぱい時間があったので、ヘレンは見納めに市内をざっと見てまわろうかと一瞬考えた。お気に入りのカフェかバーに寄ったり、いつも気持ちを癒やしてくれたシュラハテン湖沿いの木立に囲まれた遊歩道を歩いたりしようと。しかし、すぐにばかばかしいと切り捨てた。無味乾燥な空港ターミナルで最後の数時間を過ごすほうがずっとまし。すっぱりと縁を切ったほうがいい。タクシーを呼びとめ、車が発進するとすぐ新聞をひらいた。道中、窓の外を見ないですむように。

そしていまここにいる。翼を切られ、将来にはなんの展望もひらけない。どこに行こう? なにをしよう? そんな憂鬱な思いの重みに文字どおり頭を垂れていると、クラーク・ボーコムの声がしてはっとした。

「レーマンの店の上等なやつを一杯やったほうがいいような顔をしているよ」

顔をあげると、ツイードのジャケットを片方の肩にかけたボーコムが十フィート前方に立っていた。彼は右手に持った茶色い紙袋から本物の酒、千もの傷を癒やすブランデーの瓶を取り出した。九時間、ひとことも交わさなかったベルリンへの列車の旅以来、彼の顔を見るのはこれがはじめてだった。あのとき、ヘレンは何百もの疑問をのみこんだが、それはおもにプライドが許さなかったからだ。

ヘレンはしかたなしにほほえんだ。いまでもテープを盗んだこの男を恨みに思う気持ちはあるが、パリではそれを補ってあまりある活躍をしてくれた。

「レーマンが特別に貸してくれたの？」

「おいで」彼は肩ごしに顎をしゃくった。「最低最悪の航空会社のひとつが、わたしのような頻繁に利用する客のためにささやかな出発ラウンジをやっていてね。持ちこんだ酒を飲んでもとがめられることはない」

ヘレンはショルダーバッグをかついで立ちあがった。これこそ別れの儀式にふさわしい。

「案内して」

「つい先日、きみの友だちのクレアが同じ言い方をしていたな。なかなか頭の切れる女性だ」

「ええ、本当に」

ターミナルを突っ切り、薄暗いラウンジに向かいながらヘレンはいぶかしい思いで彼を見つめた。この期におよんでなにが目的なんだろう。感謝の気持ちを伝えるのかそれとも、赦しを請うつもりなのか。もしかしたら、彼もしょせんは人間で、わずかなぬくもりを、なにものにも代えがたいつき合いだったと告げるメモを求めてのことかもしれない。

ふたりは奥にすわった。ウェイトレスは思ったとおり、見てすぐにボーコムとわかると、なにも訊かずに空のグラスをふたつ持ってきた。この人は昔から、こういうことにたけていたのだろうと思うと、ヘレンの頬がゆるんだ。気兼ねなくほほえんだのは、きょうはこれがはじめてだ。

「なにを考えこんでいたのかは訊かない」ボーコムは彼女に一杯注いだ。「さあ、飲みなさい」

ヘレンはごくりと飲んだ。記憶にあるとおりのおいしさ。このあとベッドにもぐりこめないのを残念に思ったほどだ。

「来てくれてありがとう」彼女は言った。

「来るしかなくてね。特別配達の任務だ。まずはひとつ知らせがある。ヘリントンが支局長ではなくなる」

ヘレンは驚いて口をあんぐりさせた。

「それはぜひ乾杯しなくては」ヘレンは顔を輝かせながら、ボーコムとグラスを合わせた。

「行き先はどこ?」

「本部だ。職名はまだわからないが、噂によれば、三人の上司に監視されながら忙しく働かされるうえ、男の秘書がつくということだ」

ヘレンは大笑いした。こんな気持ちになるのはひさしぶりだ。ボーコムはまた紙袋に手を入れ、手品のような仕種で大型の緩衝材入り封筒を取り出した。

「それと、これをきみに渡そうと思ってね」

ヘレンは、なかに有罪の証拠でも入っているかのように、おそるおそる受け取った。

「遠慮しなくていい。なかを見てごらん」

両端を押して口を広げ、なかをのぞくと同時に鋭く息を吸った。テープが二個とも入っていた。

「いままで、どこにあったの？」

「とある顧客のところに一時的に行っていた。楽しく聞かせてもらったよ」

「誰なの？」

思ったとおり、ボーコムは首を横に振った。

「せめて感想くらい聞かせて」

「ロバートに関しては、きみが思っていたとおりの反応だ。今後、あの男に対する監視の目はいくらか厳しいものになるだろうが、それはいまさら言うまでもないな。その先のことに関しては――」ボーコムは肩をすくめ、顔をしかめた。「前にも言ったが、やっている仕事が仕事だから、あの男については手出しがしにくい。少なくとも当面は。だが、いずれ、われわれがもっと歳を重ね、髪の色が白くなってきたらどうだろう。それもあって、きみにテープを返したほうがいいと思ったんだよ」

「もうひとつのテープは？　水がどうとかこうとか言っているだけで、雲をつかむような話をしていたテープ。なぜそれも返してくれたの？」

　ボーコムはまた顔をしかめた。

「少なくともこれまでのところ、その面でのわたしの努力はなんの成果も得られなかった。どうやら一部の人間はこの新事実を驚くほどのことではない、あるいは取るに足らないものであると判断したようだ」

「あなたの考えは？」

「いまの時点では、わたしよりも制度の抜け穴をうまく利用しているやつがいるという考えだ。バックに有力な人間がついているか、すごい情報を握っているかのどちらかだ。もしかしたらその両方かもしれない」

「あなたは事情をすべて知っている、そうでしょ？」

「とりあえず、そのテープを肌身離さず、しかし大切に保管しておいたほうがいいとだけ言っておこう。それはきみのためでもあり、〈カンパニー〉のためでもある。それほどの威力のあるもので、ひとかみしたら命取りになりかねない」

「だったら、どうしてわたしが持っていなくてはいけないの？」

「保険だ。将来、万が一（レイニー・デー）のことがあった場合の保険だ。きみもこの業界にいたのだから、雨降りの日（レイニー・デー）と言っても本当はどしゃ降りで、人間をのみこむほどの洪水を引き起こす豪雨だというくらいはわかるだろう。これを使って雨を逃れるんだ、ヘレン・アベル」

　ボーコムの手が肩に置かれた。ヘレンは怒りを顔に出したかったし、彼の手から逃れたいと思ったが、ほっと安心できる感触が心地よくて、テーブルごしに手をのばし、彼の頬をそっと、ほんの一瞬だけなでた。それからすました顔で手を膝に戻した。

「さびしくなるわ」ヘレンは言った。

「わたしはときどきワシントンに帰っているがね」

「それは知ってる」

彼はその先を待つように、しばらく彼女の目をのぞきこんでいたが、それ以上の言葉は出てこないとわかると、悲しそうにほほえんだ。

「言いたいことはわかった」

ボーコムはブランデーの瓶のキャップを閉めて紙袋に戻し、立ちあがった。そして彼女のわきに立った。ジェット機が一機、轟音をあげながら離陸のために滑走していく。

「そのグラスのなかのものを飲み終えるまで、このラウンジを出ないように」彼は言った。「レーマンに敬意を表するためにも」ヘレンはほほえみ、椅子にすわったままでいた。「いい人生を送るんだよ」

「そうする。それに静かな人生も送りたい」

「実に賢明だ」

ボーコムは彼女の肩をぎゅっとつかんで出ていった。ヘレンはドアが閉まり、彼が見えなくなるまで見送った。

57

二〇一四年八月

静かな地下室のなか、テープがまわりはじめた。最初に聞こえてきたのはアンナの母が詩を暗唱する声だった。

どのようにしてわたしは自分の魂があなたの魂に
触れないようにすればよいのか。どのようにして
わたしの魂を、あなたを越えて別の次元へと高めていけるのか。

「驚いた」アンナは小声で言った。「母だわ」
母は娘が割って入るのをわかっていたように、ひと呼吸おいた。しばらく足音だけが聞こえ、やがてヘレン・アベルは詩のつづきを読みあげた。

ああ　なろうことなら、わたしの魂をどこか
見捨てられた暗闇の奥に蔵（しま）っておきたい。
あなたの心の奥が振動しても、それに反応しないような、
いずことも知れぬひそかな場所に。

そこで、かなり大きな部屋を突っ切っているのか、また足音がした。いくつものマイクの前を通りすぎているのだろう、音が大きくなったり小さくなったりする。歩く様子が目に浮かぶようだ。ヘンリーはアンナが恍惚（こうこつ）の表情を浮かべて、詩と足音に聞き入っている様子をじっと見つめた。

だがしかし、あなたとわたしの心を動かすすべては、
二本の弦を同時に弾いて一つの音を出す弦奏のように
わたしたちを一つに結び合わせる。

「すてきな詩」アンナは言った。「でもなぜ？　母はいったいなにをしているの？」
「本番前のサウンドチェックかな」
「そうかも」

どのような楽器の上にわたしたちは張られているのか。

どのような弾き手がわたしたちを手にしているのか。

おお　甘美な歌よ。


そこで声はやんだが、足音はまだつづき、少しペースをあげながら、しだいに遠ざかっていった。視界から消えるように、あるいはもしかしたら、手が届かないほど遠い過去へと吸いこまれていくように。ちがう、階段をのぼっているんだ。

アンナは指先で目をぬぐった。気を取り直す間もなく、スピーカーからがちゃがちゃという音とドアがあく音が聞こえ、足音がそれにつづいた。アンナの母のよりも重い。数分後、ふたりめが到着し、会話が始まった。男がふたり。ひとりは年配でぜいぜいいっている。もうひとりのほうは若くて、健康そうだ。そして足音が部屋の奥へと進んだ。キャビネットのドアがあき、掛け金をはずすかちりという音がしたのにつづき、瓶とグラスが触れ合い、飲み物が注がれる音がした。何者かが椅子を引き、腰をおろした。沈黙がつづいた。

その間、ヘレン・アベルはどこにいたのか。べつの部屋？　べつの階？　彼女は聞き耳を立てていたのだろうか。それとも音には気づいていなかった？

やがて年配の男が話しはじめ、忠誠の誓いを暗唱するような、明瞭だが一本調子の言葉が流れてきた。

「池で泳ぐなら湾を離れなくてはならない。湖に立ち寄るのはいいが、どっぷり浸かってはならず、必ず池に戻らなくてはならない」

「動物園は？」

「干上がっている。少なくとも、われわれ全員にとっては。動物園の管理者にすれば、池もまた干上がっている」話が途切れ、ぜいぜいという息継ぎの音がした。「連中はみな、池の水はとっくの昔に抜かれたと思いこんでいるし、今後、水が見えることは絶対にない。もちろん、特別な眼鏡を装着しているわれわれはべつだ。きみに提供しようとしているのはそれだ。きみのほうにその気があればだが」

「眼鏡？」

「もののたとえだ。これまでとは異なるものの見方のことだ。それにアクセスと機会。きみには想像もつかんくらいのな」

会話はさらにつづいた。三十五年前、ベルリンのあの隠れ家の二階で靴を脱いだ恰好のアンナの母がヘッドホンごしに聞いたとおりの会話が。

「〈ザ・ポンド〉」アンナは言った。「このときにはまだ存在してたんだわ」

会話が終わり、テープがすべて再生し終わるころには、母がこの日録音したもののおよぼす影響が明確にわかった。消滅したとされた二十四年後にも〈ザ・ポンド〉という組織が存続する証拠に出くわしてしまったのだ。それだけではない。この会合はＣＩＡ工作員に対する一種のヘッドハンティングであり、〝湾〟を出て〝池〟で自由に活動せよと誘っているのだ。ひいき目に言っても背信行為であることはまぬがれず、それまでの〈ザ・ポンド〉の活動状況によっては最悪、反逆罪に問われかねない。

ヘレン・アベルはほんの数週間前、国立公文書館を訪れるまでそれに気づいていなかったのだろうし、ヒリアードに聞いた話からすると、立ち聞きした話が持つ大きな意味をようやく悟ったのだろう。あるいは、クレアが最後のほうの手紙――クラーク・ボーコムの訃報と一緒に送った手紙――で書いていたように、〝あなたの水域に関する疑問〟に対する答えだったことを。

「こいつはかなりの政治的ダイナマイトの可能性が高い」テープがすべて巻き取られるとヘンリーが言った。

「いまも存在しているのかしら？」

「三十五年もたっているのに？　まあ、なにがあってもおかしくないだろうね。だが、ギリーがこれにかかわっているとは思えない。ロバートという言葉は一度も出てこなかった」

「もうひとつのテープをかけてみましょう。ロバートは続編のほうの主演なのかも」

そのとおりだった。少なくとも、テープのなかの若い女性は、会話の冒頭で自分の現場担当官をそう呼んでいた。女性の名はフリーダで、最初のうち、ふたりの会話はごくありきたりなものだったが、パリとマルセイユの隠れ家でロバートがどのような行為におよんだか、報告書を読んで知っているヘンリーとアンナは、最初からぴりぴりしていた。

ほどなく、揉み合う音がした。最初、ギリーの大声が聞こえたせいで、ふたりはフリーダが相手を押さえこんだのかと思った。しかしすぐに、ギリーが女の動きを封じているのがわかり、服が破れる音や、ボタンが床ではねる音が聞こえた。

「**暴れるんじゃない！　このくそ女！**」

アンナは口を手で覆った。大きな家具が押しやられるような音がした。やがて、家具がきしんだり激しく揺れたりしはじめた。そのころにはフリーダはときどき哀れっぽく泣いたり、うめいたりするだけになっていた。

「**やめて**（ナイン）**、やめて**（ナイン）」

「ひどい」アンナは言った。「胸が張り裂けそう」

そのとき、激しい振動のように、救助のように、救済のように、またもアンナの母の声がした。

「**よしなさい！**」

大きな足音が階段をおりてくる。

「**おまえか！　支局のお節介女！**」

「**わたし……わたし、二階で仮眠していて……その人になにをしているの？　あなたは……あなたは……**」

「**おまえが思っているようなことじゃない。フリーダは乱暴にされるのが好きでね。激しく揉み合うとよけいに燃えるんだよ。そうだろう、フリーダ？**」

女が聞き取れない声でぼそぼそ言い、ギリーはまたせっついた。

「**もっと大きな声で言ってやれ**」

「はい。そうです。その人の言うとおり」

「ほらな?」

「この目で見たものがなにかわかってます。この耳で聞いたものがなにかも」

「だったら、やるべきと思うことをやればいい。だが規則違反をしたやつがいるとすれば、おまえのほうじゃないのか。現場担当官と情報提供者の内々の会合を邪魔したんだから。仮眠していただと? そんなわけないだろう。突っこむべきでないところに鼻を突っこんでいたくせに。身のほどもわきまえず。これは充分、解雇の理由になるし、少なくとも配置換えの理由にはなる」

それからほどなく、ギリーが帰っていく音がした。ヘレンとフリーダはひそめた声で話をした。そのやりとりからくっきり浮かびあがったのは、フリーダが発覚を恐れ、ヘレンがしつこく問いつめることで、ギリーがどう出るかを恐れていることだった。それでもヘレンは力になるからと最後にもう一度説得をこころみていた。

「せめて名前だけでも教えて。本当の名前を」

「いやです!」

「コートを忘れないで。ほら……ねえ、わたしのタクシーを使っていいのよ。運転手にはわたしが料金を払う」

「けっこうです!」

足音が響き、ドアをあけるときのがちゃがちゃという音とぎしぎしきしむ音、外のどしゃ降りの音がつづき、最後にフリーダが懇願する声がした。

「わたしの味方でいてくれますよね？　さっきのことを報告するんじゃなく、あいつがわたしの正体を明かさないよう、ちゃんと目を光らせていてほしい。やってもらえますか？」

「ええ、もちろん」

「隠れ家(セーフ・ハウス)」

フリーダは最後のそのひとことを、さも軽蔑するように発した。そのあとしばらくは、片づけをする音が、全部で五分か十分ほど聞こえた。最後にヘレン・アベルがレコーダーを停止したのだろう、ぱちんという音につづいてテープの走行音だけになった。ヘンリーはテープを早送りし、このあとにも会話が録音されていることを示す、シマリスがチューチュー鳴くような音が聞こえないか耳をすました。しかし、残りのテープは無音で、〈シスターフッド〉が告発したケヴィン・ギリーに対する疑惑がこれであきらかになった——三軒の隠れ家で三件のレイプがあったのだ。

「母はこんなことを目撃しておいて、見て見ぬふりをする人じゃない」アンナは言った。「たとえ、自分の身を守るためだとしても。それに、離職手当の小切手ぐらいで黙るような人でもない。もっとも……」

「もっとも、なんだい？」

「きっと母は糾弾したのよ。その結果、フリーダの言ったとおりになった——ギリーの報復を受けたのよ。わからない？　フリーダはアンネリーゼ・クルツなんだわ。ほら、日付を見て。新聞記事が出たのはわずか数日後よ」

ヘンリーはうなずいた。スピンドルからリールをはずし、封筒に戻した。家のなかも近隣も静かだった――静かすぎて、アンナの電話がバッグのなかで鳴ったときは、ふたりとも飛びあがりそうになるほど驚いた。

「もしもし？」

かけてきたのは女性だった。どちらの声もヘンリーまで充分届いた。

「アンナさんかしら？　アンナ・ショートさん？」

「はい」

「ああ、よかった！　無事を知ってほっとしたわ。無事なんでしょう？」

「はい。どちらさまですか？」

「オードラ・ヴォルマーよ。あなたのお母さんの古い友人。わたしに連絡を取りたがっていると聞いたものだから」

「ああ！　ええ、そうです！　あなたが無事でよかった。いま、わたしたちはクレア・セイラーさんのお宅にいて、実はそれで……」アンナはそのまま語尾をのみこんだ。

「まさか、クレアの身になにかあったわけじゃないんでしょう？」

「それが、彼女の行方がわからなくて、しかも、まずいことになっているようなんです」

アンナは車が放置されていたこと、ハンドバッグの中身がなくなっていたこと、座席に血がついていたことを説明した。

「ああ、そんな……」オードラの声は震えていた。どちらもしばらく黙りこんだ。「最初にあなたのお母さんとお父さんがあんなことになって、今度はクレアまで」

「あなたは？　そちらは本当に大丈夫なんですか？　誰かに連絡しましょうか？」

「わたしは人一倍用心しているから。本当よ。人里離れた場所に住むのは不便でもあるけどメリットでもあるの。そうは言っても、ぜひとも会いたいわ。それもできるだけはやいうちに」

「そうですね」

「申し訳ないのは重々承知だけど、あなたのほうからこちらに来てもらえる？　もう歳を取ってしまって、このごろは動くのが億劫で……」

「かまいません。喜んでうかがいます」

「ああ、よかった。それと、なんて表現したらいいのかはっきりわからないけれど、クレアが最近、お母さんから大事なものを受け取ったはずなの。保管するために」

「ええ、そうです。見つけました。それは――」

「だめ！　電話では言わないで！」

「そうですね。すみません」

「気にしないで。安全なところにあると知って安心したわ。それを持ってきてほしいと言ったら厚かましすぎるかしら」

「そんなことありません」

「よかった。でも、気をつけてちょうだいよ。荷物も、自分の身も。じゃあ、道を教えましょう。いますぐ始めてもらいたい複雑な安全対策も教えておく。安全に来られるよう、こちらでいろいろ手配しておくわね。書くものはある？」

ヘンリーが自分の手帳と鉛筆を差し出した。

「あります。どうぞ」

オードラ・ヴォルマーは行程を説明した。

58

二〇〇二年　八月ボルティモア近郊

　あと二日したら、娘は大学に向けて出発し、べつの世界に行ってしまい、おそらくは戻ってこない。わたしはその経験が若い人の人生を劇的に変えてしまうことを身をもって知っている。アンナとの貴重な何時間かをどう過ごそうか。ショッピングモールに出かけて服を買ってやる？　平凡すぎるしありがちだと思う。わたしのその後の人生そっくり。

　いまのわたしときたら。四十代後半の農家のおかみさん、おなかはぶよぶよしてきているし、髪の毛には白いものが多くなっている。こんな姿になるなんて誰が想像したかしら。クラーク・ボーコムは夢にも思っていなかったろう。そろそろ八十になる彼だが、一杯の値段がわたしの一週間の食費の半分もするような、かぐわしいブランデーをいまも味わっていることだろう。もしかしたら、あいかわらず、自分の半分の歳の女性をくどいているかもしれない。

「これなんかどう？」アンナが趣味の悪い服を着て試着室から出てきた。

「だめ。論外」

「そう言うと思った」

「だったら、どうして訊くの？」

アンナはまわれ右して試着室に戻った。小売店地獄の次の停車駅に移動するまで、あと二回の試着。食費の半分の値段と言えば、このささやかな外出にかかった金額はすでに、五枚持っているクレジットカードのうち、どれを使えば上限に引っかからずにすむだろうと考えるくらいにまでふくれあがっている。それに、タラントに電話して、第二鶏舎の換気扇の動きがあやしいので見てほしいと言わなくては。きょうのような猛暑日に動かなくなったら、三万羽の鶏が腐敗臭を放つことになり、〈ワシャム〉とのバランスシートがまた大幅なマイナスになってしまう。まったく、高利貸し相手に仕事をしているようなものだ。

アンナがまた出てきた。

「さっきのよりもずっといい」

上品なデザインだし、体形にも合っている。なによりすばらしいのは三十パーセント引きになっている点だ。そのとき、アンナのうしろ、フロアの向こう側にあの男の姿があった。ダークスーツ、胸の前で組んだ腕、それに忘れようにも忘れられない目。歳はとったが、あいかわらず不気味な雰囲気をただよわせたケヴィン・ギリーが、わずか五十フィート先からふたりをじっと見ていた。

ヘレンは恐ろしさのあまり、思わず手で口を覆った。彼は手を振るように片手をあげたが、すぐにわきにおろした。近づいてはこなかったが、目をそらしもしなかった。

「あの男の人、どうしてわたしたちをじっと見てるのかしら？」アンナが尋ねた。「お母さんの知ってる人？」

「昔、ちょっとね」ヘレンの声はロボットのようになっていた。「あの男の顔をよく覚えておきなさい、アンナ。いい？　じっくりとよく見ておいて」

「どうして？」

「いいから、言われたとおりにしなさい。わかった？」

「わかった。あの人、帰るみたい。あいさつしなくていいの？」

「ええ」

「誰なの？」

「うんと昔、同じ職場にいたの。べつにどうってことない人」

「べつにそんなことを気にしてるわけじゃないわ」

「そう」

ヘレンがもう少しなにか言おうとしたところへ、ずっとついていてくれた店員が近づいた。すでに買うことにした服を二着、手にしている。

「そのブラウスもお買いになりますか？」店員は訊いた。

「ああ、ええ」ヘレンはうろたえたように言った。ＳＦ映画のようにふたつの世界にからめ取られ、未熟なテレポート能力のせいで心の半分が置き去りにされてしまったかのようだ。

「支払いは〈ヘクツ〉のカードで。あ、待って。こっちにする。〈マスターカード〉で」

アンナは着替えるため試着室に戻った。店員はアンナに聞かれないことを確認してから、ヘレンに耳打ちした。「男の方がこれをお客さまに渡してほしいと」

店員がたたんだ一枚の紙を差し出すと、ヘレンは二度見した。

「どういうこと?」彼女はあとずさりしながら訊いた。

「このメッセージです。お客さまにお渡しするようにと言われまして。でも、わたしは絶対に読まないようにと念を押されました」べつべつの相手と結婚している年配の恋人の伝言役を演じるのがうれしいのだろう、店員は共犯者めいたようにほほえんだ。

「はやくよこしてちょうだい」ヘレンはかみつくように言うと、腹立たしそうに奪い取った。女性店員は決まり悪そうにレジという安全地帯まで退却し、唇をとがらせながらヘレンたちが買ったものをレジに打ちこみはじめた。

たたんだ紙をじっと見つめるうち、ヘレンの脳裏にかつての恐怖がよみがえった。アンネリーゼの写真、喉に突きつけられたナイフ、冷淡で生気のない青緑色の咳止めドロップのような目。ヘレンは紙をひらいて読みはじめた。


また会えてうれしいよ、ヘレン。ひとつ忠告しておこうと思ってね。おれのほうは忘れてはいないが、そっちは今後とも話を蒸し返さないでもらいたい。たとえ、おれの名前がときおりニュースに流れるようなことになってもだ。例の合意はいまも生きているし、われわれのかつての雇用主にその気がなくとも、おれのほうはその合意を守ってもらうためにはなんでもする。

追伸
娘はなかなかの美人だな。きっといい人生を送るだろう。もちろん、母親が好奇心のおもむくまま、無謀なことをしないのならば。
じゃあ、また――ロバート

「お母さん、これは買うの、買わないの？」

アンナが肩を揺すっていた。ヘレンはメッセージをバッグに突っこんだ。体が震えそうになるのを必死でこらえる。ひとつ深呼吸してから口をひらいた。

「そうね、買いましょう。レジに持っていって」

「大丈夫？」

「ええ、平気。でもさっき見かけたあの男の人のことだけど、ほら、昔、お母さんが知ってた人のこと」

「うん」

「また見かけることがあったら、わたしに話してちょうだい。わかった？」

「わかった」

「どこで見かけてもよ。自宅、学校、ウィラードと一緒のとき。とにかくどこで見かけても、すぐにお母さんに知らせてちょうだい」

アンナは少しうろたえたのか、顔をそむけたが、ヘレンとしてはしっかり聞いてほしかった。

「冗談を言ってるわけじゃないのよ。わかってる？」

「わかったってば。でも、いったい誰なの？」

「それはどうでもいいの」言ったとたん、それまで言ったことといまの答えが矛盾していることに気づき、男の名前を言わずにどういう人間かを告げる方法はないかと模索した。アンナがうっかり口にして、危険な目にあったら大変だ。

「ごめんなさいね。どうでもいいわけじゃないけど、あの人の名前は知らなくていい。顔だけを覚えていて。わたしの友だちで、昔一緒に働いていた女の人の知り合いなの。あなたにアンネリーゼとつけた由来になった人たちよ。わかった？」

「わかった」

ヘレンは会計をすませにレジに向かった。レジがピッと電子音を発して合計を出すのを聞きながら、すでに古い仲間ふたりに送る緊急メッセージの書き出しを考えはじめていた。行動計画が頭のなかで形になっていく。手紙を書き、常に連絡を取り合う。三人のネットワークを再開させ、ふたたび協力しておたがいの身を――そしてアンナの身を守るのだ。

アンネリーゼ・クルツは守ってやれなかった。娘の身はなんとしても守る。

59

二〇一四年八月

オードラ・ヴォルマーがアンナとヘンリーに出した指示は懇切丁寧の見本だった。とても心強く感じた。と同時に、少々気になる点もあった。少なくともヘンリーには。

「仕事を辞めてもう八年以上もたっているのに」彼は言った。「昔のつてをずいぶんと頼っているようだ。これはそうとう本格的じゃないか」

ふたりはクレアの家から三マイル離れた、地下駐車場の最下階にヘンリーの車をとめ、ウインドウをあげた状態で乗っていた。デラウェア州のナンバープレートをつけた二〇一二年型のシルバーのホンダ・シビックが、もうまもなくやってくる予定だ。そこで車を乗り換えるよう指示されていた。ヘンリーの車は、ふたりが戻るまでにポストンの自宅に届けられることになっている。

ここからオードラがアンナに電子メールでくわしく指示したとおりの道順で南に向かうのだ。防犯カメラにとらえられる可能性を少しでも減らすため、料金所をひとつも通らないルートで三百三十マイル走る。支払いは現金のみ、公共の休憩施設は避け、オードラが住む島に渡るボート用桟橋には日没後に訪れること。いまの時期、カリタックの日没は午後七時四十八分ごろだ。

「きっといまも有力なコネがあるのよ」アンナは言った。

「これほどありがたいと思っていなければ、少し気味悪く感じるところだ」

「わたしは彼女のおかげで安心できてる。白状すると、さっき地下室にいたときは、当分、掩蔽壕にはもぐりたくないと思いはじめてた」

「話の感じからすると、彼女の島は一種の掩蔽壕らしいな。きみのお母さんには、なかなかおもしろい友だちがいるね。いまある証拠でギリーとドラクロアを失墜させられると思うかい？」

「オードラはそう考えているみたい。わたしが気になるのは、それがウィラードのためになるかどうか」

「少なくとも害はないさ。ゾレクサを飲まなければ、まったくべつの人間なんだし」

「なにがあったかわかったことで、わたしもずいぶん助けられた。すばらしい仕事ぶりだったわ。ありがとう」

ヘンリーはうなずいて、目をそらした。彼女がすべて知ったあとも、これだけ感謝してくれるといいのだが。

ホンダ車がタイヤを鳴らしながら角をまわって現われた。ヘンリーたちのすぐうしろ、車が出せない位置にとまったため、一瞬不安を覚えたが、すぐに運転手が降りてきて、鍵をぶらぶらさせた。運転してきた男はいかにも政府の役人らしい姿形——白人、二十代なかば、引き締まった体格、短く刈りあげた髪型、着ているのはカーキのズボンに黒いポロシャツ——で、ひとことも言わずに鍵を交換した。ヘンリーとアンナはホンダ車に乗って出発し、ヨークの暗い通りに出ると、州間高速道路八三号線に向かった。

一時間後、ダイナーに寄ってオムレツ、ハッシュブラウン、そしてビールで食事をした。食事の途中、アンナがふと顔をあげて大声を出した。「やだ、忘れてた！　あなたが留守のあいだ、誰がスクーターに餌をやるの？」

ヘンリーは自分の卵料理を見おろした。

「スクーターのことはきみもよく知っているだろ。独自のタイムスケジュールで暮らしているんだ。少なくともあとひと晩は戻ってこないさ」

「近所の人に電話したほうがいいんじゃない？」

「明日するよ。あいつなら大丈夫」

皿を押しやって勘定を頼むと、掘り起こして少しくぼんだ地面に松葉を散らした墓が思い出された。

一時間半後、指定されたその夜の宿泊先に到着した。ヴァージニア州マナサス近くの国道二九号線沿いに建つ、〈バリュー・プレイス・ホテル〉というつつましい名前を持つ宿だ。ふたりはオードラの指示により、宿泊者名簿にはジョン・パルヴァー夫妻と書いた。オードラからは、同じ部屋にいるほうが安全だというアドバイスを受けていたから、ドアをあけてダブルベッドが二台あったときには、アンナが安堵したのがはっきりと感じられた。ふたりとも荷物はなく、例外は資料とテープの入ったヘンリーのショルダーバッグだけだったが、途中で店に寄って、新しい下着と靴下、それに洗面道具を買ってきていた。

「やれやれ」ヘンリーは買ったものが入ったポリ袋をドアのそばのテーブルに置いて言った。「悪趣味なベッドカバー、廊下は灰皿のようなにおいがするし、マットレスは花崗岩の板石みたいな感触ときてる。しかし、薄型テレビはあるし、無料のＷｉ－Ｆｉが使える」

「Ｗｉ－Ｆｉは使っちゃだめと言われたでしょ」

「承知しました、奥様。〈ＥＳＰＮ〉を観てもよろしいでしょうか?」

「音量をさげてくれるなら。もう眠くてたまらないの」

「オードラがこの場所を選んだ本当の理由がわかるかい?　おれたちを見張るのに都合がいいからさ」

「本気でそんなことを思ってるの?」

「ここはＣＩＡ本部から、そうだな、三十分ほどのところだ。州間高速道路六六号線をまっすぐ南下すれば着く」

「見張り役をつけてくれたのなら、ありがたいじゃない」

「ああ、まったく親切なことだよ。カーテンを閉めてほしければ言ってくれ」

「お願いするわ、ミスター・パルヴァー。わたしはこれからシャワーを浴びて、〈ウォルマート〉で買った下着を着けて、ベッドにもぐりこむ」

アンナがタオルで髪を拭きながら浴室から出てきたときには、ヘンリーは寝入りかけていた。彼女が電気を消し、シーツのあいだにもぐりこむときにため息をひとつついたのがヘンリーの耳に聞こえた。

「大変な一日だった」アンナは言った。「これでとうとう、やりとげられると思う？」

ヘンリーはどう考えていいかわからなかったが、急にすべてがたやすいものに見えてきたことがいくらか心に引っかかっていた。見えない護衛に守られながら、安全な道を南にひた走る。目的地に到着したら、見つけたものをベテランのスパイに預け、闇の勢力との代理バトルを委託する。

「そう願うよ。明日のいまごろははっきりしているだろう」

「クレアからの最後の手紙のことを、また考えてたの」

「おれもだ。〝最悪の予想が当たって、糸が撚り合わされてしまった〟」

「ケヴィン・ギリーと〈ザ・ポンド〉のことを言ってるのよね？」

「しかし、どんな形で撚り合わさったんだろう。ギリーが彼らのもとで仕事をするようになったのか、それとも彼が〈ザ・ポンド〉の存在を知り、なにかとんでもない動きに出たのか」

「例の《ニューズウィーク》誌の記事？」アンナは言った。

「ギリーの人となりを簡単にまとめたやつかい？　あれではほとんどなにもわからない」

「でも、たしか、彼は民間の諜報機関を好むというようなことが書いてあったと思うけど?」

「本人がそういうところで働いていたからだろう。でも、確認すればいい」

「オードラからWi−Fiを使うなと言われてるでしょ」

「ああ、そうだった」

「明日行く途中で調べればいい。あ、そうだ、スクーターのこと、ちゃんと電話しなきゃだめよ!」

「わかった」

それで会話は終わった。そろそろ日付が変わるころだ。ふたりは電気を消した。

二時間後、ヘンリーはまだまんじりともせずにいた。

そっとベッドを出て、カーテンのへりをめくり、隙間から外をのぞいた。静かだ。ふたりがいる部屋は二階で、駐車場には監視要員を無限にひそませられるほどの車がとまっている。ヘンリーは部屋のなかを移動し、途中、小型冷蔵庫の前で足をとめ、なかをのぞいた。ウィスキー一本、ジン一本、ビールが二本。これを全部立てつづけに飲んで、泥のように眠るのもいい。しかし、朝には冴えた頭でいたかったから、扉を閉めた。コンデンサーがぶうんとうなりはじめた。

不吉な予感は増すばかりで、いっこうに消えてくれなかった。アンナの寝息が、規則正しく安定しているのを確認する。携帯電話と一泊用のバッグを手にバスルームに入り、電気をつけ、トイレの蓋をおろして椅子がわりにした。

オードラに顔をしかめられるのを承知のうえでＷｉ－Ｆｉに接続し、四カ月前の《ニューズウィーク》誌の記事を探しあてた。六段落からなる記事を読んでもやはりたいしたことはわからなかったが、アンナが記憶していた一文が、あらたにわかったことと照らし合わせるとがぜん興味深く思えてきた。〝ギリーは、情報活動コミュニティと民間部門とがあらたに連携することによって、より大きな目的を達成することができると確信している〟

ヘンリーはバッグのなかから青い紙の束――国立公文書館でコピーしてもらった資料を出した。忙しさにかまけ、ヒリアードから要約を聞いただけで読み返していなかったのだ。〝宝石ファイル〟――活動終了後も〈ザ・ポンド〉を長らえさせるためのグロンバックの必死の努力の記録――にあらためて目をとおす。このどれかにアンナの母親がぴんときたのはたしかだが、いくらじっくり読んでもヘンリーにはわからなかった。グロンバックが作成した虎の巻もたいした役には立たなかった。大半はいかにもお役所らしい、大げさでまわりくどい表現にあふれていた。ヒリアードはグロンバックの仲間を、ジョゼフ・マッカーシー上院議員に通じる極右イデオロギー主義者と位置づけていた。いまも活動をつづけているなら、これまでずっと、特定の場所に従順な耳を持っていたのだろうし、適切な民間のクライアントたちの存在のおかげで、表に出ずにすんでいたのだろう。

残りのページをめくっていく――ボーコムによる現場報告書、ときおり言及される〝ビートル〟の名。ヘンリーはあくびをした。それにすわり心地の悪い場所にすわっていたせいで背中が痛くなってきていた。いちばん下に、ヒリアードがなにも説明しなかった数枚の資料があった。アンナの母親のおもな興味とはなんの関係もないものだからだ。目をとおしてみたが、ヘレン・ショートがなぜわざわざこれをコピーしたのか、不思議だった。グロンバックが発した取るに足りない仲間内の言葉をメモしたもののようだった。そのうちのひとつ、一九五五年の〈ザ・ポンド〉の最終月の日付がついたものは、全現場工作員にあてた、スパイ活動のヒント集だった――情報の受け渡し地点の選び方、最新の暗号に関する助言、ホテルの交換台の安全な扱い方、時間のないときの暗号名の選び方。

ヘンリーの目を惹いたのはその最後の項目で、二度めに読んだときにはうなじの毛が逆立つようなぞくぞくする感じに襲われた。

時間の無駄をはぶく確実な方法は、テンペスト――少し前に採用した若く有能な文書係で、われわれの輸出入ビジネスが終了するのを前に、現場報告書をできるかぎり整理してもらっている――が考案したこのシステムを採用することである。彼女は、そのような場合には、過去数年にもっともよく利用した空港のアルファベット三文字からなるコードを暗号名とすればいいと提案している。

〈シスターフッド〉とそっくり同じ方法だ。

ヘンリーは暗号名の虎の巻でテンペストを調べた。リストにはなかったが、本名とは思えない。グロンバックは私設秘書のヴァージニア・ショーマッカーにもハニーシューという暗号名をつけているくらいだ。グロンバックの暗号名のつけ方は言葉遊びのたぐいが多い。たとえばチャーチはCIAとの連絡役をつとめているライマン・カートパトリックのことで、実生活でのニックネームはカークと言い、これはスコットランド語で教会を意味する。ビショップはナイトという名の引退した海軍大将の暗号名で、これはチェスの駒からの連想だ。テンペストはなにをもとにつけた名前だろうか。

ふたたびWi-Fiに接続し、オードラのラストネームのヴォルマーの語源を検索した。〝ゲルマン語。volk すなわち folk（人々）と meri すなわち mari（有名）からなる〟

有名な人々？　テンペストの本来の意味とは異なるし、なんの関係もない。

そこで、名前のオードラを調べた。〝アングロ・サクソン語、オードリーから派生し、一九世紀から使われるようになる〟

べつの検索結果はそれとは異なり、こう定義していた。〝リトアニア語。嵐を意味する〟

嵐。テンペスト。

〝若く有能な文書係〟とグロンバックは書いている。採用したて、とも。オードラがCIAで記録保管に関する仕事をしていただろうことは、ヘンリーもアンナもすでに見当をつけている。関係ないのかもしれないが、関係あるかもしれない。

日付は合っているだろうか？　テンペストが一九五五年に二十一歳で雇われたのだとしたら、いまは八十歳くらいで、〈シスターフッド〉のほかのふたりよりも二十歳ほど上になる。ずれはない。と同時に、彼女は七十一か七十二になるまで退職しなかったということにもなる。まったく聞かない話ではないが、少々異例だ。

オードラがテンペストならば、どういうことになるだろう。まず第一に、ギリーが連続強姦魔であることを示すテープよりも、最初のテープ、〈ザ・ポンド〉がのちのちまで存在していたことを示す証拠が入ったテープのほうを手に入れようとするかもしれない。そう考えたとたん、それまで漠然としていた不安がくっきりとした形を取りはじめた。アンナを起こそうかと思ったが、腹を立てられるか、笑って部屋から追い出されるのがおちだ。しかし、ヘレン・ショートがこの文書を見て、コピーしたのは事実なのだ。

またべつのことも頭に浮かんだ。ヘレンはあのテープをふたりのうちどちらか、あるいは両方に郵送できたはずだが——後者の場合はコピーを作ることになる——クレアだけに送る道を選んだ。そしてクレアの返信から判断すると、彼女はヘレンにだけ返事を送っている。

頭のなかを疑問が飛び交った。深く考えすぎると、そのうちオードラとジョン・F・ケネディ暗殺をも結びつけてしまいかねない。いま自分は、なんということのないメモにあったたったひとつのあやふやな引用だけをもとに、壮大な推論を立てようとしている。オードラが人里離れた島に閉じこもる生活をしているのも気にかかる。それに警告するような調子のクレアの最後の手紙も気になる。夜の遅い時間なのも原因のひとつにちがいない。

ひと晩、じっくり考えることにしよう。しかし、その前に、念のため、ひとつ電話をかけておこう。

応答した声は眠そうだったが、意外そうではなかった。ふたりはそれから十分間、声をひそめて話をし、電話を切るころにはヘンリーの気分もずいぶんとよくなっていた。便座からぎくしゃくと立ちあがり、電気を消した。それから手探りで自分のベッドに戻った。アンナはまだ寝息を立てている。やたらと心配し、なんでも疑うのは自分だけがやればいいことだ。

翌朝、朝食を食べに入った店でヘンリーは自分の推理を打ち明けた。ヴァージニア州北部の国道二九号線沿いにあるダイナーのボックス席でコーヒーを飲んでいたときだった。

アンナは一笑に付した。

「笑うがいいさ」ヘンリーは言った。「頭がおかしくなったと言ってくれてもかまわない。だが、お母さんがその資料をコピーしたのは事実だし、テープをオードラではなくクレアだけに送ったのも事実だ。そしていま、オードラはなんとしてでもテープを手に入れようと必死だ」

「必死？　そりゃ、手に入れたいでしょうよ。でも、それはギリーのことがあるからよ。それに、彼女が〈ザ・ボンド〉の存在を隠そうとしているとして、なぜわざわざ手間をかけてわたしたちの身の安全をはかろうとするの？　ついでに言うなら、ギリーの魔の手からも守ってくれているのよ」

「これこそが真実だと言ったわけじゃない」

「もっともらしい感じすらしない。それに根拠となるのがあれでしょ、オードラはリトアニア語で嵐の意味かもしれないというだけ。イギリス王室が三極委員会を通じて国際的な麻薬取引をおこなっているというトンデモ説だって、もっと納得のいく根拠を示してたわよ」

「だったら、お母さんはどうしてコピーなんか取ったんだろう？」

「ほかになにか理由があるんじゃない？　空港コードを使ったのは自分たちが最初じゃないと知っておもしろいと思ったのかもしれないじゃない。それに、母たちが最後でもないでしょうし。そもそも、たしかにオードラは母たちより歳上だとは思うけど、八十歳という印象は受けなかった」

「印象は受けなかった？　実に科学的だ」

「そうね。テンペストという暗号名はリトアニア語の嵐の名を持つ女性のものだとするあなたの仮説とどっこいどっこいよ。ところで、きのう夜遅く、バスルームで誰かと話していたのが聞こえたけど、あれは夢だったのかしら？」

ヘンリーは顔を赤くしたが、彼女に気づかれないことを願った。

「スクーターのことで近所の人にメールしたんだ。その時間に起きていたみたいでね、すぐにかけ直してくれた」

「よかった。少なくともそれは手配してくれたのね。さあ、注文しましょう」

ヘンリーはメニューを顔に引き寄せた。たしかに明るいなかでは自分の仮説は、まったくと言っていいほど説得力を欠いている。それでも、きちんと筋道立てて話す義理があると感じたのだ。

なのに不安は消えなかった。

60

海峡を渡る風は湿気でやわらかく、潮の香りがした。足もとの海に目をやると、杭の陰で二匹のカニが爪を飛び出しナイフのように振りまわし、覇権争いをしている。それが見えるのは、桟橋の突端にある照明で照らされているからだ。それがなければ、周囲は漆黒の闇に包まれていただろう。新月はうっすらとした筋でしかなく、ほかに明かりらしいものといったら、大西洋上でカメラのフラッシュのようにひらめいている遠くの積乱雲くらいだった。

アンナはぼんやりと海をながめていた。最終目的地への出発点に到着してからはずっと黙っている。暗闇のどこかにオードラが住む島があり、三角波の立っている海の奥から、しだいに大きくなる船外機の音が聞こえてきた。予定どおりだ。

「迎えのボート？」

「こんな時間に海に出ようという酔狂な人間がほかにもいるとは思えないな」

「ああ、もう、蚊がいっぱい！」アンナは腕をさすった。

「聞こえてきたのはそれの音じゃないかな。とんでもなく大きな蚊が飛んできたりして」

そのとき、夜間航行灯が見え、ボートがカヤツリグサの群生をまわりこんで現われた。舵を握る男は黒いジーンズに黒いTシャツ姿だった。いまがきわめて重要な状況であるため、ヘンリーは男が夜襲をかける特別奇襲隊員のように、顔を反射防止効果のある黒色塗料で塗っているのではとなかば期待していた。男は髪をうしろになでつけ、よく鍛えられた筋肉をしていた。どう見ても船頭というよりはボディガードだ。乗ってきたボートは飾り気がなく、全長はおよそ十五フィート。小さな船室とリアデッキからなっていた。操縦者は杭にロープを引っかけたが、結ぶ手間はかけなかった。

「乗ってくれ」操縦者は言った。「船尾側から」

先にアンナが乗り、ヘンリーがつづいた。ふたりは好奇心も手伝って、舵を握る男のそばに寄った。オードラの島という小さな世界の関係者と接触するのは、これがはじめてだからだ。

「どのくらいかかるんだ？」ヘンリーは訊いた。

相手は肩をすくめると、舵を切って針路をさだめた。

「十分くらいだろう。今夜は少し白波が立っている。速度を落とさなきゃいけないほどのものじゃないが」

「あなたはミズ・ヴォルマーのもとで働いているの？」アンナが訊いた。

暗闇のなかに男の歯が光った。

「邪険にするつもりはないが、質問に答えるために給料をもらってるわけじゃないんでね」

歯がふたたび光り、男はまっすぐ前方に目を向けた。ヘンリーは船尾側に戻って左舷に腰をおろし、最後までしぶとく残っていた蚊を風で払い落とした。アンナもやってきた。

「ずいぶんと人好きのする人」彼女は声をひそめて言った。

「オードラのもとで働いてる連中は〝知る必要性の原則〟に従って動いているんだろう」

「昔の癖は直らないってことね」

　ふたりは出発にそなえ腰を落ち着けた。エイか大型の魚だろうか、ヘンリーは船体の下をすっと動いていくものが見えた気がしたが、航行灯が落とす影で錯覚しただけかもしれない。このときまで、自分たちがこれから、世間とのつながりを断たれることに気づいていなかった。昼間の明るいときならば、三百六十度のパノラマを堪能し、見える範囲にはほかのボートもいて、とても快適に感じたことだろう。オードラは自分の力を見せつけたくて、日が暮れたあとに来るよう言ったのかもしれない。だとしたら、その作戦は成功だ。

「おかしいとは思わないか？」ヘンリーは訊いた。「彼女ほどの影響力のある女性が、こんなふうに引きこもるものだろうか。そういうのは普通、男がやるものだ。ハワード・ヒューズにサリンジャー。チャールズ・フォスター・ケーン」

「エミリー・ディキンソンだってグレタ・ガルボだっている。言っておくけど、ケーンは映画の登場人物よ。今度は、猫と暮らす変わり者のおばあさん扱いするつもり？」

　ボートが岬をまわりこみ、ふたりはシートの上で身を寄せ合った。すぐ前方に明かりのついた桟橋が見えてきた。その向こうに木が一列に並び、奥には高床式の白い羽目板の家が見える。大きさはひかえめで、充分に明るく、手入れが行き届いている。

「思っていたのとちがって、薄暗い感じはしないわね」アンナが言った。

「しかし……」

「なんなの？」

「暗くなってから到着するよう手配したことが気にかかっている。なにを大げさなと思うかもしれないが、ひとつ約束してほしい。彼女がギリーのテープと同じくらい第一のテープにも関心を見せるようなら、おれたちは中身を聴いていないふりをしてくれ」

「どうして？　それが彼女がテンペストだという証拠だから？」

「とにかく、おれのためだと思って頼む。おれたちが知っている内容、少なくとも〈ザ・ポンド〉に関する内容を向こうに知られなければ知られないほど、いいんだ」

ボートの操縦者が手際よくもやい綱を桟橋につないだ。ふたりが大急ぎで陸にあがると、ぶち猫が目の前を突っ切って、夜の闇に消えていった。

「不吉なことが起こりそうだなんて言わないでよね！」アンナが小声で注意した。

蚊の歓迎委員会が飛来した。家は八十ヤード前方、フットライトのついた板張りの遊歩道を通って、きれいに刈りそろえた芝生を突っ切った先にある。そのさらに奥には離れが何軒か並んでいる。そのうち、コンクリートの壁に囲まれ、波形鉄板の傾斜屋根がついた建物は納屋ほどの大きさがあった。

「えらく大きい建物だな」

「キャットフードを大量にしまっておく場所が必要なのよ、きっと」アンナが言ったが、ヘンリーは緊張しすぎていて笑えなかった。

スクリーンポーチにあがる階段をのぼった。オードラは出迎えに出ておらず、ヘンリーは少し意外に思った。

「寝たきりなのかもよ」彼の心のなかを読んだのか、アンナが言った。

ドアの前まで来ると、彼はアンナに役割をゆずった。彼女はひとつ深呼吸してノックした。きびきびとした足音。ドアノブをがちゃがちゃやる音。ドアがあき、あらたな使用人が現われた。黒ずくめの上下だが、こちらはスポーツジャケットをはおり一部がふくらんでいる。間違いなく拳銃を隠している。アンナも気づいただろうか、とヘンリーは気になった。

「アンナさんとヘンリーさん？」男が尋ねた。

「そうです」アンナが答えた。「あなたは？」

「ついてきてください」

男は先に立って、品よくまとめられた居間を突っ切った。三脚に据えつけられた望遠鏡が張り出し窓の向こうに広がる湾に向けられている。短い廊下に出ると、男はどっしりしたオークのドアをノックした。なかにいる女性が応えた。

「入ってもらってちょうだい、ロイド」

ロイドはドアをあけ、わきにのいた。

61

オードラ・ヴォルマーは寝たきりなどではなかった。部屋の反対側でマホガニー材の大きなデスクの前に立ち、にこにこほほえんでいた。背筋をまっすぐにのばし、油断のない茶色の目をしていた。オフィスで一日仕事をして帰ってきたばかりのように、紺色のビジネススーツ姿で、白髪交じりの髪をうしろでぎゅっとひとつにまとめ、お団子にしていた。クレアやアンナの母よりもかなり歳上だった。

彼女は腕を大きく広げ、ふたりを呼び寄せた。

「会えてほっとしたし、うれしいわ！」

アンナはヘンリーを従えて近づくと、やはり腕を大きく広げたが、ハグをすることはなく、おずおずと握手した。それでも、オードラの笑みは本物らしく見え、一、二秒してようやく手を離した。

「お母さんに生き写しね。お母さんからわたしたちのことは聞いている？」

「いいえ、なにも。母の人生のその部分については、ほとんどなにも知らないんです。おふたりの手紙で知ったことをべつにすれば」

ほほえみが崩壊しかけ、オードラは手を引っこめて目もとを押さえた。

「そう。残念だけど、これでわたしだけになってしまったわ」オードラはデスクに戻った。ヘンリーはデスクの隅に携帯無線機があるのに気がついた。すぐに使用人を呼び寄せるためのものだろう。彼女は手を振って、左にあるカウチにすわるよう勧め、オフィス用の椅子を転がしながらデスクをまわりこみ、ふたりと向かい合った。

「こちらは、協力してもらっているヘンリー・マティックさん」

「ええ」オードラは答えた。「ヘンリーと彼の協力についてはよく知っているわ」

おかしな言い方をするものだ、とヘンリーは心のなかでつぶやいた。なんだかいやな予感がする。オードラに出ていけと言われるかと思っていた。けれどもアンナの隣に腰をおろしても、なにも言われなかった。

「さてと」オードラは言った。「わたしの大事な仲間ふたりを奪った悪事を正すにはどうしたらいいかを考えましょう。お父さんも亡くなったのよね」

「どこから始めましょうか？」アンナの声は苦しそうだったが、それは責められまい。とうとう母の過去が語られるのだ。それも手紙や録音されたものではなく、生身の人間の口から。

「それはあなたにおまかせする。訊きたいことはそれこそ山のようにあるでしょうし、ものによっては話すことが禁じられているけれど、答えられるものについては喜んでお答えするわ」またおかしなものの言い方だ、とヘンリーは思った。オードラがヘレンの娘に情報を伏せるのは、本当にいまも正式に機密とされているからなのだろうか？　けれどもアンナのほうは気にしている様子はない。

「母はベルリンでどんな仕事をしていたのですか？　どんな任務だったんですか？」

「隠れ家の管理をしていた。全部で四軒。デスクワークだったけど、本人は現場に出たいという希望を持っていた。わたしもいっとき同じ野望を抱いていたから、彼女の満たされない思いは充分理解できた」

「どういういきさつで例のテープができたんでしょうか」

「どちらの場合も、たまたま録音装置の点検をしているときに、ほかの人がいきなり現われたの。というか、クレアとわたしにはそう説明してる。おかしな偶然もあるものよね、まったく」

「フリーダというレイプ被害者ですけど。その人がアンネリーゼ・クルツなんですか？」

「予習をしてきたみたいね。ええ、アンネリーゼよ。彼女が殺害された事件は、公式にはいまも未解決のまま。警察の報告書には、ひとりだけ目撃者の名前が書いてあるけど、それは見たかしら」

「いいえ」

「カート・ドラクロア」アンナが口をあんぐりさせた。「そう。彼とケヴィン・ギリーの関係はそうとう昔にさかのぼるの」

「そのふたりが弟をあやつったんです。薬を飲ませ、どう言ったかは知らないけど、うそを並べたてて。いまではその証拠もあります」

「話を聞いた瞬間に、そうじゃないかという気がした。それがギリーのいつものやり口だから。用意周到に仕組まれた事故をよそおうとか、人をうまくあやつってかわりにやらせるとか。本人はその道の芸術家を自負していた」

「芸術家、ですか？」

「そう。アテネ駐在のあるベテランが昔、ギリーが自分の仕事を点描画法の画家のそれになぞらえるのを耳にしたそうよ。自分で選んだキャンバスに何千、何万という点を描き入れていくという方法で、自殺、あるいはその他の不慮の事故に思わせていく。少しでも手を抜くのは彼の自尊心が許さない。おそらくそれが、ここまであなたが死なずにすんだ理由。アンネリーゼ・クルツの一件で充分学んだのよ。性急に行動すれば、臭跡をたどる者が必ず現われると。あなたのお母さんみたいな人がね。あなたは本当にお母さんによく似ている。とくに、その粘り強いところが。がんばったわね」

「でも本当にこれが役に立つんでしょうか？」

「それはあなたが持ってきてくれた証拠しだいね」

アンナがヘンリーに顔を向けると、彼はバッグのファスナーをあけ、緩衝材入りの封筒を出した。オードラに差し出すと、相手は彼の目を見ずに受け取った。

彼女はまずパリとマルセイユでギリーが起こしたレイプ事件を詳述したふたつの報告書を出した。それから、小さいほうの封筒を出し、ベルリンのアルト＝モアビット通りにある隠れ家で録音したことを示す日付が入ったラベルを読んだ。彼女は心からうれしそうにほほえむと、アンナに視線を戻した。

「おふたりはこのテープを聴いたと考えていいのかしら。ふたつとも」

その言葉から冷酷な響きがにじみ、このときはじめてヘンリーはアンナの目が漠然とした不安で揺らぐのを見てとった。アンナが言いよどんだので、ヘンリーがかわりに答えた。

「聴きたかったんですが、再生できる装置がなくて」

「そうなんです」アンナも調子を合わせた。「こちらで聴かせてもらえたらと思ってました」

オードラはアンナをじっと見つめた。

「わたしのことを疑っているようね」質問ではなく断定する口調。「その男に入れ知恵されていると見たわ」彼女はヘンリーを顎でしゃくった。

「べつに疑っているわけでは……」アンナはぎこちなくほほえんだ。「それはヘンリーの担当です」

「ヘンリーのしたことは疑惑などという言葉ではすまされないものなのよ、アンナ。二枚舌というのがこの男にはお似合いなの。でも、あなたはお母さんやわたしとちがって、そういうのを見抜く訓練を受けていないから、ヘビを胸に抱いてしまったことはしかたがない」

「ヘビ？　両親が殺される前に彼がしていた仕事を言ってるのでしたら、それはもうすべて話してもらっています」

「あら、そう。だったら、彼はミッチのことも話したかしら。ワシントンにいて、いまも毎日、彼からの報告を受けている人物だけど」

アンナはヘンリーのほうを向いた。落胆が困惑に取ってかわった。

「いまのは本当？」

「誤解だ」

「そう言うと思っていた」オードラは言った。「それにおそらく、わたしが悪い人間だと、すでにあなたに吹きこんでるんじゃないかしら。自分の身を守るためによ、もちろん」

「彼女には半分しか話していない」ヘンリーは言った。

「なんの半分なの？」アンナの声が大きくなった。「あなたはいったい、誰の仕事をしているの？　いったいなんのため？」

「引きあげよう」ヘンリーは言った。「あの女は自分が有利になるためにうそをついている。引きあげられるうちに引きあげるべきだ」

ヘンリーは立ちあがり、いけすかないロイドがひかえていたドアのほうを振り返った。オードラが携帯無線機を手に取り、ボタンを押した。

「ロイド？　時間よ」

「じゃあ、さっきの話は否定しないのね？」アンナがヘンリーに言った。

「これだけのことを彼女がなぜ知っていると思う？」オードラの言葉と行動からいくつかのことがはっきりしたが、どれを取ってもふたりが生きて帰れる可能性は低い。「それに、いま話に出たミッチという男が本当は誰の指示で動いているかわかるか？　やつはオードラの手下なんだ。おれがあいつに電話していたことを知ってたのはそういうわけだ」

「じゃあ、彼女の言うとおりなんじゃない。あなたはずっとうそをついていた」

「だからこうして、きみを守ろうとしているんじゃないか。さっさとここを出よう！」

ヘンリーはアンナの腕をつかんだ。彼女はそれを振り払った。ドアのところに右手に銃を持ったロイドが現われた。

「ボートが到着します」彼は大声で言った。「どうしますか？」

「あわてないで、ロイド。最後まで計画どおりにやるわ」

ロイドはうなずき、出ていった。

「ボートってなんのこと？」アンナは言った。「どうなってるの？」

ヘンリーにも聞こえた。うなるようなエンジン音をあげながら、海の上をこの島に向かってぐんぐん近づいてくる。真夜中の活動の成果が実りつつあるのだ。

「お友だちのヘンリーは、あれは救援部隊だと言うでしょうね。昨夜、モーテルから電話で手配したんだと。Ｗｉ－Ｆｉは使わないようにと念を押したのに、もちろん、彼はそれを無視した。でも、バンで待機していた連中が信号をキャッチしたのよ。わかったでしょ、ヘンリー。わたしたちはちゃんとそなえていた。さあ、いらっしゃい、ふたりとも。まずはヘンリーを片づけないとね。そしたら、アンナ、ふたりでゆっくり話をしましょう」

「そのあと彼女はきみも殺すつもりだ」ヘンリーは言った。「きみを黙って帰すわけがない。少なくともいまは」

アンナは困惑から恐怖へと表情を変え、首を横に振った。

「彼を殺す必要なんかない！　わたしはそんなこと、望んでません」

「わたしが望んでいるんだから、あなたは気にしなくていいの」オードラは無線機のボタンを押した。「戻ってきて、ロイド」

ヘンリーは、あのいけすかない男がいつ戻ってくるかと思いながら、ドアににじり寄った。駆けだそうとしたそのとき、何者かが前をふさぐように現われた――女、引き締まった体つき、中年期後半、ショートカットの髪、黒いタイツから水が床にぽたぽた落ちている。ロイドのとよく似た銃をかまえ、銃口をオードラに向けていた。

「ひさしぶり、オードラ。無線機をおろして、デスクから離れなさい」

オードラの口からカエルが鳴くような声が漏れた。

「クレア？　でも……」

「言われたとおりにして。撃ちたくないけど、撃たないというわけじゃない。はやく！」

無線機ががたんという音とともに落ち、オードラはぎくしゃくと前に進み出た。

「現場工作員を下に見ないことね、オードラ。あなたたち事務屋は必ずと言っていいほど、それを忘れる。そうそう、ゴリラみたいな部下は手錠をかけて寒いなかに放り出してある。あれほど鍛え方が足りない人は見たことがないけど」クレアはアンナのほうを向いた。「はじめまして。わたしはクレア・セイラー。お母さんからあなたをよろしくと頼まれたから、ここが終わったら、一緒に行きましょう」

「彼はどうするの？」アンナはヘンリーを顎で示した。

「あら、その人も正義の味方の仲間。もっとも本人はさっきまで気づいてなかったみたいだけど。〝知る必要性の原則〟は、生きるための情け容赦のない原則なの。そうでしょう、ミスター・マティック？」

「ええ」彼の頭はめまぐるしく動いていた。「ヨークでの拉致。車に残された証拠」

「あれは偽装」

「彼女がさっき言っていたボートはどうしたんでしょう？」

「大半はマリーナを出航していない。一艘だけ出航したけど、それはいま湾の底に沈んでいる。そうそう、カート・ドラクロアを桟橋の突端で確保したわ。オードラの猫が足首にすりすりしてくるものだから、いらいらしているでしょうね」

アンナが味方かどうかはかりかねるように、おそるおそるヘンリーに目を向けた。彼は、なにもかも解決したと伝えるようにうなずいた。今度は本心からそう思っていた。その根拠は、クレア・セイラーの目が勝利の輝きを帯びているからというだけだったが。

クレアは、膝をついてすわりこんでいるオードラに近づいた。

「アンナ、この策士の女を縛りあげるから手伝ってくれる？」

そのひとことでアンナは物思いから覚め、さっそく動きだした。

外でボートのエンジン音がやみ、ハンドマイクをとおした声が大音量で響きわたった。

「FBIだ！　武器を捨てろ！」

クレアとアンナは作業にかかった。

62

一週間後、三人はワシントンのK・ストリート近くにあるフランス料理のレストランで会った。ウェイターに四人用のテーブルに案内されながら、クレアは、センチメンタルな気持ちでここにしたのと言った。

「四つめの席にはヘレンがすわっていると思ってね」

アンナはそこに亡霊が出現するような気がして無人の椅子に目をやった。それからすぐに咳払いをし、メニューに目を落とした。

「母が残した趣味の悪いスノードームとは、なにか関係があるんでしょうか？」

クレアは驚いて顔をあげた。

「まだあったの？」

「書斎の棚に置いてありました」

クレアは喜びのあまり、輝くばかりの笑顔になった。

「たしかに悪趣味な代物ね」

「あれにはどんないきさつが隠されているんですか？」ヘンリーが訊いた。「最後の手紙でも触れていましたが」

「さあ」クレアはメニューに目を戻したが、まだほほえんでいた。ウェイターがそれぞれの注文を取ると、クレアは基本原則をふたりに伝えた。

「これからわたしが話すことはこの三人だけの秘密にしてもらう。あくまで、彼女への好意ですることだから」クレアはあいている椅子を顎で示した。「同意してもらえる?」

「ええ、ヘンリーは権威のある人に言われれば約束を守るでしょうし」アンナは言った。「だから、ええ、もちろん。わたしもそのルールに従います」

「おれもです」ヘンリーが言った。「アンナ、弟さんはどうしている?」

その質問がアンナの気持ちをほぐし、まとっていた抵抗感という殻を突きやぶった。

「体内からゾレクサが抜けたせいで、かなり昔のあの子に戻ってきてる。マールはいなくなったと言ったら、呪縛が解けたみたい。いまだに、なにがあったかよくわかってないみたいだけど、あの子が話してくれたことをまとめると、命じられたとおりに、みんなの〝悪い心〟を破壊すれば、ウィラードもほかのみんなみたいになれる――言い換えれば頭がよくなる――とマールに言われて信じたみたい。あの子も含め、全員がまったく新しく生まれ変わるんだって。でもそのためにはまず、ねらいをはずさないよう、頭を撃ち抜かなくてはならない。そうしないと、効果はない。だから標識のことはあなたの言うとおりだったのよ。あの子は自分も合計から引いていたの。全員をよくするために、初期状態に戻すつもりでいたわけ」

「きみのほうは、大丈夫?」

「気持ちはかなり上向いてきてる。いろいろあったことで、ある意味、虚脱状態になるのが先送りにされていたのね。頭がフル回転していたから、悲しんでいる暇はなかったし、別れを告げる時間すらなかった。ノース・カロライナから自宅に戻ったとたん、涙がとまらなくなった。ほぼ一週間、家のなかにこもりきりだった」

ヘンリーが手を取ったが、アンナは引っこめなかった。彼女は咳払いした。

その間ずっと、クレアは落ち着きはらった顔で黙って見ていた。先をつづける合図を待っているのが痛いほど伝わってきたので、アンナは彼女のほうを向いて口をひらいた。

「あなたから話してもらうのがいちばんだと思います。ギリーとオードラのことを聞かせてください。彼女は本当に〈ザ・ポンド〉のメンバーだったんですか？　ふたりは長いこと、一緒にやっていたんですか？」

「後者についてはありえない。でも、最初の質問の答えはイエスよ。だから、何年かさかのぼるわね」いまだ慎重な秘密の守護者であるクレアは、誰かに聞かれていないか確認した。「ふたりとも、なにがきっかけでこれだけのことになったかはよく知ってるわよね。そう、テープよ。二本のダイナマイト。もっとも、爆発するまでに何年もかかったわけだけど。ギリーの声が入っている二本めのほうはわかりやすいわよね。レイプ、そのあと殺人。ドラクロアという男の協力で」

「しかし、〈ザ・ポンド〉に関するテープのほうは」とヘンリーは言った。「本当に数カ月前まで誰も意味がわからなかったんですか」

「ヘレンの友人のクラーク・ボーコムのおかげで、上層部の数人ははやい段階から存在をつかんでいたらしいけど、積極的になにかしようとはしなかった。たしかに〈ザ・ポンド〉は若干の協力的な企業の援助を受けて存在をつづけていたけれど、これといったことをしていたわけじゃない。わずかな予算と肥大した自意識。重要視されていないだけなのに、自分たちは自立した組織であると勘違いしていた。ペンタゴン内部に何人か支援者はいたし、ときには下院議員にも支持している人たちはいたけれど、CIAの一部の人間は、言うなれば、ていのいい民間警備会社で、ときに役に立つ社員がいるという程度に見ていた。いろいろと情報を仕入れてくれるけど、顧客の聞きたいことだけを伝える存在。〃カーブボール〃という暗号名の情報源と、それでわが国がイラクに侵攻した茶番を覚えている（イラク人科学者が大量破壊兵器の存在を証言したことで、二〇〇三年にアメリカがイラクを攻撃したことを指している）？」

「あれは〈ザ・ポンド〉が出所だったと？」ヘンリーが言った。

「直接的にではないでしょうけどね」

「それでは、常に無害な存在というわけじゃないんですね」アンナが言った。「それと、テープの男の人が言っていた〃排除すればいい。単純明快ではないか〃というのはどういうことなんでしょう」

「〈ザ・ポンド〉の連中は自分たちを裏切る人間に対しては、とにかく辛辣だった。だからこそ、オードラも最後にはお母さんにとって危険な存在に変貌した」

「オードラは組織の一員だったんですか？　これだけ時間がたったいまも？」

「彼女は五五年からずっと、〈ザ・ポンド〉の文書係だった。組織のほうはグロンバックの古い書類は納屋で朽ちるにまかせておくことで安心していたけれど、オードラのお手柄は、五〇年代の終わりにCIAで文書係の仕事を手に入れたこと。そして、〈ザ・ポンド〉のメンバーがCIAの資料を見たいときに、そのパイプ役をつとめていた」

「CIAのほうはそれを知っていたんでしょうか」

「数週間前までは知らなかった。それから、七九年にヘレンを解雇させたのはオードラでほぼ間違いないらしい。あなたのお母さんが、最初のテープのルイスという暗号名が出てくる記録を請求したのがきっかけ。オードラはギリーに関するあらたな資料をあたえることでお母さんの気をそらせようとした。そして、ヘレンがわたしと連絡を取るよう仕向けた。というのも、ギリーについてはわたしも鬱憤を晴らしたいと思っているのを知っていたからよ。

かくしてわたしたち三人は、ギリーを引きずりおろすという秘密の任務でいちおう結ばれたように見えた。けれども、ヘレンが喉をぜいぜいいわせていた男、エドワード・ストーンの所在を問い合わせる申請を出し、オードラは目をそらす作戦がうまくいかなかったことを知った。そこでベルリン支局長に、ヘレンが権限以上の情報を得ようとしていると告げた。翌日、支局長は爆弾を落とした」

「くびにしたんですか？」アンナは言った。

「朝いちばんに。でも、ヘレンはおとなしく従わずに逃げた。自分を引きずりおろしたのはギリーだと確信し、仕返しをすると心に決めた。そこにわたしがかかわることになって、パリまでやってきた彼女に手を貸したの。と同時に、オードラもギリーを隠れ蓑にして協力をつづけていた。罪悪感があったんでしょう」

「そのあとなにがあったんですか？」アンナが訊いた。

「いろいろよ。そのほとんどは、いまもあなたに話すわけにはいかない。とにかく知っておいてほしいのは、お母さんは重圧に押しつぶされそうになりながらも見事な活躍を見せたということ。そして、わたしとオードラの役割を暴露することなく、必要なものを集めてみせた。そして、その努力と引き替えにヘレンは離職手当を受けることになり、人殺しの強姦魔であるギリーは職にとどまった。人を殺せるような人間だから雇われているというのが、その大きな理由。どうにもこうにも納得のいかない結果だけれど、この業界はそういうものなの。そしてギリーが公の立場に出てからも、この取り決めを無視するようならば、キャリアに終止符が打たれる。ギリーは、お母さんが自分に不利な証拠をずっと手もとに置いているとにらんでいたんでしょう」

「それで、あの日、ショッピングモールに現われたのかしら？」アンナは言った。「よけいなことをしゃべったら命の保証はないと念を押すために」

クレアはアンナをまじまじと見つめた。

「そんなところでしょう。そのあと、まあ、あなたも手紙を読んでいるのよね。ギリーがホワイトハウスの高官、もしかしたらＣＩＡの長官になるかもしれないと知ったときには吐き気がしたわ。それでわたしたちは計画を立てた。わたしがクラーク・ボーコムの訃報の記事なんかヘレンに送らなければ、計画はすんなり行ったと思う。だって、その直後から彼女は国立公文書館で調べものを重ね、ついには最初のテープの意味を突きとめたんだもの」

「そして、オードラについて言及されている文書も見つけた」ヘンリーが言った。「それが、糸が撚り合わされたときなんですね」

「そう。そのころにはギリーはオードラに接触していたから。いつも使っている裏のルート経由で彼女のささやかな秘密を知り、脅すかわりに取引を持ちかけた。あんたのおしゃべりな女友だちを黙らせてくれたら、おれが政権内の人間になったあかつきには、〈ザ・ポンド〉の連中を陽の当たるところに出してやろう。そこでようやく花を咲かせることができるぞ、と言って」

「《ニューズウィーク》誌の記事とも符合する。民間による情報収集を支持していると言っていた」

「つまり、オードラにとってギリーはもはや敵ではなくなった。彼は組むべき相手になったのよ。それを境に、状況はヘレンにとって危険なものになった。だって、オードラには国立公文書館に情報源がいて、問題の資料を閲覧する人物がいるといちいち知らせてもらっていたんだもの」

「まさか、ヒリアードさんじゃないですよね」アンナは言った。

「ううん。少しよけいにお金をもらうだけで満足するような下働きの職員。あなたのお母さんが資料を閲覧したと知ったオードラは、わたしたちが彼の失脚に向けて動いているとギリーに話したの」

「母を殺したも同然の行為だわ」

「そうね。でもオードラへの事情聴取によれば、彼女はほかの人と同様、事件に大きな衝撃を受けたらしい。資料を盗み出す、あるいはあなたのお母さんを脅して取りあげるかする程度だろうとふんでいたらしい。でも、盗み出したり、脅したりはギリーが好んで取る方法じゃない」

　しばらくテーブルに沈黙がおりた。

「とにかく、オードラが一線を踏み越えた直後、ヘンリーが登場する」

「おれが？」

「オードラの役割を突きとめてすぐ、ヘレンはわたしに預かっておいてとテープを送ってきた。探りを入れてみると、いろいろよからぬ話が聞こえてきて、それで何人かに当たってみたの。そのうちのひとりがあなたに連絡を取ったのよ、ヘンリー。オードラがヘレンを見張る人間を探しているという話を聞きつけたので、あなたの名前をちらつかせたわけ。司法省の便利屋が新しい仕事を探しているという触れ込みで。そうやって……」

「オードラの仲間、たとえばミッチの動向を把握するのにおれを利用した」

「そういうこと」

「わたしがあなたを雇ったときには、みんな大喜びしたことでしょうね」アンナは言った。

「それにもいろいろ裏があったんだけどね。あなたにヘンリーの話をしたスチュー・ウィルガスがいるでしょう？」

「あの人もかかわってたの？」

「いえ、あの人は自分が誰に、あるいはなんのために協力しているか、わかってなかったと思う。でも、あなたが私立探偵のことで問い合わせをしたと聞きつけたオードラはいろいろ手をまわし、昔の弁護士仲間がウィルガスに依頼するという形で、ヘンリーの名前をそれとなく伝えたの」

　アンナは信じられないというように首を振った。

「それで、オードラが〈ザ・ポンド〉で文書係をしているとして」ヘンリーが訊いた。「それだけの記録をどこに保管していたんですかね」

「いまはほとんどすべてがデジタル化されているけど、五五年以前の書類は全部、彼女の納屋のなか。温度と湿度が調節できる、最新鋭の納屋よ。聞いた話では、いま、ＣＩＡが嬉々として調査中ですって」

「すごいな」ヘンリーは言った。

「ええ。もう〈ザ・ポンド〉は終わり。いかなる形でも残らない。でも、これについてはいっさい報道されることはない。人知れず埋もれるだけ」

「ギリーはどうなるんです？」

「彼ももう終わり。重罪の容疑であらたに捜査対象となる。ドラクロアも同様。司法長官本人からはっきり聞いたけど、両者とも今度は罪を逃れることはないそうよ。もっとも、ＣＩ

Aが首を突っこんでくれれば、表沙汰にはならないでしょうけど」

「そんなことは許されない！」ヘンリーは言った。

「あなたがそう言ってくれるのを期待してた。まだ危険な賭けに出るつもりがあるなら――と言っても今度は身の危険はないけど――司法長官はあなたたちふたりの話を喜んで聞くと言っている。長官も、この件を公にしたいと思っているの。午後にでも電話してみて。場合によっては、今週中に供述してもらうことになるかもしれない」

クレアは必要な電話番号が書かれた名刺をふたりに渡した。

「わたしたちを呼んだのはこのためだったんですか？」アンナは少し落胆したような声で言った。

「それもある」

「それだけではないということですね」ヘンリーは言った。

「わたしの気持ちの問題でもあるわ。さて、あなたに会えて楽しかったわ、ヘンリー。でも、申し訳ないけどそろそろ帰ってもらえるかしら。アンナとふたりだけで彼女のお母さんのことをもう少し話したいの」

「ええ、わかりました。でもその前に、アンナとふたりで話をさせてもらえませんか」

「アンナがいいと言うのならかまわないけど」

アンナは共謀の気配はないかと探るように、ふたりの顔を見くらべた。やがてうなずいた。

「バーにいるわ」クレアは立ちあがった。ヘンリーも立ちあがり、感謝の印に彼女の手を握った。

「いろいろとありがとう、クレア」

「こちらこそ、ありがとう、ヘンリー。いい仕事ぶりだった」

「ええ、まあ」彼は床に目を落とした。その仕事の一部がとてもいいものだったことをいまはアンナに知られたくないからだ。クレアがいなくなり、ヘンリーは椅子にすわり直した。顔をあげると、アンナがじっと見つめていた。

「また会えてうれしいよ」彼は言った。

「わたしはそう思ってないと言いたいところだけど、そうは言えそうにないわ。で、あなたはどうしてたの？」

「自分の職業選択について考え直していた。それと、ひとり暮らしについても」

「ずいぶんと健全じゃない」

「アンナ、おれはこれまでずっと、自分の人生に必要なものを見きわめるのが下手だった。だが、少ない機会ながらも、必要なものが見つかったときには、なんとかしようとがむしゃらに突っ走った。いまのきみに対する気持ちがそれだ。できればなんとかしたいと思っている。だから、おれとはもう絶対にかかわりたくないと思っているなら、いま言ってほしい。そうでないなら、これからも連絡を取りつづける」

「一日か二日、考えてから答えさせて。でも、待ってもらえるなら、その答えに喜んでもらえると思う」

「了解した」

「もう二度と、人の質問をはぐらかさないという条件つきだけど」

「それも了解だ」

ヘンリーは説得をこころみる男のように、覚悟を決めてほほえんだ。それから立ちあがり、バーにいるクレアに会釈してから、出口に向かった。

クレアが席に戻ると、アンナは出ていくヘンリーの背中をぼんやり見ていた。

「まあ、悪くない対応ね」クレアは言った。

「あの人はわたしにうそをついたんですよ」

「それにはもっともな理由があったのよ。ほとんどの場合はね。それに、彼は話してはいけないことまであなたに話している」

「そうですけど」

「ええ、そうなの。この仕事をしているとそういうこともある。それもまた、わたしの結婚生活がつづかなかった理由」

「結婚してたんですか？」

「あなたには関係ない」

「それでヨークに住んでるんですか？　お隣の人がとても不思議がってました」

「それもあなたには関係ない。お母さんの話をしましょう」

「そうですね。どんな人だったんですか？　わたしの歳のころ、というかもっと若いときの母は」

「彼女は大胆で勇敢で機知に富んでいて、目端のきく人だった。わたしの知るなかでも本当にすばらしい人のひとり。局は彼女を解雇すべきじゃなかった」

「すごい」

「もっとすごい話をしてあげる。一度ならず、ふたりで冒険をしたものよ」

「どういうことですか？」

「ねえ、お母さんは突然ひとりで旅行に出かけたことはない？　親族を訪ねるという理由で一週間ほど留守にするけど、それについて多くを語らなかったことがあるんじゃない？」

アンナは少し考え、ぱっと目を見ひらいた。

「何度かジョージアに出かけてました。病気のおばさんふたりを訪ねるとかで」

「そのおばさんたちだけど、あなたは会ったことがある？　あるいは、家族のアルバムで写真を見たことは？」

「うそみたい。本当はどこにいたんですか？」

「そのうちいつか、事態が収拾したら、長い手紙を書いてすべて教えてあげる」

「できれば、直接うかがいたいです。その時が来たら」

「そう思ってくれてうれしいわ。ほかになにか質問は？」

「母はオードラをどの程度知っていたんでしょう？」

「あまりよくは知らなかったと思う。会ったのも何年もたってからだし。たしか、そのときあなたも一緒だったとヘレンから聞いている。たしか場所はキャピトル・ヒルじゃなかったかしら」

「そうそう！　あの写真！　母の私物にありました。わたしと母と年配の女の人とでナショナル・モールにいる写真。その人にランチに連れていってもらったことを覚えてます。鏡張りで、気のきくウェイターのいる店でした」

「〈オールド・エビット・グリル〉ね。ワシントンにいたころ、彼女が足繁く通っていた店よ。さっきも言ったけど、オードラはあなたのお母さんに危害がおよぶことは絶対に望んでいなかった」

「ヘンリーとわたしのことは殺すつもりだったようですけど」

「ええ、そうね。あの時点ではもう一線を越えていたもの。それもすべて、ギリーについてとんでもない計算違いをしていたから。彼女は死ぬまでその事実と向き合うことになるでしょうね」

「よかった」

「ええ。彼女は罪に値することをした。この世界にいると、みんな多かれ少なかれ、そういうことはしている。だから、お母さんにもひとつよかったことがある。心が清いうちに辞められたのだから」

「でも、アンネリーゼのことがあります」

「あれは彼女のせいじゃないけど、たしかにあなたの指摘は正しい。だから、彼女は昔のネットワークを再開させたの。こんなことは二度とあってはならないと肚を決めていた。お母さんはあなたを守ろうとしていたの」

「でも――」

「わかってる。そんなこと、知らなかったわよね。だから、これを持ってきてあげた。お母さんから預かっていたメッセージよ。あの日ショッピングモールでケヴィン・ギリーから渡されたものなの」

「あの男が母にメッセージを？」

「あなたが試着かなにかしているあいだに」

クレアはハンドバッグからたたんだ一枚の紙を出してアンナに渡した。アンナはとげとげしい脅しとぞっとするような警告に満ちた言葉をゆっくりと読んだ。

「それでわかったでしょう？」クレアは言った。「それにはわたしたち全員の身を守ってくれる力がある。妥協も、隠蔽も、もちろん裏切りもなし。わたしたちがやっているのは、愛する人のために戦うことなの。お母さんの場合には、その愛する人とはあなたのことよ。きょうはそれが言いたかった。お母さんのかわりに」

クレアは立ちあがった。アンナの肩に少しだけ手を置き、やがて立ち去った。

著者あとがき

アメリカには、かつて〈ザ・ポンド〉の名で知られた謎の情報機関が存在し、四十二章で架空の文書館員ラリー・ヒリアードが、その発端と歴史についてアンナとヘンリーに語った内容のほぼすべては事実である。ジョン・〝フレンチー〟・グロンバックが一九四二年、陸軍諜報部将軍の依頼を受けて設立したのがすべての始まりであり、グロンバックが新参者ではあるがより規模の大きな中央情報局との権力闘争に敗れなければ、〈ザ・ポンド〉はいまも存続していたかもしれない。

これもまたヒリアードが指摘しているように、グロンバックは一九五五年にＣＩＡによって廃止されるまで〈ザ・ポンド〉を存続させ、最後の最後まで秘密裏に生きながらえさせる方法を模索しつづけた。その理由のひとつは、ＣＩＡは西ドイツのような場所でソヴィエト連邦の浸透が進んでいることに無頓着すぎると信じていたことだ。

長らく行方がわからなかったグロンバックの文書が二〇〇一年にヴァージニア州の納屋で見つかったのも事実であり、ＣＩＡによって二〇一〇年に機密指定が解除された。現在はメリーランド州カレッジ・パークにある国立公文書館で閲覧が可能である。全部で八十三箱が文書群二六三に保管されている。

グロンバックが偽名や暗号にことさらこだわっていたという描写は、誇張でもなんでもない。本人は五つもの名前——ミスター・デイル、ジーン、ドクター・エリス、ヴァレンティン、プロフェッサー——を使い分けていた。ラリー・ヒリアードが〝とある歴史家〟が作成したと述べた、便利な〝グロンバックの虎の巻〟に関してだが、それもまた存在し、その歴史家とはジョンズ・ホプキンズ大学のグローバル安全保障研究における修士課程のプログラム・ディレクターであり、国務省およびＣＩＡで情報アナリストをつとめていたマーク・スタウトである。〈ザ・ポンド〉に関する第一人者と目されているスタウトからは、寛大にも貴重な虎の巻のコピーをいただいたが、それがなければ、この本のために調査した文書を理解することはできなかっただろう。また、グロンバックと〈ザ・ポンド〉に関する質問に答えていただき、大変感謝している。

四十三章に登場する、謎めくと同時に滑稽でもある〝宝石ファイル〟は、グロンバックが凝りすぎた暗号を駆使し、〈ザ・ポンド〉を存続させようという企てについて語っているという内容だが、それもまた本物であり、グロンバックの、いかにも変人らしいメッセージのひとつから直接引用している。

さて、グロンバックは実際に一九五五年以降、〈ザ・ポンド〉をある種の民間組織として復活させることができたのか？　その見込みはほとんどないと思われるが、論外というわけでもない。それに、近年のニュースには民間による情報収集が盛んになり、アフガニスタンなど中東において国防総省がそれらを利用しているという記事が多くなっている。

また、一九七九年のＣＩＡの女性局員がどのようであったかを描く際には何人かの方とさまざまな史料にお世話になった。その筆頭が多くの小説をものし、みずからもＣＩＡで四年間を情報アナリストとして過ごしたフランシーン・マシューズである。わざわざ時間を割いて、長い電子メールで考えや意見を教えていただき、大変ありがたかった。その一部はヘレンとクレアがファームでの訓練の日々について語り合う場面で、ほぼそのまま使わせていただいている。

機密解除となったＣＩＡの文書は、ＣＩＡで働く女性たちの職業生活、およびこの数十年間で彼女たちの役割と責任の重さがどう変化したかについて、さまざまな知識をもたらしてくれた。なかでももっとも役に立ったのが、一九六五年から一九七九年のあいだにＣＩＡに入局したカーラ、スーザン、パトリシア、メレディス（ラストネームは削除されている）の四人の女性によって、十年ほど前におこなわれたパネルディスカッションの速記録である。彼女たちの率直で啓蒙(けいもう)的な話や意見は、いくつかの場面や章を形にするのに役に立った。

クノッフ社のソニー・メータとエドワード・カステンマイヤーの編集者としての技量、および、わたしのエージェントであるアン・リッテンバーグの貴重な意見がなければ、この小説の完成はなかった。また、執筆と出版をこれほどまでに楽しく、満足感あふれるものにしてくれるクノッフ社のすばらしい人々の努力にも心より感謝する。

訳者あとがき

「池で泳ぐなら湾を離れなくてはならない。湖に立ち寄るのはいいが、どっぷり浸かってはならず、必ず池に戻らなくてはならない」

そんな謎めいた科白（せりふ）で始まる本書『隠れ家の女』は、ダン・フェスパーマンの長編第十一作で、現時点での最新作です。日本ではデビュー作の『闇に横たわれ』（佐和誠訳／ハヤカワ文庫ＮＶ）以来、じつに二十年ぶりのご紹介となります。

物語は一九七九年のベルリンと二〇一四年のメリーランド州のふたつの時間軸で構成されています。一九七九年のベルリン編ではＣＩＡのベルリン支局の若き女性局員、ヘレン・アベルが主人公となります。大きな希望を胸に赴任してきたヘレンですが、実際にまかされたのは、現場工作員と情報提供者が利用する隠れ家（セーフ・ハウス）の管理。上層部には女性を現場に出す気などはなからなく、ヘレンは落胆しながらも、あたえられたなかで精一杯の仕事をしています。

そんなおり、定期点検で訪れた隠れ家のひとつで、冒頭でご紹介した符牒（ふちょう）だらけの意味不明な科白を耳にするのです。さらには、同じ隠れ家で現場工作員のひとりが女性の情報提供者に性的暴行をくわえようとする現場を目撃することに。正義感の強いヘレンは暴行事件を報告しますが、上司はまともに取り合おうとしません。それどころか、アクセスできる情報を制限し、書類仕事しかできないようにしてしまうのでした。

その三十五年後の二〇一四年、ヘレンはメリーランド州の片田舎で思いがけない事件におそわれます――。

物語は一九七九年と二〇一四年、ふたつの時代が交互に語られます。ヘレンが一九七九年のベルリンで見聞きしたことが、二〇一四年に彼女の身に起きた出来事につながっていることは容易に推測できますが、どうつながっているのか、なぜ三十五年もたってからなのか、謎は深まるいっぽうです。ヘレンが残した書類、私書箱に預けられていた手紙、関係者からの聞き取り。ジグソーパズルの小さなピースをひとつひとつ並べていくように地道な調査を積み重ねていくと、しだいに大きな絵が見えてきます。その爽快感がたまりません。と同時に、一九七九年のベルリン編でのヘレンと協力者たちの活躍は、スパイ小説の緊迫感に満ちていて、〝いまの時代に書かれたスパイ小説の傑作〟というリー・チャイルドの評にもうなずけます。

謎解きのおもしろさとスパイ小説の醍醐味（だいごみ）が見事に融合した本作は各方面から絶賛され、《パブリシャーズ・ウィークリー》誌が〝スパイ小説にはかなりうるさいファンをもうならせるインパクトがある〟と評し、《カーカス・レビュー》や《ニューヨーク・タイムズ》紙が、ふたつの時間軸を使った構成のたくみさを高く評価しています。また、英国推理作家協会（CWA）がすぐれたスリラー小説にあたえるイアン・フレミング・スチール・ダガー賞ッドリー・プレジャー》誌が主催するバリー賞では最優秀スリラー賞を受賞しました。

の最終候補作に選ばれ（受賞したのはホリー・ワットの『To The Lions』）、アメリカの《デ

　著者のダン・フェスパーマンは一九五五年生まれ。《ボルティモア・サン》紙の記者として、ドイツ、ボスニア、アフガニスタン、パキスタンなどに駐在した経験があります。ジャーナリスト出身らしく、世界各国を舞台にタイムリーな話題を盛りこむ社会派な作風が特徴で、たとえば、デビュー作にしてＣＷＡ賞のジョン・クリーシー・ダガー賞（新人賞）を受賞した『闇に横たわれ』は、ユーゴスラヴィア内戦下のサラエボを舞台に、殺人事件の捜査とともに支配層の腐敗を見事に描き出した傑作です。また、二〇〇六年に発表された四作目『The Prisoner of Guantanamo』はキューバにあるグアンタナモ収容所を舞台にしたミステリで、こちらは国際推理作家協会北米支部が授与するハメット賞を受賞しています。

　本作『隠れ家の女』も、実在した〈ザ・ポンド〉という組織の発端と歴史を盛りこみつつ、エンタテインメントとして昇華させています。また、近年の #MeToo 運動のうねりをたくみに物語に取りこんでいるのも特徴で、ＣＩＡという男社会のなかでもがきながら仕事をしていた女性たちの姿がリアルに描かれています。

　ちなみに、あるインタビューで『隠れ家の女』は映画向きの作品ではと問われたフェスパーマンは、いまのところ映画化の予定はないと前置きしながらも、ベルリン編のヘレンとクレアの配役がキモだとして、どちらかをジェニファー・ローレンスに演じてほしいと答えて

います（好きな女優はエイミー・アダムスとローラ・リニーだそうですが）。ヘンリー役としては、ライアン・ゴズリングの名をあげています。

フェスパーマンは現在、次作に取りかかっているそうで、前述のインタビューによれば、『隠れ家の女』のスピンオフ的な作品になるとのこと。主人公は、本書で印象的な活躍を見せたクレア・セイラーで、一九九九年のハンブルクが舞台だそう。どうやらフェスパーマンはクレアというキャラクターがとても気に入っているらしく、あと何作かは彼女が登場する作品を書きたいと語っています。そのときにはヘレンが協力する姿も描かれるかもしれません。

本文中のリルケの引用は、神品芳夫編・訳
『双書・20世紀の詩人6　リルケ詩集』（小沢書店）より。

集英社文庫

隠れ家の女（かくがおんな）

2020年3月25日　第1刷　　定価はカバーに表示してあります。

著　者　ダン・フェスパーマン
訳　者　東野（ひがしの）さやか
編　集　株式会社 集英社クリエイティブ
東京都千代田区神田神保町2-23-1　〒101-0051
電話　03-3239-3811
発行者　徳永　真
発行所　株式会社 集英社
東京都千代田区一ツ橋2-5-10　〒101-8050
電話　【編集部】03-3230-6095
【読者係】03-3230-6080
【販売部】03-3230-6393（書店専用）
印　刷　中央精版印刷株式会社　株式会社美松堂
製　本　中央精版印刷株式会社

フォーマットデザイン　アリヤマデザインストア　　マークデザイン　居山浩二

ISBN978-4-08-760764-2 C0197